LE GRAND LIVRE

CONNIE WILLIS

Les veilleurs du feu	*J'ai lu* 2339/**4**
Le grand livre	*J'ai lu* 3761/**10**
Aux confins de l'étrange	*J'ai lu* 3975/**8**

CONNIE WILLIS

LE GRAND LIVRE

TRADUIT DE L'AMÉRICAIN
PAR JEAN-PIERRE PUGI

ÉDITIONS J'AI LU

Collection créée et dirigée
par Jacques Sadoul

Dédié à Laura et Cordelia,
mes Kivrins

Titre original :

DOOMSDAY BOOK
A Bantam Book

« Et, de crainte que les hommes oublient ce dont ils doivent se souvenir, moi qui ai vu tant de souffrances et le monde entier sous l'emprise du Malin, moi qui étais parmi les morts et attendais le trépas, j'ai voulu porter témoignage.

Et, de crainte que les morts disparaissent avec moi, je les confie au parchemin dans l'éventualité où des descendants d'Adam seraient épargnés par ce fléau et poursuivraient mon œuvre... »

Frère John Clyn
1349

LIVRE PREMIER

« Un sonneur a moins besoin de force physique que du sens de la mesure… Il doit constamment garder deux choses à l'esprit : un coup et une pause, un coup et une pause. »

Ronald BLYTHE
Akenfield

1

M. Dunworthy entra dans le laboratoire. Ses lunettes se couvrirent de buée et il les retira pour regarder Mary.

— Suis-je en retard ?

— Fermez la porte, lui dit-elle. Ce carillon de malheur couvre vos paroles.

Il repoussa le battant. Mais ils entendaient toujours « Mon Beau Sapin ».

— Suis-je en retard ? répéta-t-il.

Mary secoua la tête.

— Vous n'avez raté que le discours de Gilchrist.

Elle se tassa dans son siège pour qu'il pût approcher de la baie vitrée. Elle avait posé sur l'autre fauteuil son manteau et son bonnet, ainsi qu'un grand sac plein de paquets. Ses cheveux gris étaient en bataille, comme si elle avait voulu leur donner du volume après avoir retiré son chapeau.

— Une longue péroraison sur le transfert temporel d'une jeune historienne du Médiéval, précisa-t-elle. Pleut-il toujours ?

— Oui.

Il essuya ses lunettes dans son cache-nez puis les raccrocha à ses oreilles et approcha de la séparation de verre. Au centre du laboratoire, sous le filet du transmetteur tendu tel un parachute arachnéen, il vit un chariot défoncé entouré de bagages.

Latimer, le directeur d'études de Kivrin, examinait une des malles et paraissait encore plus vieux que de coutume. Montoya, en jean et veste de treillis, jetait des coups d'œil impatients à sa montre. Badri saisissait des instructions sur le clavier et lorgnait les moniteurs en fronçant les sourcils.

— Où est Kivrin ? demanda Dunworthy.

— Elle va arriver, répondit Mary. Asseyez-vous. Le transfert est prévu pour midi et je doute qu'ils soient dans les temps. Surtout si Gilchrist se lance dans un autre discours.

Elle suspendit le manteau au dossier de son siège et posa le cabas sur le sol, à ses pieds.

— J'espère que ça ne va pas s'éterniser, ajouta-t-elle en fouillant son sac. Je dois aller chercher mon petit-neveu à la station de métro à quinze heures. Deirdre a décidé de passer les fêtes dans le Kent et m'a demandé de veiller sur lui. Je serais bien embêtée s'il pleuvait pendant tout son séjour. Colin a douze ans. Contrairement à ce que laisse supposer son vocabulaire, il est très éveillé. Mais pour lui tout est nécrotique ou apocalyptique. Et ma nièce l'autorise à se gaver de sucreries.

Elle trouva ce qu'elle cherchait.

— Regardez ce que je lui ai acheté pour Noël.

Elle sortit du cabas une boîte à rayures rouges et vertes.

— J'avais l'intention de terminer mes courses en venant, mais il pleuvait à seaux et je ne supporte le carillon électronique de High Street qu'à doses homéopathiques.

Elle retira le couvercle et déplia une bande d'étoffe.

— J'ignore comment s'habillent les jeunes gens, de nos jours, mais les cache-nez ne se démodent jamais. James ?

Il cessa d'accorder son attention aux écrans.

— Oui ?

— Je disais qu'un cache-nez fait toujours plaisir, non ?

L'écharpe grise qu'elle lui présentait ne l'eût pas incité à faire des bonds de joie, et il y avait cinquante ans qu'il avait quitté le monde de l'enfance.

— En effet, répondit-il.

Il se détourna vers la paroi de verre.

— Qu'y a-t-il, James ? Quelque chose vous tracasse ?

Latimer ramassa une cassette cerclée de cuivre puis regarda autour de lui. Il semblait avoir oublié ce qu'il comptait en faire. Montoya lorgna sa montre.

— Où est Gilchrist ? demanda Dunworthy.

— Il a péroré sur l'importance du Médiéval puis est ressorti pendant que le tech procédait à des tests. Je présume qu'il supervise les préparatifs de Kivrin.

— Les préparatifs, grommela Dunworthy.

— Asseyez-vous et dites-moi ce qui vous préoccupe, James. Où étiez-vous passé ? Je m'attendais à vous trouver ici, à mon arrivée. Kivrin est votre élève.

— J'essayais de joindre le recteur de la Faculté d'Histoire.

— Basingame ? N'est-il pas en vacances ?

— C'est exact, et Gilchrist a intrigué pour occuper son poste pendant son absence afin d'obtenir l'ouverture du Moyen Age aux voyages temporels. Il a fait réduire sa classification sur l'échelle des risques et savez-vous quel degré a été attribué au XIVe siècle ? Un six. Un six ! Basingame y mettrait son veto, mais je n'arrive pas à le joindre. Vous ne sauriez pas où il est, par hasard ?

— Non. Quelque part en Ecosse, je crois.

— Gilchrist en profite pour envoyer Kivrin à une époque ravagée par les écrouelles et la peste, une période de l'Histoire où Jeanne d'Arc a péri sur le bûcher !

Il regarda Badri, qui s'adressait au micro du pupitre.

— Vous dites qu'il a fait des tests. Lesquels ? Un contrôle des coordonnées ? Une projection ?

— Vous m'en demandez trop.

Elle désigna les graphiques et les colonnes de nombres qui défilaient sur les écrans.

— Ma spécialité, c'est la médecine, pas la physique. Je crois connaître ce tech. Ne vient-il pas de Balliol ?

Dunworthy hocha la tête.

— C'est le meilleur. Tous les techs du New College sont en congé et Gilchrist avait pris un débutant inexpérimenté. Je l'ai convaincu de faire appel à Badri. Etant donné que je ne pouvais empêcher cette expérience, j'ai fait en sorte qu'elle soit supervisée par quelqu'un de compétent.

Badri regarda un cadran, grimaça, sortit un posemètre de sa poche et se dirigea vers le chariot.

— Badri ! cria Dunworthy.

Le tech fit le tour du véhicule en surveillant son appareil. Il déplaça une malle vers la gauche.

— Il ne peut vous entendre, commenta Mary.

— Badri ! Il faut que je vous parle.

— La séparation est insonorisée, James.

L'homme dit quelques mots à Latimer, puis il lui prit des mains la cassette et la posa sur une croix dessinée à la craie.

Dunworthy chercha un microphone. Il n'en vit pas.

— Comment avez-vous suivi le discours de Gilchrist ?

— Il a pressé ce bouton, là-bas.

Elle désigna un panneau mural, à côté du transmetteur.

Badri retourna à son poste. Le filet s'abaissa. Il s'adressa à la console et les mailles remontèrent.

— Je lui ai demandé de vérifier le matériel et les calculs. Et de tout interrompre à la moindre anomalie, même si Gilchrist s'y oppose.

— Il ne mettrait pas la vie de Kivrin en danger, rétorqua Mary. Il a pris un maximum de précautions...

— Un maximum de précautions ! A-t-il fait une reconnaissance des lieux et un contrôle des paramètres ? Nous avons procédé à des essais pendant deux ans, avant d'envoyer un historien au XXe siècle. Mais quand Badri a protesté, Gilchrist a avancé de deux jours la date du transfert. C'est de l'inconscience.

— Il a expliqué ses raisons, dans son discours. Au XIVe siècle, les gens ne prêtaient guère attention aux dates, sauf pour les semailles, les moissons et les fêtes religieuses. Elles sont nombreuses, à l'approche de Noël. C'est pour cela que le Médiéval a choisi cette période de l'année. L'Avent permettra à Kivrin de déterminer ses coordonnées temporelles et de regagner le point de récupération le vingt-huit décembre.

— Gilchrist aurait pu reporter le départ de Kivrin d'une semaine et prévoir son retour pour l'Epiphanie. Mais il s'en est bien gardé. Il a opté pour cette date parce que Basingame est absent et ne peut s'opposer à ses projets.

— J'avoue que sa hâte m'a surprise. Quand je lui ai précisé quelle serait la durée du séjour de Kivrin à l'hôpital, il m'a demandé d'accélérer le mouvement. J'ai dû lui expliquer que les vaccins ne seraient pas immédiatement efficaces.

— Un rendez-vous le vingt-huit décembre... pour la célébration du massacre des Innocents. Je crains que ce soit approprié, compte tenu de l'organisation de ce transfert.

— Pourquoi n'intervenez-vous pas ? Vous êtes le directeur d'études de Kivrin. Vous pouvez lui interdire de partir.

— Faux. Elle est inscrite à Brasenose. Elle est placée sous la responsabilité de Latimer.

Il désigna l'homme qui avait repris la cassette cerclée de cuivre et répertoriait son contenu, l'air absent.

— C'est à titre personnel qu'elle est venue à Balliol me demander de la former pour cette expédition.

Il se tourna vers la baie vitrée.

— Je lui ai dit que c'était de la folie.

Elle était alors en première année.

— Je veux aller au Moyen Age, lui avait-elle dit.

Une fille qui mesurait moins d'un mètre cinquante, aux cheveux blonds tressés en nattes. Elle ne semblait même pas assez âgée pour pouvoir traverser une rue toute seule.

— Impossible, avait-il rétorqué.

Une erreur. Il aurait dû la renvoyer au Médiéval, lui conseiller de s'adresser à son directeur d'études.

— L'accès au monde médiéval est interdit.

— Selon M. Gilchrist, sa classification sur l'échelle des risques serait injustifiée. Elle est fondée sur un taux de mortalité dû à la malnutrition et à l'absence de soins médicaux dignes de ce nom. Un historien vacciné contre les maladies de l'époque ne courrait aucun danger. Il compte demander à la Faculté d'Histoire de réétudier la question et d'ouvrir une partie du XIVe siècle.

— Il est inconcevable qu'on autorise l'accès à un monde ravagé non seulement par la peste noire et le choléra mais aussi par la guerre de Cent Ans.

— Si cette décision est prise, je veux partir.

— N'y comptez pas. Le Médiéval désignera un homme. Seules les femmes de basse extraction voyageaient seules, à l'époque. Et elles étaient des proies rêvées pour les brigands et les loups qui croisaient leur chemin. Les femmes de la noblesse et des classes moyennes étaient protégées par leur père, leur époux ou leurs serviteurs. En outre, il faudrait être inconscient pour envoyer quelqu'un qui n'a pas terminé ses études en un siècle aussi dangereux.

— Il ne l'est pas plus que le XXe avec ses armes chimiques, ses accidents d'automobile et ses bombardements. Au Moyen Age, au moins ne risquait-on pas de recevoir une bombe sur la tête. Par ailleurs, qui pourrait se prétendre expérimenté ? Nul n'est encore allé à cette époque, et les historiens savent très peu de choses sur elle. Les documents sont rares, à l'exception des registres paroissiaux et des rôles d'imposition. Voilà pourquoi je veux découvrir à quoi ressemblaient les gens, et comment ils vivaient. Aidez-moi.

— C'est au Médiéval qu'il faut vous adresser, avait-il déclaré, bien trop tard.

— Je l'ai fait. Les connaissances des spécialistes n'ont aucune utilité pratique. M. Latimer m'enseigne la grammaire de l'anglais de l'époque, mais pas à le parler.

« Or, je dois me familiariser avec la langue, les us

et les coutumes, la valeur de l'argent et la façon de se tenir à table. Saviez-vous par exemple qu'ils ne mettaient pas leur viande dans des assiettes mais sur des miches de pain plates qu'ils rompaient et mangeaient ensuite? Quelqu'un doit m'apprendre tout cela, pour m'éviter de commettre des erreurs.

— Je suis un spécialiste du XXe siècle, pas un médiéviste. Il y a quarante ans que je ne me suis pas intéressé au Moyen Age.

— Mais vous savez ce qu'il est indispensable de connaître lorsqu'on effectue un voyage temporel.

— Adressez-vous à Gilchrist, avait-il conseillé.

Bien qu'il considérât cet homme comme un imbécile imbu de lui-même.

— Il n'a pas de temps à me consacrer. Obtenir la reclassification du XIVe siècle l'accapare.

A quoi bon, s'il ne forme pas un historien pour l'envoyer à cette époque? s'était-il demandé.

— Vous devriez contacter cette archéologue américaine. Elle est la mieux placée pour vous renseigner.

— Mlle Montoya est débordée, elle aussi. Elle cherche des bénévoles pour son chantier de Skendgate. Non, il n'y a que vous.

Il aurait dû répondre: «Je n'appartiens pas à la faculté de Brasenose.» Mais la perspective de pouvoir démontrer que Latimer était un vieillard sénile, Montoya une vieille fille frustrée et Gilchrist un incapable le séduisait. C'était pour lui une occasion de donner une leçon à ces imbéciles du Médiéval.

— Nous vous ferons attribuer un interprète, avait-il dit. Vous apprendrez le latin liturgique, le normand et le bas allemand, en plus du moyen anglais que vous enseigne M. Latimer.

Elle sortait déjà un stylo et un calepin de sa poche pour dresser une liste.

— Vous devrez laisser pousser vos cheveux et savoir traire une vache, ramasser des œufs, cultiver un potager et filer la laine... avec une quenouille, car le rouet est d'apparition plus récente. Il vous faudra aussi prendre des leçons d'équitation.

Il s'était ressaisi et interrompu. La fille restait penchée sur ses gribouillis et ses nattes se balançaient sur ses épaules.

— Savez-vous ce que vous devrez également apprendre ? avait-il ajouté. A soigner des plaies purulentes, à faire la toilette des enfants décédés et à creuser leur tombe. Quoi qu'en dise Gilchrist, le taux de mortalité justifiera toujours une classification de dix. Au XIVe siècle, l'espérance de vie était de trente-huit ans. Vous n'y avez pas votre place.

Elle avait relevé la tête, le stylo en suspension au-dessus de la page.

— Où peut-on s'habituer à voir des cadavres ? A la morgue ? Dois-je m'adresser au docteur Ahrens ?

Il revint au présent.

— J'ai tenté de la dissuader, mais elle a refusé d'écouter mes arguments.

— Je sais, dit Mary. Elle n'a pas non plus suivi mes conseils.

Il s'assit près d'elle, avec raideur. La pluie avait réveillé son arthrite. Il se dépouilla de son pardessus et déroula son cache-nez.

— Je lui ai proposé de cautériser ses narines, ajouta Mary. Je l'ai avertie que la puanteur risquait de la priver de tous ses moyens, que l'odeur des excréments, de la viande avariée et de la putréfaction lui donnerait des nausées.

— Et elle n'en a pas fait cas ?

— Non.

— Quand je lui ai expliqué que Gilchrist ne prenait pas assez de précautions, elle m'a rétorqué que je m'inquiétais pour rien.

— C'est possible. Badri supervise l'expérience. Ne m'avez-vous pas dit qu'il l'interromprait au moindre problème ?

— Si, fit-il en se tournant vers la séparation de verre.

Le tech qui pianotait sur le clavier sans quitter des yeux les écrans était le meilleur spécialiste de l'Université. Il avait procédé à des douzaines de transferts.

— En outre, Kivrin a bénéficié d'une excellente préparation, ajouta Mary. Vous l'avez formée et je l'ai immunisée contre le choléra, la fièvre typhoïde et toutes les maladies répandues en 1320. Même la peste qui, soit dit en passant, n'est apparue que plus tard. C'est en 1348 qu'on a répertorié le premier cas en Angleterre. J'ai retiré son appendice et renforcé son système immunitaire. Je lui ai administré la totalité des antiviraux dont nous disposons et enseigné tout ce que nous savons sur la médecine médiévale. Elle a profité de son séjour à l'hôpital pour étudier les plantes médicinales.

— Je sais.

Elle avait également appris la messe en latin, le tissage et la broderie. Mais cela n'empêcherait pas un cheval de la piétiner, un croisé ivre de retour de Terre sainte de la violer ou un témoin de sa matérialisation de l'accuser de sorcellerie et de l'envoyer au bûcher.

De l'autre côté de la vitre, Latimer reprit la cassette et la reposa. Montoya regarda sa montre. Le tech pressa des touches et se renfrogna.

— J'aurais dû refuser, marmonna Dunworthy.

Si j'ai accepté, c'était pour démontrer l'incompétence de Gilchrist.

— Non, vous avez agi ainsi parce qu'elle est comme vous... intelligente et déterminée.

— Je n'ai jamais été téméraire.

— Allons donc ! Je n'ai pas oublié à quel point vous étiez impatient de vous retrouver à Londres sous une pluie de bombes, pendant le Blitz. Et je crois me rappeler un incident en rapport avec la bibliothèque Bodléienne...

Dans la salle voisine, une porte s'ouvrit sur Gilchrist et Kivrin qui releva sa longue robe pour enjamber les malles éparpillées. Elle portait le manteau doublé de peau de lapin blanc qu'elle était venue lui montrer la veille. Tissé à la main, avait-elle précisé. Il faisait penser à une vieille couverture de laine jetée sur ses épaules, et les manches de sa cotte bleue descendaient sur ses mains. Ses longs cheveux blonds étaient ramenés sur sa nuque par une résille. Elle lui semblait toujours trop jeune pour traverser une rue sans être accompagnée.

Il se leva afin de taper sur la séparation de verre sitôt qu'elle regarderait dans sa direction, mais elle s'arrêta au milieu du fouillis pour examiner les marques tracées sur le sol et réordonner les plis de sa longue robe.

Gilchrist alla parler à Badri. Il prit un bloc-notes électronique posé sur la console et entreprit de pointer une liste avec un crayon optique.

Kivrin désigna la cassette cerclée de cuivre. Montoya approcha en secouant la tête. Kivrin fit un commentaire et Montoya s'agenouilla pour tirer l'objet vers le chariot.

Gilchrist biffa un autre article. Il s'adressa à Latimer, qui lui apporta un petit boîtier métallique, puis il se tourna vers Kivrin. Elle joignit les mains devant sa poitrine et baissa la tête. Ses lèvres bougeaient.

— Veut-il s'assurer qu'elle sait prier ? grommela Dunworthy. C'est plein de bon sens, notez bien, car elle ne pourra compter que sur l'aide de Dieu.

— Ils vérifient l'implant.

— Quel implant ?

— La puce qui enregistrera ses commentaires. La plupart des contemporains ne savent ni lire ni écrire, c'est pourquoi j'ai placé un micro et un récepteur dans un poignet, une mémoire dans l'autre. Il suffit de joindre les paumes pour mettre le système en marche. Les gens croiront qu'elle prie lorsqu'elle dictera ses rapports. La capacité de stockage est de 2,5 gigaoctets, ce qui devrait suffire pour deux semaines et demie d'observations.

— Vous auriez mieux fait de la doter d'un émetteur qui nous permette de la localiser, s'il est nécessaire de lui porter secours.

Gilchrist leva les mains jointes de Kivrin vers sa bouche. Les manches glissèrent. Elle avait au poignet une entaille prolongée par un filet de sang séché.

— Que lui est-il arrivé ? demanda Dunworthy.

Kivrin murmura quelque chose puis vit Dunworthy et lui sourit. Il y avait également du sang sur sa tempe, coagulé dans ses cheveux.

— Elle est blessée ! gronda Dunworthy en martelant la séparation de verre.

Gilchrist alla enfoncer une touche du panneau mural puis se dirigea vers la baie d'observation.

— Monsieur Dunworthy, docteur Ahrens, je suis heureux que vous ayez pu venir assister au transfert.

— Que lui est-il arrivé ?

— Mais... de quoi parlez-vous ?

Kivrin approcha de la paroi vitrée. Elle avait une main ensanglantée et une ecchymose bleuâtre sur la joue.

— Je veux m'entretenir avec elle, déclara Dunworthy.

— Je crains que ce soit impossible. Nous avons un horaire à respecter.

— Je l'exige !

Gilchrist fit la moue.

— Dois-je vous rappeler que c'est un transfert de Brasenose et non de Balliol ?

— Oh, monsieur Dunworthy ! Je suis si contente de vous voir, dit Kivrin. N'est-ce pas passionnant ?

Passionnant ?

— Vous êtes blessée. Que s'est-il passé ?

Elle toucha sa tempe puis regarda ses doigts.

— Rien. Une simple mise en scène, déclara-t-elle avant de se tourner vers Mary. Docteur Ahrens, je me félicite que vous ayez également pu vous libérer.

Mary avait pris son sac et s'était levée.

— Montrez-moi vos vaccins. Y a-t-il eu d'autres réactions ? Des démangeaisons ?

— Tout est parfait, docteur Ahrens, affirma Kivrin.

Elle remonta la manche et la redescendit aussitôt, sans laisser à Mary le temps d'examiner son bras. Près du poignet, une autre contusion s'assombrissait déjà.

— Il serait plus utile de jeter un coup d'œil à ses blessures, grommela Dunworthy.

— Elles apporteront de l'authenticité à mon personnage. Je suis Isabel de Beauvrier, à qui des voleurs ont tendu une embuscade, dit Kivrin en désignant les malles ouvertes et le chariot défoncé.

Ils ont pris tous mes biens et m'ont laissée pour morte. Cette idée est de vous, monsieur Dunworthy.

Elle avait ajouté cela sur un ton de reproche.

— Je n'ai jamais suggéré de vous couvrir de plaies et de bosses.

— Nous ne pouvions utiliser des artifices, intervint Gilchrist. Quelqu'un pourrait décider de la soigner.

— Est-ce une raison pour lui assener un coup de gourdin sur la tête ? s'emporta Dunworthy.

— Puis-je vous rappeler...

— Que c'est un projet de Brasenose et non de Balliol ? Vous avez absolument raison. Mais j'exige de parler à Badri. Je veux savoir s'il a vérifié les calculs de votre débutant.

— M. Chaudhuri est votre tech mais c'est *mon* transfert. Nous avons tout prévu...

— Ce sont des entailles superficielles, intervint Kivrin. Ne vous inquiétez pas. Vous m'aviez parlé de la condition féminine au Moyen Age et j'ai décidé de paraître encore plus vulnérable que je ne le suis.

Ce serait impossible, pensa Dunworthy.

— En outre, feindre l'inconscience me permettra d'écouter ce qu'on dit autour de moi et m'évitera de répondre à des questions embarrassantes...

— Il est temps de vous allonger, déclara Gilchrist.

Il se dirigea vers le pupitre mural.

— J'arrive, dit-elle.

— Nous sommes prêts pour le transfert.

— Je sais. Mais je tiens à dire au revoir à M. Dunworthy et au docteur Ahrens.

Gilchrist retourna dans les débris du chariot. Latimer l'interrogea et il aboya une réponse.

— Pourquoi tant de précautions ? demanda Dunworthy. Parce que les Probabilités estiment que les contemporains risquent de mettre en doute votre version des faits ?

— Je vais simplement me coucher et fermer les yeux, dit-elle en souriant. Ne vous tracassez pas pour moi.

— Vous devriez attendre demain, laisser à Badri le temps de contrôler les paramètres.

— Montrez-moi à nouveau votre bras, décida Mary.

— Cessez donc de vous ronger les sangs. Je ne ressens aucune démangeaison et Badri a consacré toute la matinée à des vérifications. Ne soyez pas inquiets. Je me matérialiserai sur la route Oxford-Bath à seulement deux milles de Skendgate. Si aucun voyageur ne passe, j'irai dans ce village et je dirai que des voleurs m'ont attaquée. Après avoir repéré l'emplacement du point de rendez-vous, bien sûr.

Elle appliqua ses paumes sur le panneau de verre.

— Je tiens à vous remercier. Je rêvais d'aller au Moyen Age et mon souhait va se réaliser grâce à vous.

— Vous aurez des maux de tête et vous vous sentirez très lasse, l'avertit Mary. C'est un effet secondaire normal du décalage temporel.

Gilchrist revint vers la séparation.

— Il faut y aller.

— Je dois vous laisser, dit-elle. Encore merci. Sans vous, je n'aurais pas pu partir.

— Au revoir, fit Mary.

— Soyez prudente, conseilla Dunworthy.

— Je le serai, promit Kivrin.

Mais il ne put l'entendre car Gilchrist avait

enfoncé la touche du panneau mural. Elle lui sourit, le salua de la main et s'éloigna vers le chariot.

Mary s'assit et chercha un mouchoir dans son cabas. Gilchrist lisait une autre liste et cochait des articles dès que Kivrin inclinait la tête.

— Et si ses plaies s'infectent? s'inquiéta Dunworthy.

— Aucun risque, répondit Mary. J'ai renforcé son système immunitaire.

Elle se moucha.

Kivrin discutait avec Gilchrist, qui barra la dernière ligne d'un geste nerveux.

Les responsables du Médiéval étaient incompétents, mais pas Kivrin. Elle avait appris le moyen anglais, le latin liturgique et l'anglo-saxon. Elle pouvait réciter par cœur la messe et savait broder et traire. Elle avait une identité, une explication plausible à sa présence sur cette route, un interprète et plus d'appendice.

— Elle s'en tirera, affirma Dunworthy. Et Gilchrist en conclura que ses méthodes sont sans danger.

Cet homme alla remettre la liste à Badri. Kivrin joignit les mains devant ses lèvres.

Mary vint se placer à côté de Dunworthy.

— A dix-neuf ans — Seigneur, il y a déjà quarante ans, comme le temps passe! —, j'ai visité l'Egypte avec ma sœur. Pendant la Pandémie. Le pays était en quarantaine et les Israéliens tiraient à vue sur les Américains, mais notre impatience de voir les Pyramides était si grande que nous n'avions pas conscience des risques.

Kivrin termina sa pseudo-prière. Badri se leva et alla lui parler. Elle s'agenouilla puis s'allongea sur le dos à côté du chariot, un bras sur le front, la jupe en désordre. Le tech modifia les plis du vêtement puis regagna son pupitre. Kivrin restait immobile. Le sang séché formait une tache noire sur son front.

— Mon Dieu, elle est si jeune ! murmura Mary.

Badri regarda les cadrans, fronça les sourcils et retourna auprès de Kivrin. Il l'enjamba, déplaça ses pieds et tira sur sa manche. Il baissa son avant-bras devant son visage, pour faire croire qu'elle avait voulu parer un coup de ses agresseurs.

— Les avez-vous vues ? demanda Dunworthy.

— Quoi ?

— Les Pyramides, pendant ce séjour en Egypte.

— Non. Le Caire était en quarantaine. Mais nous avons visité la Vallée des Rois.

Le tech observa Kivrin sous divers angles puis regagna son poste. Gilchrist et Latimer le suivirent vers la console. Montoya recula, afin de leur permettre d'approcher des écrans. Badri fournit une instruction et le filet descendit recouvrir Kivrin tel un voile.

— Nous n'avons pas eu à regretter ce voyage, dit Mary. Nous sommes rentrées chez nous sans une égratignure.

Le filet toucha le sol et se plissa comme la longue jupe de Kivrin.

— Soyez prudente, murmura Dunworthy.

Mary prit sa main dans la sienne.

Latimer et Gilchrist regardaient les nombres défiler sur le moniteur. Montoya jeta un coup d'œil à sa montre. Badri se pencha et ouvrit le passage. Sous le filet, l'air miroitait de condensation.

— Non, ne partez pas ! dit Dunworthy.

EXTRAIT DU GRAND LIVRE

(000008-000242)

22 décembre 2054, Oxford. Première entrée dans le fichier qui contiendra mes observations sur la vie dans l'Oxfordshire, Angleterre, du 13 au 28 décembre 1320 (calendrier julien).

(Pause)

Monsieur Dunworthy, j'ai décidé d'appeler ceci le Grand Livre par référence au Grand Livre cadastral établi sur l'ordre de Guillaume le Conquérant, un registre destiné à permettre de calculer les impôts dus par ses métayers et qui est pour nous une chronique de la vie médiévale.

Je vous le dédie, car je constate que l'inquiétude vous ronge. Vos peurs sont vaines. Le docteur Ahrens m'a mise en garde contre les effets du décalage temporel et les maladies de cette époque, sans m'épargner les détails les plus macabres. Elle m'a également parlé des viols, si fréquents au Moyen Age. Comme vous, elle doute de mes capacités. Mais tout se passera bien, monsieur Dunworthy.

J'ai conscience qu'il est sans objet d'essayer de vous rassurer car lorsque vous entendrez ceci je serai revenue saine et sauve à notre époque. Ne me tenez pas rigueur de ces remarques impertinentes. Je sais que vous ne voulez que mon bien et que sans votre aide rien de tout cela n'aurait été possible.

C'est pour cette raison que je vous dédie le Grand Livre, monsieur Dunworthy. Sans vous, je n'attendrais pas en cotte et manteau que Badri et M. Gilchrist terminent leurs calculs et m'envoient dans le passé.

2

— Eh bien, soupira Mary, je boirais volontiers un verre.

— Ne devez-vous pas aller chercher votre petit-neveu ? demanda Dunworthy sans détacher les yeux de l'emplacement qu'avait occupé Kivrin.

Sous le filet, l'air miroitait de paillettes de glace et du givre opacifiait le bas de la baie vitrée.

Les responsables du Médiéval regardaient toujours les moniteurs, où n'apparaissait plus qu'une ligne horizontale annonçant la fin du transfert.

— Colin arrivera à quinze heures. Vous auriez vous aussi besoin d'un remontant, et le Lamb and Cross est à deux pas.

— Je préfère attendre le relèvement.

Les écrans étaient vierges. Badri se renfrogna. Montoya regarda sa montre et s'adressa à Gilchrist. Il hocha la tête et elle récupéra un sac glissé sous la console, salua Latimer et sortit par la porte latérale.

— Contrairement à Montoya qui bout d'impatience de reprendre ses fouilles, j'aimerais obtenir la confirmation que Kivrin est arrivée à bon port, ajouta Dunworthy.

— Je ne vous ai pas suggéré de retourner à Balliol, fit remarquer Mary. Mais le relèvement prendra au moins une heure. Le pub est de l'autre côté de la rue. C'est un établissement confortable, sans guirlandes ni chants de Noël.

Elle enfila son manteau et lui tendit le sien.

— Vous pourrez revenir faire les cent pas dans cette pièce sitôt après avoir bu et mangé quelque chose.

— Je préfère rester. Bon sang, c'est dans le poignet de Basingame que vous auriez dû placer un implant ! Un localisateur. Le recteur de la Faculté d'Histoire ne devrait pas partir en vacances sans laisser un numéro de téléphone où il est possible de le joindre.

Gilchrist se leva et tapota l'épaule de Badri. Latimer cilla. Gilchrist lui serra la main et sourit. Il se dirigea vers la séparation de verre, rayonnant d'autosatisfaction.

Dunworthy prit le pardessus que lui tendait Mary et ouvrit la porte.

— Partons, fit-il.

Une rafale de « Il est né le Divin Enfant » les cingla. Mary sortit et Dunworthy l'imita. Ils traversèrent la cour puis franchirent les grilles de Brasenose.

Le froid était mordant et la pluie menaçait de tomber. Les gens massés sur le trottoir devaient la redouter car bon nombre avaient déjà ouvert leur parapluie. Une femme aux bras encombrés de paquets le bouscula.

— Regardez où vous mettez les pieds ! gronda-t-elle.

— L'esprit de Noël, commenta Mary en boutonnant d'une main son manteau. Le pub est là, à côté de la pharmacie. C'est sans doute ce maudit carillon. Il me tape également sur les nerfs.

Elle s'enfonça dans la foule. Dunworthy se demanda s'il devait enfiler son pardessus et estima que la perte de temps ne se justifiait pas pour un trajet aussi bref. Il la suivit, en essayant d'esquiver les baleines de parapluie qui tentaient de l'éborgner. Il finit par reconnaître dans cet étrange croisement entre un appel aux armes et un chant funèbre la mélodie de « Vive le vent ».

Mary s'arrêta au bord du caniveau pour sortir un parapluie pliant de son cabas.

— Quelle est cette épouvantable cacophonie ? « Douce Nuit, Sainte Nuit » ?

— « Vive le vent », répondit-il.

Il s'engageait sur la chaussée quand elle saisit sa manche et hurla :

— James !

La roue avant de la bicyclette le frôla et la pédale lui écorcha le tibia. Le cycliste fit une embardée en criant :

— On ne vous a pas appris à traverser une rue ?

Dunworthy recula et bouscula un enfant de six ans qui serrait dans ses bras un père Noël en peluche. La mère le foudroya du regard.

— Soyez plus prudent, James, lui reprocha Mary.

Ils traversèrent la chaussée, Mary en tête. Il se mit à pleuvoir. Elle se réfugia sous la banne de la pharmacie pour tenter d'ouvrir son parapluie. Dans la vitrine décorée de paillettes vertes et or une pancarte demandait : « Sauvez nos cloches. Apportez votre contribution au Fonds de Restauration de l'église de Marston. »

Le carillon avait fini de dénaturer « Vive le vent » ou « Douce Nuit » pour s'en prendre à « La Marche des rois ».

Le parapluie était coincé. Elle le remit dans son sac et repartit. Il la suivit, en essayant d'éviter les collisions. Il passa devant une papeterie et un bureau de tabac festonnés de guirlandes clignotantes et atteignit une porte que Mary tenait ouverte à son intention.

De la buée couvrit aussitôt ses lunettes. Il les retira pour les essuyer sur le col de son manteau. Mary referma le battant et les plongea dans un silence reposant.

— Ô Dieu ! fit-elle. Ici aussi !

Dunworthy remit ses lunettes. Des chapelets de petites ampoules vert délavé, rose passé et bleu anémié avaient été suspendus derrière le comptoir sur lequel trônait un sapin en fibre optique monté sur un socle tournant.

Il n'y avait aucun client, seulement un barman bien en chair. Mary se glissa entre deux tables inoccupées pour se réfugier dans un angle de la salle.

— Au moins ce maudit carillon ne nous casse-t-il plus les oreilles, dit-elle en posant son sac sur la banquette. Asseyez-vous, pendant que je vais prendre les consommations.

Elle extirpa des billets chiffonnés de son sac et se dirigea vers le comptoir.

— Deux demis, dit-elle au barman avant de demander à Dunworthy : Vous voulez manger quelque chose ? Ils ont des sandwiches et des petits pains au fromage.

— Avez-vous remarqué que Gilchrist lorgnait la console en souriant comme le chat du Cheshire ? Il ne s'est même pas tourné pour voir si Kivrin n'était pas toujours là, à moitié morte.

— Disons deux demis et un whisky, déclara Mary.

Dunworthy s'assit. Il y avait sur la table une crèche. Des moutons en plastique cernaient un nouveau-né couché dans une mangeoire.

— Encore heureux qu'il n'ait pas opté pour un

transfert en différé. C'est Badri qui l'a convaincu de s'en tenir à un séjour en temps réel.

Il rapprocha du berger un mouton égaré.

— Si Gilchrist a conscience qu'il existe une différence, ajouta-t-il. Savez-vous ce qu'il m'a répondu lorsque je lui ai conseillé de procéder à un essai préalable ? « En cas de problème, nous n'aurions qu'à remonter plus loin dans le temps pour récupérer Mlle Engle avant que l'incident ne se produise. » Il ignore tout des paradoxes. Il n'a pas compris que tout ce qui arrivera à Kivrin dans le passé est irrévocable.

Mary louvoya entre les tables, un whisky dans une main et les bières dans l'autre. Elle posa le verre d'alcool devant lui.

— C'est ce que je prescris aux papas poules qui ont failli se faire renverser par un cycliste. Avez-vous été blessé ?

— Non.

— La semaine dernière, j'ai soigné un historien qui revenait de la Première Guerre mondiale. Il venait de passer quinze jours à Belleau sans une égratignure quand il s'est fait accrocher par un grand-bi.

Elle retourna au comptoir prendre des petits pains.

— J'ai horreur des paraboles, déclara Dunworthy en soupesant la Vierge en plastique. En différé, au moins n'aurait-elle pas couru le risque de mourir de froid. Elle a ce manteau en peau de lapin, mais Gilchrist semble avoir oublié que c'était le début de la petite période glaciaire.

Mary posa l'assiette et les serviettes en papier puis lui demanda :

— Savez-vous à qui vous me faites penser ? A cette femme dont vous m'avez parlé, Mme Meager.

C'était injuste. La mère de William, un des nouveaux étudiants de Balliol, était passée le voir à six reprises au cours du premier trimestre. La première fois, elle avait apporté une paire de protège-oreilles.

— Il va s'enrhumer, sans ça. Mon Willy a une santé fragile et je ne suis plus là pour veiller sur lui. Son directeur d'études se fiche de mes recommandations.

Son fils était bâti comme un chêne, et Dunworthy avait déclaré :

— Je suis certain qu'il ne fera pas d'imprudences.

C'était une erreur. Elle avait dû l'inscrire sur la liste des individus qui se désintéressaient du sort de son Willy. Mais elle était malgré tout revenue tous les quinze jours apporter des vitamines et exiger le retrait de son rejeton de l'équipe d'aviron, un sport exténuant.

— Ce n'est pas comparable, protesta Dunworthy. Au XIVᵉ siècle, assassins et voleurs étaient légion.

— Comme à Oxford de nos jours, à en croire Mme Meager. Mais elle ne peut garder son fils dans un cocon. C'est pareil pour Kivrin. Ce n'est pas en restant chez vous que vous êtes devenu un historien. Elle devait partir, quels que soient les dangers. Tous les siècles se valent, James.

— La peste noire ne ravage pas celui-ci.

— Mais la Pandémie a fait soixante-cinq millions de victimes. En outre, l'épidémie ne s'était pas encore déclarée, en 1320.

Elle posa sa chope sur la table et la Vierge Marie bascula.

— Je l'ai malgré tout vaccinée contre la peste bubonique, ce qui démontre que je fais moi aussi de la Meagerite aiguë. Quoi qu'il en soit, ce n'est jamais ce qu'on redoute le plus qui se produit.

— Voilà qui me réconforte.

Il posa Marie à côté de Joseph. Elle fit une autre culbute. Il la redressa avec précaution.

— Ça devrait vous rassurer, étant donné que vous avez dû envisager les pires calamités et qu'en conséquence elle ne craint plus rien. Elle doit être dans un château et savourer une tourte au faisan, même si ce n'est pas l'heure du déjeuner pour elle.

— Un décalage est inévitable... Dieu seul connaît son importance, vu que Gilchrist s'est passé d'un contrôle des paramètres. Badri pense à quelques jours...

Ou quelques semaines, ajouta-t-il en son for intérieur. En janvier aucune fête religieuse ne lui permettrait de déterminer la date. Et même un écart de seulement quelques heures lui eût valu de se matérialiser sur cette route au cœur de la nuit.

— J'espère qu'elle ne ratera pas la messe de minuit, dit Mary. Elle tenait tant à y assister.

— Elle a quinze jours de battement. Le calendrier grégorien n'a été adopté qu'en 1752.

— Je sais. Gilchrist en a parlé dans son discours. Il a brodé sur cette réforme. J'ai même cru qu'il allait nous faire un dessin. Quel jour est-ce, pour eux ?

— Le treize décembre.

— Quand Deirdre et Colin sont allés vivre aux Etats-Unis, je me suis rongé les sangs mais je n'étais pas synchronisée. Je m'imaginais qu'une voiture écrasait mon petit-neveu sur le chemin de l'école alors que c'était là-bas le milieu de la nuit. Pour être vraiment angoissé, il faut pouvoir se représenter de tels drames dans leurs moindres détails, conditions atmosphériques incluses. J'ai fini par ne plus savoir de quoi je devais m'inquiéter et j'ai retrouvé un esprit serein. Ce sera pareil, pour Kivrin.

Elle disait vrai. Il venait de se la représenter gisant parmi les malles éparses, une heure après son départ. Si nul voyageur n'était passé par là, elle n'avait pas dû rester immobile et les yeux clos alors qu'elle pouvait découvrir le monde médiéval.

Pour son premier voyage dans le passé, Dunworthy avait effectué des aller et retour afin de permettre au tech de calibrer les instruments de relèvement. Envoyé dans la cour de Balliol au milieu de la nuit, il devait attendre la fin des calculs pour être récupéré. Mais il était à Oxford, en 1956, et il avait couru jusqu'à la bibliothèque Bodléienne. Le tech avait entre-temps rouvert la porte temporelle... et failli succomber à une crise cardiaque en constatant sa disparition.

Kivrin bouillait d'impatience. Il l'imagina, scrutant la route Oxford-Bath dans l'espoir d'y apercevoir des voyageurs, prête à se rallonger aussitôt sur le sol. Il se sentit rassuré.

Tout se passerait bien. Elle reviendrait dans quinze jours avec un manteau crotté et de nombreux récits à leur raconter. Des histoires sans doute terrifiantes, de quoi alimenter pour longtemps ses cauchemars.

— Elle s'en tirera, affirma Mary.

— Je sais.

Il alla chercher d'autres consommations.

— Quand doit arriver votre petit-neveu ?

— A quinze heures. Colin restera une semaine, et je ne sais pas comment l'occuper. J'envisage de le conduire à l'Ashmolean. Les enfants adorent les musées. Il sera fasciné par la robe de Pocahontas et le reste.

Dunworthy n'avait pas trouvé ce bout de tissu plus intéressant que le cache-nez destiné à Colin.

— Je conseillerais plutôt le Muséum d'Histoire naturelle.

Ils entendirent des tintements. Dunworthy regarda vers la porte. Son secrétaire se dressait sur le seuil et parcourait la salle des yeux.

— Je devrais envoyer mon petit-neveu visiter la tour Carfax. Peut-être réussira-t-il à détruire ce maudit carillon, grommela Mary.

— C'est Finch, dit Dunworthy.

Il agita la main, mais l'homme venait déjà vers eux.

— Je vous ai cherché partout, monsieur. Nous avons un problème.

— Au sujet du relèvement ?

— Quel relèvement ? Non, des Américaines. Elles sont arrivées plus tôt que prévu.

— Quelles Américaines ?

— Les carillonneuses du Colorado. Les représentantes de la Guilde Féminine des Sonneuses des Etats de l'Ouest.

— Ne me dites pas que nos carillonneurs ne vous suffisaient pas et que vous en avez importé ! s'exclama Mary.

— Ne devaient-elles pas débarquer le vingt-deux ?

— C'est aujourd'hui, monsieur, répondit Finch. J'ai appelé le Médiéval et M. Gilchrist m'a informé que vous étiez allé arroser l'événement.

— Je n'arrose rien. J'attends le relèvement.

— Vous deviez leur montrer les cloches locales, monsieur.

— Inutile d'attendre ici, James, intervint Mary. Je vous joindrai à Balliol sitôt que nous aurons les résultats.

— J'irai là-bas ensuite. Finch, faites-leur visiter

la faculté et servir le déjeuner. Ça les occupera un moment.

— Elles doivent repartir à seize heures. Elles donnent dans la soirée un concert à Ely et tiennent absolument à voir les cloches de Christ Church.

— Alors, servez-leur de guide. Montrez-leur Great Tom et faites-les grimper dans la tour de St. Martin. Emmenez-les au New College. Je vous rejoindrai dès que je le pourrai.

Finch ouvrit la bouche pour poser une question, se ravisa.

— Je le leur dirai, monsieur.

Il repartit vers la porte, s'arrêta, fit demi-tour.

— J'ai failli oublier, monsieur. Le vicaire a appelé. Il voudrait que vous lisiez les Saintes Ecritures à l'occasion de la messe œcuménique qui se tiendra cette année à St. Mary the Virgin.

— Répondez que c'est d'accord, accepta Dunworthy, trop heureux d'être débarrassé des carillonneuses. Et demandez-lui la clé du beffroi, pour que ces Américaines puissent le visiter.

— Bien, monsieur. Ne devrais-je pas les conduire à Iffley ? Le clocher du XIe siècle est absolument magnifique.

— Certainement. Allez-y.

— Bien, monsieur.

Il repartit vers le seuil et les tintements de « Noël, quand tu reviens ».

— Vous êtes dur avec lui, lui reprocha Mary. Les Américaines ont parfois de quoi terrifier les hommes les plus endurcis.

— Il reviendra dans cinq minutes me demander par quoi il doit débuter la visite. Il n'a aucun esprit d'initiative.

— N'est-ce pas une qualité, à vos yeux ? Au

moins ne risque-t-il pas de s'éclipser au Moyen Age.

La porte se rouvrit, sur la même mélodie.

— Il doit souhaiter me consulter au sujet du menu.

— Bœuf et légumes bouillis. Elles seront ravies de pouvoir dire du mal de notre cuisine. Oh, Seigneur !

Dunworthy se tourna. Se découpant contre la luminosité grisâtre du monde extérieur, Gilchrist parlait à Latimer qui bataillait pour refermer son parapluie.

— Les inviter à se joindre à nous serait la moindre des politesses, fit remarquer Mary.

Dunworthy tendait déjà la main vers son pardessus.

— Soyez polie si ça vous chante. Je ne tiens pas à les entendre se congratuler parce qu'ils ont risqué la vie d'une jeune fille inexpérimentée.

— Vous me faites à nouveau penser à qui vous savez. Seraient-ils venus ici, s'il y avait un problème ? Badri a peut-être terminé le relèvement.

— Il n'en a pas eu le temps. Il a dû les mettre à la porte pour pouvoir travailler en paix.

Gilchrist le vit et se détourna pour ressortir, mais Latimer se dirigeait déjà vers eux et il dut l'imiter.

— Avez-vous le relèvement ? demanda Dunworthy.

— Le relèvement ?

— La détermination des coordonnées spatiales et temporelles du point d'arrivée de Kivrin.

— Votre tech a dit qu'il en aurait pour plus d'une heure et qu'il viendrait nous rejoindre ensuite. Il a cependant précisé qu'en fonction des calculs préliminaires le décalage devait être insignifiant.

— C'est une excellente nouvelle, dit Mary, soulagée. Venez vous asseoir. Prendrez-vous quelque chose ?

Elle s'était adressée à Latimer qui boutonnait le fermoir de son parapluie.

— Ma foi, c'est un grand jour. Un brandy. *Je ne suis point des excessifs importuns, mais j'ai la pépie dont suis au vent comme un châssis.*

Une baleine embrocha le ruban de tissu.

Dunworthy était plus détendu. Le décalage avait été son principal souci. C'était l'élément le plus imprévisible d'un transfert, même lorsque tous les paramètres avaient été contrôlés.

C'était par ce moyen que le Temps se protégeait des paradoxes, empêchait les collisions, les rencontres et les actes à même de modifier le cours de l'Histoire. Un voyageur temporel ne pouvait en aucun cas arriver à un instant où il aurait la possibilité d'éliminer Hitler ou de sauver un enfant de la noyade.

Mais il était impossible de déterminer à l'avance quels étaient ces moments critiques, ou de prévoir l'importance du phénomène. Les contrôles des paramètres fournissaient un éventail de probabilités, mais Gilchrist s'en était passé. Kivrin avait pu se matérialiser dans le passé deux semaines ou un mois après la date prévue. Peut-être en avril, vêtue d'un manteau doublé de fourrure et d'une cotte d'hiver.

Cependant, Badri parlait d'un décalage infime. Autrement dit, pas plus de quelques jours. Elle pourrait s'informer de la date et être ponctuelle au rendez-vous.

— Un brandy, monsieur Gilchrist ? demandait Mary.

— Non, merci.

Elle prit un autre billet froissé et regagna le comptoir pendant que Gilchrist se tournait vers Dunworthy pour lui dire :

— Votre tech s'en est bien tiré. Le Médiéval souhaiterait vous l'emprunter pour le prochain transfert. Nous voudrions envoyer Mlle Engle en 1355, afin qu'elle observe les effets de la peste noire. Les récits de l'époque ne sont pas fiables, surtout en ce qui concerne la mortalité. Le chiffre de cinquante millions de décès est certainement exagéré, tout comme les estimations voulant qu'entre un tiers et la moitié des Européens aient péri.

— Ne brûlez-vous pas les étapes ? Vous devriez attendre le retour de Kivrin.

— Que vous considériez le Médiéval incapable de réussir un transfert est insultant, lança Gilchrist, vexé. Nous avons étudié tous les aspects de la question.

« Selon les Probabilités, un voyageur emprunte la route Oxford-Bath à 1,6 heure d'intervalle et 92 % des contemporains devraient croire son histoire d'agression. Dans l'Oxfordshire, les risques de se faire détrousser étaient de 42,5 % en hiver et de 58,6 % en été. C'est une moyenne, naturellement. Wychwood et Otmoor étaient plus dangereux, de même que les petites routes.

Dunworthy se demandait sur quoi les Probabilités s'étaient basées pour obtenir de tels pourcentages. Le Grand Livre cadastral ne dressait pas la liste des bandits de grand chemin, à l'exception des percepteurs qui exigeaient parfois plus que leur dû. Les coupe-jarrets de l'époque ne tenaient pas des registres où ils notaient à la fois les noms des malheureux qu'ils dépouillaient et le lieu où ils leur tendaient une embuscade. On apprenait la mort d'un voyageur en constatant qu'il ne regagnait pas son foyer. Et combien de cadavres abandonnés dans les bois n'avaient jamais été découverts ?

— Je vous assure que nous avons pensé à tout, affirmait Gilchrist.

— Vous n'avez pas vérifié les paramètres.

Mary revint et posa un verre de brandy sur la table.

— Tenez, monsieur Latimer.

Elle suspendit le parapluie de l'homme au dossier de son siège et s'assit près de lui.

— Je disais à M. Dunworthy que nous n'avons rien négligé, fit Gilchrist en prenant un roi mage qui tenait une boîte dorée. La cassette cerclée de cuivre est, par exemple, l'exacte reproduction d'un coffret à bijoux de l'Ashmolean.

Il reposa la figurine.

— Quant à son prénom, c'est le plus fréquemment mentionné dans le rôle des impôts et le *Regista Regum* de 1295 à 1320.

— Les Isabel étaient nombreuses en Angleterre depuis le XIIe siècle, confirma Latimer sur un ton de conférencier. Nous le devons à Isabelle d'Angoulême, l'épouse de Jean sans Terre.

— Kivrin m'a précisé que son personnage a effectivement existé, intervint Dunworthy. Son père était un noble du Yorkshire.

— En effet, déclara Gilchrist. Gilbert de Beauvrier a eu quatre filles. Nous savons que l'âge de l'une d'elles correspond mais pas quel était son prénom. La pratique était courante. On ne les désignait que par leur nom de famille et leurs liens de parenté, même dans les registres paroissiaux et sur leurs pierres tombales.

Mary posa la main sur le bras de Dunworthy et s'empressa de demander :

— Pourquoi avez-vous choisi le Yorkshire ? N'est-elle pas très loin de chez elle ?

A sept siècles, pensa Dunworthy. A une époque où les femmes avaient si peu d'importance qu'on ne daignait même pas inscrire leur prénom sur leur tombe.

— C'est une suggestion de Mlle Engle, précisa Gilchrist. Pour dissuader quiconque de contacter les siens.

Ou de vouloir la reconduire chez elle, à des milles du point de récupération. Kivrin avait dû chercher dans les rôles du fisc et les registres paroissiaux une famille ayant une fille de son âge et aucun lien avec la cour, des gens qui vivaient assez loin pour que la neige et les routes impraticables interdisent à un messager d'aller leur annoncer qu'Isabel avait été retrouvée.

— Le Médiéval a pensé à tout. Prenons la maladie de son frère, le prétexte de son voyage. Nous aurions pu nous contenter du choléra ou d'une septicémie, mais nous savons qu'en 1319 une épidémie de grippe a fait des ravages dans le Gloucestershire.

— James, fit Mary.

— Sa tenue est cousue main, sa robe teinte avec une guède préparée selon une recette médiévale. Et Mlle Montoya fait des fouilles dans le village de Skendgate où Kivrin passera ces deux semaines.

— Si tout se déroule comme prévu, grommela Dunworthy.

— James, répéta Mary.

— Quelles précautions avez-vous prises pour éviter que l'individu qui passe toutes les 1,6 heure ne décide de la conduire au couvent de Godstow ou dans un bordel de Londres ? S'il n'assiste pas à sa matérialisation et ne l'accuse pas de sorcellerie, cela va de soi. Comment pouvez-vous être certain que ce sera un honnête homme et non un de ces bandits qui détroussaient 42,5 % des voyageurs ?

— Selon les Probabilités, le risque que quelqu'un soit sur les lieux lors de son arrivée est inférieur à 0,04 %.

— Oh, voilà Badri ! dit Mary qui se leva pour s'interposer entre les deux hommes. Nous ne vous attendions pas si tôt. Avez-vous obtenu le relèvement ?

Le tech n'avait pas de manteau et ses vêtements étaient trempés. Elle lui désigna un siège, à côté de Latimer.

— Vous êtes gelé. Asseyez-vous, pendant que je vais vous chercher un remontant.

— Avez-vous les résultats ? demanda Dunworthy.

— Oui, répondit Badri en claquant des dents.

— C'est parfait, déclara Gilchrist.

Il se leva et lui tapota l'épaule avant de se tourner vers le barman.

— Avez-vous du champagne ?

Il alla vers le comptoir, suivi des yeux par le tech qui se massait les bras et frissonnait, l'air absent.

Mary revint avec un verre d'alcool, qu'elle lui tendit.

— Tenez, ça va vous réchauffer. Buvez. Ordre du médecin.

Il lorgna la boisson avec méfiance.

— Qu'y a-t-il ? voulut savoir Dunworthy. Il n'est rien arrivé à Kivrin, j'espère ?

— Kivrin...

Badri reprit brusquement ses esprits et posa le verre.

— Venez, dit-il.

Il repartit en louvoyant entre les tables.

— Que se passe-t-il ? demanda Dunworthy.

Il se leva. Les personnages de la crèche s'effondrèrent. Un mouton fit des culbutes et tomba sur le sol.

Badri ouvrit la porte sur une adaptation de l'« Ave Maria ».

— Ne partez pas, nous allons arroser ça ! lui cria Gilchrist qui revenait avec une bouteille et des coupes.

Dunworthy saisit son pardessus. Mary prit son sac.

— Qu'arrive-t-il ?

Sans répondre, Dunworthy sortit derrière Badri. Le tech chargeait les passants, sans les voir ni remarquer qu'il pleuvait à seaux. Dunworthy enfila son pardessus et resta dans son sillage au sein de la foule.

Il y avait un problème. Un décalage important ou une erreur de calcul. Une panne du transmetteur, peut-être. Mais, en ce cas, les sécurités auraient empêché Kivrin de quitter leur époque. Par ailleurs, cet homme disait qu'il avait obtenu le relèvement.

Badri traversa la chaussée et un cycliste ne l'évita que de justesse. Dunworthy se glissa entre deux femmes aux bras encombrés de sacs volumineux et enjamba un fox-terrier. Il rattrapa le tech deux portes plus loin.

— Badri !

L'homme regarda dans sa direction et bouscula une dame entre deux âges qui lâcha son parapluie à fleurs couleur lavande.

L'objet s'envola et rebondit sur la chaussée. Emporté par son élan, le tech manqua se prendre les pieds dans ses baleines.

— Regardez où vous allez ! gronda la femme.

— Désolé, balbutia Badri, hébété.

Il se baissa pour ramasser le parapluie qui tentait de lui échapper. Il réussit à saisir sa poignée et le tendit à la femme au visage rouge de colère ou de froid, ou encore des deux.

— Désolé ? répéta-t-elle en levant le manche comme pour le frapper. C'est tout ce que vous trouvez à dire ?

Il porta la main à son front mais se ressaisit et repartit au pas de course. Il franchit le portail de Brasenose, traversa la cour et entra par une porte latérale. Quand Dunworthy le rejoignit dans le laboratoire, il était penché sur la console et fixait un moniteur.

Dunworthy craignait que l'écran ne fût couvert de charabia ou, pire, vierge. Mais il y vit les colonnes de chiffres et les graphiques d'un relèvement.

— C'est ça ? s'enquit-il, le souffle court.

— Oui.

L'homme se tourna. Il tremblait, et son expression était étrange. Il paraissait remettre de l'ordre dans ses pensées.

— Lorsque je...

La porte de verre claqua. Gilchrist et Mary entrèrent, suivis de près par Latimer qui se colletait avec son parapluie.

— Qu'y a-t-il ? Que s'est-il passé ? voulut savoir Mary.

— Quand ? demanda Dunworthy.

— J'ai obtenu le relèvement, dit Badri.

Il désigna le moniteur et Gilchrist se pencha sur son épaule pour demander :

— Que signifient ces symboles ?

— Quand ? répéta Dunworthy.

Badri se toucha le front.

— Ce n'est pas normal.

— *Quoi*? Le décalage?

— Est-ce que ça va, Badri? s'enquit Mary.

Il avait à nouveau un air étrange, comme s'il estimait que la réponse réclamait mûre réflexion.

— Non, dit-il enfin.

Et il s'effondra sur la console.

3

Elle entendait le carillon, des tintements grêles qui lui rappelaient la musique jouée au lycée pour les fêtes de fin d'année. La salle était insonorisée mais les sons cristallins lui parvenaient chaque fois qu'on ouvrait la porte de l'autre pièce.

Le docteur Ahrens était arrivée la première, suivie peu après par M. Dunworthy. Elle redoutait un report du transfert. Ahrens avait souhaité tout interrompre en découvrant une boursouflure rouge sous son bras, là où elle lui avait inoculé les antiviraux.

— Vous n'irez nulle part avant un retour à la normale, avait-elle déclaré.

Et elle avait refusé de lui délivrer une autorisation de sortie de l'hôpital. Kivrin souffrait toujours de démangeaisons mais s'abstenait d'en parler au médecin, qui aurait pu en informer M. Dunworthy. L'angoisse rongeait cet homme, depuis qu'elle lui avait annoncé son départ.

Il y a pourtant deux ans que je l'ai informé de mes intentions, pensa-t-elle. Mais la veille, lorsqu'elle était allée lui montrer son costume, il avait une fois de plus tenté de la convaincre de renoncer à ses projets :

— Le Médiéval ne m'inspire pas confiance. Et même si les précautions d'usage étaient prises, je m'opposerais à ce qu'une jeune femme aille seule au Moyen Age.

— Tout a été prévu. Je suis Isabel de Beauvrier, fille de Gilbert de Beauvrier, un noble qui a vécu dans l'East Riding de 1276 à 1332.

— Et qu'étiez-vous censée faire sans escorte sur la route reliant Oxford à Bath ?

— J'étais accompagnée de serviteurs et j'allais au monastère d'Evesham chercher mon frère agonisant, quand des voleurs nous ont attaqués.

— Des voleurs…

— L'idée est de vous. Vous m'avez dit que les jeunes femmes de bonne famille ne voyageaient jamais seules. Mes gens ont pris la fuite quand ces bandits sont venus s'approprier mes chevaux et mes biens. M. Gilchrist trouve cette histoire plausible. Les Probabilités…

— Elle est plausible parce que les brigands étaient très nombreux, à l'époque.

— Ainsi que les malades contagieux, les chevaliers en maraude et autres individus peu recommandables. N'y avait-il pas des gens fréquentables, au Moyen Age ?

— Ils étaient occupés à dresser des bûchers pour immoler les sorcières.

Elle avait décidé de changer de sujet et s'était tournée pour lui permettre d'admirer sa cotte bleue et son manteau doublé de fourrure blanche.

— Je suis venue vous montrer mon costume. Je laisserai mes cheveux tomber sur les épaules, bien sûr.

— Porter du blanc est ridicule. C'est bien trop salissant.

Son humeur ne s'était pas améliorée depuis. Il

faisait les cent pas derrière la séparation de verre tel un futur papa dans une maternité. Elle craignait qu'il ne décidât de réclamer l'interruption de l'expérience.

Il y avait déjà eu des retards et des reports. M. Gilchrist s'était fait un devoir de lui expliquer le fonctionnement de l'enregistreur, comme à une élève de première année. Nul n'avait confiance en elle, sauf peut-être Badri. Et même le tech était d'une prudence exaspérante. Il passait son temps à tout effacer pour saisir des séries complètes de nouvelles coordonnées.

Elle avait cru que le moment du départ ne viendrait jamais et à présent qu'il était proche, l'attente devenait insoutenable. Allongée sur le dos, les yeux clos, elle se demandait ce qui se passait autour d'elle. Latimer déclara à Gilchrist qu'il s'interrogeait sur l'orthographe de son prénom, comme si elle risquait de rencontrer des gens qui savaient lire. Montoya vint lui rappeler qu'elle reconnaîtrait Skendgate aux fresques du Jugement dernier de son église, comme si elle ne le lui avait pas déjà rabâché une douzaine de fois.

Quelqu'un, sans doute Badri, vint déplacer légèrement son bras et tirer sur sa jupe. Le sol était dur, et un objet lui meurtrissait les côtes. Elle entendit la voix de M. Gilchrist et à nouveau les tintements.

Elle craignait que le docteur Ahrens fût allée lui chercher un vaccin supplémentaire, ou que M. Dunworthy eût décidé de se rendre à la Faculté d'Histoire pour réclamer une révision de classification.

Elle entendait toujours le carillon, sans reconnaître la mélodie. Ce n'était qu'un son cristallin lent et régulier, et elle pensa : Ça y est, je suis de l'autre côté.

Elle gisait sur le flanc gauche, les jambes écartées, l'avant-bras sur le visage pour parer un coup assené vers sa tempe. Dans cette position, elle pouvait entrouvrir les yeux, mais elle se contentait pour l'instant de tendre l'oreille.

Les tintements étaient les seuls bruits audibles. Si elle était sur une route au XIVe siècle, il aurait dû y avoir des oiseaux et des écureuils. Son apparition soudaine ou le halo miroitant du transmetteur avait dû les réduire au silence.

Finalement, un gazouillis. Un autre. Des bruissements à proximité. Un écureuil ou un mulot. Des murmures. Sans doute le vent dans les branches. Et toujours cette cloche dans le lointain.

Qu'annonçait-elle ? Les vêpres ou les matines ? Badri n'avait fait aucun pronostic sur l'importance du décalage temporel. Il souhaitait reporter son départ pour effectuer une série de tests, mais M. Gilchrist avait rétorqué que les Probabilités donnaient une moyenne de 6,4 heures.

Elle était sortie de la salle de préparation à onze heures moins le quart — Mlle Montoya avait jeté un coup d'œil à sa montre et elle s'était renseignée — mais elle n'aurait pu dire combien de temps s'était écoulé ensuite.

Son départ avait été prévu pour midi. S'il n'y avait eu aucun contretemps et que les calculs des Probabilités étaient fiables, il devait être dix-huit heures, trop tard pour les vêpres.

Etait-ce une messe, un enterrement ou un mariage ? Au Moyen Age, on sonnait les cloches pour annoncer les invasions et les incendies, aider un enfant égaré à retrouver le chemin de son village et même essayer d'éloigner les orages.

M. Dunworthy eût opté pour l'hypothèse des funérailles. Ne lui avait-il pas dit :

— Au XIVᵉ siècle, l'espérance de vie était de trente-huit ans. A condition d'échapper au choléra, à la variole et la septicémie, de ne pas ingérer de la viande avariée ou de l'eau polluée et de ne pas être piétiné par un cheval ou brûlé vif pour sorcellerie.

Et de ne pas mourir de froid, ajouta-t-elle à cette liste. Elle s'ankylosait. Ce qui lui meurtrissait le flanc avait glissé entre ses côtes et tentait de lui perforer le poumon. M. Gilchrist lui avait dit de rester immobile quelques minutes puis de se relever en titubant. Mais la route était peu fréquentée et elle avait décidé d'attendre plus longtemps le passage d'un voyageur, pour conserver les avantages d'un pseudo-évanouissement.

En dépit du fait que M. Dunworthy était convaincu que tous les Anglais mâles de l'époque se jetteraient sur elle pour la violer pendant que les femmes entasseraient des fagots sur le bûcher dressé à son intention. Consciente, elle devrait répondre aux questions de ses sauveteurs. Si elle feignait d'avoir été assommée, ils parleraient de choses et d'autres... et lui fourniraient ainsi des renseignements précieux.

Cependant, suivre les instructions de M. Gilchrist était tentant. Elle était impatiente de regarder autour d'elle. Le sol était glacé, ses côtes la faisaient souffrir, et la cloche scandait les élancements qui traversaient son crâne. Le docteur Ahrens lui avait parlé des symptômes du décalage temporel — migraines, insomnie et bouleversement des rythmes circadiens. Elle était transie. Etait-ce dû au transfert ou la froidure du sol traversait-elle son manteau ? Le décalage pouvait être plus important que prévu. N'était-ce pas la nuit ?

Auquel cas, et si elle gisait au milieu d'une route,

elle devait se déplacer. Dans l'obscurité, un cheval ou un chariot risquait de l'écraser.

Puis elle se souvint que les cloches restaient muettes, après la fin du jour. En outre, de la lumière filtrait entre ses paupières. Cependant, si c'était l'heure des vêpres, le crépuscule approchait et il lui fallait reconnaître les lieux tant qu'elle bénéficiait d'un peu de clarté.

Elle écouta les oiseaux, le vent dans les branches, d'étranges crissements. La cloche se tut. Il n'y avait plus que son écho et un bruit très léger, les sifflements d'une respiration ou les bruissements de pas dans les feuilles mortes, très près d'elle.

Kivrin se crispa et espéra que son manteau avait dissimulé ce mouvement involontaire. Un homme, ou un animal, se dressait à proximité. C'était pour elle une certitude. Elle sentait désormais le souffle d'une haleine caresser sa joue. Après une éternité, elle prit conscience qu'elle avait cessé de respirer et exhala lentement. Elle tendit l'oreille, mais seul son pouls était audible. Elle inspira à pleins poumons et gémit.

Rien. L'intrus ne bougeait pas, il ne faisait aucun bruit. M. Dunworthy avait eu raison de dire que feindre un évanouissement ne représentait pas la meilleure solution quand des loups rôdaient dans les parages. Et des ours. Les oiseaux se remirent à chanter. Soit ce n'était pas un prédateur, soit il était reparti. Elle ouvrit les yeux.

Elle vit sa manche, et sa migraine empira. Elle referma les paupières, geignit et déplaça son bras afin de dégager son champ de vision. Elle cilla.

Elle était seule et il faisait jour. Derrière un enchevêtrement de branches, le ciel était gris. Elle s'assit et regarda de tous côtés.

Lorsqu'elle avait fait part de ses intentions à M. Dunworthy, il avait aussitôt rétorqué :

— Le Moyen Age est la fosse à purin de l'Histoire. Les gens étaient sales et malades. Vous devez oublier tout ce que vous avez pu lire dans les contes de fées.

C'était un conseil plein de sagesse, mais elle se retrouvait avec son chariot et ses bagages dans une forêt enchantée, une clairière cernée de grands arbres qui se penchaient vers elle.

Elle gisait sous un chêne aux branches presque dénudées. Elle voyait des nids, dont les occupants, apeurés par ses mouvements, s'étaient tus. Un tapis de feuilles mortes et d'herbes sèches couvrait le sol. Ce qui lui meurtrissait le flanc n'était autre qu'un gland. Des champignons rouges pointillés de blanc étaient regroupés autour des racines noueuses du grand arbre. Cela, et tout le reste — les troncs, le chariot, le lierre —, était encore nimbé d'une aura de condensation miroitante.

Il était évident qu'elle n'était pas sur la route Oxford-Bath et qu'aucun voyageur ne la découvrirait dans moins de 1,6 heure. Ou jamais. Les cartes médiévales qu'ils avaient utilisées étaient aussi imprécises que l'affirmait M. Dunworthy. La route devait être plus au nord, et elle s'était matérialisée dans la forêt de Wychwood.

— Relevez immédiatement vos coordonnées spatiales et temporelles, lui avait dit Gilchrist.

Comment ? se demanda-t-elle. En posant la question aux oiseaux ? Ils étaient trop haut pour qu'elle pût seulement déterminer leur espèce, et comme leur extinction massive n'avait débuté que dans les années 1970, elle n'eût obtenu aucune indication utile, même s'il s'était agi de colombes ou de dodos.

Elle voulut s'asseoir et ils s'égaillèrent. Elle

attendit que le calme fût revenu puis s'agenouilla. Les battements d'ailes reprirent. Elle joignit les mains et ferma les yeux, pour faire croire à un éventuel voyageur qu'elle priait.

— Je suis arrivée, dit-elle.

Avant d'hésiter. Si elle déclarait qu'elle était au milieu d'un bois et non sur la route, cela confirmerait à Dunworthy que Gilchrist ne savait pas ce qu'il faisait et qu'elle aurait dû suivre ses conseils. Mais c'était sans importance, il n'entendrait son rapport qu'après son retour.

Si elle regagnait un jour son époque, ce qui serait impossible si elle était encore dans ces bois à la tombée de la nuit. Elle se leva et regarda de toutes parts. C'était la fin de l'après-midi ou le début de la matinée. M. Dunworthy lui avait appris à s'orienter grâce aux ombres, mais il fallait pour cela connaître l'heure. En outre, le sous-bois était plongé dans la pénombre.

Elle ne voyait ni route ni sentier. Elle fit le tour du chariot et des malles, pour chercher une percée entre les arbres. La forêt paraissait moins dense vers ce qu'elle pensait être l'ouest, mais lorsqu'elle alla de ce côté, elle découvrit des bouleaux dont les troncs pâles donnaient une illusion d'espace. Elle repartit dans la direction opposée.

La route n'était qu'à une centaine de mètres. Kivrin enjamba un arbre abattu, traversa un bosquet de saules et la vit. Mais elle ressemblait moins à une grande voie de communication qu'à un sentier. C'était donc à cela que ressemblaient les axes routiers qui étaient censés avoir ouvert l'Angleterre du XIVe siècle au commerce ?

La largeur ne permettait pas à des chariots de se croiser et les profondes ornières étaient pleines de feuilles mortes et d'eau croupie, des flaques recouvertes d'une pellicule de glace.

Elle était au fond d'une dépression et d'un côté — au nord? — la forêt s'interrompait à mi-pente. Kivrin regarda derrière elle. Elle apercevait le chariot — une tache bleutée indistincte —, mais nul n'y prêterait attention. Ici, la route plongeait dans la forêt en se rétrécissant. C'était un lieu idéal pour une embuscade.

Les éventuels voyageurs se hâteraient de franchir ce passage dangereux et s'ils entrevoyaient malgré tout le véhicule, cela les inciterait à éperonner leur monture.

Elle prit soudain conscience qu'ainsi tapie dans un bosquet elle évoquait plus un bandit de grand chemin que sa victime.

Elle s'avança sur la route et leva une main à sa tempe.

— *Harou! Harou! Je mi navree,* cria-t-elle.

L'interprète devait traduire automatiquement ses pensées en moyen anglais, mais Dunworthy avait insisté pour qu'elle apprît par cœur certaines phrases.

— *Harou! Larrons m'ont tout tolu.*

Elle envisagea de s'allonger sur la route, mais la journée tirait à sa fin. Une fois le soleil couché, elle ne pourrait plus voir ce qu'il y avait au-delà de la colline. Elle devait tout d'abord trouver un point de repère qui lui permettrait de regagner aisément la clairière.

Tous les saules se ressemblaient. Elle envisagea de placer une grosse pierre à l'endroit d'où le chariot était visible, mais elle n'en découvrit aucune. Elle repartit dans le bosquet sans faire cas des branches qui accrochaient son manteau et sa chevelure au passage, prit la petite cassette cerclée de cuivre et la rapporta sur le côté de la route.

Un passant pourrait la subtiliser, mais elle n'avait pas l'intention d'aller plus loin que le sommet de l'éminence. Avant de se diriger vers le village le plus proche, elle la remplacerait par quelque chose qui susciterait moins de convoitises. En outre, le gel avait durci les ornières, les feuilles et la glace des flaques n'avaient pas été piétinées. Il y avait longtemps que nul voyageur n'avait suivi cette route.

Elle redressa les herbes autour du coffret puis partit vers le haut de la colline. A l'exception de ce bourbier gelé, la chaussée était moins accidentée qu'elle ne l'avait craint et la terre tassée indiquait que des cavaliers l'empruntaient plus souvent que ne le laissaient présumer les apparences.

La pente était douce, mais Kivrin se sentit rapidement très lasse. Elle avait de violents maux de tête et elle espérait que les malaises dus au décalage temporel n'empireraient pas, car elle se savait loin de tout. Mais peut-être n'était-ce qu'une illusion. Rien ici ne lui confirmait qu'elle était en 1320.

Les ornières indiquaient simplement que la roue avait été inventée. Quant au reste, on trouvait même au XXIe siècle des chemins de terre à moins de cinq milles d'Oxford, gardés en l'état par le National Trust pour satisfaire les touristes américains et japonais.

Peut-être n'avait-elle pas remonté le temps et découvrirait-elle de l'autre côté de cette colline les fouilles de Mlle Montoya. Je ne tiens pas à l'apprendre en me faisant renverser par une bicyclette ou une automobile, pensa-t-elle. Elle se rapprocha du bas-côté. Non, si j'étais toujours à mon époque, je ne serais pas si lasse et je n'aurais pas de tels maux de tête.

Elle atteignit le sommet et s'arrêta, le souffle court. Elle avait eu raison de supposer qu'elle était très loin de la civilisation. Elle avait laissé la forêt derrière elle et son regard portait à des kilomètres. Dans l'autre direction, les bois s'étendaient à perte de vue. Si elle s'y était aventurée, elle se serait égarée.

Elle voyait aussi des arbres loin à l'est, le long d'un fleuve dont elle discernait les reflets argentés — la Tamise ? la Cherwell ? — et des bosquets pointillaient la campagne. Selon le Grand Livre, en 1096, plus de 15 % des terres avaient été boisées. Les Probabilités estimaient que le défrichage avait ensuite réduit ce pourcentage. Les statisticiens du XXIe siècle et les recenseurs du XIe étaient en deçà de la réalité. Il y avait des arbres partout.

Mais pas le moindre village. Elle aurait pourtant dû apercevoir entre les branches dénudées par l'hiver des églises et des manoirs.

Il devait cependant y avoir des habitations. Elle avait sous les yeux les champs longs et étroits caractéristiques du Moyen Age et un pâturage où paissaient des moutons. Loin à l'est, une tache grise devait être Oxford. Elle ferma les paupières à demi et discerna ses murailles et la silhouette trapue de la tour Carfax, mais pas les clochers de St. Frideswide ou d'Osney dans la clarté crépusculaire.

Le ciel bleu lavande virait au rose sur l'horizon ouest.

Kivrin se signa et joignit les mains, pour feindre de prier.

— Eh bien, monsieur Dunworthy, me voici à destination. Je pense être dans le secteur prévu, mais à environ cinq cents mètres au sud de la route Oxford-Bath, sur un chemin secondaire. Je vois Oxford à une dizaine de milles.

Elle donna une estimation de la saison et de l'heure puis décrivit ce qui l'entourait. Finalement, elle s'interrompit et enfouit son visage entre ses mains. Elle était censée préciser ses intentions mais hésitait encore. Il y avait probablement une douzaine de hameaux dans cette plaine et elle n'en voyait aucun, seulement des champs cultivés et ce chemin.

Un chemin qui descendait la colline pour disparaître dans un épais bosquet. Et, un demi-mille plus loin, la grand-route où le transmetteur aurait dû la déposer. Plus large et moins accidentée mais tout aussi déserte, pour autant qu'elle pouvait en juger.

Loin sur la gauche, à mi-chemin d'Oxford, elle remarqua un mouvement. Des vaches se dirigeaient vers des arbres qui dissimulaient sans doute des habitations. Mais ce n'était pas le village que Mlle Montoya lui avait demandé de visiter, car il se situait au sud de la route.

A condition qu'elle ne fût pas en un tout autre endroit. Elle avait reconnu Oxford et la Tamise qui s'incurvait vers une nappe de brouillard brunâtre. Londres, sans doute. Ce qui ne lui indiquait pas dans quelle direction se trouvait Skendgate. Et le temps pressait.

La nuit tomberait dans moins d'une demi-heure. Des lumières la guideraient peut-être, mais elle ne pouvait rester ici plus longtemps. Le ciel virait au pourpre et le froid devenait plus mordant. Le vent se levait. Elle ne désirait pas passer une nuit de décembre à errer dans les bois, avec pour toute compagnie une migraine atroce et des meutes de loups, mais elle ne voulait pas non plus attendre un voyageur hypothétique.

Oxford était trop loin pour qu'elle pût espérer l'atteindre. Si elle apercevait un village, n'importe lequel, elle y passerait la nuit et chercherait Skendgate le lendemain. Elle regarda derrière elle, sans voir ni lumières ni fumées. Rien. Elle claquait des dents.

Les cloches se mirent à sonner. Carfax fut la première. Elle reconnut son timbre caractéristique, bien qu'elle eût été refondue au moins trois fois depuis ce siècle. Les autres l'imitèrent, comme si elles avaient attendu son signal. Les vêpres, naturellement. Elles annonçaient aux paysans que le moment était venu d'interrompre les travaux des champs pour se consacrer à la prière.

Elles étaient presque à l'unisson, mais Kivrin les différenciait. Certaines étaient si lointaines qu'elle n'en entendait qu'un écho. Là, derrière ces arbres, et là, et là. Le hameau que regagnaient les vaches se nichait au-delà de cette crête, et les bêtes paraissaient aiguillonnées par ces appels.

Elle avait deux agglomérations devant elle... de l'autre côté de la grand-route et près du cours d'eau. Skendgate était là où elle l'avait supposé, dans la direction opposée, à moins de deux milles des ornières gelées.

Kivrin joignit les mains.

— J'ai déterminé l'emplacement du village, dit-elle en se demandant si les tintements des cloches seraient enregistrés dans le Grand Livre. Il est sur cette route secondaire. Je compte tirer le chariot jusqu'au chemin, gagner le hameau en titubant et m'effondrer sur le seuil de la première maison.

Une cloche était très lointaine. Etait-ce celle qui tintait à son arrivée ? Pourquoi avait-elle sonné avant les autres ? Dunworthy aurait peut-être eu raison de penser à un enterrement.

— Je vais bien, monsieur Dunworthy. Ne vous inquiétez pas pour moi. Je suis ici depuis plus d'une heure et il ne m'est encore rien survenu de fâcheux.

Le silence revint. La cloche d'Oxford donna à nouveau l'exemple mais le dernier coup résonna très longtemps dans les airs. Le ciel vira au violet et une étoile apparut au sud-est. Elle garda les mains jointes, en attitude de prière.

— Tout est magnifique, ici.

EXTRAIT DU GRAND LIVRE

(000249-000614)

Eh bien, monsieur Dunworthy, me voici à destination. Je pense être dans le secteur prévu, mais à environ cinq cents mètres au sud de la route Oxford-Bath, sur un chemin secondaire. Je vois Oxford à une dizaine de milles.

J'ignore à quelle heure je suis partie, mais si c'était midi comme prévu le décalage est d'approximativement quatre heures. C'est le début de l'hiver. Les feuilles sont tombées mais toujours intactes et seul un champ sur trois a été labouré. Je ne pourrai préciser quel jour nous sommes qu'après avoir atteint un village et interrogé quelqu'un. Mais vous le savez sans doute déjà, grâce au relèvement.

Je sais quant à moi que je suis au XIVe siècle. De la petite colline où je me trouve je vois ces champs allongés et étroits propres au Moyen Age, arrondis aux extrémités par le demi-tour des bœufs. Les pâturages sont délimités par des haies, saxonnes pour un tiers et normandes pour le reste. Les Probabilités donnaient un rapport de 25 %, mais ces calculs s'appliquaient au Suffolk, qui est situé plus à l'est.

Au sud et à l'ouest s'étend une forêt de feuillus. Wychwood? A l'est, j'aperçois la Tamise. Il me semble voir Londres, mais c'est impossible. En 1320, la ville doit s'arrêter à cinquante milles d'ici. Mais je discerne sans l'ombre d'un doute les murailles d'Oxford et la tour Carfax.

Tout est magnifique, ici, mais je n'ai pas l'impression d'avoir voyagé dans le temps. Je suis persuadée que si je descendais cette colline et allais à Oxford, je vous trouverais réunis dans le labo de Brasenose : Badri devant ses écrans, Mlle Montoya impatiente de reprendre ses fouilles, et vous, monsieur Dunworthy, inquiet comme une mère poule veillant sur ses poussins. Non, je n'arrive pas à croire que tant de siècles nous séparent.

4

Badri s'affaissa et son coude heurta la console. Pendant que Dunworthy regardait l'écran pour s'assurer qu'il n'avait pas enfoncé une touche et brouillé l'affichage, le tech s'effondra sur le sol.

Latimer et Gilchrist n'eurent pas, eux non plus, la présence d'esprit de le retenir. Latimer paraissait même ne rien avoir remarqué. Mary tendit la main, mais elle était en retrait et ne put saisir que sa manche. Elle s'agenouilla pour allonger l'homme sur le dos tout en glissant un écouteur dans son oreille.

Elle fouilla dans son cabas, en sortit un biper et garda la touche d'appel enfoncée pendant cinq secondes.

— Badri ? fit-elle d'une voix forte.

Et ce fut seulement à cet instant que Dunworthy prit conscience du silence. Gilchrist s'était figé et avait l'air furieux. *Je vous assure que nous avons tout prévu.* Cette possibilité n'avait pas dû lui effleurer l'esprit.

Mary relâcha le bouton et secoua les épaules de Badri. Pas de réaction. Elle inclina la tête de l'homme en arrière et se rapprocha. Il respirait encore. Sa poitrine se soulevait et s'affaissait. Mary se redressa et toucha la veine jugulaire. Après ce qui parut durer une éternité, elle colla le biper à sa bouche.

— Je suis à Brasenose, dans le labo d'histoire. Un cinq-deux. Chute. Syncope. Pas de symptômes de crise cardiaque.

Elle libéra le bouton et remonta les paupières du tech.

— Syncope ? répéta Gilchrist. Que s'est-il passé ?

— Vous ne voyez pas qu'il s'est évanoui ? répondit-elle avec irritation avant de s'adresser à Dunworthy : Passez-moi ma trousse. Dans mon cabas.

Elle l'avait renversé pour sortir le biper. Il tria le fouillis de paquets et trouva une boîte en plastique, qu'il ouvrit. Elle était pleine de papillotes enveloppées de papier métallisé rouge et vert. Il remit le tout à l'intérieur.

— Grouillez-vous, bon sang, fit Mary en déboutonnant la chemise du tech.

— Je ne...

Elle lui arracha le sac des mains et le retourna.

Les bonbons roulèrent de toutes parts. Le cache-nez tomba de sa boîte. Mary saisit son sac à main, tira la fermeture à glissière et sortit une trousse. Elle y trouva un bracelet qu'elle glissa au poignet du malade puis se tourna pour lire sa tension sur un moniteur de poche.

Dunworthy ne savait pas interpréter la courbe sinusoïdale et l'expression de Mary ne lui fournissait aucun indice. Peut-être n'était-ce qu'un simple évanouissement. Mais les gens ne s'effondraient ainsi que dans les romans et les films. Il devait être blessé, ou malade. Il était déjà en état de choc, à son entrée dans le pub. Une bicyclette l'avait-elle percuté ? Cela eût expliqué ses propos décousus, son agitation.

Mais pas le fait qu'il était sorti sans manteau et lui avait dit : « Venez. Ce n'est pas normal. »

Dunworthy se tourna vers l'écran du transmetteur. Les matrices n'avaient apparemment pas changé. Il ignorait leur signification, mais il ne leur trouvait rien d'inquiétant. En outre, le tech avait précisé que Kivrin était bien arrivée à destination. *Mais aussi qu'il se passait quelque chose d'anormal.*

Mary tapota ses bras, sa cage thoracique, ses jambes. Il cilla, et referma les yeux sitôt après.

— Savez-vous s'il a des problèmes de santé ?

— C'est le tech de M. Dunworthy, dit Gilchrist.

Sur un ton accusateur, pour indiquer qu'il suspectait son collègue d'avoir voulu saboter son projet.

— Pas que je sache, répondit ce dernier. Il a dû passer un examen complet au début du trimestre.

Mary prit un stéthoscope et écouta son cœur, vérifia sa tension, reprit son pouls.

— Est-il diabétique, ou sujet à des crises d'épilepsie ?

— Non.

— Lui arrive-t-il de prendre de l'endorphine ou des stupéfiants prohibés ?

Sans attendre une réponse, elle réutilisa son biper.

— Ici Ahrens. Pouls à 110. Tension 100/60. Je vais analyser son sang.

Elle déchira un sachet contenant de la gaze.

Si Badri avait pris de la drogue, cela eût expliqué sa surexcitation, ses propos décousus. Mais l'examen médical comportait un test de dépistage, et il n'aurait pu terminer les calculs compliqués du transfert. *Ce n'est pas normal.*

Mary planta un cathéter dans le bras de son patient, qui rouvrit les paupières.

— Badri, m'entendez-vous ?

Elle emboîta un petit appareil à la sonde puis plongea la main dans la poche de son manteau et en sortit une pastille rouge vif.

— Avalez cette thermosonde, ordonna-t-elle.

Elle la glissa entre ses lèvres, mais il la recracha. Elle fouilla dans sa trousse.

— Avertissez-moi dès que vous verrez quelque chose apparaître sur le moniteur, dit-elle à Dunworthy.

Elle fit disparaître tout le reste dans la pochette puis s'intéressa au contenu de son sac à main.

— Où est-ce que j'ai bien pu fourrer ce thermomètre épidermique ?

— Ça y est, annonça Dunworthy.

Mary prit son biper et lut des nombres.

— Vous devez… commença Badri, avant de murmurer : J'ai froid.

Dunworthy retira son pardessus. Le vêtement

était trop humide pour qu'il pût en couvrir le malade et il chercha du regard autre chose. Si l'incident s'était produit avant le départ de Kivrin, ils auraient utilisé son manteau. Il vit la veste du tech, roulée en boule sous la console. Il s'en saisit et l'étala sur le torse de son propriétaire.

— Je gèle...

Il frissonnait. Mary cessa de dicter des chiffres.

— Qu'a-t-il dit ?

Badri murmura des propos incompréhensibles puis, plus distinctement :

— Migraine.

— Avez-vous des nausées ?

Il secoua imperceptiblement la tête. Non.

— Quand... fit-il en agrippant le bras de la femme.

Elle prit son pouls, se renfrogna, toucha son front.

— Il a de la température.

— Il se passe quelque chose d'anormal, marmonna Badri.

Ses yeux se fermèrent. Sa main devint flasque. Mary regarda le cadran, toucha à nouveau son front.

— Où est passée cette saloperie de thermomètre ?

Elle fouillait une fois de plus sa trousse quand le biper émit un signal.

— Les voilà, dit-elle. Que quelqu'un aille leur montrer le chemin.

Les parameds, un homme et une femme, atteignirent la porte à l'instant où Dunworthy l'ouvrait. Ils se ruèrent dans la pièce avec d'énormes caisses de matériel d'intervention.

— Transport immédiat, ordonna Mary sans leur laisser le temps de déballer quoi que ce soit.

Elle se releva.

— Donnez-moi un thermomètre épidermique et faites-lui une perfusion de glucose, dit-elle à la femme.

— Je croyais que le personnel du Vingtième était soumis à un dépistage systématique, marmonnait Gilchrist. Le Médiéval n'autoriserait jamais...

Il s'écarta du passage du paramed qui revenait avec une civière.

— Overdose ? demanda l'homme.

— Non, répondit Mary. Avez-vous un thermomètre épidermique ?

— Pas sur moi, dit-il en branchant le goutte-à-goutte.

Il tint la poche en plastique au-dessus de sa tête pour accentuer les effets de la gravité puis la colla sur la poitrine de Badri avec un ruban adhésif.

Sa collègue remplaça la veste par une couverture grise.

— Froid, bredouilla le tech. Vous devez...

— Que devons-nous faire ? demanda Dunworthy.

— Le relèvement...

— Un, deux, dirent à l'unisson les parameds.

Et ils le soulevèrent et le déposèrent sur la civière.

— James, monsieur Gilchrist, vous devez m'accompagner à l'hôpital pour remplir les formulaires d'admission, déclara Mary. Et j'aurai besoin de ses antécédents médicaux. L'un de vous pourra profiter du voyage.

Sans ouvrir un débat avec Gilchrist, Dunworthy grimpa dans l'ambulance. Badri avait une respiration hachée et paraissait épuisé.

— Vous avez parlé d'une anomalie. Des problèmes avec le relèvement ?

— Je l'ai effectué.

Le paramed mâle reliait le malade à un nombre impressionnant de moniteurs.

— Le tech de Gilchrist s'est-il trompé dans les coordonnées ? C'est important.

Mary vint les rejoindre.

— En tant que remplaçant du recteur je dois rester auprès de cet homme, protesta Gilchrist.

— Retrouvez-nous aux Urgences, lui lança Mary avant de refermer les portes et de demander au paramed : Avez-vous sa température ?

— Oui. 39,5° avec une tension de 90/55 et un pouls de 115.

— L'anomalie, insista Dunworthy.

— Etes-vous bien installés, là derrière ? demanda la conductrice par l'interphone.

— Oui. Code un, répondit Mary.

— Puhalski a-t-il fait une erreur ?

— Non.

— C'est le décalage temporel, alors ?

— J'aurais dû...

Le mugissement des sirènes couvrit la fin de sa phrase.

— Quoi ? cria Dunworthy.

— Il y a quelque chose qui cloche, dit Badri.

Avant de perdre à nouveau connaissance.

Des sécurités interrompaient automatiquement tout transfert au moindre imprévu, hormis s'il concernait le décalage temporel ou les coordonnées spatiales. Or, Badri venait de déclarer que ces dernières étaient bonnes. Quelle pouvait être l'importance du décalage, alors ? Le tech n'eût pas couru jusqu'au pub en bras de chemise sous une pluie battante pour un écart insignifiant. Combien ? Un mois ? Un trimestre ? Mais n'avait-il pas déclaré à Gilchrist que les premières estimations laissaient supposer un décalage minime ?

Mary se pencha pour toucher son front.

— Ajoutez du thiosalicylate de sodium à la perfusion. Et lancez un dépistage W.B.C. James, dégagez le passage.

Il alla s'asseoir à l'arrière du véhicule.

Mary reprit son biper.

— Préparez-vous pour une analyse sanguine complète et un sérotypage.

— Pyélonéphrite ? demanda le paramed. Tension 96/60, pouls 120, température 39,5°.

— Je ne crois pas. Il aurait des douleurs abdominales. Mais cette température indique une infection.

Les plaintes des sirènes décrurent et moururent. Le paramed entreprit de débrancher les moniteurs.

— Nous sommes rendus, Badri, annonça Mary. Nous vous remettrons rapidement sur pied.

Il ne semblait pas l'avoir entendue. Elle remonta la couverture et posa le faisceau de câbles sur son ventre. La conductrice ouvrit les portes et ils sortirent la civière.

— Je veux une analyse sanguine complète, dit Mary.

Dunworthy descendit à son tour et la suivit vers les Urgences.

— Il me faut ses antécédents médicaux, dit-elle à l'employée du bureau des admissions. Badri... comment, James ?

— Chaudhuri.

— Numéro de Sécurité sociale ? demanda la réceptionniste.

— Je ne le connais pas. Il travaille à Balliol.

— Pourriez-vous m'épeler son nom ?

— C-H-A... commença-t-il.

Mary disparut à l'intérieur du service et il lui emboîta le pas.

L'autre femme se leva d'un bond et lui barra le passage.

— Désolée, monsieur. Vous devez attendre ici.

— Il faut que je parle à votre patient.

— Etes-vous un parent proche ?

— Non, son employeur. C'est très important.

— Il est en auscultation. Je vais déposer une demande d'autorisation de visite.

Elle retourna s'asseoir devant sa console, prête à intervenir au moindre geste suspect.

Dunworthy envisagea d'entrer malgré tout dans la salle d'examen, mais il craignait de se voir interdire à l'avenir les portes de l'hôpital. Par ailleurs, Badri ne pourrait rien lui apprendre. Depuis sa sortie de l'ambulance, il était inconscient.

La réceptionniste le dévisageait, méfiante.

— Ça vous écorcherait vraiment la langue de m'épeler son nom ?

Il s'exécuta puis demanda un téléphone.

— Au bout du couloir. Age ?

— Je ne sais pas. Dans les vingt-cinq ans. Il travaille à Balliol depuis quatre ans.

Il répondit aux autres questions du mieux qu'il le pouvait puis, après s'être assuré que Gilchrist n'était pas arrivé, il alla téléphoner à Brasenose. Il obtint le concierge, qui décorait un sapin de Noël artificiel posé sur le comptoir de la loge.

— Je dois parler à Puhalski, dit-il.

Il espérait que c'était bien le nom du tech débutant.

— Il n'est pas ici, fit l'homme en utilisant sa main libre pour suspendre une guirlande argentée aux branches.

— Demandez-lui de me rappeler dès son retour. C'est très important. Il pourra me joindre au…

Dunworthy attendit que le concierge eût régularisé les festons de la guirlande et noté l'indicatif sur la boîte des boules de Noël.

— S'il n'arrive pas à me contacter, dites-lui d'essayer le service des urgences de l'hôpital. Quand reviendra-t-il ?

— C'est difficile à dire, déclara l'homme en dépliant le papier de soie qui enveloppait un angelot. Le jour de la rentrée au plus tard.

— Quoi ? Il n'habite pas à l'intérieur de la faculté ?

— Il est rentré dans sa famille sitôt après avoir appris qu'on n'avait pas besoin de lui pour le transfert.

— Alors, il me faut ses coordonnées.

— Je crois qu'il est quelque part dans le pays de Galles. La secrétaire doit le savoir, mais elle s'est absentée.

— Pour longtemps ?

— Je l'ignore. Elle est allée faire des achats à Londres.

Dunworthy attendit qu'il eût redressé les ailes du chérubin puis lui dicta un message, raccrocha et se demanda s'il restait d'autres techs à Oxford pendant les fêtes de Noël. La réponse devait être négative car autrement Gilchrist ne se serait pas contenté d'un débutant.

Il tenta malgré tout de joindre le collège de Madgalen, sans résultat. Il réfléchit et appela Balliol. Pas de réponse non plus. Finch devait montrer Great Tom aux carillonneuses américaines. Il regarda sa montre. Seulement quatorze heures trente. Peut-être étaient-elles encore à table.

Il composa le numéro du réfectoire de Balliol, en

vain. Il revint dans la salle d'attente. Gilchrist n'était toujours pas arrivé mais les deux parameds bavardaient avec une religieuse. Gilchrist avait dû retourner à Brasenose pour préparer le prochain transfert, ou le suivant. Peut-être avait-il l'intention d'envoyer Kivrin faire un reportage en direct sur la peste noire.

— Vous voilà enfin, dit l'infirmière. Je craignais que vous soyez parti. Suivez-moi.

Les parameds leur emboîtèrent le pas. Elle ouvrit une porte.

— Vous trouverez du thé sur ce chariot et un W.-C. au bout du couloir.

— Quand pourrai-je voir Badri Chaudhuri ?

— Le docteur Ahrens vous contactera.

La paramed s'affala dans un fauteuil, les mains dans les poches. Son collègue alla brancher la bouilloire électrique. Qu'ils n'aient posé aucune question laissait supposer que c'était la procédure habituelle, mais Dunworthy se demandait pourquoi ils voulaient également voir Badri et pour quelle raison on venait de les conduire dans cette salle d'attente d'une aile différente de l'hôpital.

Il y avait ici aussi des sièges qui torturaient l'épine dorsale et des tables où s'entassaient des brochures édifiantes. Des guirlandes en papier d'aluminium tentaient d'égayer le chariot à thé, fixées par du houx en plastique autoadhésif. Mais il n'y avait pas de fenêtre. C'était un réduit coupé du monde extérieur où les proches d'un malade ou d'un accidenté attendaient qu'on vînt leur annoncer des mauvaises nouvelles.

Dunworthy s'assit, épuisé. Des mauvaises nouvelles, comme une infection, une tension de 96, un pouls de 120 et une température de 39,5°. Le seul autre tech d'Oxford se promenait dans le pays de

Galles et la secrétaire de Basingame faisait des courses. Quant à Kivrin, elle était quelque part en 1320, à des jours ou des semaines de la date prévue. Ou des mois.

Le paramed versa dans une tasse du lait et du sucre qu'il touilla en attendant que l'eau fût chaude. Sa collègue s'était endormie.

Dunworthy réfléchissait au décalage temporel. Quand Badri avait dit qu'il était insignifiant, il ne disposait pas des résultats définitifs. Avoir prévu quinze jours de battement se révélait plein de bon sens.

Plus un historien s'éloignait dans le temps, plus le décalage avait tendance à être important. De quelques minutes pour le XXe siècle à quelques heures pour le XVIIIe. Du magdalénien — où on n'envoyait que des sondes — à la Renaissance, les écarts variaient de trois à six jours.

En moyenne. Faire des prévisions s'avérait impossible. Le record était de quarante-huit jours au XIXe siècle et de zéro seconde dans des secteurs inhabités.

Le phénomène n'obéissait à aucune logique. Lors des premiers essais de transfert vers le XXe siècle, Dunworthy avait effectué un aller et retour dans la cour déserte de Balliol, à deux heures du matin le quatorze septembre 1956, et le décalage n'avait été que de cent quatre-vingts secondes. Mais lorsqu'il était retourné là-bas huit minutes plus tard, deux heures s'étaient entre-temps écoulées et il avait failli être vu par un élève qui regagnait en catimini son dortoir après avoir fait le mur.

Kivrin risquait d'être arrivée au Moyen Age avec six mois de retard.

Mary entra. Elle n'avait pas eu le temps de retirer son manteau. Dunworthy se leva.

— Badri ?

— Toujours aux Urgences. Il nous faut son numéro de S.S. et nous ne trouvons pas son dossier dans les fichiers de Balliol.

Bien qu'échevelée, elle gardait une voix posée.

— Il n'est pas employé par notre faculté mais par l'Université.

— Alors, son secrétariat pourra nous communiquer ses antécédents. Savez-vous s'il est allé récemment à l'étranger ?

— Il a fait un voyage en Hongrie pour le compte du Dix-Neuvième, il y a deux semaines. Depuis, il n'a pas quitté l'Angleterre.

— A-t-il reçu des visites de parents venus du Pakistan ?

— Il n'a plus de famille, là-bas. C'est un fils d'immigrés de la troisième génération. Avez-vous découvert ce qu'il a ?

— Où sont les autres ?

— Gilchrist n'était pas encore arrivé, quand on m'a conduit ici.

— Et Montoya ?

— Elle s'est esquivée juste après le transfert.

— Savez-vous où elle est ?

Pas plus que vous, pensa Dunworthy. Nous étions ensemble.

— Je présume qu'elle est retournée à Witney. Elle consacre tout son temps à ses fouilles.

— Ses fouilles ? répéta Mary.

On aurait pu croire qu'elle en entendait parler pour la première fois.

Mais que lui arrive-t-il ? se demanda Dunworthy.

— Elle dégage un village médiéval.

— A Witney ? Il faut qu'elle revienne immédiatement.

— Je peux essayer de la joindre par téléphone, suggéra-t-il.

Mais Mary s'était tournée vers le paramed qui attendait à côté du chariot.

— Allez la chercher, lui ordonna-t-elle. A Witney, le chantier archéologique du National Trust. Lupe Montoya.

Ils sortirent dans le couloir.

Dunworthy attendit son retour puis ouvrit la porte. A peine eut-il le temps de constater que Mary n'était plus dans le corridor que l'infirmière lui barra le passage.

— Désolée, mais vous devez attendre à l'intérieur.

— Je n'ai pas l'intention de vous fausser compagnie. Je voudrais seulement téléphoner à mon secrétaire.

— Je vais vous apporter un appareil, déclara-t-elle sur un ton autoritaire.

Elle se tourna, pour regarder derrière elle. Gilchrist et Latimer approchaient.

— ... j'espère que Mlle Engle aura l'opportunité d'assister à quelques enterrements. Au XIVe siècle, l'attitude des hommes face au trépas différait de la nôtre. Mourir était pour eux une chose banale, acceptée de tous. Les proches n'éprouvaient ni sentiment de perte ni chagrin.

La religieuse tirailla la manche de Dunworthy.

— Vous devez rentrer, monsieur.

Elle alla à la rencontre des nouveaux arrivants.

— Veuillez me suivre, s'il vous plaît.

Elle les escorta dans la salle d'attente.

— Je remplace le recteur de la Faculté d'Histoire, dit Gilchrist en foudroyant Dunworthy du regard. Badri Chaudhuri est sous ma responsabilité.

— Je n'ai jamais prétendu le contraire, affirma l'infirmière en refermant la porte.

Latimer posa son parapluie et le cabas de Mary sur des sièges. Il avait dû récupérer tous ses paquets car les boîtes du cache-nez et des papillotes en dépassaient.

— Il n'y avait pas de taxi et nous avons dû prendre le métro, dit-il en s'asseyant, le souffle court.

— D'où vient le jeune tech que vous aviez retenu pour le transfert... Puhalski, je crois ? demanda Dunworthy. Je dois lui parler.

— A quel sujet ? Auriez-vous mis mon absence à profit pour me supplanter à la tête du Médiéval ?

— Quelqu'un doit interpréter le relèvement et nous confirmer que tout s'est bien passé.

— S'il se produisait un incident, vous en seriez ravi. Vous vous opposez à cette expérience depuis le début.

— S'il se produisait un incident ? C'est chose faite. Badri est inconscient et nous ignorons si Kivrin est arrivée à bon port. Le tech a parlé d'une anomalie. Seul un de ses collègues pourra nous préciser de quoi il s'agit.

— Vous accordez trop d'importance aux propos d'un drogué. Je me permets en outre de rappeler que vous nous avez imposé ce Badri, alors que M. Puhalski effectuait un travail irréprochable. Je regrette de vous avoir cédé.

La porte s'ouvrit, sur la religieuse qui remit un téléphone sans fil à Dunworthy puis ressortit.

— Je dois informer Brasenose que je suis ici, déclara Gilchrist.

Sans en faire cas, Dunworthy appela la secrétaire du recteur.

— Il me faut les coordonnées de vos techs, dit-il

dès qu'elle apparut sur l'écran. Ils sont tous en vacances, je présume ?

Cette supposition était fondée. Il nota leurs noms et adresses sur une des brochures, dit merci et composa le premier indicatif de la liste.

Il entendit le signal d'occupation et passa aux suivants, avec le même résultat. Finalement, une voix de synthèse lui annonça :

— En raison de l'encombrement momentané des lignes, veuillez renouveler ultérieurement votre appel.

Il essaya Balliol, le réfectoire et son bureau. Rien. Finch avait dû conduire les Américaines à Londres, pour leur montrer Big Ben.

Gilchrist attendait le téléphone. Latimer tentait de brancher la bouilloire électrique. La paramed s'éveilla et alla lui donner un coup de main.

— Avez-vous terminé ? demanda sèchement Gilchrist.

— Non.

Il essaya à nouveau de joindre Finch. Sans plus de résultats que les fois précédentes. Il raccrocha.

— Je veux que votre tech récupère Kivrin avant qu'elle ne s'éloigne.

— Vous le *voulez* ? Vous oubliez que c'est *mon* transfert !

— L'Université a pour principe de tout annuler au moindre problème.

— Dois-je également vous rappeler que si nous avons des ennuis, c'est parce que le tech que vous nous avez fourni est un drogué ? C'est à moi, et à moi seul, de décider s'il convient ou non de ramener Kivrin à notre époque.

Gilchrist s'empara du combiné. Il sonna au même instant.

— Oui ? Une seconde...

Il le rendit à Dunworthy.

— C'est vous, monsieur ? demanda Finch. Dieu soit loué. Il y a longtemps que j'essaie de vous joindre.

— J'ai été retardé, déclara Dunworthy sans lui laisser le temps d'entrer dans les détails. Allez prendre le dossier de Badri Chaudhuri au bureau de l'économe. Le docteur Ahrens en a besoin. Téléphonez-lui à l'hôpital. Elle vous précisera quelles informations lui sont utiles.

— Bien, monsieur, dit Finch en prenant des notes dans son calepin.

— Vous irez voir ensuite le doyen des directeurs d'études. Demandez-lui de m'appeler ici. Précisez que c'est une urgence, que nous devons joindre au plus tôt Basingame.

— Je doute que ce soit possible.

— Que voulez-vous dire ? Il lui est arrivé malheur ?

— Pas que je sache, monsieur.

— Alors, demandez aux membres du personnel et aux étudiants s'ils savent où il est. Pendant que vous y êtes, tâchez d'apprendre s'il ne reste pas un tech à Oxford.

— Bien, monsieur. Que dois-je dire aux Américaines ?

— Que j'ai eu un empêchement. Elles partent pour Ely à seize heures, je crois ?

— C'est ce qui était prévu, mais...

— Mais quoi ?

— Eh bien, je les ai emmenées voir Great Tom, Old Marston Church et le reste, mais quand j'ai voulu les conduire à Iffley, nous avons été arrêtés.

— Arrêtés ? Par qui ?

— La police, monsieur. Elles s'inquiètent pour leur concert.

— La police ?

— Oui, monsieur. Un barrage sur la A4158. Dois-je les installer dans Salvin ? William Meager et Tom Gailey y sont logés, mais Basevi est en cours de réfection.

— Je ne comprends pas. Pourquoi vous a-t-on empêchés de passer ?

— A cause de la quarantaine, voyons. Il y a Fisher, notez bien. Le chauffage a été coupé pour la durée des vacances, mais il reste les cheminées.

EXTRAIT DU GRAND LIVRE

(000618-000735)

Je suis revenue au point de transfert. Je compte tirer le chariot jusqu'à la route pour augmenter mes chances d'être vue, mais si personne ne passe au cours de la prochaine demi-heure j'irai à Skendgate. J'ai repéré l'emplacement de ce village grâce aux cloches qui sonnaient les vêpres.

Je souffre des effets du décalage temporel. J'ai une forte migraine et je tremble de froid. Les symptômes sont plus violents que ne le disaient Badri et le docteur Ahrens. Je suis heureuse que Skendgate soit proche.

5

En quarantaine. Dunworthy aurait dû s'en douter. Mary avait envoyé le paramed chercher Montoya, posé des questions sur les déplacements de Badri, fait isoler tous les gens qui avaient eu des contacts avec lui et chargé une infirmière de monter la garde devant la porte.

— Je choisis Salvin? demanda Finch. Pour loger les Américaines?

— Les policiers ont-ils précisé les raisons de...

Il n'acheva pas sa phrase. Gilchrist l'observait mais ne devait pas voir l'écran. Latimer avait des difficultés à ouvrir un sachet de sucre. La paramed dormait.

— De cette mesure?

— Non, monsieur. Seulement qu'elle concernait Oxford et sa banlieue et qu'il fallait contacter le ministère de la Santé pour en savoir plus.

— L'avez-vous fait?

— J'ai essayé, mais les lignes interurbaines sont saturées. Les carillonneuses n'ont même pas pu téléphoner à Ely pour annuler leur concert.

Oxford et ses environs. Ils avaient dû interrompre le trafic du métro et du T.G.V. de Londres, en plus de barrer les routes. L'encombrement des lignes n'était pas étonnant.

— Il y a combien de temps?

— Vers quinze heures, monsieur. J'ai essayé de vous joindre, puis j'ai pensé que vous deviez être au courant et j'ai tenté ma chance à l'hôpital.

Je l'ignorais, se dit Dunworthy. Il pensa aux cas où un secteur pouvait être mis en quarantaine.

Dans l'hystérie due à la Pandémie, les autorités avaient décrété que de telles mesures se justifiaient sitôt qu'on signalait « une maladie potentiellement contagieuse ». Mais les esprits s'étaient apaisés depuis et de nombreux amendements avaient été déposés. Il ne connaissait pas la teneur des dispositions actuelles.

Quelques années plus tôt, la quarantaine ne s'appliquait plus qu'aux « maladies infectieuses graves ». On en avait beaucoup parlé dans les journaux, quand la fièvre de Lhassa avait semé la panique dans une ville espagnole. Les législateurs avaient souhaité limiter le recours à de telles mesures mais il ne savait pas si leurs propositions avaient été adoptées.

— Dois-je leur attribuer des chambres dans Salvin ?

— Oui. Non. Mettez-les dans le dortoir des juniors. Trouvez le dossier de Badri et rappelez ce numéro. Je serai là même si le docteur Ahrens doit s'absenter. Ensuite, trouvez le recteur. Il est plus important que jamais de le localiser. Installer les Américaines peut attendre.

— Elles sont dans tous leurs états, monsieur.

Moi aussi, pensa Dunworthy.

— Dites-leur que je me renseigne sur la situation et que je vous tiendrai informé.

L'écran vira au gris.

— Vous bouillez d'impatience d'annoncer à Basingame que le Médiéval a subi un échec, n'est-ce pas ? fit Gilchrist. Vous oubliez que c'est *votre* tech qui a compromis ce transfert parce qu'il s'était drogué.

Dunworthy regarda sa montre. Seize heures trente. Selon Finch, la police avait établi des barrages une heure et demie plus tôt. Oxford n'avait été mis en quarantaine qu'à deux occasions, ces dernières années : une réaction allergique à un vaccin et une farce d'étudiants. Les mesures avaient été levées dès l'obtention des résultats des analyses, soit quinze minutes plus tard. Mary avait fait une prise de sang à Badri dans l'ambulance et le paramed avait remis les flacons dès leur arrivée aux Urgences. Ils auraient dû être fixés depuis longtemps.

— Je suis certain que M. Basingame sera également intéressé d'apprendre que vous ne lui avez pas fait subir un test de dépistage, ajoutait Gilchrist.

Les symptômes indiquaient une maladie infectieuse : tension peu élevée, respiration difficile, forte température. Mary en avait parlé, lors du trajet. Mais il avait pensé à un staphylocoque ou à une péritonite. De quoi pouvait-il s'agir ? La polio avait disparu, de même que la variole et la typhoïde. Les bactéries ne résistaient pas aux anticorps renforcés et les antiviraux étaient si efficaces que même les rhumes appartenaient au passé.

— Pour quelqu'un qui se préoccupait tant des précautions que nous avions prises, je m'étonne que vous n'ayez pas vérifié si votre tech se droguait, soliloquait Gilchrist.

Une maladie tropicale, sans doute. Mary voulait savoir si Badri n'était pas sorti d'Europe, s'il n'avait pas eu des contacts avec des parents venus du Pakistan. Mais ce pays n'appartenait pas au tiers monde et Badri n'aurait pu quitter la C.E. sans vaccins. Il n'avait fait qu'un bref séjour en Hongrie au début du trimestre puis était resté en Angleterre.

— Allez-vous accaparer le téléphone encore longtemps ? grommela Gilchrist. Je compte moi aussi demander à Basingame de venir prendre la situation en main. Espérez-vous m'empêcher de le joindre par vos manœuvres dilatoires ?

Dunworthy tenait toujours le combiné. Il cilla, pendant que Latimer se levait et tendait les bras devant lui pour l'empêcher de bondir sur l'autre homme.

— Badri n'est pas un drogué. Il est malade.

— Comment pouvez-vous en être certain, sans test de dépistage ?

— Nous sommes en quarantaine. C'est une maladie infectieuse.

— Un virus que nous n'avons pas encore identifié, précisa Mary depuis le seuil de la pièce.

Elle vint poser sur une table un plateau où s'entassaient du matériel et des sachets en papier.

— Probablement un myxovirus, d'après les symptômes. Forte fièvre, désorientation, migraine. Nous nous félicitons que ce ne soit pas un rétrovirus ou un picornavirus, mais nous devrons attendre pour en savoir plus.

Elle tira deux sièges et s'assit.

— Nous avons envoyé des échantillons au Centre Mondial de la Grippe, le C.M.G. de Londres. Nous resterons en quarantaine tant que nous n'aurons pas obtenu une identification formelle, conformément aux directives du ministère de la Santé concernant les risques d'épidémie.

Elle enfila une paire de gants chirurgicaux.

— Une épidémie ! répéta Gilchrist.

Il foudroya Dunworthy du regard, sans doute pour l'accuser d'avoir organisé tout cela afin de jeter le discrédit sur le Médiéval.

— Des *risques* d'épidémie, le reprit-elle en déchirant un des sachets. On n'a pas signalé un seul autre cas dans toute la Communauté. C'est plutôt rassurant.

— Comment Badri a-t-il pu attraper un virus ? demanda Gilchrist. Je suppose que M. Dunworthy ne s'est pas non plus intéressé à ses antécédents.

— Badri est employé par l'Université, dit Mary. Il a dû être examiné et vacciné en début de trimestre.

— Vous n'en êtes pas certaine ?

— Les services du personnel sont fermés pour Noël et je ne peux consulter son fichier sans son numéro de S.S.

— J'ai envoyé mon secrétaire demander à l'économe s'il n'a pas un double de ces dossiers, intervint Dunworthy. Nous devrions au moins obtenir son matricule.

— Parfait. Nous progresserons dès que nous saurons quels antiviraux lui ont été injectés récemment. Peut-être a-t-il eu des réactions anormales, ou sauté un rappel. Savez-vous quelle est sa religion ? Néo-Hindouisme, peut-être ?

Il secoua la tête.

— Anglicanisme.

Pour les Néo-Hindouistes toute vie était sacrée, même la vie d'un virus. Ils refusaient les vaccins et l'Université leur accordait des dispenses pour raisons religieuses.

— Il n'aurait pas été autorisé à s'occuper du transmetteur.

Mary dut arriver à la même conclusion car elle hocha la tête.

Gilchrist allait parler quand la porte s'ouvrit sur l'infirmière de faction, affublée d'une blouse en papier et d'un masque. Elle tenait dans ses mains gantées des stylos et une liasse de feuilles.

— Nous allons examiner tous ceux qui ont eu

des contacts avec le patient. Température et prise de sang. Nous vous demanderons en outre de dresser la liste de tous les gens que vous avez rencontrés, vous et M. Chaudhuri.

Elle remit à Dunworthy de quoi écrire ainsi qu'un formulaire d'admission à l'hôpital et deux tableaux divisés en trois colonnes : « Nom, lieu, moment » — baptisés respectivement « Directs » et « Indirects ».

— Badri est le seul cas connu, rappela Mary. Nous ignorons quel est le mode de transmission, alors citez tous les individus qu'il a approchés.

Badri s'était penché sur Kivrin pour déplacer son bras.

— Nous inclus ? s'enquit la paramed.

— Oui, confirma-t-elle.

— Et Kivrin, déclara Dunworthy.

Elle parut se demander de qui il lui parlait.

— On lui a injecté un assortiment complet d'antiviraux et son système immunitaire a été renforcé, dit Gilchrist. Elle ne courait aucun risque, n'est-ce pas ?

Le docteur Ahrens n'hésita qu'une seconde.

— Non. Elle n'a pas rencontré Badri avant ce matin, j'espère ?

— M. Dunworthy m'a parlé de son tech il y a seulement deux jours. J'ai cru qu'il avait pris les précautions d'usage. Je ne manquerai pas d'informer Basingame de votre négligence, monsieur Dunworthy.

— En ce cas, elle était totalement protégée, affirma Mary. Monsieur Gilchrist, si vous voulez bien.

Elle lui désigna l'autre chaise et il s'assit.

Mary leur montra le tableau intitulé « Directs ».

— Vous inscrirez ici les noms de tous les gens qui ont eu un contact avec Badri, vous inclus, en précisant le lieu et l'heure. Vous noterez sur l'autre feuille qui vous avez côtoyé. Reconstituez votre emploi du temps dans un ordre chronologique inversé.

Elle fit avaler une thermosonde à Gilchrist et pela le sachet d'un moniteur jetable autoadhésif qu'elle appliqua sur son poignet. L'infirmière remit les formulaires à Latimer et à la paramed. Dunworthy s'assit pour remplir les siens.

On lui demandait son nom, son numéro de S.S. et ses antécédents médicaux. Maladies. Interventions chirurgicales. Vaccins. Si Mary ne connaissait pas le matricule de Badri, on pouvait en déduire qu'il était toujours inconscient.

Dunworthy ne savait plus à quelle période il avait reçu son dernier rappel d'antiviraux. Il dessina un point d'interrogation, prit la feuille « Directs » et écrivit son nom et son adresse sur la première ligne. Venaient ensuite Latimer, Gilchrist et les deux parameds. Il ne connaissait pas leurs noms et la femme s'était rendormie, bras croisés sur la poitrine. Il se demanda s'il devait également citer les médecins et infirmiers qui avaient examiné le patient lors de son admission. Il inscrivit : « Personnel des Urgences » suivi d'un autre point d'interrogation. Montoya.

Et Kivrin qui, à en croire Mary, était alors immunisée. « Ce n'est pas normal », avait dit le tech. Se référait-il à son état de santé ? Avait-il eu un malaise pendant qu'il tentait d'obtenir le relèvement et était-il venu au pub leur annoncer qu'il craignait d'avoir contaminé Kivrin ?

Le pub. Pas de clients, seulement le barman. Et Finch, qui était reparti avant l'arrivée de Badri. Dunworthy prit la feuille « Indirects » et écrivit le nom de son secrétaire. Puis il reprit la première liste et nota « serveur du Lamb and Cross ». Le pub avait été désert, mais pas les rues. Badri s'était frayé un chemin dans la foule. Il avait bousculé la femme au parapluie à fleurs lavande, frôlé un vieillard et un petit garçon qui promenait un fox-terrier. « Tous les gens qui ont eu un contact avec Badri », venait de préciser Mary.

Il la regarda. Elle tenait le poignet de Gilchrist et prenait des notes sur un graphique. Espérait-elle examiner la totalité des individus cités dans ces listes ? C'eût été irréalisable. Le tech avait pu contaminer des douzaines de passants pendant son aller et retour jusqu'au pub. Des inconnus qui avaient ensuite côtoyé d'innombrables victimes en puissance dans les boutiques bondées.

Il écrivit « des piétons dans High Street (?) » et tenta de se rappeler en quelles autres occasions il avait vu Badri. Il ne lui avait demandé de se charger du transfert que deux jours plus tôt, quand Kivrin lui avait révélé que Gilchrist comptait faire appel à un débutant.

Badri revenait de Londres, lorsqu'il lui avait téléphoné. Kivrin séjournait alors à l'hôpital, pour un dernier bilan. Elle n'avait pu le rencontrer ce jour-là.

Mardi, le tech était passé lui annoncer qu'il venait de vérifier les calculs de son collègue et de contrôler la machine. Il lui avait laissé un message pour l'informer qu'il était resté toute la matinée dans la salle du transmetteur. Puis Kivrin était venue lui montrer son costume et elle avait précisé qu'elle irait voir Latimer à la bibliothèque Bodléienne dans l'après-midi. Mais peut-être avait-elle fait un détour par le labo.

La porte se rouvrit, sur Montoya. Sa veste de

treillis et son jean ruisselants indiquaient qu'il pleuvait toujours.

— Que se passe-t-il ? demanda-t-elle à Mary qui écrivait quelque chose sur un flacon de sang.

Le nom de Gilchrist, qui se leva en appliquant un tampon de coton sous son avant-bras et déclara :

— M. Dunworthy a omis de s'assurer que son tech était vacciné. Cet homme est à l'hôpital, avec une température de 39,5°. Une de ces fièvres tropicales.

— Fièvre ? répéta Montoya.

— C'est peut-être contagieux, intervint Mary. Je vais vous examiner et vous nous indiquerez qui vous avez côtoyé, vous et Badri.

— Compris.

Montoya prit la place de Gilchrist et retira sa veste. Mary prépara un nouveau flacon et une seringue jetable.

— Dépêchez-vous, je dois retourner à mes fouilles.

— Impossible, fit Gilchrist. L'insouciance de M. Dunworthy nous vaut d'être en quarantaine.

— En quarantaine ? Mais je dois aller là-bas ! Sommes-nous obligés de rester ici ?

— Tant que nous n'aurons pas reçu les résultats des analyses, confirma Mary en cherchant une veine.

— Ce sera long ? Le type qui est venu me chercher ne m'a pas laissée recouvrir le site et couper le chauffage. Il pleut à verse, là-bas. L'excavation va être inondée.

— Le temps de faire une prise de sang à chacun de vous et de procéder à une numération des anticorps.

Montoya dut assimiler le message car elle cessa de se contorsionner pour tenter de voir sa montre.

Mary emplit un flacon, prit sa température et glissa un bracelet à son poignet. Dunworthy remarqua qu'elle n'avait pas promis à Montoya de la laisser partir ensuite. Les isolerait-on dans un service d'observation, ensemble ou séparément ? Recevraient-ils un traitement ? Les soumettrait-on à d'autres examens ?

Mary récupéra le bracelet et lui remit les formulaires.

— A vous, monsieur Latimer.

Il se leva, regarda les feuilles et les posa sur son siège. Il pensa à récupérer le cabas de Mary, qu'il lui tendit.

— Vous l'aviez laissé à Brasenose.

— Oh, merci ! Posez-le à côté de la table, s'il vous plaît. Mes gants sont stérilisés.

Il obéit. Le cache-nez traînait sur le sol. Il le glissa à l'intérieur, avec méthode.

— Je l'avais oublié. Dans toute cette confusion, je…

Elle n'acheva pas sa phrase et couvrit sa bouche avec sa main gantée.

— Seigneur ! Colin ! Quelle heure est-il ?

— Seize heures huit, répondit Montoya sans regarder sa montre.

— Il devait arriver à quinze heures, dit Mary en se levant.

— Il a dû aller à votre domicile, suggéra Dunworthy.

Elle secoua la tête.

— C'est la première fois qu'il vient à Oxford.

— En ce cas, il vous attend sans doute à la station de métro. Voulez-vous que j'aille le chercher ?

— Non, Badri a pu vous contaminer.

— Je vais téléphoner pour lui dire de venir ici en taxi. Où devait-il arriver ? Cornmarket ?

— Oui, Cornmarket.

Dunworthy obtint les renseignements au troisième essai puis composa un indicatif. La ligne était occupée. Il enfonça le commutateur et refit le numéro.

— Ce Colin est votre petit-fils ? demanda Montoya.

Les autres ne leur prêtaient pas attention. Gilchrist remplissait ses formulaires et son expression indiquait qu'il assimilait tout cela à de nouvelles preuves d'incompétence. Latimer attendait, la manche retroussée. La paramed dormait.

— Mon petit-neveu. Il doit passer Noël avec moi.

— Quand a-t-on mis Oxford en quarantaine ?

— A quinze heures dix, je crois.

Dunworthy leva la main pour réclamer le silence.

— Station de métro de Cornmarket ? Je vous téléphone au sujet d'un garçon de douze ans qui a dû arriver de Londres vers quinze heures.

Il couvrit le micro avec sa paume pour demander à Mary :

— Pourriez-vous me le décrire ?

— Blond. Les yeux bleus. Assez grand pour son âge.

La foule bloquée dans la station était bruyante, et ce fut d'une voix forte qu'il répéta :

— Un grand blond. Il s'appelle Colin...

— Templer, précisa Mary. Il devait prendre le métro à Marble Arch, à treize heures.

— Colin Templer. L'avez-vous vu ?

— Cinq cents voyageurs se bousculent autour de moi et vous voudriez que j'aie remarqué un gosse ? s'emporta le chef de station. Regardez un peu ce foutoir !

L'image d'une cohue le remplaça sur l'écran.

Dunworthy y chercha un grand garçon blond aux yeux bleus. L'homme réapparut.

— Nous sommes en quarantaine. Les usagers veulent savoir pourquoi les rames sont arrêtées et je dois les empêcher de tout détruire, pas perdre mon temps à rechercher un mouflet.

— Il s'appelle Colin Templer. Sa grand-tante devait passer le chercher.

— Alors, qu'est-ce qu'elle attend pour venir me débarrasser d'un de mes problèmes ?

La liaison fut coupée. Dunworthy se demanda si son interlocuteur avait raccroché ou si un individu en colère venait de lui arracher le combiné des mains.

— L'a-t-il vu ? voulut savoir Mary.

— Non. Vous devriez envoyer quelqu'un le récupérer.

— Oui, vous avez raison, fit-elle en sortant.

— Si sa rame avait un peu de retard, la quarantaine avait déjà été décrétée à son arrivée, fit remarquer Montoya.

Dunworthy n'y avait pas songé. On avait pu stopper son métro à la station précédente et le renvoyer à Londres avec les autres passagers.

— Rappelez ce type, dit-il en lui tendant le téléphone. Précisez que Colin a quitté Marble Arch à treize heures. Mary doit joindre sa nièce. Il est peut-être à son domicile.

Il sortit dans le couloir pour demander à l'infirmière d'aller chercher Mary, mais il ne vit personne.

Il se dirigea vers la cabine. Il chargerait Finch d'aller voir si Colin n'était pas chez Mary.

— Allô ! dit une femme.

Dunworthy lut le numéro affiché sur l'écran. C'était le bon.

— Je voudrais parler à M. Finch.

— Il a dû s'absenter, répondit l'inconnue avec un fort accent américain. Je suis Mlle Taylor. Dois-je lui transmettre un message ?

Une carillonneuse, sans doute. Plus jeune qu'il ne s'y serait attendu, en début de trentaine, et bien trop frêle pour imprimer à une cloche le moindre mouvement de balancier.

— Pourriez-vous lui demander d'appeler M. Dunworthy à l'hôpital ?

— Dunworthy, écrivit-elle sur un bout de papier avant de redresser la tête et de répéter sur un ton différent : Dunworthy ? Seriez-vous le responsable de notre détention ?

Il se souvint qu'il avait envoyé Finch au bureau de l'économe et se reprocha d'avoir composé l'indicatif du réfectoire des juniors.

— C'est le ministère de la Santé qui décide la mise en quarantaine d'un secteur. Je suis sincèrement désolé et j'ai demandé à mon secrétaire de vous installer confortablement. Si je peux faire quelque chose pour vous...

— Ce que vous pourriez faire, c'est nous conduire à Ely. Nous devons donner un concert à la cathédrale, ce soir à vingt heures, et nous sommes attendues à Norwich pour la messe de minuit.

Il ne se sentit pas le courage de lui annoncer qu'elles passeraient sans doute Noël à Oxford.

— Tous sont au courant de la situation, mais je peux téléphoner pour fournir des explications...

— Des explications ! J'aimerais bien en obtenir, moi aussi. Aux Etats-Unis, la liberté de circulation est un droit inaliénable !

Et à cause de tels principes, la Pandémie avait été fatale à plus de trente millions d'Américains, se souvint Dunworthy.

— Ces mesures ont été prises pour assurer votre protection. Vos concerts seront reprogrammés et entre-temps Balliol sera ravi de vous accorder son hospitalité.

Je regrette seulement que la quarantaine n'ait pas été décrétée avant que vous ne demandiez à visiter notre faculté, pensa-t-il.

— On ne peut reporter une messe de minuit. Nous devions interpréter une œuvre de notre composition. Le chapitre de Norwich compte sur nous et j'ai l'intention...

Il raccrocha. Finch devait chercher le dossier médical de Badri dans le bureau de l'économe, mais Dunworthy craignait de tomber sur une autre carillonneuse. Il demanda aux renseignements le numéro des Transports Régionaux et le composa.

A l'extrémité du couloir, la porte s'ouvrit sur Mary.

— Je tente de joindre les Transports Régionaux, expliqua-t-il en lui tendant le combiné.

Elle le refusa d'un geste, en souriant.

— Tout va bien. J'ai eu Deirdre au bout du fil. La rame de Colin a été arrêtée à Barton. Les passagers sont repartis vers Londres. Ma nièce n'a pas été ravie d'apprendre le retour de son fils, elle espérait bien s'en débarrasser pour les fêtes. Mais je suis heureuse de savoir qu'il ne sera pas mêlé à tout ceci.

Il raccrocha.

— C'est donc si grave ?

— Nous avons reçu les premiers résultats. C'est un myxovirus de type A. Une grippe.

Il avait craint bien pire. Les grippes qu'il avait eues avant la mise au point des antiviraux n'avaient rien eu de catastrophique.

— Qu'attendez-vous pour faire lever la quarantaine ?

— D'avoir consulté le dossier médical de Badri. S'il n'a pas sauté ses derniers rappels, il faudra attendre que l'origine de la maladie ait été déterminée.

— Il n'y a pas de quoi s'inquiéter.

— Vous oubliez que l'épidémie de grippe espagnole de 1918, également due à un myxovirus, a été fatale à vingt millions de personnes. Les virus évoluent et le système immunitaire ne les reconnaît plus. C'est pour cela qu'il faut se faire vacciner régulièrement. Mais rien ne nous protège en cas de mutation importante.

— C'est ce qui s'est produit ?

— J'en doute. Le processus prend généralement une dizaine d'années. Badri a dû sauter un rappel.

— C'est possible.

— Nous serions alors confrontés à une grippe bénigne.

— Et Kivrin ? A-t-elle reçu ses vaccins ?

— Oui, ainsi qu'un assortiment complet d'antiviraux. Sa protection est totale.

— Même contre ce virus ?

Elle n'hésita qu'une fraction de seconde.

— Oui, si elle n'a côtoyé Badri que ce matin.

— Et en admettant qu'ils se soient vus auparavant ?

— Je ne voudrais pas vous inquiéter pour rien. Le traitement lui garantissait une immunité maximale à partir du transfert.

— Que Gilchrist a avancé de deux jours.

— J'aurais mis mon veto, si j'avais su. Mais elle était malgré tout bien protégée.

— Et si elle avait rencontré Badri la veille ?

— Je regrette d'avoir abordé ce sujet. La période

d'incubation d'un myxovirus varie de douze à quarante-huit heures. Même si elle a été exposée au virus il y a deux jours, les vaccins l'ont empêché de proliférer. En outre, si elle avait été contaminée, le transmetteur n'aurait pas fonctionné.

C'était exact. Les malades contagieux ne pouvaient voyager dans le Temps, qui se protégeait ainsi contre les paradoxes. Le passage ne se serait pas ouvert.

— Quelles sont les chances pour que les humains du XIVe siècle soient immunisés ? demanda-t-il.

— A un virus de notre époque ? Aucune. Il existe mille huit cents points de mutation possibles. Tous les gens qui n'ont pas déjà affronté un virus y sont vulnérables.

— Je dois parler à Badri. Il a dit qu'il se passait quelque chose d'anormal, lorsqu'il est arrivé dans ce pub. Il l'a répété dans l'ambulance.

— C'est logique, il se sentait patraque.

— Peut-être voulait-il nous informer qu'il pensait avoir contaminé Kivrin, ou qu'il y avait des anomalies dans le relèvement.

— Il a déclaré le contraire. Kivrin est plus en sécurité parmi les coupe-jarrets et les bandits de grand chemin qui peuplent votre imagination qu'avec nous. Au moins n'a-t-elle pas à subir cette quarantaine.

— Ni les Américaines, fit-il en souriant. Le Nouveau Monde n'a pas encore été découvert, à l'époque où elle est.

A l'autre extrémité du couloir, la porte s'ouvrit en claquant et une femme corpulente les chargea en balançant sa valise telle une massue.

— Monsieur Dunworthy ! Je vous ai cherché partout.

— Est-ce une de vos carillonneuses ? voulut savoir Mary.

— C'est bien pire, lui répondit-il. Je vous présente Mme Meager.

6

Tout s'assombrissait, sous les arbres et au pied de la colline. Avant même d'avoir atteint les ornières gelées, Kivrin eut de nouvelles migraines. Elles semblaient provoquées par les moindres changements d'altitude et d'intensité lumineuse.

Elle ne voyait plus le chariot et scruter la pénombre du sous-bois décuplait la souffrance. Si c'était un des « symptômes mineurs » du décalage temporel, les « majeurs » avaient de quoi l'inquiéter.

Il faudra que j'en parle au docteur Ahrens, se dit-elle en progressant péniblement dans les taillis. Elle sous-estime les effets secondaires. Redescendre de l'éminence lui avait coupé le souffle et elle tremblait de froid.

Les saules qui agrippaient au passage son manteau et sa chevelure égratignèrent son bras. Elle trébucha et manqua tomber. La secousse ébranla son crâne, qui la tortura de plus belle.

Dans la clairière, les oiseaux n'interrompirent qu'un bref instant leurs pépiements. Ils avaient dû s'accoutumer à sa présence.

Elle ramassa les bagages éparpillés et les jeta dans le chariot, dont elle agrippa le timon pour le tirer vers la route. Il se déplaça de quelques centimètres, dérapa sur des feuilles mortes et s'immobilisa. Elle fit un nouvel essai. Le véhicule bougea et s'inclina. Une des malles tomba.

Elle la remit en place et fit le tour du chariot pour découvrir ce qui le bloquait. Une racine calait la roue droite. Avec une bonne prise elle pourrait la soulever et lui faire franchir l'obstacle. Pas de ce côté. Le Médiéval n'avait rien négligé pour donner l'impression que son moyen de transport avait fait un tonneau et des échardes saillaient de toutes parts. M. Gilchrist aurait dû m'autoriser à emporter des gants, se dit-elle.

Elle agrippa la roue et poussa. Sans résultat. Elle releva sa cotte et son manteau pour s'agenouiller et essayer avec l'épaule.

Elle vit une marque de pas, entre des monticules de feuilles mortes. Bien qu'estompée par le crépuscule, l'empreinte était très nette.

C'est impossible, se dit-elle. Le sol est gelé. Elle toucha la dépression pour s'assurer que ce n'était pas une illusion due aux ombres. Le froid avait durci les ornières mais ici la terre était meuble.

Elle voyait le contour d'une chaussure à la semelle souple, d'une pointure importante. C'était surprenant. Au XIVe siècle, les hommes étaient petits, avec des pieds pas plus grands que les siens. L'individu qui avait laissé cette trace était un géant pour l'époque.

Elle est ancienne, se dit-elle. L'empreinte d'un bûcheron, d'un berger qui cherchait une brebis égarée ou d'un chasseur. Mais l'homme était resté immobile. Pour m'observer, conclut-elle. Sa gorge se serra. C'est lui, que j'ai entendu !

S'il était encore dans la clairière, il savait qu'elle avait découvert sa présence. Elle se redressa et effraya les oiseaux en criant :

— Ohé !

Elle crut entendre les sifflements d'une respiration.

— *Ai, lasse, chaitive, si ont guerpi tuit mi sergent.* C'est malin, se reprocha-t-elle sitôt après. Je lui révèle que je suis seule et sans défense.

Elle fit prudemment le tour de la clairière, pour scruter le sous-bois. S'il était là, la pénombre le dissimulait. Elle ne discernait rien et ne savait même plus avec certitude où était la route. Sous peu, l'obscurité serait totale et elle devrait renoncer à déplacer le chariot.

Mais l'inconnu l'avait vue. Et s'il avait assisté à sa matérialisation, dans le halo miroitant propre aux apparitions des sorcières, il était allé dresser un bûcher comme M. Dunworthy l'avait prédit. Cependant, la frayeur aurait dû l'inciter à dire quelque chose, ne fût-ce qu'un juron, et elle l'aurait ensuite entendu s'enfuir dans les taillis.

Qu'il s'en fût abstenu prouvait qu'il n'avait pas assisté au transfert. Il était arrivé ensuite. Qu'avait-il pensé en la voyant allongée à côté d'un chariot détruit, en plein cœur de ce bois ? Que des voleurs avaient voulu dissimuler les traces de leur forfait ?

Pourquoi ne l'avait-il pas secourue, en ce cas ? L'avait-il crue morte ? Selon une superstition en vigueur jusqu'au XVᵉ siècle, des esprits malins prenaient possession des cadavres non enterrés.

Il avait dû aller chercher de l'aide dans un hameau, peut-être Skendgate. Il reviendrait avec la moitié des habitants, munis de lanternes.

Elle devait attendre son retour. Feindre d'être inconsciente. Les villageois s'interrogeraient sur son compte, ce qui lui permettrait de se familiariser comme prévu avec leur langage. Mais ne risquait-il pas de revenir seul, ou avec des individus animés de mauvaises intentions ?

Ses idées s'embrouillaient. La souffrance se propageait de ses tempes à ses yeux. Elle se massa le front. Elle tremblait de froid. Bien que doublé de peau de lapin, son manteau ne la protégeait guère. Comment l'humanité avait-elle survécu à la petite période glaciaire ? Comment les lapins avaient-ils survécu ?

Elle devait ramasser du bois mort et faire un feu. Si l'inconnu revenait pour l'agresser, elle le tiendrait en respect avec un brandon. Et s'il était parti chercher des secours, la lueur des flammes les guiderait jusqu'à elle.

Dunworthy avait insisté pour qu'elle apprît à allumer un feu sans amadou ni silex. « Gilchrist voudrait vous envoyer en plein hiver sans savoir cela ? » s'était-il exclamé. Et elle avait pris la défense de Gilchrist, rétorqué qu'elle n'était pas censée rester exposée au froid.

Les brindilles étaient gelées et se baisser pour les ramasser la soumettait à une véritable torture. Finalement, elle s'accroupit en veillant à garder la tête droite. La souffrance était peut-être due au froid intense. Faire un feu s'imposait.

Les branches et les feuilles mortes étaient saturées d'humidité. Il lui fallait trouver du petit bois sec et un bâton pointu. Elle empila ce qu'elle avait ramassé au pied d'un arbre et retourna vers le chariot.

Elle utiliserait des éclats de planches brisées. Des échardes se plantèrent dans ses paumes, mais au moins ce bois n'était-il pas détrempé. Elle se pencha et eut des étourdissements.

— Tu devrais t'allonger, se conseilla-t-elle.

Elle s'assit, en se retenant aux montants du chariot.

— Docteur Ahrens, vous devriez chercher un

remède aux effets du décalage temporel. C'est insupportable.

Une fois couchée, peut-être irait-elle mieux. Mais il lui faudrait pour cela s'incliner et le simple fait d'y penser lui donnait des nausées.

Elle rabattit le capuchon du manteau sur sa tête et ferma les yeux, ce qui concentra la douleur à l'intérieur de son crâne. Le décalage temporel n'était pas en cause. Les troubles auraient dû s'atténuer. Le docteur Ahrens avait parlé de légères migraines, de lassitude. Elle n'avait à aucun moment mentionné des nausées, ni cette sensation de froid intense.

Elle s'emmitoufla dans sa cotte et son manteau. Elle grelottait.

Je vais geler, pensa-t-elle. Je dois me lever et faire du feu, mais le froid me paralyse. Je regrette que vous vous soyez trompé, monsieur Dunworthy. Elle eût tant aimé être réchauffée par les flammes d'un bûcher.

S'endormir sur ce sol glacé eût été impossible. Elle ne remarqua pas le réchauffement de son corps. Dans le cas contraire, elle eût redouté l'engourdissement de l'hypothermie et tenté de le combattre. Mais elle dut s'assoupir car lorsqu'elle rouvrit les yeux la nuit était tombée. Allongée sur le dos, elle voyait des étoiles scintiller au-delà d'un enchevêtrement de branches.

Elle avait glissé sur le sol, la nuque calée contre la roue. Elle tremblait toujours mais ne claquait plus des dents. Les élancements faisaient vibrer son crâne et tout son corps était ankylosé.

Ce n'est pas normal, se dit-elle, prise de panique. Pouvait-on être allergique aux voyages temporels ? Dunworthy n'avait pas mentionné cette possibilité, alors qu'il l'avait mise en garde contre une multitude de dangers : viol, choléra, typhoïde et peste.

Elle tâta la bosse due aux antiviraux. Le renflement n'était pas douloureux et les démangeaisons avaient cessé. Etait-ce normal ?

Elle redressa la tête, eut des vertiges et laissa redescendre sa nuque. Elle sortit les mains de sous son manteau, pour les joindre et les rapprocher de son visage.

— Monsieur Dunworthy, murmura-t-elle. Vous devriez venir me chercher.

Elle se rendormit. A son réveil elle entendait les sons cristallins des chants de Noël. Dieu soit loué, pensa-t-elle. Ils ont rouvert le passage. Elle tenta de s'asseoir contre la roue.

— Oh, monsieur Dunworthy ! Je suis si heureuse que vous ayez reçu mon message !

Les tintements s'amplifiaient et elle voyait une lueur danser dans le lointain. Elle se redressa plus encore.

— Vous avez allumé le feu. Vous aviez raison, pour le froid.

La roue du chariot était glacée. Elle claquait des dents.

— Le docteur Ahrens également. J'aurais dû attendre que le renflement se résorbe. J'ignorais que la réaction serait si violente.

Ce n'était pas un feu mais une lanterne. La lanterne de Dunworthy qui venait la secourir.

— Je n'ai pas attrapé un virus, au moins ? Ou la peste ?

S'exprimer était pénible, quand les dents s'entrechoquaient à ce point.

— Ce serait épouvantable, mais pas anachronique.

Elle rit. Un gloussement aigu hystérique qui risquait d'inquiéter M. Dunworthy.

— Tout va bien, lui dit-elle. Je...

Il s'arrêta. Le cercle de clarté dansait devant elle. Sur des chaussures de cuir informes, identiques à celles qui avaient laissé l'empreinte. Elle voulait lui demander pourquoi M. Gilchrist l'avait affublé d'une tenue médiévale pour aller la chercher mais les balancements de la lumière l'étourdissaient.

Elle ferma les yeux. Lorsqu'elle les rouvrit, Dunworthy s'accroupissait devant elle. Il avait posé sa lampe, qui n'éclairait que son capuchon et ses mains jointes.

— Ne vous inquiétez pas pour moi, dit-elle. Je me sens seulement un peu patraque.

Il releva la tête et lui dit :

— *Certes, it been derlostuh dayes forgott foreto gétest hissahntes im aller.*

Il avait un faciès de bandit de grand chemin. C'était l'homme qui l'avait longuement observée puis s'était éclipsé pour revenir à la faveur de la nuit.

Kivrin voulut lever les mains et le repousser, mais le manteau lestait ses bras.

— Partez, dit-elle. Partez.

Sur un ton interrogateur, il tint d'autres propos dont elle ne comprit pas un traître mot. C'est du moyen anglais, se dit-elle. Je l'ai étudié trois ans. C'est la fièvre qui m'empêche de me concentrer.

Il répéta la question, ou en posa une autre. Elle ne pouvait même pas être fixée sur ce point.

Parce que je suis très malade.

— *Sire*... commença-t-elle.

Mais elle avait oublié la suite. Elle ne se souvenait que du latin liturgique.

— *Domine, ad adjuvandum me festina,* dit-elle.

Il inclina la tête et parla d'une voix si basse qu'elle ne put l'entendre. Puis elle dut perdre à nouveau connaissance, car il l'avait soulevée et la portait. Elle entendait toujours les tintements en provenance du transmetteur et elle tenta de déterminer quel était leur point d'origine. Mais les claquements de ses dents les couvrirent.

— Je suis malade, dit-elle comme il l'installait sur un cheval blanc.

Elle bascula et dut agripper sa crinière pour ne pas tomber. L'homme la retint en la prenant par la taille.

— Je ne comprends pas. On m'a pourtant vaccinée.

Il partit en tenant l'âne qui faisait tintinnabuler les clochettes de sa bride.

EXTRAIT DU GRAND LIVRE

(000740-000751)

Monsieur Dunworthy, vous devriez venir me chercher.

7

— Je le savais ! s'exclama Mme Meager en se ruant sur eux. Il est malade ! Il a pris froid en ramant !

Mary s'avança d'un pas.

— Il est interdit d'entrer dans ce secteur.

Mais la femme continua sur sa lancée. Son poncho transparent projetait des gouttes de pluie de tous côtés alors qu'elle les chargeait en balançant sa valise tel un gourdin.

— Vous ne me chasserez pas ! Je suis sa mère ! J'exige de le voir !

Mary leva la main et lança d'une voix autoritaire :

— Stop !

Chose surprenante, Mme Meager obtempéra et son expression s'adoucit.

— Vous ne pouvez refuser à une maman de voir son petit garçon, fit-elle sur un ton suppliant. Comment va-t-il ?

— Pour autant que je le sache, William se porte comme un charme. Pourquoi le croyez-vous malade ?

— Quand le chef de station a parlé de quarantaine, j'ai eu un affreux pressentiment. Il n'a pas dû prendre ses vitamines.

Elle posa sa valise et foudroya Dunworthy du regard.

— J'ai demandé à cet individu de veiller sur mon fils, mais il m'a répondu que William était un grand garçon.

— Il n'existe aucun rapport entre ces mesures et William, expliqua Mary. Un tech a une infection virale.

Dunworthy lui fut reconnaissant de ne pas avoir précisé « un tech de Balliol ».

— C'est un cas unique. Ces dispositions ont été prises à titre de précaution.

Mme Meager était sceptique.

— Mon Willy a une constitution fragile et il

passe son temps à étudier dans une chambre pleine de courants d'air.

Mary glissa la main dans sa poche. Pour prendre son biper et appeler des renforts, espéra Dunworthy.

— Un trimestre à Balliol l'a affaibli et, pour couronner le tout, son directeur d'études lui a imposé de rester pendant les congés pour lire Pétrarque, ajoutait Mme Meager. Il est inadmissible que mon Willy passe Noël cloîtré dans ces locaux vétustes...

« J'ai failli rater le métro, notez bien. A cause du handicap que constitue cette énorme valise. Je me suis dit : "Tant pis, je prendrai le suivant." Mais j'ai quand même crié de retenir les portes. Je venais de descendre à Cornmarket lorsqu'on a annoncé une "suspension du trafic pour cause de quarantaine". Pensez que si j'avais attendu l'autre rame, je n'aurais pas pu arriver à Oxford.

Dunworthy maudit le destin et déclara :

— William sera surpris de vous voir.

Dans l'espoir de l'inciter à partir à sa recherche.

— Oui. Sans cache-nez, il finira par prendre ce virus. Il attrape tout ce qui passe. Mais je serai là pour le soigner, comme quand il était petit.

La porte s'ouvrit sur deux individus en blouse, masque et gants. Ils se ruèrent dans le couloir et s'arrêtèrent net en constatant que personne ne gisait sur le sol.

— Etablissez un cordon sanitaire autour de ce secteur, leur dit Mary avant de se tourner vers Mme Meager. Il est possible que vous ayez été contaminée, si ce virus est véhiculé par l'air ambiant.

Dunworthy fut pris de panique en pensant qu'elle avait décidé de la garder avec eux.

— Escortez cette dame dans une chambre d'isolement, ordonna-t-elle aux infirmiers masqués. Nous vous ferons une prise de sang et vous demanderons de dresser la liste des gens que vous avez côtoyés. Monsieur Dunworthy, si vous voulez bien me suivre.

Ils retournèrent dans la salle d'attente sans laisser à Mme Meager le temps de protester.

— Ce pauvre Willy bénéficiera d'un répit.

Tous se tournèrent vers eux lorsqu'ils entrèrent, à l'exception de la paramed qui dormait. Latimer était toujours assis, la manche retroussée. Montoya téléphonait.

— La rame de Colin est repartie dans l'autre sens, annonça Mary. Il ne court aucun danger.

— Oh, parfait ! commenta Montoya.

Elle raccrocha. Gilchrist bondit pour s'emparer du combiné pendant que Mary disait à Latimer :

— Désolée de vous avoir fait attendre.

Elle ouvrit un sachet contenant des gants, les enfila et prépara la seringue.

— Ici Gilchrist. Je désire parler au doyen des directeurs d'études. Oui, je veux joindre le recteur. Entendu, j'attends.

Son interlocuteur ignore où il est, pensa Dunworthy. Et la secrétaire de Basingame également.

— Je suis soulagée, pour le gosse, déclarait Montoya en regardant sa montre. Combien de temps va-t-on nous faire poireauter ici ? Je dois retourner à Skendgate avant qu'il n'y ait plus qu'un marécage. Nous effectuons des fouilles dans le cimetière. Nous avons trouvé des tombes du XVe, mais aussi quelques pestiférés et des restes de l'époque pré-Guillaume le Conquérant. La semaine dernière, nous avons mis au jour la sépulture d'un chevalier. En excellent état. Je me demande si Kivrin est là-bas.

Dunworthy supposa qu'elle se référait au hameau et non au cimetière.

— Je l'espère, fit-il.

— Je lui ai conseillé de débuter sans attendre son étude de Skendgate. Le village, l'église et surtout les tombes. Les inscriptions en partie effacées, les sculptures et les dates illisibles antérieures à 1318.

— C'est urgent, gronda Gilchrist. Je sais qu'il pêche en Ecosse, mais j'ignore où.

Mary colla un pansement sur le bras de Latimer et fit signe à Gilchrist, qui secoua la tête. Elle alla réveiller la paramed.

— Il y a tant de choses que seule une observation directe peut nous apprendre, disait Montoya. J'espère que la mémoire de l'enregistreur de Kivrin sera suffisante. Ce machin est minuscule. L'avez-vous vu ? On croirait vraiment un kyste.

— Un kyste ?

— Pour éviter tout anachronisme, même en cas de malheur. Il a été implanté contre la surface palmaire du scaphoïde.

Elle massa son poignet, au-dessus du pouce.

Mary fit signe à Dunworthy. La paramed se leva et baissa sa manche. Il prit sa place. Mary retira la pellicule protectrice d'un moniteur jetable, l'appliqua à son bras puis lui remit une thermosonde. Il l'avala.

— Dites à l'économe de m'appeler dès son retour, grommela Gilchrist.

Il raccrocha. Montoya saisit le téléphone et composa un numéro.

— Salut. Pourriez-vous me préciser les limites du secteur en quarantaine ? Je dois savoir s'il englobe Witney.

La réponse ne dut pas la satisfaire car elle demanda :

— A qui dois-je m'adresser pour obtenir une modification de son tracé ? C'est urgent.

Ils se préoccupent tous de leurs petites affaires sans accorder la moindre pensée à Kivrin, se dit Dunworthy. Mais ont-ils des raisons de s'inquiéter ? L'enregistreur ressemble à une excroissance osseuse, afin que les contemporains ne soient pas surpris s'ils décident de lui trancher les mains avant de la brûler vive.

Mary prit sa tension puis planta l'aiguille.

— Quand le téléphone sera libre, pourrez-vous avertir William que sa mère a débarqué ? lui demanda-t-elle.

Elle lui mit un pansement et fit signe à Gilchrist d'approcher.

— Le numéro du National Trust, dit Montoya qui écrivit des chiffres sur une brochure puis raccrocha le combiné.

Il sonna, et Gilchrist s'en empara.

— Non, bougonna-t-il avant de le tendre à Dunworthy.

C'était Finch. Il appelait du bureau de l'économe.

— Avez-vous le dossier médical de Badri ?

— Oui, monsieur. Des policiers sont venus réquisitionner des logements pour les gens qui ne résident pas à Oxford.

— Veulent-ils que nous en prenions à Balliol ?

— Oui, monsieur. Combien pouvons-nous...

Mary s'était levée et gesticulait.

— Un instant, s'il vous plaît.

Il couvrit le micro avec sa paume.

— Vous demandent-ils de loger des gens ?

— Oui.

— Réservez-nous des chambres. L'hôpital aura peut-être besoin de locaux supplémentaires.

Dunworthy écarta la main et dit à Finch :

— Proposez-leur Fisher et ce qui reste de Calvin. Si vous n'avez encore rien attribué aux carillonneuses, mettez-les deux par deux. Dites à la police que les services hospitaliers ont retenu Bulkeley-Johnson pour les urgences. Vous avez donc trouvé le dossier médical de Badri ?

— Pas sans peine, monsieur. Il était classé à la lettre C, comme Chaudhuri, et les Américaines...

— Avez-vous son numéro de Sécurité sociale ?

— Oui, monsieur.

— Je vous passe le docteur Ahrens, fit-il sans laisser à son secrétaire le temps de broder sur le thème des carillonneuses.

Il fit un signe à Mary, qui colla un pansement sur le bras de Gilchrist et un moniteur jetable sur le dos de sa main. Finch en profita pour dire :

— J'ai pu joindre Ely. Ils ont été très compréhensifs mais les Américaines sont mécontentes.

Mary retira ses gants pour prendre le téléphone.

— Finch ? Ici Ahrens. Quel est le matricule de Badri ?

Dunworthy lui tendit son tableau des contacts indirects ainsi qu'un stylo. Elle nota des chiffres puis demanda à Finch de lui lire tout ce qui était inscrit à la rubrique « vaccinations ». Elle prit des notes que Dunworthy ne put déchiffrer.

— Des réactions ou des allergies ?

Un bref silence, puis :

— Parfait. Non, je consulterai le fichier informatique. Je vous rappellerai si j'ai besoin d'autres renseignements.

Elle rendit le combiné à Dunworthy.

— Il a encore quelque chose à vous dire.

— Mlle Taylor menace de nous attaquer en justice pour rupture involontaire de contrat, déclara Finch.

— Quand Badri a-t-il reçu sa dernière injection antivirale ?

Finch feuilleta une liasse de papiers.

— J'ai trouvé ! Le quatorze septembre.

— Un traitement complet ?

— Oui, monsieur.

— A-t-il eu des réactions anormales ?

— Il n'y a rien à la rubrique « allergies ». Je l'ai déjà précisé au docteur Ahrens.

— Etes-vous allé au New College ?

— Je n'en ai pas eu le temps. Que dois-je faire pour le réapprovisionnement ? Nous manquons de papier hygiénique.

Le paramed qui avait été chercher Montoya entra et alla brancher la prise de la bouilloire.

— Dois-je le rationner ou demander à tous d'éviter le gaspillage ?

— Je vous laisse carte blanche, répondit Dunworthy avant de raccrocher.

Il pleuvait encore. Le paramed était trempé et quand la bouilloire siffla, il tendit les mains sur le jet de vapeur pour les réchauffer.

— Avez-vous terminé d'accaparer le téléphone ? voulut savoir Gilchrist.

Dunworthy le lui remit. Il se demandait quel temps il devait faire, là où était Kivrin. Son manteau n'était pas imperméable et le voyageur censé passer toutes les 1,6 heure avait dû se réfugier dans une auberge ou une meule de foin pour attendre que les routes redeviennent praticables.

Elle savait allumer un feu, mais pas avec du bois mouillé et des mains engourdies par le froid. Au XIVe siècle, les hivers avaient été rudes. La petite période glaciaire avait débuté cette année-là et gelé les eaux de la Tamise. Les conditions climatiques avaient tant nui aux récoltes que certains historiens attribuaient les horreurs de la peste noire à la malnutrition. En 1348, il avait plu sans interruption de la Saint-Michel à Noël. Il s'imagina Kivrin qui gisait sur une route boueuse, transie.

Mary disait vrai, il s'inquiétait trop. Ne l'avait-elle pas comparé à Mme Meager ? S'il s'était écouté, il eût forcé les portes du labo pour utiliser le transmetteur et gagner le XIVe siècle comme cette harpie avait forcé les portes de la rame de métro. Et Kivrin eût été aussi contente de le voir que William le serait de voir sa mère.

Kivrin était pleine de ressources. Elle avait dû penser à tout. Lorsqu'elle était venue lui montrer son costume, elle avait levé les mains pour qu'il pût constater que ses ongles étaient brisés et terreux.

— A l'époque, les femmes de la noblesse rurale travaillaient à la ferme quand elles ne faisaient pas de la tapisserie, lui avait-elle dit. Et les ciseaux n'ont fait leur apparition dans l'East Riding que trois siècles plus tard. C'est pour apporter une touche d'authenticité à mon personnage que j'ai passé l'après-midi de dimanche à creuser la terre au milieu des cadavres dans les fouilles de Mlle Montoya.

Dunworthy n'avait pas à se préoccuper de détails aussi mineurs que des tempêtes de neige.

Mais c'était plus fort que lui. Il voulait demander à Badri à quoi il pensait quand il avait déclaré que quelque chose « clochait », obtenir la confirmation que le transfert s'était bien déroulé et que le décalage était peu important. Le tech n'avait même pas pu communiquer à Mary son numéro de S.S., ce qui indiquait qu'il était inconscient. Ou pire.

Il alla se préparer une tasse de thé. Gilchrist téléphonait au concierge. C'était inutile. Cet homme ne lui avait-il pas dit que Basingame comptait se rendre au loch Balkillan, un lac qui n'existait même pas ?

Dunworthy but son thé. Gilchrist appela l'économe et le directeur adjoint du foyer universitaire. Ils ignoraient tout des faits et gestes du recteur. L'infirmière de faction vint chercher les flacons de sang. Le paramed prit une brochure et se plongea dans sa lecture.

Montoya remplit le formulaire d'admission et les listes.

— Que suis-je censée inscrire ? Les noms des gens que j'ai côtoyés aujourd'hui ?

— Depuis trois jours.

L'attente s'éternisait. Il but une autre tasse de thé. Montoya téléphona au ministère de la Santé pour tenter d'obtenir une dérogation. La paramed se rendormit.

L'infirmière poussa dans la pièce un chariot encombré de plateaux-repas.

— *Pions y feront mate chère, qui boivent pourpoint et chemise,* déclara Latimer.

Ses premières paroles de l'après-midi.

Pendant qu'ils mangeaient, Gilchrist lui fit part de son intention d'envoyer Kivrin dresser un état des lieux après l'épidémie de peste noire.

— Elle aurait complètement détruit la société médiévale, selon la version officielle, mais des recherches personnelles m'incitent à penser que cette maladie a été plus purgative que catastrophique.

Selon quel point de vue ? s'interrogea Dunworthy. Il s'étonnait d'être encore là. Les médecins attendaient-ils les résultats des analyses de sang ou que l'un d'eux se fût effondré pour déterminer la durée de l'incubation ?

Gilchrist appela le New College et demanda la secrétaire de Basingame.

— Elle est allée passer les fêtes dans le Devonshire avec sa fille, lui dit Dunworthy.

Gilchrist n'en fit pas cas.

— Oui. J'ai un message pour elle. J'essaie de joindre M. Basingame. De toute urgence. Nous avons envoyé un historien au XIVe siècle et le tech, que Balliol n'a pas soumis à un test de dépistage, est tombé malade.

Il reposa le téléphone.

— Si M. Chaudhuri n'a pas été vacciné, je vous en tiendrai personnellement pour responsable, monsieur Dunworthy.

— Il a reçu ses rappels en septembre.

— En avez-vous la preuve ?

— A-t-il pu traverser ? demanda la paramed.

Tous la regardèrent, sans comprendre. Ils l'avaient crue endormie, ainsi affalée sur son siège avec la tête inclinée et les bras croisés.

— Vous venez de dire que vous avez envoyé quelqu'un au Moyen Age, non ? fit-elle sur un ton agressif.

— Je crains de ne... commença Gilchrist.

— Un virus peut-il voyager dans le temps ?

Gilchrist regarda Dunworthy.

— C'est impossible, n'est-ce pas ?

— En effet.

Le médiéviste ignorait tout des paradoxes du

continuum et de la théorie des séries. Il n'était pas qualifié pour remplacer le recteur. Il ne connaissait même pas les principes de fonctionnement d'un transmetteur.

— Le transfert n'aurait pu s'effectuer.

— Selon le docteur Ahrens, ce Pakistanais est le seul cas connu, ajouta la paramed. Etant donné que M. Dunworthy affirme qu'il a été vacciné, le virus vient d'ailleurs. Il y avait un tas de saloperies comme la variole et la peste, au Moyen Age.

— Le Médiéval a pris toutes les précautions... commença Gilchrist.

— Un virus ne peut voyager dans le temps, répéta Dunworthy. Le continuum interdit les paradoxes.

— On peut transférer des êtres humains, insista la paramed. Or, un virus est bien plus petit.

Dunworthy n'avait plus entendu avancer de tels arguments depuis la mise au point des transmetteurs, à une époque où la théorie était imparfaitement comprise.

— Je vous assure que nous avons...

— La machine rejette tout ce qui pourrait modifier le cours de l'Histoire, gronda Dunworthy en foudroyant Gilchrist du regard. Radiations, toxines, microbes... En leur présence, la porte refuse de s'ouvrir.

La paramed ne semblait pas convaincue pour autant.

Mary arriva à cet instant avec des liasses de papiers multicolores.

— Docteur Ahrens, lui demanda Gilchrist, est-il possible que ce virus soit arrivé par le transmetteur ?

— Bien sûr que non, fit-elle en grimaçant pour indiquer qu'elle trouvait cette idée ridicule. Premièrement, les maladies ne peuvent voyager dans le temps. Deuxièmement, les symptômes sont apparus moins d'une heure après le transfert alors qu'aucun virus n'a une période d'incubation aussi brève. Troisièmement, nous serions tous malades...

Elle regarda sa montre.

— ... vu le nombre d'heures qui se sont écoulées depuis.

Elle entreprit de récupérer les listes.

— En tant que remplaçant du recteur j'ai de nombreuses obligations, grommela Gilchrist. Comptez-vous nous garder ici encore longtemps ?

— Le temps de récupérer ces documents et de vous donner des instructions. Cinq minutes, au plus.

— Cinq minutes ? répéta la paramed. Vous nous autorisez à rentrer chez nous ?

— Sous surveillance médicale, précisa Mary.

Elle leur tendit des feuilles roses. Des décharges dégageant l'hôpital de toute responsabilité.

— Les analyses n'ont rien révélé d'anormal.

Puis elle remit à Dunworthy un papier bleu. Sa signature l'engagerait à régler sous trente jours les dépassements d'honoraires non pris en charge par la S.S.

— Le C.M.G. conseille un contrôle régulier de la température et des prises de sang deux fois par jour.

Elle distribuait à présent des feuilles vertes intitulées « Précautions élémentaires ». On pouvait lire sur la première ligne : « Eviter tout contact. »

Dunworthy pensa à Finch et aux carillonneuses qui devaient l'attendre aux portes de Balliol.

— Notez votre température toutes les demi-heures, ajouta-t-elle en distribuant des formulaires jaunes. Revenez immédiatement en cas d'augmentation importante. Des fluctuations sont normales. Présentez-vous ici si vous avez plus de 37,4° ou moins de 36°, en cas de variations brutales ou de maux de tête, de douleurs dans la poitrine ou d'étourdissements.

Tous lorgnèrent le moniteur collé à leur poignet.

— Isolez-vous dans la mesure du possible, ajoutait Mary. Notez les noms des gens que vous ne pouvez éviter. Nous ne connaissons pas le mode de propagation de ce myxovirus, mais la plupart sont transmis par les postillons et les contacts. Lavez-vous fréquemment les mains, à l'eau et au savon.

Elle tendit à Dunworthy une autre feuille rose. Ils avaient dû épuiser la palette des coloris disponibles. Un tableau intitulé « Contacts », avec au-dessous « Nom, adresse, nature, heure ».

Et Dunworthy pensa que si ce virus avait eu affaire à l'Administration, il se serait avoué vaincu depuis longtemps.

— Revenez ici demain, à sept heures. Entre-temps, dînez et couchez-vous. Le repos est la meilleure des défenses. Vous êtes en congé jusqu'à la fin de la quarantaine, ajouta-t-elle en s'adressant aux parameds. Des questions ?

Elle avait distribué toutes ses feuilles multicolores.

Dunworthy regarda la paramed. Il s'attendait à l'entendre demander à Mary si la variole avait pu revenir du passé mais elle feuilletait sa liasse de papiers.

— Je peux retourner à mes fouilles ? demanda Montoya.

— Seulement si elles sont à l'intérieur du secteur en quarantaine.

— Super, marmonna Montoya en fourrant les formulaires dans ses poches. Tout va être emporté par les flots.

Elle sortit, d'un pas lourd.

— D'autres questions ? Non ? Alors, à demain sept heures.

Les parameds s'en allèrent. Latimer restait assis, les yeux rivés sur le moniteur de sa thermosonde. Gilchrist s'adressa sèchement à lui et il se leva, enfila sa veste, récupéra son parapluie et sa pile de documents divers.

— J'exige d'être tenu au courant de l'évolution de la situation, dit Gilchrist. Je compte contacter Basingame pour lui dire de revenir prendre les choses en main.

Il se détourna puis attendit que Latimer eût ramassé deux feuilles qui s'étaient envolées.

— Passez le prendre, d'accord ? lui demanda Mary. Il risque d'oublier que nous l'attendons à sept heures.

— Je dois voir Badri, déclara Dunworthy.

Elle lisait les listes qu'ils lui avaient rendues.

— Laboratoire, Brasenose. Bureau du doyen, Brasenose. Laboratoire, Brasenose. Personne n'a vu Badri ailleurs ?

— Il a parlé d'un problème, pendant son transport en ambulance, lui rappela Dunworthy. Si Kivrin est arrivée à destination avec plus d'une semaine de retard, elle ne pourra pas être au rendez-vous.

Mary triait les feuilles, sans répondre.

— Je dois m'assurer qu'il ne lui est rien arrivé.

Elle releva finalement la tête.

— Tout ceci ne servira à rien. Il y a trop de trous dans l'emploi du temps de ce tech. Lui seul pourra nous dire où il est allé, qui il a rencontré.

Elle le précéda dans le couloir.

— J'ai laissé à son chevet une infirmière chargée de l'interroger, mais il est désorienté. Votre présence le rassurera peut-être.

Ils prirent l'ascenseur, auquel elle dit :

— Rez-de-chaussée. Il n'est conscient que par instants. Ça risque de vous prendre jusqu'au matin.

— Je ne pourrai quoi qu'il en soit pas m'endormir avant de savoir ce qui s'est passé.

Ils suivirent un corridor et franchirent une porte où était écrit « ENTRÉE INTERDITE - SECTEUR D'ISOLEMENT ». De l'autre côté une religieuse à l'air revêche montait la garde devant un moniteur.

— Je conduis M. Dunworthy auprès de M. Chaudhuri, l'informa Mary. Il nous faut des T.P. Comment va votre patient ?

— La fièvre est remontée à 39,8°.

La sœur remit à chacun d'eux un sachet en plastène contenant une tenue protectrice : blouse et calotte en papier, masque qu'on ne pouvait mettre sans retirer la calotte, couvre-chaussures et gants stériles. Dunworthy commit l'erreur d'enfiler les gants avant le reste et eut de sérieuses difficultés à déplier la blouse et à positionner correctement le masque sur son visage.

— Posez des questions précises, conseilla Mary. Demandez-lui ce qu'il a fait après s'être levé, s'il a passé la nuit avec quelqu'un, où il a pris son breakfast, qui était présent, ce genre de choses. La fièvre empêche de se concentrer et vous devrez vous répéter.

Elle ouvrit la porte d'une pièce trop exiguë pour qu'il fût possible de la considérer comme une chambre. Une paroi disparaissait derrière des batteries d'écrans et d'appareils. Mary jeta un coup d'œil au tech puis regarda les moniteurs.

Dunworthy l'imita. Il lut sur la ligne du bas du plus proche : « ICU 14320691 22-12-54 1803 200/RPT 21800CRS IMJPCLN 200 MG/q6h NHS20-211-7 M. AHRENS. » Le suivant était occupé par des lignes zigzagantes et des colonnes de nombres. Rien n'avait un sens, sauf un chiffre au centre de l'avant-dernière fenêtre sur la droite: «Temp. 39,9°.» Seigneur!

Badri gisait avec les bras sur la couverture, relié par des tubes aux poches de sérum pendues à des potences. Un de ces tuyaux était alimenté par cinq perfusions différentes. Il avait les yeux clos et un visage émacié. Il semblait avoir perdu du poids depuis son admission et sa peau sombre avait d'étranges reflets rougeâtres.

— Badri, vous m'entendez? demanda Mary.

Il ouvrit les yeux et les regarda sans les reconnaître, plus à cause de leur accoutrement que du déclin de ses facultés mentales, peut-être.

— M. Dunworthy est venu vous voir.

Son biper se déclencha.

— Dunworthy? répéta Badri en tentant de s'asseoir.

Mary le repoussa contre l'oreiller, avec douceur.

— Il a des questions à vous poser. Restez allongé. Je dois vous laisser, mais M. Dunworthy vous tiendra compagnie.

Elle sortit.

— Monsieur Dunworthy?

— Je suis là. Comment vous sentez-vous?

— Quand M. Dunworthy reviendra-t-il?

Il tenta de se redresser. Dunworthy s'assit sur le tabouret et tendit la main pour l'en empêcher.

— Il faut absolument que je lui parle, insista Badri. Ce qui se passe est anormal.

8

Elle était sur le bûcher. Des flammes la léchaient. Elle ne se souvenait pas de l'instant où on l'avait attachée au poteau mais se rappelait quand on avait allumé le feu. Peu après qu'elle fut tombée du cheval blanc et que le bandit l'eut soulevée dans ses bras pour la porter jusqu'à sa monture.

— Nous devons retourner au point de transfert, lui avait-elle dit.

Il s'était alors penché vers elle et la clarté papillotante des flammes avait révélé son visage cruel.

— M. Dunworthy rouvrira la porte temporelle dès qu'il comprendra que j'ai des ennuis, avait-elle ajouté.

Et l'homme l'avait prise pour un suppôt de Satan et conduite en ce lieu, pour la brûler vive.

— Je ne suis pas une sorcière ! cria-t-elle.

Une main se posa sur son front.

— Chut, fit une voix.

— Je ne suis pas une sorcière, répéta-t-elle.

Elle s'était exprimée lentement, pour que ses propos soient compréhensibles. Le brigand n'avait pas prêté attention à ses paroles. Il l'avait hissée sur son destrier pour l'emporter loin de la clairière, dans la partie la plus dense de la forêt.

Elle cherchait des points de repère afin de pouvoir retrouver son chemin, mais la lanterne n'éclairait que le sol à leurs pieds et ses yeux étaient blessés par sa clarté. Elle les avait clos. Une autre erreur, car lorsque les balancements du cheval lui avaient donné des étourdissements, elle n'avait pu rester en selle.

— Je ne suis pas une sorcière mais une historienne, fit-elle.

— *Hawey ſond enyowuh thissla dey?* dit une ſemme.

Elle était sans doute venue déposer un ſagot sur le bûcher, avant d'être repoussée par la chaleur.

— *Enwodes ſillenun gleydund sore destrayste,* répondit la voix de M. Dunworthy. *Ayeen myrnarmehs hoor alle op hider ybar.*

— *Sweltes shay dumorte blauen?*

— Monsieur Dunworthy, cria Kivrin en lui tendant les bras. Des assassins m'ont capturée !

Mais elle ne pouvait le voir, au sein de la fumée.

— Chut, murmura la femme.

Et Kivrin sut qu'il était tard, qu'elle avait dormi. En combien de temps est-on consumé par les flammes ? se demanda-t-elle. La chaleur aurait déjà dû la réduire en cendres. Elle leva ses mains. Elles étaient toujours intactes malgré les flammèches qui dansaient autour de ses doigts. Leur éclat était insoutenable. Elle ferma les yeux.

J'espère que je ne ferai pas une autre chute, pensa-t-elle. Elle s'était agrippée à l'encolure du cheval, dont le pas irrégulier ébranlait son crâne. Elle n'avait pas lâché prise mais glissé. Dunworthy avait pourtant insisté pour qu'elle prît des leçons d'équitation. Il savait ce qui se passerait. Il lui avait prédit qu'elle finirait ainsi.

La femme présenta quelque chose devant sa bouche. Sans doute une éponge trempée dans du vinaigre, pensa-t-elle. Mais c'était un bol contenant un breuvage chaud et amer. L'inconnue inclina sa tête pour lui permettre de boire et Kivrin prit conscience qu'elle était allongée.

Je dois informer M. Dunworthy qu'ils brûlaient les gens en position horizontale, pensa-t-elle. Elle voulut joindre les mains devant ses lèvres pour déclencher l'enregistreur, mais le poids des flammes les lestait.

Je suis malade, comprit-elle. Et elle sut qu'on lui avait administré une potion médicinale, un fébrifuge. Elle n'était plus sur le sol mais dans un lit, à l'intérieur d'une chambre obscure. La femme était à son chevet. Kivrin l'entendait respirer. Elle voulut tourner la tête pour la voir mais l'ébauche de mouvement réveilla la souffrance. L'inconnue devait dormir. Sa respiration était régulière et sonore, proche d'un ronflement.

Je dois être dans le village, pensa-t-elle. C'est là que l'homme roux m'a conduite.

Après sa chute, le bandit l'avait remise en selle. Mais lorsqu'elle avait regardé son visage, il n'avait plus la tête d'un assassin. Ses traits étaient juvéniles et empreints de bonté. Lorsqu'elle était encore adossée à la roue du chariot, il s'était penché vers elle pour lui demander :

— Qui êtes-vous ?

Et elle l'avait compris sans peine.

— *Canstawd ranken derwyn* ?

La femme souleva à nouveau sa tête pour lui permettre de déglutir la décoction amère. Mais Kivrin avait du feu dans la gorge. De petites flammes orangées que le liquide aurait pourtant dû éteindre. Elle se demanda si on ne l'avait pas emmenée à l'étranger. En Espagne ou en Grèce, un pays où on parlait un langage inconnu de l'interprète.

Cependant, elle avait compris la question du rouquin et pensé que l'autre homme devait être un esclave sarrasin ramené des croisades. C'était pour cela que ses propos étaient inintelligibles.

— Je suis une historienne, avait-elle précisé.

Mais dès qu'elle redressa la tête, il redevint un brigand à la mine patibulaire.

Son sauveteur avait disparu. L'assassin ramassa des brindilles et les posa sur des pierres, pour faire un feu.

— Monsieur Dunworthy, appela Kivrin, désespérée.

Et le rouquin revint s'agenouiller près d'elle.

— Je n'aurais pas dû m'éloigner du point de transfert, lui dit-elle, sans le quitter des yeux pour l'empêcher de se métamorphoser à nouveau. Quelque chose a dû aller de travers. Vous devez me ramener là-bas.

Il retira son manteau et l'étendit sur elle.

— Je dois rentrer chez moi, ajouta-t-elle.

Il se pencha, les cheveux embrasés par la clarté de sa lanterne.

— *Godufadur,* cria-t-il.

Et elle pensa : C'est le nom de son esclave. Il va lui demander où il m'a découverte et me conduire dans la clairière. M. Dunworthy sera dans tous ses états, s'il ne me voit pas à la réouverture de la porte. Tout va bien, monsieur Dunworthy. Rassurez-vous, j'arrive.

— *Dreede nawmaydde,* avait dit l'homme en la prenant dans ses bras. *Fawrthah Galwinnath coam.*

— Je n'y comprends rien parce que je suis malade, expliqua-t-elle à la femme.

Mais nul ne sortit des ténèbres pour tenter de la calmer. Ils s'étaient lassés de la regarder se consumer. Son agonie était interminable.

Le rouquin l'avait installée devant lui sur le destrier blanc. Ils traversaient les bois et elle pensait qu'ils revenaient vers le point de transfert. Sa monture avait désormais une selle et un carillon jouait « Alléluia, c'est Noël ». Le son s'amplifiait à chaque couplet et il fut bientôt aussi assourdissant que les cloches de St. Mary.

Ils chevauchèrent longtemps. Ils ne devaient plus être très loin du chariot.

— Arriverons-nous bientôt ? M. Dunworthy va s'inquiéter.

Ils descendaient une colline. La lune brillait faiblement derrière les branches dénudées des arbres et éclairait une église au pied de l'éminence.

— Ce n'est pas la clairière, protesta-t-elle.

Elle eût voulu serrer la bride au cheval mais n'osait pas lâcher le cou de l'homme. Ils s'arrêtèrent devant une porte. Elle s'ouvrit, et il y avait un feu et les tintements des cloches.

— *Shay boyen syke nighonn tdeeth,* dit la femme.

Ses mains ridées et rêches remontèrent les couvertures. Des poils chatouillèrent son visage. De la fourrure, ou ses cheveux.

— Où m'a-t-on amenée ? demanda-t-elle.

L'inconnue se pencha. Elle n'avait pas compris sa question. Kivrin prit conscience de s'être exprimée en anglais moderne. L'interprète ne fonctionnait pas. Il était censé traduire ses pensées en moyen anglais.

Elle décida de se passer de ses services. « *Coment a nom cist pais ?* » Cette phrase ne laissait-elle pas à désirer ? Ne commettait-elle pas une erreur ?

La femme empilait des couvertures sur elle. Plus il y en avait, plus elle grelottait. Sans doute étouffaient-elles son feu intérieur.

Elle fit un essai, mais la femme était repartie. Dunworthy l'avait avertie qu'elle ne pourrait peut-être pas compter sur l'interprète, qu'il lui faudrait maîtriser le moyen anglais, le normand et l'allemand. Elle avait appris par cœur des pages et des pages de Chaucer. Mais c'était sans aucune utilité pratique.

L'homme avait frappé à une porte. Un individu corpulent était venu ouvrir. Il tenait une hache. Sans doute préparait-il du bois de feu. Une femme l'avait rejoint pour leur tenir des propos incompréhensibles. Le battant avait claqué. Ils étaient restés à l'extérieur, dans les ténèbres.

— Monsieur Dunworthy, ne laissez pas la porte du temps se refermer elle aussi ! avait-elle crié au rouquin.

Qui était entre-temps redevenu un bandit.

— Non, ce sont des blessures, avait-il dit.

Et l'huis s'était rouvert, sur ce bûcher.

— *Thawmot goonawt plersoun roshundt prayenum comth ithre.*

Kivrin tenta de redresser la tête pour boire. Cependant, la femme ne tenait plus une tasse mais une bougie. Elle l'approcha de son visage. Sa chevelure allait s'embraser.

— *Der maydemot nedes dya.*

La flamme dansait au ras de sa joue. Ses cheveux grésillaient. Des langues de feu suivaient leurs contours et calcinaient les épis rebelles.

— Chut, dit la femme qui saisit ses mains.

Elle les libéra et les abattit sur son crâne pour étouffer les flammèches. Elles se communiquèrent à ses doigts.

— Chut, répéta la femme en immobilisant ses poignets.

Non, ce n'était pas une femme. Sa force était trop grande. Kivrin secouait la tête pour esquiver les dards ignés, mais on immobilisa également son crâne et sa chevelure devint une torche.

A son réveil, la pièce était enfumée. Le feu avait dû s'éteindre. Elle se souvint que les amis d'un supplicié avaient entassé des fagots de bois vert au pied du bûcher pour qu'il mourût asphyxié, et il s'était consumé pendant des heures.

La femme se pencha vers elle. La fumée l'empêchait de voir si elle était jeune ou âgée. Après avoir placé sur elle son manteau, l'homme roux avait dû piétiner les braises.

On l'aspergea de gouttes d'eau qui s'évaporèrent en crépitant au contact de sa peau.

— *Hauccaym anchi towoem denswile ?*

— *Si mi je Isabel de Beauvrier. Mon frere est deshaitiés. Si m'atent à Evesham.*

Elle ne trouvait pas ses mots. Ce fut en anglais moderne qu'elle demanda :

— Où suis-je ?

Un visage se pencha vers le sien.

— *Hau hightes towe ?*

Elle reconnut les traits du coupe-jarret de la forêt enchantée et eut un mouvement de recul.

— Allez-vous-en ! Que me voulez-vous ?

— *In nomine Patris, et Filii, et Spiritus sancti.*

Du latin, pensa-t-elle avec soulagement. Il devait y avoir un prêtre, ici. Elle voulut lever la tête pour le voir derrière le bandit de grand chemin mais la fumée le dissimulait. Je connais le latin, se souvint-elle. M. Dunworthy a insisté pour que je l'apprenne.

— Il faut chasser cet homme, dit-elle dans ce langage. C'est un bandit.

Sa gorge était à vif et elle manquait de souffle, mais l'assassin sursauta et elle sut qu'il l'avait comprise.

— N'ayez crainte, vous allez retourner d'où vous venez.

— Au point de transfert ?

— *Asperges me, Domine, hyssope et mundabor.*

Asperge-moi d'hysope, ô Seigneur, et je serai purifié.

— Aidez-moi. Je dois retourner là d'où je viens.

— ... *nominus*... disait le prêtre.

Si doucement qu'elle ne put entendre la suite. Quelque chose au sujet de son nom. Elle redressa la tête. Son crâne était étonnamment léger, débarrassé du poids de sa chevelure consumée par les flammes.

— Mon nom ?

— Pouvez-vous me le dire ?

Elle était censée répondre qu'elle s'appelait Isabel de Beauvrier, fille de Messire de Beauvrier qui vivait dans l'East Riding, mais elle avait trop mal à la gorge.

— Je dois retourner là-bas. Ils ignorent où je suis.

— *Confiteor deo omnipotenti. Beatae Mariae semper Virgini...*

Il récitait le Confiteor. Pourquoi ne renvoyait-il pas le bandit ? Nul n'aurait dû être autorisé à assister à sa confession.

C'était à elle de prier. Elle voulut joindre les mains et en fut incapable, mais le prêtre l'aida et lorsqu'elle se souvint des mots il les dit avec elle.

— Pardonnez-moi, mon père, parce que j'ai péché. Je confesse à Dieu Tout-Puissant que j'ai péché en pensée, par action et par omission.

— *Mea culpa,* murmura-t-elle. *Mea culpa, mea maxima culpa.*

C'est ma faute, c'est ma faute, c'est ma très grande faute... Non, ce n'était pas ce qu'elle voulait dire.

— Comment avez-vous péché ? demanda le prêtre.

— Péché ?

— Oui. Vous devez avouer toutes vos fautes pour obtenir le pardon divin et être admise dans Son royaume éternel.

Je désirais simplement aller au Moyen Age, pensa-t-elle. Pour cela, j'ai appris les langages et les usages de l'époque. Je voulais devenir une historienne.

Elle ravala sa salive, comparable à du feu liquide.

— Je n'ai pas péché.

Le prêtre recula et elle craignit de l'avoir irrité.

— J'aurais dû écouter M. Dunworthy, reconnut-elle. J'ai eu tort de m'éloigner du point de transfert.

— *In nomine Patris, et Filii, et Spiritus sancti. Amen,* dit le prêtre.

Sa voix était douce, réconfortante. Sa main fraîche se posa sur son front.

— *Quid quid deliquisti.* Par cette sainte onction...

Il effleura ses yeux, ses oreilles et ses narines.

Ce n'est pas un rituel du sacrement de pénitence, comprit-elle.

— Ne...

— N'ayez pas peur, mon enfant. Puisse le Seigneur vous pardonner vos offenses, dit-il avant d'éteindre le feu qui consumait la plante de ses pieds.

— Pourquoi m'administrez-vous l'extrême-onction ?

Puis elle se souvint qu'elle était sur un bûcher et que M. Dunworthy ne saurait jamais ce qui lui était arrivé.

— Je m'appelle Kivrin. Dites à M. Dunworthy...

— Puissiez-vous voir le Rédempteur avec des yeux bénis par la grâce de la vérité devenue manifeste, disait le prêtre qui s'était métamorphosé en bandit de grand chemin.

— Je vais mourir, n'est-ce pas ?
Il prit sa main et affirma :
— Vous n'avez rien à redouter.
— Ne me laissez pas.
— Je n'en ai pas l'intention, répondit-il derrière le rideau de fumée qui le dissimulait. Puisse Dieu Tout-Puissant avoir pitié de vous, vous pardonner vos péchés et vous conduire à la vie éternelle.
— S'il vous plaît, monsieur Dunworthy, venez me chercher, implora-t-elle alors que les flammes s'élevaient autour d'elle en grondant.

EXTRAIT DU GRAND LIVRE

(000806-000882)

Domine, mittere digneris sanctum Angelum tuum de caelis, qui custodiat, foveat, protegat, visitet, atque defendat omnes habitantes in hoc habitaculo.

(Pause)

*Exaudi orationim meam et clamor meus ad te veniat.**

* Ô Seigneur, daigne envoyer Tes saints anges des cieux, pour garder, chérir, protéger, visiter et défendre tous ceux qui sont réunis dans cette maison.

(Pause)

Exauce ma prière et fais que mon cri parvienne jusqu'à Toi.

9

— Que se passe-t-il ? Qu'est-ce qui ne va pas ? demanda Dunworthy.

— Je gèle.

Il remonta sur les épaules du malade une couverture aussi fine que le papier de sa blouse. Qu'il eût froid n'avait rien d'étonnant.

— Merci, murmura le tech en fermant les yeux.

Dunworthy regarda les moniteurs. La température de Badri restait stable à 39,9°, sa main était brûlante même à travers le gant et ses ongles avaient une étrange coloration bleuâtre. Sa peau semblait plus sombre, elle aussi, et son visage était encore plus émacié que lors de son admission.

La religieuse de faction, une femme dont la silhouette évoquait un peu trop Mme Meager au goût de Dunworthy, vint annoncer d'une voix bourrue :

— La liste de ses contacts directs est là.

Elle désigna le clavier du moniteur de gauche.

Un tableau apparut sur l'écran. Son nom et ceux de Mary et de la sœur figuraient au sommet, avec les lettres T.P. entre parenthèses, sans doute pour indiquer qu'ils avaient porté des tenues protectrices lors de chaque entrevue.

— Défilement, demanda-t-il.

Lundi matin, Badri était allé à Londres afin de préparer un transfert pour le Collège de Jésus. Il avait regagné Oxford à midi, par le métro.

Il était passé voir Dunworthy à quatorze heures trente et ils étaient restés ensemble jusqu'à seize heures. Dunworthy saisit cette information. Le tech lui avait dit qu'il était également allé dans la capitale le dimanche. Il tapa : « Londres — téléphoner à Jésus pour les horaires. »

— Il n'a plus toute sa tête, commenta la religieuse.

Elle contrôla le débit des perfusions, tendit la couverture et ressortit.

Badri s'éveilla et entrouvrit les paupières.

— J'ai quelques questions à vous poser, lui dit Dunworthy. Nous devons savoir qui vous avez approché.

— Kivrin, murmura-t-il. Dans le laboratoire.

— Ce matin. Et auparavant ?

— Non.

— Qu'avez-vous fait, hier ?

— J'ai contrôlé le transmetteur.

— Toute la journée ?

Le tech secoua la tête, ce qui fut à l'origine d'un chapelet de bips et de crêtes sur les graphiques.

— Je suis allé vous voir.

— J'ai lu le mot que vous m'avez laissé. Et ensuite ? Avez-vous vu Kivrin ?

— J'ai repris les calculs de Puhalski.

— Etaient-ils exacts ?

Il fronça les sourcils.

— Oui.

— En êtes-vous certain ?

— Absolument. J'ai fait une vérification et une comparaison.

Dunworthy se sentait soulagé. Les coordonnées spatiales étaient bonnes.

— Et en ce qui concerne le décalage ?

— J'ai mal au crâne. J'ai trop bu, à cette soirée.

— Quelle soirée ?

— Je suis crevé.

— Où êtes-vous allé ? insista Dunworthy qui se

comparait à un tortionnaire de l'Inquisition. Quand ? Lundi ?

— Mardi. Trop bu.

Il détourna la tête.

— Reposez-vous. Essayez de dormir.

— Content de vous avoir vu.

Il s'assoupit. Dunworthy partageait son attention entre le tech et les moniteurs. Il pleuvait. Il entendait les gouttes crépiter derrière les rideaux tirés.

L'état de Badri était critique. Dunworthy s'était jusqu'alors trop inquiété au sujet de Kivrin pour s'en rendre compte. Il était mal placé pour adresser des reproches à Montoya et aux autres. Tous avaient des soucis et cette affaire leur compliquait l'existence. Même Mary, qui redoutait une épidémie et envisageait de réquisitionner Bulkeley-Johnson, n'avait pas conscience de l'épreuve que vivait cet homme dont la fièvre frôlait 40° malgré les antiviraux.

Dunworthy écoutait la pluie et la cloche de St. Hilda qui sonnait les quarts d'heure. La sœur vint lui annoncer qu'elle avait terminé sa permanence. Une infirmière blonde, plus mince et avenante, passa jeter un coup d'œil aux perfusions et aux moniteurs.

Badri émergeait de l'inconscience au prix d'efforts qui l'épuisaient. Il ne pouvait plus se concentrer sur les questions que Dunworthy continuait de lui poser.

La soirée avait eu lieu à Headington. Il était ensuite allé dans un pub dont il ne se rappelait plus le nom. Il avait consacré la nuit de lundi à vérifier les travaux de Puhalski, seul dans le laboratoire. Il était arrivé de Londres à midi. Par le métro. Ils n'auraient pu retrouver tous ses passagers, tous les participants à la soirée et tous les individus que le tech avait côtoyés même s'ils avaient connu leurs noms.

— Comment êtes-vous venu à Brasenose, ce matin ?

— Ce matin ? Il y a longtemps que je dors ?

Dunworthy regarda sa montre.

— Il est vingt-deux heures. Vous avez été admis à l'hôpital à treize heures trente. Ce matin, vous avez envoyé Kivrin dans le passé. Quand avez-vous constaté que vous étiez malade ?

— Quel jour sommes-nous ?

— Le vingt-deux décembre.

— Quelle est l'année ?

Badri essaya de s'asseoir et Dunworthy lorgna les écrans, inquiet. Sa température approchait 40°.

— 2054, dit-il en se penchant pour le calmer.

— Sauvegarde ! s'écria le tech en s'asseyant dans son lit pour regarder de tous côtés. Où est M. Dunworthy ? Je dois lui parler.

— Je suis là, Badri. Qu'avez-vous à me dire ?

— Savez-vous où il est ? Pourriez-vous lui faire parvenir ce message ?

Il lui tendit un bout de papier imaginaire. Sans doute revivait-il l'après-midi de mardi, son passage à Balliol.

Il jeta un coup d'œil à son poignet.

— Il est tard, je dois retourner au transmetteur. Le labo est-il ouvert ?

— Que voulez-vous dire à M. Dunworthy ? Ça concerne le décalage ?

— Non. Faites attention, vous allez la perdre ! Qu'attendez-vous pour aller la chercher ?

La jeune infirmière revint.

— Il délire, l'informa Dunworthy.

Elle lança un regard au patient puis s'intéressa aux moniteurs. Les nombres qui défilaient et les crêtes des graphiques inquiétaient Dunworthy, mais elle garda son calme et se contenta de modifier le débit des perfusions.

— Et maintenant, on va se rallonger, d'accord ? dit-elle à Badri sans seulement se tourner vers lui.

Le tech obtempéra.

— Je vous croyais parti, dit le malade en laissant redescendre sa tête sur l'oreiller. Dieu soit loué, vous êtes toujours là.

Il s'affaissa, mais ne put aller plus bas.

L'infirmière n'avait rien remarqué. Elle peaufinait les réglages.

— Il s'est évanoui, l'informa Dunworthy.

Elle hocha la tête puis fit afficher d'autres données sans prêter attention à l'homme inconscient.

— Ne croyez-vous pas qu'il faudrait appeler un médecin ? suggéra Dunworthy.

La porte s'ouvrit sur une grande femme en T.P. Elle ne s'intéressa pas à Badri, elle non plus. Elle se pencha vers les moniteurs puis demanda :

— Des signes de complications pleurales ?

— Cyanose et frissons.

— Que lui donnons-nous ?

— Myxabravine.

Elle alla vers la paroi, décrocha un stéthoscope, démêla son câble.

— Hémoptysie ?

Un « non » de la tête.

— Ne la perdez pas, fit Badri. Ce serait un vrai casse-tête... Ces machins viennent de Chine, pas vrai ?

— Préparez 50 cc de pénicilline aqueuse et un pack A.S.A., disait le médecin.

Elle le fit asseoir et, pendant qu'il tremblait de plus en plus, elle pela les bandes de velcro de sa chemise de nuit. Elle appliqua le diaphragme du stéthoscope sur son dos et Dunworthy frissonna.

— Inspirez à fond, dit-elle en regardant le moniteur.

Badri s'exécuta. Il claquait des dents.

— Consolidation pleurale mineure inférieure gauche, précisa-t-elle avant de déplacer l'instrument de torture d'un centimètre. Une autre. Avons-nous identifié la cause ?

— Myxovirus, dit l'infirmière qui remplissait une seringue. Type A.

— Séquençage ?

— Nous l'attendons.

Elle inséra l'embout dans le cathéter et enfonça le piston. A l'extérieur, un téléphone sonna.

Le médecin referma la chemise de nuit de son patient, le rallongea et rabattit le drap sur ses jambes d'un geste désinvolte.

— Je veux une radio de la tache, dit-elle en sortant.

La sonnerie retentissait toujours.

Dunworthy désirait remonter la couverture mais l'infirmière pendait un flacon à la potence. Il attendit son départ puis couvrit Badri et le borda.

— Ça va mieux ? s'enquit-il.

Mais le tech s'était rendormi. Dunworthy regarda les moniteurs. La température redescendit à 39,2°. Sur les autres écrans, les lignes ne faisaient plus de bonds frénétiques.

— Monsieur Dunworthy, un certain M. Finch vous demande.

C'était la voix de l'infirmière, par l'interphone.

Il sortit dans le couloir. La jeune femme avait retiré sa T.P. et elle lui fit signe de l'imiter. Il obéit et jeta sa blouse dans un panier à linge qu'elle lui désignait.

— Vos lunettes, s'il vous plaît.

Il les lui remit et elle les aspergea de désinfectant. Il prit le combiné et ferma les yeux à demi pour mieux voir l'écran.

— Monsieur Dunworthy, il s'est produit une catastrophe.

— Laquelle ?

Il regarda sa montre. Vingt-deux heures. Trop tôt pour que de nouveaux cas se soient déclarés, si l'incubation durait douze heures.

— Quelqu'un est malade ?

— Non, monsieur. Pire que cela. Mme Meager est à Oxford. Elle a réussi à franchir les barrages.

— Je sais. Elle a pris le dernier métro. De justesse.

— Elle a appelé de l'hôpital. Elle exige d'être logée à Balliol et m'accuse d'avoir attribué à son fils un directeur d'études qui l'oblige à rester ici pour les congés.

— Répondez-lui que nous manquons de place, que les dortoirs sont en cours de désinfection.

— C'est ce que je lui ai dit, monsieur. Mais elle veut dormir dans la chambre de son fils. Je ne peux pas faire une chose pareille à William.

— Ce serait effectivement inhumain. L'avez-vous informé de l'arrivée de sa mère ?

— Non, monsieur. Il n'est pas sur le campus. Selon Tom Gailey, il serait allé voir une jeune femme à Shrewsbury. J'ai téléphoné, mais personne ne répond.

— Ils ont dû s'isoler pour lire Pétrarque.

Il se demanda comment réagirait Mme Meager si elle croisait le couple sur le chemin de Balliol.

— J'avoue ne pas comprendre pourquoi il lit un auteur qui n'est pas inscrit au programme.

— Logez Mme Meager dans Warren, le plus loin possible de son fils.

L'infirmière cessa brusquement d'essuyer ses lunettes.

— Bien, monsieur. Au fait, juste avant son départ, M. Basingame a déclaré à l'économe du New College qu'il ne voulait être dérangé sous aucun prétexte, mais elle essaiera malgré tout de joindre sa femme dès que les lignes seront moins encombrées.

— Vous êtes-vous renseigné sur leurs techs ?

— Ils sont tous rentrés chez eux pour les fêtes.

— En ce qui concerne les nôtres, lequel est le plus proche d'Oxford ?

Finch s'accorda un moment de réflexion.

— Andrews. Il vit à Reading. Voulez-vous son téléphone ?

— Oui, et faites-moi une liste de tous les autres.

Finch récita l'indicatif puis déclara :

— J'ai pris des mesures, pour le papier hygiénique. J'ai préparé des notes rappelant que « le gaspillage conduit à la misère ».

— Voilà qui est parfait.

Il raccrocha et composa le numéro d'Andrews. La ligne était occupée.

L'infirmière lui tendit ses lunettes et une nouvelle T.P. qu'il enfila en prenant soin de mettre le masque avant la calotte et de garder les gants pour la fin. Il lui fallut malgré tout très longtemps pour se préparer et il espéra que la fille serait plus rapide que lui si Badri la sonnait.

Il retourna dans la chambre. Le tech avait un sommeil agité et 39,4° de fièvre.

Il retira ses lunettes et se massa entre les yeux, pour dissiper un début de migraine. Puis il s'assit et lut la liste des contacts directs de Badri. Il y avait de nombreux trous dans son emploi du temps. Il manquait le nom du pub où il était allé après avoir dansé. Ce qu'il avait fait le lundi dans l'après-midi et la soirée. Il était venu de Londres en métro, à midi, et Dunworthy lui avait téléphoné pour lui demander de s'occuper du transmetteur à quatorze heures trente. Quelles avaient été ses activités, entre-temps ?

Et le mardi, après qu'il fut passé à Balliol pour lui laisser un message ? Etait-il allé au labo ? Dans un autre pub ? Avait-il rencontré quelqu'un ? Quand Finch le rappellerait pour lui parler de ses derniers démêlés avec les carillonneuses américaines et le papier hygiénique, il le chargerait de demander à tous les individus encore présents à Balliol s'ils n'avaient pas vu le tech.

L'infirmière entra. Dunworthy lorgna les moniteurs et ne releva aucun changement. Badri dormait. La jeune femme saisit des instructions, contrôla le débit des perfusions et tira la couverture. Puis elle alla ouvrir le rideau et demanda, sans le regarder :

— Je vous ai entendu parler d'une certaine Mme Meager, quand vous téléphoniez. J'ai conscience d'être indiscrète, mais ne serait-ce pas la maman de William ?

— Si, répondit-il, surpris. Le connaissez-vous ?

— C'est un de mes amis, dit-elle.

Il la vit rougir sous son masque et se demanda quand ce jeune homme trouvait le temps de lire Pétrarque.

— Eh bien, sa mère est ici, à l'hôpital. Elle est venue lui tenir compagnie à l'occasion des fêtes de fin d'année.

— Je nous croyais en quarantaine.

— Elle a pris le dernier métro.

— William le sait-il ?

— Mon secrétaire tente de l'en informer.

Il s'abstint de parler de la jeune femme de Shrewsbury.

— Il est allé à la bibliothèque Bodléienne, fit-elle. Pour étudier.

Elle déroula le cordon lové autour de sa main et sortit, sans doute pour téléphoner à ladite bibliothèque.

Badri s'agita et murmura un mot incompréhensible. Son visage était empourpré, sa respiration laborieuse.

— Badri ?

Il ouvrit les yeux.

— Où suis-je ?

Dunworthy jeta un coup d'œil aux moniteurs. La fièvre avait baissé et il semblait avoir recouvré en partie ses esprits.

— A l'hôpital. Vous avez eu un malaise dans le labo de Brasenose. Vous en souvenez-vous ?

— Je ne me sentais pas bien. J'avais froid. Je suis allé au pub vous annoncer que j'avais effectué le relèvement...

— Vous m'avez dit que quelque chose clochait, lui rappela Dunworthy. De quoi parliez-vous ? Du décalage ?

— Quelque chose clochait, confirma Badri en essayant de se dresser sur un coude. Qu'est-ce qui m'est arrivé ?

— Vous êtes malade. Vous avez la grippe.

— Malade ? Je ne suis jamais malade. Ils sont morts, n'est-ce pas ?

— Qui ?

— Je les ai tous tués.

— Avez-vous contaminé quelqu'un ? C'est important. Qui d'autre a ce virus ?

— Virus ? Vous avez dit virus ?

— Oui. Il n'est pas mortel, rassurez-vous. On vous a administré des antimicrobiens et un analogique. Vous serez sous peu sur pied. Savez-vous qui vous a refilé ça ?

— Non, répondit-il en laissant sa tête redescendre sur l'oreiller. Je pensais... Oh !

Il regarda Dunworthy avec angoisse.

— Il se passe quelque chose d'anormal.

Dunworthy tendit la main vers la sonnette.

— Quoi ? Qu'est-ce qui est anormal ?

Ses yeux étaient exorbités par la peur.

— Je souffre !

Dunworthy sonna. L'infirmière et un interne entrèrent. Ils accomplirent leur rite cruel avec le stéthoscope.

— Il s'est plaint d'avoir froid, dit Dunworthy. Et mal.

— Où ça ? voulut savoir l'interne.

— Ici, dit Badri.

Il désigna le côté droit de sa poitrine.

— Pleurésie inférieure droite, commenta l'interne.

— Chaque inspiration est douloureuse. Il se passe quelque chose d'anormal.

Il n'avait pas dû se référer au relèvement mais à son état de santé. Quel âge avait-il ? On avait commencé à administrer de façon régulière des antiviraux rhinovirus vingt ans plus tôt. Peut-être disait-il la stricte vérité en déclarant qu'il n'avait jamais été malade, peut-être n'avait-il pas eu ne serait-ce qu'un rhume.

— Oxygène ? demanda l'infirmière.

— Ça peut attendre, répondit l'interne en sortant. Commencez par deux cents unités de chloramphénicol.

Elle fit rallonger Badri, suspendit une poche à la

potence, s'assura pendant une minute que sa température baissait puis les laissa.

Dunworthy regardait la nuit par la fenêtre. Il pleuvait. Si Badri n'avait jamais eu la moindre maladie, la fièvre et les frissons étaient pour lui une nouveauté angoissante. Il avait simplement voulu l'informer qu'il se passait des choses étranges à l'intérieur de son être.

Dunworthy retira ses lunettes et frotta ses yeux irrités par le produit désinfectant. Il se sentait las. Il avait dit qu'il ne pourrait pas se détendre avant d'avoir obtenu la confirmation que Kivrin était saine et sauve. Badri dormait, à présent que la magie des médecins avait effacé la souffrance. Kivrin devait elle aussi dormir, dans un lit infesté de puces, sept siècles plus tôt. Mais peut-être était-elle éveillée et essayait-elle de donner le change aux gens de cette époque en exhibant ses ongles malpropres, si elle ne s'était pas agenouillée quelque part pour narrer ses aventures à ses mains jointes.

Il devait avoir sommeillé, rêvé que Finch lui téléphonait pour lui annoncer que les Américaines les attaquaient en justice parce qu'elles manquaient de papier hygiénique et que le vicaire avait appelé pour citer les Saintes Ecritures :

— Matthieu, 2, 11. « Le gaspillage conduit à la misère. »

Toujours est-il qu'il sursauta quand l'infirmière ouvrit la porte pour l'informer que Mary l'attendait aux Urgences.

Il regarda sa montre. Quatre heures vingt. Badri dormait, d'un sommeil presque paisible. La jeune femme était de faction à l'extérieur, avec le flacon de désinfectant.

L'odeur du produit l'aida à s'éveiller. Il prit

l'ascenseur pour descendre au rez-de-chaussée. Mary était là, calottée et masquée.

— Nous avons un nouveau cas, dit-elle en lui tendant une T.P. Si vous avez vu cette personne dans la foule, peut-être pourrez-vous la reconnaître.

Il enfila les vêtements avec autant de maladresse que les fois précédentes et il faillit déchirer la blouse lorsqu'il sépara les bandes de velcro.

— Il y avait des douzaines de passants, dans High Street. Et c'est Badri que je suivais des yeux. Je doute de pouvoir identifier qui que ce soit.

— Je sais, dit-elle en le précédant vers les Urgences.

Des brancardiers à l'anonymat préservé par leurs tenues en papier poussaient une civière. Un interne, également en T.P., interrogeait une femme émaciée à l'expression effrayée. Elle portait un imper et un chapeau de pluie ruisselants.

— Mon amie s'appelle Beverly Breen, disait-elle d'une voix fluette. 226 Plover Way, Surbiton. J'ai compris qu'elle n'était pas dans son assiette car elle me soutenait que nous devions prendre le métro pour Northampton.

Quand l'interne lui demanda le numéro de S.S. de sa patiente, elle posa son parapluie contre le comptoir des admissions et ouvrit un grand sac, pour le fouiller.

— Elle était à la station de métro et se plaignait de maux de tête, expliqua Mary. Elle attendait qu'on lui attribue un logement.

Elle fit signe aux brancardiers de s'arrêter, mais Dunworthy n'avait pas besoin de voir la malade pour l'identifier.

La femme à l'imper trouva ce qu'elle cherchait et tendit une carte à l'interne, récupéra le cabas, une liasse de formulaires et le parapluie à fleurs lavande.

— Badri l'a bousculée dans High Street, dit Dunworthy.

— En êtes-vous certain ?

— Je reconnais son parapluie.

— A quelle heure ?

— Je ne sais pas trop. Treize heures trente ?

— Y a-t-il eu un contact physique ?

— Il l'a percutée de plein fouet. Le parapluie s'est envolé. Il s'est déclaré désolé. Elle a gueulé un moment. Il a ramassé le parapluie et le lui a rendu.

— A-t-il toussé ou éternué ?

— Je ne m'en souviens pas.

On emportait la femme aux Urgences. Mary se leva.

— Isolez-la, dit-elle.

Elle emboîta le pas aux brancardiers. L'amie de la malade se leva, les formulaires serrés contre sa poitrine.

— L'isoler ? Qu'a-t-elle ?

— Veuillez me suivre, s'il vous plaît, lui dit Mary.

Dunworthy n'eut pas le temps de lui demander s'il devait l'attendre.

Il s'assit dans un fauteuil et vit sur l'autre siège une brochure qui traitait de « L'importance d'une bonne nuit de sommeil ».

Somnoler sur un tabouret lui avait donné un torticolis et ses yeux étaient à nouveau cuisants. Il aurait dû retourner auprès de Badri mais manquait d'énergie pour enfiler une T.P. et la perspective de réveiller le tech pour lui demander qui d'autre risquait d'arriver aux Urgences avec 39,5° de fièvre ne l'enthousiasmait guère.

Au moins Kivrin serait-elle épargnée. Il était quatre heures et demie. Badri avait heurté la femme au parapluie vers treize heures trente. L'incubation durait quinze heures et Kivrin avait alors bénéficié d'une protection totale.

Mary revint, échevelée et lasse. Elle avait retiré sa calotte et son masque pendait à son cou.

— Libérez Mme Meager, dit-elle à la jeune femme des admissions. Demandez-lui de revenir à sept heures pour une prise de sang.

Elle alla vers Dunworthy, en souriant.

— Je l'avais oubliée. Elle a menacé de me faire un procès pour détention abusive.

— Elle devrait bien s'entendre avec les carillonneuses qui veulent me poursuivre en justice.

— Le C.M.G. nous a contactés. Mais je prendrais volontiers une tasse de thé. Venez, lui dit-elle avant de s'adresser à l'employée des admissions : Je serai dans la salle d'attente du bloc chirurgical.

— C'est noté, docteur. Vous venez d'autoriser la sortie d'une certaine Mme Meager. Je, heu, n'aurait-elle pas par hasard un fils qui se prénomme William ?

— Si, confirma Mary, déconcertée.

— Vous le connaissez ? s'enquit Dunworthy en se demandant si elle rougirait comme l'infirmière blonde.

Elle le fit.

— Assez bien, répondit-elle. Il est resté à Oxford pour lire Pétrarque.

— Entre autres occupations, commenta Dunworthy.

Et, pendant qu'elle rougissait plus encore, il précéda Mary vers le panneau « ENTRÉE INTERDITE - SECTEUR D'ISOLEMENT » et dans le corridor situé au-delà.

— A quoi rime tout ceci ? demanda-t-elle.

— William est d'une constitution bien plus robuste que ne le croit sa mère.

Il ouvrit la porte de la salle d'attente. Mary fit la lumière et alla prendre la bouilloire, qu'elle emporta dans les toilettes. On avait enlevé le matériel de prise de sang et repoussé la table contre la paroi, mais son cabas était toujours posé sur le sol au centre de la pièce.

Dunworthy se pencha et le tira vers les sièges.

Mary revint avec la bouilloire et la brancha.

— Avez-vous obtenu de Badri la liste de ses contacts ?

— Si on peut dire. Il est allé danser à Headington, la nuit dernière. Quelle est la gravité de son état ?

Elle prit deux sachets de thé et les plaça dans les tasses.

— Savez-vous s'il a rencontré quelqu'un qui revenait des Etats-Unis ?

— Non. Pourquoi ?

Elle fit tomber une pluie de lait en poudre.

— Du sucre ? La mauvaise nouvelle, c'est que son cas est plus sérieux que nous le pensions. Il a reçu ses rappels, et les critères de l'Université en matière d'immunisation sont plus sévères que ceux du ministère de la Santé. Il en découle qu'il était totalement protégé contre une mutation de cinq points, et partiellement contre une mutation de dix. Mais il a tous les symptômes de la grippe, ce qui prouve que nous sommes confrontés à un nouveau virus.

La bouilloire siffla.

— Autrement dit, à une épidémie.

— Oui.

— Une pandémie ?

— Ce n'est pas à exclure. Si le séquençage n'est pas rapide ou si les mesures de quarantaine laissent à désirer.

Elle versa de l'eau chaude dans leurs tasses.

— La bonne nouvelle, c'est que le C.M.G. pense à une grippe originaire de Caroline du Sud. Si c'est exact, nous disposons d'un analogique et d'un vaccin. Ce virus n'est pas mortel et il est vulnérable aux antimicrobiens.

— Quelle est la durée de l'incubation ?

— De douze à vingt-quatre heures, fit-elle avant de boire une gorgée de thé. Le C.M.G. a envoyé des échantillons de sang à Atlanta pour une analyse comparative et nous a communiqué le traitement conseillé.

— Quand Kivrin est-elle venue recevoir ses antiviraux ?

— Lundi à quinze heures. Elle est repartie le lendemain à neuf heures. Je l'ai gardée en observation toute la nuit pour m'assurer qu'elle n'avait pas un sommeil agité.

— Badri n'a pu la voir hier, mais peut-être l'a-t-il rencontrée avant son admission à l'hôpital.

— Pour qu'elle soit en danger, il faudrait que le virus ait eu la possibilité de se multiplier librement. S'ils se sont vus lundi ou mardi, elle court moins de risques que vous d'être malade.

Elle le lorgna par-dessus sa tasse avec gravité.

— Vous vous inquiétez toujours pour le relèvement ?

— Badri a vérifié les calculs de son collègue. Et il a déclaré à Gilchrist que le décalage était insignifiant.

Mais il regrettait que le tech ne le lui eût pas confirmé, lorsqu'il l'avait interrogé à ce sujet.

— Cela excepté, qu'est-ce qui aurait pu clocher ?

— Je l'ignore. Je ne sais rien, sauf qu'elle est seule au Moyen Age.

Mary posa sa tasse sur le chariot.

— Elle y est plus en sécurité qu'ici. La grippe se propage comme un incendie de forêt et la mise en quarantaine d'Oxford fera empirer la situation à l'intérieur de ce secteur. Le corps médical est le plus exposé. Si nous tombons malades ou si nous manquons d'antimicrobiens, ce siècle aura droit à une classification de dix sur l'échelle des risques.

Elle passa la main dans ses cheveux en bataille.

— Pardonnez-moi, c'est la fatigue. Nous ne sommes pas au Moyen Age. Pas même au XXe siècle. Nous avons des métaboliseurs et des adjuvants, et si c'est ce virus américain, nous disposons d'un analogique et d'un vaccin. Je me félicite malgré tout que Colin et Kivrin soient ailleurs.

— Au Moyen Age, dans le cas de Kivrin.

Elle lui sourit.

— Cernée de tueurs sanguinaires.

La porte s'ouvrit sur un grand garçon blond en tenue de rugbyman détrempée.

— Colin ! s'exclama Mary.

— Je vous trouve enfin ! Je vous ai cherchée partout.

EXTRAIT DU GRAND LIVRE

(000893-000898)

Monsieur Dunworthy, *ad adjuvandum me festina**.

* Venez vite à mon secours.

LIVRE DEUXIÈME

Au cœur du morne hiver
Le vent glacé gémit,
La terre est dure comme le fer,
L'eau comme la pierre,
La neige tombe, sur de la neige,
Sur de la neige,
Au cœur du morne hiver
Il y a de cela très longtemps.

Christina ROSSETTI

10

Les flammes qui la consumaient s'étaient éteintes. La fumée s'élevait d'un feu allumé dans la pièce. Pas étonnant, se dit-elle. Les cheminées ne seront d'un usage répandu qu'à la fin de ce siècle. Cette pensée s'accompagna d'une prise de conscience. Je suis en 1320. J'étais malade, j'avais une forte fièvre.

Ce fut tout pour l'instant. Se reposer la soulageait. Elle était épuisée, comme si la maladie avait drainé toutes ses forces. Je me croyais sur un bûcher, se rappela-t-elle. Elle s'était débattue pour échapper aux flammes qui léchaient ses mains, grillaient sa chevelure.

On m'a coupé les cheveux. Etait-ce la réalité ou un rêve? Elle se sentait trop lasse pour lever le bras vers son crâne ou approfondir la question. J'étais à l'agonie. J'ai reçu l'extrême-onction. « N'ayez crainte, avait dit le prêtre. Vous allez retourner d'où vous venez. » *Requiescat in pace.*

A son réveil, dans l'obscurité, une cloche sonnait au loin. Depuis longtemps, semblait-il, comme à son arrivée. Une minute plus tard d'autres se joignaient au concert, dont une qui couvrait leurs tintements. Les matines, pensa Kivrin. Elle était certaine d'avoir déjà entendu ce carillon désaccordé synchronisé sur les battements de son cœur.

En songe, sans doute. N'avait-elle pas rêvé qu'on la brûlait vive, qu'on coupait ses cheveux et que tous s'exprimaient dans un langage incompréhensible ?

La cloche la plus proche se tut, puis toutes l'imitèrent. Ce n'était pas la première fois, et elle se demanda depuis combien de temps elle était là. Le jour s'était levé. Elle se rappelait des visages penchés vers le sien. La femme au bol, le prêtre qui accompagnait le brigand... elle les avait vus à la lueur vacillante des chandelles. Il y avait eu également les ténèbres, la clarté fuligineuse des lanternes, et les tintements intermittents des clochettes.

La panique la saisit. Depuis quand gisait-elle dans ce lit ? Des semaines ? Avait-elle raté le rendez-vous ? Impossible. On ne délirait pas aussi longtemps, même lorsqu'on avait la fièvre typhoïde contre laquelle elle était d'ailleurs vaccinée.

L'air était glacial, comme si le feu s'était éteint pendant la nuit. Elle était trop faible pour remonter les couvertures. Des mains émergèrent de l'obscurité afin de placer quelque chose de doux sur ses épaules.

— Merci, murmura-t-elle avant de se rendormir.

Le froid la réveilla. Elle crut tout d'abord qu'elle n'avait dormi qu'un court instant mais la clarté avait décru.

Une femme, debout sur la banquette en pierre du renfoncement de l'étroite fenêtre, se dressait sur la pointe des pieds pour accrocher un carré de tissu devant l'ouverture par laquelle s'engouffrait un vent glacé. Elle portait une robe noire, une coiffe et une guimpe blanches. Kivrin se crut dans un couvent, avant de se rappeler qu'au XIVe siècle les femmes mariées dissimulaient leur chevelure. Seules les célibataires la laissaient tomber librement.

Cependant, elle était trop jeune pour avoir pris un époux ou le voile. L'inconnue que Kivrin avait vue à son chevet était plus âgée. Ses mains, qu'elle avait saisies dans son délire, étaient rêches et ridées. Elle avait une voix rauque, si ce n'était pas une autre hallucination.

La lumière du jour révélait que la coiffe de la jeune femme était jaunie et qu'elle ne portait pas une robe mais un surcot et une cotte semblable à la sienne. La teinture était irrégulière et on aurait dit de la toile à sac. Elle avait une tenue de servante, mais les domestiques n'avaient pas de voile et un trousseau de clés pendait à sa ceinture. Une intendante, peut-être ?

Elle n'était pas dans un château, car le lit s'appuyait contre une cloison en planches, mais dans un manoir ou tout au moins l'habitation d'un noble. Elle était allongée dans un lit à baldaquin recouvert de fourrures et non sur une paillasse. Des coussins brodés apportaient du confort à la banquette de pierre de la fenêtre.

La femme accrocha le bout de tissu à des saillies du linteau puis descendit de son perchoir pour prendre un objet que les tentures du lit dissimulèrent à Kivrin.

Elle se redressa en tenant un bol en bois, puis elle souleva sa jupe avec sa main libre et remonta sur le siège pour badigeonner le rideau improvisé d'un liquide épais. De l'huile, pensa Kivrin. Non, de la cire. De la toile cirée en guise de vitrage. Les historiens disaient qu'au XIVe siècle le verre était d'un usage répandu dans les manoirs et que les nobles emportaient des fenêtres dans leurs bagages lorsqu'ils allaient d'une de leurs demeures à l'autre.

Je dois les informer qu'ils se trompent, décida-t-elle. Elle leva les mains mais n'eut pas la force de les joindre.

La femme lui lança un regard puis reprit son travail. Je dois aller mieux, se dit Kivrin. C'est la première fois que nul n'est à mon chevet. Il faut que je découvre depuis combien de temps je suis ici et où se trouve le point de transfert.

Si elle était à Skendgate, son chariot l'attendait à guère plus d'un mille. Elle réfléchit au voyage. Il lui avait paru interminable. Le coupe-jarret l'avait hissée sur un cheval blanc au harnais garni de clochettes. Non, ce n'était pas un bandit mais un jeune homme rouquin à l'expression pleine de bonté.

Elle devait demander le nom de ce hameau. Et même si ce n'était pas le village de Montoya, elle connaissait suffisamment la région pour retrouver son chemin. En outre, les gens charitables qui l'avaient recueillie ne refuseraient pas de la conduire à la clairière, lorsqu'elle aurait recouvré ses forces.

Comment s'appelle cet endroit? Elle n'avait pu trouver ses mots à cause de la fièvre. M. Latimer avait consacré des mois à lui enseigner le moyen anglais. Ils comprendraient certainement: «*Ou somes nos?*» Et si le dialecte local était légèrement différent, l'interprète apporterait à ses phrases les modifications nécessaires.

— *Ou somes nos*? demanda-t-elle.

La femme se tourna vers elle, surprise. Elle descendit du siège et approcha. Kivrin put constater qu'elle ne tenait pas un pinceau mais une spatule en bois.

— *Gottebae plaise tthar tleve. Beth naught agast.*

L'interprète devait assurer la traduction simultanée des propos qu'on lui tenait. Le moyen anglais de Kivrin laissait peut-être tellement à désirer que la femme la croyait étrangère et s'adressait à elle en ce qu'elle pensait être du français ou de l'allemand.

— *Ou somes nos ?*

Elle avait posé très lentement sa question, pour que l'interprète eût le temps de la traduire.

— *Wick londebay yae comen lawdayke awtreen godelae deynorm andoar sic straunguwlondes. Spekefaw eek waenoot awfthy taloorbrede.*

— *Lawyes sharess loostee ?* fit une autre voix.

Une femme au visage fripé entra. C'était de ses mains parcheminées que Kivrin gardait le souvenir. Elle avait autour du cou un pendentif suspendu à une chaînette en argent et tenait une cassette recouverte de cuir qu'elle alla poser sur le siège, sous la fenêtre.

— *Auf specheryit darmayt ?*

Kivrin reconnaissait le timbre de cette voix, dure et presque agressive. Elle s'adressait à l'autre femme comme à une servante. Mais leurs vêtements étaient identiques et elle n'avait pas de trousseau de clés à sa ceinture, alors que c'était le privilège de la maîtresse de maison.

Si l'épouse du maître des lieux portait une cotte en toile à sac mal teintée, la tenue de Kivrin laissait autant à désirer que les cours de langue de Latimer et les affirmations du docteur Ahrens concernant son immunisation à toutes les maladies médiévales.

— On m'a vaccinée, murmura-t-elle.

Les deux femmes regardèrent dans sa direction.

— *Ellavih swot wardesdoor ſeenden iss* ? demanda sèchement la plus âgée.

La mère, la belle-mère ou la gouvernante ? Kivrin ne pouvait se prononcer.

— *Maetinkerr woun dahest wexe hoordoumbe*, répondit la plus jeune.

— *Nor nayte bawcows derouthe.*

Kivrin ne comprenait rien. On disait les phrases courtes plus faciles à traduire, mais elle n'aurait pu dire si c'était un seul mot ou plusieurs.

— *Certessan, shreevadwomn wolde nadae seyvous.*

Le ton indiquait une altercation, et Kivrin se demandait si elle n'en était pas la cause. Elle essaya de remonter le couvre-lit, pour s'isoler, et la plus jeune des femmes posa le bol et la spatule pour venir vers elle et lui dire :

— *Spaegun yovor tongawn glais ?*

Ce qui pouvait signifier « Bonjour », « Comment vous sentez-vous ? » ou encore « Vous serez brûlée vive à l'aube ». Le fonctionnement de l'interprète était perturbé par la fièvre et il remplirait son office sitôt qu'elle irait mieux.

La plus vieille s'agenouilla près du lit pour prier pendant que l'autre examinait son front. Kivrin leva la main et toucha un bandage. Ses cheveux étaient coupés au ras de ses oreilles.

— *Vae motten tiyez thynt. Far thotyiwort wount sorr.*

La jeune femme lui fournissait une explication incompréhensible mais Kivrin se rappela qu'on avait immobilisé ses poignets afin de l'empêcher de se frapper le crâne pour éteindre les flammes qui, s'imaginait-elle, consumaient sa chevelure.

Avant son départ, Kivrin s'était demandé comment elle pourrait se passer de shampooing pendant deux semaines. Elle les eût remerciées de lui avoir fait cette coupe, si cela ne lui avait pas rappelé Jeanne d'Arc sur son bûcher.

La jeune femme la dévisageait, craintive. Kivrin lui sourit, et elle l'imita. Ce qui la rajeunit encore, bien qu'il lui manquât deux dents et qu'une troisième fût brunâtre.

Elle retira le pansement et le posa sur le couvre-lit. La même toile jaunie que sa coiffe, déchirée en bandes effilochées et tachées de sang. La blessure que Kivrin devait à Gilchrist avait dû se rouvrir.

— *Vexeyaw hongroot ?*

La femme glissa une main sous sa nuque pour l'aider à redresser la tête. Une tête très légère, ainsi délestée de ses cheveux.

Elle prit un bol et le présenta à la malade. Kivrin but une gorgée d'un gruau grumeleux à l'arrière-goût de graisse rance.

— *Thasholde nayive gros vitaille towayte,* dit sèchement la vieille.

Sa belle-mère, décida Kivrin.

— *Shimote lese hoor fource.*

La nourriture était acceptable, mais déglutir l'épuisait.

La jeune femme tendit le bol à sa belle-mère, prit le bandage ensanglanté et toucha la tempe de Kivrin. Sans doute se demandait-elle s'il fallait ou non remettre ce pansement. Elle le donna à l'autre femme qui le posa avec le bol sur le coffre qu'il devait y avoir au pied du lit.

— *Lo, liggethsteallouw,* fit-elle.

Elle lui adressa un nouveau sourire édenté. Les paroles étaient incompréhensibles, mais leur sens paraissait évident. Kivrin ferma les yeux.

— *Durmidde shoalausbrekkeynow,* dit la vieille.

Elles sortirent et tirèrent la lourde porte derrière elles.

Kivrin se répéta ces mots, pour y chercher des sons familiers. En plus de remplir les fonctions d'un dictionnaire, l'interprète était censé faciliter la différenciation des phonèmes. Mais ce qu'elle entendait évoquait pour elle du serbo-croate.

Peut-être suis-je dans les Balkans, se dit-elle. Pendant que j'étais inconsciente, ce bandit a pu m'embarquer sur un navire. Non, elle se rappelait la chevauchée nocturne. Je suis tombée de cheval et un rouquin m'a soulevée. Ensuite, nous sommes passés devant une église.

Ils s'étaient enfoncés dans les bois puis avaient atteint une route. Elle avait fait cette chute à une bifurcation, peu avant de voir le clocher. Si elle retrouvait cet embranchement, il lui serait ensuite facile de regagner le point de transfert.

Elle était donc à Skendgate, et ces femmes parlaient le moyen anglais. Pourquoi ne pouvait-elle les comprendre, en ce cas ?

Le choc a dû endommager l'interprète. Non, elle avait glissé jusqu'au sol en douceur. C'est la fièvre qui perturbe son fonctionnement.

Cependant, je comprends le latin. La peur comprimait sa poitrine. Il fonctionne et je ne peux pas être malade, puisqu'on m'a vaccinée. L'inoculation contre la peste a entraîné une réaction, certes, mais les symptômes ne correspondent pas.

Les pestiférés avaient soit des bubons aux aisselles et à l'aine, soit des expectorations sanguinolentes et une peau noire. Qu'avait-elle pris, et comment ? Elle était immunisée contre la plupart des maladies de ce siècle et elle avait ressenti les premiers malaises avant même d'avoir rencontré qui que ce soit. Les microbes n'attendaient pas leurs victimes au fond d'un bois. Ils se disséminaient par contact, ou en utilisant comme vecteurs les postillons et les puces.

Non, ce n'était pas la peste. Elle eût été encore plus mal en point. En outre, cette maladie était propagée par les parasites qui vivaient sur les rats et les hommes, pas dans les arbres, et elle ne s'était répandue en Angleterre qu'en 1348. C'était donc une affection médiévale inconnue du docteur Ahrens. Il y avait eu à l'époque les écrouelles, la danse de Saint-Guy et de nombreuses fièvres sans nom. Son système immunitaire avait mis du temps à trouver la parade, mais c'était désormais chose faite et la chute de la température permettrait sous peu à l'interprète de fonctionner correctement. Il lui suffirait pour cela de prendre du repos. Rassurée, elle n'eut qu'à fermer les yeux pour trouver le sommeil.

On la touchait. Elle ouvrit les paupières. La belle-mère examinait ses doigts, ses ongles. Quand elle remarqua que Kivrin s'était réveillée, elle lâcha brusquement ses mains et demanda :

— *Sheavost ahvheigh parage attelest, baht hoore der wikkonasshae baswfolletwe ?*

Rien. Kivrin avait espéré que l'interprète mettrait son somme à profit pour trier et analyser tout ce qu'il avait enregistré jusqu'à présent. Mais les mots étaient toujours incompréhensibles.

— *Hastow naydepesse ?*

La vieille femme saisit son poignet et passa un bras autour de sa taille, pour l'aider à se lever. Je suis trop faible, pensa Kivrin. Et pourquoi veut-elle que je quitte mon lit ? Pour me soumettre à la question ? Pour me conduire au bûcher ?

La bru entra, posa une coupe sur le siège de la fenêtre et vint prendre son autre bras.

— *Hastontee natour yowres ?* s'enquit-elle.

Elle souriait. Kivrin comprit qu'on voulait l'emmener faire ses besoins et elle puisa dans le peu de forces qui lui restaient pour poser les pieds par terre.

Prise d'étourdissements, elle dut rester assise un moment. Elle portait pour tout vêtement sa chemise. Elle se demanda où étaient ses effets. Au moins lui avait-on laissé ceci, alors qu'au Moyen Age les gens avaient pour habitude de dormir nus.

Puis elle se souvint qu'on ne trouvait des toilettes intérieures que dans certains châteaux et elle frissonna à la perspective de devoir sortir.

La jeune femme plaça une couverture sur ses épaules et elles l'aidèrent à se lever. Le plancher était glacé. Elle fit quelques pas et eut d'autres vertiges.

— *Wotan shay wootes nawdaor youse der jordane ?* fit sèchement la vieille.

Kivrin crut reconnaître une variante du mot *jardin*.

— *Thanway maunhollp anhour*, rétorqua l'autre.

Elle prit Kivrin par la taille et souleva son bras pour le passer sur ses épaules.

Bien que frêles, elles la portèrent vers le pied du lit.

Les étourdissements s'accentuaient. Je n'atteindrai jamais la porte, se dit Kivrin. Elles s'arrêtèrent près d'un coffre orné d'un oiseau ou d'un ange sur lequel étaient posés une cuvette en bois pleine d'eau, le bandage ensanglanté et un vase. Kivrin, qui devait se concentrer pour conserver son équilibre, n'en comprit l'utilité que lorsque la belle-mère lui dit :

— *Swoune nawmaydar oupondre yorresette.*

Et mima qu'elle relevait sa jupe et s'accroupissait.

Un pot de chambre, pensa Kivrin, soulagée. Elle hocha la tête et s'assit en se retenant aux lourdes tentures du lit. Quand elle voulut se relever, un élancement déchira sa poitrine et la paralysa.

La vieille femme se tourna vers la porte pour crier :

— *Maisry ! Maisry, com undtvae holpoon !*

L'intonation indiquait qu'elle appelait quelqu'un — Majorie ? Mary ? — mais personne ne vint. Kivrin avait dû se tromper sur le sens de ses propos.

Elle se redressa. La souffrance s'atténua mais il fallut pratiquement la porter jusqu'au lit. Sitôt couchée, elle ferma les yeux.

— *Slaepompon donu paw daton,* dit la jeune femme.

Ce devait être « Reposez-vous » ou « Dormez », mais elle ne pouvait reconstituer la phrase. L'interprète était cassé. L'angoisse serra sa gorge.

Impossible, se dit-elle. Ce n'est pas une machine mais un décupleur chimique des capacités d'assimilation d'un langage. Il lui faut pour cela connaître un minimum de mots, et le moyen anglais de M. Latimer est en l'occurrence inutile. Un problème de prononciation. Il lui faudrait du temps pour s'adapter et enregistrer suffisamment de données.

Le latin du prêtre ne lui avait posé aucun problème parce que le rite de l'extrême-onction était préétabli. Elle avait su à l'avance ce qu'il dirait. C'était différent, avec ces femmes. Noms propres et communs, verbes et prépositions occupaient des positions immuables. L'interprète établirait lesquelles et s'en servirait pour décrypter le reste.

Il suffisait de lui fournir des données en écoutant les propos échangés, sans essayer de les comprendre.

— *Thin keowre hoorwoun desmoortale?* demanda la jeune.

— *Got tallon wottes,* fit la vieille.

Une cloche sonnait, dans le lointain. Kivrin ouvrit les yeux. Elles s'étaient tournées vers la fenêtre condamnée par la toile cirée.

— *Bere wichebay gansanon.*

Sans répondre, la belle-mère joignit les mains pour prier.

— *Aydreddit ister fayve riblaun,* ajouta sa bru.

Malgré sa résolution, Kivrin chercha à établir un lien avec « Il est l'heure des vêpres » ou « Ce sont les vêpres ». Mais elle n'entendait qu'une seule cloche. La vieille femme se détourna brusquement de la fenêtre.

— *Nay, Elwiss, itbahn diwolffin.*

Elle alla prendre le vase de nuit posé sur le coffre.

— *Gawynha thesspyd...*

Elle fut interrompue par des bruits de pas précipités dans l'escalier et une voix enfantine qui criait :

— *Modder! Eysmertemay!*

Une fillette fit irruption dans la pièce, nattes blondes et bonnet en bataille, les joues cramoisies et striées de larmes. Elle manqua percuter le pot de chambre que la belle-mère tenait toujours. Cette dernière gronda :

— *Wol yadothoos forshame, Ahnyous! Yowe maun naroonso inhus.*

Sans en faire cas, l'enfant courut vers la jeune femme.

— *Rawzamun hâttmay smerte, Modder!*

Kivrin sursauta. *Modder*. Ce devait être « mère ».

La petite fille leva les bras et sa mère — oui, sa mère — la souleva. L'enfant la prit par le cou et éclata en sanglots.

— *Shh, Ahnyous, shh.*

C'est de l'allemand, pensa Kivrin. Chut, Agnès.

En tenant la fillette dans ses bras, la mère alla s'asseoir sur le siège de la fenêtre. Elle essuya ses larmes avec sa coiffe.

— *Spekenaw dothass bifel, Agnès.*

Oui, c'était indubitablement Agnès. Et *speken* signifiait « parle ». Dis-moi ce qui s'est passé.

— *Shayoss mayswerte!* fit Agnès.

Elle désigna une fille qui venait d'entrer dans la chambre. Elle avait neuf ou dix ans et de longs cheveux bruns réunis dans son dos par un foulard bleu foncé.

— *Itgan naso, Ahnyous. Tha pighte rennin gawn derstayres,* dit la nouvelle venue avec un mélange d'affection et de mépris.

Elle ne ressemblait pas à l'enfant blonde, mais Kivrin eût été prête à parier qu'il s'agissait de sa sœur aînée.

— *Shay pighte renninge ahndist eyres, Modder.*

« Mère », à nouveau. *Shay* était le pronom « elle » et *pighte* le verbe « tomber ». La clé était bien l'allemand, tant pour la prononciation que la construction des phrases.

— *Na comfitte horr Thusselwys,* dit la belle-mère. *She hâthnau woundes. Hoor teres been fornaught mais gain thy pitye.*

— *Hoor nay ganful bloody*, répondit sa bru.

L'interprète fournissait désormais une traduction, imparfaite et à retardement, mais compréhensible.

— Ne la dorlotez pas, Eliwys. Elle n'est pas blessée. Elle pleure pour se faire plaindre.

Et la mère, qui s'appelait donc Eliwys, avait rétorqué :

— Son genou est en sang.

Elle désigna le pied du lit et dit :

— Rosemonde, passe-moi le linge posé sur le coffre.

L'aînée s'exécuta. Elle rapporta une bande de tissu effiloché, sans doute le pansement retiré du front de Kivrin.

— Ne me touchez pas ! Ne me touchez pas ! hurla Agnès.

L'assistance de l'interprète était superflue.

— Je dois bander le genou pour arrêter le sang, expliqua Eliwys. Ce ne sera pas..., Agnès.

Le mot manquant était certainement « douloureux » et Kivrin s'étonna que l'interprète ne l'eût pas déduit en fonction du contexte.

— Comment es-tu tombée ? demanda Eliwys pour distraire l'attention de la fillette.

— Elle courait dans l'escalier, expliqua Rosemonde. Elle voulait vous annoncer que... était arrivé.

Un autre blanc dans la traduction, mais Kivrin avait entendu « Gawyn ». C'était probablement un nom propre, et l'interprète dut parvenir à la même conclusion car il l'inclut dans la phrase quand Agnès s'écria :

— C'est moi qui devais annoncer à Mère que Gawyn était là !

Elle enfouit son visage contre l'épaule d'Eliwys, qui en profita pour nouer le bandage autour de son genou.

— Dis-le-moi à présent.

La fillette secoua la tête, toujours blottie contre elle.

— Le pansement est trop lâche, fit remarquer la belle-mère. Il tombera tôt ou tard.

Elle tenait toujours le pot de chambre et Kivrin se demanda ce qu'elle attendait pour aller le vider.

— Chut, chut, murmurait Eliwys en berçant l'enfant.

— Tu es la seule à blâmer, Agnès, gronda la vieille. Tu sais qu'il ne faut pas courir dans l'escalier.

— Gawyn est-il venu à pied ? s'enquit Eliwys.

De toute évidence pour changer les idées à sa fille.

— Non, il montait son étalon noir, Gringolet. Il est venu me dire : « Gente Damoiselle, je souhaite parler à votre mère. »

— Rosemonde, pourquoi n'as-tu pas surveillé ta sœur ? demanda la belle-mère qui se cherchait une autre victime.

— Je faisais mes travaux de broderie, se justifia Rosemonde en se tournant vers sa mère pour solliciter son soutien. C'est Maisry qui devait veiller sur elle.

— Elle est allée voir Gawyn, précisa Agnès.

— Et en profiter pour folâtrer avec le garçon d'écurie, grommela la belle-mère qui se dirigea vers la porte en criant : Maisry !

L'interprète ne sautait plus les noms propres. Kivrin ignorait qui était cette Maisry, sans doute une servante qui aurait des ennuis.

Rosemonde alla se tenir près de sa mère.

— Gawyn sollicite la permission de vous parler.

— Attend-il en bas ?

— Non. Il est allé voir le père Rock.

L'interprète prenait trop d'assurance.

— Dans quel but ? s'enquit la vieille femme en revenant dans la pièce.

Kivrin avait entendu le nom sous le murmure de

la traduction. Roche. L'interprète l'avait traduit du français en anglais.

— Peut-être a-t-il appris quelque chose sur la dame, fit Eliwys en lançant un coup d'œil à Kivrin.

Cette dernière ferma les yeux pour feindre de dormir et les inciter à parler librement.

— Gawyn cherchait des traces de ces brigands, disait Eliwys. Peut-être en a-t-il trouvé. Agnès, va à l'église avec Rosemonde et dis-lui que je serai dans la grande salle. La Dame dort. Il ne faut pas la déranger.

Agnès se précipita vers la porte en criant :

— Je le lui dirai la première !

— Accorde-lui ce plaisir, dit la mère à l'aînée. Agnès, ne cours pas !

Les filles disparurent dans l'escalier, certainement en dévalant les marches.

— Rosemonde est presque une adulte, grommela la belle-mère. Qu'elle aille rejoindre un homme avec tant de hâte est inconvenant. Laisser ces enfants livrées à elles-mêmes n'apportera rien de bon. Vous devriez faire venir une gouvernante d'Oxenford.

— Non, répondit Eliwys avec une fermeté qui surprit Kivrin. Maisry peut s'en occuper.

— Elle serait incapable de garder des moutons. Nous avons eu tort de quitter Bath avec tant de hâte. Nous aurions dû attendre...

Un blanc, que Kivrin ne put combler. Mais elle avait saisi le plus important. Elles venaient de Bath et Oxford était proche.

— Envoyez Gawyn chercher une gouvernante, et un médecin pour la dame.

— Il restera ici.

— Dame Yvolde nous enverra volontiers quelqu'un.

— Non. Nous la soignerons nous-mêmes. Le père Roche...

— Ce prêtre ne connaît rien à l'art de la médecine.

Mais j'ai compris ce qu'il me disait, pensa Kivrin. Elle se souvenait de sa voix qui psalmodiait les derniers rites, du doux contact de sa main sur ses tempes, ses paumes, la plante de ses pieds. Il avait su la rassurer.

— Si cette dame est de noble lignée, comment expliquerez-vous aux siens que vous l'avez confiée aux soins d'un prêtre ignorant ? Dame Yvolde...

— Mon époux nous a ordonné de l'attendre ici.

— Sans doute eût-il mieux fait de nous accompagner.

— Il ne le pouvait pas, et vous le savez. Il nous rejoindra dès que possible. Je dois aller m'entretenir avec Gawyn, ajouta-t-elle en se dirigeant vers la porte. Il devait retourner sur les lieux de l'agression. Peut-être a-t-il trouvé des traces de ces bandits, ou des indications sur son identité.

Gawyn était donc son sauveteur, le rouquin aux traits pleins de bonté qui l'avait conduite jusqu'ici. A condition que ce ne fût pas un autre rêve, il connaissait l'emplacement du point de transfert. Elle se redressa contre l'oreiller pour leur dire :

— Un moment ! Attendez. Je veux parler à ce Gawyn.

Les femmes se turent. Eliwys revint, inquiète.

— Je dois le voir, insista Kivrin.

Avec le temps le processus deviendrait automatique, mais elle devait pour l'instant penser un mot puis attendre que l'interprète lui eût soufflé sa traduction.

— Il faut que je retourne là où il m'a découverte.

La jeune femme posa une main sur son front. Elle la repoussa avec irritation.

— Il est indispensable que je le voie !

— Elle n'a pourtant plus de fièvre, déclara Eliwys en s'adressant à Imeyne. Mais ses propos sont toujours incompréhensibles.

— C'est une étrangère. Peut-être une espionne française.

— Je parle anglais ! protesta Kivrin.

— Elle connaît le latin. Selon le père Roche, elle s'est exprimée dans cette langue lors de sa confession.

— Cet ignare ne sait même pas réciter correctement son Pater. Nous devrions aller à…

Un nom intraduisible. Kersey ? Courcy ?

— Je dois parler à Gawyn, fit Kivrin en latin.

— Non, rétorqua Eliwys à Imeyne. Nous attendrons mon époux.

L'autre femme se détourna si brusquement que le contenu du vase de nuit déborda sur ses doigts. Elle les essuya sur sa jupe et sortit. La porte claqua derrière elle. Eliwys se redressa pour la suivre.

Kivrin saisit ses mains.

— Pourquoi ne comprenez-vous pas mes paroles alors que je comprends les vôtres ? Il faut que Gawyn me dise où est le point de transfert.

Eliwys dégagea ses doigts avec douceur.

— Calmez-vous. Essayez de dormir. Vous devez vous reposer, si vous voulez pouvoir rentrer chez vous.

EXTRAIT DU GRAND LIVRE

(000915-001284)

J'ai des ennuis, monsieur Dunworthy. J'ignore où je suis et je ne peux me faire comprendre. L'interprète traduit ce que disent les contemporains, mais pas mes propos. Et ce n'est pas le plus grave.

Je suis malade. Je ne sais pas de quoi. Pas la peste, en tout cas, car les symptômes sont différents et mon état s'améliore. En outre, j'ai été vaccinée. C'est sans doute une maladie inconnue du Moyen Age.

J'ai des maux de tête, de la fièvre et des étourdissements. Ma poitrine semble se déchirer au moindre mouvement. Un nommé Gawyn m'a conduite jusqu'ici sur son cheval. Je me rappelle seulement que nous avons voyagé de nuit, pendant ce qui m'a paru durer des heures. J'espère me tromper et être à Skendgate.

Je me souviens d'une église, et je dois être dans une demeure seigneuriale. On m'a logée dans une chambre et non une simple soupente, car un escalier dessert cette pièce. C'est donc la maison d'un noble. Dès que mes étourdissements auront cessé je grimperai sur le siège placé devant la fenêtre pour regarder au-dehors. J'entends sonner les vêpres. L'église de Skendgate n'a pas de clocher et c'est pourquoi je crains d'être ailleurs. Je sais cependant qu'Oxford est proche car Imeyne voudrait y envoyer chercher un médecin. On doit également trouver dans les parages un village appelé

Kersey — ou Courcy — qui ne figure pas sur la carte de Mlle Montoya.

J'ai perdu connaissance et je ne peux en conséquence connaître la date. Je pense être en ce siècle depuis deux jours, mais c'est une simple supposition. Mon entourage ne me comprend pas et il m'est impossible de me renseigner. On m'a coupé les cheveux. Je ne sais quoi faire. Que s'est-il passé ? Pourquoi l'interprète ne fonctionne-t-il pas ? Pourquoi les vaccins n'ont-ils pas été efficaces ?

(Pause)

Il y a un rat, sous mon lit. Je l'entends gratter dans le noir.

11

Eliwys s'éloignait et Kivrin lui cria :

— Ne partez pas, je vous en supplie ! Seul Gawyn connaît l'emplacement du point de transfert.

— Dormez. Je reviendrai sous peu.

Elle ouvrit la porte. Des bruits de pas s'élevaient de l'escalier.

— Agnès, je t'ai dit de...

Elle ne termina pas sa phrase et recula. Sa main se crispa sur le battant et Kivrin crut qu'elle allait le repousser brutalement. Son cœur s'emballa. On vient me chercher pour me conduire au bûcher !

— Bonjour, gente Dame, fit une voix masculine.

Rosemonde m'avait dit que je vous trouverais dans la grande salle, mais vous n'y étiez pas.

Le baldaquin dissimulait le visage de l'homme qui entrait dans la chambre. Des vertiges empêchèrent Kivrin de se pencher pour le voir.

— J'ai pensé que vous seriez auprès de la blessée.

Il portait un justaucorps capitonné, un haut-de-chausses en cuir et une épée. Il s'avança d'un pas.

— Comment va-t-elle ?

— Son état s'améliore. La mère de mon époux est allée lui préparer une décoction de vulnéraire.

Le commentaire sur Rosemonde indiquait qu'il s'agissait de Gawyn, mais Eliwys recula encore et Kivrin se demanda si elle n'avait vu le coupe-jarret de M. Dunworthy qu'en songe, si l'homme au visage cruel n'était pas cet individu.

— N'avez-vous rien appris sur son identité ?

— Non. Tous ses biens ont été volés. J'espérais qu'elle pourrait me parler de ses assaillants...

— Je crains qu'elle n'en soit incapable.

— Serait-elle muette ?

Il se déplaça pour la regarder.

Il était moins grand que dans ses souvenirs, et sous la clarté du jour ses cheveux paraissaient presque blonds. Mais ses traits exprimaient autant de bonté que lorsqu'il l'avait installée sur son étalon.

Après l'avoir trouvée dans la clairière. Le bandit de grand chemin n'avait été qu'une hallucination due à la fièvre et aux peurs de M. Dunworthy, et sans doute se trompait-elle en interprétant la réaction d'Eliwys.

— Non. Elle parle une langue inconnue. Je crains que le coup assené sur son crâne n'ait ébranlé son esprit.

Elle contourna le lit, suivie par l'homme.

— Je vous présente Gawyn, le *privé* de mon époux.

— Bonjour, gente Dame, fit Gawyn en articulant avec soin, comme s'il la croyait sourde.

— C'est Gawyn qui vous a trouvée dans les bois, précisa Eliwys.

Où, dans les bois ? se demanda Kivrin, désespérée.

— Je suis heureux que vos blessures se cicatrisent. Pouvez-vous me parler de vos agresseurs ?

Je crains de ne pas pouvoir vous parler de quoi que ce soit, pensa-t-elle. Elle n'osait s'exprimer, de peur d'en obtenir la confirmation.

— Combien étaient-ils ? Avaient-ils des chevaux ?

Elle formula sa question dans son esprit et attendit que l'interprète eût traduit toute la phrase, en prêtant une attention particulière aux intonations, avant de demander :

— Où m'avez-vous trouvée ?

Ils échangèrent des regards. Elle lut dans les yeux de l'homme de la surprise, dans les yeux de la femme : « Que vous avais-je dit ? »

— C'est ainsi qu'elle s'exprimait, l'autre nuit, expliqua-t-il. J'attribuais cela au traumatisme.

— Moi également, répondit Eliwys. La mère de mon époux pense qu'elle vient de France.

Il secoua la tête.

— Ce n'est pas du français, dit-il en se tournant vers Kivrin. Gente Dame, venez-vous d'un autre pays ?

Oui, d'une contrée lointaine dont l'accès se situe dans une clairière que vous seul connaissez.

— Où m'avez-vous trouvée ? répéta-t-elle.

— Les voleurs ont tout emporté, expliqua Gawyn. Mais son chariot est de belle facture et elle avait de nombreux bagages.

— Les siens vont s'inquiéter pour elle.

— Dans quelle partie des bois m'avez-vous découverte ? insista Kivrin.

— Nous troublons son repos, fit Eliwys qui se pencha pour caresser sa main. Chut. Reposez-vous.

Elle s'écarta du lit, suivie par Gawyn qui demanda :

— Voulez-vous que j'aille à Bath en informer Messire Guillaume ?

Eliwys recula. Elle paraissait terrifiée, alors qu'ils étaient restés côte à côte à son chevet, tels de vieux amis. Les peurs de cette femme devaient avoir d'autres origines.

— Souhaitez-vous que je vous ramène votre époux ?

— Non. Il ne peut rentrer avant la fin du procès et il vous a ordonné de rester avec nous, afin de nous protéger.

— En ce cas, permettez-moi de retourner sur les lieux de l'agression pour reprendre mes recherches.

— Dans leur hâte, ces misérables ont pu laisser choir un objet qui nous renseignerait sur ses origines.

Les lieux de l'agression, se répéta Kivrin. Elle tentait d'apprendre par cœur les mots entendus sous le murmure de l'interprète.

— Je vais donc prendre congé.

Eliwys releva la tête.

— A présent ? La nuit va tomber.

— Conduisez-moi sur les lieux de l'agression, demanda Kivrin.

— L'obscurité ne me fait pas peur, Dame Eliwys.

Il ressortit, accompagné par les cliquetis de son épée.

— Emmenez-moi avec vous, l'implora Kivrin.

En vain. Elle se retrouvait seule. Elle s'était bercée d'illusions. L'interprète avait dû lui fournir une version fantaisiste de leurs propos.

Peut-être avaient-ils parlé d'une brebis égarée, ou de son procès pour sorcellerie.

Dame Eliwys avait fermé la porte et plus aucun son n'arrivait jusqu'à elle. Même la cloche s'était tue. La clarté bleuâtre qui filtrait à travers la toile cirée annonçait le crépuscule.

Gawyn retournerait dans les bois. Si la fenêtre surplombait la cour, elle verrait quelle direction il prendrait.

Elle se redressa, et la souffrance manqua la terrasser. Elle laissa descendre ses pieds sur le côté du lit et eut des étourdissements. Elle se rallongea et ferma les yeux.

Vertiges, température et douleurs dans la poitrine. Quels étaient ces symptômes ? La variole débutait par de la fièvre et des frissons, et la syphilis ne se manifestait qu'après deux ou trois jours. Elle regarda ses bras, mais ne vit aucun bouton. L'incubation de la variole durait de dix à vingt et un jours et elle n'avait pu attraper ce virus avant son départ, un siècle après sa disparition définitive.

On l'avait en outre vaccinée contre cette maladie, la fièvre typhoïde, le choléra et la peste. Alors, de quoi s'agissait-il ? La danse de Saint-Guy ? Quelque chose contre quoi on ne l'avait pas protégée, en tout cas. Mais son système immunitaire renforcé aurait dû pouvoir combattre n'importe quelle infection.

Elle entendit courir dans l'escalier.

— Mère ! cria Agnès. Rosemonde n'a pas attendu !

Son élan fut stoppé par la lourde porte qu'elle dut pousser, mais dès qu'elle fut à l'intérieur elle reprit de la vitesse pour aller vers le siège en gémissant :

— Mère ! C'était à moi de le dire à Gawyn !

Elle interrompit ses sanglots sitôt qu'elle constata que sa mère n'était plus dans la pièce. Elle s'accorda un moment de réflexion puis repartit vers la porte. A mi-chemin, elle obliqua vers le lit et dit :

— Je sais qui vous êtes. La dame que Gawyn a trouvée dans les bois.

Kivrin hocha la tête, pour ne pas l'effrayer par des propos que l'interprète déformerait sans doute.

— Vous n'avez pas de cheveux. Ce sont les bandits qui les ont pris ? Maisry dit qu'ils ont aussi volé votre langue. Vous avez mal à la tête ?

Une autre confirmation muette.

— Moi, c'est au genou.

Elle s'aida des deux mains pour lever la jambe blessée et montrer le bandage malpropre. Imeyne avait vu juste, le pansement glissait déjà. Kivrin avait cru à une simple égratignure mais l'entaille était profonde.

Agnès sautilla, lâcha sa jambe et se pencha vers le lit.

— Allez-vous mourir ?

Ça se pourrait, pensa Kivrin. Au XIVe siècle, la variole était fatale dans 75 % des cas et l'efficacité de son système immunitaire laissait à désirer.

— Frère Hubard est mort, dit Agnès. Gilbert aussi. Il est tombé de cheval. J'ai vu sa tête. Elle était toute rouge. Rosemonde dit que frère Hubard avait la maladie bleue.

Kivrin se demanda à quoi ils donnaient ce nom — étouffement, peut-être, ou apoplexie — et si ce frère Hubard n'était pas l'aumônier qu'Imeyne souhaitait remplacer. Les nobles voyageaient avec leurs prêtres. Le père Roche devait être le curé local, sans éducation et peut-être même illettré. Elle avait pourtant compris son latin, et il avait été très gentil avec elle. On trouve des gens valables même au Moyen Age, monsieur Dunworthy, pensa-t-elle. Le père Roche, Eliwys et Agnès.

— Mon père m'apportera une pie, quand il reviendra de Bath, disait la fillette. Adeliza a un tiercelet. Elle me laisse parfois le tenir.

Elle ferma le poing et plia le bras, comme si un faucon était perché sur son gantelet imaginaire.

— Et j'ai déjà un chien de chasse.

— Comment s'appelle-t-il ? lui demanda Kivrin.

— Blackie. Il est tout noir. Et vous, en avez-vous un ?

La surprise empêcha Kivrin de répondre. Agnès venait de la comprendre. Elle avait parlé sans réfléchir, ni attendre la traduction de l'interprète. C'était peut-être la clé.

— Non, je n'ai pas de chien, fit-elle en essayant de ne pas y penser.

— J'apprendrai à parler à ma pie. Elle me dira : « Bonjour, Agnès. »

Kivrin fit un nouvel essai.

— Où est ton chien ?

— J'ai laissé Blackie dans les écuries.

Pouvait-elle affirmer que c'était une réponse à sa question ? L'enfant avait pu fournir spontanément cette information. Pour avoir une certitude, elle devrait changer de sujet.

Agnès caressait le couvre-lit en fourrure et fredonnait un air sans mélodie.

— Comment t'appelles-tu ?

— Agnès, dit la fillette sans aucune hésitation. Mon père dit que je pourrai avoir un tiercelet quand je serai assez grande pour monter une jument. Pour l'instant, je n'ai qu'un poney.

Elle posa ses coudes au bord du lit et cala son menton dans ses petites mains.

— Je sais que vous, c'est Katherine.

Katherine? Où avait-elle pêché ce prénom? Croyaient-ils connaître son identité?

— Le père Roche l'a dit à Gawyn. Rosemonde raconte que vous ne savez pas parler, mais c'est faux.

Kivrin revit le prêtre penché vers elle derrière le rideau des flammes. Il lui avait demandé en latin comment elle s'appelait.

Mais sa bouche avait été trop sèche pour qu'elle pût lui répondre.

— C'est bien Katherine, n'est-ce pas? demandait Agnès.

— Oui, répondit Kivrin avec des larmes dans les yeux.

— J'ai aussi une...

L'interprète sauta le mot. *Karette*? *Chavette*?

— Vous voulez la voir?

La fillette partit en courant, sans attendre une confirmation.

Kivrin espérait qu'elle n'avait rien à redouter d'une *karette*. Elle aurait dû demander depuis combien de jours elle était là, même si Agnès devait être trop jeune pour le savoir. Elle semblait avoir trois ans, mais les enfants du XIVe siècle étaient plus petits que ceux du XXIe. Elle a cinq ans, peut-être six, pensa Kivrin. J'aurais dû l'interroger. Puis elle se souvint que Jeanne d'Arc n'avait su quoi répondre lorsqu'on lui avait demandé son âge lors de son procès.

Au moins l'interprète remplissait-il ses fonctions. Il lui avait fallu du temps pour s'accoutumer à la prononciation — si la fièvre n'était pas responsable de son blocage —, mais ces problèmes appartenaient désormais au passé.

Elle se redressa contre les coussins pour voir la porte. L'effort réveilla la douleur pulmonaire, ses vertiges et sa migraine. Elle toucha ses joues. Soit elles étaient brûlantes, soit ses mains étaient glacées. Il faisait très froid, dans cette chambre où il n'y avait ni brasero ni bassinoire.

Ces modes de chauffage existaient-ils déjà ? Sans doute, car autrement nul n'eût survécu à la petite période glaciaire.

Elle frissonnait. Elle avait une poussée de fièvre. Elle réfléchit à ce qu'elle avait lu sur ce sujet. La malaria donnait des frissons, des maux de tête, des sueurs et une fièvre récurrente.

Mais c'était une maladie tropicale. Et il n'y avait pas de moustiques à Oxford en plein cœur de l'hiver.

Le typhus avait les mêmes symptômes et était transmis par les poux et les puces qui pullulaient en Angleterre. Les parasites devaient être nombreux, dans ce lit, mais la période d'incubation durait près de deux semaines.

La fièvre typhoïde se déclarait après seulement quelques jours. Le malade avait des migraines, des douleurs et une fièvre importante, plus forte pendant la nuit.

Quelle heure était-il? Eliwys avait dit que la journée tirait à sa fin et la toile tendue devant la fenêtre laissait filtrer une clarté bleutée. Cependant, les journées de décembre étaient brèves et qu'elle eût sommeil ne signifiait rien. Elle avait dormi par intermittence tout le jour.

La somnolence était un des symptômes de la typhoïde. Elle n'avait pas oublié le « cours abrégé de médecine médiévale » du docteur Ahrens.

Hémorragies nasales, langue chargée, éruptions roses au bout d'une semaine. Kivrin souleva sa chemise pour regarder son ventre et ses seins. Pas de boutons, donc pas de typhoïde. Ni de variole, dont les pustules apparaissaient après deux ou trois jours.

Agnès ne revenait pas. Peut-être avait-on eu le bon sens de lui interdire l'accès de cette chambre, à moins que Maisry n'eût enfin décidé de la surveiller. Elle avait encore pu aller voir son chiot dans les écuries et oublier son intention de lui montrer sa *chavette*.

La peste débutait par des céphalalgies et de la température. Je n'ai pas les autres symptômes, pensa-t-elle. Les énormes bubons, la langue enflée au point d'emplir la bouche, les hémorragies sous-cutanées qui font noircir tout le corps… non, ce n'est pas la peste.

Une grippe, alors.

C'était la seule maladie qui se déclarait aussi brutalement, et le docteur Ahrens s'était inquiétée quand M. Gilchrist avait avancé la date du départ parce que les antiviraux ne seraient pleinement efficaces que le quinze. Oui, c'était certainement une grippe.

Alors, repose-toi, se dit-elle. Elle ferma les yeux.

Elle dut dormir, car lorsqu'elle rouvrit les paupières les deux femmes étaient à nouveau dans la chambre.

— Qu'a dit Gawyn ? demanda Imeyne.

Elle écrasait quelque chose dans un mortier. Elle se pencha vers un coffret posé à côté d'elle et en sortit un sachet dont elle versa le contenu dans le récipient.

— Il n'a pas trouvé d'indications sur ses origines, car tous ses biens ont été volés. Que son chariot soit de bonne fabrication indique qu'elle appartient à une famille aisée.

— Qui doit la rechercher, commenta Imeyne en posant le mortier pour déchirer un linge. Il faut envoyer quelqu'un annoncer à Oxenford qu'elle est ici.

— Il n'en est pas question, rétorqua Eliwys.

— Avez-vous des nouvelles de mon fils ?

— Non, mais il nous a ordonné de ne pas nous éloigner. Il nous rejoindra sous peu, si tout s'est bien passé.

— Si tout s'était bien passé, il serait déjà revenu.

— Peut-être est-il sur le chemin du retour.

— A moins que... (Un autre nom intraduisible, Torquil ?) n'attende d'être pendu, et Guillaume avec lui. Il n'aurait pas dû s'en mêler.

— ... est son ami, et innocent de ces accusations.

— C'est un imbécile, et mon fils est encore plus stupide de témoigner en sa faveur. Un véritable ami lui eût conseillé de quitter Bath au plus tôt.

Elle planta la cuiller dans le mortier.

— Il me faut de la moutarde, dit-elle en se dirigeant vers la porte. Maisry !

Elle revint déchirer le linge en bandes.

— Gawyn a-t-il retrouvé des serviteurs de la Dame ?

— Non, ni domestiques ni chevaux.

Une fille au visage vérolé et aux cheveux gras entra. Ce ne pouvait être Maisry, qui batifolait avec le garçon d'écurie au lieu de surveiller les enfants. Elle ploya le genou en un semblant de révérence et dit :

— *Wotwardstu, Lawttywayreen ?*

Oh, non ! pensa Kivrin. Voilà que ça recommence.

— Va chercher le pot de moutarde dans la cuisine et ne lambine pas en chemin, ordonna Imeyne. Que font Agnès et Rosemonde ? Pourquoi ne sont-elles pas avec toi ?

— *Shiyrouthamay*, répondit la fille, maussade.

Elle s'éloigna et Eliwys se leva.

— Parle, fit-elle sèchement.

— Elles... cachent.

Les ratés de l'interprète étaient dus au fait que les nobles parlaient l'anglo-normand et les paysans un dialecte à consonances saxonnes, deux langues très éloignées du moyen anglais qu'enseignait M. Latimer.

— Je les cherchais, quand Dame Imeyne m'a appelée.

L'interprète traduisit tout, même s'il lui fallut pour cela plusieurs secondes.

— Où ? Dans les écuries ? gronda Eliwys.

Elle assena simultanément deux gifles à la servante, en refermant ses mains comme une paire de cymbales.

Maisry hurla et appliqua une paume sale sur son oreille gauche. Kivrin recula contre l'oreiller, par réflexe.

— Va chercher la moutarde et trouve Agnès.

Maisry hocha la tête, fit un autre semblant de révérence et sortit sans se presser, moins choquée que Kivrin par cet acte de violence perpétré avec un calme surprenant.

Eliwys n'avait pas agi sous l'emprise de la colère. Elle retourna s'asseoir et dit posément :

— Cette Dame ne peut voyager dans son état. Elle restera avec nous jusqu'au retour de mon époux.

Des pas précipités dans l'escalier. La correction avait porté ses fruits, pensa Kivrin. Mais ce fut

Agnès qui entra en trombe. Elle serrait un objet sur sa poitrine.

— Agnès ! s'exclama Eliwys. Que fais-tu ici ?

— J'ai apporté ma... (l'interprète n'avait pas encore trouvé un sens à *chavette*) pour la montrer à la Dame.

— Tu es une méchante fille, gronda Imeyne. Il est mal de déranger quelqu'un qui souffre.

— C'est elle qui désirait la voir.

Elle leva l'objet. Une carriole à deux roues, peinte en rouge et doré.

— Dieu condamne les menteurs aux tourments éternels, fit Imeyne en secouant la fillette. Elle ne parle pas !

— Elle me l'a dit ! rétorqua Agnès.

Heureusement pour toi, pensa Kivrin. Tu l'as échappé belle. Mais au Moyen Age les prêtres menaçaient constamment leurs ouailles des feux de l'enfer.

— Elle m'a dit qu'elle voulait voir ma charrette. Et qu'elle n'a pas de chien.

— Ce sont des inventions.

Je dois intervenir, se dit Kivrin. Sinon, Agnès va se faire gifler à son tour. Elle se redressa sur ses coudes, et en eut le souffle coupé.

— C'est la vérité, déclara-t-elle en espérant que l'interprète remplirait son office. Il est exact que je lui ai demandé de me montrer sa charrette.

Les deux femmes se tournèrent vers elle. Eliwys écarquilla les yeux. Imeyne parut sidérée puis en colère, sans doute convaincue que Kivrin leur avait jusqu'alors joué une comédie.

— Qu'est-ce que je disais ? lança Agnès.

Elle approcha du lit avec son jouet et Kivrin se laissa redescendre sur l'oreiller.

— Où suis-je ? s'enquit-elle.

Un moment fut nécessaire à Eliwys pour se reprendre.

— En sécurité dans la demeure de mon seigneur et époux, Messire...

Une hésitation de l'interprète. Etait-ce Guillaume d'Iverie ou Devereaux ? Eliwys la dévisageait, inquiète.

— Le *privé* de mon mari vous a trouvée dans les bois. Vous aviez été agressée et blessée par des larrons. Qui vous a attaquée ?

— Je l'ignore.

— Je m'appelle Eliwys, et voici la mère de mon époux, Dame Imeyne. Quel est votre nom ?

Le moment était venu de débiter un chapelet de mensonges soigneusement élaborés. Elle avait révélé au prêtre qu'elle s'appelait Kivrin, ce qu'il avait pris pour Katherine, mais Imeyne n'accordait aucun crédit aux propos de cet homme. Elle mettait même en doute ses connaissances du latin. Kivrin pourrait déclarer qu'elle était Isabel de Beauvrier et qu'elle avait appelé à son secours sa mère, une de ses sœurs ou encore sainte Catherine. Ce qui permettrait d'établir son identité et son statut tout en garantissant qu'on n'essaierait pas de la renvoyer auprès des siens. Le Yorkshire était éloigné et la route du Nord impraticable.

— Où alliez-vous ? s'enquit Eliwys.

Le Médiéval avait étudié les conditions météorologiques et l'état des chemins. Il avait plu pendant quinze jours d'affilée, en décembre, et les voies de communication avaient été changées en bourbiers jusqu'à fin janvier. Cependant, la route d'Oxford était en bon état et les érudits s'étaient lourdement trompés quant à la couleur de sa robe, l'utilisation des vitrages et le langage.

— Je ne m'en souviens plus, dit-elle.

— De rien ? fit Eliwys qui se tourna vers Imeyne pour commenter : Sa blessure, sans doute. Le coup a dû ébranler sa mémoire.

— Non... non...

Elle n'avait pas eu l'intention de feindre une amnésie totale. Que les voies de communication soient praticables dans l'Oxfordshire ne signifiait pas qu'elles l'étaient également plus au nord. En outre, Eliwys avait refusé d'envoyer Gawyn à Oxford ou à Bath. Elle s'opposerait certainement à ce qu'il parte pour l'East Riding.

— Auriez-vous oublié jusqu'à votre nom ?

Imeyne s'était penchée si près de son visage que Kivrin respirait son haleine nauséabonde. A en juger par l'odeur, elle devait avoir de nombreuses caries.

— Comment vous appelez-vous ?

Selon Latimer, Isabel était le prénom féminin le plus répandu au XIVe siècle. Mais le Médiéval ignorait comment s'appelaient les filles de Gilbert de Beauvrier. Si Dame Imeyne connaissait cette famille, elle aurait la preuve qu'elle était une espionne. Improviser était toutefois dangereux. En outre, la vieille femme serait ravie de l'entendre dire que le prêtre s'était trompé. Cela démontrerait son ignorance, son incompétence. Une raison de plus d'envoyer chercher un nouvel aumônier à Bath. Pour remplacer cet homme qui avait tenu sa main, qui l'avait rassurée.

— Katherine, répondit-elle.

EXTRAIT DU GRAND LIVRE

(001300-002018)

Je ne suis pas la seule à avoir des ennuis, monsieur Dunworthy. Les gens qui m'ont recueillie en ont aussi.

Le seigneur, Messire Guillaume, est à Bath pour témoigner au procès d'un ami. Tout indique qu'il est en danger. Sa mère, Dame Imeyne, l'a qualifié d'imbécile parce qu'il s'est mêlé de cette affaire et il est évident que son épouse, Dame Eliwys, est folle d'inquiétude.

Cette famille est venue se réfugier ici sans ses serviteurs. Au XIVe siècle, chaque femme noble avait au moins une servante, mais elles ne sont même pas accompagnées par la gouvernante des deux filles de Guillaume. Dame Imeyne veut en envoyer chercher une, ainsi qu'un aumônier, mais Dame Eliwys s'y oppose.

Messire Guillaume a dû éloigner sa famille pour la mettre en sécurité. Agnès, la cadette, m'a parlé de la mort de leur aumônier et d'un certain Gilbert dont la tête était « toute rouge ». Peut-être y a-t-il déjà eu effusion de sang, et ces femmes ont-elles dû fuir. Un *privé* de Messire Guillaume les accompagne, et il est armé de pied en cap.

En 1320, nul n'était satisfait du roi et de son favori, Hugh Despenser, mais il n'y a pas eu de soulèvements importants contre Edouard II dans l'Oxfordshire, alors que les escarmouches étaient nombreuses partout ailleurs. Les barons Lancaster et Mortimer ont pris soixante-trois manoirs aux

Despenser, cette année-là... cette année-ci. Messire Guillaume, ou son ami, a pu avoir des activités subversives.

Mais peut-être n'est-ce qu'un litige concernant des limites de propriétés. Au XIVe siècle, les gens étaient presque aussi chicaniers qu'à la fin du XXe. Mais Dame Eliwys sursaute au moindre bruit, et elle a interdit à sa belle-mère d'informer leurs voisins de leur présence ici.

Je me félicite de tant de discrétion. Cependant, des gens d'armes risquent de défoncer la porte à tout instant. Et Gawyn, qui est le seul à connaître l'emplacement du point de transfert, se fera alors tuer en défendant le manoir.

(Pause)

15 décembre 1320 (calendrier julien). L'interprète remplit tant bien que mal son office. Les contemporains me comprennent, bien que leur langage soit très éloigné du moyen anglais qu'enseigne M. Latimer.

Je formule mes pensées en anglais moderne et laisse l'interprète se charger du reste. Dieu seul sait ce qu'en pense mon entourage. Sans doute que je suis une espionne française.

Il n'y a pas que le langage. Le tissu de ma robe a une trame trop régulière et une couleur trop vive. Je suis trop grande, mes dents sont trop saines et — malgré les travaux effectués dans les fouilles de Mlle Montoya — mes mains ne sont pas assez sales et gercées. C'est de saison, après tout.

J'ai été témoin d'une altercation entre Eliwys et Imeyne, qui réclamait un nouvel aumônier en disant : « La messe de Noël sera célébrée dans dix jours. » Informez M. Gilchrist que je connais la date, même si je n'ai toujours pas établi mes coordonnées géographiques. J'ai tenté de reconstituer le parcours suivi par Gawyn, mais mes pensées s'embrouillent et de nombreux souvenirs sont hallucinatoires. Je me souviens par exemple d'un cheval blanc, avec à son harnais des clochettes qui jouaient des chants de Noël, comme le carillon de Carfax.

C'est le quinze décembre, et pour vous la veille de Noël. Vous allez arroser ça et vous rendre à St. Mary the Virgin pour l'office œcuménique. Que sept siècles nous séparent est incroyable. J'ai l'impression qu'il me suffirait de me lever (ce qui est impossible car j'ai à nouveau une forte fièvre et des vertiges) et d'ouvrir la porte pour me retrouver dans le labo de Brasenose. Et vous seriez tous là, Badri, le docteur Ahrens et vous, monsieur Dunworthy, qui termineriez d'essuyer vos lunettes avant de redresser la tête pour me déclarer : « Je vous l'avais bien dit. »

12

Agnès entra dans la chambre. Elle avait dans les bras un chiot noir aux pattes trapues qu'elle tendit à Kivrin.

— Je vous présente Blackie, Dame Kivrin. Vous pouvez le caresser, si vous voulez.

— Ne devais-tu pas faire tes travaux de couture ?

Kivrin prit l'animal pour le libérer de l'étreinte étouffante de la fillette.

Qui le récupéra aussitôt.

— Grand-mère est allée réprimander l'intendant et Maisry est dans les écuries.

Elle fit tourner Blackie sur lui-même, afin de déposer un baiser sur sa truffe.

— Je suis toute seule. Grand-mère est en colère parce que l'intendant et sa famille se sont installés dans le manoir pendant notre absence. Elle dit que c'est sa femme qui le pousse au péché.

Grand-mère ? Ce mot n'apparaîtrait que quatre siècles plus tard. L'interprète prenait des libertés, même s'il s'abstenait de corriger les diverses prononciations de son prénom et laissait des blancs alors que le contexte permettait aisément de déduire le sens. Elle espérait que son subconscient compenserait ces défaillances.

— Etes-vous une *dultère,* Dame Kivrin ?

Un subconscient qui déclara forfait.

— Une quoi ?

— Une *dultère,* répéta Agnès en retenant le chiot qui tentait de lui échapper. Grand-mère dit qu'une femme qui va rejoindre son amant a d'excellentes raisons de faire le vide dans son esprit.

Adultère. C'était moins dangereux que d'être prise pour une espionne. Mais Imeyne pouvait la soupçonner de cumuler.

Agnès donna un autre baiser à l'animal.

— Elle dit aussi qu'une dame ne devrait pas s'aventurer dans les bois en plein hiver.

Elle a raison, estima Kivrin. Tout comme M. Dunworthy. Elle ne savait toujours pas où se situait le point de transfert. Elle avait demandé à parler à Gawyn, quand Eliwys était venue placer des compresses sur sa tempe.

— Il recherche les misérables qui vous ont dépouillée, avait répondu Eliwys en appliquant sur son crâne un onguent à l'odeur d'ail qui brûlait le cuir chevelu. Vous ne vous souvenez de rien à leur sujet ?

Kivrin avait secoué la tête et espéré qu'un pauvre bougre ne finirait pas sur le gibet à cause de sa pseudo-perte de mémoire. Elle ne pourrait affirmer : « Non, ce n'est pas cet homme », dès l'instant où elle était censée ne se souvenir de rien.

Elle regrettait d'avoir feint l'amnésie. La possibilité que ces femmes connaissent les Beauvrier était infime, et qu'elle n'eût aucun passé la rendait encore plus suspecte aux yeux d'Imeyne.

Agnès tentait d'affubler le chiot de son bonnet.

— Il y a des loups, dans les bois, dit-elle. Gawyn en a tué un avec sa hache.

— A-t-il précisé où il m'a découverte ?

— Oui. Blackie n'aura pas froid, avec ça.

Elle noua le cordon et manqua l'étrangler.

— Il n'a pas l'air d'apprécier. Où est-ce ?

— Dans les bois.

L'animal se débattit et se débarrassa du couvre-chef. Agnès le posa sur les couvertures et le prit par les pattes antérieures.

— Il sait danser.

— Donne-le-moi, demanda Kivrin pour le soustraire à ces mauvais traitements. Où, plus précisément ?

Agnès se leva sur la pointe des pieds afin de surveiller le chiot que Kivrin avait pris dans ses bras.

— Il dort, murmura-t-elle.

Kivrin le posa près d'elle, sur la fourrure.

— Cette clairière est-elle très éloignée ?

— Oui, répondit Agnès.

Et Kivrin comprit qu'elle improvisait. Elle ne savait rien. L'interroger était inutile. Seul son sauveteur pourrait la renseigner.

— Gawyn est-il revenu ?

— Vous voulez lui parler ?

— Oui.

— Vous êtes donc une *dultère* ?

Suivre le cheminement des pensées de cette enfant s'avérait difficile.

— Non, affirma Kivrin.

Puis elle se rappela qu'elle était censée avoir oublié tout son passé.

— Grand-mère dit que seule une *dultère* peut demander aussi effrontément à parler à un homme.

Rosemonde entra et mit ses mains sur ses hanches pour déclarer :

— On te cherche partout, pauvre idiote.

— Je tenais compagnie à Dame Kivrin, se justifia Agnès.

Elle lança un regard inquiet à Blackie qui dormait, presque invisible sur la fourrure noire. Kivrin en déduisit que les animaux ne devaient pas être admis dans les chambres et le couvrit avec le drap pour le dissimuler à Rosemonde, qui ajouta sèchement :

— Mère dit que la Dame a besoin de repos. Viens, je dois aller annoncer à grand-mère que je t'ai retrouvée.

Elle guida sa cadette hors de la pièce.

Kivrin les suivit du regard. Elle espérait qu'Agnès s'abstiendrait d'informer Imeyne qu'elle avait à nouveau demandé à voir Gawyn. Elle ne voyait toujours pas ce que cela avait de choquant. N'était-il pas naturel de s'intéresser à ses biens ? Mais tout indiquait qu'une noble célibataire de cette époque ne devait pas réclamer « effrontément de parler à un homme ».

Le cas d'Eliwys était différent car elle régissait la maisonnée en l'absence de son mari, et Dame Imeyne était la mère de ce dernier. Mais Kivrin devrait attendre que Gawyn eût décidé de lui adresser la parole le premier puis lui tenir des propos « d'une modestie seyant à une jeune fille ». Je dois pourtant le voir, se dit-elle. Lui seul sait où est le point de transfert.

Agnès revint en courant récupérer le chiot endormi.

— Grand-mère est en colère. Elle me croyait tombée dans le puits, expliqua-t-elle avant de filer à toutes jambes.

Les joues vérolées de Maisry doivent être cuisantes, songea Kivrin. Plus tôt dans la journée, la servante avait déjà eu droit à de sévères réprimandes quand Agnès était venue lui montrer la chaîne de Dame Imeyne. « Un riliclair », selon elle. Un autre terme face auquel l'interprète avait déclaré forfait. Un petit écrin suspendu aux maillons contenait un fragment du linceul de saint Stephen. Mais si Maisry avait reçu une gifle, c'était parce que Agnès s'était permis de subtiliser le reliquaire et non parce qu'elle était entrée dans sa chambre.

Nul ne se souciait du fait qu'elle pouvait être contagieuse. Ni Eliwys ni Imeyne ne prenaient la moindre précaution, pour la soigner.

Les contemporains ignoraient tout des maladies — ils les croyaient une conséquence du péché et les épidémies étaient pour eux des punitions divines — mais ils connaissaient le phénomène de la contagion. Pendant la peste noire, le mot d'ordre serait : « Partez, allez le plus loin possible, et restez-y », et des quarantaines avaient été décrétées bien avant cette pandémie.

Mais pas ici, se dit Kivrin. Et si les enfants prenaient mon virus ? Ou le père Roche ?

Il était resté à son chevet alors que la fièvre la

faisait délirer. Il lui avait caressé le front, demandé son nom. Elle tria ses souvenirs. Elle avait fait une chute puis un incendie s'était déclaré. Non, c'était une hallucination. Comme le cheval blanc. La monture de Gawyn était noire.

Ils avaient traversé un bois, descendu une colline et longé une église avant que le coupe-jarret... Ces efforts étaient inutiles. Elle avait fait un rêve chaotique de visages effrayants, de cloches et de flammes. Même la clairière se brouillait dans son esprit. Elle se rappelait un chêne et des saules, et la roue du chariot contre laquelle elle s'était adossée. Le bandit avait... Non, il était un fruit de son imagination. Comme le destrier. Et peut-être l'église.

Elle devait interroger Gawyn, mais pas devant Dame Imeyne qui la prenait pour une *dultère*. Il lui faudrait se lever et aller aux écuries pour rencontrer cet homme sans témoins.

Elle avait recouvré des forces, même si elle ne pouvait atteindre le vase de nuit sans aide, et sans doute pensait-on que son état s'améliorait car on l'avait laissée seule presque toute la matinée. Eliwys n'était venue que pour oindre sa tempe avec l'onguent nauséabond. Et m'écouter faire des avances indécentes à Gawyn, se dit-elle.

Elle refusait de penser aux propos d'Agnès, à l'inefficacité des antiviraux, à l'emplacement de la clairière. Elle gardait son énergie pour hâter son rétablissement. Nul ne vint la voir dans l'après-midi et elle s'exerça à s'asseoir et à poser les pieds sur le sol. Lorsque Maisry vint l'escorter jusqu'au vase de nuit, elle regagna le lit par ses propres moyens.

La froidure s'accentua pendant la nuit et quand Agnès lui rendit une visite, le matin suivant, elle portait un manteau rouge avec un capuchon et des mitaines de fourrure blanche.

— Voulez-vous voir mes boucles d'argent ? C'est Messire Bloet qui me les a offertes. Je les apporterai demain. Pas aujourd'hui, car nous allons chercher la bûche de Noël.

— La bûche de Noël ? répéta Kivrin, alarmée.

On allait traditionnellement la couper le vingt-quatre décembre et elle se croyait le dix-sept. Avait-elle mal interprété les paroles de Dame Imeyne ?

— Oui, confirma Agnès. Habituellement, nous attendons la veille de Noël, mais comme il risque d'y avoir une tempête, grand-mère veut profiter du beau temps.

Kivrin manqua céder à la panique. Comment retrouverait-elle la clairière sous la neige ?

— Irez-vous tous dans les bois ?

— Non. Le père Roche a appelé Mère au chevet d'un valet de ferme malade.

Une absence qui expliquait pourquoi Imeyne jouait aux tyrans, harcelait Maisry et l'intendant et l'accusait d'avoir des mœurs légères.

— Ta grand-mère ira-t-elle avec vous ?

— Oui. Je monterai mon poney.

— Et Rosemonde ?

— Oui.

— L'intendant aussi ?

— Bien sûr, répondit l'enfant, exaspérée par ces questions. Tous les villageois.

— Et Gawyn ?

— Non, fit-elle comme si c'était une évidence. Je dois aller aux écuries dire au revoir à Blackie.

Elle partit en courant.

Dame Eliwys était au chevet d'un paysan malade et le reste de la maisonnée allait s'absenter. A l'exception de Gawyn. Peut-être avait-il accompagné Eliwys, mais s'il était au manoir elle pourrait enfin lui parler sans témoins.

Quand Maisry lui apporta son petit déjeuner, elle avait mis une houppelande brune et entortillé des bandes de tissu autour de ses jambes. La servante emporta le vase de nuit et apporta un brasero avec une rapidité et un esprit d'initiative qui la surprirent.

Elle attendit une heure pour s'assurer que tous étaient partis puis elle se leva et alla à la fenêtre. Elle tira le rideau, sur des branches et un ciel gris sombre. L'air était glacé, mais elle grimpa sur le siège.

Elle surplombait une cour déserte, au lourd portail ouvert. Une pellicule d'humidité brillante couvrait les pavés et les toits de chaume. Elle tendit la tête à l'extérieur et fut soulagée de constater qu'il ne neigeait pas encore. Elle alla se blottir à côté du brasero.

Sa chaleur était insignifiante. Elle grelottait dans sa chemise légère. Qu'avait-on fait de ses vêtements ? Au Moyen Age, on les suspendait à des piquets à côté du lit. Mais il n'y avait ici ni pieux ni patères.

Elle découvrit ses effets dans le coffre. Elle les prit et fut heureuse de voir ses bottes, puis elle referma le couvercle et s'y assit pour reprendre son souffle.

Je dois trouver Gawyn, pensa-t-elle. L'occasion ne se représentera pas. Et il va neiger.

Elle se retint aux montants du lit pour enfiler ses hauts-de-chausses et ses bottes, puis elle s'allongea. Je dois me reposer un instant, décida-t-elle. Elle s'endormit dès qu'elle ferma les yeux.

Un tintement l'éveilla, le son de la cloche du Sud-Ouest entendue à son arrivée. Elle avait sonné tout le jour précédent puis s'était tue. Eliwys était alors allée à la fenêtre, pour tenter de voir ce qui se passait.

Kivrin enfila son manteau et ouvrit la porte, sur un escalier abrupt privé de rampe. Agnès avait eu de la chance, lorsqu'elle s'était écorché le genou. Elle aurait pu choir tête la première à l'étage inférieur. Kivrin garda constamment une main collée au mur de pierre et s'accorda le temps de reprendre son souffle au milieu des marches.

Je suis vraiment au Moyen Age, se dit-elle. Les braises du foyer situé au centre de la pièce rougeoyaient sous la clarté de l'ouverture aménagée à son aplomb et des hautes fenêtres étroites, mais tout le reste était plongé dans l'obscurité.

Elle scruta la pénombre fuligineuse et vit un fauteuil sculpté au haut dossier installé à côté du siège de Dame Eliwys aux dimensions plus modestes, devant une paroi couverte d'une tapisserie. Sur le côté, une échelle donnait accès à une soupente. Les plateaux de lourdes tables étaient accrochés à un mur, au-dessus de larges bancs. Il y en avait un autre sous l'escalier, vers les paravents. Le banc des mendiants.

Kivrin descendit les dernières marches puis foula les joncs éparpillés sur le sol. Les paravents formaient une cloison qui arrêtait les courants d'air de la porte.

On s'en servait parfois pour créer de véritables pièces, avec un lit-armoire à chaque extrémité. Ici, ils dissimulaient un étroit passage dans lequel on suspendait les vêtements. Il n'y avait plus un seul manteau. Parfait, se dit-elle. Ils sont tous partis.

L'huis était ouvert. Sur le sol, à côté du seuil, elle vit une paire de bottes à longs poils, un seau de bois et le chariot d'Agnès. Kivrin fit une halte dans ce vestibule pour reprendre son souffle. Elle regretta de ne pouvoir s'asseoir, jeta un coup d'œil prudent à l'extérieur et sortit.

La cour déserte, dallée de pierres plates dorées, était un véritable bourbier autour de l'auge en bois centrale creusée dans un tronc d'arbre. Entre les flaques d'eau brune, sabots et chaussures avaient laissé de nombreuses empreintes. Une poule squelettique continua de boire l'eau stagnante, sans faire cas de sa présence. Au XIVe siècle, ces gallinacés n'avaient pas à redouter les humains qui ne mangeaient que leurs œufs. Les pigeons étaient les seuls volatiles élevés pour leur chair.

Le pigeonnier se situait près du portail, à côté d'un bâtiment au toit de chaume qui devait abriter les cuisines et d'une bâtisse de dimensions plus modestes qui servait sans doute d'entrepôt. En face, il y avait les écuries reconnaissables à leurs grandes portes, séparées de la grange par un étroit passage.

Elle tenta sa chance dans les écuries. Le chiot d'Agnès vint à sa rencontre en jappant et elle le repoussa à l'intérieur puis referma la porte. Gawyn n'était pas non plus dans les autres dépendances. Agnès avait déclaré qu'il n'irait pas couper la bûche de Noël et elle en avait déduit qu'il garderait le manoir. Elle se demandait à présent s'il n'avait pas accompagné Eliwys chez le valet de ferme.

Auquel cas, je dois retrouver seule le point de transfert, se dit-elle. Elle retourna vers les écuries et s'arrêta à mi-chemin. Elle ne pourrait jamais se hisser sur un cheval, tant elle était faible. Et même si elle réussissait, les vertiges l'empêcheraient de rester en selle. C'est pourtant le moment ou jamais. Ils sont tous partis, et il va neiger.

Elle regarda le portail, le passage qui séparait les

écuries de la grange. Dc quel côté devait-elle aller ? Ils avaient descendu une éminence, longé une église.

Elle traversa la cour. La poule rachitique alla s'abriter derrière l'auge en caquetant. Du portail, Kivrin regarda la route qui enjambait un cours d'eau sur un pont de rondins puis s'éloignait vers le sud en serpentant entre les arbres. Elle ne voyait ni colline ni habitations.

Elle avait entendu une cloche, de son lit. Elle revint sur ses pas jusqu'à la venelle. Elle passa devant un enclos où deux porcs se vautraient dans la fange et les latrines aisément reconnaissables à leur puanteur avant d'atteindre la place du village.

D'où elle vit l'église, et au-delà une butte.

En fait, ce n'était pas une place mais un terrain communal accidenté avec des huttes d'un côté et le ruisseau bordé de saules de l'autre. Une vache paissait les rares brins d'herbe et une chèvre était attachée à un grand chêne dénudé. Des meules de foin et des tas de fumier séparaient les habitations dont les dimensions étaient inversement proportionnelles à la distance les séparant du manoir. Mais même la plus proche — là où devait vivre l'intendant — n'était qu'un taudis. Ces bâtisses étaient encore plus petites, sales et délabrées que ne le laissaient supposer les vids historiques. Seule l'église était conforme à l'idée qu'on pouvait s'en faire, bien que le clocher ne fût pas attenant. Il se dressait entre le cimetière et la place. Plus récente que l'église normande en pierre grise, cette haute tour ronde avait une coloration presque dorée.

Et il y avait un chemin qui gravissait la colline et allait se perdre dans les bois.

Voilà par où nous sommes arrivés, se dit-elle. Le

vent la cingla dès qu'elle quitta la protection de la grange.

La cloche du Sud-Ouest tinta et elle s'interrogea. Eliwys et Imeyne avaient fait un commentaire à ce propos, quand leurs paroles étaient encore incompréhensibles. Elle avait sonné à nouveau la veille, mais Eliwys n'en avait pas fait cas. Peut-être annonçait-elle tout simplement l'Avent.

Elle pressa le pas sur le chemin boueux creusé d'ornières, sans prêter attention à ses douleurs pulmonaires. Elle remarqua des mouvements, loin dans les champs. Des paysans qui revenaient avec la bûche de Noël ou rentraient leurs bêtes. Tout était indistinct. Il neigeait déjà, là-bas. Elle devait se hâter.

Les bourrasques l'emmaillotaient dans son manteau et emportaient les feuilles mortes. La vache quitta le terrain communal pour s'abriter entre les huttes, de simples assemblages de brindilles perméables au vent.

La cloche sonnait toujours, des coups lents et réguliers. Kivrin marchait à leur rythme. Ebranlée par des quintes de toux, elle dut s'arrêter.

Ne sois pas ridicule, se reprocha-t-elle. Tu es malade. Va jusqu'à l'église et repose-toi.

Elle repartit. Respirer était de plus en plus douloureux. Elle n'atteindrait pas la clairière, pas même ce bâtiment. Tu le dois, s'ordonna-t-elle.

Mais la souffrance la stoppa à nouveau. Après avoir craint de voir un paysan sortir d'une des masures, elle espérait à présent qu'on viendrait à son secours. Cependant, tous s'étaient absentés. Elle regarda la campagne, désormais déserte.

Elle arriva devant la dernière hutte. Il n'y avait au-delà que des cabanes délabrées où nul n'aurait pu vivre. L'église était plus loin encore, et elle repartit. Chaque pas déchirait sa poitrine. Elle tituba et se dit : Je ne dois pas m'évanouir. Nul ne sait où je suis.

Elle regarda le manoir, trop éloigné pour qu'elle pût envisager d'y retourner. Je dois m'asseoir, pensa-t-elle. Mais elle se trouvait au milieu d'un bourbier. Dame Eliwys soignait un valet de ferme. Sa belle-mère, ses filles et tous les villageois étaient dans les bois.

Le vent soufflait plus régulièrement. Elle aurait dû revenir sur ses pas mais le simple fait de rester debout relevait de l'exploit. Comme elle n'aurait pu s'asseoir dans la fange, elle décida d'entrer dans la hutte.

Une clôture bancale la ceignait, des branches entrecroisées soutenues par des piquets si bas que seuls les montants du portillon étaient assez hauts pour lui offrir leur soutien.

— Ohé, cria-t-elle. Il y a quelqu'un ?

Pas de réponse. Elle leva la boucle de cuir qui retenait le battant, s'avança et frappa à la porte de planches.

Elle tenta de soulever la barre de bois. Son poids l'en empêcha. Elle devrait informer M. Dunworthy que ces constructions branlantes étaient moins fragiles que ne le laissait supposer leur aspect. Elle reprenait son souffle quand elle entendit un bruit derrière elle.

— Veuillez m'excuser d'avoir pénétré dans votre jardin, dit-elle en se tournant.

Vers la vache qui étirait son cou par-dessus la clôture pour paître des brins d'herbe entre les feuilles mortes.

Elle devait regagner le manoir. Elle prit appui sur le dos osseux du ruminant pour tirer le portillon et rabattre la lanière de cuir. L'animal la suivit sur quelques pas puis reporta son attention sur le jardin.

La porte d'une des cabanes où nul n'aurait pu vivre s'ouvrit sur un enfant qui se figea, bouche bée.

— S'il te plaît, puis-je me reposer chez toi un moment ?

Il était d'une maigreur impensable. Ses membres étaient aussi fins que les piquets de la clôture.

— Cours au manoir, et dis que je suis malade.

Le froid bleuissait les pieds nus de ce jeune garçon. Ses gencives étaient ulcérées, ses joues et sa lèvre supérieure maculées de sang séché. Le scorbut, pensa-t-elle. Il est encore plus mal en point que moi. Elle répéta malgré tout :

— Va au manoir chercher de l'aide.

Il leva une main osseuse, pour se signer.

— *Bighaull emeurdroud ooghattund emblastbardey*, fit-il en reculant.

Oh, non, voilà que ça recommence ! se dit-elle.

— Aide-moi, par pitié !

Elle crut qu'il avait compris, mais il s'enfuit.

— Attends ! lui cria-t-elle.

Il disparut. Kivrin regarda la cabane qui ressemblait à une meule de foin — des touffes d'herbe et de chaume tassées entre des piquets, avec en guise de porte des brindilles liées par des bouts de ficelle, un obstacle qu'un loup aurait pu abattre en soufflant. Le garçon l'avait laissée ouverte, et elle entra.

L'obscurité et une épaisse fumée dissimulaient l'intérieur. La puanteur était insoutenable, une odeur de basse-cour, de suie, de moisissure et de rats. Kivrin dut se pencher pour passer sous le linteau et quand elle se redressa son crâne percuta une des poutres.

Il n'y avait aucun siège. Des sacs et des outils jonchaient le sol de terre battue et sur le seul meuble, une table de facture grossière, étaient posés un bol en bois et un croûton de pain. Dans une cavité peu profonde creusée au centre de la pièce quelques brindilles se consumaient.

Le point d'origine de la fumée. L'ouverture aménagée dans le toit ne pouvait l'aspirer, tant les trous étaient nombreux dans le revêtement de chaume et les parois délabrées. Elle toussa, et crut que ses poumons éclataient.

Elle s'assit sur un sac d'oignons. Malgré la froidure qui condensait son haleine, elle se sentit mieux. L'été, les relents doivent être insoutenables, se dit-elle.

Un courant d'air glacial rampait sur le sol. Elle emmitoufla ses pieds dans son manteau puis utilisa une serpette pour tisonner le feu. Des flammes hésitantes éclairèrent la cabane. Elle vit d'un côté un appentis qui devait servir d'étable. Elle ne discernait rien au-delà d'une petite séparation mais entendait des bruissements.

Un porc, sans doute, ou une chèvre. Elle remua les braises, pour bénéficier d'un peu plus de clarté.

Les bruits provenaient d'une cage métallique, finement travaillée et incongrue dans une pareille masure. A l'intérieur, les reflets des flammes dansaient dans les yeux d'un rat.

Il était assis et tenait dans ses petites pattes un bout de fromage. Il y en avait d'autres autour de lui, moisis. Plus de nourriture que partout ailleurs dans ce taudis.

Kivrin avait déjà vu un rat lorsqu'on avait recherché ses phobies, en première année. Mais celui-ci appartenait à une espèce disparue depuis au moins un demi-siècle, là d'où elle venait.

Il était magnifique, avec sa robe lustrée, très différent de son descendant du XXIe siècle qui semblait sortir droit des égouts avec ses poils ternes et sa longue queue dénudée répugnante. Elle n'avait pu comprendre pourquoi les hommes avaient autrefois toléré la présence de ces créatures dans leurs granges, et surtout leurs maisons. La pensée qu'un tel animal pouvait nicher dans le mur d'une chambre l'emplissait de répulsion. Cependant, celui-ci était presque sympathique, plus propre que Maisry et sans doute plus intelligent.

— Mais tu es dangereux, lui dit-elle. Le fléau de ce siècle.

Il oublia le bout de fromage pour venir vers elle, en agitant ses moustaches. Il referma les doigts roses de ses petites pattes autour des barreaux de sa prison et lui adressa un regard implorant.

— Je ne peux pas te libérer. Tu dévores des grains, tu souilles la nourriture et tu as des puces. Dans vingt-huit ans, tes petits camarades décimeront la moitié de la population de l'Europe. C'est de vous que Dame Imeyne devrait s'inquiéter, pas des espions français et des prêtres illettrés. J'aimerais ouvrir ta cage, mais tes descendants alourdiraient encore le tribut que l'humanité devra payer à la peste noire.

Comme s'il avait compris, il lâcha les barres verticales et courut dans la cage. En tous sens, frénétique.

Le feu mourait. Kivrin le tisonna, mais il n'y avait plus que des cendres. La porte, qu'elle avait laissée ouverte en attendant l'arrivée des secours, claqua et plongea les lieux dans l'obscurité.

On ne saura pas où me chercher, lorsque Dame Imeyne m'apportera mon dîner et découvrira ma disparition, après les vêpres et la tombée de la nuit.

Le calme la surprit. Elle n'entendait plus le vent, ni le rat. Au sein des braises une brindille craqua et des étincelles plurent sur le sol de terre battue.

Nul ne sait où je suis. Pas même M. Dunworthy.

Elle dramatisait. Eliwys déciderait peut-être d'aller oindre sa tempe d'onguent, Imeyne avait pu renvoyer Maisry au manoir, le garçon scorbutique était peut-être allé avertir des paysans. Et même s'ils débutaient les recherches après les vêpres, ils disposaient de torches et de lanternes. Elle tentait de se convaincre que son cas n'était pas désespéré.

Mais elle avait tort d'imaginer que Gilchrist et Montoya savaient qu'elle avait des ennuis, que M. Dunworthy avait demandé à Badri de contrôler tous les paramètres et de laisser la porte temporelle ouverte. Comme Agnès et Eliwys, ils ignoraient où elle était. Ils la croyaient en sécurité à Skendgate, occupée à dicter à ses mains jointes des commentaires sur les us et coutumes de l'époque. Ils n'apprendraient la vérité que dans deux semaines, lorsqu'ils réutiliseraient le transmetteur.

Le feu s'éteignait et elle ne voyait nulle part de quoi l'alimenter. Le garçon scorbutique était peut-être allé chercher des fagots.

Seul le rat savait où elle était, le représentant d'une espèce qui exterminerait la moitié des Européens. Elle se leva et sortit.

Les champs étaient déserts. Le vent était tombé et elle entendait distinctement la cloche du Sud-Ouest. Des flocons descendaient dans le ciel gris et recouvraient le sol d'un tapis de blancheur. Elle partit vers l'église.

— Kivrin ! Dame Kivrin ! Où étiez-vous passée ?

C'était Agnès, qui arrivait en courant, les joues rougies par l'effort, le froid ou la surexcitation.

— Nous vous avons cherchée partout, fit-elle avant de repartir en criant : Je l'ai trouvée ! Je l'ai trouvée !

— Nous l'avons tous vue en même temps, la reprit Rosemonde.

Elle précédait Dame Imeyne et Maisry, qui avait jeté sa houppelande effilochée sur ses épaules. Ses oreilles rouges et son expression maussade indiquaient qu'on l'avait également tenue pour responsable de la disparition de la malade.

— Tu ne savais pas qui c'était, rétorqua Agnès.

Sans en faire cas, Rosemonde prit le bras de Kivrin.

— Que s'est-il passé ? Pourquoi êtes-vous partie ? C'est Gawyn qui a découvert que vous n'étiez plus là, quand il est monté vous dire qu'il n'avait pas retrouvé vos agresseurs.

Lui seul peut me guider jusqu'à cette clairière, pensa Kivrin. Et il a fallu que je le rate.

— Où vouliez-vous aller ? lui demanda Dame Imeyne sur un ton accusateur.

Aucune excuse ne lui vint à l'esprit.

— Je me suis égarée.

— Qui pensiez-vous rejoindre ?

— Elle ne connaît personne, voyons, fit remarquer Rosemonde. Elle ne se rappelle rien.

— Je souhaitais retourner là où Gawyn m'a découverte. Je pensais qu'en voyant mes biens je retrouverais...

— La mémoire, compléta Rosemonde. Mais...

— C'était inutile, grommela Imeyne. Gawyn a tout apporté au manoir.

— Votre chariot et vos malles, précisa Rosemonde.

La cloche sonnait désormais le glas de ses espoirs.

— La température est trop basse pour que nous nous attardions ici, ajouta Rosemonde. Dame Katherine est affaiblie. Nous devons rentrer avant qu'elle ne prenne froid.

C'est chose faite, pensa Kivrin. Et Gawyn a emporté tout ce qui m'aurait permis de me repérer.

— Tout ceci est ta faute, Maisry, cria Dame Imeyne en poussant la servante vers Kivrin afin qu'elle prît son bras. Tu n'aurais pas dû la laisser seule.

Maisry était si sale que Kivrin s'écarta.

— Pouvez-vous marcher ? demanda Rosemonde qui ployait sous son poids. Devons-nous aller chercher la jument ?

Etre ramenée sur un cheval, telle une prisonnière, était pour elle une pensée insupportable.

— Non, non, j'irai à pied.

Elle dut accepter le soutien du bras crasseux de la servante. Elle passa lentement devant les huttes, la maison de l'intendant, l'enclos des porcs. Elle vit dans la cour la souche d'un gros frêne aux racines tourmentées pointillées de flocons.

— Elle va faire une rechute, c'est certain, grommela Imeyne en désignant la porte à Maisry.

Il neigeait dru, à présent. La servante tira un verrou qui ressemblait à la fermeture de la cage du rat. J'aurais dû le libérer, se reprocha Kivrin.

Dame Imeyne fit signe à Maisry d'aller la soutenir.

— Non, refusa Kivrin.

Et ce fut sans aide qu'elle franchit le seuil et s'avança dans le vestibule obscur.

EXTRAIT DU GRAND LIVRE

(005982-013198)

18 décembre 1320 (calendrier julien). J'ai voulu retourner au point de transfert mais j'en ai été incapable et j'ai fait une rechute. J'ai mal sous les côtes à chaque inspiration. Quand je tousse — ce qui est fréquent —, il me semble que mes poumons se déchirent. Je suis en sueur sitôt que j'essaie de m'asseoir. J'ai une forte fièvre. Le docteur Ahrens m'a appris que ce sont les symptômes de la pneumonie.

Dame Eliwys n'est pas encore revenue. Imeyne a appliqué un cataplasme nauséabond sur ma poitrine et envoyé chercher l'épouse de l'intendant. Je pensais qu'elle voulait lui reprocher d'avoir squatté le manoir, mais elle lui a simplement déclaré : « La blessure a enfiévré ses poumons. » La femme a examiné ma tempe puis emmené son enfant, un nourrisson qu'elle avait dans les bras en entrant. Elle m'a ensuite apporté un bol de décoction amère. Sans doute à base d'écorce de saule ou d'un autre fébrifuge, car ma température a baissé et la souffrance s'est atténuée.

Petite et émaciée, elle a un visage anguleux et des cheveux blond cendré. Imeyne doit avoir raison de dire qu'elle pousse son époux au péché. Elle était vêtue d'une cotte ourlée de fourrure dont les manches descendaient frôler le sol, et son bébé était emmailloté dans une couverture de laine finement tissée. Elle parle sans articuler, sans doute pour imiter ses maîtres.

« Les classes moyennes embryonnaires », dirait M. Latimer. Des *nouveaux riches* qui attendent l'occasion qui se présentera dans trois décennies, quand la peste noire exterminera un tiers des nobles.

— Est-ce la dame des bois ? a-t-elle demandé à Imeyne, en lui souriant comme si elles étaient des amies de longue date.

— Oui, a répondu la vieille femme avec irritation et mépris.

Sans en faire cas, l'épouse de l'intendant s'est approchée du lit avant de reculer d'un pas. Elle seule semble craindre que je sois contagieuse.

— Est-ce la fièvre... ?

L'interprète a sauté le dernier mot, que je n'ai pu reconnaître. Flouronen ? Florentine ?

— La blessure a enfiévré ses poumons.

— Le père Roche nous a dit que lui et Gawyn l'avaient trouvée dans les bois.

L'entendre se référer si familièrement au *privé* de son fils a irrité Imeyne. La femme de l'intendant l'a compris et est allée préparer l'écorce de saule. Elle n'a pas omis de faire une courbette en sortant.

Après le départ d'Imeyne, Rosemonde est venue me tenir compagnie. Je les soupçonne de l'avoir chargée de me surveiller. Je lui ai demandé s'il était exact que le père Roche accompagnait Gawyn, quand ce dernier m'a découverte.

— Non. Gawyn l'a rencontré sur le chemin du retour et l'a chargé de vous conduire ici pendant qu'il recherchait vos assaillants.

Je ne me souviens du prêtre que dans cette chambre, mais si Rosemonde dit vrai, il sait probablement où est la clairière.

(Pause)

J'ai réfléchi aux propos de Dame Imeyne : « La blessure a enfiévré ses poumons. » Nul n'est conscient que je suis malade. On laisse les enfants entrer dans ma chambre. Même la femme de l'intendant n'a pas hésité à approcher de moi, après avoir entendu cette explication.

Mais elle craignait auparavant que je sois contagieuse, et quand j'ai demandé à Rosemonde pourquoi elle n'avait pas accompagné sa mère chez le valet de ferme, elle m'a répondu :

— Il est malade, voyons.

Elles ne pensent pas que je le suis également. Je n'ai ni pustules ni boutons, et on attribue ma température et mes divagations à mes blessures. Les plaies s'infectent et les cas de septicémie sont fréquents. Pourquoi interdirait-on aux enfants d'approcher d'un blessé ?

Je n'ai apparemment contaminé personne. Cinq jours se sont écoulés, et la durée d'incubation d'un virus varie de douze à quarante-huit heures. Selon le docteur Ahrens, les risques de transmission d'une maladie sont plus grands avant l'apparition des symptômes. J'avais peut-être cessé d'être contagieuse, quand les filles d'Eliwys m'ont rendu leur première visite. A moins qu'elles n'aient déjà eu cette maladie et soient immunisées. La femme de l'intendant a parlé de fièvre florentine, ou flouronen, et M. Gilchrist a mentionné une épidémie de grippe. Peut-être est-ce cela.

C'est l'après-midi. Assise sous la fenêtre, Rosemonde brode un bout de tissu. Blackie dort près de moi. Vous aviez raison, monsieur Dunworthy. Je n'étais pas prête. Tout est différent de ce que j'imaginais. Mais vous avez eu tort de dire que ce n'était pas un conte de fées.

Il y a le Chaperon rouge d'Agnès, la cage du rat, les bols de gruau et les huttes de paille qu'un loup pourrait souffler sans peine. Le clocher fait penser à la tour où on a enfermé Rapunzel et, penchée sur son ouvrage, Rosemonde a tout de Blanche-Neige.

(Pause)

J'ai à nouveau une forte fièvre. Dame Imeyne prie, agenouillée à côté du lit avec son livre d'heures. Rosemonde m'a dit qu'elles avaient envoyé chercher la femme de l'intendant. Compte tenu du mépris qu'elle lui inspire, que Dame Imeyne ait fait appel à ses services indique que je suis au plus mal. Ont-elles également fait mander le père Roche ? S'il passe me voir, je lui demanderai s'il sait où Gawyn m'a trouvée. Les prêtres ne se déplacent que pour les agonisants, mais selon les Probabilités la pneumonie était fatale dans 72 % des cas, en ce siècle. J'attends avec impatience qu'il vienne tenir ma main et m'expliquer où est cette clairière.

13

Deux étudiantes furent hospitalisées pendant que Mary demandait à Colin comment il s'y était pris pour pénétrer dans le secteur en quarantaine.

— Fastoche. Ils interdisent aux gens de sortir, pas d'entrer.

Il allait fournir des détails quand l'employée des admissions vint chercher sa grand-tante.

Mary demanda à Dunworthy de l'accompagner

aux Urgences, au cas où il pourrait identifier les patientes.

— Et toi, reste ici, ordonna-t-elle à son petit-neveu. Tu nous as suffisamment compliqué l'existence comme ça.

Dunworthy ne connaissait pas les malades, mais elles étaient conscientes et dictaient à un interne la liste des gens qu'elles avaient côtoyés. Dunworthy les observa et secoua la tête.

— J'ai pu les croiser dans High Street, je ne sais pas.

— C'est sans importance, fit Mary. Vous pouvez rentrer chez vous.

— Je pensais attendre la prise de sang.

— Oh, il est...

Elle regarda sa montre.

— Seigneur, plus de six heures !

— Je vais voir Badri. Vous me trouverez là-bas.

Le tech dormait et l'infirmière déclara :

— Je vous déconseille de le réveiller.

— Non, bien sûr que non, approuva Dunworthy.

Il regagna la salle d'attente.

Assis en tailleur sur le sol, Colin fouillait son sac.

— Où est ma grand-tante ? demanda-t-il. Elle n'a pas eu l'air contente de me voir.

— Elle aurait préféré te savoir en sécurité à Londres. Ta rame n'a donc pas été stoppée à Barton ?

— Si. Les passagers ont été renvoyés dans la capitale.

— Mais tu as raté la correspondance.

— Ils parlaient d'une maladie qui décimait toute la population...

Il s'interrompit pour vider son sac puis y remettre des vids, un minicam et des patins à glace en piteux état. Ses liens de parenté avec Mary étaient évidents.

— Et je ne tenais pas à passer les fêtes avec Eric.

— Eric ?

— L'ami de ma mère.

Il trouva un gros bonbon sphérique rouge, retira les bouts de fil qui y adhéraient et le fourra dans sa bouche.

— C'est le type le plus nécrotique que je connaisse. Il a un appart dans le Kent. Chez lui, je m'ennuie à mourir.

— Tu es donc descendu à Barton. Comment es-tu venu jusqu'ici ? A pied ?

L'enfant récupéra la protubérance qui distendait sa joue. La boule avait viré au bleu-vert. Il l'examina de tous côtés puis la remit dans sa bouche.

— Bien sûr que non. J'ai pris un taxi. J'ai raconté au conducteur que je faisais un reportage sur la quarantaine pour le journal de mon école et que je voulais prendre des vids des barrages. J'avais mon minicam, c'était plausible.

Il ressortit l'appareil pour illustrer ses propos puis le remit dans le sac, dont il reprit l'exploration.

— Et il t'a cru ?

— Il m'a conduit à destination, non ?

Et dire que je m'inquiète pour Kivrin, pensa Dunworthy.

— Qu'as-tu fait ensuite ? As-tu débité la même histoire aux policiers ?

Colin trouva un pull vert, le roula en boule et le posa sur le sac.

— Non. A la réflexion, j'ai trouvé que c'était un peu léger comme explication. Qu'est-ce que j'aurais pu filmer ? Ce n'était pas très spectaculaire, vous savez. Alors, je me suis approché des flics avec l'air du type qui veut demander un renseignement et j'ai plongé sous la barrière.

— Les policiers ne t'ont pas pris en chasse ?

— Bien sûr que si. Mais ils ont vite renoncé. Ils étaient chargés d'empêcher les gens de sortir, pas d'entrer.

Il omettait de préciser qu'il devait pleuvoir à seaux et qu'il n'avait pas de parapluie.

Il s'allongea et utilisa le sac en guise d'oreiller.

— Le plus difficile a été de trouver grand-tante Mary. Je suis allé chez elle, puis j'ai pensé qu'elle m'attendait à la station de métro. Mais elle était fermée. Et je me suis dit : elle est médecin, elle doit être à l'hosto.

Il s'assit, modifia la forme du sac, se rallongea et ferma les yeux. Installé dans un siège inconfortable, Dunworthy l'enviait. Colin dormait déjà, après tant d'aventures. Alors qu'il avait traversé Oxford en pleine nuit, à pied, en taxi ou sur une bicyclette pliante sortie de son sac à malice, seul sous une pluie glacée.

Il était jeune, comme Kivrin. Si elle n'était pas arrivée près du village, elle avait dû héler un taxi ou se coucher par terre, avec son manteau pour traversin.

Mary entra.

— Elles sont allées à une soirée à Headington, la nuit dernière, annonça-t-elle avant de voir Colin et de baisser la voix.

— Badri également, murmura Dunworthy.

— Je sais. L'une d'elles a dansé avec lui. La période d'incubation peut donc durer quarante-huit heures, si c'est lui qui les a contaminées.

— Vous en doutez ?

— Je pense qu'ils ont tous rencontré le porteur. Le tech en début de soirée et les autres plus tard.

— Le porteur ?

— Un myxovirus ne se déplace pas tout seul,

mais notre homme — ou notre femme — n'avait peut-être que des symptômes bénins auxquels il n'a pas prêté attention.

Dunworthy se rappela la chute de Badri. Il eût été difficile de ne pas en faire cas.

— Si cette personne était en Caroline du Sud il y a quatre jours... continuait Mary.

— Ce serait notre lien avec le virus américain.

— Au fait, vous pouvez cesser de vous inquiéter pour Kivrin. Elle n'est pas allée à ce bal. Naturellement, il peut y avoir d'autres porteurs.

Des individus qui n'ont pas contacté l'hôpital ou leur médecin, se dit Dunworthy.

Les pensées de Mary durent suivre le même cours.

— Vos carillonneuses... quand ont-elles débarqué en Angleterre ?

— Je l'ignore, mais elles sont arrivées à Oxford en début d'après-midi. Badri était déjà dans la salle du transmetteur.

— Demandez-leur malgré tout quand elles ont atterri, où elles sont allées, si elles ont été malades. Avez-vous des élèves américains, à Balliol ?

— Non. Il y a Montoya...

— J'y ai pensé. Depuis combien de temps vit-elle ici ?

— Le début du trimestre. Mais elle a pu recevoir des visites de compatriotes.

— Je lui poserai la question, lorsqu'elle se présentera pour sa prise de sang. Interrogez Badri sur les Américains qu'il connaît, et les étudiants partis outre-Atlantique dans le cadre d'un programme d'échanges.

— Il dort.

— Vous devriez en faire autant. Je vais vous envoyer quelqu'un, pour ces examens. Ensuite, vous n'aurez qu'à rentrer chez vous.

Elle prit son poignet et lorgna le moniteur.
— Des frissons ?
— Aucun.
— Des maux de tête ?
— Oui.
— C'est la fatigue. Je vous envoie une infirmière.
Elle regarda Colin, allongé sur le sol.
— Il faudra également l'examiner.
Il dormait la bouche ouverte, le gros bonbon calé à l'intérieur de sa joue. Dunworthy se demanda s'il ne risquait pas de s'étrangler.
— Votre petit-neveu... je peux l'emmener à Balliol.
— Il va vous donner des soucis supplémentaires. Mais je ne rentrerai sans doute pas chez moi de sitôt, ajouta-t-elle en soupirant. Pauvre garçon. Je ne voudrais pas que son séjour en soit gâché.
— A votre place, je ne me tracasserais pas pour ça.
— Alors, merci. Je vous envoie quelqu'un.
Colin se redressa dès qu'elle fut sortie.
— M'examiner ? Ça veut dire que j'ai chopé ce machin ?
— J'espère bien que non.
— Mais c'est une possibilité.
— Les risques sont minimes. Ne t'inquiète pas.
— J'ai déjà des boutons, fit-il en tendant le bras pour montrer une tache de rousseur.
— Ce virus n'en donne pas. Prends tes affaires, je t'emmènerai chez moi après les tests.
Il récupéra son cache-nez et son pardessus suspendus aux sièges.
— Quels sont les symptômes, alors ?
— Fièvre et respiration difficile.
Le sac de Mary était posé sur le sol. Il allait le prendre quand une infirmière entra.

— Je suis brûlant, râla Colin. J'étouffe !

Il referma ses mains sur sa gorge et la jeune femme recula d'un pas, effrayée. Dunworthy saisit le bras de Colin.

— N'ayez crainte, dit-il à l'infirmière. Ce n'est qu'un cas bénin de suffocation par bonbon.

Colin sourit et remonta sa manche pour la prise de sang. Ensuite, il fourra son pull dans le sac et enfila sa veste trempée pendant que la fille s'occupait de Dunworthy.

— Le docteur Ahrens m'a chargée de vous dire qu'il était inutile d'attendre les résultats, déclara-t-elle avant de les laisser.

Dunworthy mit son pardessus, prit le sac de Mary et précéda Colin dans le couloir et les Urgences. Il ne vit pas Mary, mais elle avait autorisé leur sortie et il était mort de fatigue.

Il pleuvait toujours et il hésita à faire appeler un taxi. Gilchrist risquait d'arriver d'un instant à l'autre et il ne tenait pas à l'entendre parler de ses projets, des futurs reportages de Kivrin sur la peste noire ou la bataille d'Azincourt. Il prit dans le sac le parapluie pliant de Mary et le déploya.

— Grâce à Dieu, vous êtes encore là ! s'exclama Montoya qui arrivait à bicyclette. Je cherche Basingame.

Comme nous tous, pensa-t-il pendant qu'elle rangeait son vélo dans le râtelier prévu à cet effet.

— Sa secrétaire dit qu'il est parti sans laisser d'adresse. Vous pouvez croire une chose pareille ?

— Oui. J'ai consacré toute la journée d'hier à tenter de le contacter. Il est quelque part en Ecosse. A la pêche, selon sa femme.

— En cette saison ? Seul un fou irait pêcher en Ecosse au mois de décembre. Il a dû lui laisser un numéro de téléphone où elle pourrait le joindre.

Dunworthy secoua la tête.

— Je réussis à obtenir l'autorisation de reprendre mes travaux et ça ne sert à rien parce que Monsieur est en vacances !

Elle sortit de son ciré une liasse de feuilles multicolores.

— Le ministère de la Santé a accepté de me délivrer un laissez-passer à condition que le recteur atteste que mes fouilles sont d'une importance capitale pour la Faculté d'Histoire. Je dois lui faire signer ceci avant que tout ne soit emporté par les flots. Où est Gilchrist ?

— Il devrait arriver sous peu. Si vous réussissez à avoir Basingame au téléphone, dites-lui de revenir immédiatement. Nous avons perdu la trace d'une historienne et le tech est trop malade pour nous dire où elle est.

— Monsieur est à la pêche, grommela Montoya en se dirigeant vers les Urgences. Si mes fouilles sont submergées, il entendra parler de moi !

— Viens, dit Dunworthy à Colin.

Il tenait à partir avant l'arrivée d'un autre importun.

Il leva son parapluie pour abriter l'enfant qui s'en tint à l'écart, sauta à pieds joints dans toutes les flaques et s'attarda sous l'eau qui débordait des chéneaux afin d'admirer les vitrines.

Ils étaient seuls. Dunworthy ignorait s'il fallait imputer le vide des rues à la quarantaine ou à l'heure matinale. Si tout le monde dort, espéra-t-il, nous pourrons peut-être entrer discrètement et nous coucher sans nouveaux contretemps.

— Je pensais qu'il y aurait plus d'animation, grommela Colin, maussade. Des sirènes, et le reste.

— Les cadavres empilés sur des charrettes ? Tu aurais dû accompagner Kivrin. Au Moyen Age, les épidémies étaient plus spectaculaires. Nous déplorons seulement quatre victimes et un vaccin arrive des Etats-Unis.

— Qui est Kivrin ? Votre fille ?

— Une de mes élèves. Elle est en 1320.

— Voyage temporel ? Apocalyptique ! Le Moyen Age. Napoléon, Trafalgar et tout le tremblement.

— La guerre de Cent Ans.

Colin ouvrit de grands yeux. Qu'apprend-on aux enfants, de nos jours ? se demanda Dunworthy.

— Chevaliers, gentes Dames et châteaux forts.

— Les croisades ?

— Ça, c'était avant.

— Voilà un truc qui me fascine, les croisades.

Ils avaient atteint les portes de Balliol.

— Maintenant, plus un mot, ordonna Dunworthy. Tout le monde dort.

La cour et la loge du concierge étaient désertes. Ils voyaient de la lumière dans le réfectoire — les carillonneuses devaient prendre leur breakfast — mais le dortoir des seniors et Salvin étaient plongés dans l'obscurité. S'ils gravissaient l'escalier sans être vus, et si Colin s'abstenait de crier famine, peut-être atteindraient-ils son appartement sans encombre.

Il se tourna vers le garçon qui s'était arrêté pour examiner son bonbon. La sphère virait au pourpre soutenu. Dunworthy colla son index à ses lèvres.

— Chut. Il ne faut réveiller personne.

Il repartit, et percuta un couple. Des jeunes gens qui s'étreignaient avec passion. Le garçon ne se laissa pas distraire par la collision mais sa compagne se dégagea de ses bras, effrayée. Elle avait des cheveux roux coupés court et portait sous son ciré une blouse d'infirmière. Le jeune homme était William Meager.

— Votre conduite est inqualifiable, tant en raison de l'heure que du lieu, lui dit sèchement Dunworthy. De telles effusions sont formellement prohibées dans l'enceinte de la faculté. Elles sont en outre dangereuses, étant donné que votre mère pourrait vous surprendre.

— Ma maman ? fit-il, aussi atterré que Dunworthy l'avait été en voyant cette femme le charger dans un couloir de l'hôpital. Ici ? A Oxford ? Je nous croyais en quarantaine.

— Nous le sommes, mais l'amour d'une mère lui permet de surmonter tous les obstacles. Elle s'inquiète pour votre santé, et vos imprudences m'incitent à en faire autant.

Il les foudroya du regard. L'infirmière gloussa.

— Je vous conseille de raccompagner cette jeune personne puis de vous apprêter à recevoir votre mère.

— Vous voulez dire qu'elle va rester ici ?

— Nul ne peut sortir du secteur en quarantaine.

L'escalier s'illumina et Finch apparut en haut des marches.

— Monsieur Dunworthy ! Dieu soit loué !

Il brandissait lui aussi une liasse de feuilles multicolores.

— J'ai eu beau protester que nous n'avions plus de chambres, le ministère de la Santé nous a envoyé trente nouvelles pensionnaires. Je ne sais plus quoi faire. Nous manquons de provisions.

— Papier hygiénique ?

— Oui. Et nourriture. Elles ont englouti la moitié de notre réserve d'œufs et de bacon uniquement ce matin.

— Des œufs au bacon ? répéta Colin. Il y en a encore ?

Finch les regarda tour à tour, interrogateur.

— Je vous présente le petit-neveu du docteur Ahrens. Il logera chez moi.

— Parfait. Je ne saurais pas où le mettre...

— Nous n'avons pas fermé l'œil de la nuit et...

— Voici la liste de ce qui nous reste, insista Finch en tendant à Dunworthy une feuille détrempée. Comme vous pouvez le constater...

— Je comprends vos inquiétudes, monsieur Finch, mais tout ceci peut certainement attendre que...

— J'ai noté ici tous les appels téléphoniques qui vous ont été adressés. J'ai marqué les plus urgents d'un astérisque. Le vicaire vous demande d'être à St. Mary à dix-huit heures trente, demain.

— Je contacterai tous ces gens dès...

— Le docteur Ahrens a appelé deux fois. Elle voulait savoir ce que vous avaient dit les carillonneuses.

Il s'avoua vaincu.

— Installez les nouvelles venues dans Warren et Basevi, à trois par chambre. Il y a des lits de camp au sous-sol.

Finch ouvrit la bouche pour protester.

— Elles s'habitueront à l'odeur de peinture fraîche.

Il remit à Colin le cabas et le parapluie de Mary puis tendit le doigt.

— Le réfectoire est là-bas. Demande qu'on te serve le breakfast puis qu'on te conduise chez moi.

Il se tourna vers William, qui avait protégé ses mains de la pluie en les glissant sous le ciré de l'infirmière.

— Monsieur Meager, trouvez un taxi à votre amie puis demandez à tous les étudiants restés sur le campus s'ils ont récemment séjourné aux Etats-Unis. Ou s'ils ont eu des contacts avec des gens qui en revenaient. Dressez une liste. Vous n'êtes pas allé outre-Atlantique, n'est-ce pas ?

— Non, monsieur, répondit-il en lâchant la fille. Je suis resté pour lire Pétrarque.

— J'avais oublié. Demandez aux élèves et aux membres du personnel ce qu'ils savent des activités de Badri Chaudhuri depuis lundi. Je veux savoir où il est allé et qui il a rencontré. Si vous me faites également un rapport circonstancié sur les faits et gestes de Kivrin Engle et ne vous livrez plus à de telles manifestations d'affection en public, je ferai le nécessaire pour que vous n'ayez pas à partager votre chambre avec votre mère.

— Merci, monsieur. Je vous en serai éternellement reconnaissant.

— A présent, monsieur Finch, dites-moi où est Mlle Taylor.

Son secrétaire lui tendit des listes de noms et de numéros de chambres. Mais Dunworthy la trouva dans le dortoir des juniors, avec ses carillonneuses et les dernières arrivées.

Une femme en manteau de fourrure à la silhouette imposante saisit aussitôt son bras.

— Etes-vous le responsable de cet établissement ? demanda-t-elle.

— Oui, répondit-il, à regret.

— Que comptez-vous faire pour que nous puissions dormir ? Nous n'avons pas fermé l'œil de la nuit.

— Moi non plus, madame.

Il craignait que ce fût Mlle Taylor. Elle était plus corpulente et redoutable qu'il ne l'avait pensé en la voyant sur l'écran du vidéophone, mais ces petites images pouvaient être trompeuses.

— Seriez-vous mademoiselle Taylor ?

— C'est moi, dit une femme moins en chair et moins agressive qui vint vers lui en ajoutant sur un ton presque amical : Nous nous sommes parlé par téléphone. Je vous présente Mme Piantini, notre ténor.

La harpie en fourrure semblait capable de décrocher Big Ben. Il devait y avoir bien longtemps qu'elle n'avait pas attrapé un virus.

— Puis-je m'entretenir en privé avec vous, mademoiselle Taylor ?

Ils sortirent dans le corridor.

— Avez-vous pu annuler le concert d'Ely ?

— Oui. Et le concert de Norwich également. Ils ont été très compréhensifs. Est-il exact que c'est le choléra ?

— Le choléra ?

— Une femme a entendu dire dans la station de métro qu'un voyageur a rapporté cette maladie de l'Inde et que les gens tombent comme des mouches.

Ce n'était donc pas une bonne nuit de sommeil mais la peur qui avait tempéré sa colère. S'il lui disait qu'on ne dénombrait que quatre victimes, sans doute exigerait-elle que les carillonneuses soient exemptées de quarantaine.

— C'est à première vue un myxovirus. Quand êtes-vous arrivées en Grande-Bretagne ?

— Vous pensez que… Nous n'avons jamais joué en Inde, voyons !

— Nous pensons au myxovirus de Caroline du Sud. Certaines d'entre vous viennent-elles de cet Etat ?

— Nous sommes toutes originaires du Colorado. Sauf Mme Piantini qui vient du Wyoming mais a une santé de fer.

— Depuis combien de temps êtes-vous en Angleterre ?

— Trois semaines. Nous venons de donner des concerts dans tous les chapitres du Conseil Traditionnel, mais nous vous avons réservé la primeur du Chicago Surprise Minor...

— Je crois que vous êtes arrivées à Oxford hier matin ?

— C'est exact.

— Une d'entre vous a pu y précéder les autres, afin de visiter la ville ou voir des amis.

— Certainement pas, fit-elle, choquée. Nous sommes en tournée, monsieur, pas en vacances.

— Personne n'a été malade ?

— Nous ne pourrions pas nous le permettre. Nous ne sommes que six.

— Merci pour votre aide, dit-il.

Il la renvoya dans le dortoir puis téléphona à Mary. Elle était introuvable et il lui laissa un message, avant de s'intéresser aux astérisques de Finch. Il tenta en vain de joindre Andrews, le Collège de Jésus, la secrétaire de M. Basingame et St. Mary. Il raccrocha puis fit de nouveaux essais à cinq minutes d'intervalle. Mary l'appela pendant une de ces pauses.

— Pourquoi n'êtes-vous pas couché ? lui demanda-t-elle.

— Je devais interroger les carillonneuses. Elles sont en Angleterre depuis trois semaines et elles ont toutes débarqué hier à Oxford, en bonne santé. Voulez-vous que je retourne voir Badri ?

— Ce serait inutile. Ses propos sont incohérents.

— Je tente de joindre Jésus, pour obtenir des précisions sur ses allées et venues.

— Parfait. Contactez également sa logeuse, et

accordez-vous du repos. Ne tombez pas malade. Nous avons six nouveaux cas.

— Dont quelqu'un qui vient de Caroline du Sud ?

— Non, mais tous ont rencontré Badri. Et Colin ?

— Il prend son breakfast. Ne vous tracassez pas pour lui.

Il ne put se coucher avant treize heures trente. Joindre les noms étoilés de la liste de Badri lui prit deux heures, plus une pour découvrir où il habitait. Sa logeuse était absente. En outre, Finch l'obligea à lire l'inventaire des réserves et il dut lui promettre de réclamer du papier hygiénique au ministère de la Santé avant de pouvoir regagner ses pénates.

Colin dormait en position fœtale sur la banquette de la fenêtre, avec son sac pour oreiller. Dunworthy alla prendre une couverture, l'étala sur l'enfant, s'assit sur le canapé et retira ses chaussures.

Il se savait trop âgé et arthritique pour se coucher tout habillé. C'était l'apanage de la jeunesse.

Il éteignit la pièce, alla dans la chambre, enfila son pyjama et se dirigea vers le lit. Je dormirai avant que ma tête n'ait touché l'oreiller, se dit-il en retirant ses lunettes. Il s'allongea et se couvrit. Je n'aurai même pas le temps d'éteindre la lampe de chevet. Il put malgré tout actionner l'interrupteur.

Et il pensa que Kivrin n'aurait pas à affronter la pluie pendant la petite période glaciaire. Les gens avaient dormi serrés les uns contre les autres autour d'un feu, jusqu'au jour où l'usage des cheminées s'était répandu dans l'Oxfordshire, au milieu du siècle suivant. Etait-ce important, pour elle ? Il lui suffisait de se coucher en chien de fusil comme Colin pour bénéficier d'un bon sommeil réparateur.

Il se demanda s'il pleuvait toujours. Il n'entendait plus les gouttes crépiter contre les vitres. Le ciel était sombre, au-dehors. Il dégagea sa main gauche de sous le drap pour regarder sa montre. Seulement quatorze heures. Quelle heure était-il, là où se trouvait Kivrin ? Dès son réveil, il contacterait Andrews pour lui demander d'interpréter le relèvement.

Badri avait déclaré à Gilchrist que le décalage était infime, mais il voulait en obtenir la confirmation. Il y avait des imprévus même lorsqu'on prenait toutes les précautions d'usage.

Badri avait été vacciné, la nièce de Mary était allée avec son fils jusqu'à la station de métro et ils avaient mis tous les atouts de leur côté lorsque Dunworthy avait effectué son premier voyage temporel à Londres...

Il s'agissait d'un simple aller-retour de seulement trente ans pour tester un transmetteur portable. Il devait se matérialiser dans Trafalgar Square, aller de Charing Cross à Paddington et prendre le train de 10h48 pour Oxford où l'appareil principal serait en activité. Ils avaient tenu compte des retards éventuels, vérifié le matériel, les horaires des transports en commun et la validité des pièces de monnaie. Mais nul n'avait prévu que la station de Charing Cross serait close. Elle était plongée dans l'obscurité et une grille en interdisait l'accès.

Les impondérables étaient nombreux, lors d'un transfert. La mère de Colin n'aurait pu se douter que la rame s'arrêterait à Barton. Nul ne s'était attendu à voir Badri s'effondrer sur la console.

Mary a raison, pensa-t-il. Je fais de la Meagerite aiguë. Kivrin a surmonté tous les obstacles pour aller au Moyen Age. Si elle a des problèmes, elle en viendra à bout. La quarantaine n'avait pas stoppé Colin. N'était-il pas revenu de Londres malgré tous les obstacles, lui aussi ?

Dunworthy avait martelé la grille avec ses poings, puis remonté l'escalier pour voir l'horloge. Le décalage était peut-être plus important que lors des essais et le métro avait pu fermer ses portes pour la nuit. Cependant, la pendule de l'entrée annonçait neuf heures et quart.

— Un accident, dit un homme patibulaire à la casquette crasseuse. Le trafic reprendra après le nettoyage des voies.

— Mais je dois prendre un train, balbutia Dunworthy.

L'inconnu haussa les épaules et s'éloigna d'un pas traînant. Dunworthy ne savait quoi faire. Il n'avait pas assez d'argent pour s'offrir un taxi et Paddington était à l'autre bout de Londres. Il n'y serait jamais à 10h48.

— Ousque t'vas, mec ?

Dunworthy avait des difficultés à comprendre la question de cet individu qui avait un blouson de cuir noir et une crête de cheveux verts. Un punk, comprit-il en le voyant approcher avec un air menaçant.

— Paddington, répondit-il d'une petite voix.

Le punk plongea la main dans sa poche. Pour saisir son cran d'arrêt, comprit Dunworthy. Mais ce n'était qu'une carte, un titre d'abonnement avec un plan au verso.

— D'Embankment, t'all'choix ent' District et Sahcle. Descends à Craven Street et prends à gauche.

Dunworthy fila sans demander son reste. Il atteignit Embankment sans s'être fait agresser par la bande que le punk avait dû lancer à ses trousses mais il fut alors confronté au distributeur automatique de billets.

Une femme encombrée de deux enfants en bas âge l'aida à préciser sa destination, à glisser le bon nombre de pièces dans la fente et à faire composter son billet. Il était arrivé à Paddington dans les délais.

— N'y avait-il pas des gens fréquentables, au Moyen Age ? lui avait demandé Kivrin.

Bien sûr que si. Il existait depuis l'aube des temps des mères avec des nourrissons, des punks avec un plan du métro en guise de couteau, des Meager, des Latimer et... des Gilchrist.

Il bascula sur l'autre flanc.

— Elle s'en tirera, se dit-il, à voix basse pour ne pas réveiller Colin. Le Moyen Age ne pourra pas résister à ma meilleure élève.

Il se pelotonna sous les couvertures et ferma les yeux. Il pensa au jeune homme à la crête verte qui regardait son plan, mais il revit également la grille qui le séparait des tourniquets et de la station plongée dans les ténèbres.

EXTRAIT DU GRAND LIVRE

(015104-016615)

19 décembre 1320 (calendrier julien). Je me sens mieux. Inspirer ne s'accompagne plus de quintes de toux systématiques. J'avais faim, ce matin. Je ne sais ce que je donnerais pour manger des œufs au bacon.

Et prendre un bain. Je suis répugnante. Seul

mon front a été lavé depuis mon arrivée, et Dame Imeyne applique sur ma poitrine des cataplasmes gluants pestilentiels. A cela s'ajoute l'odeur de ma sueur et la puanteur de mon lit (dont les draps n'ont pas dû être changés depuis le XIIIe siècle). Mes cheveux grouillent de vermine. Et je suis la plus propre du lot.

J'aurais dû accepter que le docteur Ahrens me cautérise les narines. Même les petites filles puent, et nous sommes en hiver. Je n'ose penser à ce que serait mon épreuve au mois d'août. Tous ont des puces, ici. Dame Imeyne interrompt constamment ses prières pour se gratter et quand Agnès a baissé son haut-de-chausses pour me montrer son genou j'ai pu constater que sa jambe était couverte de morsures.

Eliwys, Imeyne et Rosemonde se lavent le visage, mais pas les mains, même après avoir vidé mon vase de nuit. Il ne leur viendrait pas à l'esprit de faire la vaisselle ou de changer la laine du matelas. Les microbes auraient dû décimer toute la population, mais à l'exception du scorbut et des caries tous sont en bonne santé. La plaie d'Agnès se cicatrise. Elle vient chaque jour exhiber la croûte qui s'est formée sur la blessure, sa boucle d'argent, son cheval de bois et ce pauvre Blackie étouffé par l'amour qu'elle lui porte.

Agnès est une mine d'informations. Rosemonde est « dans sa treizième année », ce qui signifie qu'elle a eu douze ans, et je loge dans ses appartements. Qu'elle dispose d'un logement indépendant m'étonne, mais il est vrai qu'en ce siècle il est courant que les filles se marient à quatorze ou quinze ans. Eliwys ne devait pas être bien plus âgée, lors de ses noces. Agnès m'a précisé qu'elle a trois frères aînés, qui sont restés à Bath avec leur père.

La cloche que j'entends au sud-ouest est celle de Swindone. Agnès les reconnaît à leur timbre. La plus lointaine, qui sonne la première, est la cloche d'Osney. Il y a aussi les deux cloches de l'église de Courcy, là où vit Messire Bloet. Quant aux plus proches, elles sont à Witenie et à Esthcote. Je suis donc à proximité de Skendgate, si ce n'est pas dans ce village. La taille du frêne correspond, de même que l'emplacement de l'église. Mlle Montoya n'a peut-être pas encore découvert son clocher. Malheureusement, Agnès ignore le nom de ce hameau.

Elle m'a dit que Gawyn était parti à la recherche de mes assaillants.

— Et quand il les retrouvera, il les embrochera d'un coup d'épée. Comme ça.

Elle m'a fait une démonstration sur Blackie. Je ne sais si je dois la croire. Selon elle, Edouard II serait en France et le père Roche aurait vu le Diable, tout de noir vêtu et chevauchant un destrier à la robe assortie à sa tenue.

C'est possible. (Que le prêtre lui ait dit cela, non qu'il ait effectivement vu le Malin.) La frontière entre le spirituel et le physique ne sera délimitée qu'à la Renaissance, et les contemporains ont de fréquentes visions des anges, du Jugement dernier et de la Vierge Marie.

Dame Imeyne se plaint constamment que le père Roche est ignare, illettré et incompétent. Elle veut convaincre Eliwys d'envoyer Gawyn chercher un aumônier à Osney. Quand j'ai demandé qu'il vienne prier avec moi (j'estimais qu'une telle requête ne pouvait être jugée « inconvenante »), Imeyne a rappelé qu'il avait sauté tout un passage du *Venite exultemus*, soufflé les cierges au lieu de les pincer, « gaspillant ainsi de la cire », et empli la tête de ses ouailles de sornettes superstitieuses (sans doute sur le Diable et sa monture).

Au XIVe siècle, les curés de campagne sont de simples paysans qui ont appris la messe par cœur, ainsi que quelques bribes de latin. Les nobles considèrent leurs serfs comme des êtres inférieurs et je suis convaincue qu'Imeyne se sent insultée de devoir confesser ses fautes à un « vilain ».

Il est certainement aussi superstitieux et illettré qu'elle l'affirme, mais pas incompétent. Il a tenu ma main, pendant ma maladie. Il m'a dit de ne pas avoir peur et a su me réconforter.

(Pause)

Mon rétablissement s'opère par paliers. Cet après-midi j'ai pu rester debout une demi-heure, et ce soir je suis descendue dîner. Dame Eliwys m'a apporté une cotte brune et un surcot moutarde, ainsi qu'une sorte de fichu (pas de voile ou de coiffe, ce qui indique qu'elle me considère toujours comme une jeune fille malgré les insinuations de sa belle-mère). J'ignore si mes vêtements sont inappropriés ou trop raffinés pour être portés chaque jour. Les deux femmes m'ont aidée à me vêtir et je n'ai pas osé leur demander si je pouvais me laver avant de me changer, de crainte d'alimenter les soupçons d'Imeyne.

Elle m'a surveillée tout au long du repas. J'étais assise entre les filles. L'intendant avait été relégué en bout de table et Maisry brillait par son absence. Selon M. Latimer, le prêtre local mangeait avec les seigneurs, mais Dame Imeyne ne doit pas non plus apprécier sa façon de se tenir à table.

On nous a servi de la viande et du pain. La venaison avait un goût de cannelle, de sel et de faisandage trop prolongé, alors que le pain était aussi dur que la pierre, mais j'ai trouvé tout cela bien meilleur que le gruau et je ne pense pas avoir commis d'impair.

Je dois pourtant faire constamment des erreurs. C'est pour cela qu'Imeyne se méfie tant de moi. Mes vêtements, mes mains et ma façon de parler sont étranges.

Dame Eliwys s'inquiète trop au sujet de son mari pour y prêter attention et ses filles sont trop jeunes pour le remarquer. Mais Imeyne doit dresser une liste, comme elle le fait pour le père Roche. Heureusement que je n'ai pas déclaré m'appeler Isabel de Beauvrier. Elle eût bravé la tourmente pour aller dans le Yorkshire dans l'espoir de me démasquer.

Gawyn nous a rejoints après le repas. Maisry était arrivée entre-temps, les oreilles écarlates, afin de tirer les bancs vers le feu et l'alimenter avec des bûches de pin. Les femmes brodaient à la lueur jaunâtre des flammes.

Gawyn s'arrêta devant les paravents et, pendant une minute, nul ne remarqua sa présence. Rosemonde surveillait son aiguille en broyant du noir, Agnès poussait sa carriole, Eliwys expliquait à sa belle-mère que le valet de ferme était au plus mal. La fumée irritait mes poumons et je me détournais du feu en essayant de ne pas tousser quand je le vis, les yeux rivés sur Eliwys.

Puis Agnès fit rouler son chariot sur le pied d'Imeyne, qui la traita d'enfant du Démon, et Gawyn entra dans la salle. Je baissai la tête, en priant le Ciel pour qu'il m'adressât la parole.

Mon vœu fut exaucé. Il vint ployer le genou devant moi.

— Gente Dame, je suis ravi de constater que vous vous portez mieux.

J'ignorais ce que les règles de la bienséance me permettaient de répondre.

— On m'a rapporté que vous ne vous rappeliez pas vos agresseurs, Dame Katherine. Est-ce exact ?

— Oui, murmurai-je.

— Ni vos serviteurs. Où ont-ils pu se réfugier ?

Je secouai la tête, les yeux baissés.

Il se releva et se tourna vers la maîtresse de maison.

— J'ai retrouvé les traces de ces renégats, Dame Eliwys. Ils étaient nombreux, et à cheval.

Je craignais de l'entendre annoncer qu'il avait capturé et pendu un pauvre hère venu ramasser du bois de feu.

— Je sollicite votre autorisation de poursuivre ces misérables et de venger cette Dame, conclut-il.

Eliwys était mal à l'aise, comme la fois précédente.

— Mon époux nous a demandé d'attendre ici son retour, dit-elle. Et il vous a demandé de veiller sur nous. Ma réponse est non.

— Vous n'avez pas dîné, intervint Imeyne sur un ton qui coupait court à toute discussion.

Gawyn se leva.

— Je vous remercie de tout cœur, m'empressai-je de dire. Je sais que c'est vous qui m'avez trouvée. Pourriez-vous me préciser dans quelle partie des bois ?

J'avais parlé trop rapidement et je me mis à tousser. Le temps de me reprendre, Imeyne avait posé sur la table de la viande et du fromage. Gawyn mangeait et Eliwys cousait. C'est pour cela que je ne sais rien de plus qu'auparavant.

Non, c'est faux. Je sais pourquoi Eliwys s'est tant

inquiétée en le voyant, pourquoi il a inventé cette histoire de brigands et pourquoi Imeyne fait des allusions aux femmes *dultères*.

Je n'ai pas eu besoin d'un interprète pour assimiler le sens de l'expression de Gawyn, alors qu'il restait figé sur le seuil à dévisager Eliwys. Il saute aux yeux qu'il se consume d'amour pour l'épouse de son maître.

14

Dunworthy dormit d'une traite jusqu'au matin.

— Votre secrétaire voulait vous réveiller, dit Colin. Je m'y suis opposé et il m'a chargé de vous remettre ceci.

Il lui présenta une pile de feuilles entassées pêle-mêle.

— Quelle heure est-il ?

Dunworthy s'assit avec raideur dans son lit.

— Huit heures et demie. Les carillonneuses et les autres prennent leur breakfast au réfectoire. Flocons d'avoine. Beurk ! Absolument nécrotique. M. Finch a décidé de rationner les œufs et le bacon.

— Huit heures et demie du matin ?

Il regarda la fenêtre. Le ciel était obscur.

— Bon Dieu, je devais aller interroger Badri !

— Je sais. Ma grand-tante m'a dit de vous laisser dormir. On lui fait des examens et vous ne pourriez pas le voir.

— Elle a téléphoné ?

Il chercha ses lunettes à tâtons sur la table de chevet.

— Je reviens de l'hosto. J'y suis allé pour ma prise de sang. Elle pense qu'une analyse par jour suffira.

Dunworthy mit ses lunettes et le fixa.

— A-t-elle précisé s'ils ont identifié le virus ?

— Hon-hon, fit Colin.

Une protubérance enflait toujours sa joue. Avait-il gardé le bonbon dans sa bouche toute la nuit ? Impossible, son diamètre eût diminué.

— Elle m'a demandé de vous remettre ces papiers. Au fait, la femme que nous avons vue à l'hôpital a téléphoné. La cycliste.

— Montoya ?

— Ouais. Elle voulait savoir comment joindre une certaine Mme Basingame. Je lui ai dit que vous la rappelleriez. Savez-vous quand arrive le courrier ?

— Le courrier ? répéta Dunworthy en feuilletant la liasse que Colin venait de lui remettre.

— Ma mère n'avait pas eu le temps de m'acheter des cadeaux, quand j'ai pris le métro. Elle a promis de me les envoyer par la poste. La quarantaine ne risque pas de retarder la distribution des colis, au moins ?

Suite aux examens périodiques que Colin faisait subir à son bonbon, plusieurs feuilles étaient collées entre elles. Il y avait les emplois du temps des patients hospitalisés et des mémos de Finch. Le volet d'une des bouches du chauffage de Salvin était coincé. Le ministère de la Santé ordonnait aux habitants du secteur d'Oxford d'éviter tout contact avec les malades. Mme Basingame passait les fêtes de Noël à Torquay. Ils n'avaient presque plus de papier hygiénique.

— Vous ne pensez pas qu'il aura du retard, hein ?

— Qu'est-ce qui aura du retard ?

— Mon colis. Quand recevez-vous le courrier, ici ?

— Dix heures.

Il fit une pile des messages de Finch et ouvrit une grande enveloppe en papier kraft.

— Un peu plus tard, en cette période. A cause des cadeaux et des cartes de vœux.

Elle contenait le rapport dactylographié de William Meager sur les faits et gestes de Badri et de Kivrin. Il avait divisé chaque journée en colonnes intitulées matin, après-midi et soir. Ces documents étaient bien mieux présentés que ses devoirs. L'influence d'une mère pouvait parfois avoir des effets miraculeux.

— Je ne vois pas pourquoi ils les filtreraient, marmonna Colin. Ils ne sont pas contagieux. Où va-t-on les chercher ?

— Qui ?

— Les colis.

— Dans la loge du concierge.

Il prenait connaissance de l'emploi du temps de Badri. Mardi après-midi, après être passé à Balliol, le tech était retourné travailler sur le transmetteur. Il avait vu Finch à quatorze heures, pour lui demander où se trouvait Dunworthy, puis une heure plus tard afin de lui remettre le message. Entre-temps, John Yi, un étudiant de troisième année, l'avait vu traverser la cour en direction du labo.

A quinze heures, le concierge de Brasenose avait enregistré son entrée. Le tech avait procédé à des réglages du transmetteur jusqu'à dix-neuf heures trente puis était retourné chez lui dans l'intention de se changer pour aller à la soirée.

Dunworthy téléphona à Latimer.

— Quand êtes-vous passé au labo, mardi après-midi ?

— Mardi, répéta l'homme en cillant. C'était quand, déjà ?

— La veille du transfert. Vous êtes allé à la bibliothèque Bodléienne.

Il le vit hocher la tête sur le petit écran.

— Elle voulait savoir comment on disait : « Au secours ! Tous mes serviteurs ont fui. »

Dunworthy supposa qu'il se référait à Kivrin.

— Vous a-t-elle rejoint à la bibliothèque Bodléienne ou à Brasenose ?

Latimer fit reposer son menton sur son poing, une attitude propice à la réflexion.

— Nous hésitions à respecter la déclinaison car on trouvait déjà au XIVe siècle la forme actuelle...

— Vous êtes-vous rejoints dans la salle du transmetteur ?

— Quel transmetteur ?

— Le labo de Brasenose.

— Brasenose ? Savez-vous où la messe sera célébrée ?

— Quelle messe ?

— Le vicaire m'a demandé de lire la bénédiction.

— Où avez-vous rencontré Kivrin, mardi après-midi ?

— La prononciation de certains mots posait problème, voyez-vous, et...

Dunworthy renonça.

— L'office aura lieu à St. Mary the Virgin, fit-il avant de raccrocher.

Il téléphona au concierge de Brasenose. L'homme n'avait pas terminé de décorer son sapin mais il daigna malgré tout regarder dans son registre.

Kivrin n'était pas passée à la faculté le mardi après-midi.

Il copia les emplois du temps sur une disquette et les compléta grâce au rapport de William. Le mardi, Kivrin n'avait pas vu Badri. Elle avait passé la matinée à l'hôpital, puis avec lui. L'après-midi, elle était restée avec Latimer et le tech était parti danser avant leur sortie de la bibliothèque Bodléienne. Elle était retournée à l'hôpital le lundi à quinze heures mais elle avait pu voir Badri entre midi et quatorze heures trente.

Il lut les autres fiches. Montoya n'avait mentionné que ses rencontres du mercredi matin, sans rien inscrire sur le tableau concernant Badri. Il se souvint qu'elle les avait rejoints après que Mary eut expliqué comment remplir ces formulaires.

L'archéologue savait peut-être ce qu'avait fait le tech le lundi en milieu de journée.

— Quand Mlle Montoya a téléphoné, a-t-elle précisé où on pouvait la joindre ? demanda-t-il à Colin.

Pas de réponse. Il leva la tête.

Le petit-neveu de Mary n'était pas dans la pièce, ni dans le salon. Il n'y avait plus que son sac, au contenu éparpillé sur la moquette.

Dunworthy chercha l'indicatif de Montoya à Brasenose et le composa, sans entretenir le moindre espoir. S'il lui fallait contacter Basingame pour être autorisée à reprendre ses fouilles, cette femme devait remuer ciel et terre.

Il s'habilla et alla au réfectoire. Il pleuvait toujours et le ciel était du même gris que les pavés et l'écorce des hêtres. Il espérait que les carillonneuses avaient pris leur breakfast et regagné leurs chambres, mais il entendit les bourdonnements de leurs voix avant d'avoir atteint le centre de la cour.

— Dieu soit loué ! s'exclama Finch en venant l'accueillir sur le seuil. Le ministère de la Santé nous demande de recevoir vingt pensionnaires supplémentaires.

— Répondez que c'est impossible. Nous devons limiter les contacts. Avez-vous vu le petit-neveu du docteur Ahrens ?

— Il était là il y a un instant, répondit Finch en parcourant la salle du regard.

Mais Dunworthy le vit étaler du beurre sur des tranches de pain grillé, à la table des Américaines. Il alla lui demander :

— Quand Mlle Montoya a téléphoné, a-t-elle précisé où on pourrait la joindre ?

— La cycliste ? fit Colin en nappant le beurre d'une couche de marmelade.

— Oui.

— Non.

— Prendrez-vous votre breakfast, monsieur ? Il n'y a plus d'œufs au bacon et nous sommes justes en confiture, annonça Finch en foudroyant Colin du regard. Mais je peux vous proposer des flocons d'avoine et…

— Du thé suffira, merci. A-t-elle dit d'où elle téléphonait ?

— Asseyez-vous, intervint Mlle Taylor. Je voulais vous parler de notre Chicago Surprise.

— Qu'a dit Mlle Montoya ? insista Dunworthy.

— Que tout le monde se fichait que ses découvertes soient emportées par les flots et qu'un lien inestimable avec le passé disparaisse, répondit Colin. Elle a ensuite maudit tous les inconscients qui allaient à la pêche en hiver.

— Même le thé commence à manquer, marmonna Finch.

Il versa dans une tasse de l'eau chaude à peine teintée.

— Colin, veux-tu du cacao ? Un verre de lait ?

— Le lait se fait rare, lui aussi, grommela Finch.

— Non, merci, dit Colin qui se confectionnait un sandwich en réunissant deux tartines. Je vais attendre l'arrivée du courrier.

— Le vicaire a téléphoné, déclara Finch. Il est inutile que vous alliez là-bas avant dix-huit heures trente.

— L'office n'a pas été annulé ? Je doute qu'il y ait beaucoup d'affluence.

— Le Comité œcuménique estime qu'agir comme si de rien n'était devrait remonter le moral de la population.

— Nous interpréterons des morceaux pour clochettes, intervint Mlle Taylor. Ce sera toujours mieux que rien. Le prêtre de la Sainte Eglise Re-Formée lira la messe des temps de calamités.

— Voilà qui sera excellent pour le moral.

— Je serai obligé d'y assister ? s'enquit plaintivement Colin.

— Il fait trop mauvais temps pour qu'il sorte, décréta Mme Meager en posant un bol de flocons d'avoine sous son nez. L'exposer aux microbes dans une église pleine de courants d'air relèverait de l'inconscience. Il restera ici, et je lui tiendrai compagnie.

Colin adressa un regard implorant à Dunworthy, qui lui dit :

— J'ai oublié le numéro de téléphone de Mlle Montoya dans ma chambre. Pourrais-tu aller le chercher ?

— J'y cours ! fit Colin en joignant le geste à la parole.

— Quand cet enfant sera malade, j'espère que

vous regretterez de l'avoir empêché de s'alimenter correctement. La cause de cette épidémie est évidente. Malnutrition et laxisme. Tout ici est affligeant. Je demande à être logée avec mon fils et on m'attribue une chambre dans un autre bâtiment...

— C'est mon secrétaire qui règle ce genre de détails, répondit lâchement Dunworthy.

Il se leva et enveloppa dans une serviette en papier le sandwich à la marmelade que Colin avait abandonné en prenant la fuite.

— Je suis attendu à l'hôpital.

Il s'esquiva, sans laisser à Mme Meager le temps de rouvrir la bouche.

De chez lui, il téléphona à Andrews. La ligne était occupée. Nul ne décrocha sur le site des fouilles. Il refit le numéro d'Andrews et cette fois l'appel fut transféré vers un service de messagerie après trois sonneries.

— Ici M. Dunworthy, dit-il avant d'hésiter et de fournir son indicatif. Il faut que je vous parle au plus tôt. C'est très important.

Il raccrocha, glissa la disquette dans sa poche, prit son parapluie et l'en-cas de Colin puis traversa la cour.

Le petit-neveu de Mary s'abritait de la pluie sous le porche, le regard tourné vers Carfax.

Dunworthy lui remit son sandwich à la confiture.

— Je vais à l'hôpital voir mon tech et ta grand-tante. Tu veux m'accompagner ?

— Non, merci. Je raterais le postier.

— Alors, va enfiler une veste si tu ne veux pas subir un nouveau sermon de Mme Meager.

— J'y ai déjà eu droit. Cette Mégère voulait que

je mette un cache-nez. Je vous demande un peu! J'ai fait semblant de ne pas entendre.

— Il faudra que je teste cette technique. Je pense être de retour pour le déjeuner. Si tu as besoin de quelque chose, adresse-toi à Finch.

— Hmm, fit Colin qui ne l'écoutait plus.

Dunworthy s'interrogea sur la nature du présent qu'il attendait avec tant d'impatience. Certainement pas un cache-nez.

Il enroula le sien autour de son cou et partit sous la pluie. Les rares passants veillaient à ne pas se croiser de trop près. Une femme descendit sur la chaussée dès qu'elle le vit approcher.

A l'exception du carillon qui massacrait « Minuit chrétien », rien n'indiquait que c'était la veille de Noël. Les gens n'avaient ni paquets ni houx. La quarantaine semblait leur avoir fait oublier la date.

A lui aussi. Il n'avait acheté ni cadeaux ni sapin. Il pensa à Colin et espéra que sa mère avait songé à lui expédier son colis. Il décida de lui offrir quelque chose. Un jouet ou une vid, afin qu'il n'eût pas qu'une écharpe.

Il arriva à l'hôpital et fut conduit dans le secteur d'isolement pour interroger les nouveaux malades.

— Il est essentiel de trouver le lien avec l'Amérique, dit Mary. Les employés du C.M.G. sont en vacances et nous devrons attendre le séquençage. En théorie, il devrait y avoir une permanence, mais comme c'est généralement après les fêtes qu'il y a des alertes — indigestions et G.d.B. prises pour les premiers symptômes d'une grippe — ils se sont accordé des congés anticipés. Le C.D.C. d'Atlanta a envoyé des échantillons du vaccin mais ne lancera sa production qu'après identification formelle du virus. Tout colle — forte fièvre, douleurs, complications pulmonaires —, mais ça ne suffit pas.

Elle s'arrêta sur le seuil d'une salle.

— Je présume que vous n'avez pas établi si Badri a eu des contacts avec des Américains ?

— Non, mais nous n'avons pas encore reconstitué tout son emploi du temps. Je retourne l'interroger ?

Elle hésita.

— Son état aurait-il empiré ?

— Il a une pneumonie et je doute qu'il vous tienne des propos cohérents. Sa température est très élevée. Nous lui administrons des antimicrobiens et des adjuvants qui ont fait leurs preuves contre le virus de Caroline du Sud, dit-elle en ouvrant la porte. Tous les patients ont rempli leurs formulaires.

Elle se pencha sur un clavier et saisit des instructions. Un tableau apparut sur le moniteur. Il avait autant de branches que le grand hêtre de la cour.

— Garder Colin une autre nuit ne vous ennuie pas ?

— Pas le moins du monde.

— Parfait. Je ne pense pas pouvoir rentrer chez moi avant demain et je m'inquiéterais si je le savais seul à la maison. Il n'y aurait bien que moi, remarquez. J'ai pu joindre Deirdre, là-bas dans le Kent, et vous savez ce qu'elle a eu le toupet de me dire ? « Oh, vous êtes en quarantaine ? J'ai été trop occupée pour regarder la télévision. » Puis elle m'a raconté ce qu'elle avait fait avec son ami, sans dissimuler qu'elle était ravie d'être débarrassée de son fils. Je la soupçonne parfois de ne pas être ma nièce.

— Savez-vous si elle a pensé à lui expédier ses cadeaux ?

— Elle est certainement trop *débordée* pour lui avoir acheté quoi que ce soit. La dernière fois qu'il a passé Noël en ma compagnie, le colis est arrivé pour l'Epiphanie. A propos, savez-vous ce qu'est devenu mon cabas ? Il contient mes présents pour Colin.

— Je l'ai rapporté à Balliol.

— Merci. Je n'ai pas terminé mes emplettes, mais si vous pouviez empaqueter le cache-nez et le reste, il aurait quelque chose sous le sapin.

Elle se leva.

— Si vous avez du nouveau, venez immédiatement me le dire. Nous avons retrouvé plusieurs individus que Badri a côtoyés, mais le porteur initial ne fait peut-être pas partie du lot.

Elle le laissa et il s'assit au chevet de la femme au parapluie lavande.

— Mademoiselle Breen ? J'ai quelques questions à vous poser.

Elle avait un teint cramoisi et une respiration sifflante, mais elle lui répondit sans hésiter. Non, elle n'avait pas séjourné aux Etats-Unis. Non, elle ne connaissait aucun Américain.

Il était plus de quatorze heures lorsqu'il termina d'interroger les gens dont les noms figuraient sur la liste des contacts directs. Aucun n'avait séjourné outre-Atlantique mais deux étaient allés danser à Headington.

Il passa voir Badri, sans espérer que le tech pourrait répondre à ses questions. Cependant, il semblait aller mieux. Il dormait mais ouvrit les yeux sitôt que Dunworthy s'assit et prit sa main dans la sienne.

— Monsieur Dunworthy, murmura-t-il d'une voix rauque. Que faites-vous ici ?

— Comment vous sentez-vous ?

— C'est bizarre, les rêves. Je pensais... j'avais tellement mal au crâne...

— Pourriez-vous me dire qui vous avez vu à Headington ?

— Je ne connaissais pas la plupart des gens.

— Vous rappelez-vous avec qui vous avez dansé ?

— Elizabeth Yakamoto et Sisu Machin-chose...

La sœur de garde entra, toujours aussi menaçante.

— C'est l'heure de la radio, annonça-t-elle. Vous devez sortir, monsieur.

— Accordez-moi quelques minutes. C'est important.

Mais elle enfonçait déjà des touches sur la console.

— Badri, fit-il en se penchant vers le lit. Quand vous avez procédé au relèvement, quel était le décalage ?

— Monsieur ! gronda la religieuse.

— Etait-il plus grand que prévu ?

— Non.

— Combien ?

— Quatre heures.

Dunworthy se laissa entraîner vers la porte.

Quatre heures. Partie à midi et demi, Kivrin avait eu le temps de repérer les lieux et, en cas de besoin, de gagner à pied Skendgate avant la tombée de la nuit.

Il alla fournir à Mary les noms des filles que Badri avait invitées à danser. Elle consulta la liste des admissions, sans les trouver. Elle prit sa température et un peu de son sang. Il allait rentrer chez lui quand on amena Sisu Fairchild et il ne put regagner Balliol qu'à l'heure du thé.

Colin n'était plus de faction sous le porche. Il alla dans le réfectoire et trouva Finch qui en profita pour se plaindre d'être à court de sucre et de beurre.

— Où est le petit-neveu du docteur Ahrens ? lui demanda Dunworthy.

— Il a attendu toute la matinée devant la loge du concierge, répondit Finch en comptant avec angoisse les morceaux de sucre. Après le passage du préposé, il est allé voir si le colis n'avait pas été livré chez sa tante. Il est revenu, la mine lugubre, puis il s'est exclamé : « Je viens de penser à un truc ! » et il a filé.

— Les magasins ferment à quelle heure ?

— La veille de Noël ? C'est déjà fait, monsieur. Certains ont baissé leur rideau à midi, vu le peu de clients. J'ai des messages...

— Ils attendront, déclara Dunworthy.

Il rouvrit son parapluie et repartit. Finch avait dit vrai. Les boutiques étaient closes. Blackwell's devait faire exception à la règle, pensa-t-il. Cet espoir fut également déçu. Il remarqua que la direction avait su exploiter la situation. Dans la vitrine, au milieu des maisons enneigées d'un village victorien miniature, il y avait des guides médicaux et une brochure aux couleurs vives intitulée *Comment se doter sans effort d'une santé de fer*.

Il trouva finalement un bureau de tabac qui offrait à la vente des cigarettes, des confiseries et des cartes de vœux. Il y fit l'emplette d'une livre de caramels mous, d'un bonbon sphérique gros comme une météorite et de sachets de sucreries ressemblant à des savonnettes. Ce n'était pas grand-chose, certes, mais Colin aurait également les présents de Mary.

Une paire de chaussettes grises plus sinistres

encore que le cache-nez et les cassettes vidéo d'un cours d'extension du vocabulaire. Des papillotes et un rouleau de papier cadeau permettraient d'égayer le tout, mais c'était insuffisant pour un Noël digne de ce nom. Dunworthy chercha autour de lui ce qu'il pourrait lui offrir.

Colin avait utilisé le terme « apocalyptique » pour qualifier le départ de Kivrin vers le Moyen Age. Dunworthy prit *Le Temps des Chevaliers*. Ce livre ne comportait que des illustrations, pas un seul hologramme, mais il n'aurait pu trouver mieux. Il l'enveloppa, changea de vêtements et partit pour St. Mary the Virgin.

Nul individu sain d'esprit ne serait sorti sous un pareil déluge. L'année précédente, alors que le temps était clément, l'église avait été à moitié vide. Kivrin, restée pour étudier pendant les congés, l'avait accompagné.

— Je ferais mieux de continuer mes recherches, lui avait-elle dit en chemin.

— Ce sera très instructif. St. Mary the Virgin date de 1139 et rien n'a changé depuis. Même le chauffage est d'époque.

— Je présume que l'office œcuménique l'est également ?

— Il est en tout cas aussi pétri de bonnes intentions et de stupidité que les messes médiévales, avait-il affirmé.

Il poussa la porte de l'église et l'air chaud embua ses lunettes. Il s'arrêta dans le narthex pour les essuyer avec son cache-nez, mais une nouvelle pellicule de condensation les recouvrit aussitôt.

— Le vicaire vous cherche, dit Colin.

Il portait une veste et une chemise, et il s'était peigné. Il lui tendit une feuille prélevée sur la pile qu'il avait dans les bras.

— Je croyais que tu n'avais pas envie de venir ?

— Et rester avec la Mégère ? Non, merci ! Je préfère encore la messe. J'ai proposé à Mlle Taylor de l'aider à transporter ses clochettes.

— Je constate que le vicaire t'a ensuite trouvé une autre occupation. Tu ne t'ennuies pas trop ?

— Vous voulez rire ? L'église est comble.

Dunworthy jeta un coup d'œil dans la nef. Tous les bancs étaient occupés et il avait fallu installer des chaises pliantes au fond.

— Oh, vous voici ! dit le vicaire qui apportait des recueils de cantiques. Excusez la chaleur. C'est une véritable fournaise. Le National Trust ne nous autorise pas à changer de système de chauffage et les pièces de rechange des chaudières à mazout sont de plus en plus difficiles à se procurer. C'est actuellement le thermostat qui déconne.

Il sortit deux bouts de papier de la poche de sa soutane.

— Avez-vous vu M. Latimer ? Il devait lire la bénédiction.

— Non. Je lui ai pourtant rappelé que vous l'attendiez.

— L'année dernière, il est arrivé une heure trop tôt. Tenez, ce sont vos Saintes Ecritures. Un extrait de la Bible du roi Jacques. Le choix revenait à l'Eglise Millénariste, cette fois. Au moins n'est-ce pas la Bible du Peuple comme il y a un an. La version du roi Jacques est archaïque, mais pas blasphématoire.

La porte extérieure s'ouvrit sur des ouailles qui refermèrent leurs parapluies, secouèrent leurs chapeaux, prirent les feuilles que leur tendait Colin et se dirigèrent vers la nef.

— Nous aurions dû opter pour Christ Church, dit le vicaire.

— Vous ne pouviez pas prévoir que cette messe aurait un tel succès. Ne savent-ils pas qu'il y a une épidémie ?

— Il s'est passé la même chose au début de la Pandémie. Le plus important de tous les rassemblements. Ils refuseront bientôt de mettre le nez dehors, mais à ce stade ils éprouvent le besoin de se regrouper pour se réconforter mutuellement.

— C'est fascinant, commenta le prêtre de la Sainte Eglise Re-Formée qui venait les rejoindre.

Il avait enfilé une aube à carreaux verts et rouges sur son pull noir à col roulé.

— C'est pareil en temps de guerre. Ils viennent s'imprégner de l'aspect dramatique de la situation.

— Et se contaminer l'un l'autre, grommela Dunworthy. On ne leur a pas parlé des précautions à prendre ?

— J'ai l'intention de le faire, dit le vicaire. Vous lirez votre passage des Saintes Ecritures après le concert des carillonneuses. Il a été changé. Luc 2, 1-19. Un autre coup des Millénaristes.

Il alla distribuer les recueils de cantiques.

— Où est votre élève, Kivrin Engle ? demanda le prêtre. Je ne l'ai pas vue à la messe en latin, cet après-midi.

— En 1320, nous espérons dans le village de Skendgate et à l'abri de la pluie.

— Oh, j'en suis heureux pour elle ! Elle souhaitait tant visiter le Moyen Age. Elle a beaucoup de chance d'avoir échappé à cette épidémie.

— Je ne vous le fais pas dire. Excusez-moi, mais je dois prendre connaissance de ce texte.

Il y avait dans la nef une température encore plus élevée et une forte odeur de laine humide. Des cierges laser papillotaient aux fenêtres et sur l'autel. Les carillonneuses s'étaient installées dans le chœur, derrière deux tables recouvertes de nappes rouges. Dunworthy gagna le lutrin et ouvrit la Bible.

« En ces jours-là fut publié un édit de César Auguste, pour le recensement de toute la terre », lut-il.

C'est effectivement archaïque, pensa-t-il. Et dire qu'à l'époque où est Kivrin cette version n'a pas encore été écrite.

Il retourna voir Colin. L'afflux de fidèles se poursuivait. Le prêtre de la Sainte Eglise Re-Formée et l'imam allèrent chercher d'autres sièges pendant que le vicaire tapait sur le thermostat de la chaudière dans l'espoir de le débloquer.

— Je nous ai réservé des places au deuxième rang, dit Colin. Savez-vous ce qu'a fait la Mégère ? Elle m'a confisqué mon bonbon, sous prétexte qu'il devait être couvert de microbes. Je suis heureux que ma mère ne soit pas comme ça.

Il redressa la pile de feuilles qui avait considérablement diminué.

— C'est à cause de la quarantaine que je n'ai pas reçu mes cadeaux. Nourriture et médicaments sont prioritaires.

— Ça se pourrait. Préfères-tu ouvrir les autres paquets ce soir ou demain matin ?

— Le jour de Noël, répondit Colin en feignant l'indifférence.

Il offrit une feuille et un large sourire à une dame en ciré jaune qui lui arracha le papier des mains et commenta sèchement :

— Je suis heureuse de constater que l'esprit de Noël n'a pas totalement disparu même en ces temps de calamités.

Dunworthy alla s'asseoir. Le vicaire n'avait pu réparer le thermostat du chauffage et il se débarrassa de son cache-nez et de son pardessus, qu'il suspendit à l'autre siège.

Alors qu'ils avaient gelé, l'année précédente. « Une touche d'authenticité, comme cet extrait des Saintes Ecritures, lui avait murmuré Kivrin avant de citer le passage de la Bible du Peuple : "Alors, les politicards votèrent de nouveaux impôts pour grever plus lourdement encore les masses laborieuses." Au Moyen Age la Bible était déjà écrite dans un langage que les foules ne pouvaient comprendre. »

Colin vint s'asseoir sur son manteau et son cache-nez. Le prêtre de la Sainte Eglise Re-Formée se leva et se glissa entre les tables des carillonneuses et l'autel.

— Prions, proposa-t-il.

Tous s'agenouillèrent sur les coussins prévus à cet effet.

— Seigneur, Toi Qui nous as envoyé ce fléau, nous T'implorons de dire à Tes anges destructeurs de retenir leur main vengeresse et de ne pas semer la désolation sur la terre, de ne pas y détruire toute vie.

Autant pour le moral, se dit Dunworthy.

— Comme en ces jours funestes où Tu décimas les tribus d'Israël. Nous sommes dans l'affliction, Seigneur, et nous T'implorons d'épargner Tes fidèles.

Sans se laisser distraire par les claquements des canalisations du vieux chauffage central, le prêtre cita ensuite tous les cas où Dieu avait massacré les pécheurs en multipliant les fléaux. Puis il demanda à l'assistance de se lever pour chanter « Dieu est notre joie, rien ne peut nous affliger ».

Montoya arriva discrètement et s'assit à côté de Colin.

— J'ai consacré toute la journée à tenter d'obtenir une dérogation, murmura-t-elle. Ils semblent me suspecter de vouloir propager ce virus. J'ai expliqué que je serais seule dans l'excavation, mais vous croyez qu'ils m'ont écoutée ?

Elle se tourna vers Colin.

— Si j'obtiens cette autorisation, j'aurai besoin de volontaires. Ça te dirait de déterrer des cadavres ?

— Sa grand-tante s'y opposera, intervint Dunworthy. Nous essayons de reconstituer l'emploi du temps de Chaudhuri. Le lundi, de midi à quatorze heures. L'avez-vous vu ?

— Chut, siffla une femme.

Montoya secoua la tête.

— J'étais avec Kivrin. Elle étudiait le plan de Skendgate.

— Où ? Aux fouilles ?

— Non, à Brasenose.

— Et Badri n'y était pas ?

Une question stupide. Il n'avait pas encore chargé le tech de procéder au transfert.

— Non, murmura Montoya.

— Chut !

— Combien de temps êtes-vous restée avec elle ?

— Jusqu'à son départ pour l'hôpital. De dix à quinze heures, je crois.

— *Chut !*

— Excusez-moi mais je dois lire une « Prière aux Grands Esprits », ajouta Montoya qui se leva et s'éloigna entre les rangées de sièges.

Elle récita la mélopée des Indiens d'Amérique puis les carillonneuses enfilèrent leurs gants blancs pour interpréter un « Ô Christ, Interface avec le Monde » difficile à différencier des bruits du chauffage central.

— C'est absolument nécrotique, non? fit Colin.

— Musique atonale de la fin du XXe siècle, lui expliqua Dunworthy. C'est voulu.

Quand elles parurent sur le point d'interrompre leur cacophonie, Dunworthy alla vers le lutrin pour lire les Saintes Ecritures.

— « En ces jours-là fut publié un édit de César Auguste, pour le recensement de toute la terre »...

Montoya se leva, se glissa devant Colin et sortit par une porte latérale. Il avait omis de lui demander si elle avait vu le tech lundi ou mardi, ou côtoyé des Américains.

Il l'interrogerait le lendemain, lorsqu'ils se retrouveraient à l'hôpital pour la prise de sang. Il savait le plus important: Kivrin n'avait pu voir Badri le lundi. Lorsqu'elle avait quitté Montoya, le tech était avec lui à Balliol et il n'avait pas regagné Londres avant minuit. Cet homme ne pouvait l'avoir contaminée.

— « Mais l'ange leur dit: "Ne craignez point, car je vous annonce une nouvelle qui sera pour tout le peuple une grande joie..." »

Nul ne lui prêtait attention. Les fidèles retiraient leurs manteaux ou s'éventaient avec leurs recueils de cantiques.

Il pensa à Kivrin, un an plus tôt, agenouillée sur un prie-Dieu pendant qu'il lisait. Elle ne l'avait pas écouté, elle non plus. Elle s'imaginait la veille de Noël 1320, quand les Saintes Ecritures étaient en latin et que de vrais cierges se consumaient dans les candélabres.

Je me demande si c'est conforme à ce qu'elle pensait, se dit-il avant de se rappeler que pour elle Noël ne serait célébré que deux semaines plus tard. Si elle était arrivée à bon port. Si tout se déroulait comme prévu.

— « Or Marie conservait avec soin toutes ces choses, les méditant dans son cœur », conclut-il.

Il regagna son siège. L'imam annonça les horaires des messes du lendemain pour tous les lieux de culte et informa l'assistance que le ministère de la Santé conseillait d'éviter les contacts. Puis le vicaire commença son sermon.

— Certains sont convaincus que les maladies sont des punitions divines, fit-il en lançant un regard accusateur au représentant de la Sainte Eglise Re-Formée. Mais le Christ a soigné les malades et s'il était parmi nous il guérirait ceux qui sont contaminés par ce virus comme il l'a fait pour le lépreux samaritain.

Il consacra dix minutes à expliquer comment éviter la contagion, dresser la liste des symptômes et faire un exposé sur le processus de transmission par les postillons.

— Il faut boire et se reposer, dit-il en écartant le bras en geste de bénédiction. Et joindre son médecin dès l'apparition des premiers symptômes.

Les carillonneuses renfilèrent leurs gants et accompagnèrent l'organiste qui joua un « Anges du Royaume des Cieux » aisément reconnaissable.

Le ministre de l'Eglise Unitarienne Convertie monta en chaire.

— Il y a plus de deux mille ans, Dieu nous a envoyé Son Fils. Peut-on imaginer la somme d'amour que réclame un tel sacrifice ? Cette nuit-là, Jésus a quitté sa demeure céleste pour descendre sur un monde plein de dangers et de maladies. Il était invulnérable, il ignorait tout du mal et de la trahison. Pourquoi Dieu a-t-Il laissé Son Fils affronter tant de périls ? La réponse est l'amour. L'amour !

— Ou l'incompétence, marmonna Dunworthy.

Colin oublia le bonbon dont il admirait les couleurs pour le fixer.

Et ensuite, Il a dû être constamment rongé par l'angoisse, pensa Dunworthy. Je me demande s'Il a tenté de le retenir.

— C'est à l'amour que nous devons la venue du Christ parmi nous.

Tout va bien. Les coordonnées étaient exactes. Le décalage n'était que de quatre heures. Kivrin n'a pas été exposée au virus. Elle est en sécurité à Skendgate. Elle a déjà récolté un monceau d'informations. Elle est en bonne santé et ignore ce qui se passe ici.

— Il est venu nous aider dans nos épreuves et nos tribulations, disait le ministre du culte.

Le vicaire faisait des signes à Dunworthy, qui se pencha devant Colin pour se rapprocher de lui.

— On m'a informé que M. Latimer est malade, murmura le vicaire en lui tendant un bout de papier. Pourriez-vous lire la bénédiction à sa place ?

— ... messager de Dieu, émissaire de l'amour, concluait le ministre.

Dunworthy regagna le lutrin.

— Veuillez vous lever pour la bénédiction, demanda-t-il.

Il déplia la feuille, lut « Ô Seigneur, retiens ta main vengeresse... », roula le papier en boule et dit :

— Père miséricordieux, protège les absents et guide leurs pas jusqu'à nous.

EXTRAIT DU GRAND LIVRE

(035850-037745)

20 décembre 1320 (calendrier julien). Je suis presque rétablie. Le renforcement de mon système immunitaire ou les antiviraux font enfin effet. Je respire normalement et je ne tousse plus. Je n'hésiterais pas à aller à pied jusqu'au point de transfert, si je savais où est cette clairière.

Ma blessure au front s'est cicatrisée. Dame Eliwys l'a examinée ce matin puis a appelé sa belle-mère pour lui dire : « C'est un miracle. » Mais Imeyne a paru en douter. Elle ne tardera pas à m'accuser de sorcellerie.

Avoir perdu mon statut d'invalide me pose un problème. En plus de craindre que je sois une espionne ou que je vole les couverts, Imeyne se demande qui je suis et comment il convient de me traiter. Dame Eliwys a quant à elle d'autres soucis.

Messire Guillaume est toujours absent, son *privé* brûle d'amour pour elle et Noël approche. Elle a réquisitionné la moitié des villageois en tant que serviteurs et cuisiniers, mais ils manquent de provisions qu'Imeyne veut envoyer chercher à Oxford ou à Courcy. Agnès complique la situation car elle reste dans leurs jambes et se soustrait constamment à la surveillance de Maisry.

— Il faut demander une gouvernante à Messire Bloet, a insisté Imeyne lorsqu'elles ont retrouvé la fillette dans la grange. Ainsi que du sucre. Nous n'avons pas de douceurs.

Ce qui a paru exaspérer Eliwys.

— Mon époux nous a ordonné...

— Je pourrais la surveiller, ai-je proposé.

J'espérais que l'interprète ne s'était pas trompé en traduisant le mot « gouvernante » et que les historiens n'étaient pas dans l'erreur en déclarant que des femmes bien nées occupaient parfois un tel poste. Je le pense, car Eliwys a été aussitôt soulagée et sa belle-mère m'a fixée avec encore plus de hargne que d'habitude. Me voici donc responsable d'Agnès. Et également de Rosemonde qui m'a demandé de l'aider à faire sa broderie, ce matin.

Les avantages, c'est que je peux les interroger sur leur père et le village, aller aux écuries et à l'église pour voir le prêtre et Gawyn. L'inconvénient, c'est qu'on cache bien des choses aux enfants. Par exemple, Eliwys et Imeyne se sont tues lorsque je suis entrée dans la grande salle avec Agnès, et quand j'ai demandé à Rosemonde pourquoi elles étaient venues ici, elle m'a répondu : « Mon père estime que l'air est plus sain à Ashencote. »

Tel est donc le nom de ce hameau. Il n'est mentionné ni sur la carte ni dans le Grand Livre. Il ne compte qu'une quarantaine d'âmes et peut-être sera-t-il dépeuplé par la peste noire ou absorbé par une agglomération voisine. Je continue malgré tout de croire que c'est Skendgate.

Les filles n'ont jamais entendu prononcer ce nom, mais elles ne sont pas originaires de la région. Agnès a interrogé Maisry, qui ne le connaît pas non plus. Les premières références à Skendgate datent de 1360, et de nombreux noms anglo-saxons seront remplacés d'ici là par des termes plus normands, ou les noms de leurs nouveaux propriétaires. C'est de mauvais augure pour Guillaume d'Iverie et l'issue de ce procès. Mais peut-être sommes-nous dans un autre village, ce qui serait très inquiétant pour moi.

(Pause)

Les sentiments de Gawyn pour Eliwys ne l'empêchent pas d'avoir des aventures ancillaires. J'ai demandé à Agnès de me montrer son poney, au cas où Gawyn serait dans les écuries. Il était effectivement dans une stalle, avec Maisry qui gémissait et râlait. Mais elle n'avait pas une expression plus terrifiée que d'habitude et si elle levait les mains, ce n'était pas pour protéger ses joues mais soulever ses jupes. Tout indique donc que ce n'était ni un viol ni une manifestation d'*amour courtois*.

J'ai dû distraire l'attention d'Agnès et lui déclarer que je souhaitais visiter le clocher pour la faire sortir des écuries. Une fois là, nous sommes entrées et avons regardé la grosse corde.

— Quand quelqu'un meurt, le père Roche sonne le glas, m'a-t-elle dit. Sinon, le Diable viendrait prendre l'âme du mort qui ne pourrait pas monter au ciel.

Je suppose que c'est une de ces superstitions qui exaspèrent tant Dame Imeyne.

Agnès voulait sonner la cloche mais j'ai pu la convaincre d'aller chercher le prêtre dans l'église.

Nous ne l'avons pas trouvé. Agnès a suggéré qu'il pouvait être auprès du garçon de ferme qui « se raccrochait à la vie, bien qu'il se soit confessé », ou qu'il priait quelque part. « Il aime aller dans les bois », a-t-elle ajouté en regardant l'autel à travers le jubé.

C'est une église normande, avec une travée centrale et des piliers en grès, un sol au dallage irrégulier. Les étroits vitraux sont très sombres et ne laissent filtrer que peu de lumière. Au milieu de la nef, il y a un tombeau, peut-être celui découvert par Mlle Montoya. Sous le gisant, un chevalier aux gantelets croisés sur la poitrine, on peut lire : « *Requiescat cum Sanctis tuis in aeternam.* » Puisse-t-il reposer avec Tes saints à jamais. Dans les fouilles, une inscription débute par « *Requiescat* », mais la suite n'a pas encore été dégagée.

Selon Agnès, ce serait le caveau de son grand-père, décédé d'une fièvre il y a longtemps. Il est différent de la tombe de Skendgate, mais des décorations pourront se briser ou s'éroder.

A l'exception de ce gisant et d'une statue de facture grossière, la nef est vide. Les fidèles restent debout, ce qui explique l'absence de bancs, et les effigies des saints ne commenceront à se multiplier que dans deux cents ans.

Un jubé sculpté du XIIe siècle sépare la nef du chœur et de l'autel. De chaque côté du crucifix deux fresques dépeignent le Jugement dernier. Dans l'une, les élus entrent aux cieux, dans l'autre, les pécheurs vont en enfer, mais ils ont tous des expressions et des tenues identiques.

L'autel, très simple, est recouvert d'un linge blanc. Deux chandeliers en argent y sont posés. La statue ne représente pas la Vierge mais sainte Catherine d'Alexandrie. Son corps rapetissé et sa grosse tête sont caractéristiques de la pré-Renaissance. Elle a une étrange coiffe carrée qui descend au ras de ses oreilles et tient sur un bras un enfant pas plus gros qu'une poupée. Une petite bougie jaunâtre et deux lampes à huile étaient posées à ses pieds, sur le sol.

— Dame Kivrin, le père Roche dit que vous êtes une sainte, m'a déclaré Agnès à notre sortie.

Je me suis demandé si ce qu'elle disait au sujet

de la cloche et du Diable sur son destrier noir était dû à des confusions du même genre.

— Ce n'est pas parce que je porte le nom de sainte Catherine et toi le nom de sainte Agnès que nous sommes dignes d'être sanctifiées.

— Il dit que, les derniers jours, Dieu enverra ses saints nous guider. Et que vous parlez la langue de Dieu, quand vous priez.

Je me suis efforcée d'être discrète pour dicter mes rapports, mais qu'ai-je fait pendant ma maladie ? Si le père Roche m'a entendue alors que je m'exprimais en anglais moderne, il a cru que j'avais reçu le don des langues. Au moins me prend-il pour une sainte et non pour une sorcière. Cependant, Imeyne était présente et je dois redoubler de prudence.

(Pause)

Je suis retournée dans les écuries (après m'être assurée que Maisry était dans la cuisine), mais Gawyn avait disparu. De même que son cheval, Gringolet. J'ai vu mes malles et ce qui subsiste du chariot. Il a dû faire une douzaine de voyages pour tout apporter. J'ai dressé un inventaire, et il manque la cassette. J'espère qu'il ne l'a pas vue et qu'elle est toujours là où je l'ai laissée, au bord de la route. Le tapis de blancheur qui recouvre toute chose doit la dissimuler mais le beau temps est revenu et le soleil ne tardera guère à faire fondre la neige.

15

Elle attribua la rapidité de son rétablissement à un brusque regain d'activité de son système immunitaire. Un matin, respirer n'était plus douloureux et la blessure de son front s'était effacée comme par magie.

Imeyne l'examina avec suspicion. Elle semblait mettre en doute la réalité de cette entaille.

— Remerciez Dieu qu'Il vous ait guérie le jour du Sabbat, dit-elle en s'agenouillant à côté du lit.

Elle prit le reliquaire d'argent entre ses paumes — comme l'enregistreur, pensa Kivrin — pour réciter un Pater.

— Je regrette de n'avoir pu vous accompagner à la messe, dit Kivrin.

Imeyne renifla.

— Je vous croyais malade, fit-elle en accentuant le dernier mot. Et l'office laissait à désirer.

Elle se lança dans une énumération des négligences du père Roche. Il avait lu les Evangiles avant le Kyrie, son aube était maculée de cire et il avait sauté un passage du Confiteor. Exprimer ce qu'elle avait sur le cœur dut la soulager car avant de sortir elle tapota la main de Kivrin et lui dit :

— Vous n'êtes pas totalement rétablie. Reposez-vous un jour de plus.

Kivrin en profita pour enregistrer ses observations. Elle décrivit le manoir, le village, et sa population. L'intendant, un homme brun fortement charpenté gêné aux entournures par son justaucorps du dimanche, lui apporta un bol de la décoction amère que préparait son épouse. Un garçon de l'âge de Rosemonde vint annoncer à Eliwys que sa jument s'était luxé une patte antérieure. Mais le prêtre ne vint pas.

— Il est allé confesser le garçon de ferme, lui expliqua Agnès.

Cette enfant était une mine de renseignements. Elle répondait sans se faire prier à toutes les questions, même lorsqu'elle ignorait les réponses. Sa sœur aînée, qui se considérait déjà comme une adulte, était moins prolixe.

— Agnès, tu manques vraiment de maturité. Tu dois apprendre à tenir ta langue, répétait-elle souvent.

Des commentaires qui n'avaient aucun effet sur sa cadette. Rosemonde parlait de ses frères et de son père, qui leur avait promis de les « rejoindre pour Noël ». Il était évident qu'elle l'adorait et qu'il lui manquait.

— J'aimerais être un garçon, déclara-t-elle pendant qu'Agnès exhibait le penny d'argent offert par Messire Bloet. Je serais restée à Bath, avec père.

Ces confidences et les conversations d'Eliwys et d'Imeyne permirent à Kivrin de mieux connaître le village. S'il s'agissait bien de Skendgate, l'agglomération était moins importante que ne l'estimeraient les Probabilités. Elle ne comptait qu'une quarantaine d'habitants, avec les familles de Messire Guillaume et de l'intendant qui avait à lui seul cinq enfants en plus du nourrisson.

Il y avait deux bergers et plusieurs fermiers, mais c'était « le plus pauvre des domaines de Guillaume », déclara Imeyne qui se plaignait à nouveau de devoir y passer les fêtes. L'épouse de l'intendant était l'arriviste locale et Maisry appartenait à une famille de bons à rien. Kivrin prenait note de tout, statistiques et commérages, en feignant de prier à la moindre occasion.

La neige qui s'était mise à tomber pendant qu'on la reconduisait au manoir ne s'arrêta qu'en fin d'après-midi le jour suivant. La pluie la remplaça, et Kivrin espéra qu'elle ferait fondre la couche de trente centimètres, mais l'eau se contenta de former une pellicule de glace à sa surface.

Sans le chariot et les malles, elle craignait de ne pouvoir reconnaître la clairière. Elle voulait demander à Gawyn de la conduire là-bas, mais il ne venait au manoir que pour prendre ses repas ou des instructions. Et comme Imeyne était toujours présente, elle n'osait lui adresser la parole.

Elle emmena les filles se promener dans la cour et le village. Elle espérait le rencontrer, mais elle ne le vit ni dans la grange ni dans les écuries. Gringolet avait également disparu. Elle se demandait s'il ne recherchait pas ses assaillants en dépit du veto d'Eliwys quand Rosemonde lui apprit qu'il était allé chasser.

— Nous mangerons de la venaison pour Noël, affirma Agnès.

Nul ne se préoccupait de savoir où elle emmenait les enfants, ni de la durée de leurs absences. Lorsqu'elle sollicitait la permission de les conduire aux écuries, Dame Eliwys se contentait de hocher distraitement la tête et Imeyne ne disait même pas à Agnès de fermer son manteau ou d'enfiler ses mitaines. Le fait d'avoir trouvé une gouvernante les dégageait de leurs responsabilités.

Elles s'affairaient à préparer Noël. Eliwys avait envoyé toutes les femmes du village aux cuisines. Les deux porcs furent égorgés et la moitié des pigeons tués et plumés. Il y avait dans la cour des plumes et l'odeur du pain chaud.

Kivrin savait qu'au XIVe siècle on fêtait Noël en organisant des festins, des jeux et des danses pendant deux semaines, mais elle était surprise de constater que Dame Eliwys respectait la coutume en de telles circonstances. Elle semblait convaincue que son époux la rejoindrait avant la Nativité, comme promis.

Imeyne supervisait le nettoyage de la grande salle et bougonnait constamment. Dans la matinée, elle avait fait mander l'intendant et un paysan afin qu'ils décrochent du mur les lourds plateaux et les posent sur des tréteaux. Maisry et une femme au cou marqué par les cicatrices blanches des écrouelles se chargèrent ensuite de les récurer avec du sable et des brosses.

— Nous n'avons pas de lavande, fit remarquer Dame Imeyne à sa bru. Et il nous faudrait d'autres joncs pour couvrir le sol.

— Nous nous contenterons de ce que nous avons, répondit Eliwys.

— Nous manquons de sucre et de cannelle. Les provisions abondent, à Courcy, et nous y serions les bienvenues.

Kivrin, qui aidait Agnès à enfiler ses bottes, releva la tête, inquiète.

— Courcy n'est qu'à une demi-journée de voyage, insista Imeyne. L'aumônier de Dame Yvolde dira la messe, et...

Agnès jugea le moment opportun pour déclarer :

— Mon poney s'appelle Sarrasin.

Ce qui empêcha Kivrin d'entendre la fin de la phrase.

Elle aurait dû se rappeler que pendant la période de Noël les nobles se rendaient des visites. Ils partaient avec toute leur maisonnée et restaient absents jusqu'à l'Epiphanie. S'ils allaient à Courcy, ils y seraient encore le jour du rendez-vous.

— Père l'a appelé Sarrasin parce qu'il n'est pas chrétien comme nous, précisa Agnès.

— Messire Bloet se sentira offensé lorsqu'il apprendra que nous avons séjourné ici sans daigner passer le voir, insistait Imeyne. Les noces pourraient en être compromises.

Rosemonde interrompit ses travaux de couture pour déclarer :

— Nous ne pouvons pas aller à Courcy. Père a promis d'être de retour pour Noël. Il sera mécontent si nous ne sommes pas là à son arrivée.

Imeyne se tourna pour la foudroyer du regard.

— Ce qui risque de le courroucer, c'est d'apprendre que sa fille est si impertinente qu'elle se mêle de ce qui ne la concerne pas.

Elle reporta son attention sur Eliwys.

— Il aura la présence d'esprit de nous rejoindre là-bas.

— Il nous a ordonné de l'attendre ici, rétorqua sa bru. Nous devons respecter ses désirs.

Elle alla regarder les broderies de Rosemonde, mettant ainsi un terme à la conversation.

A titre provisoire, pensa Kivrin. Les lèvres pincées, Imeyne désigna une tache sur la table. La femme aux écrouelles s'empressa de la frotter en redoublant d'énergie.

Imeyne ne renoncerait pas. Elle soulèverait à nouveau la question, avancerait d'autres arguments. Messire Bloet avait du sucre, des joncs, de la cannelle et un aumônier suffisamment instruit pour pouvoir célébrer correctement les messes de Noël. Dame Imeyne ne voulait pas du père Roche et Dame Eliwys était de plus en plus inquiète. Elle risquait de décider d'aller réclamer de l'aide à

Courcy, ou de regagner Bath. Trouver le point de transfert devenait urgent.

Kivrin noua le bonnet d'Agnès et le couvrit avec le capuchon de son manteau.

— Je montais Sarrasin chaque jour, à Bath, dit la fillette. J'aimerais pouvoir en faire autant, ici.

— Qu'est-ce qui t'en empêche ?

— Il n'y a personne pour nous accompagner, intervint Rosemonde. A Bath, notre gouvernante et un des *privés* de Père nous escortaient.

Il y avait Gawyn, qui pourrait les conduire jusqu'à la clairière, si elle le lui demandait. Il était au manoir. Elle l'avait vu dans la cour, ce matin-là.

Imeyne se dirigea vers Eliwys, pour lui déclarer :

— Si nous sommes condamnées à rester ici, il nous faudra du gibier pour le pâté.

Sa belle-fille posa son fil et son aiguille et se leva.

— Je dirai à l'intendant d'aller chasser avec son fils aîné.

— Qui ira chercher le lierre et le houx, en ce cas ?

— Le père Roche doit s'en charger aujourd'hui même.

— Pour orner l'église, pas le manoir.

— Nous le ferons, proposa Kivrin.

Les deux femmes se tournèrent vers elle. Son désir de rencontrer Gawyn sans témoin lui avait fait oublier toute prudence. Elle s'était permis de prendre la parole la première et de se « mêler de choses qui ne la concernaient pas ». Cela renforcerait la conviction de Dame Imeyne qu'elles devaient aller à Courcy, ne fût-ce que pour trouver une gouvernante moins impudente.

— Pardonnez-moi, gentes Dames, fit-elle en baissant humblement la tête. Mais j'ai conscience que tous sont fort occupés et je pourrais aller cueillir du houx dans les bois avec Agnès et Rosemonde.

— Oui ! s'exclama Agnès. Je monterai Sarrasin.

Eliwys alla pour répondre, mais Imeyne la prit de vitesse.

— Retourner dans les bois où vous avez été victime d'une si brutale agression ne vous inquiète donc pas ?

Elle commettait erreur sur erreur. Comment pouvait-elle proposer de conduire deux enfants là où des brigands étaient censés l'avoir laissée pour morte ?

— Pas avec une escorte, répondit-elle en espérant qu'elle n'aggravait pas son cas. Agnès vient de me dire qu'en temps normal un homme de son père l'accompagnait.

— Oui, confirma la fillette. Gawyn pourrait venir avec nous. Et mon chien aussi.

— Gawyn n'est pas ici, laissa échapper Imeyne.

Elle se dirigea vers les servantes qui récuraient la table.

— Où est-il allé ? s'enquit Eliwys.

Sa voix était posée mais ses joues prenaient des couleurs.

Imeyne arracha le chiffon des mains de Maisry pour frotter une tache rebelle.

— Je l'ai chargé d'une course.

— Vous l'avez envoyé à Courcy, lança Eliwys sur un ton accusateur.

Imeyne se tourna vers elle.

— Séjourner si près de Courcy sans adresser nos salutations à Messire Bloet serait inconvenant. Il pourrait croire que nous voulons l'éviter et il serait peu judicieux d'indisposer un homme aussi puissant…

— Mon époux nous a ordonné de ne révéler notre présence à personne.

— Mon fils ne nous a pas demandé de faire injure à notre voisin et de le dresser contre nous alors que nous avons tant besoin d'être dans ses bonnes grâces.

— Que lui dira Gawyn ?

— Je l'ai simplement chargé de lui transmettre nos salutations. Et de préciser que nous serions ravies de le recevoir pour Noël. N'est-ce pas la moindre des choses, dès l'instant où nos deux familles seront bientôt unies par les liens d'un mariage ? Il viendra avec des provisions et des serviteurs...

— Ainsi que l'aumônier de Dame Yvolde, je présume ?

— Il passera les fêtes avec nous ? demanda Rosemonde.

Elle se leva et ses travaux de couture glissèrent de ses genoux et tombèrent sur le sol.

Les deux femmes la fixèrent. Elles semblaient ne prendre qu'à présent conscience que des témoins assistaient à leur altercation. Eliwys se tourna vers Kivrin.

— Dame Katherine, qu'attendez-vous pour emmener les enfants cueillir du houx ?

— Pas sans Gawyn, fit Agnès.

— Le père Roche pourra vous accompagner.

— Certes, ma Dame, approuva Kivrin.

Elle prit la main de la fillette, pour la guider hors de la salle.

— Messire Bloet va venir ici ? insista Rosemonde.

Ses joues étaient aussi rouges que celles de sa mère, qui lui déclara :

— J'ignore s'il répondra à cette invitation. Accompagne ta sœur et Dame Katherine.

— Je vais monter Sarrasin ! s'exclama Agnès.

Elle échappa à Kivrin et sortit en courant.

Rosemonde ouvrit la bouche pour dire quelque chose, se ravisa et alla prendre sa houppelande derrière les paravents.

— Maisry, fit Eliwys, la table est assez propre. Monte chercher la salière et le plat en argent dans le coffre de la soupente.

Ce fut sans perdre de temps que Maisry s'exécuta et que la femme aux écrouelles s'éclipsa. Kivrin mit son manteau et le noua tout aussi rapidement. Elle redoutait un commentaire de Dame Imeyne sur les bandits de grand chemin, mais les deux femmes attendaient d'être seules pour reprendre leur discussion.

— Est-ce que… commença Rosemonde.

Mais elle s'interrompit et sortit derrière sa sœur cadette.

Kivrin les suivit. Bien que Gawyn fût absent, elle pourrait aller dans les bois en compagnie du prêtre. Selon Rosemonde, cet homme avait rencontré Gawyn sur le chemin du retour. Peut-être connaissait-il lui aussi l'emplacement de la clairière.

Elle gagna les écuries d'un pas rapide. Elle craignait qu'au tout dernier instant Eliwys ne changeât d'avis, à cause de sa faiblesse et des dangers.

Les filles devaient avoir eu la même pensée. Rosemonde tendait la sous-ventrière de sa monture et Agnès était déjà juchée à une hauteur impensable sur un solide alezan qui n'avait d'un poney que le nom. Le garçon qui était venu annoncer à Eliwys que sa jument avait des problèmes tenait ses rênes.

— Ne reste pas là à bayer aux corneilles, Cob ! lui lança Rosemonde. Selle le rouan pour Dame Katherine !

Il lâcha les lanières de cuir et Agnès se pencha pour les saisir.

— *Pas* la jument de mère, imbécile !

— Nous allons à l'église, Sarrasin, disait Agnès. Et le père Roche nous accompagnera dans les bois.

Elle s'adressa à Kivrin pour préciser :

— Sarrasin adore les promenades.

Puis elle s'inclina plus encore afin de caresser la crinière du cheval et Kivrin dut faire un effort de volonté pour ne pas se précipiter vers elle et la soutenir.

Agnès devait être une bonne cavalière — ni sa sœur ni le garçon d'écurie n'avaient bronché —, mais elle était minuscule sur cette selle haut perchée.

Cob prépara le rouan, le fit sortir puis attendit.

— Cob ! hurla Rosemonde.

Il alla se baisser devant elle, pour lui faire la courte échelle. Elle prit appui sur ses mains et se mit en selle.

— Serais-tu un simple d'esprit ? Aide Dame Katherine.

Il alla vers Kivrin, qui hésita. Elle s'interrogeait sur l'attitude de Rosemonde. Le départ de Gawyn pour Courcy l'avait bouleversée. Elle était censée ne rien savoir du procès mais peut-être disposait-elle de plus d'informations que ne le supposaient sa gouvernante, sa mère et sa grand-mère.

Imeyne avait parlé de la puissance de leur voisin, et de la nécessité de bénéficier de ses bonnes grâces. Peut-être n'avait-elle pas lancé cette invitation dans un but aussi égoïste que Kivrin le croyait. Messire Guillaume pouvait avoir de graves ennuis et Rosemonde en était peut-être consciente.

— Cob ! Tu vas nous faire rater le père Roche !

Kivrin sourit au garçon d'écurie et prit appui sur

ses épaules. M. Dunworthy lui avait fait donner des leçons d'équitation. Les femmes ne monteraient en amazone qu'à la fin de ce siècle, et elle avait tout lieu de s'en féliciter. De plus, les selles médiévales avaient un pommeau et un troussequin qui calaient bien le cavalier.

Mais si quelqu'un devait faire une chute, ce serait elle et non Agnès. La fillette était parfaitement à son aise et se contorsionnait pour chercher quelque chose dans sa sacoche, derrière elle.

— Qu'attendons-nous ? demanda Rosemonde avec impatience.

— Messire Bloet a promis de m'offrir une chaîne de mors en argent, dit Agnès.

— Cesse de jouer et viens ! gronda son aînée.

— Il me l'apportera à Pâques.

— Agnès ! Il va pleuvoir.

— Certainement pas. Messire...

— Voilà que tu sais prédire le temps, à présent ? Tu n'es qu'un bébé ! Un bébé geignard !

— Rosemonde ! intervint Kivrin. Ne parlez pas ainsi à votre sœur !

Elle alla saisir les rênes de sa jument.

— Qu'avez-vous ? Qu'est-ce qui vous irrite à ce point ?

Rosemonde tendit les lanières de cuir, brutalement.

— Que nous devions attendre le bon vouloir d'un bébé !

Kivrin lâcha les rênes et alla se mettre en selle en prenant appui sur les doigts entrecroisés de Cob. C'était la première fois qu'elle voyait Rosemonde se conduire de la sorte.

Elles sortirent de la cour et passèrent devant le pigeonnier désormais désert, sous un ciel plombé par de lourds nuages. Il n'y avait pas le moindre souffle de vent et Rosemonde avait eu raison d'annoncer de la pluie. L'atmosphère était saturée d'humidité. Des talons, elle fit presser sa monture.

Le village se préparait pour Noël. De la fumée s'élevait de chaque hutte et à l'extrémité opposée du terrain communal deux hommes fendaient des bûches et jetaient les morceaux sur une pile déjà importante. Une carcasse — la chèvre ? — rôtissait sur une broche à côté de la maison de l'intendant. L'épouse de ce dernier trayait la vache décharnée que Kivrin avait vue lors de son escapade. Lorsque M. Dunworthy avait voulu qu'elle apprît à traire, elle lui avait rétorqué qu'au XIVe siècle on laissait les vaches se tarir pendant l'hiver, que seul le lait de chèvre était utilisé pour faire les fromages. Elle lui avait également affirmé qu'on ne consommait pas de viande de caprins, à l'époque.

— Agnès ! gronda Rosemonde.

Kivrin releva la tête. La fillette s'était arrêtée pour se tourner sur sa selle. Elle repartit, mais sa sœur déclara :

— Je ne t'attendrai plus, petite !

Elle piqua des deux et partit au trot. Les poulets s'égaillèrent et elle faillit renverser une enfant aux pieds nus qui portait une brassée de brindilles.

— Rosemonde ! cria Kivrin.

Mais elle était déjà loin et Kivrin ne pouvait laisser Agnès seule pour la poursuivre.

— Est-elle en colère parce que nous allons chercher du houx ? s'enquit-elle.

Elle savait qu'il existait une autre explication et espérait qu'Agnès la lui fournirait.

— Elle est toujours acariâtre. Grand-mère sera mécontente d'apprendre qu'elle commet de telles imprudences.

Elle fit trotter son poney avec beaucoup de

dignité, sans omettre de saluer les villageois de la tête. Un parfait exemple de maturité et de sagesse.

La petite fille que Rosemonde avait failli renverser les regarda passer, bouche bée. L'épouse de l'intendant leva les yeux et leur sourit, en continuant de traire, mais les hommes qui fendaient le bois retirèrent leur chapeau et s'inclinèrent bien bas.

Elles passèrent devant la hutte où Kivrin s'était abritée la fois précédente. Pendant que Gawyn apportait tous ses biens au manoir.

— Agnès, le père Roche vous a-t-il accompagnées quand vous êtes allées chercher la bûche de Noël ?

— Oui, il devait la bénir.

— Oh ! Personne n'a donc aidé Gawyn à transporter mes affaires ?

— Non, répondit Agnès.

Mais Kivrin ne pouvait savoir si elle disait la vérité ou improvisait.

— Gawyn est très fort. Il a tué quatre loups avec son épée.

C'était invraisemblable, mais pas plus que le récit de son sauvetage d'une gente Damoiselle au fond des bois. Et il était évident qu'il n'eût reculé devant rien pour tenter d'impressionner Dame Eliwys, pas même tirer le chariot jusqu'au manoir d'une seule main.

— Le père Roche est fort, lui aussi, ajouta Agnès.

— Il est parti, leur cria Rosemonde qui avait mis pied à terre et attaché sa jument au portillon du cimetière.

Elle se dressait entre les tombes, les mains sur les hanches.

— Avez-vous regardé dans l'église ? demanda Kivrin.

— Non. Mais il fait de plus en plus froid et il n'a certainement pas attendu qu'il commence à neiger.

Kivrin descendit de sa monture.

— Allons voir. Viens, Agnès.

— Nan, je resterai ici avec Sarrasin.

— Il n'a pas besoin de toi, fit Kivrin en la soulevant à bout de bras. Nous allons jeter un coup d'œil à l'intérieur de l'église.

Elle prit sa main et poussa le portillon.

Agnès la suivit sans protester, mais elle lançait sans cesse des regards par-dessus son épaule.

— Sarrasin n'aime pas rester seul.

Rosemonde s'arrêta et se tourna.

— Qu'est-ce que tu caches, vilaine fille? As-tu volé des pommes que tu dissimules dans tes sacoches?

— Non! s'exclama sa cadette, apeurée.

Mais Rosemonde se dirigeait déjà à grands pas vers le poney.

— Reste où tu es! Ce n'est pas ton cheval!

Au moins n'aurons-nous pas à chercher le prêtre, se dit Kivrin. S'il est dans les parages, il sera attiré par leurs cris.

Rosemonde débouclait les sangles de la sacoche.

— Regardez!

Elle leur montra Blackie, qu'elle tenait par la peau du cou.

— Oh, Agnès! fit Kivrin.

— Tu es possédée du Démon, ajoutait Rosemonde. Je devrais l'emporter jusqu'à la rivière et le noyer.

Elle se tourna vers le cours d'eau.

— Non! hurla Agnès.

Elle courut rejoindre Rosemonde, qui leva le bras pour placer l'animal hors de portée.

Ça commence à bien faire, se dit Kivrin. Elle s'avança et prit le chiot.

— Agnès, cesse de nous percer les tympans ! Ta sœur ne lui fera aucun mal.

Blackie se pelotonna contre son épaule et tenta de lui lécher la joue.

— Agnès, les chiens ne vont pas à cheval. Il finira par étouffer, dans cette sacoche.

— Je peux le tenir dans mes bras, proposa la fillette. Il voulait tant monter sur Sarrasin.

— Il vient de faire une belle promenade, et il en fera une autre pour retourner aux écuries.

Il essayait de mordiller son oreille. Elle le confia à Rosemonde, qui le prit à nouveau par la peau du cou.

— C'est encore un bébé, Agnès. Il doit retourner dormir près de sa mère.

— Le bébé, c'est Agnès ! lança Rosemonde, avec tant de hargne que Kivrin s'inquiéta pour l'animal. Emmener un chiot à cheval, je vous demande un peu ! Et à cause d'elle nous allons perdre un temps précieux pour le ramener là-bas. Je suis impatiente de me marier, pour ne plus avoir à endurer les caprices d'une enfant en bas âge !

Elle monta sur sa jument en tenant le chiot par le cou mais, sitôt en selle, elle l'emmitoufla avec tendresse dans un pli de son manteau et le serra contre sa poitrine. Elle saisit les rênes d'une seule main et fit demi-tour.

— Le père Roche doit être loin, à présent, grommela-t-elle avant de partir à bride abattue.

Kivrin craignait qu'elle n'eût raison. Leurs cris avaient dû réveiller tous les morts du cimetière mais le prêtre ne s'était pas manifesté. Elle prit malgré tout la main d'Agnès et se dirigea vers l'église.

— Rosemonde est méchante.

Bien qu'elle ne pût lui donner tort, Kivrin s'abstint de tout commentaire.

— Et je ne suis pas un bébé, ajouta Agnès.

Qui la regarda dans l'espoir d'en obtenir confirmation.

Kivrin lui refusa également cette satisfaction et poussa la lourde porte pour regarder à l'intérieur de l'église.

La nef était plongée dans la pénombre et la grisaille du jour ne traversait pas les étroits vitraux, mais le rai de clarté qui pénétrait entre les battants lui révélait que les lieux étaient déserts.

— Peut-être est-il dans le chœur, suggéra Agnès.

Elle s'avança, fit une génuflexion, se signa et regarda derrière elle.

Kivrin ne voyait aucun cierge allumé sur l'autel, mais Agnès ne s'estimerait satisfaite qu'après avoir visité toute l'église. Kivrin alla manifester sa dévotion près d'elle puis l'accompagna vers le jubé. Les bougies placées devant sainte Catherine avaient été mouchées. Elle sentait l'odeur âcre du suif et de la fumée. Elle se demanda si le prêtre les avait éteintes parce qu'il allait s'absenter. Les incendies étaient dévastateurs, même dans les bâtiments en pierre, et il n'y avait pas de soucoupes où les cierges pouvaient brûler en toute sécurité.

Agnès atteignit le jubé, colla son visage au bois ajouré et cria :

— Père Roche !

Elle se tourna aussitôt pour suggérer :

— Il est peut-être dans le presbytère ?

Elle ressortit en courant et Kivrin la suivit jusqu'à la maison la plus proche. Une hutte aussi délabrée que la masure où elle avait pris du repos, et guère plus grande. Les prêtres étaient censés recevoir la dîme sur les récoltes et les bêtes, mais il n'y avait dans la petite cour que quelques poulets squelettiques et moins d'une brassée de bois.

Agnès martela de ses poings une porte branlante puis se tourna et dit :

— Il doit être dans le clocher.

— J'en doute.

Elle prit sa main pour l'empêcher de repartir en courant. Elles revinrent vers le portillon du cimetière.

— Le père Roche ne sonnera pas les cloches avant les vêpres.

— En êtes-vous sûre ? demanda Agnès qui inclina la tête pour tendre l'oreille.

Kivrin prit conscience que la cloche du Sud-Ouest s'était tue. Elle avait tinté sans interruption pendant sa pneumonie mais elle ne se souvenait pas l'avoir remarquée depuis.

— Vous avez entendu, Dame Kivrin ?

Elle dégagea sa main et fila non vers le clocher mais vers l'extrémité nord de l'église.

— Vous voyez ? cria-t-elle en tendant le doigt. Il est là.

Elle ne désignait pas le prêtre mais son âne qui broutait l'herbe dépassant de la neige. Il avait une longe et sur son dos des sacs de toile vides certainement destinés à recevoir le houx et le lierre.

— Il doit être dans le clocher, insista Agnès.

Elle repartit en courant vers leur point de départ.

Kivrin la suivit et la vit disparaître à l'intérieur de la tour. Elle attendit et se demanda où elles pourraient encore chercher. Peut-être était-il au chevet d'un malade, dans une des cabanes.

Derrière un vitrail, une lueur attira son regard. Peut-être était-il revenu pendant qu'elles s'intéressaient à son âne. Elle poussa la porte. Un cierge avait été allumé devant sainte Catherine. Elle discernait son halo.

— Père Roche ? appela-t-elle doucement.

Pas de réponse. Elle entra et laissa le battant se refermer derrière elle.

La bougie était posée entre les pieds massifs de la statue. Son visage aux traits à peine esquissés était plongé dans l'ombre et surplombait de façon protectrice l'adulte miniature qui était censée représenter une petite fille. Elle s'agenouilla et prit la chandelle. On venait de l'allumer. Le suif n'avait pas eu le temps de fondre autour de la mèche.

Kivrin parcourut les lieux du regard. Elle ne vit rien. La flamme éclairait le sol et la coiffe cubique de la sainte mais laissait tout le reste dans les ténèbres.

Elle s'avança de quelques pas, la bougie à la main.

— Père Roche ?

Tout était aussi silencieux que dans les bois, lors de son arrivée en ce siècle. Trop silencieux, comme si quelqu'un se dissimulait à côté du tombeau ou derrière un des piliers.

— Père Roche ? Etes-vous là ?

Pas de réponse. Le bandit de grand chemin n'était qu'un fruit de mon imagination, se dit-elle. Elle fit d'autres pas dans la pénombre. Il n'y avait personne près du caveau où l'époux d'Imeyne gisait, les mains croisées sur sa poitrine et l'épée contre son flanc, ni à côté de la porte qu'elle pouvait à présent discerner.

Son cœur s'emballait et ses battements devaient couvrir les bruits de pas et les sifflements de la respiration de l'intrus. Elle se tourna brusquement, et la petite langue de feu de la bougie dessina un arc igné dans les airs.

Il était derrière elle. La chandelle manqua s'éteindre. La flamme s'inclina, vacilla. Puis elle se redressa et illumina la face du coupe-jarret.

— Que voulez-vous ? demanda Kivrin.

Le souffle lui manquait, au point que ses paroles étaient presque inaudibles.

— Comment êtes-vous entré ici ?

Le brigand ne répondit pas. Il se contentait de la dévisager, comme dans la clairière. Je n'ai pas rêvé, comprit-elle avec frayeur. Il s'était approché d'elle pour... quoi ? La dépouiller ? La violer ? Elle n'avait dû son salut qu'à l'arrivée de Gawyn.

Elle recula d'un pas.

— Que voulez-vous ? Qui êtes-vous ?

Elle venait de s'exprimer en anglais moderne. Elle entendait ses paroles résonner sous la voûte de pierre. Oh, non ! pensa-t-elle. Mon Dieu, faites que l'interprète ne me lâche pas.

— Pourquoi êtes-vous venu ici ? fit-elle.

Elle s'exprimait plus lentement, et elle s'entendit demander :

— *Que me volez vos ?*

Il tendit la main vers ses cheveux, une main énorme et sale, une main d'assassin.

— Allez-vous-en ! ordonna-t-elle.

Elle recula encore, jusqu'au tombeau. La chandelle s'éteignit.

— J'ignore qui vous êtes et ce que vous désirez, mais je vous conseille de partir.

Elle parlait à nouveau en anglais moderne, mais était-ce important ? Il voulait la voler, la tuer. Où était donc passé le prêtre ?

— Père Roche ! cria-t-elle, en proie au désespoir. Père Roche !

Il y eut un bruit, le crissement du bois sur des dalles de pierre. Agnès poussait le lourd battant.

— Vous voilà enfin ! Je vous ai cherchée partout.

Le bandit se tourna vers la porte.

— Fuis, Agnès ! hurla Kivrin, et la petite fille se figea. Va-t'en d'ici !

Puis Kivrin prit conscience de s'exprimer à nouveau en anglais moderne.

Le coupe-jarret fit un autre pas vers elle. Elle colla ses reins à la tombe.

— Fuis, Agnès ! Fuis !

La porte claqua. Elle lâcha la chandelle et courut vers la sortie.

Agnès allait atteindre le portail du cimetière lorsqu'elle la vit, s'arrêta et revint sur ses pas.

— Non ! lui cria Kivrin. Va-t'en !

— Est-ce un loup ? voulut savoir la fillette, les yeux écarquillés.

Elle n'avait pas le temps de lui fournir des explications. Les paysans avaient terminé de fendre le bois et n'étaient visibles nulle part. Elle prit l'enfant dans ses bras et courut vers les chevaux.

— Il y a un méchant homme dans l'église ! dit-elle en plaçant Agnès sur son poney.

— Un méchant homme ? répéta l'enfant. Le bandit qui vous a attaquée dans les bois ?

— Oui, dit Kivrin en dénouant les rênes attachées au portillon. Galope jusqu'au manoir. Ne t'arrête sous aucun prétexte.

— Je ne l'ai pas vu.

Cela n'avait rien de surprenant. Elle était passée de la clarté du jour à la pénombre de l'église et n'avait rien pu discerner à l'intérieur de la nef.

— Est-ce le brigand qui vous a donné un coup sur la tête ?

— Oui.

Kivrin entreprit de détacher sa propre monture.

— Il était dans la tombe ?

— Quoi ?

Durcie par le froid, la boucle refusait de se défaire. Elle jeta un coup d'œil vers l'église, angoissée.

— Est-ce que le méchant homme se cachait dans le caveau de mon grand-père ? Vous étiez juste à côté, vous et le père Roche.

16

Le père Roche.

Les rênes cédèrent enfin sous ses doigts.

— Le père Roche ?

— Il était dans l'église, confirma Agnès. Pourquoi le méchant homme se cachait-il dans le tombeau ?

Impossible. Elle n'aurait pu manquer de reconnaître le prêtre qui lui avait donné l'extrême-onction.

— Le méchant homme va-t-il lui faire du mal ?

Il lui avait tenu la main, dit de ne pas avoir peur. Elle essayait de se rappeler son visage. La fumée dissimulait ses traits, lorsqu'il s'était penché vers elle.

Et n'avait-elle pas cru revoir le bandit, pendant qu'il lui administrait les derniers sacrements ?

— Le méchant homme va-t-il sortir ? s'enquit Agnès qui regardait avec crainte la porte de l'église.

C'était évident. Elle n'avait pas eu une hallucination, dans les bois. L'individu qu'elle avait pris pour un coupe-jarret n'était autre que le prêtre venu aider Gawyn à la transporter au manoir.

— Non, dit-elle. Il n'y a pas de méchant homme.

— Il se cache là-dedans ?

— Je me suis trompée. Il n'existe pas.

Agnès n'était pas convaincue pour autant.

— Je vous ai entendue crier.

Lorsqu'elle dirait à sa grand-mère : « Dame Katherine et le père Roche étaient seuls dans l'église, et Dame Katherine poussait des hurlements », Imeyne ajouterait un nouveau péché à la liste des faiblesses du prêtre, et des raisons de se méfier de Kivrin.

— C'est à cause de l'obscurité. J'ai été surprise de le voir. Quand tu joues à cache-cache avec Rosemonde et qu'elle bondit sur toi, ne t'arrive-t-il jamais d'avoir peur ?

— Un jour, elle a sauté du fenil. J'ai été si effrayée que j'ai hurlé comme ça...

Elle fit une démonstration, un cri à glacer le sang.

— Une autre fois, Gawyn a surgi de derrière le paravent de la grande salle...

— C'est pareil, tout était très sombre.

— Le père Roche a sauté sur vous ?

— Non, fit-elle. Absolument pas.

— Irons-nous quand même chercher du houx avec lui ?

Si je ne l'ai pas terrifié, pensa Kivrin. S'il ne s'est pas enfui pendant que je bavardais avec Agnès.

Elle fit redescendre la fillette.

— Viens. Il faut le retrouver.

S'il avait disparu, elle ne pourrait regagner le manoir car l'enfant raconterait l'incident à sa grand-mère. Dans le cas contraire, elle devrait fournir des explications au prêtre. Que lui diraitelle ? Qu'elle l'avait pris pour un voleur, un violeur ? Le personnage d'un de ses cauchemars ?

— Devons-nous retourner là-bas ?

— Nous n'avons rien à redouter. Le père Roche est seul.

Mais Agnès avait si peur qu'elle enfouit sa tête dans les jupes de Kivrin, lorsque cette dernière ouvrit la porte.

Le prêtre n'était plus à côté du tombeau. Le lourd battant se referma et la fillette resta agrippée aux jambes de Kivrin qui attendait que sa vision se fût accoutumée à la pénombre.

— Tu n'as rien à craindre.

Ce n'est pas un assassin, se disait-elle. Il m'a administré l'extrême-onction.

— Le méchant homme est-il parti ?

— Il n'existe pas, répéta-t-elle.

Puis elle le vit, devant la statue de sainte Catherine. Il avait ramassé le cierge et se penchait pour le remettre à sa place. Il se redressa.

Elle avait attribué sa mine patibulaire à l'éclairage en contre-plongée mais il avait effectivement un faciès de bandit. L'autre nuit, sa capuche dissimulait sa tonsure.

— Où est le père Roche ? demanda Agnès en relevant la tête. Ah, le voilà !

Elle se précipita vers lui.

— Père Roche ! Père Roche ! Nous vous avons cherché partout.

Elle avait déjà oublié le méchant homme.

— Dans l'église, le clocher et votre maison.

D'un seul mouvement, il se tourna et la prit dans ses bras.

Kivrin s'arrêta à la hauteur du dernier pilier, pour laisser ralentir les battements de son cœur.

— Vous vous étiez caché ? demanda l'enfant qui avait pris le prêtre par le cou. Une fois, Rosemonde s'est dissimulée dans le fenil et a sauté sur moi. J'ai hurlé.

— Pourquoi me cherchais-tu, Agnès ? Quelqu'un est malade ?

Il avait le même accent que le garçon scorbutique et l'interprète traduisait ses propos avec un léger retard. Kivrin s'en étonna. Elle n'avait eu aucune difficulté à le comprendre, dans la chambre.

Parce qu'il s'adressait à moi en latin, conclut-elle. Elle reconnaissait le timbre de sa voix. C'était bien cet homme qui lui avait donné l'extrême-onction, dit de ne pas s'inquiéter.

— Nous voudrions aller ramasser du houx et du lierre avec vous. Dame Kivrin, Rosemonde, Sarrasin et moi.

Le prêtre se tourna et la vit.

— Pardonnez-moi, mon père. Je ne vous avais pas reconnu.

L'interprète lui fit dire, avec un bref décalage : « Je ne vous connaissais pas. »

— Elle a tout oublié, expliqua Agnès. Le bandit lui a donné un coup sur la tête. Elle ne se rappelle que son nom.

— On me l'a dit, fit-il sans quitter Kivrin des yeux. Est-il vrai que vous ne savez plus quel est le but de votre voyage ?

Elle brûlait du désir de lui révéler la vérité, de lui dire : « Je suis une historienne. On m'a envoyée étudier votre époque, je suis tombée malade et j'ignore où est le point de transfert. »

— Elle avait même oublié notre langue. J'ai dû lui donner des leçons.

— Vous ne vous rappelez plus qui vous êtes ?

— Non.

— Ni quelles routes vous avez empruntées ?

Elle pouvait enfin cesser de mentir.

— Non, seulement que vous et Gawyn m'avez transportée au manoir.

— Peut-on aller chercher du houx avec vous ? demanda Agnès, lassée par leur conversation.

Sans y prêter attention, il tendit la main comme pour bénir Kivrin. Mais il toucha sa tempe et elle comprit quelles avaient été ses intentions lorsqu'elle l'avait vu à côté du tombeau.

— Vous n'avez pas de balafre, fit-il.

— La blessure s'est cicatrisée.

Agnès tira le bras du prêtre et déclara :

— Il faut partir.

— C'est Dieu qui vous a envoyée parmi nous.

Non, c'est le Médiéval, pensa-t-elle. Mais elle se sentit réconfortée.

— Merci.

— Père Roche, vous irez chercher votre âne et moi, Rosemonde, décida Agnès.

Elle détala et Kivrin dut la suivre. Elles n'avaient pas atteint la porte que le battant s'ouvrit. Rosemonde regarda à l'intérieur, en cillant.

— Il pleut. Avez-vous trouvé le père Roche ?

— Et toi, as-tu ramené Blackie dans les écuries ?

— Oui. Je présume que le prêtre est parti ?

— Non, et il va nous accompagner. Il a joué à cache-cache avec...

— Il est allé chercher son âne, l'interrompit Kivrin.

— Tu m'as fait très peur quand tu as sauté du fenil, ajouta malgré tout la fillette.

Mais sa sœur avait déjà enfourché son cheval.

Il bruinait. Kivrin aida Agnès à se mettre en selle puis se hissa sur le rouan en utilisant le pilier du portillon du cimetière comme escabeau. Le père Roche arriva avec son âne et ils prirent le sentier qui grimpait dans un bosquet derrière l'église, longeait une petite prairie enneigée puis s'enfonçait dans les bois.

— Il y a des loups, ici, dit Agnès. Gawyn en a tué un.

Kivrin ne l'écoutait pas. Elle regardait le prêtre

et tentait de reconstituer les événements de l'autre nuit. Selon Rosemonde, Gawyn avait rencontré le père Roche sur la route du retour.

Mais cet homme s'était penché vers elle alors qu'elle se reposait contre la roue du chariot. La clarté vacillante du feu lui avait révélé son visage.

— Rosemonde ne monte pas à cheval comme il sied à une jeune fille, commenta Agnès avec affectation.

Sa sœur aînée avait pris de l'avance et les attendait à un tournant.

— Rosemonde ! lui cria Kivrin.

Elle revint au galop, faillit entrer en collision avec l'âne et s'arrêta brusquement.

— Ne pouvez-vous aller plus vite ? demanda-t-elle avant de faire demi-tour pour repartir à bride abattue.

Ils progressaient dans une forêt touffue, sur un étroit chemin. Kivrin s'intéressait aux arbres et essayait de déterminer si elle les avait déjà vus. Ils passèrent devant un bosquet de saules, trop éloigné et longé par un ruisseau ourlé de glace.

De l'autre côté, elle voyait des platanes lestés de gui et, au-delà, des alisiers espacés aussi régulièrement que dans une plantation. Elle n'en gardait aucun souvenir.

Ils avaient pourtant dû suivre cette route et elle espérait qu'un repère raviverait sa mémoire. Mais rien ne lui était familier. Elle était passée par là de nuit, alors qu'elle était très malade.

Elle ne se rappelait que le point de transfert, et encore était-il estompé par le même brouillard que le voyage vers le manoir. Il y avait une clairière, un chêne et un bosquet de saules. Et le père Roche penché vers elle.

Puis elle était tombée de cheval, à une bifurcation.

Ils n'avaient encore franchi aucune intersection, alors que de nombreux chemins reliaient les villages, les champs et les huttes isolées.

Ils gravirent une colline basse. Une fois au sommet, le prêtre se tourna pour s'assurer qu'elles le suivaient. Il sait où est cette clairière, se dit-elle.

Elles le rejoignirent, mais au-delà la forêt s'étendait à perte de vue. Ils devaient être dans Wychwood, et elle ne pourrait trouver seule le point de transfert dans plus de quatre cents kilomètres carrés de bois. Ici, sa vision portait à moins de dix mètres.

Ils descendirent sur l'autre versant et s'aventurèrent au milieu des arbres. Leur densité la sidérait. Ici, ils se touchaient et les rares espaces libres étaient comblés par des branches mortes, des taillis et la neige.

Elle avait eu tort de se dire qu'elle ne connaissait pas ce lieu. C'était la forêt où Blanche-Neige s'était égarée, tout comme Hänsel et Gretel et de nombreux princes. On y trouvait des loups, des ours et des maisons de sorcières.

Le père Roche attendait près de son âne que Rosemonde revînt vers lui au petit galop. Kivrin craignait qu'il se fût perdu, mais dès qu'elles l'eurent rejoint il coupa à travers bois pour emprunter un chemin encore plus étroit, invisible de la route.

Rosemonde ne pouvait dépasser le prêtre et son âne, mais elle bouillait visiblement d'impatience et Kivrin se demanda à nouveau ce qui la tracassait. Selon Imeyne, Messire Bloet était un puissant allié. Etait-ce exact? Rosemonde n'avait-elle pas entendu son père tenir à son sujet des propos justifiant qu'elle fût angoissée à la simple perspective de passer Noël en sa compagnie ?

Ils s'écartèrent du sentier et passèrent devant des saules, s'enfoncèrent au milieu de sapins et atteignirent un houx.

Kivrin avait vu de tels arbustes dans la cour de Brasenose, mais celui-ci était démesuré. Il les surplombait et empiétait sur le territoire des épineux, une masse de feuilles lustrées pointillées de baies rouge vif.

Le père Roche détacha les sacs du dos de l'âne et Agnès l'aida dans la mesure de ses moyens. Rosemonde sortit de sa cotte un couteau à la lame large et courte, pour tailler les branches les plus basses.

Kivrin crut discerner une zone plus claire et contourna le houx. Ce n'étaient pas des bouleaux mais de la neige.

Agnès vint la rejoindre, suivie par le prêtre qui serrait dans son poing une dague. Kivrin vit à nouveau en lui un bandit, mais il tendit un sac à la fillette.

— Tiens-le ouvert et j'y mettrai les branches.

Il les tranchait et Kivrin les prenait et les glissait dans le sac.

— Père Roche, dit-elle, je tenais à vous remercier d'être resté à mon chevet et de m'avoir conduite au manoir après...

— Votre chute, termina-t-il.

Elle avait eu l'intention de dire : « mon agression », et ses propos la surprirent. Avait-il rejoint Gawyn plus tard, loin de la clairière ? Elle l'avait pourtant vu à côté du chariot.

— Savez-vous où Gawyn m'a trouvée ?

Elle retint sa respiration.

— Oui.

Ivre de joie, elle demanda :

— Est-ce loin d'ici ?

— Guère.

Il apportait une branche qu'il venait de scier.

— Pourriez-vous m'y conduire ?

— Pourquoi ? voulut savoir Agnès qui écartait les bras pour tenir le sac ouvert. Les bandits pourraient revenir.

Le père Roche la dévisageait et semblait se poser la même question.

— Il se peut qu'en voyant cet endroit je me souvienne qui je suis et d'où je viens.

Il lui tendit la branche.

— Je vous y conduirai, dit-il.

— Merci.

Elle fourra le houx dans le sac, que le prêtre attacha et jeta sur son épaule.

Rosemonde vint les rejoindre, en tirant derrière elle un autre sac.

— Avez-vous terminé ? s'enquit-elle.

Le père Roche chargea son âne. Kivrin hissa Agnès sur le poney et aida Rosemonde à se mettre en selle. Le prêtre réunit ses grosses mains pour lui faire la courte échelle.

Il l'avait soulevée et installée sur le cheval blanc, après sa chute. Cela se passait loin du point de transfert et Gawyn n'avait eu aucune raison plausible de revenir avec lui sur les lieux de l'agression. Tout s'embrouillait dans son esprit. La fièvre n'avait-elle pas faussé sa perception des distances ? Ce lieu n'était-il pas plus proche qu'elle ne le supposait ?

Le père Roche regagna le chemin et repartit vers le manoir. Rosemonde le laissa prendre de l'avance puis demanda d'une voix aussi sèche que celle de sa grand-mère :

— Où va-t-il ? Il n'y a pas de lierre, de ce côté.

— Nous allons à l'endroit où les bandits ont attaqué Dame Katherine, expliqua Agnès.

Son aînée dévisagea Kivrin avec suspicion.

— Pourquoi ? Gawyn n'a-t-il pas tout apporté au manoir ?

— Elle espère retrouver ses souvenirs. Dame Kivrin, si vous vous rappelez qui vous êtes, rentrerez-vous chez vous ?

— Certes, déclara Rosemonde. Les siens l'attendent, et elle ne peut rester éternellement auprès de nous.

Elle avait dit cela pour faire réagir sa cadette, et ce fut efficace.

— Bien sûr que si ! Elle est notre gouvernante.

— Elle doit en avoir assez de s'occuper d'un bébé pleurnichard, lança Rosemonde avant de repartir au trot.

— Je ne suis plus un bébé ! Le bébé, c'est toi ! cria Agnès qui se tourna ensuite vers Kivrin pour lui dire : Je ne veux pas que vous me quittiez !

— Je ne suis pas encore partie. Viens, le père Roche nous attend.

Rosemonde était déjà loin sur le chemin enneigé.

Ils traversèrent un ruisseau et virent au loin un embranchement. Leur route s'incurvait sur la droite, l'autre était rectiligne sur une centaine de mètres puis obliquait vers la gauche. A la bifurcation, Rosemonde laissait son cheval piaffer et secouer la tête pour exprimer sa propre impatience.

Je suis tombée à une fourche de la route, se dit Kivrin. Mais il y avait des douzaines d'intersections sur les sentiers qui traversaient la forêt de Wychwood. Le père Roche prit à droite sur quelques mètres puis s'engagea dans les bois.

Elle ne voyait ni saules ni colline. Sans doute suivait-il le chemin emprunté par Gawyn. Elle se rappelait un long voyage, avant leur arrivée à l'embranchement.

Ici, les arbres étaient si rapprochés qu'elles durent mettre pied à terre et mener leurs chevaux par la bride. Il n'y avait aucun sentier visible. Le père Roche s'enfonçait dans la neige, baissait la tête pour passer sous les branches basses, contournait des pruniers épineux.

Kivrin essayait de graver la scène dans sa mémoire pour pouvoir retrouver seule son chemin, mais tout ici se ressemblait. Il lui faudrait revenir avant que la neige eût fondu pour suivre leurs traces et baliser la piste en faisant des encoches dans l'écorce des arbres, ou en semant des miettes de pain comme le Petit Poucet.

Qu'il se fût perdu avec ses frères n'avait rien d'étonnant. Ils ne s'étaient guère éloignés de l'orée de la forêt et il lui était déjà impossible de s'orienter. Hänsel et Gretel auraient pu errer à jamais sans trouver le chemin du retour, ni la maison de la sorcière.

L'âne s'arrêta et le père Roche l'attacha à une branche.

— Que se passe-t-il ? s'enquit Kivrin.

— Nous sommes arrivés.

Mais ce n'était pas le point de transfert, pas même une clairière, seulement un espace dégagé par un chêne dont les branches avaient empêché les autres arbres de croître.

— Pouvons-nous faire un feu ? demanda Agnès.

Elle se dirigea vers un petit tas de cendres et s'assit sur le tronc d'un bouleau déraciné.

— J'ai froid, déclara-t-elle en poussant du pied des pierres noircies.

Le bois mort ne s'était pas consumé longtemps. On avait recouvert les braises de terre, pour les éteindre. Kivrin revoyait le père Roche accroupi devant les flammes, dont les reflets dansaient sur son visage.

— Alors ? lança Rosemonde avec impatience. Vous rappelez-vous quelque chose ?

Elle se souvenait de ce feu de camp, qu'elle avait pris pour son bûcher. Ce n'était pas le point de transfert, mais elle avait pourtant vu le prêtre se pencher vers elle alors qu'elle était adossée à la roue du chariot.

— Etes-vous sûr de ne pas vous tromper ?

— Absolument, fit-il en fronçant les sourcils.

— Si le méchant homme arrive, je l'embrocherai comme ça ! déclara Agnès.

Elle brandissait devant elle un bâton en partie calciné.

Il se brisa, et elle s'accroupit pour en prendre un autre. Puis elle changea d'avis, s'assit sur le sol et entrechoqua des brindilles pour voir les fragments noircis se rompre et s'envoler.

A l'emplacement qu'avait occupé Kivrin pendant qu'on allumait ce feu. Gawyn s'était penché vers elle et l'éclat des flammes avait embrasé ses cheveux roux. Il avait tenu des propos incompréhensibles puis éteint les braises en les dispersant avec ses bottes. La fumée l'avait aveuglée.

— Vous rappelez-vous qui vous êtes ? voulut savoir Agnès.

— Comment vous sentez-vous ? demanda le père Roche.

— Bien, merci. Je... j'espérais que la vision du lieu de l'attaque me rafraîchirait la mémoire.

Il la dévisagea pensivement puis alla vers son âne.

— Venez, dit-il.

— Vous souvenez-vous de quelque chose ? insista Agnès.

Elle fit claquer ses mains, noires de cendres.

— Tu as sali tes mitaines, lui reprocha sa sœur en la tirant par le bras pour l'obliger à se lever. Et tu as mouillé ton manteau en t'asseyant dans la neige !

Kivrin les sépara et ordonna à Rosemonde :

— Détachez le poney d'Agnès. Nous devons aller cueillir du lierre.

Elle fit tomber la neige collée au vêtement d'Agnès puis essuya sans résultat la fourrure blanche.

Le prêtre les attendait à côté de son âne.

— Nous nettoierons tes mitaines une fois de retour, dit-elle. Viens, le père Roche est prêt.

Kivrin prit les rênes de la jument. Ils revinrent sur leurs pas, puis bifurquèrent vers une route. Elle ne voyait aucun embranchement et s'interrogeait. Tout se ressemblait, ici... des saules, une petite clairière et un chêne.

Reconstituer les événements était facile. Gawyn la conduisait au manoir quand elle avait fait cette chute. Il avait allumé un feu pour la réchauffer puis était allé chercher de l'aide.

A moins que le père Roche n'eût été attiré par l'éclat des flammes. Le prêtre ne connaissait pas l'emplacement du point de transfert et supposait que Gawyn l'avait découverte sous ce chêne.

— Où va-t-il, à présent ? demanda Rosemonde, avec tant de hargne que Kivrin eut envie de la gifler. On trouve du lierre bien plus près de chez nous. Nous serions au chaud à la maison, si Agnès n'avait pas emmené son chiot, et voilà qu'il se met à pleuvoir !

C'était exact. Elle repartit au galop et Kivrin n'envisagea même pas de la retenir.

— Rosemonde est une grincheuse, commenta Agnès.

— Sais-tu ce qui la tracasse ?

— Elle pense à Messire Bloet, qu'elle doit épouser.

— Quoi ?

Imeyne avait parlé de noces, mais Kivrin s'était imaginé qu'elle se référait à une union entre une des filles de leur puissant voisin et un des fils de Messire Guillaume.

— N'est-il pas l'époux de Dame Yvolde ?

— Non. Dame Yvolde est sa sœur.

— Rosemonde est trop jeune pour prendre un mari, fit-elle.

Mais elle savait qu'au XIVe siècle on mariait souvent les filles avant qu'elles soient nubiles, parfois même à leur naissance. C'était un excellent moyen d'étendre un domaine et d'élever le statut social. Plusieurs récits médiévaux de jeunes vierges épousant des vieillards édentés lui revinrent à l'esprit.

— L'aime-t-elle ?

C'était une question stupide. Rosemonde bouillait de rage depuis qu'elle avait été informée de sa venue.

— Moi, je l'aime bien, déclara Agnès. Il m'a promis de me donner une chaîne de mors en argent, quand il l'épousera.

Kivrin regarda Rosemonde qui les attendait plus loin. Rien ne prouvait que Messire Bloet était un vieillard lubrique. Elle faisait de simples suppositions, comme lorsqu'elle s'était imaginé que Dame Yvolde était sa femme. Peut-être était-il dans la force de l'âge et sa fiancée changerait-elle d'avis avant les noces.

— Quand aura lieu la cérémonie ?

— A Pâques.

Ils avaient atteint une nouvelle bifurcation et la route empruntée par Rosemonde gravissait une petite colline.

Dans seulement trois mois, et elle n'avait que douze ans ! Que Dame Eliwys n'eût pas souhaité informer Messire Bloet de leur présence ne l'étonnait plus. Elle ne pouvait approuver cette union organisée dans le seul but de sauver son époux.

Rosemonde atteignit le haut de l'éminence puis redescendit au galop demander au père Roche :

— Où nous conduisez-vous ? Nous allons quitter les bois.

— Nous sommes presque rendus, affirma-t-il.

Elle fit demi-tour, disparut derrière la crête, réapparut, revint vers eux et repartit. Comme le rat qui cherchait à sortir de sa cage, se dit Kivrin.

La pluie se changeait en neige fondue. Le prêtre rabattit son capuchon sur sa tonsure et guida l'âne vers le haut de la pente. Arrivé au sommet, l'animal s'immobilisa. Le père Roche tira sur la longe, et il recula.

Kivrin et Agnès le rejoignirent.

— Que se passe-t-il ? demanda Kivrin.

— Avance, Balaam, grommelait le prêtre.

Il prit la corde à deux mains, mais la bête de somme planta ses sabots postérieurs dans le sol et se pencha en arrière, comme pour s'asseoir.

— Il ne doit pas aimer la pluie, suggéra Agnès.

— Pouvons-nous vous aider ? s'enquit Kivrin.

— Non. Continuez sans moi. Balaam sera plus docile, si vos montures sont loin.

Il passa derrière l'animal récalcitrant, sans doute pour le pousser. Kivrin atteignit la crête et regarda par-dessus son épaule afin de s'assurer que l'âne ne l'avait pas assommé d'une ruade. Elles descendirent sur l'autre versant.

La neige détrempée fondait et révélait un bourbier au fond de la dépression. Rosemonde les attendait sur la colline suivante. La forêt s'interrompait à mi-pente. Et au-delà s'étend une plaine où on peut voir une route, ainsi qu'Oxford, pensa Kivrin.

— Où allez-vous ? Attendez-moi ! lui cria Agnès.

Mais elle avait déjà atteint le bas de l'éminence et mis pied à terre. Elle secouait les buissons pour faire choir le manteau blanc qui les couvrait. Il y avait des saules, et derrière eux la ramure d'un grand chêne. Soudées par le gel, les branches s'opposaient à sa progression. Elle les martela de ses poings, et des blocs de neige churent sur elle. Des oiseaux s'envolèrent en piaillant. Elle s'ouvrit un passage dans les branchages, en espérant trouver au-delà une clairière. Elle la vit.

Ainsi qu'un chêne, et un peu plus loin des bouleaux aux troncs pâles. C'était le point de transfert.

Mais cette clairière n'était-elle pas plus vaste ? Et le chêne n'avait-il pas eu plus de feuilles, plus de nids ? En outre, elle ne se souvenait pas de ce prunier sauvage aux bourgeons violacés nichés au sein des épines. Elle aurait dû se le rappeler, n'est-ce pas ?

C'est la neige, se dit-elle. Elle métamorphose le paysage. Il y en avait près de cinquante centimètres, lisse, immaculée. Nul ne semblait s'être jamais aventuré en ce lieu.

— Est-ce ici que le père Roche espère trouver du lierre ? grommela Rosemonde qui venait la rejoindre et regardait de toutes parts. Je n'en vois pas.

N'en avait-elle pas aperçu, au pied du chêne ?

C'est la neige, se répéta-t-elle. Elle a recouvert tous les points de repère. Et les ornières creusées par le chariot quand Gawyn l'a tiré.

La cassette... Il ne l'avait pas apportée au manoir. Les hautes herbes des bas-côtés de la route l'avaient dissimulée.

Elle repartit au milieu des saules, sans faire cas des paquets de neige qui tombaient des branches. Le long du chemin la couche était moins épaisse. La cassette devait être visible. Elle croisa Rosemonde, qui lui cria :

— Dame Katherine ! Où allez-vous ?

— Kivrin ! hurla Agnès, en un écho pathétique.

Elle était sur la route, un pied coincé dans l'étrier.

— Venez m'aider ! Vite !

Kivrin la regarda puis se tourna vers la colline. Le père Roche se colletait toujours avec l'âne récalcitrant. Elle devait trouver la cassette avant son arrivée.

— Reste en selle, Agnès ! ordonna-t-elle.

Elle dégagea la neige sous les saules.

— Que cherchez-vous ? demanda Rosemonde. Il n'y a pas de lierre, ici !

— Dame Kivrin ! hurlait Agnès.

Les branches s'étaient affaissées sous le poids de la neige et la cassette devait être plus loin. Elle se pencha et ne vit rien. Elle avait refusé de l'admettre, mais la ramure abritait le sol et la couche de neige n'était pas assez épaisse pour dissimuler cet objet. Il devrait pourtant être là, pensa-t-elle. Si je suis au bon endroit, évidemment.

— Dame Kivrin !

Elle tourna la tête. Agnès était descendue de sa monture et venait vers elle à toutes jambes.

— Ne cours pas ! cria Kivrin.

Trop tard. L'enfant trébucha dans une ornière et tomba.

Kivrin alla la prendre dans ses bras. Agnès avait eu le souffle coupé et elle exerça une pression sur son ventre pour l'obliger à inspirer.

La fillette hoqueta, puis hurla.

— Allez chercher le père Roche, dit Kivrin à Rosemonde. Il est sur la colline. Son âne refuse d'avancer.

— Il arrive.

Il avait abandonné l'animal et dévalait la pente. Elle lui eût également crié de ne pas courir si elle n'avait su que les pleurs d'Agnès couvriraient cette mise en garde.

— Chut, murmura-t-elle. Tu n'as rien.

Dès qu'il fut près d'elles, l'enfant se jeta dans ses bras.

— Chut, fit-il à son tour en la serrant contre lui. Calme-toi.

Les hurlements se réduisirent à des sanglots.

— Où as-tu mal ? voulut savoir Kivrin. Aux mains ?

Le prêtre lui présenta la fillette pour qu'elle pût lui retirer ses mitaines. La peau était rouge, mais sans une égratignure.

— Où es-tu blessée ?

— Elle n'a rien, intervint Rosemonde. Elle pleure parce que c'est un bébé.

— Je ne suis pas un bébé ! rétorqua Agnès avec véhémence. J'ai mal au genou.

— Lequel ? demanda Kivrin. Le même que l'autre fois ?

— Oui ! Ne le touchez pas !

— Entendu.

La plaie avait dû se rouvrir, mais tant que le sang ne traversait pas son haut-de-chausses en cuir, il était sans objet de l'exposer au froid en retirant ce vêtement.

— Mais tu me laisseras regarder quand nous serons rentrées, d'accord ?

— Je veux retourner à la maison tout de suite !

Kivrin regarda les saules, la clairière, la colline au sommet dénudé. Peut-être avait-elle posé la cassette plus loin de la route et...

— Je veux rentrer ! Je gèle !

— Entendu.

Les mitaines de l'enfant étaient trempées. Kivrin ne pouvait les lui remettre. Elle lui enfila les siennes, ce qui parut la ravir. Mais quand le père Roche voulut l'asseoir sur son poney, elle gémit :

— Je veux monter avec vous.

Kivrin hocha la tête et enfourcha son cheval. Le père Roche lui tendit Agnès et prit le poney par la bride pour remonter la colline. Au sommet, l'âne broutait toujours l'herbe éparse.

Elle regarda derrière eux. C'est là, se dit-elle. Mais elle n'aurait pu l'affirmer. Même l'éminence avait un aspect différent, vue d'ici.

Le prêtre saisit la longe de l'âne, qui refusa de bouger. Il renonça, mais dès qu'il descendit l'autre versant avec le poney, la bête de somme décida de le suivre.

La neige fondait et la jument de Rosemonde manqua déraper alors qu'elle galopait sur la ligne droite menant à la bifurcation. Elle continua au trot.

A l'embranchement suivant, le père Roche prit à gauche. La route était bordée de saules et de chênes, et creusée d'ornières boueuses entre chaque colline.

— Rentrons-nous, Kivrin ? demanda Agnès.

— Oui.

L'enfant grelottait et elle la couvrit avec un pan de son manteau.

— As-tu toujours mal au genou ?

— Non. Mais nous ne rapportons pas de lierre. Vous êtes-vous rappelé quelque chose, en voyant cet endroit ?

— Non.

— Tant mieux, déclara Agnès en se pelotonnant contre elle. Comme ça, vous serez obligée de rester avec nous.

17

Andrews ne téléphona que le jour de Noël, en fin d'après-midi. Colin s'était naturellement levé aux aurores pour découvrir ses cadeaux.

— Allez-vous rester couché toute la journée ? demanda-t-il à Dunworthy qui cherchait ses lunettes à tâtons. Il est presque huit heures.

Il n'était en fait que six heures et quart et la nuit était si noire qu'elle dissimulait la pluie. Colin avait dormi bien plus longtemps que lui. Dunworthy l'avait renvoyé à Balliol à la fin de l'office œcuménique, alors qu'il allait quant à lui prendre des nouvelles de Latimer à l'hôpital.

— Il a une forte fièvre mais pas de complications pulmonaires, lui avait dit Mary. Il est arrivé à quinze heures en se plaignant de maux de tête qui avaient débuté deux heures plus tôt. Quarante-huit heures d'incubation. Inutile de lui demander où il a pris ça. Et vous, vous vous sentez comment ?

Il était resté pour la prise de sang. L'admission d'un nouveau patient l'avait contraint à attendre, au cas où il pourrait l'identifier. Il s'était couché à plus d'une heure du matin.

Colin lui tendit une papillote et insista pour qu'il fît claquer le pétard et lût la devinette écrite sur le bout de papier sulfurisé : « *Que peut-on dire du propriétaire d'une station-service qui fait les cent pas devant chez lui ?*

Qu'il marche à côté de ses pompes. »

Finalement, Colin s'assit sur le sol et ouvrit ses paquets. Les savonnettes eurent beaucoup de succès.

— Regardez, fit-il en tirant la langue. Elles changent de couleur.

Ainsi que ses dents et ses lèvres.

Le livre parut lui faire plaisir, même s'il sautait aux yeux que l'absence d'holos le décevait. Il feuilleta les pages, pour répertorier les illustrations.

— Voyez un peu ça !

Il montra une image à Dunworthy qui dormait toujours à moitié.

C'était la tombe d'un chevalier. Les traits et la position du gisant en armure évoquaient le repos éternel mais dans une niche qui ressemblait à une lucarne ouverte sur le côté du caveau était représenté un cadavre qui se débattait. Des lambeaux de chair se détachaient du corps, les mains du squelette se recourbaient telles des serres et le visage n'était plus qu'un crâne aux orbites vides. Des vers grouillaient entre ses jambes et sur son épée. « *Oxfordshire, v. 1350,* disait la légende. *Exemple de décoration funéraire macabre fréquente après l'épidémie de peste bubonique.* »

— Apocalyptique, pas vrai ? commenta Colin, visiblement aux anges.

Il fit même semblant d'être content du cache-nez.

— C'est l'intention qui compte, non ? Je le mettrai pour rendre visite aux malades. Ils ne prêteront pas attention à mon apparence.

— Rendre visite à quels malades ? voulut savoir Dunworthy.

Colin se leva et alla fouiller dans son sac.

— Hier soir, le vicaire m'a demandé d'aller voir des gens, de leur apporter des médicaments.

Il en sortit un sachet en papier.

— Votre cadeau. Je n'ai pas pu l'envelopper parce que votre secrétaire dit qu'il faut économiser le papier.

Dunworthy plongea la main dans le sachet. Il contenait un petit calepin rouge.

— C'est un agenda, expliqua Colin. Vous pourrez cocher les jours jusqu'au retour de cette fille.

Il ouvrit la première page.

— J'en ai choisi un où il y avait aussi le mois de décembre de cette année.

— Je suis très touché. C'est vraiment trop gentil, affirma Dunworthy.

Il tourna les pages, jusqu'au massacre des Innocents.

— Je voulais vous offrir une reproduction de la tour Carfax avec une boîte à musique qui joue « La Révolte des joujoux », mais elle coûtait vingt livres.

Le téléphone sonna. Ils bondirent vers le combiné.

— Je parie que c'est ma mère, dit Colin.

C'était Mary. Elle appelait de l'hôpital.

— Comment vous sentez-vous ?

— J'ai les paupières lourdes, déclara Dunworthy. Et Latimer ?

— Il va mieux. Son cas est bénin.

Elle avait toujours sa blouse mais elle s'était peignée et paraissait presque joyeuse.

— Nous avons trouvé le lien avec ce virus américain.

— Latimer est allé outre-Atlantique ?

— Non, un de ces étudiants que je vous ai demandé d'interroger la nuit dernière... non, il y a deux jours. Je m'y perds. Il vous a menti parce qu'il avait fait sauter les cours pour aller retrouver une jeune femme.

— En Caroline du Sud ?

— Non, à Londres. Mais c'est une Américaine. Elle venait du Texas, avec un changement d'avion à Charleston. Le C.D.C. cherche qui a pu la contaminer dans cet aéroport. Passez-moi mon petit-neveu, je voudrais lui souhaiter un joyeux Noël.

Il tendit le combiné à Colin, qui dressa la liste de ses cadeaux et lui posa la devinette de la papillote.

— M. Dunworthy m'a offert un livre sur le Moyen Age. Saviez-vous qu'on décapitait les voleurs puis qu'on exposait leur tête sur le pont de Londres ?

— Remercie-la pour le cache-nez, murmura Dunworthy.

Mais il lui rendait déjà le combiné.

— Elle a un truc à vous dire.

— Je constate que vous prenez bien soin de lui, déclara Mary. Je vous en suis très reconnaissante. Je ne suis pas encore rentrée chez moi et le laisser seul le jour de Noël m'aurait vraiment ennuyée. Je suppose qu'il n'a pas reçu les cadeaux promis par ma nièce ?

— Non.

— Et qu'elle n'a même pas téléphoné, ajouta Mary avec dégoût. C'est une mère indigne. Quand je pense que son fils pourrait être hospitalisé et avoir 40° de fièvre !

— Comment se porte Badri ?

— Sa température a baissé, mais restent les

complications pulmonaires. Nous l'avons mis sous synthamycine. Ce traitement a donné de bons résultats sur les Américains.

Elle promit de faire tout son possible pour dîner avec eux puis raccrocha. Colin leva les yeux de son livre.

— Saviez-vous qu'ils avaient pour habitude de brûler des gens sur un bûcher, à l'époque ?

Dunworthy l'envoya prendre son breakfast au réfectoire puis essaya de téléphoner à Andrews. Les lignes étaient saturées. La voix de synthèse d'un ordinateur qui n'avait pas été reprogrammé depuis leur mise en quarantaine attribua les encombrements aux fêtes de fin d'année et lui conseilla de reporter à plus tard tous les appels qui n'étaient pas urgents. Il fit deux autres essais, et essuya autant d'échecs.

Finch arriva, avec un plateau.

— Est-ce que ça va, monsieur ? Vous n'êtes pas malade, j'espère ?

— Non, j'attends un coup de fil.

— Vous m'en voyez ravi. J'ai craint le pire, en constatant que vous ne veniez pas prendre votre petit déjeuner.

Il souleva un couvercle pointillé de gouttes de pluie.

— C'est un bien piètre repas pour un tel jour, monsieur, mais nous n'avons presque plus d'œufs. J'ignore avec quoi nous préparerons le dîner. Il n'y a plus une seule dinde dans tout l'établissement.

Dunworthy ne trouvait rien à redire à cet en-cas composé d'un œuf dur, de hareng fumé et de petits pains fourrés à la confiture.

— J'ai pensé à un pudding, mais le brandy fait également défaut, ajouta Finch.

Il prit une enveloppe glissée sous le plateau et la

tendit à Dunworthy, qui l'ouvrit aussitôt. Elle contenait une circulaire du ministère de la Santé. Il lut. « Premiers symptômes de la grippe : 1. désorientation. 2. maux de tête. 3. douleurs musculaires. Eviter la contamination. Porter en permanence le masque réglementaire. »

— Quel masque réglementaire ?

— Ils nous ont été distribués ce matin. Je ne sais pas comment nous ferons la vaisselle. Les détergents commencent à manquer, eux aussi.

Il y avait quatre autres messages au contenu plus ou moins identique et un rapport de William Meager. Il avait joint un relevé de la carte bancaire de Badri pour le lundi vingt décembre. Entre midi et quatorze heures trente, le tech était allé faire l'achat de trois livres de poche chez Blackwell's, d'un cache-nez rouge et d'un carillon digital miniature chez Debenham's. Des douzaines de nouveaux contacts.

Colin arriva avec une serviette pleine de petits pains.

— Si vous passiez au réfectoire après avoir reçu le coup de fil que vous attendez, cela apaiserait les esprits, suggéra Finch. Mme Meager dit que vous avez dû attraper ce virus. A cause de la mauvaise aération des dortoirs.

— J'y ferai une apparition, promit Dunworthy.

— Toujours à son sujet, monsieur. Son comportement est inqualifiable. Elle critique notre établissement et sape le moral.

— La Mégère m'a même déclaré que ces petits pains risquaient de détruire mon système immunitaire, surenchérit Colin en posant son butin sur la table.

— Ne pourrait-on pas l'éloigner, lui trouver une occupation à l'hôpital ? demanda Finch.

— Imposer sa présence à des gens qui sont déjà

malades serait inhumain. Ils ne s'en relèveraient pas. Vous devriez vous adresser au vicaire. Il cherche des volontaires pour l'assister.

— Vous n'avez pas de cœur, intervint Colin. J'ai trouvé ce type plutôt sympathique.

— Au représentant de la Sainte Eglise Re-Formée, alors. Vu qu'il récite la messe des temps de calamités pour ragaillardir ses ouailles, ils devraient être faits pour s'entendre.

— Je lui téléphone tout de suite, dit Finch en sortant.

Dunworthy prit son breakfast mais laissa les petits pains à Colin. Avant de remporter le plateau, Dunworthy lui demanda d'aller immédiatement le chercher si le tech appelait. Il pleuvait toujours. Les arbres étaient noirs et les gouttes brillaient sur les guirlandes lumineuses du sapin.

Les femmes n'avaient pas terminé leur repas, à l'exception des carillonneuses qui enfilaient leurs gants blancs et installaient leurs clochettes devant elles. Finch expliquait que pour mettre les masques du ministère de la Santé il suffisait de tirer les bandes latérales puis de les appliquer sur les joues.

— Vous avez une mine de papier mâché, monsieur Dunworthy, lui dit Mme Meager. Ce n'est pas étonnant. Les conditions d'hygiène sont épouvantables, ici. Je m'étonne que ce soit la première épidémie qui dévaste le secteur. Ventilation inexistante et personnel plein de mauvaise volonté. Votre M. Finch a même été grossier avec moi, quand j'ai exigé d'être logée avec mon fils. Il m'a dit que si je voulais rester ici, je devrais me contenter de ce qu'on mettait à ma disposition.

Colin arriva en dérapant.

— On vous demande au téléphone, dit-il.

Dunworthy alla pour partir, mais Mme Meager se plaça sur son chemin.

— Je lui ai rétorqué que si la santé de mon William le laissait indifférent...

— Excusez-moi, mais...

— ... une bonne mère ne pouvait abandonner son fils malade.

— Dépêchez-vous, monsieur ! insista Colin.

— Vous ne comprendrez jamais. Voyez ce malheureux ! fit-elle en saisissant Colin par le bras. Vous l'envoyez sous une pluie diluvienne sans parapluie !

Dunworthy mit à profit ce déplacement latéral pour contourner l'obstacle.

— Vous vous fichez que votre fils attrape la grippe indienne, qu'il s'empiffre de petits pains et qu'il soit trempé jusqu'aux os ! hurla-t-elle.

Colin réussit à lui échapper et à fuir.

— Je ne serais pas surprise d'apprendre que ce virus est apparu ici, à Balliol ! leur cria-t-elle. De négligence criminelle, voilà de quoi vous vous rendez coupable. De négligence criminelle !

Dunworthy se rua dans la pièce et saisit le combiné. L'écran était vierge.

— Il y a quelqu'un ?

— Les lignes sont saturées et ils n'ont conservé que les liaisons audio. Lupe Montoya, à l'appareil. Basingame est-il saumon ou truite ?

— Quoi ? fit Dunworthy en fronçant les sourcils.

— J'ai consacré toute la matinée à appeler des agences de tourisme. Quand j'ai pu établir la liaison, je me suis entendu répondre que l'endroit où il a pu aller dépend de ce qu'il pêche. A-t-il des amis qui pourraient me renseigner ?

— Je ne sais pas. Mademoiselle Montoya, j'attends un appel important...

— J'ai tout essayé... même son coiffeur. Sa femme prétend qu'il ne lui a pas dit où il allait. J'espère qu'il n'a pas inventé cette histoire de pêche écossaise pour s'éclipser avec sa maîtresse.

— Je vois mal M. Basingame...

— D'accord, mais comment expliquez-vous que nul ne sait où il est ? Et pourquoi il n'a pas essayé de nous joindre ? On a pourtant parlé de l'épidémie dans tous les journaux et à la télévision.

— Mademoiselle Montoya, je...

— Compris, je vais devoir contacter les spécialistes du saumon *et* les spécialistes de la truite. Je vous rappelle dès que j'ai du nouveau.

Elle raccrocha. Dunworthy en fit autant, certain qu'Andrews avait essayé de le joindre pendant qu'elle occupait la ligne.

— Vous m'avez dit qu'il y avait eu des tas d'épidémies au Moyen Age, pas vrai ? demanda Colin.

Assis devant la fenêtre, il feuilletait le livre et grignotait les petits pains.

— C'est exact.

— Je ne trouve pas où ils en parlent, dans ce bouquin. A quoi faut-il chercher ?

— Essaie « peste noire ».

Dunworthy attendit un quart d'heure puis fit un nouvel essai. Les lignes étaient toujours saturées.

— Saviez-vous que la peste noire est arrivée jusqu'à Oxford ? demanda Colin qui avait terminé les petits pains et entamait son stock de savonnettes. Pour Noël, comme à présent.

— Cette grippe n'est pas comparable à la maladie qui a décimé entre un tiers et la moitié des Européens.

— Je sais. C'était autrement spectaculaire. Elle était propagée par les rats et les gens avaient des bonbons...

— Des bubons.

— Des bubons sous les bras. Ces machins devenaient tout noirs et énormes, et ensuite le mec clamsait ! Ouais, cette grippe est moins spectaculaire, conclut-il, visiblement déçu.

— En effet.

— Et il y avait trois types de peste. La bubonique, caractérisée par des bon… bubons. La pulmonaire, quand les gens crachaient du sang partout. Et la septidermique…

— Septicémique.

— Septicémique, qui vous faisait devenir tout noir et crever en moins de trois heures ! C'est pas apocalyptique ?

— Si, confirma Dunworthy.

Le téléphone sonna peu après onze heures. Mais c'était Mary qui leur annonçait qu'elle ne pourrait dîner en leur compagnie.

— Nous avons admis cinq nouveaux cas, ce matin.

— Nous passerons à l'hôpital dès que j'aurai reçu le coup de fil d'un tech. Je compte lui demander d'interpréter le relèvement.

— En avez-vous parlé à Gilchrist ?

— Gilchrist ? Il s'en fiche. Il ne songe qu'à préparer le prochain scoop de Kivrin sur la peste noire !

— Vous devriez malgré tout l'en informer. Il remplace le recteur, et le dresser contre vous serait sans objet. S'il faut ramener Kivrin, vous aurez besoin de son accord. Mais nous en discuterons quand vous viendrez. J'en profiterai pour vous faire une piqûre.

— Je croyais que vous attendiez l'analogique.

— La réaction des malades au traitement conseillé par Atlanta ne me satisfait pas. Nous avons constaté de légères améliorations mais Badri va plus mal. Je veux renforcer les cellules T de tous les gens à haut risque.

A midi, Andrews n'avait toujours pas téléphoné. Dunworthy envoya Colin se faire vacciner. Il revint avec une mine de chien battu.

— C'est si douloureux que ça ? s'enquit Dunworthy.

— Pire, répondit Colin en s'affalant sur la banquette. La Mégère m'a chopé au passage. Je me frottais le bras et elle m'a demandé d'où je venais. Je le lui ai dit, et elle a voulu savoir pourquoi son Willy n'avait pas eu droit à une piqûre, lui aussi. Elle a beuglé que c'était du despotisme.

— Népotisme.

— Ça se pourrait. J'espère que ce prêtre lui trouvera une occupation cadavérique.

— Comment va ta grand-tante ?

— Je ne l'ai pas vue. Ils étaient débordés, là-bas, avec tous ces lits dans les couloirs et le reste.

Ils décidèrent d'aller dîner au réfectoire à tour de rôle. Colin revint moins d'un quart d'heure plus tard.

— J'ai filé quand les carillonneuses ont commencé leur concert, avoua-t-il. M. Finch m'a chargé de vous informer qu'il n'y a plus ni sucre ni beurre, et presque plus de crème.

Il sortit une tartine à la confiture de sa poche.

— J'aurais préféré qu'il n'y ait plus de choux de Bruxelles.

Dunworthy lui demanda d'aller immédiatement l'avertir si Andrews téléphonait et de noter tous les autres messages. A son arrivée au réfectoire, les carillonneuses se démenaient comme de beaux diables pour exécuter un canon de Mozart.

Finch lui présenta le plat de légumes.

— Il ne reste que quelques morceaux de dinde, monsieur. Je suis heureux que vous ayez pu venir à temps pour écouter avec nous les vœux de Sa Majesté la reine.

Les Américaines posèrent leurs clochettes sous un tonnerre d'applaudissements enthousiastes et Mlle Taylor approcha, toujours en gants blancs.

— Monsieur Dunworthy, je ne vous ai pas vu pour le breakfast et M. Finch m'a dit que c'était à vous que je devais m'adresser pour obtenir une salle de répétition.

Il fut tenté de demander : « Dans quel but ? » mais il mangea un chou de Bruxelles.

— Une salle de répétition ?

— Oui, pour peaufiner notre Chicago Surprise Minor. J'ai proposé au doyen de Christ Church d'interpréter cette nouveauté à l'occasion du jour de l'an, mais nous devons pour cela nous exercer. J'ai dit à M. Finch que le grand local de Beard serait parfait…

— C'est le réfectoire des seniors.

— Votre secrétaire a dit qu'il l'utilisait pour stocker les provisions.

Quelles provisions ? se demanda-t-il. Ne manquaient-ils pas de tout, de choux de Bruxelles exceptés ?

— Et que les salles de cours devaient être laissées à la disposition des services hospitaliers. Ce qu'il nous faut, c'est un endroit tranquille. Exécuter le Chicago Surprise Minor n'est pas une mince affaire, croyez-moi. Les altérations du thème réclament une concentration totale, et je ne vous parlerai pas des variations.

— Je vous en remercie.

— Nous n'avons pas besoin de beaucoup de

place, notez bien, mais ici les allées et venues constantes font perdre la mesure à notre ténor.

— Nous vous trouverons quelque chose, rassurez-vous.

— Les sept cloches nous permettraient d'opter pour un ternaire, mais nos collègues de la Guilde d'Amérique du Nord en ont joué un l'année dernière. J'ai d'ailleurs cru comprendre que leur exécution laissait à désirer. Le ténor ne suivait pas le tempo et avait un coup de poignet lamentable. C'est une autre raison de répéter constamment, la précision du coup de poignet est d'une importance capitale.

— Je ne vous le fais pas dire.

Mme Meager apparut sur le seuil, l'expression à la fois menaçante et maternelle.

— J'attends un coup de fil, dit Dunworthy qui se leva pour utiliser Mlle Taylor en tant que bouclier entre lui et la harpie.

Il renouvela sa promesse de lui trouver une salle de répétition et s'éclipsa. Il regagna son logement. Andrews n'avait pas téléphoné mais il y avait un message de Montoya.

— Elle m'a chargé de vous dire de ne pas vous en faire, déclara Colin.

— C'est tout ? Rien d'autre ?

— Non.

Avait-elle réussi à joindre Basingame et à obtenir sa signature ou simplement découvert s'il était saumon ou truite ? Il envisagea de la rappeler, mais le tech pourrait choisir cet instant pour tenter de le contacter.

Il le fit, peu avant seize heures.

— Je suis désolé de ne pas avoir pu vous appeler plus tôt, dit Andrews.

Il n'y avait toujours pas d'image, mais de la musique et des voix en fond sonore.

— J'étais absent, hier soir, et j'ai eu des difficultés à obtenir une ligne. Elles étaient toutes occupées...

— Pourriez-vous venir interpréter un relèvement à Oxford ? l'interrompit Dunworthy.

— Pas de problème. Quand ?

— Le plus rapidement possible. Ce soir ?

— Oh, ça ne pourrait pas attendre demain ? J'avais prévu de passer les fêtes avec mon amie, voyez-vous. Je prendrai le train dans l'après-midi.

Les éclats de rire s'amplifièrent et Dunworthy ajouta d'une voix plus forte :

— Quand pensez-vous arriver ?

— Je ne sais pas. Je vous contacterai juste avant de partir.

— Vous devrez descendre à Barton puis prendre un taxi jusqu'aux barrages. Je ferai le nécessaire pour qu'on vous laisse passer. Andrews ?

Pas de réponse, seulement la musique.

— Andrews, êtes-vous toujours en ligne ?

Ne rien voir était exaspérant.

— Oui, monsieur. Que dois-je faire ?

— Interpréter un relèvement. Il a déjà été...

— Je me réfère au reste. Cette histoire de Barton.

— Prenez le métro jusqu'à Barton. Il ne va pas plus loin. Ensuite, vous gagnerez en taxi le secteur en quarantaine.

— En quarantaine ?

— Oui, je prendrai des dispositions pour...

— Quelle quarantaine ?

— A cause du virus. Vous n'étiez pas au courant ?

— Non, monsieur. Je reviens de Florence où nous avons effectué un transfert. C'est sérieux ?

Il n'était pas effrayé, simplement curieux.

— Quatre-vingt-un cas pour l'instant.

— Quatre-vingt-deux, le reprit Colin.

— Le virus est identifié et nous allons recevoir un vaccin. Aucun décès n'est à déplorer.

— Mais je parie que des tas de gens râlent parce qu'ils n'ont pas pu rentrer chez eux pour Noël. Je vous rappellerai dans la matinée, dès que je connaîtrai mon heure d'arrivée.

— Oui, cria Dunworthy pour être certain d'être entendu malgré le vacarme. Je serai ici.

— Compris, répondit Andrews.

Il y eut un autre éclat de rire puis plus rien. Il avait raccroché.

— Il viendra ? demanda Colin.

— Oui. Demain.

Il composa l'indicatif de Gilchrist.

L'homme était assis à son bureau, sur la défensive.

— Si c'est pour réclamer le retour de Mlle Engle…

Je me passerais de votre autorisation, si c'était réalisable, pensa Dunworthy. Gilchrist n'était-il pas conscient que Kivrin avait dû s'éloigner et qu'il serait désormais sans objet de rouvrir le passage ?

— J'ai trouvé quelqu'un qui pourra interpréter le relèvement.

— Monsieur Dunworthy, dois-je vous rappeler…

— Je sais que c'est *votre* transfert et je souhaite simplement vous aider. Comme il est difficile de dénicher un tech pendant les congés, j'ai joint un spécialiste de Reading. Il sera ici demain.

Gilchrist exprima sa désapprobation par une moue.

— Rien de tout ceci ne serait nécessaire si ce Badri n'avait pas eu une constitution aussi fragile.

Mais c'est entendu. Envoyez-moi cet homme dès qu'il sera là.

Dunworthy resta courtois jusqu'au moment où l'écran s'éteignit, puis il raccrocha et enfonça des touches avec colère. Il contacterait Basingame même s'il devait y consacrer tout l'après-midi.

La voix de synthèse lui annonça que toutes les lignes interurbaines étaient occupées.

— Vous attendez un autre appel ? lui demanda Colin.

— Non.

— Alors, j'aimerais faire un saut à l'hôpital. J'ai un cadeau pour grand-tante Mary.

Obtenir l'admission d'Andrews dans le secteur en quarantaine pouvait attendre.

— Excellente idée. N'oublie pas ton cache-nez.

Colin le fourra dans la poche de sa veste.

— Je le mettrai une fois là-bas. Je ne tiens pas à ce que des passants puissent me voir avec ce machin.

Ses craintes étaient vaines. Les rues étaient désertes. Il n'y avait même pas une bicyclette ou un taxi. Dunworthy pensa aux propos du vicaire. Pendant les épidémies, les gens restaient cloîtrés chez eux. Mais peut-être fuyaient-ils le carillon de Carfax ou se remettaient-ils d'un réveillon trop copieux, s'ils n'hésitaient pas tout simplement à affronter la pluie.

Ils retrouvèrent une certaine animation devant l'hôpital où une femme en imper brandissait une pancarte proclamant : « Non aux maladies étrangères. » Un homme muni d'un masque réglementaire leur ouvrit la porte et leur remit un tract humide.

Dunworthy le lut après avoir demandé à la fille du bureau des entrées où était Mary. En caractères gras était écrit : « COMBATTEZ LA GRIPPE, EXIGEZ LA

SÉCESSION DE LA C.E. », et, au-dessous : « Pourquoi êtes-vous séparés des vôtres pour les fêtes ? Pourquoi vous parque-t-on à Oxford ? Pourquoi risquez-vous de contracter une maladie mortelle ? Parce que la C.E. autorise des étrangers contagieux à fouler librement le sol de notre pays et que notre gouvernement ne peut y mettre son veto. Un immigrant indien porteur d'un virus mortel... »

Dunworthy ne lut pas le reste. Il regarda au verso. « Voter pour la Sécession, c'est voter pour la Santé. Comité pour une Grande-Bretagne indépendante. »

Mary arriva. Colin pêcha son cache-nez dans sa poche et l'enroula rapidement autour de son cou.

— Joyeux Noël, lui dit-il. Merci pour le cache-nez. Je peux ouvrir votre papillote ?

— Je t'en prie, dit Mary.

Elle semblait très lasse. Elle portait depuis deux jours la même blouse, qu'égayait désormais du houx épinglé à son col.

Colin fit claquer le pétard.

— Avez-vous pris du repos ? demanda Dunworthy.

— Un peu, répondit-elle. Nous avons reçu trente nouveaux patients depuis midi, et j'ai consacré presque toute la journée à essayer en vain d'obtenir le séquençage du C.M.G. Toutes les lignes sont saturées.

— Je sais. Puis-je voir Badri ?

— Une minute seulement. La synthamycine est sans effet sur lui, pas plus que sur les deux étudiantes qui sont allées danser à Headington. Beverly Breen va un peu mieux. Tout ceci m'inquiète. Avez-vous été vacciné ?

— Seul Colin a eu droit à sa piqûre.

— Ça fait sacrément mal, commenta l'intéressé. Je peux lire la devinette ?

Elle hocha la tête.

— Je voudrais faire venir un tech capable d'interpréter le relèvement dans la zone en quarantaine, dit Dunworthy. Quelles sont les démarches à suivre pour obtenir une dérogation ?

— Ce serait sans objet. La police empêche les gens de sortir, pas d'entrer.

L'employée des admissions vint murmurer quelque chose à l'oreille de Mary.

— Je dois vous laisser. Ne partez pas sans votre renforcement de cellules T. Revenez me voir après avoir vu Badri. Colin, tu attendras ici.

Dunworthy monta dans le secteur d'isolement. Il n'y avait personne au comptoir et il enfila une T.P. en gardant les gants pour la fin.

A son entrée dans la chambre la jolie infirmière qui s'intéressait à William prenait le pouls de Badri en surveillant les moniteurs. Dunworthy s'arrêta au pied du lit.

Mary l'avait informé que le tech ne réagissait pas au traitement, mais il eut un choc en le voyant. Ses traits étaient creusés par la fièvre, ses yeux cernés. Il avait à un bras un shunt compliqué. L'autre avant-bras était noir.

— Badri ? murmura-t-il.

L'infirmière secoua la tête.

— Vous ne pourrez rester qu'un court instant.

Elle lâcha la main flasque du patient, saisit des informations sur un clavier et sortit.

Il s'assit à côté du lit et observa les écrans. Ce qu'il voyait était indéchiffrable. Courbes, crêtes et nombres n'avaient pour lui aucune signification. Il regarda l'homme, tapota sa main et se leva pour le laisser.

— C'est les rats, murmura le malade.

— Badri ? C'est M. Dunworthy.

— Monsieur Dunworthy... Je vais mourir, n'est-ce pas ?

Il sentit la peur tirailler son estomac.

— Non, bien sûr que non. Où allez-vous chercher une idée pareille ?

— L'issue est toujours fatale.

— De quoi parlez-vous ?

Pas de réponse. Dunworthy resta assis jusqu'au retour de l'infirmière, mais le tech n'ajouta rien.

— Il a besoin de repos, dit-elle.

— Je sais.

Il se dirigea vers la porte. Lorsqu'il se tourna pour jeter un dernier coup d'œil à Badri, il l'entendit gémir :

— Elle les a tous tués. La moitié des Européens.

Au bureau des entrées, Colin énumérait ses cadeaux à la réceptionniste.

— Le colis de ma mère n'est pas arrivé à cause de la quarantaine. Ils doivent arrêter le courrier.

Dunworthy réclama un renforcement de son système immunitaire et la femme hocha la tête.

— Ça ne sera pas long.

Ils s'assirent pour attendre. « Elle les a tous tués, avait dit Badri. La moitié des Européens. »

— Je n'ai pas eu le temps de lire la devinette, déclara Colin. Vous voulez que je le fasse ? « *Où est le père Noël quand on éteint la lumière ?* »

Dunworthy secoua la tête.

— « *Dans l'obscurité.* »

Il sortit le gros bonbon de sa poche, le décolla de son emballage et le fourra dans sa bouche.

— Vous vous faites du souci pour cette fille, pas vrai ?

— Oui.

Il plia en huit le bout de papier métallisé.

— Vous devriez aller la chercher.

— Elle n'est plus là. Nous devons attendre qu'elle revienne au point de rendez-vous.

— Vous n'auriez qu'à vous transférer là-bas au moment de son arrivée, avant qu'elle se soit éloignée.

— Impossible. On peut envoyer un historien en n'importe quelle année, mais ensuite le transmetteur fonctionne en temps réel. On ne vous a pas expliqué ce que sont les paradoxes, à l'école ?

— Si, répondit Colin avec de l'hésitation dans la voix. Ce sont des sortes de règles qui s'appliquent aux voyages temporels, c'est ça ?

— Le continuum interdit les paradoxes. C'en serait un, si Kivrin altérait le cours de l'Histoire ou provoquait un anachronisme.

Colin était toujours perplexe.

— Elle ne peut être à deux endroits en même temps. Elle est arrivée là-bas il y a quatre jours. Il est trop tard pour modifier ce qui s'est déjà passé.

— Alors, comment reviendra-t-elle ?

— Grâce à ce que nous appelons un relèvement. Il nous apprend avec précision où elle est, et quand. C'est une sorte de… hum…

Il chercha un mot compréhensible.

— Un code qui permet de rouvrir le passage à un instant convenu à l'avance pour récupérer le voyageur temporel.

— Comme : « On se retrouve au café du coin à dix heures » ?

— Exactement. Kivrin reviendra au point de transfert dans quinze jours. Le vingt-huit décembre, le tech utilisera le transmetteur et elle reviendra parmi nous.

— Le vingt-huit décembre n'est pas dans deux semaines.

— Ils n'avaient pas le même calendrier que nous,

au Moyen Age. Pour eux, nous sommes aujourd'hui le dix-sept. Pour nous, le rendez-vous est prévu le six janvier.

Si elle est sur place, et si je trouve un tech.

Colin retira le bonbon de sa bouche et l'examina, pensif. Désormais d'une blancheur bleutée tachetée, la petite sphère évoquait une lune miniature. Il l'aspira entre ses lèvres.

— Si je partais pour 1320 le vingt-six décembre, je fêterais deux fois Noël ?

— Absolument.

— Apocalyptique ! Dites, j'ai l'impression qu'on vous a oublié.

— Moi aussi.

Un interne passa. Dunworthy l'aborda pour l'informer qu'il attendait un renforcement de ses cellules T.

— Oh ? fit l'homme, surpris. Je vais me renseigner.

Il disparut dans les Urgences.

L'attente était interminable. Badri avait parlé de rats et, le premier soir, il lui avait demandé en quelle année ils étaient. Mais n'avait-il pas également précisé que le décalage était négligeable, que le débutant n'avait fait aucune erreur de calcul ?

Colin voulut savoir si son bonbon avait changé de couleur.

— S'il lui arrivait un gros pépin, pourriez-vous enfreindre ces règles ? s'enquit-il. Si elle perdait un bras ou recevait une bombe sur la tête, par exemple ?

— Ce ne sont pas des règles mais des lois de la physique. Si nous voulions modifier des événements qui se sont déjà produits, la porte temporelle refuserait de s'ouvrir.

Colin cracha son bonbon dans le papier froissé, qu'il replia avec soin.

— Je suis certain qu'elle n'est pas en danger, dit-il.

Il rangea la confiserie dans la poche de sa veste, d'où il sortit un paquet informe.

— J'ai oublié de donner son cadeau à grand-tante Mary.

Il se leva et bondit vers les Urgences avant que Dunworthy ne pût l'en empêcher. Mais à peine eut-il atteint la porte qu'il fit demi-tour et revint en courant.

— Vingt-deux, v'là la Mégère !

Dunworthy se leva à son tour.

— Il ne manquait plus que ça.

— Par ici, dit Colin. Je suis passé par une issue de secours, la première fois. Venez !

Il piqua un sprint dans l'autre direction.

Dunworthy ne pouvait courir aussi vite que lui, mais il atteignit un labyrinthe de couloirs et se laissa guider jusqu'à une sortie donnant dans une ruelle. Un homme-sandwich était de faction sous la pluie. Sur les pancartes était écrit : « L'heure du Jugement dernier a sonné », ce qui ne manquait pas d'à-propos.

— Je vais m'assurer qu'elle ne nous a pas suivis, déclara Colin.

Il repartit vers l'entrée principale.

L'homme tendit un tract à Dunworthy. « LA FIN DES TEMPS EST PROCHE ! » lisait-on en majuscules. « "Craignez Dieu et donnez-Lui gloire, car l'heure de Son jugement est venue." Apocalypse, 14, 7. »

Colin gesticulait à l'angle du bâtiment.

— Tout baigne, elle se défoule sur la réceptionniste.

Dunworthy rendit la feuille à l'homme-sandwich et

suivit Colin jusqu'à Woodstock Road. Il lançait des regards inquiets vers les Urgences mais ne vit personne, pas même les manifestants anti-européens.

Colin courut sur un autre pâté de maisons puis ralentit le pas. Il sortit les savonnettes de sa poche et en offrit une à Dunworthy.

Qui refusa poliment.

Colin en choisit une rose.

— C'est bien la première fois que je m'amuse autant pour Noël, déclara-t-il.

Ce qui ne laissa pas de surprendre Dunworthy. Le carillon massacrait « Noël blanc » et les rues étaient toujours désertes, mais dès qu'ils s'engagèrent dans Broad Street ils virent une silhouette familière venir vers eux.

— C'est M. Finch, commenta Colin.

— Bon Dieu. De quoi pouvons-nous manquer ?

— De choux de Bruxelles, j'espère.

Finch redressa la tête en entendant leurs voix.

— Monsieur Dunworthy ! Le ciel soit loué ! Je vous ai cherché partout.

— Que se passe-t-il ? J'ai promis à Mlle Taylor de lui trouver une salle de répétition.

— Les carillonneuses sont en pleine forme, mais deux de nos autres pensionnaires sont malades.

EXTRAIT DU GRAND LIVRE

(032631-034122)

21 décembre 1320 (calendrier julien). Le père Roche ne connaît pas l'emplacement du point de transfert. Je lui ai demandé de m'emmener là où

Gawyn m'avait découverte, mais rien dans cette clairière ne correspond à mes souvenirs. Tout laisse supposer que ces hommes se sont rencontrés loin de cet endroit.

Je ne retrouverai jamais ce lieu par mes propres moyens. La forêt est trop vaste et tout se ressemble, sous la neige.

Seul Gawyn pourrait m'y conduire, et il s'est absenté. Rosemonde dit que Courcy n'est qu'à une demi-journée de voyage mais qu'il passera certainement la nuit là-bas, à cause de la pluie.

Elle tombe depuis notre retour. Je devrais m'en féliciter car elle fait fondre la neige, mais le mauvais temps m'empêche de reprendre mes recherches et une température glaciale règne dans le manoir. Tous ont enfilé leurs manteaux et restent blottis près du feu.

Que font les villageois ? Les murs de leurs huttes sont perméables au vent et je n'ai vu aucune couverture dans le taudis que j'ai visité. Ils doivent grelotter. Et l'intendant a annoncé qu'il pleuvrait jusqu'à Noël, à en croire Rosemonde qui m'a demandé d'excuser sa conduite en précisant : « Ma sœur m'avait irritée. »

Agnès n'est pas en cause. C'est d'apprendre que sa grand-mère avait invité Messire Bloet qui l'a bouleversée. Quand j'ai été seule avec elle, je l'ai interrogée sur les sentiments que lui inspirait ce mariage.

— C'est la volonté de mon père, m'a-t-elle répondu en enfilant son aiguille. Nous nous sommes fiancés pour la Saint-Martin et nos noces seront célébrées à Pâques.

— Avec votre consentement ? lui ai-je demandé.

— Messire Bloet est un beau parti. Il a un rang élevé et des terres contiguës aux nôtres.

— L'aimez-vous ?

Elle a planté l'aiguille dans le tissu tendu sur le cadre de bois et tiré le long fil en disant :

— Mon père ne veut que mon bien.

Et c'est tout. Quant à Agnès, elle se contente de répéter que Messire Bloet est gentil et lui a donné un penny d'argent.

Elle a cessé de se plaindre de son genou à mi-chemin du manoir, pour boiter comme une estropiée sitôt descendue de l'alezan. J'ai cru qu'elle voulait attirer l'attention mais j'ai changé d'avis après avoir examiné la blessure. La croûte a été entièrement arrachée et la jambe est rouge et enflée sur tout le pourtour de la plaie.

Je l'ai lavée, puis bandée avec le bout de tissu le plus propre que j'aie pu trouver (peut-être une des coiffes d'Imeyne) mais je redoute une infection. Les antimicrobiens n'existent pas encore, au XIVe siècle.

Eliwys a attendu Gawyn près des paravents et de la porte presque tout le jour. Je ne saurais dire quels sentiments il lui inspire. Parfois, comme aujourd'hui, elle semble à la fois l'aimer et en redouter les conséquences. L'adultère est un péché mortel, dangereux pour ceux qui s'y abandonnent. Mais la plupart du temps tout laisse présumer que la passion de Gawyn n'est pas payée de retour, que le sort de Guillaume inquiète trop Eliwys pour qu'elle puisse prêter attention à son *privé*.

La dame pure, inaccessible, est l'idéal de l'amour courtois. Mais il est évident que Gawyn aimerait voir ses espérances se concrétiser. Il m'a secourue et a raconté cette histoire de renégats dans le seul but de l'impressionner. Il ferait n'importe quoi pour gagner son cœur, et Dame Imeyne en est consciente. Je la soupçonne de l'avoir envoyé à Courcy pour cette unique raison.

18

On signala deux nouveaux cas parmi les pensionnaires involontaires de Balliol. Dunworthy envoya Colin se coucher et téléphona à l'hôpital.

— Nous n'avons plus d'ambulances disponibles, s'entendit-il répondre. Nous vous en enverrons une dès que possible.

Autrement dit, minuit. Il ne regagna son appartement qu'à une heure du matin.

Colin dormait sur le canapé, *Le Temps des Chevaliers* posé près de sa tête. Dunworthy eût souhaité ranger le livre, mais il craignait de réveiller l'enfant et il alla se glisser dans son lit.

La peste ne pouvait menacer Kivrin. Badri parlait d'un décalage de quatre heures et l'épidémie n'avait atteint l'Angleterre qu'en 1348. Près de trente ans plus tard.

Il se tourna et ferma les yeux. Badri délirait. Il tenait des propos sans queue ni tête. Il parlait aussi bien de casse-tête chinois que de peste et de rats. Ses déclarations étaient absurdes, attribuables à la fièvre. Il lui avait même remis un message imaginaire. Rien de tout cela n'avait le moindre sens.

Les contemporains ignoraient que les rats étaient les propagateurs de la peste. Ils avaient accusé tout le monde... les Juifs, les sorcières et les fous. Ils avaient lynché les simples d'esprit, pendu les femmes âgées et brûlé les étrangers.

Il se leva et retourna dans le salon. Il contourna Colin sur la pointe des pieds et récupéra *Le Temps des Chevaliers*. L'enfant changea de position mais ne se réveilla pas.

Dunworthy alla s'asseoir devant la fenêtre pour consulter le chapitre consacré à la peste noire. L'épidémie avait débuté en Chine en 1333 puis voyagé sur des navires marchands jusqu'à Messine, en Sicile. Elle s'était ensuite répandue en Italie et en France — quatre-vingt mille morts à Sienne, cent mille à Florence, trois cent mille à Rome — puis avait traversé la Manche. Elle était arrivée en Angleterre en 1348, « peu avant la fête de saint Jean-Baptiste », le vingt-quatre juin.

Vingt-huit ans plus tard, alors que Badri parlait d'un décalage insignifiant.

Il s'étira au-dessus du canapé pour prendre les *Pandémies* de Fitzwiller dans sa bibliothèque.

— Que faites-vous ? lui demanda Colin, d'une voix pâteuse de sommeil.

— Je me renseigne sur la peste noire. Rendors-toi.

— Ils l'appelaient la maladie bleue, à l'époque.

Après avoir apporté cette précision, Colin se tourna vers le mur et Dunworthy emporta les deux livres dans sa chambre. Pour Fitzwiller, la peste était arrivée en Angleterre le jour de la Saint-Pierre, le vingt-neuf juin 1348. Elle avait atteint Oxford en décembre, Londres en octobre 1349, puis elle s'était déplacée vers le nord et, de l'autre côté de la Manche, vers les Pays-Bas et la Norvège. Toute l'Europe occidentale avait été touchée, sauf la Bohême et la Pologne qui avaient fermé leurs frontières et, fait inexplicable, certaines régions d'Ecosse.

La peste dévastait les autres contrées telle une légion d'Anges exterminateurs, ne laissant sur son passage aucun survivant pour administrer l'extrême-onction et enterrer les cadavres. Dans un monastère, elle n'avait épargné qu'un seul moine.

Ce rescapé, John Clyn, avait laissé une chronique. « Et, de crainte que les hommes oublient ce dont ils doivent se souvenir, moi qui ai vu tant de souffrances et le monde entier sous l'emprise du Malin, moi qui étais parmi les morts et attendais le trépas, j'ai voulu porter témoignage. »

Il avait tout noté avec la précision d'un historien, avant de succomber à son tour. Au bas de la dernière page de son manuscrit, une autre main avait écrit : « Ici, semble-t-il, l'auteur s'est éteint. »

On frappa à la porte. C'était Finch, en robe de chambre.

— Une autre, annonça-t-il.

Dunworthy lui fit signe de se taire et sortit de l'appartement.

— Avez-vous joint l'hôpital ?

— Oui, monsieur. Il faudra attendre plusieurs heures une ambulance. On m'a conseillé de l'isoler et de lui donner de la dimantadine, ainsi que du jus d'orange.

— Dont nous sommes à court, je présume ?

— En effet, monsieur. Mais le problème n'est pas là. Elle refuse de coopérer.

Dunworthy s'habilla, chercha son masque réglementaire et accompagna Finch vers Salvin. Il vit sur le seuil un assortiment disparate de femmes en sous-vêtements, manteaux et couvertures. Seules quelques-unes portaient leur masque. Les autres ne tarderont guère à être contaminées à leur tour, pensa-t-il.

— Vous voici enfin ! dit l'une d'elles. Nous n'arrivons pas à lui faire entendre raison.

Finch le précéda vers une petite vieille aux cheveux blancs épars et aux yeux brillants de fièvre debout sur un lit.

— *Vade retro, Satanas!* cria-t-elle en voyant le secrétaire.

Elle abattit sa main dans sa direction puis fixa Dunworthy.

— Papa! s'exclama-t-elle.

Elle fit la moue et ajouta d'une voix enfantine:

— J'ai été polissonne. J'ai mangé tout le gâteau d'anniversaire et maintenant j'ai bobo à mon ven-ventre.

— Voyez-vous ce que je veux dire, monsieur? s'enquit Finch.

— Ce sont les Indiens qui arrivent, papa? J'aime pas les Indiens. Ils sont méchants. Ils ont des arcs et des flèches.

La convaincre de s'allonger sur le canapé d'une salle de conférences leur prit jusqu'à l'aube. Dunworthy s'était finalement résolu à lui dire:

— Papa veut que sa gentille fifille fasse un gros dodo.

L'ambulance arriva sitôt après.

— Papa! gémit la vieille dame lorsque les portes du véhicule se refermèrent. Ne me laisse pas toute seule!

— Ô Seigneur! grommela Finch. L'heure du breakfast est passée. J'espère que ces goulues n'ont pas dévoré la totalité du bacon.

Il alla rationner les vivres pendant que Dunworthy retournait chez lui pour attendre le coup de fil d'Andrews. Dans l'escalier, il croisa Colin qui enfilait sa veste tout en mangeant une tartine.

— Le vicaire m'a demandé de participer à une collecte de vêtements pour les gens qui sont bloqués ici, fit-il, la bouche pleine. Grand-tante Mary a téléphoné et voudrait que vous la rappeliez.

— Rien d'Andrews?

— Non.

— La vid a été rétablie ?
— Non.
— N'oublie pas ton masque. Ni ton cache-nez !
Il composa l'indicatif de l'hôpital puis attendit cinq bonnes minutes que Mary vînt prendre le combiné.
— James ? Badri vous réclame.
— Son état s'est donc amélioré ?
— Non. Il est toujours très agité, avec une forte fièvre. Mais il affirme qu'il a quelque chose à vous dire. Si vous pouviez venir, ça le calmerait peut-être.
— A-t-il encore parlé de la peste ?
— La *peste* ? Ne me dites pas que vous avez gobé ces rumeurs stupides, ces histoires de choléra...
— Hier soir, il a dit : « Les rats » et : « Elle a tué la moitié des Européens. »
— Il délirait, James. C'est ridicule.
Quand la vieille femme avait parlé d'Indiens armés d'arcs et de flèches, il ne s'était pas attendu à voir une bande de Sioux attaquer la faculté. Badri croyait avoir la peste comme elle avait attribué ses malaises à une indigestion, tout simplement.
Il répondit malgré tout qu'il ferait un saut à l'hôpital sitôt après avoir fourni des instructions à son secrétaire. Andrews les contacterait sous peu et il ne pouvait laisser son téléphone sans surveillance. Il regretta de ne pas avoir demandé à Colin d'assurer une permanence.
Finch devait être au réfectoire, prêt à sacrifier sa vie pour défendre le bacon. Il décrocha le combiné afin d'inciter le tech à croire qu'il était à son domicile et traversa la cour.
Mlle Taylor l'intercepta à la porte.
— J'allais vous chercher, dit-elle. J'ai appris que certaines d'entre nous ont attrapé ce virus.

— C'est exact, répondit-il.

Il regardait derrière la femme, dans l'espoir de voir son secrétaire.

— Seigneur, serions-nous toutes en danger ?

Finch n'était visible nulle part.

— Combien dure la période d'incubation ?

— De douze à vingt-quatre heures.

Il tendit le cou, pour mieux voir.

— Ce serait catastrophique si l'une d'entre nous tombait malade pendant le concert. Nous sommes des traditionalistes, voyez-vous ? Nos règles sont très strictes.

Il s'étonna que les traditionalistes, quelles que puissent être leurs différences avec les progressistes, aient songé à établir des règles concernant les carillonneuses grippées.

— Règle numéro trois, citait Mlle Taylor : « Un sonneur ne doit sous aucun prétexte lâcher sa corde. » Il est impossible de le remplacer au pied levé. En outre, le rythme serait rompu.

Il se représenta une de ces femmes qui tombait par terre et était expédiée d'un coup de pied dans les coulisses.

— Il n'y a pas de signes avant-coureurs ?

— Non.

— La circulaire du ministère de la Santé parle de maux de tête, mais les tintements des cloches nous donnent toujours d'épouvantables migraines.

A moi aussi, pensa-t-il en cherchant du regard William Meager ou un autre élève qu'il pourrait charger de répondre au téléphone.

— Si nous appartenions au Conseil, ce serait sans importance. Ses membres sont libres de faire ce qui leur chante. A New York, elles étaient dix-neuf. Je dis bien dix-neuf ! Pouvez-vous imaginer une chose pareille ?

Il ne voyait personne. Finch avait dû se retrancher dans l'office et Colin était loin. Il demanda :

— Avez-vous encore besoin d'une salle de répétition ?

— Oui, sauf si l'une d'entre nous tombe malade. Nous pourrions naturellement jouer Stedmans, mais ce ne serait pas la même chose, n'est-ce pas ?

— Je vous propose mon salon, à condition que vous répondiez au téléphone et preniez les messages. J'attends un coup de fil important.

Il la conduisit à son appartement.

— C'est minuscule, fit-elle. Je me demande si nous pourrons travailler nos mouvements. Nous autorisez-vous à déplacer quelques meubles ?

— Faites comme chez vous. Quand un certain M. Andrews appellera, précisez-lui qu'il n'aura pas besoin d'une autorisation pour entrer dans le secteur en quarantaine. Dites-lui de venir directement à Brasenose.

— Je veux bien vous rendre ce service. Et ce sera toujours mieux qu'une cafétéria pleine de courants d'air.

Il se demanda s'il ne venait pas de commettre une erreur puis se hâta d'aller voir Badri. Cet homme avait une révélation à lui faire. *Elle les a tous tués. La moitié des Européens.*

Il bruinait et les Eurosceptiques regroupés devant l'hôpital avaient été rejoints par des garçons de l'âge de Colin au visage couvert de décalcomanies noires qui psalmodiaient :

— Libérez nos familles !

L'un d'eux saisit le bras de Dunworthy et colla sa face striée à son masque pour lui dire :

— Le gouvernement n'a pas le droit de retenir les gens contre leur volonté !

— Ne sois pas stupide, mon garçon, rétorqua

Dunworthy. Tu tiens vraiment à ce qu'il y ait une nouvelle Pandémie ?

L'adolescent le lâcha aussitôt.

Les Urgences étaient encombrées de malades allongés sur des chariots. Près de l'ascenseur, une grosse infirmière en T.P. tenait un livre recouvert de polyéthylène et lisait quelque chose à un de ces nouveaux arrivants :

— « Allez et versez sur la terre »...

Dunworthy fut pris de panique en découvrant que ce n'était pas un membre du personnel hospitalier mais Mme Meager.

— ... « les sept bols de la colère de Dieu. »

Elle s'interrompit et feuilleta la Bible en quête d'un autre passage réconfortant. Il emprunta un corridor latéral et prit un escalier, reconnaissant au ministère de la Santé de leur avoir distribué des masques.

Il s'enfuit, poursuivi par la voix qui annonçait :

— « Ils seront exterminés par la faim, consumés par la fièvre et par la peste meurtrière »...

Et surtout par Mme Meager qui leur lira les Saintes Ecritures pour leur remonter le moral, pensa-t-il.

Il atteignit le secteur d'isolement qui occupait désormais la quasi-totalité du premier étage.

— Vous voilà enfin ! dit la jeune infirmière blonde.

Et il se demanda s'il devait l'informer de la présence de la mère de William.

— Il vous a réclamé toute la matinée, précisa-t-elle en lui tendant une T.P.

Il l'enfila et la suivit.

— Il y a une demi-heure, il est devenu frénétique. Il répétait sans cesse qu'il avait quelque chose à vous dire. Il va un peu mieux, à présent.

Son teint était moins cadavéreux et il semblait s'être repris. Adossé aux oreillers, il gardait les mains posées sur ses genoux pliés, les paupières closes.

— M. Dunworthy est arrivé.

Il ouvrit les yeux.

— M. Dunworthy ?

— Oui. Je vous avais bien dit qu'il viendrait.

Elle inclina la tête pour désigner le visiteur.

Le tech se redressa, les yeux rivés sur un point situé droit devant lui.

Dunworthy se déplaça pour entrer dans son champ de vision.

— Je suis ici. Qu'aviez-vous à me dire ?

Badri ne le voyait toujours pas et ses mains s'agitaient. Dunworthy se tourna vers l'infirmière.

— Il n'arrête pas de pianoter, comme s'il tapait à la machine.

Elle jeta un coup d'œil aux écrans puis les laissa.

Badri paraissait effectivement utiliser un clavier imaginaire, les poignets posés sur ses genoux pendant que ses doigts s'enfonçaient dans la couverture, le regard rivé sur... un moniteur ? Finalement, il fronça les sourcils et déclara :

— C'est impossible.

Avant d'accélérer les mouvements de ses doigts.

— Qu'y a-t-il, Badri ? Qu'est-ce qui est impossible ?

— Il y a forcément une erreur.

Le tech se pencha de côté pour demander :

— Affichage des coordonnées.

Il s'adresse à la console, pensa Dunworthy. Il interprète le relèvement.

— Qu'est-ce qui est impossible ?

— Le décalage. Comparaison des données. Non, c'est impossible.

— C'est ce qui cloche ? Le décalage ?

Sans répondre, Badri entra des instructions, fit une pause pour regarder l'écran, tapa de plus belle.

— Quelle est son importance ?

Ses doigts s'immobilisèrent. Il releva les yeux.

— Si inquiet... fit-il, pensif.

— Inquiet pour quelle raison ?

Il repoussa la couverture et agrippa le montant du lit.

— Je dois trouver M. Dunworthy.

Il tira sur son cathéter et arracha le sparadrap. Les moniteurs exprimèrent leur affolement par des bips et des crêtes frénétiques. Un signal d'alarme se déclencha à l'extérieur de la chambre. Dunworthy se pencha pour le retenir.

— Calmez-vous.

— Il est au pub, dit Badri en débranchant les fils.

Sur les écrans, les lignes s'aplatirent.

— Déconnexion, annonça une voix de synthèse. Déconnexion.

L'infirmière se rua dans la pièce.

— Seigneur, il a remis ça ! Monsieur Chaudhuri, il ne faut pas vous lever, vous allez perdre votre cathéter.

— Allez chercher M. Dunworthy ! Tout de suite ! Il y a quelque chose qui cloche.

Il se rallongea et la laissa le couvrir.

— Mais qu'est-ce qu'il fiche, bon sang ?

Dunworthy attendit qu'elle eût collé un nouveau bout de sparadrap et réinitialisé les appareils de surveillance. Le tech était désormais apathique et un hématome supplémentaire apparaissait sur son bras.

La fille ressortit en déclarant :

— Je vais lui administrer un sédatif.

— Badri, c'est M. Dunworthy. Vous vouliez me dire quelque chose. Regardez-moi, bon sang ! De quoi s'agit-il ?

L'homme le devisagea, avec indifférence.

— Y a-t-il eu un décalage important ? Kivrin est-elle arrivée après le début de la peste noire ?

— Je n'ai pas le temps. Je suis allé là-bas samedi et dimanche.

Il se remit à tapoter la couverture.

— C'est impossible.

L'infirmière revint avec un flacon de sérum.

— Oh, parfait ! dit-il.

Et son expression se détendit, comme s'il était soulagé d'un grand poids.

— Je ne sais pas ce qui s'est passé. J'avais une terrible migraine.

Il ferma les yeux. Quand la fille brancha la perfusion, il ronflait déjà. Elle fit sortir Dunworthy.

— S'il se réveille et vous réclame, où pourrai-je vous joindre ? demanda-t-elle.

Il lui donna son numéro de téléphone.

— Qu'a-t-il dit, avant mon arrivée ?

— Qu'il avait une information importante à vous communiquer.

— A-t-il parlé de rats ?

— Non, d'une fille. Karen...

— Kivrin.

Elle hocha la tête.

— C'est ça. Il a déclaré : « Je dois trouver Kivrin. Le labo est-il ouvert ? » Mais il n'a pas dit un mot sur des rongeurs. Je dois préciser que je n'ai pas tout compris.

Il jeta ses gants dans le sac-poubelle.

— Je voudrais que vous notiez tous ses propos. Ce qui est intelligible, bien sûr. Je reviendrai cet après-midi.

— Je vais essayer. Mais ça n'a presque toujours ni queue ni tête.

Il redescendit, sortit et attendit un taxi pour retourner à Balliol, joindre Andrews et lui demander de venir interpréter le relèvement.

Quand Badri avait dit : « C'est impossible », il avait dû se référer au décalage. Avait-il pu se tromper, la première fois ? Avoir pris des années pour des heures ?

— Vous irez plus vite à pied, lui conseilla le garçon au visage zébré. Vous risquez d'attendre une éternité. Les taxis ont été réquisitionnés par ce putain de gouvernement.

Il en désigna un qui s'arrêtait devant les Urgences. On pouvait lire « M.S. » sur une glace latérale.

Dunworthy le remercia et partit pour Balliol. Il pleuvait à nouveau et il marchait d'un pas rapide, en espérant qu'Andrews avait téléphoné et arriverait sous peu. « Allez chercher M. Dunworthy ! avait dit Badri. Tout de suite ! Il y a quelque chose qui cloche. » Sans doute revivait-il l'instant où il avait obtenu le relèvement et décidé d'aller le chercher au Lamb and Cross. « C'est impossible », avait-il ajouté.

Ce fut au pas de course que Dunworthy traversa la cour et gravit l'escalier. Il craignait que les tintements des clochettes n'aient couvert la sonnerie du téléphone, mais lorsqu'il ouvrit la porte il vit les carillonneuses réunies en cercle au milieu du salon, réglementairement masquées, les bras levés et les paumes tournées vers le ciel, comme en supplication. Elles baissèrent les bras et s'agenouillèrent l'une après l'autre, dans un silence solennel.

— Le garçon de courses de M. Basingame a appelé, dit Mlle Taylor qui se releva et s'inclina devant lui. Il pense que le recteur est quelque part dans les Highlands. Et M. Andrews voudrait que vous le rappeliez.

Dunworthy composa son indicatif, profondément soulagé. Pendant l'attente, il observa le ballet et essaya d'en analyser la chorégraphie. Mlle Taylor montait et descendait régulièrement mais les autres femmes effectuaient d'étranges courbettes désordonnées. La plus grosse, Mme Piantini, comptait à voix basse, les sourcils froncés par une concentration intense.

— L'accès au secteur en quarantaine n'est pas réglementé, dit-il dès que le tech décrocha. Quand arriverez-vous ?

— Le problème, c'est que je n'ai pas tellement envie d'aller vous rejoindre, répondit Andrews. J'ai vu des reportages, à la télé. Ils disent que cette grippe indienne est très dangereuse.

— Vous n'aurez pas à côtoyer des malades. Je peux faire en sorte que vous soyez directement conduit au labo.

— Les journalistes mettent en cause le chauffage de la faculté.

— Ces appareils ont plus d'un siècle. Ils ne diffusent ni chaleur ni virus.

Les femmes se tournèrent d'un bloc pour le regarder, sans rompre le rythme de leur étrange pantomime.

— Il n'existe aucun lien avec un mode de chauffage, l'Inde, ou la colère divine. Ce virus vient de Caroline du Sud et nous allons recevoir un vaccin.

— J'hésite malgré tout.

Les carillonneuses interrompirent leurs mouvements.

— Désolée, fit Mme Piantini.

Elles reprirent au début.

— Il faut absolument interpréter ce relèvement.

Nous avons envoyé une historienne en 1320 et nous ne connaissons pas l'importance du décalage. Je vous ferai attribuer une prime de risque, promit Dunworthy avant de prendre conscience que ce n'était pas ainsi qu'il rassurerait son interlocuteur. Vous recevrez une combinaison protectrice ou…

— Je pourrais faire ça à distance, suggéra Andrews. Une de mes amies qui poursuit ses études à Shrewsbury se fera un plaisir d'installer un modem. C'est ce que je peux vous proposer de mieux. Désolé.

— Désolée, répéta Mme Piantini.

— Non, non, dit Mlle Taylor. Mouvement latéral, deux-trois, levé-baissé, trois-quatre, baissé, puis jusqu'en bas. Et regardez vos camarades, pas le plancher. Un, deux, trois…

Elles reprirent leur menuet.

— Je ne peux pas courir ce risque, disait Andrews.

Il était clair qu'il ne se laisserait pas convaincre.

— Comment s'appelle votre amie ?

Andrews poussa un soupir de soulagement.

— Polly Wilson, fit-il avant de dicter un numéro de téléphone. Demandez-lui d'installer un modem pour relier votre appareil au mien.

Il alla pour raccrocher.

— Un instant ! cria Dunworthy.

Ce qui lui valut d'être foudroyé du regard par les Américaines.

— Quel pourrait être le décalage maximum, en 1320 ?

— Aucune idée. Trop de facteurs entrent en ligne de compte.

— Une approximation. Peut-on envisager vingt-huit ans ?

— Vingt-huit *ans* ? Ça m'étonnerait. Plus on va

loin dans le temps, plus l'écart a tendance à s'amplifier, mais ce n'est pas exponentiel. La fourchette est mentionnée dans le relevé des paramètres.

— Le Médiéval s'en est passé.

— Ils ont expédié un historien au Moyen Age sans rien vérifier au préalable ? demanda Andrews, visiblement choqué.

— C'est pour cela qu'il est essentiel d'interpréter le relèvement.

L'homme grimaça.

— A distance, se hâta d'ajouter Dunworthy. Jésus a un transmetteur portable installé à Londres. Pourriez-vous y aller et faire des prévisions pour un transfert à midi le treize décembre 1320 ?

— Quelles sont les coordonnées géographiques ?

— J'en prendrai connaissance en allant à Brasenose. Téléphonez-moi ici dès que vous aurez déterminé le décalage maximum. Pouvez-vous vous en charger ?

— Oui, fit Andrews qui semblait toutefois en douter.

— Parfait. Je vais joindre cette Polly Wilson. Je vous rappellerai dès que tout sera prêt.

Il raccrocha, sans lui laisser le temps de se défiler.

Il observa les carillonneuses. Les mouvements étaient compliqués, mais Mme Piantini ne perdait plus la cadence.

Il téléphona à Polly Wilson et lui indiqua ce que voulait Andrews. Il se demandait si elle avait regardé les informations et se dirait effrayée par le chauffage de Brasenose, mais elle répondit :

— Je dois me procurer le matériel. On se retrouve là-bas dans trois quarts d'heure.

Il laissa les carillonneuses jouer aux ludions et

alla à Brasenose. La pluie s'était calmée et les passants étaient plus nombreux, bien que la plupart des magasins soient fermés. Par ailleurs, le responsable du carillon de Carfax avait dû attraper la grippe ou estimer qu'il n'était pas utile d'aller travailler en période de quarantaine car on entendait toujours « Noël blanc », à moins que ce fût « Ô sombre nuit entre le bœuf et l'âne gris ».

Il vit trois manifestants devant une épicerie indienne et une demi-douzaine devant Brasenose. Ces derniers brandissaient une grande banderole proclamant : « VOYAGE DANS LE PASSÉ = SANTÉ EN DANGER. » Il reconnut parmi eux la paramed de l'ambulance.

Un chauffage, la C.E. et le voyage temporel. Pendant la Pandémie on avait accusé le système de protection sociale des Etats-Unis et les climatiseurs. Au Moyen Age, c'étaient Satan et les comètes qui avaient porté le chapeau. Quand on annoncerait que le virus venait de Caroline du Sud, Confédérés et hamburgers seraient cloués au pilori.

Il franchit la grille et alla dans la loge du concierge. Le sapin de Noël était au bout du comptoir, avec l'angelot perché à son sommet.

— Une étudiante de Shrewsbury va venir me rejoindre pour installer du matériel de télécommunication, annonça-t-il à l'homme.

— L'accès au laboratoire est interdit.

— Interdit ?

— Oui, monsieur. Nul ne peut y entrer.

— Pourquoi ? Que s'est-il passé ?

— A cause de l'épidémie, monsieur.

— L'épidémie ?

— Vous devriez en discuter avec M. Gilchrist.

— J'en ai la ferme intention. Annoncez-lui que je

suis ici, et que je dois absolument entrer dans le labo.

— Je crains qu'il se soit absenté.

— Où est-il ?

— A l'hôpital, je crois. Il...

Dunworthy n'attendit pas la suite. A mi-chemin de l'établissement de soins, il lui vint à l'esprit que Polly Wilson se demanderait où il était passé et, lorsqu'il arriva à destination, que Gilchrist avait peut-être attrapé le virus.

C'est bien fait pour lui, se dit-il. Mais cet homme était dans la salle d'attente, frais et dispos sous son masque réglementaire. Il remontait sa manche pour l'injection que préparait une infirmière.

— Votre concierge m'a informé que vous aviez interdit l'accès au labo, dit aussitôt Dunworthy. Je dois y entrer. J'ai trouvé un tech qui interprétera le relèvement à distance dès que nous aurons installé un modem.

— C'est impossible. Le labo restera fermé jusqu'à l'identification du virus.

— Nous savons qu'il vient de Caroline du Sud.

— C'est une simple supposition. En attendant les résultats des analyses, nous ne devons courir aucun risque. Maintenant, si vous voulez bien m'excuser...

Il s'avança vers l'infirmière et Dunworthy tendit le bras pour le retenir.

— *Quels* risques ?

— Le public pense que le virus est arrivé par le transmetteur.

— Quel public ? Les trois timbrés qui agitent une banderole devant Brasenose ? cria-t-il.

— Vous êtes dans un hôpital, lui rappela l'infirmière. Baissez la voix, s'il vous plaît.

Il n'en fit aucun cas.

— Certaines personnes pensent que l'épidémie aurait pu être évitée si la politique d'immigration était plus stricte. Souhaitez-vous pour autant que l'Angleterre sorte de la Communauté ?

— En tant que remplaçant du recteur de la Faculté d'Histoire, j'ai pour mission de sauvegarder les intérêts de l'Université. Nous devons ménager la population, apaiser les esprits en fermant le labo jusqu'à l'arrivée du séquençage. S'il est confirmé que c'est le virus américain, je lèverai immédiatement cette mesure.

— Et entre-temps, que deviendra *Kivrin* ?

— Si vous ne baissez pas la voix, j'avertirai le docteur Ahrens, le menaça l'infirmière.

— Parfait ! Allez la chercher, rétorqua-t-il. Elle pourra ainsi constater que le raisonnement de M. Gilchrist est ridicule. Ce virus n'a pu arriver par le transmetteur.

Elle sortit, d'un pas pesant.

— Même si vos manifestants sont trop ignares pour comprendre les lois de la physique, ils devraient savoir ce qu'est un *transfert*. L'appareil a fonctionné en direction du passé, rien n'a pu venir vers nous du Moyen Age.

— En ce cas, Mlle Engle n'est pas en danger et peut attendre.

— Pas en danger ? Vous ne savez même pas où elle est !

— Votre tech m'a dit que le transfert avait été réussi et que le décalage était infime.

Sur ces mots, Gilchrist redescendit sa manche et la boutonna.

— Je suis certain que tout s'est passé comme prévu.

— Pas moi. Pas avant d'en avoir obtenu la confirmation.

— Dois-je vous rappeler une fois de plus que cette expérience est placée sous ma responsabilité et non la vôtre ?

Il enfila son manteau.

— Si vous décidez de boucler le labo pour calmer une poignée de cinglés, que ferez-vous pour satisfaire les illuminés qui croient à une punition divine ? Brûler vifs des boucs émissaires ?

— Vos allusions sont blessantes. Tout comme vos interventions constantes dans des domaines qui ne vous concernent pas. Il saute aux yeux que vous voulez saboter les travaux du Médiéval, lui interdire l'accès aux voyages temporels et saper mon autorité. Je remplace M. Basingame pendant son absence et en tant que recteur…

— Vous n'êtes qu'un imbécile ignorant et imbu de lui-même auquel on n'aurait jamais dû confier le Médiéval, et encore moins la sécurité de Kivrin.

— Vos insultes ne m'atteignent pas. Le laboratoire restera en quarantaine jusqu'au séquençage.

Il sortit.

Dunworthy le prit en chasse et manqua entrer en collision avec Mary. Elle était en T.P. et étudiait un graphique.

— Vous ne devinerez jamais la dernière trouvaille de Gilchrist, dit-il. Un trio de manifestants l'ont convaincu que le virus était arrivé par le transmetteur et il a bouclé le laboratoire.

Elle ne leva pas les yeux du bout de papier.

— Ce matin, Badri a parlé du relèvement et répété je ne sais combien de fois : « C'est impossible. »

Elle le regarda, l'esprit ailleurs, puis reporta son attention sur le graphique.

— Un tech a accepté d'interpréter les résultats à distance, mais Gilchrist refuse. Vous devez le convaincre que cette épidémie vient des Etats-Unis.

— C'est faux.

— Quoi ? Avez-vous reçu le séquençage ?

Elle secoua la tête.

— Il n'est pas terminé, mais les premiers résultats démontrent que ce n'est pas le même virus. Et je suis bien placée pour le savoir, car l'américain n'est pas mortel.

— Que voulez-vous dire ? Il est arrivé malheur à Badri ?

— Non, à Beverly Breen.

Il resta muet. Il avait pensé qu'elle citerait le nom de Latimer.

— La femme au parapluie lavande, précisa Mary avec irritation. Elle est décédée il y a quelques instants.

EXTRAIT DU GRAND LIVRE

(046381-054957)

22 décembre 1320 (calendrier julien). Le genou d'Agnès m'inquiète. Il est rouge et douloureux (c'est un euphémisme — elle hurle quand je veux le toucher) et elle ne marche qu'avec difficulté. Je ne sais quoi faire. Si j'en parle à Dame Imeyne, elle badigeonnera la plaie avec un de ses cataplasmes puants et Eliwys a d'autres soucis.

Gawyn n'est pas revenu. Il aurait dû rentrer hier à midi, et en constatant qu'il n'était pas là pour les vêpres, elle a reproché à sa belle-mère de l'avoir envoyé à Oxford.

— Seulement à Courcy, a rétorqué Imeyne, sur la défensive. C'est la pluie qui le retarde.

— Est-ce bien vrai ? a lancé Eliwys avec colère. Ne serait-il pas allé vous chercher un nouvel aumônier ?

Imeyne s'est levée.

— Le père Roche nous couvrirait de honte, s'il célébrait les messes de Noël devant Messire Bloet et ses gens.

— Où l'avez-vous envoyé ?

— Je lui ai confié un message pour l'évêque.

— A Bath ? a demandé Eliwys en levant la main, comme pour la frapper.

— Non, à Cirencestre. L'archidiacre séjourne à l'abbaye pour la Nativité. J'ai chargé Gawyn de lui remettre une missive qu'un homme d'église pourra porter à Bath. Mais la situation ne doit pas être catastrophique, car autrement mon fils nous aurait rejoints.

— Votre *fils* sera mécontent d'apprendre que nous lui avons désobéi. Il nous avait ordonné, ainsi qu'à Gawyn, de ne pas quitter le manoir jusqu'à son arrivée.

Elle était furieuse et j'ai cru qu'elle frapperait sa belle-mère. Elle avait cependant repris des couleurs en l'entendant parler de Cirencestre, et sans doute était-elle rassurée.

Mais elle ne veut pas que Gawyn aille à Bath. Craint-elle qu'il tombe dans un piège, qu'il conduise les adversaires de son époux jusqu'à nous ou que Messire Guillaume soit retenu captif dans cette ville ?

Les trois possibilités, peut-être. Elle est allée une douzaine de fois sur le seuil pour scruter la route, ce matin, et elle est aussi agressive que Rosemonde l'a été dans les bois. Elle a demandé à Imeyne si elle était certaine que l'archidiacre résidait à Cirencestre. Elle craint qu'il soit absent et que Gawyn ait pris l'initiative de porter le message à l'évêque.

Sa peur est contagieuse. Sa belle-mère reste prostrée dans un coin pour prier, Agnès gémit sans cesse et Rosemonde brode sans seulement voir son ouvrage.

(Pause)

J'ai amené Agnès au père Roche, cet après-midi. Elle ne peut plus poser le pied par terre et une marque rougeâtre apparaît au-dessus du genou. Je ne peux cependant établir un diagnostic car toute l'articulation est rouge et enflée.

En 1320, il n'existe aucun remède à la septicémie et je porte la responsabilité d'une éventuelle infection. Si je ne l'avais pas laissée seule pour chercher le point de transfert, elle n'aurait pas fait cette chute. Les paradoxes sont censés empêcher ma présence d'influencer la vie des membres de mon entourage mais je ne veux courir aucun risque. En théorie, je n'aurais pas dû tomber malade.

J'ai donc attendu qu'Imeyne monte dans la soupente pour porter Agnès jusqu'à l'église. Il pleuvait à seaux, à notre arrivée, mais elle ne s'en plaignait pas et j'avoue que son silence m'a effrayée plus que tout le reste.

La voix du père Roche résonnait dans la nef obscure où régnait une forte odeur de moisi.

— Messire Guillaume n'est pas revenu de Bath, je crains pour sa sécurité.

Gawyn était-il de retour ? Je me suis arrêtée pour écouter leurs commentaires sur le procès.

— Il pleut depuis deux jours et un vent glacé se

lève, ajoutait le prêtre. Nous devons rentrer les moutons.

J'ai scruté la pénombre et l'ai finalement discerné. Il était agenouillé devant le jubé, mains jointes pour prier.

— Le nourrisson de l'intendant a des coliques et ne peut garder le lait de sa mère. Tabord, le garçon de ferme, est au plus mal.

Il ne priait pas en latin et s'adressait à Dieu comme à un simple mortel, sans les intonations chantantes du prêtre de la Sainte Eglise Re-Formée ou du vicaire.

Les contemporains voient en Dieu un être matériel qui appartient au monde physique. « Vous allez retourner d'où vous venez », m'a dit le père Roche quand j'étais à l'agonie, et c'est ce que les contemporains sont supposés avoir cru : que la chair est illusoire et sans importance, que seule l'âme compte. Ils pensent visiter l'existence comme je visite ce siècle. Je n'ai cependant obtenu guère de preuves d'un tel état d'esprit. Eliwys murmure dévotement ses Ave aux vêpres et aux matines, mais ensuite elle se lève et époussette sa coiffe en semblant penser que ses prières ne changeront rien au sort de son mari, de ses filles ou de Gawyn. Et Imeyne, malgré son reliquaire et son livre d'heures, ne se préoccupe que de son statut social. C'est seulement quand je suis entrée dans cette église humide et que j'ai entendu le père Roche s'adresser à Lui que j'ai eu la preuve que Dieu est pour ces gens un être bien réel.

Peut-il se Le représenter comme je vous imagine dans la cour de Balliol, sous la pluie, avec des lunettes embuées que vous devez essuyer constamment dans votre cache-nez ? Je me demande s'Il lui semble à la fois aussi proche et inaccessible.

— Protégez-nous du mal et accordez-nous la vie éternelle…

C'est alors qu'Agnès se redressa pour me dire :

— Je veux voir le père Roche.

Il se releva et vint vers nous.

— Que se passe-t-il ? Qui est là ?

— Dame Katherine. Je vous ai amené Agnès. Son genou est…

Quoi ? Infecté ?

— Pourriez-vous l'examiner ?

L'église était trop sombre et il l'emporta chez lui, une demeure guère plus grande et tout aussi basse que la hutte où j'avais trouvé refuge. Il devait constamment se pencher pour ne pas heurter les poutres.

Il ouvrit le volet de l'unique fenêtre puis alluma une chandelle et fit asseoir Agnès sur une table rudimentaire. Il défit le pansement et elle eut un mouvement de recul.

— Ne bouge pas, *Agnus*, lui dit-il. Et je te raconterai la venue du Christ.

— Le jour de Noël, fit-elle.

Il palpa la blessure et testa la résistance des parties enflées, en parlant pour la distraire.

— Et les bergers avaient peur, car ils ne savaient pas ce qu'était cette lueur scintillante. Ni les sons qu'ils entendaient et qui faisaient penser à des cloches célestes. Mais ils virent enfin l'ange de Dieu descendre vers eux.

Agnès avait hurlé et repoussé mes mains lorsque je m'étais penchée pour examiner son genou, mais elle laissait le prêtre tâter le renflement. J'obtins la confirmation qu'une marque rouge apparaissait. Il la toucha et approcha la chandelle à mèche de jonc.

— Du poison a dû pénétrer dans la plaie, dit-il.

Je vais préparer une décoction d'hysope qui l'absorbera.

Il alla tisonner les braises tièdes de l'âtre, prit un seau et versa de l'eau dans un pot de fer.

Le seau, le pot et ses mains étaient sales. Je regrettai d'être venue en le voyant poser le récipient sur le feu puis prélever une poignée d'herbes sèches dans un sac. Il n'était pas meilleur médecin qu'Imeyne et cette infusion ne serait pas plus efficace que ses cataplasmes. Quant à ses prières, elles ne seraient pas non plus exaucées.

J'allais protester lorsque je compris que j'avais espéré l'impossible. Pour combattre une infection, il fallait utiliser de la pénicilline et des antiseptiques, autant de choses que ne contenait pas ce sac.

Dans un de ses cours, M. Gilchrist a traité les médecins du Moyen Age d'imbéciles parce qu'ils pratiquaient des saignées et administraient de l'arsenic et de l'urine de chèvre pour soigner les pestiférés. Mais ils n'avaient à leur disposition ni analogiques ni antimicrobiens. Ils ne connaissaient même pas les causes de la maladie. Réduire en poudre des feuilles et des pétales était tout ce que le père Roche pouvait tenter.

— Auriez-vous du vin ? m'enquis-je. Du vin vieux ?

La teneur en alcool de leur bière et de leur vin est peu élevée, mais elle augmente au fil du temps et l'alcool est un désinfectant.

— On m'a dit qu'un vin âgé versé dans une plaie arrête parfois l'infection, ajoutai-je.

Il ne me demanda pas ce que signifiait le terme « infection » ou par quel miracle je me souvenais de cela alors que j'étais censée avoir oublié tout le reste. Il retourna dans l'église et me rapporta une bouteille en poterie pleine d'un vin à l'odeur forte. J'en mis sur le bandage et la blessure.

J'ai gardé cette bouteille. Je la dissimule sous mon lit (si c'est du vin de messe, Imeyne aurait un excellent prétexte pour m'envoyer sur le bûcher) afin de poursuivre le traitement. Avant de coucher Agnès, j'en ai encore versé sur son genou.

19

Le temps resta à la pluie et au vent jusqu'à la veille de Noël. Le déluge s'abattait par l'ouverture aménagée à l'aplomb de l'âtre et le feu grésillait et fumait.

Kivrin versait du vin sur le genou d'Agnès à la moindre occasion et, le vingt-trois, la plaie était déjà un peu moins laide — dure et enflée mais moins rouge.

Imeyne et Eliwys n'avaient pas remarqué que la blessure d'Agnès s'était rouverte. Elles devaient tout préparer pour recevoir Messire Bloet et les siens, s'ils décidaient de répondre à l'invitation d'Imeyne. Il fallait nettoyer la soupente pour loger les femmes, semer des pétales de rose sur les joncs et faire cuire un surprenant assortiment de pains, puddings et tourtes... dont un pâté grotesque représentant le petit Jésus dans sa crèche emmailloté de bandes de pâte.

Dans l'après-midi, le père Roche passa au manoir, trempé et frissonnant. Il était allé chercher du lierre destiné à la décoration de la grande salle sous une pluie glaciale. Imeyne supervisait la cuisson du petit Jésus dans les cuisines et Kivrin invita le prêtre à s'asseoir près du feu pour que ses vêtements puissent sécher.

Elle appela Maisry puis, comme la servante ne daignait pas se déplacer, elle alla chercher une tasse de bière chaude dans les cuisines. A son retour, Maisry était assise à côté du père Roche et soulevait ses cheveux sales et emmêlés pour dégager une oreille que le prêtre enduisait de graisse d'oie. Sitôt qu'elle vit Kivrin, elle colla sa paume à sa joue et détala.

— Le genou d'Agnès se cicatrise, déclara Kivrin. Il a désenflé et une nouvelle croûte se forme.

Il n'en parut pas surpris et elle se demanda si elle ne s'était pas trompée en diagnostiquant une septicémie.

Au cours de la nuit, le froid cristallisa les gouttes de pluie et le lendemain matin Dame Eliwys déclara avec soulagement :

— Ils ne viendront pas.

Il était tombé près de trente centimètres de neige et des flocons descendaient encore du ciel. Imeyne poursuivait les préparatifs mais la déception l'incitait à se défouler sur Maisry.

Il cessa de neiger vers midi et deux heures plus tard le ciel se dégageait. Eliwys leur ordonna de se changer. Kivrin vêtit les enfants, surprise par la qualité de leurs chemises de soie. Agnès mit une cotte de velours rouge sombre et l'orna de sa boucle d'argent. Rosemonde avait une cotte vert forêt aux longues manches fendues et un corsage échancré qui laissait voir les broderies de sa chemise jaune. Kivrin ne savait quoi mettre mais, lorsqu'elle eut défait les tresses des filles et brossé leurs cheveux, Agnès lui suggéra :

— Vous devriez prendre votre cotte bleue.

Elle alla lui chercher ce vêtement dans le coffre placé au pied du lit. Il ne déparait plus, à présent que les enfants avaient mis leurs plus beaux atours, même si la trame était trop serrée, la teinture trop régulière.

Restait le problème posé par sa chevelure. Les célibataires la laissaient tomber librement, lors des festivités, mais ses cheveux étaient trop courts et seules les femmes mariées portaient une coiffe. Elle ne pouvait pourtant pas les laisser ainsi... c'était trop laid.

La nervosité d'Eliwys revenait avec le beau temps. Elle sursauta quand Maisry entra, puis elle la gifla sous prétexte qu'elle laissait des empreintes de pas boueuses sur le sol. Elle pensa à une douzaine de tâches oubliées, adressa des reproches à tout le monde et, quand Dame Imeyne grommela pour la douzième fois : « Si nous étions allées à Courcy... » Kivrin crut qu'elle lui arracherait les yeux.

Changer Agnès avant la toute dernière minute n'était pas une excellente idée. En milieu d'après-midi ses manches brodées étaient crasseuses et sa jupe de velours couverte de farine.

Gawyn ne revenait toujours pas et tous avaient les nerfs à fleur de peau. Les oreilles de Maisry étaient cramoisies. Et quand Dame Imeyne dit à Kivrin de porter six bougies en cire d'abeille au père Roche, elle fut ravie de pouvoir s'éclipser avec les enfants.

— Précisez-lui qu'elles devront servir aux deux messes, gronda Imeyne. De bien piètres célébrations de la naissance de notre Seigneur. Nous aurions dû aller à Courcy.

Kivrin aida Agnès à enfiler son manteau et appela Rosemonde. Elles allèrent dans l'église. Le prêtre n'y était pas. Il avait posé au centre de l'autel un gros cierge jaunâtre qu'il allumerait au coucher du soleil. Les anneaux noirs superposés tracés sur son pourtour lui permettraient de compter les heures jusqu'à minuit, agenouillé dans cette nef glaciale.

Il n'était pas non plus à son domicile. Kivrin laissa les bougies sur la table et revint vers le manoir. En chemin, elle vit l'âne près de l'entrée du cimetière.

— Nous allions oublier de nourrir les animaux, déclara Agnès.

— Nourrir les animaux ? répéta Kivrin.

Elle s'inquiéta pour leurs tenues.

— C'est la veille de Noël. Ne le faites-vous pas, là d'où vous venez ?

— Elle ne s'en souvient plus, intervint Rosemonde. La veille de Noël nous leur apportons de la nourriture en l'honneur de Jésus qui est né dans une étable.

— Vous ne vous rappelez pas les fêtes de Noël ? demanda Agnès.

— Si, un peu, répondit Kivrin.

Et elle pensa à Oxford, aux boutiques de Carfax décorées de sapins en plastène et bondées d'acheteurs de dernière minute, à High Street envahie par les bicyclettes et à la Magdalen Tower à peine visible derrière un rideau de flocons de neige.

— Les cloches sonnent, on mange, on va à la messe et on met le feu à la bûche, dit Agnès.

— Tu mélanges tout, rétorqua sa sœur. Nous allons à l'office après avoir allumé la bûche.

— Mais il y a d'abord les cloches, lança Agnès avec un regard mauvais.

Elles allèrent chercher un sac d'avoine et du foin dans la grange puis se rendirent dans les écuries. Gringolet n'était pas avec les autres chevaux, ce qui signifiait que Gawyn n'était pas revenu. Elle devrait lui parler sans faute dès son retour. Le rendez-vous était prévu dans moins d'une semaine et elle ne connaissait toujours pas l'emplacement de la clairière. En outre, la situation risquait de changer radicalement au retour de Guillaume.

Eliwys attendait son époux pour prendre une décision à son sujet, et elle avait dit aux enfants qu'il arriverait certainement ce jour-là. Il pourrait décider de l'envoyer à Oxford ou à Londres, si Messire Bloet ne proposait pas de l'emmener à Courcy. Elle comptait sur l'animation des fêtes pour trouver une occasion de s'entretenir avec Gawyn et le convaincre de la conduire en ce lieu.

Elle s'attarda dans les écuries, au cas où il reviendrait, mais Agnès voulait aller donner du grain aux poulets. Kivrin lui suggéra de porter du foin à la vache de l'intendant.

— Elle n'est pas à nous, fit sèchement remarquer Rosemonde.

— Quand j'étais malade, elle est venue m'offrir son dos pour que je m'y soutienne, et je voudrais lui exprimer ma reconnaissance.

Elles passèrent devant la porcherie désormais vide.

— Pauvres cochons, fit Agnès. Si on ne les avait pas tués, je leur aurais donné une pomme.

— Le ciel s'obscurcit à nouveau, fit remarquer sa sœur aînée. Ils ne viendront pas.

— Si ! s'emporta Agnès. Messire Bloet m'a promis un cadeau.

La vache terminait les plants de petits pois noircis, derrière la même hutte.

— Joyeux Noël, Dame Vache, dit Agnès en tendant une poignée de foin à bout de bras.

A plus d'un mètre de la bouche du ruminant.

— Elle ne parlera qu'à minuit, lui rappela Rosemonde.

— Je reviendrai à ce moment-là, décida Agnès.

L'animal tendit son cou et l'enfant fit un bond en arrière.

— C'est impossible, pauvre idiote. Nous serons à la messe.

Kivrin prit du foin et le donna à la vache, sous le regard envieux de la petite fille.

— Si tous les gens sont à l'église, comment peuvent-ils savoir que les animaux parlent ?

Elle marque un point, se dit Kivrin.

— Le père Roche l'affirme.

Agnès abandonna la protection de la jupe de Kivrin pour renouveler sa réserve de foin.

— Que disent-ils ?

— Que tu ne sais pas comment t'y prendre pour les nourrir.

— C'est faux !

Agnès tendit le bras. Le ruminant étira son cou, la gueule ouverte, et la fillette lui lança le foin et courut se réfugier derrière Kivrin.

— Ils chantent les louanges de Notre Seigneur.

Elles entendirent des chevaux. Agnès partit en courant entre les huttes. Peu après, elle revenait en criant :

— Ils sont là ! Messire Bloet est ici. Je les ai vus. Ils franchissent le portail.

Kivrin éparpilla le reste du foin sur le sol. Rosemonde préleva une poignée d'avoine dans le sac et la donna à l'animal, qui happa les grains dans sa paume.

— Venez ! leur disait Agnès. Messire Bloet est arrivé !

— Il me reste à nourrir l'âne du père Roche, rétorqua sa sœur aînée.

Elle se dirigea vers l'église, sans avoir lancé un seul regard en direction du manoir.

— Mais ils sont tous là ! Tu ne veux pas voir ce qu'ils ont apporté ?

C'était apparemment le dernier souci de Rosemonde. L'âne s'intéressait à une touffe d'herbe qui dépassait de la neige et elle se pencha pour lui présenter l'avoine. Balaam n'en fit pas cas et elle resta près de lui, le visage dissimulé par ses longs cheveux sombres.

— Rosemonde ! hurlait Agnès, rouge d'exaspération. Tu n'as pas entendu ? Ils sont arrivés !

L'âne sectionna des brins d'herbe avec ses grosses dents jaunâtres, indifférent aux grains que Rosemonde lui offrait.

— Je m'en charge, déclara Kivrin. Vous devez aller saluer vos invités.

— Messire Bloet a promis de m'apporter un cadeau, leur rappela Agnès.

Sa sœur laissa l'avoine tomber dans la neige.

— S'il te plaît tant, tu devrais l'épouser, lança-t-elle à sa cadette avant de se diriger vers le manoir.

— Je ne peux pas, je suis trop jeune.

Rosemonde également, se dit Kivrin. Elle prit la fillette par la main et suivit Rosemonde qui marchait d'un pas rapide, le menton levé, sans prendre la peine de soulever sa jupe, sans faire cas de sa sœur qui la suppliait d'attendre.

Kivrin pressait le pas pour ne pas se laisser distancer et Agnès devait courir. Elles arrivèrent dans la cour en même temps et Kivrin resta bouche bée.

Elle s'attendait à un accueil empreint de formalisme, des paroles de bienvenue et des sourires de convenance, mais l'animation était à son comble. Tous transportaient des malles et des sacs, se saluaient par des exclamations et des accolades, parlaient fort et riaient. Nul n'avait dû remarquer l'absence des filles du maître de céans. Une femme corpulente au crâne surmonté d'une énorme coiffe empesée prit Agnès dans ses bras pour l'embrasser et trois jeunes filles se regroupèrent autour de Rosemonde en piaillant de joie.

Des serviteurs, également vêtus de leurs plus beaux atours, emportaient des paniers et une grosse oie dans les cuisines. Des palefreniers guidaient les chevaux vers les écuries. Gawyn, toujours monté sur Gringolet, se penchait pour parler à Imeyne. Kivrin l'entendit déclarer :

— Non, l'évêque est à Wiveliscombe.

Mais la belle-mère d'Eliwys n'en parut pas dépitée et Kivrin en conclut que quelqu'un se chargerait de transmettre le message laissé à l'archidiacre.

Imeyne se tourna pour aider une jeune femme en manteau d'un bleu encore plus vif que la cotte du XXIe siècle à descendre de cheval. Elle la guida ensuite vers sa bru, qui sourit en la voyant.

Kivrin tentait de déterminer qui pouvait être Messire Bloet, mais il y avait au moins une demi-douzaine de cavaliers aux brides incrustées d'argent et au manteau doublé de fourrure. Aucun n'était particulièrement décrépit et quelques-uns avaient même un physique agréable. Elle se tourna pour demander à Agnès de la renseigner, mais la fillette était retenue captive par la dame à la coiffe démesurée qui tapotait sa chevelure et lui disait :

— Tu as tellement grandi que j'ai failli ne pas te reconnaître.

Kivrin sourit. Certaines choses ne changeraient décidément jamais.

Les rouquins étaient nombreux, dans l'entourage de Messire Bloet. Il y avait entre autres une femme aussi âgée qu'Imeyne dont la chevelure tombait librement dans son dos. Cette vieille fille à la bouche pincée paraissait mécontente de la façon dont les serviteurs s'y prenaient pour décharger leurs bagages. Elle arracha un panier lourdement chargé des mains d'une fille qui ne savait comment le tenir et le lança à un individu obèse en cotte de velours vert.

— Messire Bloet! cria Agnès.

Elle se précipita vers le gros homme.

Oh, non! pensa Kivrin. Elle l'avait pris pour l'époux de la mégère rouquine ou de la femme à la coiffe empesée. Ce quinquagénaire pesait plus de cent vingt kilos et le sourire qu'il adressa à la fillette révéla des rangées de dents noircies par les caries.

— M'avez-vous apporté quelque chose? demanda Agnès qui tiraillait l'ourlet de sa cotte.

— Certes, fit-il. Pour toi et pour ta sœur.

Il se détourna afin d'observer Rosemonde qui s'entretenait avec les autres jeunes filles.

— Je vais aller la chercher, proposa Agnès.

Elle partit en courant, avant que Kivrin ne pût intervenir. Bloet la suivit d'un pas pesant et les filles gloussèrent et s'égaillèrent en le voyant approcher. Rosemonde foudroya sa sœur du regard puis sourit et tendit la main.

— Bonjour, soyez le bienvenu, dit-elle.

Ses joues pâles s'empourpraient, mais Bloet dut attribuer cette réaction à de la timidité, ou à la joie de le voir. Il prit les doigts délicats dans sa main adipeuse et déclara:

— C'est avec moins de formalisme que vous accueillerez votre époux, au printemps.

Elle rougit plus encore.

— Nous ne sommes qu'en hiver, Messire.

— Mais Pâques approche, dit-il avant de rire.

— Où est mon présent? insista Agnès.

— Comment oses-tu demander quelque chose à un invité ? s'écria Eliwys en rejoignant ses filles.

Elle sourit à Messire Bloet. Si elle n'approuvait pas cette union, elle n'en laissait rien paraître.

— Chose promise, chose due, dit l'homme en glissant la main dans sa ceinture trop serrée pour prendre une petite bourse en toile. Un cadeau pour ma belle-sœur et un cadeau pour ma fiancée.

Il sortit une broche sertie de pierres.

— Un témoignage de mon amour pour ma future épouse. Vous devrez penser à moi chaque fois que vous la mettrez.

Il s'avança pour l'épingler au manteau de Rosemonde, le souffle court, et Kivrin pria le Ciel pour qu'il fût terrassé par un infarctus. Rosemonde demeura immobile pendant que les doigts boudinés de l'homme effleuraient son cou.

— Des rubis ! s'exclama Eliwys. Qu'attends-tu pour remercier ton fiancé, ma fille ?

— Merci, dit Rosemonde d'une voix plate.

— Et moi ? rappela Agnès qui sautillait d'un pied sur l'autre.

Il plongea à nouveau la main dans la bourse et dissimula quelque chose dans son poing. Il se pencha, très lentement, et ouvrit la main.

— Une clochette ! fit Agnès, aux anges.

Elle leva et secoua l'objet en cuivre surmonté d'un anneau. Puis elle demanda à Kivrin de l'accompagner à l'intérieur. Elle voulait monter chercher dans la soupente un ruban qui lui permettrait de le porter à son poignet.

— Mon père me l'a rapporté de la foire, expliqua-t-elle.

Le bout de tissu était si raide que Kivrin eut des difficultés à le glisser dans l'anneau. Même le bolduc utilisé pour attacher les paquets était plus souple.

Kivrin le noua et elles redescendirent. Une animation intense régnait dans la maison. Les serviteurs apportaient des coffres, de la literie, des versions moyenâgeuses des sacs de voyage et des vanity-cases. Elle cessa de craindre que Messire Bloet décidât de l'emmener avec sa suite. Cet homme et ses gens semblaient avoir l'intention de passer ici tout l'hiver.

Elle n'avait pas non plus à craindre qu'ils parlent de son avenir. Nul ne lui avait prêté attention, même quand Agnès était allée montrer son bracelet à sa mère. Eliwys s'entretenait avec Bloet, Gawyn et un des nouveaux venus. A la voir tordre ses mains, on pouvait présumer que les nouvelles étaient mauvaises.

A l'autre bout de la salle, Dame Imeyne s'adressait à la femme corpulente et à un homme blême en robe du clergé. Sans doute se plaignait-elle du père Roche.

Kivrin profita de la confusion pour demander à Rosemonde de lui indiquer qui était qui. L'individu au teint blafard était l'aumônier de Messire Bloet, ce qu'elle avait déjà compris. La jeune femme en manteau bleu vif était sa fille adoptive. La matrone à la coiffe empesée, sa belle-sœur venue du Dorset séjourner à Courcy, était la mère des deux jeunes rouquins et des filles rieuses. Messire Bloet n'avait pas d'enfants.

C'était d'ailleurs pour cette raison qu'il voulait en épouser une, ce qui ne choquait apparemment personne. Au XIVe siècle, perpétuer la lignée était très important et plus la mariée était jeune, plus grandes étaient les chances d'avoir suffisamment de fils pour que l'un d'eux survécût jusqu'à l'âge adulte, même si la mère devait mourir en couches.

La mégère aux cheveux roux était Dame Yvolde, sa sœur célibataire. Elle vivait avec lui et gardait son trousseau de clés à la ceinture, ce qui signifiait qu'elle dirigeait la maisonnée.

— Qui sont les autres ? voulut savoir Kivrin.

Elle espérait que Rosemonde aurait quelques alliés dans sa future demeure.

— Des serviteurs, répondit l'enfant avant de courir rejoindre les autres filles.

Ils étaient au moins une vingtaine, sans compter les garçons d'écurie qui s'occupaient des chevaux, et nul ne semblait s'étonner de leur grand nombre. Elle avait lu que les nobles s'entouraient de douzaines de domestiques mais cru à une exagération. Eliwys et Imeyne venaient de faire appel à la main-d'œuvre locale pour préparer les festivités et, quoique consciente de la précarité de leur situation, elle avait conclu que les historiens se trompaient. C'était elle qui avait été dans l'erreur.

Ils allaient servir le souper, bien que la veille de Noël fût un jour de jeûne. Et dès que l'aumônier termina de lire les vêpres, sans doute à la demande de Dame Imeyne, une meute de valets apportèrent un repas composé de pain, de vin coupé d'eau et de morue séchée mise à tremper puis grillée.

Agnès était si surexcitée qu'elle n'avala pas une seule bouchée. Ensuite, elle refusa de s'asseoir près du feu et courut autour de la salle pour faire tinter sa clochette et importuner les chiens.

Les serviteurs de Messire Bloet et l'intendant entrèrent avec la bûche de Noël. Ils la lâchèrent dans l'âtre. Des étincelles volèrent de toutes parts et les femmes reculèrent en riant, pendant que les enfants hurlaient leur joie. En tant que fille aînée du maître des lieux, Rosemonde l'alluma avec un fagot composé de brindilles prises sur la bûche de l'année précédente. Elle mit le feu à l'extrémité d'une racine aux formes tourmentées et la première flamme fut saluée par des rires et des applaudissements. Agnès contribua au vacarme en agitant follement son bras pour faire tinter sa clochette.

Rosemonde avait précisé que même les enfants assistaient à la messe de minuit, mais Kivrin avait espéré inciter Agnès à s'allonger près d'elle. Cependant, la fillette criait et secouait tant son jouet qu'elle dut le lui confisquer.

Assises près du feu, les femmes bavardaient à voix basse. Les hommes formaient de petits groupes et, l'aumônier excepté, ils sortaient régulièrement pour revenir un peu plus tard en riant et en tapant des pieds pour faire tomber la neige de leurs bottes. Leur mine rougeaude et les regards réprobateurs d'Imeyne indiquaient qu'ils étaient allés boire de la bière, malgré le jeûne.

La troisième fois, Bloet s'installa de l'autre côté de l'âtre et allongea ses jambes vers le feu, pour observer les filles. Les trois glousseuses jouaient à colin-maillard avec Rosemonde, et quand cette dernière approcha des bancs avec un bandeau sur les yeux, il tendit la main pour la prendre par la taille et l'attirer sur ses genoux. Tous rirent.

Imeyne passa la soirée auprès de l'aumônier. Elle lui dressait la liste des fautes du père Roche. Il était ignorant et maladroit, il avait récité le Confiteor avant l'Adjutorum... et il était en cet instant même agenouillé dans son église glaciale, pensa Kivrin, alors que l'autre prêtre se réchauffait les mains au-dessus du feu et secouait la tête avec une expression désapprobatrice.

Les flammes moururent en braises rougeoyantes. Rosemonde échappa à Bloet et retourna jouer. Gawyn raconta qu'il avait tué six loups, sans quitter Eliwys des yeux. L'aumônier narra l'histoire d'une mourante qui avait menti lors de sa confession. Lorsqu'il avait oint son front avec l'huile des malades, la peau avait noirci en dégageant une épaisse fumée.

Il n'avait pas terminé son récit macabre que Gawyn se leva, se frotta les mains au-dessus de l'âtre et alla s'asseoir sur le banc des mendiants pour retirer une de ses bottes.

Eliwys alla le rejoindre et il se releva.

Kivrin l'entendit dire :

— Le procès a été une fois de plus reporté. Le juge est malade.

Le commentaire d'Eliwys fut inaudible, mais il hocha la tête et déclara :

— Nous pouvons nous en féliciter. Le nouveau magistrat vient de Swindone et n'est pas un chaud partisan du roi.

Mais Eliwys était aussi livide qu'au moment où Imeyne lui avait annoncé qu'elle venait d'envoyer Gawyn à Courcy.

Il se rassit, fit tomber les brins de jonc qui adhéraient à son haut-de-chausses puis renfila sa botte. Il redressa la tête et dit quelques mots. Les ombres dissimulaient le visage d'Eliwys mais Kivrin voyait l'expression de Gawyn.

Comme tous les convives, pensa-t-elle. Imeyne était trop occupée à se plaindre mais Dame Yvolde observait le couple, les lèvres pincées, de même que Messire Bloet et les autres hommes.

Kivrin comprit qu'elle ne pourrait s'entretenir avec Gawyn devant tant de curieux. Une cloche tinta. Eliwys sursauta et se tourna vers la porte.

— C'est le glas du Démon, commenta posément l'aumônier.

Même les enfants interrompirent leurs jeux pour tendre l'oreille.

Dans certains villages un coup de cloche marquait chaque année écoulée depuis la naissance du Christ. Ailleurs, on se contentait de la sonner de onze heures à minuit. Kivrin doutait que le père Roche, ou même l'aumônier, sût compter jusqu'à mille. Elle décida de vérifier.

Trois serviteurs apportèrent du bois pour alimenter le feu. Les flammes bondirent et de grandes ombres distordues dansèrent sur les murs. Agnès se leva et tendit le doigt. Un des neveux de Messire Bloet fit un lapin avec ses mains.

Selon M. Latimer, les contemporains pensaient que l'avenir était révélé par les ombres dues à la bûche de Noël. Kivrin se demandait ce qu'il leur réservait. Messire Guillaume avait des ennuis avec la justice et tous les siens étaient en danger.

Le roi confisquait les terres et les biens des criminels. En cas de condamnation, sa famille devrait peut-être aller vivre en France, ou accepter la charité de Bloet et subir les sarcasmes de la femme de l'intendant.

A moins que Guillaume ne revînt ce soir même, avec de bonnes nouvelles et un faucon pour sa fille cadette. Tous seraient alors heureux, à l'exception d'Eliwys et de Rosemonde.

Mais tout cela appartient déjà à l'Histoire, se dit-elle. Le verdict a été rendu il y a longtemps. Messire Guillaume est rentré chez lui et a découvert les tendres sentiments qui unissent son épouse à Gawyn. Rosemonde a épousé cet homme immonde qu'est Bloet. Agnès a grandi, s'est mariée et est morte en couches, si ce n'est pas d'une septicémie, du choléra ou d'une pneumonie.

Ils sont tous morts, se dit-elle sans pouvoir le croire. Ils sont tous décédés depuis plus de sept siècles.

— Regardez ! cria Agnès. Rosemonde n'a plus de tête !

Elle désigna une ombre, une projection de la silhouette de sa sœur, étrangement étirée et tronquée au-dessus des épaules.

— Je n'ai pas de tête, moi non plus ! dit un des rouquins en sautillant pour modifier son image.

— Tu n'as pas de tête, Rosemonde, commenta gaiement Agnès. Tu mourras dans l'année.

— Tu ne dois pas dire des choses pareilles, ordonna Eliwys.

Elle alla vers sa fille.

— Kivrin a une tête, et moi aussi. Mais pas cette pauvre Rosemonde.

— Ce sont des jeux stupides, gronda Eliwys en la prenant par les bras. Tais-toi !

— Mais l'ombre... insista Agnès qui était sur le point d'éclater en sanglots.

— Assieds-toi à côté de Dame Katherine et ne dis plus un mot !

Elle ramena l'enfant vers Kivrin.

— Tu deviens insupportable.

Agnès se pelotonna contre Kivrin, qui avait dû interrompre son décompte des coups de cloche. Elle le reprit où elle s'était arrêtée. Quarante-six, quarante-sept.

— Je veux ma clochette, réclama Agnès en descendant du banc.

— Non, reste tranquille, refusa Kivrin en la hissant sur ses genoux.

— Alors, parlez-moi de Noël.

— Impossible, Agnès. Je ne m'en souviens plus.

— Vous n'avez aucun souvenir à me raconter?

Ils sont pourtant nombreux, se dit Kivrin. Les magasins décorés de rubans, de satin et de velours rouge, or et bleu... un bleu encore plus vif que la couleur de ma cotte. Et partout des lumières et les chants de Noël.

Elle pensa au carillon de Carfax qui massacrait « Les bergers, à Bethléem, sont accourus » et à la musique aigrelette des boutiques de High Street. Des mélodies qui ne seraient composées que bien plus tard. Elle eut la nostalgie de ce lointain avenir.

— Je veux agiter ma clochette, insista Agnès en se débattant pour descendre de ses genoux. Rendez-la-moi !

Elle lui présenta son poignet.

— A condition que tu t'allonges près de moi.

— Et que je dorme? demanda Agnès, boudeuse.

— Non. Je vais te raconter une histoire. Il était une fois...

Elle s'interrompit. Cette expression n'était-elle pas anachronique? Quels récits narrait-on aux enfants, au XIVe siècle? Des contes où il était question de loups et de sorcières dont la peau s'assombrissait lorsqu'on leur administrait l'extrême-onction.

— Il était une fois une jeune fille, commença-t-elle.

Elle attacha la clochette au poignet d'Agnès et constata que le ruban s'effilochait. Il ne supporterait pas d'autres manipulations.

— Une jeune fille qui vivait...

— Est-ce elle? fit une voix féminine.

Kivrin leva les yeux, sur Imeyne. Elle était accompagnée par Dame Ivolde qui la dévisagea puis secoua la tête.

— Non, ce n'est pas la fille d'Uluric. Elle était brune et bien moins grande.

— La pupille de Ferrer, alors ? suggéra Imeyne.

— Elle est décédée, répondit Yvolde avant de s'adresser à Kivrin. Vous ne vous rappelez pas votre passé ?

— Non, gente Dame.

Elle se souvint à retardement qu'elle devait baisser les yeux, avec modestie.

— Elle a reçu un coup sur la tête, précisa Agnès.

— Mais vous maîtrisez toujours le langage et connaissez votre prénom. Appartenez-vous à une famille honorable ?

— Je ne saurais le dire, gente Dame.

Yvolde renifla.

— Elle a l'accent des gens de l'Ouest. Avez-vous envoyé quelqu'un se renseigner à Bath ?

— Non, dit Imeyne. Ma belle-fille attend le retour de Guillaume. Savez-vous ce qui se passe à Oxenford ?

— Non, seulement que les malades y sont nombreux.

Rosemonde approcha pour demander :

— Alors, Dame Yvolde, avez-vous pu identifier Dame Katherine ?

— Non. Qu'avez-vous fait de la broche de mon frère ?

— Je... Elle est épinglée à mon manteau, balbutia Rosemonde.

— La trouveriez-vous indigne de vous ?

— Va la chercher, ordonna Imeyne. Je veux voir ce bijou.

Rosemonde redressa le menton et s'éloigna vers les paravents.

— Les présents de mon frère ne l'enthousiasment pas plus que sa présence. Elle ne lui a pas adressé une seule fois la parole, au cours du dîner.

Rosemonde revint avec son manteau, retira la broche et la remit à sa grand-mère sans faire de commentaires.

— Je veux la voir, fit Agnès.

Rosemonde se baissa pour la lui montrer.

C'était un anneau d'or serti de pierres rouges, avec une aiguille montée en son centre. Les mots *Io suiicien lui dami amo* étaient gravés sur son pourtour.

— Qu'est-ce que ça veut dire ? demanda Agnès.

— Je l'ignore, avoua sa sœur sur un ton qui traduisait une indifférence totale.

Kivrin vit qu'Yvolde serrait les dents.

— Il est écrit : « Je représente l'être aimé », se hâta-t-elle de préciser.

Avant de prendre conscience de son erreur. Imeyne, qui semblait ne rien avoir remarqué, déclara à Rosemonde :

— Tu devrais la garder sur ton cœur, et non suspendue à une patère.

Elle prit la broche et l'épingla sur la cotte de sa petite-fille.

— Et vous feriez mieux de tenir compagnie à mon frère plutôt que de jouer comme une enfant, surenchérit Yvolde.

Elle désigna Messire Bloet qui somnolait près de l'âtre. Rosemonde implora Kivrin du regard.

— Va le remercier, ordonna Imeyne.

Rosemonde s'éloigna vers son fiancé, après avoir confié son manteau à Kivrin qui ordonna à Agnès :

— Allonge-toi. Tu dois te reposer.

— Je veux écouter le glas du Démon, protesta la fillette.

— Dame Katherine, dit Yvolde en accentuant

étrangement le mot « Dame », vous prétendez que vous ne vous souvenez de rien mais vous venez de nous dire ce qui est écrit sur cette broche. Sauriez-vous lire ?

Naturellement, pensa Kivrin. Mais moins d'un tiers des contemporains en sont capables, dont très peu de femmes.

Imeyne la dévisageait suspicieusement, comme lorsqu'elle avait palpé ses vêtements et examiné ses mains.

— Non, pas même le Pater, mentit-elle en soutenant le regard de son interlocutrice. Messire Bloet l'a précisé lorsqu'il a remis cette broche à Rosemonde.

— C'est faux ! s'exclama Agnès.

— Tu ne t'intéressais qu'à ta clochette, affirma Kivrin.

Mais Dame Yvolde ne le croirait pas. Elle poserait la question à son frère, qui répondrait qu'il ne lui avait jamais adressé la parole.

Cependant, l'explication parut la satisfaire.

— Le contraire m'eût surprise, dit-elle à Imeyne.

Elle lui tendit la main et elles les laissèrent.

— Je veux ma clochette, insistait Agnès.

— Je ne la mettrai à ton poignet que si tu t'allonges.

La fillette grimpa sur ses genoux.

— Racontez-moi d'abord cette histoire.

— Il était une fois une jeune fille…

Imeyne et Yvolde s'étaient assises à côté de Messire Bloet et parlaient à Rosemonde. Elle dit quelque chose, le menton levé et les joues rouges. Son fiancé rit, toucha sa broche, caressa ses seins.

— Il était une fois une jeune fille… souffla Agnès.

— … qui vivait à l'orée d'un grand bois. « Ne va pas seule dans la forêt », lui dit son père…

— Mais elle ne l'a pas écouté, devina l'enfant en bâillant.

— Non, elle ne l'a pas écouté. Il l'aimait et ne songeait qu'à sa sécurité, mais elle ne prêtait pas attention à ses paroles.

— Qu'est-ce qu'il y avait, là-bas ?

Elle se pelotonna contre Kivrin, qui la couvrit du manteau de Rosemonde. Des brigands imaginaires, pensa-t-elle. Des vieillards lubriques, leurs sœurs revêches, des amants adultères, des époux et des juges…

— D'innombrables dangers.

— Des loups, déclara Agnès d'une voix lourde de sommeil.

— Oui, des loups.

Imeyne et Yvolde s'étaient écartées de Messire Bloet et la regardaient, en échangeant des murmures.

— Que lui est-il arrivé ? demanda Agnès.

Ses paupières se fermaient déjà et Kivrin la serra contre elle.

— Ça, j'aimerais bien le savoir, murmura-t-elle.

20

Agnès dormait depuis moins de cinq minutes quand la cloche se tut. Un instant plus tard, elle sonnait à nouveau, sur un rythme plus rapide, pour annoncer la messe.

— Le père Roche commence trop tôt, il n'est pas encore minuit, grommela dame Imeyne.

Elle n'avait pas terminé sa phrase que les autres

cloches se faisaient entendre : Wychlade, Bureford et, à l'est, si loin que ce n'était qu'un vague écho, les cloches d'Oxford.

Messire Bloet se leva avec difficulté puis aida sa sœur à l'imiter. Un serviteur leur apporta un manteau et une cape doublée de fourrure d'écureuil. Les filles cherchèrent leurs houppelandes dans la pile de vêtements et les mirent sans interrompre leurs bavardages. Dame Ymeyne secoua Maisry qui s'était endormie sur le banc des mendiants et la chargea d'aller lui chercher son livre d'heures. La servante se dirigea d'un pas traînant vers l'échelle de la soupente, en bâillant. Rosemonde vint récupérer son manteau qui avait glissé des épaules de sa sœur cadette.

Agnès dormait si profondément que Kivrin hésita à la réveiller. Mais elle doutait qu'un profond épuisement fût une raison suffisante pour exempter de messe une enfant de cinq ans.

— Agnès, fit-elle à mi-voix.

— Vous devrez la porter jusqu'à l'église, lui dit Rosemonde qui n'arrivait pas à épingler sa broche.

Kivrin vit approcher le fils cadet de l'intendant. Il lui apportait son manteau, qu'il laissait traîner sur les joncs.

— Agnès, répéta-t-elle.

Elle la secoua avec douceur, surprise que les tintements ne l'aient pas tirée de son sommeil.

Agnès ouvrit les yeux.

— Tu ne m'as pas réveillée ! reprocha-t-elle à sa sœur. Tu me l'avais pourtant promis.

— Habille-toi, lui dit Kivrin. Nous devons aller à l'église.

— Je veux ma clochette.

— Elle est attachée à ton poignet.

— C'est faux! rétorqua la fillette en montrant son bras.

L'objet était tombé sur le sol et Rosemonde se baissa pour le ramasser.

— La voici. Elle a dû glisser. Mais tu dois la laisser. Les cloches de Noël ne peuvent tinter qu'après la messe.

— Je ne la secouerai pas, promit Agnès.

Kivrin en doutait, mais tous étaient prêts à partir. Un homme avait pris un tison dans l'âtre et allumait des lanternes qu'il remettait aux serviteurs. Elle noua rapidement le ruban au poignet de l'enfant.

Dame Eliwys prit la main que lui présentait Messire Bloet. D'un geste, Dame Imeyne fit comprendre à Kivrin qu'elle devait les suivre avec les enfants. Elle leur emboîta le pas, avec Dame Yvolde. Une procession se forma et ils traversèrent la cour, le terrain communal.

Le ciel s'était dégagé et un tapis blanc recouvrait le village. Figé hors du temps, pensa Kivrin. La neige dissimulait le fait que les cabanes étaient délabrées, les clôtures branlantes et les huttes sordides. Les lanternes faisaient scintiller les cristaux de glace mais c'étaient les étoiles qui lui coupaient le souffle... des centaines, des milliers de joyaux miroitants dans un écrin de nuit.

— Ça brille, dit Agnès.

Kivrin ne put savoir si elle se référait à la neige ou au ciel.

La cloche avait un timbre différent, plus clair, dans l'air glacé. Kivrin reconnaissait les autres cloches, Esthcote, Witenie et Chertelintone, bien que leur son fût également altéré. Elle s'étonna de ne pas entendre les cloches de Swindone et d'Oxford. Elle se demanda si elles n'avaient pas été le fruit de son imagination.

— Tu fais sonner ta clochette, Agnès, dit Rosemonde.

— Certainement pas. Je me contente de marcher.

— Regardez l'église, leur suggéra Kivrin. N'est-elle pas magnifique ?

Les vitraux projetaient des rais rubis et saphir sur la neige. Il y avait également des lumières tout autour, dans le cimetière, jusqu'au clocher. Des torches. Elle respirait l'odeur bitumineuse de leur fumée. Des lueurs approchaient dans les champs et sur la colline qui se dressait derrière l'église.

Elle pensa à Oxford, aux boutiques illuminées, aux rectangles de clarté jaunâtre des fenêtres de Brasenose et au sapin de Noël de Balliol avec ses guirlandes laser multicolores.

— Je regrette que nous ne soyons pas allées à Courcy, déclarait Imeyne à Dame Yvolde. Les messes auraient été dites par un prêtre digne de ce nom. Le curé local ne sait même pas réciter le Pater.

Mais il a passé des heures agenouillé dans une nef glaciale, pensa Kivrin. Puis il a sonné la cloche pendant une heure et il débutera sous peu une longue cérémonie dont il a dû apprendre tous les textes par cœur, pour la simple raison qu'il ne sait pas lire.

— Ce sera un bien piètre sermon et un bien piètre office, je le crains, ajoutait Dame Imeyne.

— Rares sont ceux qui rendent convenablement gloire au Seigneur, de nos jours, fit Dame Yvolde. Mais nous devons prier Dieu pour qu'Il rétablisse le bien en ce monde et guide les hommes vers la vertu.

Ce n'était certainement pas la réponse que Dame Imeyne avait souhaité entendre.

— J'ai fait demander à l'évêque de Bath de nous envoyer un aumônier, dit-elle. Il n'est hélas pas encore arrivé.

— Mon frère dit que la situation est confuse, là-bas.

Ils atteignaient le cimetière. Les torches et les lampes à huile de quelques femmes révélaient des visages rougis par le froid. Cet éclairage en contre-plongée leur donnait un aspect sinistre. M. Dunworthy s'imaginerait que c'est une populace en colère venue immoler un martyr sur le bûcher, se dit-elle. C'est la lumière. Je comprends pourquoi on a inventé l'électricité.

Ils entrèrent dans le cimetière. Kivrin reconnut quelques paysans regroupés près des portes de l'église. Il y avait le garçon scorbutique qui s'était enfui en la voyant, deux des jeunes filles qui avaient aidé à préparer le festin, Cob. L'épouse de l'intendant portait un manteau avec un col en hermine et tenait une lanterne métallique à la flamme protégée par quatre petits panneaux de verre. Elle était plongée dans une conversation animée avec la femme aux écrouelles. Tous bavardaient et tournaient en rond, pour se réchauffer. Un homme à la barbe noire fut à tel point secoué par des rires que sa torche frôla la guimpe de l'épouse de l'intendant.

La plupart des hommes avaient rompu le jeûne et Kivrin savait que les prêtres finiraient par supprimer les messes de minuit pour mettre un terme aux beuveries qui les précédaient. L'intendant parlait à un individu que Rosemonde désigna comme étant le père de Maisry. Leurs visages étaient cramoisis à cause du froid, de la clarté des torches, de l'alcool ou de ces trois raisons à la fois, mais ils semblaient plus joyeux qu'agressifs. L'intendant ponctuait ses propos en donnant des tapes sur l'épaule du père de Maisry, qui se contentait d'en rire. Ce qui incita Kivrin à penser qu'il était plus intelligent que sa fille.

L'épouse de l'intendant tira son mari par la manche, et il la repoussa, mais dès que Dame Eliwys et Messire Bloet entrèrent dans le cimetière, les deux hommes reculèrent pour dégager le passage. Tous les imitèrent et se turent pendant que la procession approchait de l'église, puis les conversations reprirent à voix basse.

Messire Bloet déboucla son épée et la remit à un serviteur pendant que Dame Eliwys attendait. Peu après ils entrèrent, firent une génuflexion, s'avancèrent vers le jubé et s'agenouillèrent.

Kivrin et les filles les suivirent. Agnès se signa et sa clochette tinta. J'aurais dû la lui confisquer, se reprocha Kivrin. Elle envisagea de quitter la procession pour conduire l'enfant vers la tombe de son grand-père et dénouer le ruban, mais Dame Imeyne s'impatientait déjà derrière elles.

Elle avança, en priant Dieu pour qu'Agnès ne fît pas trop de bruit lorsqu'elle se signerait à nouveau. Elle fut discrète, mais quand elle se redressa son pied se prit dans l'ourlet de sa robe et le mouvement brusque qui lui permit de recouvrer son équilibre s'accompagna d'un tintement presque aussi sonore que celui de la cloche. Dame Imeyne foudroya Kivrin du regard.

Elle emmena les filles à côté d'Eliwys. Imeyne s'agenouilla mais Dame Yvolde se contenta d'une révérence et un serviteur se hâta de lui apporter un prie-Dieu aux coussins de velours sombre. Du côté de l'église réservé aux hommes, un autre valet en fit autant pour Messire Bloet et l'aida à s'agenouiller.

Bloet s'agrippa à son bras, le souffle court et le visage cramoisi.

Kivrin regarda le prie-Dieu de Dame Yvolde avec envie et pensa aux coussins en plastique suspendus au dossier des chaises de St. Mary. Elle regretta leur confort et craignit de ne pas pouvoir rester debout jusqu'à la fin de l'office.

Le sol était glacé. L'air également. Il y avait des lampes à huile le long des murs et devant la statue de sainte Catherine. Le père Roche avait planté de grandes bougies jaunâtres dans le houx qui ornait chaque fenêtre, mais l'effet obtenu laissait à désirer. Derrière leurs flammes, les vitraux étaient encore plus sombres qu'à l'accoutumée, presque noirs.

Des cierges se consumaient dans des chandeliers d'argent posés de chaque côté de l'autel et du houx s'entassait devant ces luminaires et sur le jubé, où le prêtre avait installé les chandelles en cire d'abeille de Dame Imeyne. Kivrin lui lança un coup d'œil.

La vieille femme serrait son reliquaire entre ses mains jointes et fixait le sommet du jubé, la bouche pincée. Elle ne devait pas approuver le choix du père Roche, bien que ce fût l'emplacement idéal. Les bougies illuminaient le crucifix, le tableau du Jugement dernier et la majeure partie de la nef.

Elles donnaient un aspect différent, plus accueillant, à cette église. Elle se rappela l'année précédente, quand elle avait accompagné Dunworthy à St. Mary, après avoir assisté à la messe de minuit de la Sainte Eglise Re-Formée qui était dite en latin. Un office qui avait été avancé à quatre heures de l'après-midi car le prêtre devait ensuite aller lire les Evangiles pour la célébration œcuménique.

Agnès toucha sa clochette et Dame Imeyne se

tourna et fronça les sourcils. Rosemonde se pencha devant Kivrin pour lui dire :

— Chut !

— Tu ne dois pas t'en servir avant la fin de la messe, murmura Kivrin.

— Je n'ai rien fait ! rétorqua Agnès en un murmure que tous durent entendre. Le ruban est trop serré, vous voyez ?

Kivrin ne voyait rien. D'ailleurs, si cette affirmation avait été exacte, la clochette n'eût pas tinté au moindre mouvement. Elle ne pouvait cependant en discuter avec une enfant épuisée alors que l'office débuterait d'une minute à l'autre. Elle tendit la main vers le nœud.

Il s'était resserré. Agnès avait dû tenter de faire glisser le bracelet. Elle essaya de le dénouer avec les ongles, tout en surveillant les gens regroupés derrière elle. La cérémonie commencerait par une procession. Le père Roche et ses enfants de chœur, s'il en avait, remonteraient l'allée centrale en psalmodiant l'*Asperges me*.

Kivrin tira sur le ruban. Il serait désormais impossible de le retirer sans le couper mais au moins ne comprimait-il plus le poignet. Elle regarda la porte. La cloche s'était tue mais le père Roche ne revenait pas. La foule massée au fond de l'église l'eût quoi qu'il en soit empêché de passer. Une femme avait juché son enfant sur le tombeau du défunt mari d'Imeyne, bien qu'il n'y eût encore rien à voir.

Elle glissa deux doigts sous le ruban et tira.

— Ne le déchirez pas ! protesta Agnès.

Un nouveau murmure d'aparté théâtral.

Kivrin se contenta de retourner la clochette pour la caler dans la paume de la fillette.

— Tiens-la comme ça, dit-elle.

Agnès referma son poing. Kivrin le couvrit avec l'autre main, en un semblant d'attitude de prière.

— Si tu la serres bien, on ne l'entendra pas.

Agnès colla ses mains à son front, une posture de piété angélique.

— Tu es bien sage, commenta Kivrin.

Elle regarda derrière elle. Les portes étaient closes. Elle poussa un soupir de soulagement et se tourna vers l'autel.

Et le père Roche, qui avait mis une étole brodée et une aube blanche à l'ourlet encore plus effiloché que le ruban d'Agnès. Il tenait un livre et devait attendre qu'elle fût prête pour commencer, mais elle ne lisait sur son visage ni reproches ni impatience. Il lui fit penser à M. Dunworthy, lorsqu'il l'avait observée derrière la baie vitrée.

Dame Imeyne se racla la gorge et il se reprit. Il tendit le missel à Cob — en robe crasseuse et chaussures de cuir bien trop grandes pour lui — puis s'agenouilla devant l'autel. Il reprit le missel pour lire le lectionnaire.

Kivrin récitait le texte avec lui. Elle le pensait en latin et l'écho de la traduction résonnait à l'intérieur de son crâne.

— Qui avez-vous vu, ô bergers ? récita le père Roche au début du répons. Dites-nous qui est apparu sur la terre.

Il s'interrompit et regarda Kivrin en fronçant les sourcils.

Il a oublié la suite, s'inquiéta-t-elle. Imeyne avait relevé la tête, l'expression menaçante, les mâchoires serrées sous sa guimpe de soie.

Le père Roche la fixait toujours.

— Parlez, qu'avez-vous vu ? Dites-nous qui est apparu.

Il se trompait. Elle articula la phrase suivante, dans l'espoir qu'il la lirait sur ses lèvres :

— Nous avons vu l'Enfant nouveau-né.

Il ne parut pas assimiler la teneur du message.

— J'ai vu...

— Nous avons vu l'Enfant nouveau-né, murmura-t-elle.

Et elle sentit les yeux d'Imeyne se poser sur elle.

— Et des anges qui chantaient les louanges du Seigneur, disait le père Roche.

Une erreur de plus. Imeyne se détourna pour reporter sa désapprobation sur le prêtre.

Elle rapporterait certainement à l'évêque qu'il avait des trous de mémoire, un ourlet effiloché et Dieu sait quoi encore.

— Parlez, qu'avez-vous vu ? fit-il d'une voix plus forte. Et parlez-nous de la naissance du Christ. Nous avons vu l'Enfant nouveau-né et des anges qui chantaient les louanges du Seigneur.

Il commença le Confiteor, que Kivrin murmura avec lui. Mais il ne sauta aucun passage et elle se détendit. Elle ne s'inquiéta à nouveau que lorsqu'il approcha de l'autel pour l'*Oramus Te*.

Il avait sous son aube une soutane noire, des vêtements de qualité mais bien trop courts pour lui. Elle vit deux bons centimètres de son haut-de-chausses élimé lorsqu'il se pencha vers l'autel. Ces effets avaient dû appartenir à son prédécesseur, ou à l'aumônier défunt d'Imeyne.

Le prêtre de la Sainte Eglise Re-Formée avait enfilé une aube en polyester sur un pull marron et des jeans. Il affirmait qu'il respectait la tradition à la lettre. L'antienne datait du XVIIIe siècle et les stations aux détails macabres du chemin de croix étaient des copies fidèles des originaux de Turin. Mais l'église avait été reconvertie en papeterie et il avait utilisé une table pliante en guise d'autel pendant que le carillon de Carfax massacrait « C'est Noël, joie sur la Terre ».

— *Kyrie eléison*, dit Cob, les mains jointes.

— *Kyrie eléison*, dit le père Roche.

— *Christe eléison*, dit Cob.

— *Christe eléison*, dit Agnès d'une voix forte.

Kivrin lui fit signe de se taire en levant son index à ses lèvres. Seigneur, ayez pitié de nous. Christ, ayez pitié de nous.

Ils avaient récité le Kyrie, lors de l'office œcuménique, le résultat d'un compromis entre le prêtre de la Sainte Eglise Re-Formée et le vicaire, en échange du changement d'horaire de la messe. Le ministre de l'Eglise Millénariste avait refusé de le réciter et gardé une expression désapprobatrice jusqu'à la fin. Comme Dame Imeyne.

Le père Roche dit le Gloria et le graduel sans bafouiller et passa à l'Evangile.

— *Inituim sancti Envangelii secundum Luc*, fit-il avant de dire en latin : En ces jours-là fut publié un édit de César Auguste, pour le recensement de toute la terre.

Le vicaire avait lu les mêmes versets, mais dans la Bible du Peuple imposée par l'Eglise Millénariste. Ils commençaient par : « Alors, les politicards votèrent de nouveaux impôts pour grever plus lourdement encore les masses laborieuses », mais c'était le même passage que récitait le père Roche.

— Au même instant, se joignit à l'ange une troupe de la milice céleste, louant Dieu et disant : « Gloire, dans les hauteurs, à Dieu ! Et, sur la terre, paix aux hommes, objets de la bienveillance divine ! »

Il déposa un baiser sur l'évangile.

— *Per evangelica dicta deleantur nostro delicta.*

Le sermon viendrait ensuite, s'il y en avait un. Dans la plupart des villages, les prêtres ne prêchaient que pour les fêtes importantes et ce n'était généralement qu'une leçon de catéchisme et l'énumération des sept péchés capitaux. Il devait le réserver pour la grand-messe du matin de Noël.

Mais il s'avança face à ses ouailles et leur dit :

— Et lorsque le Christ se fit chair, Dieu adressa des signes aux hommes pour leur annoncer sa venue. Il nous enverra également de tels signes avant le Jugement dernier. Il y aura des famines et des épidémies, et Satan parcourra le monde.

Oh, non ! pensa Kivrin. Epargnez-nous l'arrivée du Diable sur son étalon noir !

Imeyne était furieuse mais les propos du prêtre ne devaient pas être en cause. Elle dressait simplement la liste de ses erreurs pour en informer l'évêque. Dame Yvolde semblait irritée, elle aussi, et tous les autres avaient l'expression résignée des gens qui écoutaient un sermon, quel que fût le siècle. Kivrin avait été témoin de la même apathie à St. Mary, un an plus tôt.

Le prêche avait eu pour thème le tri des ordures ménagères et le doyen de Christ Church l'avait commencé par ces mots : « La Chrétienté a débuté dans une étable. Finira-t-elle dans une porcherie ? »

Mais c'était secondaire. Tout était authentique, à St. Mary, et elle n'avait eu qu'à fermer les yeux pour ne plus voir la moquette, les parapluies et les cierges laser. Elle avait repoussé le coussin pour s'agenouiller sur le sol de pierre et essayer de s'imaginer au Moyen Age.

M. Dunworthy disait que tout serait bien différent dans la réalité. Il avait vu juste, sauf pour cette messe qui était conforme à ses suppositions :

les dalles glacées et le Kyrie, les odeurs d'encens et de suif.

— Le Seigneur sèmera le feu et la destruction, et tous périront, disait Roche. Mais même lors de la purification finale, Dieu nous accordera sa miséricorde. Il nous enverra de l'aide et du réconfort, et il nous conduira aux Cieux.

M. Dunworthy lui avait dit: « N'y allez pas, vous ne pouvez imaginer ce que c'est. » Il avait eu raison. Il avait toujours raison.

Mais même cet homme, qui redoutait la variole, les brigands et les bûchers, n'avait pas envisagé qu'elle pourrait se perdre et ignorer l'emplacement du point de transfert à moins d'une semaine de la date du rendez-vous. Elle regarda Gawyn qui n'avait d'yeux que pour Eliwys. Elle devrait absolument lui parler à la fin de la messe.

A St. Mary, l'office avait duré une heure et quart et le biper du docteur Ahrens s'était déclenché en plein milieu de l'offertoire. « Pour un bébé, leur avait-elle murmuré en s'esquivant. N'est-ce pas de circonstance ? »

Je me demande s'ils sont à l'église, pensa-t-elle avant de se rappeler qu'ils avaient célébré la Nativité trois jours après son arrivée, alors qu'elle était encore alitée. Pour eux c'était le… le combien ? Le deux janvier. Les vacances de Noël s'achevaient et les rues reprenaient leur aspect normal.

La température s'élevait à l'intérieur de la nef et les flammes des cierges semblaient consumer tout l'oxygène. Les fidèles commençaient à s'agiter derrière elle, pendant que le père Roche poursuivait le rituel et qu'Agnès s'affaissait. Kivrin soupira de soulagement lorsqu'il arriva au Sanctus et qu'elle put enfin s'agenouiller.

Elle se représenta Oxford le deux janvier, les

soldes annoncés dans les vitrines et le carillon de Carfax silencieux. A l'hôpital, le docteur Ahrens soignait les gens qui avaient fait trop bonne chère et à Balliol M. Dunworthy préparait le deuxième trimestre de cours. Non, se reprit-elle. Il s'inquiète pour moi.

Le père Roche leva le calice. L'agitation et les murmures s'amplifiaient du côté des hommes. Gawyn s'était accroupi sur ses talons et Messire Bloet dormait.

De même qu'Agnès. Affaissée contre Kivrin, elle l'empêchait de se lever pour le Pater. Kivrin resta agenouillée, et quand tous furent debout, elle déplaça la tête de l'enfant pour être plus à son aise.

Le prêtre mit un bout de pain dans le calice et dit l'*Haec Commixtio*. Tous s'agenouillèrent pour l'Agnus Dei.

— *Agnus dei, qui tollis peccata mundi,miserere nobis*. Agneau de Dieu, qui ôtez les péchés du monde, ayez pitié de nous.

Agnus dei. Agneau de Dieu. Kivrin sourit en regardant Agnès qui dormait profondément, la bouche ouverte. Mais elle gardait le poing serré sur sa clochette. Mon agneau, pensa Kivrin.

A St. Mary, elle avait imaginé les cierges et le froid mais pas Dame Imeyne, Eliwys, Gawyn, Rosemonde et le père Roche avec son faciès de brigand et son haut-de-chausses troué.

Ni Agnès, son chiot, ses colères et son genou infecté. Je ne regrette rien, pensa-t-elle.

Le prêtre traça le signe de la croix avec le calice puis but.

— *Dominus vobiscum*, dit-il.

La messe tirait à sa fin et l'audience commençait à partir, pour éviter la bousculade. La famille du seigneur local n'avait pas droit à des égards particuliers, au moment du départ, et les paysans n'attendaient même pas d'être sortis pour reprendre leurs bavardages.

— *Ite, missa est*, dit le père Roche au sein du brouhaha.

Dame Imeyne se dirigea vers la porte avant qu'il n'eût baissé la main. Peut-être avait-elle l'intention d'aller exposer de ce pas ses doléances à l'évêque.

— Avez-vous remarqué les cierges de suif, sur l'autel ? dit-elle à Dame Yvolde. Il avait pourtant pour instructions d'y installer mes bougies en cire d'abeille.

L'autre femme secoua la tête et lança un regard mauvais au prêtre. Elles sortirent, suivies par Rosemonde qui ne devait pas souhaiter regagner le manoir en compagnie de son fiancé.

Les villageois se regroupèrent derrière elles en échangeant des commentaires et des rires. Le temps que Messire Bloet se fût péniblement redressé, elles seraient arrivées à destination.

Kivrin avait elle aussi des difficultés à se lever. Son pied droit était ankylosé et Agnès dormait profondément.

— Agnès, réveille-toi. Nous devons rentrer.

Bloet était debout, le visage rougi par l'effort. Il alla offrir son bras à Eliwys.

— Votre fille cadette s'est endormie, fit-il remarquer.

Eliwys lança un regard à Agnès et prit le bras de l'homme, sans en faire cas.

Dehors, toutes les cloches sonnèrent à l'unisson.

— Agnès, répéta Kivrin en secouant l'enfant. Tu peux utiliser ta clochette.

La fillette ne bougea pas. Kivrin tenta de la hisser sur son épaule. Les bras d'Agnès se balançaient et un tintement ponctuait chaque oscillation.

— Tu as attendu toute la nuit cet instant. Réveille-toi.

Kivrin se releva sur un genou puis regarda autour d'elle. Cob faisait le tour des fenêtres pour pincer les bougies, au fond de la nef Gawyn et les neveux de Messire Bloet remettaient leurs épées et le père Roche avait disparu. Elle se demanda si c'était lui qui sonnait la cloche avec tant d'enthousiasme.

Elle sentait des fourmillements dans son pied engourdi. Elle fit porter son poids sur l'autre jambe et remonta l'enfant plus haut sur son épaule. Elle tenta de se lever. Son pied se prit dans l'ourlet de sa cotte et elle bascula en avant.

Ce fut Gawyn qui la retint.

— Dame Katherine, Dame Eliwys m'a chargé de vous aider, dit-il.

Il prit Agnès et se dirigea vers la porte. Kivrin le suivit en clopinant.

— Merci, dit-elle lorsqu'ils furent sortis du cimetière bondé de monde. J'ai cru que mes bras allaient tomber.

— C'est une fille bien en chair.

La clochette glissa et chut dans la neige. Kivrin se baissa pour la ramasser. Le nœud était minuscule mais il se défit dès qu'elle prit le ruban effiloché. Elle l'attacha au poignet ballant de l'enfant et fit une petite boucle.

— Je suis toujours ravi de pouvoir aider une dame dans le besoin, précisa Gawyn.

Plongée dans ses pensées, elle ne l'entendit pas.

Loin devant eux l'intendant levait sa lanterne pour éclairer le passage à Imeyne et à Yvolde. La plupart des villageois étaient restés dans le cimetière. Quelqu'un avait allumé un feu et des gens s'étaient regroupés autour pour se réchauffer les mains. Elle était seule avec Gawyn. L'occasion tant attendue se présentait enfin.

— Je voulais vous remercier de m'avoir amenée au manoir, lui dit-elle. M'avez-vous découverte loin d'ici ? Pourriez-vous me conduire là-bas ?

Il s'arrêta pour la dévisager.

— Ne vous en a-t-on pas informée ? Je suis allé récupérer tout ce que ces brigands n'avaient pas emporté.

— Je le sais, et je vous en suis reconnaissante, fit-elle alors qu'il repartait. Mais c'est pour une autre raison que je voudrais revoir cette clairière.

Dame Imeyne regardait dans leur direction. Kivrin devait convaincre Gawyn avant que cette femme ne décidât d'envoyer l'intendant voir ce qui les retardait.

— Le coup que j'ai reçu sur la tête a effacé mes souvenirs, mais je garde l'espoir de les recouvrer en voyant le lieu où ces brigands m'ont assaillie.

Il s'immobilisa à nouveau et regarda la route, au-delà de l'église. Des lumières y dansaient et approchaient rapidement. Des retardataires qui avaient raté la messe ?

— Vous seul savez où est ce lieu, ajouta-t-elle. Il vous suffirait de m'expliquer comment m'y rendre...

— Il n'y a plus rien, là-bas. J'ai tout apporté.

— Je sais, et je vous en remercie encore, mais...

— Tout est dans la grange.

Il se détourna en entendant des chevaux. Une demi-douzaine de cavaliers passèrent au galop devant l'église et traversèrent le village. Ils ne serrèrent la bride à leurs montures qu'une fois à la hauteur de Dame Eliwys.

Guillaume est revenu, se dit Kivrin. Mais Gawyn lui mit Agnès dans les bras et partit au pas de course vers les nouveaux venus, en dégainant son épée.

Oh, non ! Elle le suivit. Elle titubait sous le poids de l'enfant. Ce n'était pas le maître de céans mais ses adversaires, les individus qui les contraignaient à se dissimuler, la raison pour laquelle Eliwys s'était emportée en apprenant qu'Imeyne avait informé Messire Bloet de leur présence en ce lieu.

Les cavaliers qui tenaient les lanternes avaient mis pied à terre. Eliwys alla vers un des trois hommes restés en selle puis tomba à genoux, comme transpercée d'un coup d'épée.

Non, oh, non ! La clochette d'Agnès tintait follement alors qu'elle courait.

Gawyn arriva sur les lieux et s'agenouilla à son tour. Eliwys se releva, les bras tendus en geste de bienvenue.

Kivrin s'arrêta, hors d'haleine. Messire Bloet se contenta d'une révérence. Les nouveaux venus repoussèrent leurs capuchons. Ils avaient d'étranges chapeaux, ou des couronnes. Gawyn, toujours agenouillé, rengaina son épée. Un des hommes à cheval leva la main. Une bague scintilla.

— Que se passe-t-il ? demanda Agnès d'une voix pâteuse de sommeil.

— Je l'ignore.

La fillette se contorsionna dans ses bras, pour mieux voir la scène.

— Ce sont les rois mages, fit-elle, émerveillée.

EXTRAIT DU GRAND LIVRE

(064996-065537)

Soir de Noël 1320 (calendrier julien). Un représentant de l'évêque est arrivé avec deux autres ecclésiastiques. Dame Imeyne est ravie. Elle croit qu'ils sont venus en réponse à son message, mais j'en doute. Aucun serviteur ne les accompagne, et leur nervosité semble indiquer qu'ils exécutent une mission à la fois pressante et secrète.

Cela doit concerner Messire Guillaume, bien que la cour d'assises soit séculière. Ce sont peut-être des intermédiaires venus négocier avec Eliwys la libération de son époux.

Quelles que soient les raisons de leur voyage, ils ne manquent pas de panache. Agnès les a pris pour les rois mages et ils ont effectivement une allure princière. L'envoyé de l'évêque a des traits aristocratiques, et leurs tenues sont magnifiques. L'un d'eux porte un manteau de velours pourpre avec dans le dos une croix blanche en soie.

Dame Imeyne lui a immédiatement parlé de l'ignorance et des maladresses du père Roche. « Il ne mérite pas une paroisse », a-t-elle dit. Malheureusement pour elle (et heureusement pour le prêtre), cet homme n'est qu'un clerc. Le représentant de l'évêque a une tenue rouge agrémentée de broderies dorées et d'un ourlet noir.

Le troisième est un cistercien... tout au moins porte-t-il l'habit blanc de cet ordre. Il convient cependant de noter que sa laine est d'un tissage encore plus fin que mon manteau, que le cordon de sa ceinture est en soie et qu'une bague digne d'un roi orne chacun de ses doigts boudinés. Son comportement n'a rien de monacal, lui non plus. Cet homme et l'envoyé de l'évêque ont réclamé du vin avant même d'avoir mis pied à terre, et il est évident que le clerc était déjà ivre à son arrivée. Il titubait tant après être descendu de sa monture que le gros moine a dû le soutenir pour entrer dans la grande salle.

(Pause)

J'ai dû me tromper sur la raison de leur présence. Eliwys et Messire Bloet se sont isolés avec le représentant de l'évêque, mais ils n'ont parlé que quelques minutes et j'ai ensuite entendu Eliwys déclarer à sa belle-mère :

— Ils n'ont pas de nouvelles de Guillaume.

Imeyne n'a pas paru se sentir concernée par cette déclaration. Elle pense qu'ils sont venus nommer un nouvel aumônier et elle les harcèle. Elle a insisté pour que le festin soit immédiatement servi, mais les ecclésiastiques s'intéressent bien plus à la boisson qu'à la nourriture. Ils ont déjà vidé d'un trait les gobelets de vin apportés par Imeyne et en ont réclamé d'autres. Quand Maisry a apporté un pichet, le clerc a saisi sa jupe et l'a attirée vers lui pour glisser la main dans son corsage. Elle a réagi comme à son habitude, en couvrant ses oreilles.

Leur arrivée a le mérite d'ajouter à la confusion générale. Je n'ai pu dire que quelques mots à Gawyn mais j'espère avoir une autre occasion de lui parler sans témoins... d'autant plus qu'Imeyne accorde toute son attention au prélat qui vient de subtiliser le pichet à Maisry pour se servir. Je pense encore pouvoir convaincre Gawyn de me guider jusqu'au point de transfert. Rien ne presse, j'ai près d'une semaine devant moi.

21

Le vingt-huit, on signala deux nouveaux décès — des malades qui étaient allés danser à Headington — et Latimer eut une attaque.

— Une thrombose due à une myocardite, expliqua Mary par téléphone. Il ne réagit plus.

Plus de la moitié des pensionnaires de Balliol avaient la grippe et seuls les cas les plus graves étaient admis à l'hôpital. Dunworthy, Finch et une fille qui avait reçu une formation d'infirmière — une découverte de William — distribuaient thermosondes et jus d'orange. Dunworthy faisait les lits et administrait les médicaments.

Et il s'inquiétait. Lorsqu'il avait répété à Mary les propos de Badri, elle lui avait rétorqué : « C'est la fièvre, James. Il est coupé de la réalité. Un de mes patients parle à tout bout de champ des éléphants de la reine. » Mais il ne pouvait chasser de son esprit que Kivrin était peut-être en 1348.

Badri avait demandé quelle était l'année puis déclaré : « C'est impossible. »

Après son accrochage avec Gilchrist, Dunworthy avait téléphoné à Andrews pour lui annoncer que le remplaçant du recteur lui interdisait l'accès au transmetteur de Brasenose.

— Ce n'est pas grave, avait répondu le tech. Les coordonnées géographiques sont moins importantes que les coordonnées temporelles. J'ai parlé à Jésus de ce contrôle de paramètres et les responsables ont donné leur accord.

On avait à nouveau coupé la liaison vidéo mais même sans l'image la nervosité d'Andrews était évidente. Sans doute craignait-il de s'entendre demander d'aller à Oxford.

— J'ai fait quelques recherches. S'il n'existe en théorie aucune limite, le plus grand décalage jamais constaté était de cinq ans, et il concernait une sonde. Pour les historiens, le maximum est de deux cent vingt-six jours, au XVIIe siècle.

— Qu'est-ce qui aurait pu encore clocher ?

— Absolument rien, si les calculs étaient exacts.

Andrews avait promis de le rappeler lorsqu'il aurait terminé les vérifications.

Dans le pire des cas, Kivrin se serait donc retrouvée en 1325. La peste n'avait pas encore fait son apparition en Chine, cette année-là. Et Badri avait parlé à Gilchrist d'un décalage mineur. Quant aux coordonnées, le tech les avait contrôlées avant de tomber malade. Mais la peur rongeait malgré tout Dunworthy qui consacrait ses rares instants de loisir à téléphoner à des techs, dans l'espoir de trouver quelqu'un qui accepterait de venir interpréter le relèvement sitôt que Gilchrist rouvrirait le laboratoire. Ils auraient dû recevoir le séquençage la veille, mais Mary l'attendait toujours.

Elle rappela en fin d'après-midi, pour demander :

— Pourriez-vous mettre une salle à notre disposition ?

Le circuit vidéo avait été rétabli. Elle paraissait avoir dormi en T.P. et son masque se balançait sous son cou.

— Nous n'avons plus un seul lit. Nous comptons trente et un cas parmi nos pensionnaires.

— Ne serait-il pas possible d'aménager de nouveaux locaux ? Nous n'en avons pas encore besoin mais ça ne tardera guère, à ce rythme. Par ailleurs, plusieurs membres du personnel ont chopé ce virus ou ont peur de venir travailler.

— Vous n'avez pas encore reçu le séquençage ?

— Non. Le C.M.G. vient de téléphoner. Suite à une erreur, les chercheurs doivent tout reprendre à zéro. Nous serons fixés demain. Ils suspectent désormais un virus originaire d'Uruguay. Je présume que Badri n'a pas eu de contacts avec des Uruguayens ? Quand ces places supplémentaires seront-elles prêtes ?

— Ce soir, répondit Dunworthy.

Mais Finch l'informa qu'ils n'avaient plus de lits de camp et il dut s'adresser au ministère de la Santé pour en obtenir une douzaine.

Ils les dépliaient quand son secrétaire lui annonça qu'ils étaient à court de couvertures, de masques réglementaires et de papier hygiénique.

— Nous en manquons pour nos pensionnaires, dit-il en glissant un drap sous un matelas. Alors, je ne parle pas des malades qu'on va nous envoyer. Je précise que nous n'avons pas non plus de pansements.

— Nous n'improvisons pas un hôpital de campagne, fit remarquer Dunworthy. Nous n'aurons pas non plus besoin de charpie. Savez-vous si les autres facultés ont des techs à Oxford ?

— Oui, monsieur. La réponse est non, et j'ai téléphoné partout.

Il coinça un oreiller sous son menton.

— J'ai placardé des affiches pour demander à tous d'économiser le papier hygiénique, mais ça n'a servi à rien. Les Américaines sont les plus gaspilleuses.

Il enfila la taie.

— Je suis désolé pour elles, notez bien. Helen est tombée à son tour malade et nul ne peut la remplacer.

— Helen ?

— Mme Piantini. Elle a 39,7° de fièvre. Elles ne pourront pas interpréter leur Chicago Surprise.

A quelque chose malheur est bon, pensa Dunworthy.

— Demandez-leur de me servir de standardistes même si elles interrompent leurs répétitions. J'attends des appels importants. Andrews a-t-il téléphoné ?

— Non, monsieur. Pas encore. Et la vid est coupée.

Il donna du gonflant à l'oreiller.

— Elles pourraient jouer le Stedmans, bien sûr, mais c'est du réchauffé. Il est ennuyeux qu'elles n'aient pas d'autre solution.

— Avez-vous la liste des techs ?

— Oui, monsieur, dit-il en utilisant la manière forte pour ouvrir un lit de camp récalcitrant. Là-bas, à côté du tableau noir.

Dunworthy alla prendre la liasse. La feuille du sommet de la pile était couverte de colonnes de nombres, des chiffres qui allaient de un à six sans ordre apparent.

— Pas ça ! s'exclama Finch en lui arrachant les papiers des mains. Ce sont les variations du Chicago Surprise.

Il lui tendit un bout de papier.

— Tenez. J'ai noté les noms des techs par faculté, avec leur adresse et leur téléphone.

Colin entra. Il avait une veste trempée et tenait

un rouleau de bande adhésive ainsi qu'un paquet recouvert de plastène.

— Le vicaire m'a chargé de placarder ça dans tous les services, dit-il.

Il prit une affiche qui annonçait : « Vous vous sentez désorienté ? La confusion mentale peut être un signe avant-coureur de la grippe. »

Il déchira une longueur d'adhésif et fixa la feuille au tableau noir.

— Je reviens de l'hôpital, précisa-t-il. Vous ne devinerez jamais ce que faisait la Mégère. Elle lisait la Bible aux patients.

Il prit une affiche où était rappelé : « N'oubliez pas votre masque », qu'il colla à côté de la précédente. Il rempocha le ruban adhésif.

— J'espère que je ne choperai pas cette saloperie.

Il remit le paquet sous son bras et repartit.

— N'oublie pas ton masque, lui cria Dunworthy.

Colin sourit.

— Elle me l'a déjà dit. Et elle a précisé que le Seigneur punirait tous ceux qui n'auront pas écouté la parole des justes.

Il sortit le cache-nez gris de sa poche.

— Je préfère encore ça, fit-il en le plaçant devant sa bouche.

— La trame est trop lâche pour filtrer un virus.

— Je sais. Mais c'est tellement moche que ces saloperies n'osent même pas approcher.

Il disparut au pas de course.

Dunworthy téléphona à Mary pour lui annoncer que les salles étaient prêtes, mais il ne put la joindre et dut aller à l'hôpital. La pluie se calmait et il y avait à nouveau des passants dans les rues, masqués pour la plupart. Ils allaient à l'épicerie la plus proche ou faisaient la queue devant les pharmacies, mais il régnait ici un silence surnaturel.

Quelqu'un avait arrêté le carillon. Dunworthy le regretta presque.

Mary était dans son bureau, devant un écran.

— Nous avons reçu le séquençage, lui annonça-t-elle sans lui laisser le temps d'ouvrir la bouche.

— En avez-vous informé Gilchrist ?

— Non. Ce n'est pas le virus de Caroline du Sud. Ni l'uruguayen.

— C'est quoi, alors ?

— H9N2. Les deux autres sont des H3.

— Alors, d'où vient-il ?

— Le C.M.G. l'ignore. C'est une nouveauté.

Elle lui tendit un listing.

— Une mutation de sept points, ce qui explique qu'il est mortel.

Il regarda la feuille. Des colonnes de chiffres qui lui rappelaient les variations du Chicago Surprise et étaient tout aussi incompréhensibles.

— Il vient pourtant de quelque part.

— Pas nécessairement. Il se produit tous les dix ans une mutation antigénique importante capable de provoquer une épidémie. Ce virus a pu apparaître chez Badri. Savez-vous s'il y a des volatiles près de chez lui ?

Elle récupéra la feuille.

— Des volatiles ? Il habite un appartement en plein cœur d'Headington.

— Les souches mutantes résultent parfois de croisements entre virus humain et aviaire. Le C.M.G. nous demande d'orienter nos recherches dans cette direction et d'essayer de découvrir si Badri n'a pas été exposé à des radiations.

Elle étudia le listing.

— C'est étrange. Il n'y a pas de recombinaison des gènes, seulement une mutation importante.

Il n'était pas étonnant qu'elle n'eût rien dit à Gilchrist. Cet homme avait déclaré qu'il rouvrirait le labo dès réception du séquençage, mais les conclusions du C.M.G. le feraient changer d'avis.

— Existe-t-il un traitement ?

— Il faut produire un analogique ainsi qu'un vaccin. Ils travaillent déjà sur le prototype.

— Combien de temps ?

— De trois à cinq jours pour la mise au point, puis environ une semaine pour lancer sa production. Si la duplication des protéines ne pose pas de problèmes, évidemment. Nous devrions pouvoir débuter le traitement vers le dix.

Le dix ! Pour *débuter le traitement*. Quand tout le secteur en quarantaine serait-il immunisé ? Une semaine plus tard ? Deux ? Gilchrist et ces manifestants débiles s'opposeraient entre-temps à la réouverture du labo.

— C'est trop long, fit-il.

— J'en suis consciente, croyez-moi. Dieu sait combien de cas se seront déclarés, d'ici là. Nous en sommes déjà à vingt admissions, ce matin.

— Vous pensez donc à une souche mutante ?

Elle réfléchit.

— Je crois plutôt que Badri a attrapé ça à cette soirée. Il pouvait y avoir des Nouveaux Hindouistes, des Terreux, ou d'autres illuminés qui s'opposent à la médecine moderne. La grippe de la bernache du Canada est par exemple apparue dans une communauté de l'Eglise du Christ scientiste. Il y a toujours une origine. Nous la découvrirons.

— Et que deviendra Kivrin ? Elle doit revenir le six janvier. Aurez-vous terminé vos recherches ?

— Je l'ignore. Mais qui vous dit qu'elle souhaite

regagner un siècle qui sera classifié de niveau dix? Peut-être préférerait-elle rester en 1320.

Si elle est bien en 1320, pensa-t-il. Il alla voir Badri. Le tech n'avait plus parlé de rats depuis le soir de Noël.

— Laboratoire? murmura-t-il en voyant Dunworthy.

Il tenta de lui tendre un message imaginaire mais s'affaissa, épuisé par l'effort.

Dunworthy ne resta que quelques minutes puis alla voir Gilchrist.

Il pleuvait à seaux, lorsqu'il arriva à Brasenose. Les manifestants se serraient les uns contre les autres sous leur banderole, en frissonnant.

Le concierge était à son poste et rangeait les décorations du sapin de Noël. Il parut inquiet dès qu'il vit le visiteur.

— Vous ne pouvez pas entrer, monsieur! L'accès à cette faculté vous est interdit!

Dunworthy traversa la cour, en direction du bâtiment où logeait Gilchrist, surpris que le cerbère n'eût pas tenté de l'arrêter. Il passa devant le labo. On avait installé une alarme électronique sur la porte où une pancarte jaune annonçait: « Entrée interdite aux personnes non autorisées. »

Il vit Gilchrist venir vers lui sous la pluie, à grandes enjambées.

— Monsieur Dunworthy, ce local doit rester fermé.

— C'est vous que je suis venu voir.

Le concierge, qui avait dû avertir Gilchrist par téléphone, arriva en traînant derrière lui une guirlande argentée.

— Dois-je avertir les services de sécurité? demanda-t-il.

— Inutile, répondit Gilchrist avant de se tourner

vers Dunworthy. Venez, j'ai quelque chose à vous montrer.

Il le précéda dans son appartement, s'assit à un bureau encombré et enfila un masque aux formes tourmentées hérissé d'une multitude de filtres.

— J'ai joint le C.M.G., annonça-t-il d'une voix caverneuse. L'origine de ce virus est inconnue.

— Il a été séquencé et le vaccin et l'analogique nous parviendront dans quelques jours. Le docteur Ahrens a obtenu que Brasenose soit prioritaire pour l'immunisation, et j'essaie de joindre un tech qui pourra interpréter le relèvement dès la fin de cette opération.

— Je crains que ce soit impossible. J'ai fait des recherches. Tout indique que c'est une succession de grippes survenues dans la première moitié du XIVe siècle qui a affaibli la population et réduit sa résistance à la peste noire.

Il prit un vieux livre.

— J'ai trouvé six références à de telles épidémies entre octobre 1318 et février 1321.

Il l'ouvrit et lut :

— « Après les récoltes s'abattit sur tout le Dorset une fièvre si violente qu'elle fit de nombreux morts. Elle débutait par des maux de tête et des désordres dans tout l'organisme. Les médecins pratiquèrent des saignées mais les décès furent malgré tout innombrables. »

Une fièvre. A une époque de fièvres — typhoïde, choléra et rougeole — aux symptômes identiques.

— « 1319. Les Assises de Bath durent être annulées, cita Gilchrist en changeant d'ouvrage. Une maladie pulmonaire s'était abattue sur la cour, ne laissant ni juges ni jurés pour rendre la justice. »

Il lorgna Dunworthy par-dessus son masque.

— Vous avez qualifié les craintes de la population d'hystériques et infondées. Il semble cependant que des faits historiques viennent les étayer.

Des faits historiques ! Des références à des fièvres et à des maladies pulmonaires qui pouvaient être des septicémies, le typhus ou n'importe laquelle d'une centaine d'infections sans nom. Et sans rapport avec la question.

— Le virus n'a pas pu venir par le transmetteur, répéta Dunworthy. Nous avons envoyé des historiens à l'époque de la Pandémie, sur les champs de bataille de la Première Guerre mondiale, à Tel-Aviv. Le Vingtième a transféré du matériel de détection sur le site de St. Paul deux jours après le bombardement. Rien n'est arrivé jusqu'à nous.

— C'est vous qui le dites, fit Gilchrist en montrant un listing. Les Probabilités indiquent une possibilité de 0,03 % pour que des micro-organismes puissent traverser et de 22,1 % pour qu'un myxovirus viable soit dans la zone concernée lors de l'ouverture du passage.

— Où avez-vous déniché ces nombres, bon Dieu ? Vous les sortez de votre chapeau ? Il y avait un risque de 0,04 % pour que quelqu'un assiste à la matérialisation de Kivrin et vous l'avez jugé insignifiant.

— Les virus sont très résistants. Ils peuvent rester très longtemps au repos, exposés à des températures et à des degrés d'hygrométrie extrêmes, sans mourir pour autant. Dans certains cas ils se cristallisent et conservent indéfiniment leur structure. Ils retrouvent leur virulence sitôt replacés dans des conditions normales. On a découvert des mosaïques du tabac datant du XVIe siècle toujours viables. Et s'il y a le moindre danger pour qu'un virus emprunte la porte temporelle, je ne puis autoriser son ouverture.

— Cette maladie ne vient pas du passé.

— En ce cas, pourquoi êtes-vous si impatient de faire interpréter le relèvement ?

— *Parce que...*

Dunworthy s'accorda le temps de se ressaisir.

— Pour savoir si le transfert s'est déroulé comme prévu ou si quelque chose est allé de travers.

— Vous admettez donc qu'une erreur est possible. En ce cas, pourquoi n'aurait-elle pas permis à un virus de venir jusqu'à nous ? Le labo restera fermé tant que cette hypothèse n'aura pas été infirmée. Je suis certain que M. Basingame approuvera ma décision.

Le recteur est la clé de tout ceci, pensa Dunworthy. Gilchrist se fiche du virus, des manifestants et des « maladies pulmonaires » signalées en 1318.

Sitôt au poste de Basingame, il s'était empressé de faire modifier la classification du XIVe siècle et de procéder à ce transfert pour placer son supérieur devant le *fait accompli*. Mais ce n'était pas une réussite et il avait sur les bras une épidémie, des manifestants et la disparition d'une historienne. Il devait justifier ses actes, même s'il lui fallait pour cela sacrifier cette dernière.

— Et Kivrin ? L'approuverait-elle ?

— Mlle Engle connaissait les risques, lorsqu'elle s'est portée volontaire.

— Elle ne pouvait savoir que vous décideriez de l'abandonner au Moyen Age.

— Cet entretien est terminé, monsieur Dunworthy, fit Gilchrist en se levant. Je rouvrirai le labo quand l'origine du virus aura été déterminée, et que nous aurons la preuve qu'il n'a pu venir par le transmetteur.

Il raccompagna son visiteur à la porte. Le concierge était de faction à l'extérieur.

— Je ne vous laisserai pas faire, déclara Dunworthy.

— Et moi, je ne vous laisserai pas mettre en péril la santé de cette communauté, rétorqua Gilchrist avant de se tourner vers l'autre homme. Escortez ce monsieur jusqu'à la rue. Et s'il revient à Brasenose, avertissez la police.

Il fit claquer la porte.

Le concierge emboîta le pas au visiteur, l'air méfiant. Il le lorgnait, comme s'il le considérait comme dangereux.

Je pourrais le devenir, pensa Dunworthy.

— Je dois utiliser votre téléphone, dit-il lorsqu'ils furent à la hauteur de la loge. Pour l'Université.

L'homme était nerveux, mais il posa un combiné sur le comptoir et le surveilla pendant qu'il composait le numéro de Balliol.

— Nous devons absolument joindre Basingame, dit Dunworthy dès que Finch décrocha. C'est urgent. Appelez le service qui délivre les permis de pêche pour l'Ecosse, dressez une liste des hôtels et des auberges et communiquez-moi l'indicatif de Polly Wilson.

Il le nota, raccrocha, alla pour le composer puis se ravisa et téléphona à Mary.

— Je veux vous aider, déclara-t-il.

— Je présume que Gilchrist a refusé d'ouvrir le labo ?

— C'est exact. Que puis-je faire pour activer les recherches ?

— Découvrir si Badri a été exposé à des radiations, s'il est allé dans une basse-cour ou s'il a côtoyé des gens dont la religion proscrit l'utilisation des antiviraux. Vous aurez besoin de son emploi du temps.

— J'enverrai Colin le chercher.

— Tout sera prêt. Il faudra remonter sur plusieurs jours, car en présence d'un virus mutant l'incubation est plus longue que lors d'une simple transmission entre individus.

— J'en chargerai William.

Il rendit le téléphone au concierge, qui contourna aussitôt le comptoir pour le repousser vers la rue. Dunworthy fut surpris de ne pas bénéficier d'une escorte jusqu'à Balliol.

Sitôt à destination, il appela Polly Wilson.

— Vous serait-il possible d'accéder à la console du transmetteur sans entrer dans le laboratoire ? lui demanda-t-il. Pourriez-vous vous y connecter par le système informatique de l'Université ?

— Je ne sais pas. Il y a des protections, mais il doit être possible de les contourner à partir du terminal de Balliol. Tout sera fonction de la complexité des sécurités. Avez-vous un tech qui pourra interpréter les résultats, si je réussis ?

— J'en trouverai un.

Il raccrocha.

Colin entra, ruisselant. Il venait chercher un nouveau rouleau de ruban adhésif.

— Savez-vous qu'on a reçu le séquençage et que ce virus est un *mutant* ?

— Oui. Pourrais-tu faire un saut à l'hôpital, pour prendre les documents que ta grand-tante a dû me préparer ?

L'enfant posa son stock d'affiches. Sur la feuille du dessus était conseillé : « N'ayez pas de rechutes. »

— Ils parlent d'une arme biologique. Ils disent que ce machin se serait échappé d'un laboratoire.

Pas le labo de Gilchrist, en tout cas, pensa Dunworthy.

— Sais-tu où est William Meager ?

— Non, fit Colin en grimaçant. Probablement dans un couloir, en train de rouler des pelles à une fille.

Dunworthy le trouva à l'office, occupé à étreindre une de leurs pensionnaires involontaires. Dunworthy le chargea de découvrir tous les faits et gestes de Badri, du jeudi au dimanche matin, et d'obtenir une copie du relevé de la carte de crédit de Basingame pour tout le mois de décembre. Puis il téléphona aux techs.

L'un était à Moscou pour le compte du Dix-Neuvième, deux faisaient du ski et les autres n'étaient pas à leur domicile ou avaient été avertis par Andrews et s'abstenaient de décrocher.

Colin lui apporta les tableaux. C'était un désastre. On avait seulement tenté d'établir des corrélations entre ces informations et l'Amérique, et les contacts étaient trop nombreux. La moitié des « directs » étaient allés à la soirée organisée à Headington et les deux tiers de ces derniers avaient ensuite fait des courses. A deux exceptions près, tous avaient pris le métro. Ils cherchaient une aiguille dans une meule de foin.

Il consacra la nuit à tenter d'établir des rapports entre ces individus. Quarante-deux appartenaient à l'Eglise d'Angleterre, neuf à la Sainte Eglise Reformée et dix-sept à aucun culte. Huit poursuivaient leurs études au Shrewsbury College, onze avaient fait la queue au magasin Debenham's pour voir le père Noël, neuf avaient travaillé dans les fouilles de Montoya et trente étaient allés faire des achats chez Blackwell's.

Vingt et un avaient eu des contacts avec au moins deux « indirects » et trente-deux avec le père Noël de Debenham's (dont vingt et un dans un pub, après sa journée de travail), mais le seul lien entre tous les « directs » était Badri.

Dans la matinée, Mary accompagna une fournée de malades. Elle était en T.P. mais n'avait pas de masque.

— Les lits sont-ils prêts ? demanda-t-elle.

— Oui. Vingt, répartis dans deux salles.

— Parfait. Je les prends tous.

Ils aidèrent les patients à s'installer puis les laissèrent aux bons soins de l'apprentie infirmière découverte par William.

— Ceux qui ne peuvent se déplacer arriveront sitôt que nous disposerons d'une ambulance, dit Mary alors qu'ils traversaient la cour.

Il avait cessé de pleuvoir et le ciel se dégageait.

— Quand recevrons-nous l'analogique ? s'enquit Dunworthy.

— Dans deux jours au plus tôt. Et quand tout sera terminé, je vous demanderai de m'expédier en un siècle sans épidémies...

Elle s'arrêta sous le porche et passa la main dans sa chevelure grise.

— S'il existe.

Il secoua la tête.

— Vous ai-je parlé de la Vallée des Rois ? demanda-t-elle.

— Vous m'avez dit que vous l'avez visitée pendant la Pandémie.

— Le Caire était en quarantaine et notre avion s'est posé à Addis-Abeba. En chemin, j'ai donné un bakchich au chauffeur de taxi pour qu'il fasse un détour par la Vallée des Rois. Je voulais voir la tombe de Toutankhamon. C'était risqué, car l'épidémie avait atteint Louxor et nous avons failli nous y trouver bloquées. On nous a même tiré dessus, et nous aurions pu y laisser notre peau. Ma sœur a d'ailleurs refusé de sortir de la voiture. Cependant, quand j'ai descendu les marches, j'ai eu l'impression d'être Carter.

« Il devait attendre les autorités pour ouvrir la porte du tombeau, mais il a percé un trou dans la plaque et a pris une bougie pour regarder de l'autre côté. Carnarvon lui a alors demandé : "Voyez-vous quelque chose ?" et il a répondu : "Oui, des choses merveilleuses."

Elle ferma les yeux.

— Je me revois encore devant cette porte close, même après tant d'années. C'est un souvenir inoubliable.

Elle rouvrit les paupières.

— J'irai peut-être en 1922, quand tout sera terminé. Pour assister à l'ouverture de ce tombeau.

Elle se pencha à l'extérieur du porche.

— Seigneur, il pleut à nouveau ! Je dois rentrer. Au fait, pourquoi ne mettez-vous pas votre masque ?

— Mes lunettes se couvrent de buée sitôt que je le porte. Et vous, pourquoi n'avez-vous pas le vôtre ?

— Nous en manquons. Vous avez fait renforcer votre système immunitaire, au moins ?

Il secoua la tête.

— Je n'en ai pas eu le temps.

— Trouvez-le. Et munissez-vous d'un masque. Vous ne pourrez pas aider Kivrin, si vous tombez malade.

J'en suis déjà incapable, se dit-il alors qu'il regagnait son appartement. Je ne peux ni accéder au labo ni obtenir d'un tech qu'il vienne à Oxford. Je n'arrive même pas à localiser Basingame. Il avait pourtant joint tous les agents de voyages, guides et loueurs de bateaux d'Ecosse. Le recteur était introuvable. Montoya pouvait avoir raison. Peut-être était-il sur une plage tropicale en compagnie de sa maîtresse.

Montoya. Il ne l'avait pas revue depuis la veille de Noël. Elle cherchait alors le recteur pour obtenir l'autorisation de sortir du périmètre en quarantaine. Le lendemain, elle avait téléphoné afin de savoir si Basingame était truite ou saumon. Elle avait ensuite rappelé et déclaré que c'était « sans importance ». Avait-elle réussi à le contacter entretemps ?

Il gravit les marches quatre à quatre. Si elle avait joint Basingame et obtenu un sauf-conduit, elle était retournée à son chantier archéologique. Mais si Basingame avait appris par cette femme qu'Oxford était en quarantaine, il serait immédiatement revenu... sauf si le mauvais temps et des routes impraticables l'en avaient empêché. Montoya lui avait-elle parlé de l'épidémie ? Angoissée par le déluge qui menaçait ses travaux, peut-être ne lui avait-elle demandé qu'une signature.

Mlle Taylor, ses quatre carillonneuses valides et Finch étaient à son domicile. Placés en cercle, ils s'étiraient et s'accroupissaient. Finch tenait un bout de papier et comptait à mi-voix.

— J'allais faire un saut à l'annexe de l'hôpital, dit-il, penaud. Voici le rapport de William.

Il le tendit à Dunworthy et s'éclipsa.

Les carillonneuses prirent leurs étuis à clochettes.

— Une certaine Mlle Wilson a téléphoné, déclara Mlle Taylor. Elle m'a chargée de vous dire qu'elle avait échoué et qu'il faudrait utiliser un terminal de Brasenose.

— Merci.

Elle sortit, avec son quatuor en file indienne derrière elle.

Il appela Montoya au chantier archéologique, à son domicile, à son bureau de Brasenose. En vain. Il fit un autre essai chez elle et laissa sonner pendant qu'il lisait le compte rendu. Badri avait passé la journée du samedi et la matinée du dimanche dans les fouilles. William avait dû joindre Montoya, pour l'apprendre.

Le site de Skendgate était en pleine campagne, dans une ferme du National Trust proche de Witney. On élevait des canards, des poulets et des porcs, dans une ferme. Badri avait séjourné là-bas un jour et demi, à patauger dans la boue... les circonstances idéales pour attraper un virus mutant.

Colin entra, trempé jusqu'aux os.

— Le stock d'affichettes est épuisé, déclara-t-il. Nous en recevrons d'autres de Londres, demain.

Il fouilla dans son sac, retrouva son bonbon et le fourra dans sa bouche, avec les poils et le reste.

— Savez-vous qui j'ai vu dans l'escalier ? s'enquit-il.

Il alla s'affaler sur la banquette de la fenêtre et prit *Le Temps des Chevaliers*.

— William et une fille. Ils s'embrassaient et roucoulaient des mots tendres. J'ai eu des difficultés à passer.

Dunworthy ouvrit la porte. William lâcha à regret une petite brune en imper et entra.

— Savez-vous où est Mlle Montoya ? lui demanda Dunworthy.

— Non. Selon les services locaux du ministère de la Santé, elle serait sur son chantier, mais elle ne répond pas au téléphone. Elle doit être dans le cimetière et n'entend pas la sonnerie. J'envisageais d'utiliser un hurleur quand j'ai pensé à m'adresser à une amie qui étudie l'archéologie.

Il inclina la tête pour désigner la petite brune.

— Elle m'a dit qu'elle avait vu les listes d'affectation et que Badri s'était porté volontaire pour travailler là-bas le samedi et le dimanche.

— Un hurleur ? Qu'est-ce que c'est ?

— Un dispositif qu'on branche sur la ligne et qui amplifie la sonnerie à l'autre bout du fil. Au cas où l'individu qu'on veut joindre serait dans le jardin ou sous la douche.

— Pourriez-vous en installer un sur mon combiné ?

— Ça dépasse mes compétences, mais je connais quelqu'un qui pourrait s'en charger. J'ai son téléphone dans ma chambre.

Il repartit, avec la fille.

— Si vous voulez voir Mlle Montoya, je sais comment vous faire franchir les barrages, proposa Colin.

Il retira le bonbon de sa bouche et l'examina.

— C'est fastoche. Les flics n'aiment pas poireauter sous la pluie.

— Il n'est pas dans mes intentions d'enfreindre la loi. Nous essayons d'enrayer l'épidémie, pas de la répandre.

— Comme au Moyen Age. Les gens fuyaient la peste et l'emportaient avec eux.

William réapparut sur le seuil.

— Elle dit qu'il lui faudrait deux jours pour installer cet appareil mais vous propose d'utiliser celui qu'elle a sur son propre poste.

Colin saisit sa veste.

— Je peux partir ?

— Non, répondit Dunworthy. Et change-toi. Je ne voudrais pas que tu prennes froid.

Il descendit l'escalier avec William.

— Elle poursuit ses études à Shrewsbury, expliqua ce dernier en partant sous la pluie.

Colin les rattrapa au milieu de la cour.

— Je ne risque rien, on m'a vacciné. Pendant la peste noire, il n'y avait pas de quarantaine et cette saloperie s'est répandue partout. Pour sortir du périmètre, le mieux, c'est Botley Road. Il y a un pub juste à côté du barrage et les flics y passent la moitié de leur temps.

— Ferme ta veste, lui intima Dunworthy.

La fille en question n'était autre que Polly Wilson. Elle précisa qu'elle essayait toujours de forcer les protections du système informatique mais qu'elle n'avait pour l'instant obtenu aucun résultat. Dunworthy téléphona aux fouilles.

— Laissez sonner, conseilla Polly. Elle est peut-être loin de l'appareil. Les hurleurs ont un rayon d'action de cinq cents mètres.

Il attendit dix minutes, raccrocha, patienta un moment, fit un nouvel essai et ne s'avoua vaincu qu'un quart d'heure plus tard.

Polly regardait William avec des yeux de merlan frit et Colin frissonnait dans sa veste trempée. Dunworthy le ramena chez lui et le coucha.

— Si vous vous sentez trop vieux pour le faire, je peux franchir les barrages et aller lui dire de vous appeler, proposa Colin en rangeant son bonbon dans son sac.

Le lendemain matin, Dunworthy retourna à Shrewsbury et fit un nouvel essai infructueux.

Polly le raccompagna jusqu'au portail et lui proposa en chemin :

— Je vais régler le hurleur pour qu'il sonne à une demi-heure d'intervalle. Au fait, vous ne pourriez pas me dire si William a une petite amie ?

— Non, mentit Dunworthy.

Ils entendirent soudain les cloches de Christ Church.

— Quelqu'un a remis ce maudit carillon en marche, grommela Polly.

— Non, ce sont les Américaines...

Il tendit l'oreille afin de déterminer si Mlle Taylor s'était résignée à interpréter Stedmans. Il compta six cloches, les vieilles cloches d'Osney.

— ... Et Finch.

C'était très beau, très différent de « Ô Christ, Interface avec le Monde ». Les tintements étaient clairs et magnifiques, et il se représenta les six sonneuses réunies en cercle dans le clocher, pliant les genoux et levant les bras, Finch qui lisait sa série de nombres.

Dunworthy se sentit étrangement ragaillardi. Mlle Taylor n'avait pu conduire ses carillonneuses à Norwich pour Noël mais elles semblaient célébrer sa prochaine victoire. Il trouverait Montoya, Basingame, un tech moins pusillanime et, surtout, Kivrin.

Le téléphone sonnait, à son retour à Balliol. Il gravit rapidement les marches. Il espérait que c'était Polly, mais il s'agissait de Montoya.

— Dunworthy ? fit-elle. Qu'est-ce qui se passe ?

— Où êtes-vous ?

— Dans mon chantier.

Sa question avait été stupide. Il la voyait devant les ruines d'une église, au milieu d'un cimetière médiéval, et il pouvait conprendre les raisons de son impatience. Il y avait par endroits plus de trente centimètres d'eau et un assortiment disparate de bâches et de plastène était tendu au-dessus de l'excavation. Aux jonctions des toiles affaissées, l'eau ruisselait en cascade. Les pierres tombales,

les lampes accrochées aux bâches, les pelles appuyées contre le mur, tout était couvert de boue.

Montoya également. Elle avait sa veste de treillis et des cuissardes de pêcheur semblables à celles que Basingame devait avoir mises, là où il était.

— Il y a des jours que j'essaie de vous joindre, précisa Dunworthy.

— C'est la pompe. Son vacarme couvre la sonnerie du téléphone.

Elle désigna quelque chose, hors du champ de la caméra. La pompe en question, sans doute. Mais Dunworthy n'entendait que le crépitement de la pluie sur les bâches.

— J'ai dû l'arrêter car une courroie vient de lâcher et je n'en ai pas de rechange. Ont-ils l'intention de lever la quarantaine ?

— J'en doute. L'épidémie est importante. Sept cent quatre-vingts cas et seize décès. Vous n'avez pas lu les journaux ?

— Je n'ai vu personne depuis mon arrivée. J'ai consacré ces six jours à empêcher que tout soit inondé, mais c'est irréalisable sans aide. Et surtout sans pompe.

Elle leva une main maculée de boue pour écarter de son front des cheveux bruns ruisselants.

— Je croyais que ces cloches annonçaient la levée de ces mesures.

— Ce sont vos compatriotes qui donnent un concert, le Chicago Surprise Minor.

Elle en parut irritée.

— Si la situation est grave à ce point, ne pourraient-elles pas se trouver un passe-temps plus utile ?

Elles vous ont incitée à me téléphoner, se dit-il.

— J'aurais du travail à leur confier. Si elles pouvaient sortir du périmètre interdit, bien sûr. Ça risque de durer encore longtemps ?

Bien trop, pensa-t-il en regardant les cascades. Quand vous recevrez de l'aide, il sera trop tard.

— Il me faut des informations sur Basingame et sur Badri. Pour trouver l'origine du virus nous devons savoir qui il a rencontré. Nous savons qu'il a travaillé dans vos fouilles le dix-huit et le matin du dix-neuf. Avec qui était-il ?

— Moi.

— C'est tout ?

— Oui. J'ai eu de sérieuses difficultés à trouver des volontaires, en décembre. Tous mes étudiants en archéologie ont filé dès le début des congés. J'ai dû faire appel à toutes les bonnes volontés.

— Vous êtes certaine qu'il n'y avait personne d'autre ?

— Absolument. Je ne risque pas d'oublier car c'est samedi que nous avons ouvert la tombe du chevalier, ce qui n'a pas été facile. Gillian Ledbetter devait venir, mais elle a téléphoné au dernier moment pour m'annoncer qu'elle sortait avec son petit ami.

William, pensa Dunworthy.

— Et le dimanche ?

— Badri n'a passé que la matinée avec moi. Ensuite, il est allé à Londres. Bon, il faut que je vous laisse.

Elle écarta le combiné de son oreille.

— Attendez ! cria Dunworthy. Ne raccrochez pas !

Elle obéit, à contrecœur.

— J'ai d'autres questions à vous poser. C'est très important. Plus tôt nous déterminerons l'origine du virus, plus tôt la quarantaine sera levée.

Elle ne semblait pas convaincue, mais elle enfonça des touches, remit l'appareil sur son berceau et dit :

— Ça ne vous ennuie pas si je travaille ?

— Pas du tout. Faites, je vous en prie.

Elle sortit du champ de la caméra, revint et entra une autre instruction.

— Désolée. Il faut que je le déplace.

L'image devint floue. Lorsqu'elle retrouva de la netteté, Montoya s'accroupissait dans un trou plein de boue, à côté d'un tombeau. C'était sans doute son couvercle qu'elle et Badri avaient eu tant de mal à soulever, présuma Dunworthy.

Une plaque avec un gisant en armure, les bras croisés sur la cuirasse, les gantelets posés sur les épaules, l'épée à ses pieds. Elle reposait contre la tombe et son ombre masquait une inscription gravée. « Requiesc... » put-il seulement lire. *Requiescat in pace*. « Repose en paix », un souhait qui n'avait pas été exaucé. Derrière la visière de son heaume de pierre, l'expression du défunt était lourde de reproches.

Des gouttes pointillaient la feuille de plastène tendue sur l'ouverture. Dunworthy se demanda s'il n'y avait pas de l'autre côté du caveau un bas-relief morbide représentant l'horreur qu'il contenait, comme dans l'illustration du livre de Colin. De l'eau ruisselait sur le tombeau et le plastique s'affaissait sous son poids.

Montoya se redressa. Elle tenait un plateau plein de boue qu'elle posa sur l'angle de la pierre tombale.

— Alors ? Posez-moi vos questions.

— Vous étiez donc seule avec Badri ?

— Exact, fit-elle en s'essuyant le front.

— Et la population locale ?

— S'il y avait des gens dans les parages, je les aurais recrutés.

Elle plongea les doigts dans le récipient et en sortit de petites pierres brunes.

— Le couvercle pesait une tonne, et il s'est mis à pleuvoir sitôt après que nous l'avons eu retiré. J'aurais fait appel à n'importe qui, mais le chantier est éloigné de tout.

— Et les employés du National Trust ?

Elle leva les cailloux sous une cascade, pour les laver.

— Ils ne viennent que l'été.

Il espérait établir que le virus avait été transmis à Badri par un paysan, un fonctionnaire ou un chasseur de canards. Mais le porteur aurait été lui aussi malade et Mary avait joint tous les hôpitaux d'Angleterre. Il n'y avait pas un seul cas répertorié hors du périmètre interdit.

Montoya faisait tourner les pierres entre ses doigts, sous une lampe.

— Et les oiseaux ?

— Les oiseaux ?

Peut-être s'imaginait-elle qu'il lui suggérait de demander aux moineaux de l'aider à remettre en place le couvercle.

— Ce virus peut provenir des volatiles. Canards, oies, poulets. En trouve-t-on dans les parages ?

— Des poulets ?

— On pense à un croisement entre des virus d'animaux et d'humains. Il n'y a pas que les volailles qui sont suspectes mais aussi les poissons et les porcs.

Elle ouvrit de grands yeux, sans comprendre.

— Vous êtes dans une ferme, non ?

— Oui, mais les bâtiments sont très éloignés. Je suis au milieu d'un champ d'orge et il n'y a pas un seul cochon, oiseau ou poisson à trois kilomètres à la ronde.

Elle reporta son attention sur les pierres.

Pas d'oiseaux. Pas de porcs. Pas d'autochtones. Le virus ne venait pas du chantier archéologique. Ni d'ailleurs, peut-être. Il avait pu muter spontanément pour s'abattre sur Oxford comme la peste sur les occupants de ce cimetière.

Montoya leva un caillou vers la lumière et gratta les taches de boue avec l'ongle avant de le frotter sur sa manche. Dunworthy prit brusquement conscience qu'il ne s'agissait pas de pierres mais d'ossements. Les vertèbres ou les orteils du chevalier. *Requiescat in pace.*

Elle s'intéressa à un os irrégulier gros comme une noix, remit le reste sur le plateau, prit une brosse à dents dans une poche de sa chemise et nettoya les cavités en grimaçant.

Gilchrist n'accepterait jamais l'hypothèse d'une mutation spontanée. Il préférait la théorie du virus venu du XIVe siècle. Et il était bien trop fier de l'autorité que lui conférait son poste de recteur remplaçant pour céder à Dunworthy, même si ce dernier avait vu des canards barboter dans les flaques du cimetière.

— Je dois contacter M. Basingame. Où est-il ?

— Basingame ? Je n'en ai pas la moindre idée, fit-elle en lorgnant toujours l'os.

— Mais… ne deviez-vous pas le joindre pour obtenir une dispense du ministère de la Santé ?

— Si. Et j'ai passé deux jours à téléphoner aux guides truite et saumon d'Ecosse avant de décider que ça commençait à bien faire. A mon avis, il n'est pas là-bas.

Elle sortit un canif de son jean et gratta l'os.

— Comment avez-vous obtenu son autorisation,

si vous ne savez pas où il est ? N'aviez-vous pas besoin de sa signature ?

— C'est exact, fit-elle. Je l'ai imitée.

Un éclat d'os s'envola et tomba sur le linceul en plastène. Elle l'étudia, le remit sur le plateau et s'accroupit pour en dégager d'autres, aussi absorbée par sa tâche que Colin lorsqu'il examinait son bonbon. Dunworthy se demanda si elle n'avait pas oublié jusqu'à l'existence de Kivrin.

Il raccrocha puis retourna à l'hôpital pour informer Mary de ce qu'il venait d'apprendre et commencer l'interrogatoire des « indirects », dans l'espoir de découvrir la source du virus. Pendant que la pluie diluvienne continuerait d'emporter d'inestimables reliques du passé.

Les carillonneuses et Finch étaient toujours à l'ouvrage. Ils tiraient leur corde selon un ordre déterminé, s'accroupissant et s'étirant tour à tour. Les tintements sonores évoquaient le tocsin, un appel au secours.

EXTRAIT DU GRAND LIVRE

(066440-066879)

Veille de Noël 1320 (calendrier julien). J'ai moins de temps que je ne le pensais. Rosemonde m'a annoncé que sa grand-mère voulait me voir, à mon retour des cuisines. Dame Imeyne était plongée dans une conversation animée avec l'envoyé de l'évêque. Son expression laissait supposer qu'elle dressait la liste des maladresses du père Roche, mais elle m'a désignée en disant :

— Voici la femme en question.

Femme, pas jeune fille, et le ton était acerbe, presque accusateur. Je me suis demandé si elle avait dit au prélat qu'elle me suspectait d'être une espionne française.

— Elle prétend qu'elle ne se souvient de rien, mais elle sait parler et même lire.

Elle se tourna vers Rosemonde.

— Où est ta broche ?

— Sur mon manteau, que j'ai rangé dans la soupente.

— Va la chercher.

Sa petite-fille obéit, à contrecœur. Sitôt qu'elle fut partie, Imeyne ajouta :

— Messire Bloet lui a offert un bijou avec une inscription écrite en roman. Cette femme l'a lue, et à l'église elle récitait la messe avant le prêtre.

— Qui vous a appris à lire ? demanda l'envoyé de l'évêque d'une voix avinée.

Je n'osai répéter que Messire Bloet avait précisé le sens de cette phrase, de crainte qu'il ne l'eût déjà nié.

— Je ne saurais le dire. J'ai oublié tout ce que j'ai vécu avant que les bandits ne m'assomment dans ces bois.

— A son éveil, elle parlait une langue que nul ne pouvait comprendre, déclara Imeyne comme si c'était une preuve de ma culpabilité.

Mais j'ignorais de quoi elle m'accusait, et en quoi cela concernait le prélat.

— Saint Père, irez-vous à Oxenford lorsque vous nous quitterez ? lui demanda-t-elle.

— Oui, fit-il, méfiant. Nous ne pourrons accepter votre hospitalité que quelques jours.

— J'aimerais que vous la conduisiez aux bonnes sœurs de Godstow.

— Nous n'irons pas à Godstow, mais je ne manquerai pas d'en parler à l'évêque et de vous tenir informée de sa décision.

C'était une excuse, car le couvent est situé à moins de cinq milles d'Oxford.

— Je suis certaine que c'est une religieuse, car elle connaît le latin et la messe, insista Imeyne. Les nonnes pourront se renseigner sur son compte.

Bien que visiblement ennuyé, le prélat a fini par lui céder. Je partirai donc avec ces hommes et il ne me reste que quelques jours avant leur départ. J'espère être encore là pour le massacre des Innocents, mais j'ai décidé de coucher Agnès puis de chercher Gawyn.

22

Agnès n'accepta de se coucher que peu avant l'aube. L'arrivée des « trois rois », pour la citer, l'avait surexcitée et sa lassitude était moins grande que sa peur de rater un événement important.

Elle resta dans les jupes de Kivrin qui aidait Eliwys à apporter les plats pour le festin. La fillette geignait qu'elle avait faim puis, quand tous passèrent à table, elle refusa d'avaler ne fût-ce qu'une bouchée de nourriture.

Kivrin n'avait pas le temps d'en discuter. Il fallait aller chercher les mets dans les cuisines, de l'autre côté de la cour, de la venaison et du porc rôti, ainsi qu'une énorme tourte. Selon le prêtre de la Sainte Eglise Re-Formée, le jeûne était respecté entre la messe de minuit et la grand-messe du matin de Noël, mais tous ici — y compris l'envoyé de l'évêque — mangèrent avec appétit le faisan rôti, l'oie et le ragoût de lapin servi avec une sauce au safran. Et le vin coulait à flots. Les « trois rois » en réclamaient sans cesse.

Ils en avaient déjà bu plus que de raison. Le moine lançait des regards paillards à Maisry et le clerc, déjà ivre à son arrivée, ne tarderait guère à rouler sous la table. Le prélat manquait encore plus de modération que ses compagnons et faisait constamment signe à Rosemonde de lui apporter de la boisson, avec des gestes de plus en plus amples et de moins en moins précis.

Parfait, se dit Kivrin. L'alcool lui fera peut-être oublier sa promesse de me conduire au couvent de Godstow. Elle porta du vin à Gawyn, en espérant qu'elle pourrait lui demander où était la clairière, mais il riait avec des hommes de Messire Bloet et ils lui réclamèrent de la bière ainsi que de la viande. Lorsqu'elle revint auprès d'Agnès, la fillette dormait profondément. Kivrin la souleva et l'emporta dans la chambre de Rosemonde.

Dont la porte s'ouvrit sur Eliwys qui tenait dans ses bras un monceau de draps et de couvertures.

— Dame Katherine, je suis heureuse de vous voir. J'aurai besoin de votre aide.

Agnès bougea.

— Les hommes d'église dormiront dans ce lit, et la sœur et les femmes de la suite de Messire Bloet dans la soupente.

— Et moi, où dormirai-je ? demanda l'enfant.

Elle se contorsionna pour se dégager des bras de Kivrin.

— Nous irons dans la grange, lui répondit sa mère. Mais tu devras attendre que nous ayons fait les lits. Va jouer, en attendant.

Cet encouragement était superflu. Elle s'éloigna

vers l'escalier à cloche-pied, en agitant les bras pour faire tinter sa clochette.

Eliwys remit la literie à Kivrin.

— Portez ceci dans la soupente, et rapportez-moi le couvre-lit en petit-gris que vous trouverez dans le coffre sculpté de mon époux.

— L'envoyé de l'évêque et ses hommes resteront-ils longtemps ?

— Je l'ignore. Pas plus de deux semaines, j'espère, car la viande viendra à manquer. N'oubliez pas les traversins.

Quinze jours, un délai plus que suffisant, bien au-delà de la date du rendez-vous. Quand Kivrin redescendit, le prélat ronflait dans le siège de Messire Guillaume et le clerc avait placé ses pieds sur la table. Le moine bloquait une des servantes de Messire Bloet dans un angle de la salle et Gawyn avait disparu.

Elle donna les draps et le couvre-lit à Eliwys et lui proposa de porter la literie dans la grange.

— Agnès est épuisée, dit-elle. Je voudrais la coucher.

Eliwys hocha la tête, l'esprit ailleurs. Kivrin redescendit rapidement et traversa la cour. Gawyn n'était ni dans les écuries ni dans la brasserie. Elle surveilla les latrines jusqu'au moment où deux jeunes rouquins en sortirent, la regardèrent avec curiosité, puis disparurent dans la grange. Gawyn s'était peut-être éclipsé avec Maisry, ou joint aux libations des villageois sur le terrain communal. Elle entendait leurs rires alors qu'elle répandait de la paille sur le plancher du fenil.

Elle étala des fourrures et des couvertures sur ce matelas improvisé puis redescendit et emprunta le passage. Les paysans avaient allumé un feu de joie devant le cimetière. Ils se réchauffaient les mains au-dessus des flammes et buvaient dans de grandes cornes.

Elle vit le père de Maisry et l'intendant, mais pas Gawyn.

Il n'était pas non plus dans la cour. Rosemonde restait près du portail, emmitouflée dans son manteau.

— Que faites-vous là ? lui demanda Kivrin.

— J'attends mon père. Gawyn m'a dit qu'il rentrerait avant le lever du jour.

— Où l'avez-vous vu ?

— Dans les écuries.

Elle regarda dans cette direction.

— Il fait trop froid pour rester à l'extérieur. Rentrez, je dirai à Gawyn d'aller vous avertir dès que votre père arrivera.

— Non, je n'y tiens pas.

Sa voix s'était brisée et Kivrin leva sa lanterne. Rosemonde ne pleurait pas mais ses joues étaient rouges. Qu'avait pu faire Messire Bloet pour l'inciter à fuir ? Mais peut-être avait-elle eu peur du moine, ou du clerc ivre.

Kivrin la prit par le bras.

— Allez dans les cuisines, il y fait plus chaud.

Rosemonde hocha la tête.

— Mon père a promis de venir pour Noël.

Afin de chasser de chez lui le prélat et son escorte ? s'interrogea Kivrin. Rompre les fiançailles de sa fille ? « Mon père ne veut que mon bien », avait-elle dit, mais il ne pourrait revenir sur sa parole et dresser contre lui un individu qui avait de « nombreux et puissants amis ».

Kivrin la conduisit jusqu'aux cuisines et dit à Maisry de lui préparer un vin chaud.

Puis elle alla dans les écuries. Gawyn n'y était pas.

Elle revint au manoir, en se demandant si Imeyne ne l'avait pas chargé de porter un autre message. Mais cette femme s'entretenait avec l'envoyé de l'évêque et Gawyn parlait à des hommes de Messire Bloet, dont les deux rouquins qu'elle avait vus sortir des latrines. Messire Bloet était quant à lui près du feu avec sa belle-sœur et Eliwys.

Kivrin s'affaissa sur le banc des mendiants, à côté des paravents. Elle ne pouvait l'aborder pour l'interroger sur l'emplacement du point de transfert.

— Rendez-le-moi ! gémit Agnès.

Elle était avec les autres enfants, près de l'escalier de la chambre, et les petits garçons accaparaient son chiot pour le caresser et tripoter ses oreilles. Elle avait dû aller le chercher dans les écuries pendant que Kivrin était dans la grange.

— C'est *mon* chien ! Donnez-le-moi !

Elle se leva.

— Je traversais les bois quand j'ai découvert une jeune fille inanimée, disait Gawyn. Elle avait été attaquée par des brigands et gravement blessée. Sa tempe était en sang.

Elle hésita. Agnès martelait de ses poings le bras d'un petit garçon. Kivrin décida d'écouter la suite du récit de Gawyn :

— « Belle Damoiselle, qui a perpétré un pareil forfait ? » lui ai-je demandé. Mais elle ne pouvait me répondre car les coups reçus l'avaient privée du don de la parole.

Agnès avait récupéré Blackie et le serrait contre sa poitrine. Kivrin aurait dû secourir le malheureux animal mais elle resta assise et tendit le cou pour regarder au-delà de la coiffe de la belle-sœur de Bloet. Dites-leur où vous m'avez découverte, ordonna-t-elle en pensée à Gawyn. Dans quelle partie des bois.

— « Je suis votre homme lige et je pourfendrai ces voleurs malfaisants ! me suis-je exclamé. Mais je crains de vous laisser seule ». Et dès qu'elle recouvra ses esprits elle me demanda de prendre en chasse les misérables qui l'avaient dépouillée et molestée.

Eliwys se leva et alla vers la porte. Elle resta un moment sur le seuil, visiblement angoissée, puis revint s'asseoir.

— Non ! hurla Agnès.

Un des neveux de Messire Bloet tenait Blackie au-dessus de sa tête, d'une seule main. Si Kivrin n'intervenait pas, ils finiraient par tuer le chiot et il était sans objet d'écouter la suite du « Sauvetage de la Jeune Fille des Bois » car cette narration n'avait pas pour but de servir la vérité mais d'impressionner Eliwys. Elle alla vers les enfants.

— Les voleurs n'étaient pas partis depuis longtemps, ajoutait Gawyn. J'ai aisément trouvé leurs traces et les ai pourchassés sur mon fougueux destrier.

Le neveu de Messire Bloet tenait à présent Blackie par ses pattes antérieures et l'animal, suspendu dans les airs, poussait des glapissements pathétiques.

— Kivrin ! cria Agnès en la voyant.

Elle se jeta dans ses jupes. Le petit garçon posa le chiot et recula. Les autres enfants battirent eux aussi en retraite. Agnès alla récupérer Blackie.

— Vous l'avez sauvé !

Kivrin secoua la tête.

— Il est grand temps d'aller te coucher.

— Je ne suis pas fatiguée !

— Mais Blackie a sommeil et il ne s'endormira pas sans toi.

L'argument parut porter et, sans laisser à Agnès le temps de lui trouver des failles, elle les prit tous les deux dans ses bras.

— Il veut que tu lui racontes un joli conte, dit-elle.

Elle se dirigea vers la porte et sortit dans la cour.

— Blackie aime les histoires de chats, déclara Agnès en le berçant.

Puis Kivrin tint l'animal pendant que la fillette gravissait l'échelle du fenil. Il dormait déjà, épuisé par tant de manipulations. Elle le posa dans la paille, à côté du lit improvisé.

Agnès le récupéra aussitôt, pour lui dire :

— Il était une fois un chaton désobéissant...

Kivrin les couvrit d'une fourrure. Il faisait trop froid pour se dévêtir.

— Il aimerait que je lui prête ma clochette, déclara l'enfant.

Elle voulut faire glisser le ruban autour de sa tête.

— Non, intervint Kivrin.

Elle confisqua le jouet, mit une fourrure supplémentaire et se glissa dessous. La petite fille se pelotonna contre elle.

— Il était une fois un chaton désobéissant, répéta Agnès en bâillant. Son papa lui avait dit de ne pas aller dans la forêt, mais il ne l'écoutait pas.

Elle essayait vaillamment de résister au sommeil, se frottait les yeux et inventait des aventures au chaton désobéissant, mais l'obscurité et la chaleur eurent finalement raison d'elle.

Kivrin attendit que sa respiration fût régulière pour lui subtiliser Blackie et le poser dans la paille.

Agnès grogna. Elle la prit dans ses bras. Elle eût mieux fait d'essayer de trouver Gawyn. Le rendez-vous était prévu dans moins d'une semaine.

L'enfant bougea. Ses cheveux chatouillaient la joue de Kivrin, lorsqu'elle s'endormit à son tour.

A son réveil, le jour allait se lever et Rosemonde était venue les rejoindre. Kivrin les laissa dormir. Elle craignait de ne pas avoir entendu la cloche et raté la messe, mais quand elle entra dans le manoir, Gawyn était toujours à côté du feu et l'envoyé de l'évêque assis dans le grand siège, écoutant Dame Imeyne.

Avachi dans un angle, le moine avait passé un bras autour de la taille de Maisry. Elle ne vit pas le clerc. Sans doute avait-il perdu conscience et été transporté dans un lit.

Les enfants avaient également disparu, de même que quelques femmes, dont la sœur et la belle-sœur de Messire Bloet.

— « Arrêtez, marauds ! m'écriai-je, disait Gawyn. Je vous défie en combat singulier ! »

Kivrin ignorait si c'était la suite de la narration de son Sauvetage Héroïque ou le récit d'une des aventures de Sire Lancelot. Il ne pouvait vouloir impressionner Eliwys qui était absente et ses exploits laissaient son auditoire indifférent. Deux hommes jouaient aux dés et Messire Bloet dormait, le menton sur la poitrine.

Elle n'avait raté aucune occasion de s'entretenir avec lui et tout indiquait qu'il ne s'en présenterait pas de sitôt. Elle devrait forcer le destin, l'aborder lorsqu'il irait aux latrines ou à l'église, et lui murmurer : « Retrouvez-moi ensuite dans les écuries. »

Les ecclésiastiques s'incrusteraient sans doute tant qu'il resterait du vin, mais elle ne pouvait courir de risques. Il ne restait que cinq jours avant le rendez-vous. Non, quatre. C'était déjà Noël.

— Dame Katherine, dit Imeyne.

Elle s'était levée et lui faisait signe d'approcher. L'envoyé de l'évêque la regardait avec intérêt, et son cœur battit plus vite. Elle se demanda quelle vilenie ils avaient concoctée. Mais elle n'eut pas le temps de traverser la grande salle qu'Imeyne vint à sa rencontre avec un petit ballot.

— Pourriez-vous porter ceci au père Roche ? dit-elle en soulevant un angle du tissu pour montrer des chandelles de cire. Précisez-lui qu'il doit les placer sur l'autel et ne pas pincer leur mèche, qui est très fragile. Je veux que tout soit prêt pour la messe que célébrera l'envoyé de l'évêque. Et j'exige que l'église ressemble pour une fois à la maison du Seigneur et non à une porcherie. Dites-lui également de mettre une tenue plus propre.

Vous aurez donc la messe que vous vouliez, pensa Kivrin alors qu'elle traversait la cour et empruntait le passage. Et vous serez bientôt débarrassée de moi. Il ne vous reste qu'à convaincre le prélat de démettre le père Roche de ses fonctions ou de l'envoyer à l'abbaye de Bicester.

Le terrain communal était désert. Le feu mourant rougeoyait faiblement dans la clarté grisâtre de l'aube et, tout autour, la neige fondue gelait. Les villageois étaient allés se coucher et elle se demandait si le prêtre les avait imités. Mais aucun ruban de fumée ne s'élevait de sa maison et la porte resta close quand elle y frappa. Elle alla jusqu'à l'église. La nef était obscure et glaciale.

— Père Roche, fit-elle doucement.

Elle s'avança à tâtons vers la statue de sainte Catherine.

Elle entendit le murmure de sa voix. Il était agenouillé devant l'autel, au-delà du jubé.

— Guidez les voyageurs jusqu'à leur demeure et protégez-les des rôdeurs et des maladies, disait-il.

Et sa voix douce rappelait à Kivrin les propos réconfortants qu'il lui avait tenus dans sa chambre, lorsqu'elle était au plus mal. Elle s'abstint de l'appeler à nouveau et resta immobile pour écouter ses paroles.

— Messire Bloet et les siens sont venus de Courcy pour l'office, avec tous leurs serviteurs. De même que Theodulf Freeman d'Henefelde. La neige a cessé de tomber hier soir et les cieux ont été dégagés toute la nuit de la naissance du Christ...

Il priait, sur le ton qu'elle employait pour dicter ses rapports à l'enregistreur. Il communiquait à Dieu la liste des gens qui avaient assisté à la messe de minuit et le bulletin météorologique.

De la lumière commençait à filtrer par les vitraux et elle le voyait à travers le filigrane du jubé, avec sa robe élimée à l'ourlet sale, son visage de rustre comparé aux traits aristocratiques du prélat et du clerc.

— Cette nuit bénie, un messager de l'évêque est arrivé avec deux prêtres, trois de vos serviteurs instruits et d'une grande bonté.

Ne vous laissez pas abuser par leurs riches atours, pensa Kivrin. Vous valez dix de ces hommes. Imeyne voulait que la messe de Noël fût célébrée par l'envoyé de l'évêque, alors qu'il n'avait même pas respecté le jeûne. Que dis-je ? Une cinquantaine, une centaine.

— On parle d'une maladie qui s'est abattue sur Oxenford. Tord, le garçon de ferme, va mieux, mais je lui ai dit de ne pas venir à la messe. Uctreda était trop faible pour se déplacer. Je lui ai apporté de la soupe, et elle n'a rien mangé. Walthel a vomi, parce qu'il avait bu trop de bière. Gytha s'est brûlé la main avec un brandon enflammé. Je n'ai aucune crainte car, bien que la fin des temps soit proche, vous nous avez envoyé de l'aide.

De l'aide ? Il ne recevrait pas la sienne si elle restait là à l'écouter. Le soleil s'était levé et la clarté dorée des fenêtres révélait les coulures des cierges, la ternissure des chandeliers, une grosse tache de cire sur le linge qui couvrait l'autel. Ce serait effectivement pour lui la fin des temps, si l'église avait encore cet aspect quand Imeyne viendrait assister à la grand-messe.

— Père Roche, dit-elle.

Il tourna la tête et essaya de se lever, les jambes engourdies par le froid. Sa hâte traduisait de la frayeur et Kivrin précisa :

— C'est Katherine.

Elle s'avança sous la lumière d'un vitrail afin qu'il pût la voir. Il se signa, et elle se demanda s'il n'avait pas sommeillé et éprouvait des difficultés à se réveiller.

— Dame Imeyne m'a chargée de vous apporter des chandelles.

Elle contourna le jubé.

— Elle voudrait que vous les placiez dans les chandeliers d'argent de chaque côté de l'autel. Je vais vous aider à tout préparer. Que voulez-vous que je fasse ?

Elle lui tendait les bougies, mais il ne les prenait pas. Venait-elle d'enfreindre un tabou ? Les femmes n'étaient pas autorisées à toucher un calice, peut-être en allait-il de même pour les cierges.

— Ai-je eu tort de m'avancer dans le chœur ?

Il parut se reprendre.

— Il n'existe aucun lieu inaccessible à un enfant de Dieu, dit-il en prenant les chandelles pour les poser sur l'autel. Mais des tâches aussi humbles sont indignes de vous.

— Pas si je les exécute à la gloire de Dieu.

Elle retira les cylindres de cire à moitié consumés de leurs supports striés de coulures.

— Nous aurons besoin de sable et d'un couteau.

Il alla chercher tout ce qui leur serait nécessaire et elle en profita pour remplacer les bougies du jubé par des cierges en suif.

Il revint avec le sable, une poignée de chiffons et un couteau de piètre qualité. Kivrin se mit aussitôt à l'ouvrage sur le linge de l'autel. Le représentant de l'évêque ne semblait guère pressé de se lever pour aller dire la messe, mais il finirait par céder à Imeyne.

En outre, Gawyn pourrait décider d'aller chasser ou secourir d'autres belles Damoiselles, si le prélat et ses acolytes ne terminaient pas les réserves de vin et ne partaient pas à la recherche d'une cave mieux garnie, en l'emmenant avec eux.

« Il n'existe aucun lieu inaccessible à un enfant de Dieu », venait de déclarer le père Roche. Le point de transfert excepté, se dit-elle.

Elle prit un chandelier et le frotta énergiquement avec du sable humide. Un éclat de cire sauta vers le prêtre.

— Désolée, fit-elle. Dame Imeyne...

Elle s'interrompit. Annoncer au prêtre que cette femme avait décidé de le chasser eût été sans objet. S'il intercédait en sa faveur, cela ne ferait qu'aggraver la situation, et elle ne voulait pas qu'il fût envoyé à Osney parce qu'il avait désiré l'aider.

Il attendait qu'elle terminât sa phrase.

— Dame Imeyne m'a chargée de vous informer que l'émissaire de l'évêque dira la grand-messe, fit-elle.

— Je serai honoré d'entendre ce saint homme célébrer l'office pour l'anniversaire de Notre Seigneur Jésus.

L'anniversaire de Notre Seigneur Jésus ! Elle essaya de se représenter St. Mary the Virgin le matin de Noël, la musique et la chaleur, les cierges laser dans leurs supports en inox. Mais c'était comme le souvenir d'un rêve, quelque chose d'indistinct et d'irréel.

Elle posa les chandeliers de chaque côté de l'autel. La lumière multicolore des vitraux s'y reflétait. Elle mit en place les bougies d'Imeyne et rapprocha celui de gauche, par souci de symétrie.

Le problème posé par la tenue du père Roche était insoluble. Elle essuya du sable humide qui adhérait à la manche du prêtre.

— Je dois aller réveiller Agnès et Rosemonde. Dame Imeyne a demandé au représentant de l'évêque de me conduire au couvent de Godstow.

— C'est Dieu qui vous a envoyée parmi nous. Il n'autorisera pas votre départ.

J'aimerais tant vous croire, pensa-t-elle. Elle traversait le terrain communal privé de toute présence humaine. Mais de la fumée sortait de deux maisons et la vache paissait l'herbe autour des cendres du feu de joie, là où la chaleur avait fait fondre la neige. S'ils dorment tous, je réveillerai Gawyn pour lui demander où est cette clairière, décida-t-elle. Mais elle vit Rosemonde et Agnès venir vers elle. La robe de velours vert de l'aînée des deux filles était couverte de brins de paille et de poussière, et Agnès en avait dans les cheveux.

— Vous devriez encore dormir, dit Kivrin en époussetant la cotte rouge.

— Des hommes sont arrivés, ils nous ont réveillées.

Kivrin se tourna vers Rosemonde.

— Votre père ?

— Non. Sans doute des serviteurs du prélat.

Elle avait vu juste. Il y avait dans la cour deux ânes et quatre moines qui déchargeaient de gros coffres, des sacs et un baril de vin.

— Ils n'ont pas l'intention de repartir de sitôt, commenta Agnès.

— Tout le laisse supposer, confirma Kivrin.

« C'est Dieu qui vous a envoyée parmi nous. Il n'autorisera pas votre départ. »

— Viens, dit-elle gaiement. Je vais te peigner.

Elle emmena Agnès à l'intérieur et lui fit un brin de toilette. Le court somme n'avait pas amélioré l'humeur de la fillette qui refusa de rester immobile pendant que Kivrin démêlait sa chevelure. Ensuite, elle geignit jusqu'à l'église.

Les moines devaient avoir apporté des vêtements sacerdotaux tout autant que du vin, car le prélat portait une chasuble de velours noir sur une tenue blanche immaculée et le moine était drapé dans des mètres de brocart. Le clerc était invisible, de même que le père Roche exilé pour cause de garde-robe insuffisante. Kivrin regarda vers le fond de l'église. Elle espérait qu'on l'avait autorisé à assister à tant de sainte magnificence, mais il n'était pas non plus parmi les villageois.

Ces derniers étaient en piteux état et beaucoup devaient avoir la bouche pâteuse. Tout comme le représentant de l'évêque qui débita la messe d'une voix monocorde, avec un accent qui rendait ses propos presque inintelligibles.

Il parlait de plus en plus vite, visiblement pressé d'en finir, mais Dame Imeyne ne s'en offusquait pas. Sereine et pleine de suffisance, elle était certaine d'avoir agi pour le mieux. Elle hochait la tête en écoutant le sermon qui traitait de la renonciation aux plaisirs matériels.

Lorsqu'ils sortirent, Dame Imeyne s'arrêta sur le seuil pour regarder le clocher, les lèvres pincées. Qu'y a-t-il encore ? se demanda Kivrin. Un grain de poussière sur la cloche ?

— Avez-vous vu cette église, Dame Yvolde ? grommela Imeyne à la sœur de Messire Bloet. Le prêtre local n'a pas installé de bougies aux fenêtres du jubé, seulement des lampes à huile de paysans. Je vais lui en toucher deux mots. Il vient de nous humilier devant l'évêque.

Elle partit vers le clocher, rongée par la colère. Kivrin savait que si le père Roche avait mis des chandelles à cet emplacement, elle eût trouvé d'autres motifs de récriminations. Elle eût aimé le mettre en garde, mais il était déjà trop tard et Agnès la tirait par la manche.

— Je suis lasse, disait-elle. Je veux me coucher.

Kivrin la guida vers la grange, au milieu des villageois qui débutaient d'autres réjouissances. On avait jeté du bois sur le feu et des jeunes femmes s'étaient prises par la main pour danser autour. Agnès s'allongea dans le fenil, mais elle se releva avant que Kivrin n'eût atteint le manoir. Elle la rejoignit en courant.

— Que fais-tu, Agnès ? Ne m'as-tu pas dit que tu étais lasse ?

— C'est Blackie. Il est malade.

— Malade ? Qu'a-t-il ?

— Il est malade, répéta l'enfant.

Kivrin la prit par la main et retourna dans la grange. Le chiot gisait dans la paille, sans vie.

— Allez-vous lui faire un cataplasme ?

Kivrin ramassa l'animal et le reposa. Son corps se raidissait déjà.

— Oh, Agnès… je crains qu'il ne soit mort.

La fillette s'accroupit pour le regarder de plus près, avec beaucoup d'intérêt.

— L'aumônier de grand-mère est mort, lui aussi. Est-ce la même fièvre qui a tué Blackie ?

Des manipulations trop nombreuses, pensa Kivrin.

Il avait été passé de main en main, étouffé par trop d'amour. Mais Agnès ne semblait pas bouleversée outre mesure.

— Aura-t-il droit à de belles funérailles ? demanda-t-elle en touchant une oreille du chiot du bout de son index.

Non, se dit Kivrin. Au Moyen Age, les gens ne mettaient pas les animaux dans des boîtes à chaussures. Ils s'en débarrassaient en les jetant dans les taillis, ou les cours d'eau.

— Nous l'enterrerons dans les bois, au pied d'un arbre, promit-elle.

Avant de penser que le sol devait être gelé.

— Il faut que le père Roche le mette dans le cimetière, déclara Agnès qui manifestait pour la première fois de la tristesse.

Le prêtre eût fait n'importe quoi pour la réconforter, mais il ne pourrait donner une sépulture chrétienne à son chien. L'idée que les animaux étaient eux aussi des créatures divines n'avait germé dans l'esprit des hommes qu'au XIXe siècle, et même à l'époque victorienne, chiens et chats n'avaient pas été mis en terre comme les êtres humains.

— Je dirai la prière des morts, déclara Kivrin.

— Le père Roche doit le mettre dans le cimetière, insista Agnès. Et sonner la cloche.

— Tu oublies que c'est Noël, aujourd'hui. Demain, j'irai lui demander conseil.

Que ferait-elle du cadavre, en attendant ? Elle ne pouvait le laisser à côté de leur paillasse.

— Viens, nous allons l'emporter.

Elle prit le chiot et descendit l'échelle. Elle chercha une boîte ou un sac, n'en trouva pas, et posa le corps dans un coin, sous une faux. Elle demanda ensuite à Agnès d'aller lui chercher de la paille. Elle en couvrait l'animal quand la fillette déclara :

— Si le père Roche ne sonne pas la cloche, Blackie n'ira pas au ciel.

Et elle éclata en sanglots.

Une demi-heure fut nécessaire à Kivrin pour la calmer. Elle la berça dans ses bras et essuya ses larmes.

Elle remarqua des bruits et des hennissements, dans la cour. Les visiteurs avaient-ils décidé d'organiser une partie de chasse ?

— Allons voir ce qui se passe, proposa-t-elle. Ton père est peut-être arrivé.

Agnès s'assit et essuya son nez.

— Je vais lui dire ce qui est arrivé à Blackie.

Elle sauta des genoux de Kivrin et elles sortirent. La cour grouillait d'hommes et de chevaux.

— Que font-ils ?

— Je l'ignore, répondit Kivrin.

Mais la nature de leurs activités n'était que trop évidente. Cob sortait de l'écurie l'étalon blanc du représentant de l'évêque et les serviteurs apportaient les sacs et les coffres déchargés en début de matinée. Dame Eliwys était venue se tenir sur le seuil du manoir pour assister à ces préparatifs.

— S'en vont-ils ? demanda Agnès.

— C'est impossible, fit Kivrin.

Pas maintenant. Je ne sais pas où est la clairière.

Le moine sortit, en habit blanc et manteau. Cob retourna dans les écuries pour prendre la jument que Kivrin avait montée pour aller chercher le houx.

— Ils partent, affirma Agnès.

— Je sais, grommela Kivrin. Je peux le constater.

23

Kivrin prit Agnès par la main et se dirigea vers la grange. Elle devait se dissimuler jusqu'à leur départ.

— Où vont-ils ? voulut savoir l'enfant.

Elles contournèrent deux serviteurs de Messire Bloet qui portaient un gros coffre.

— Montons dans le fenil.

Agnès s'arrêta net.

— Je ne veux pas me coucher. Je ne suis pas fatiguée !

— Dame Katherine ! entendit-elle crier.

Elle prit la fillette dans ses bras et s'éloigna d'un pas rapide.

— Je ne me sens pas lasse ! hurla Agnès.

Rosemonde les rejoignit.

— Dame Katherine ! Ne m'avez-vous pas entendue ? Mère veut vous voir. L'envoyé de l'évêque s'en va.

Elle prit son bras et la fit obliquer vers le manoir.

Eliwys se dressait sur le seuil à côté du prélat, pour assister aux préparatifs. Imeyne était absente. Sans doute se trouvait-elle à l'intérieur, occupée à faire les bagages de Kivrin.

— Nos visiteurs ont des affaires pressantes à régler au prieuré de Bernecestre, expliqua Rosemonde. Messire Bloet et les siens partent avec eux.

Elle lui adressa un sourire joyeux.

— Ils passeront la nuit à Courcy et arriveront demain à destination.

Bernecestre. Bicester. Au moins n'était-ce pas Godstow. Mais ce couvent était sur leur route.

— Quelles affaires pressantes ?

— Je l'ignore, répondit Rosemonde avec indifférence.

Et Kivrin comprit que seul le départ de Messire Bloet comptait à ses yeux. L'enfant s'ouvrit gaiement un chemin dans la mêlée de serviteurs, de bagages et de chevaux, en direction de sa mère.

L'envoyé de l'évêque parlait à un de ses valets et Eliwys observait cet homme en fronçant les sourcils. Ils ne lui prêtaient pas attention et elle aurait pu se réfugier dans les écuries, si Rosemonde ne l'avait pas tirée par la manche.

— Je dois retourner dans la grange. J'y ai laissé mon manteau...

— Mère ! cria Agnès.

Elle s'élança vers Eliwys, en frôlant au passage une jument qui hennit et secoua la tête. Un serviteur s'empressa de saisir sa bride.

— Agnès ! l'appela Rosemonde.

Elle lâcha Kivrin, mais il était trop tard. Eliwys et le prélat les avaient vues et approchaient.

— Combien de fois t'ai-je dit de ne pas courir au milieu des chevaux ? fit Eliwys en étreignant sa fille cadette.

— Blackie est mort.

— Ce n'est pas une raison pour commettre des imprudences.

— Je ferai part à votre époux de notre reconnaissance, lui dit l'ecclésiastique qui semblait penser à autre chose. Merci de nous prêter des chevaux, car les nôtres étaient fourbus. Je chargerai un serviteur de vous les ramener de Courcy.

— Voulez-vous voir mon chien ? demanda Agnès en tirant la robe de sa mère.

— Chut, lui intima Eliwys.

— Mon clerc ne part pas avec nous. Je crains

qu'il n'ait célébré par trop de libations la naissance de Notre Seigneur et qu'il n'en supporte aujourd'hui les conséquences. Je vous implore d'être indulgente, ma Dame, et de lui accorder votre hospitalité jusqu'à ce qu'il soit sur pied et puisse nous rejoindre.

— C'est la moindre des choses. N'y a-t-il rien que nous pourrions faire pour lui ? La mère de mon époux...

— Non. Laissez-le tranquille. Un bon somme est le meilleur des remèdes, en pareil cas. Il sera remis dans la soirée.

Il était nerveux, distrait, comme s'il souffrait lui aussi de ses excès. Sous la clarté de l'aube ses traits aristocratiques étaient grisâtres. Il frissonna et ferma son manteau.

Il ne prêtait pas attention à Kivrin et elle commença à espérer qu'il avait oublié la promesse faite à Imeyne. Elle regarda le portail et pria le Ciel pour que cette femme eût d'autres réprimandes à adresser au père Roche et ne vînt pas au tout dernier instant rappeler au prélat l'engagement qu'il avait pris.

— Je regrette que mon époux soit absent et que nous n'ayons pu vous accueillir avec plus...

— Je dois aller voir mes serviteurs, l'interrompit-il.

Il lui présenta sa main et elle fit une génuflexion pour baiser sa bague. Elle ne s'était pas relevée qu'il s'éloignait déjà vers les écuries. Eliwys le suivit des yeux, inquiète.

— Souhaitez-vous le voir, mère ? demanda Agnès.

— Pas maintenant. Rosemonde, va faire tes adieux à Messire Bloet et à Dame Yvolde.

— Il est tout froid, précisa Agnès.

Eliwys se tourna vers Kivrin.

— Dame Katherine, savez-vous où est ma belle-mère ?

— Elle est restée dans l'église, dit Rosemonde.

— Sans doute prie-t-elle toujours, suggéra Eliwys en se dressant sur la pointe des pieds pour regarder par-dessus les têtes. Où est Maisry ?

Elle se cache, pensa Kivrin. Et je devrais l'imiter.

— Voulez-vous que je la cherche ? proposa Rosemonde.

— Non, lui répondit sa mère. Va saluer Messire Bloet. Dame Katherine, allez chercher Imeyne qui serait navrée de ne pouvoir faire ses adieux au représentant de l'évêque. Qu'attends-tu, Rosemonde ? Va saluer ton fiancé.

Kivrin s'éloigna. Si Imeyne est toujours dans l'église, je passerai derrière les huttes et disparaîtrai dans les bois, décida-t-elle.

Deux serviteurs peinaient pour déplacer un coffre volumineux. Elle recula et les contourna en veillant à rester à bonne distance des croupes des chevaux.

— Attendez ! lui cria Rosemonde qui venait la rejoindre au pas de course. Accompagnez-moi auprès de Messire Bloet.

— Rosemonde...

Dame Imeyne risquait de revenir d'une seconde à l'autre.

— S'il vous plaît...

— Rosemonde...

— Vous n'en aurez que pour un instant, et ensuite vous pourrez aller chercher ma grand-mère. Venez, pendant que sa belle-sœur est avec lui.

Messire Bloet surveillait le palefrenier qui sellait son cheval et conversait avec la dame à la coiffe démesurée, ce matin-là perchée de guingois sur son crâne.

— Quelle est l'affaire pressante que doit régler l'envoyé de l'évêque ? demandait-elle.

Il secoua la tête et se renfrogna. Puis il vit sa fiancée, sourit et alla à sa rencontre. Elle recula, sans lâcher le bras de Kivrin.

La belle-sœur inclina sa guimpe en direction de Rosemonde et ajouta :

— Aurait-il reçu des nouvelles de Bath ?

— Aucun messager n'est arrivé, tant cette nuit que ce matin.

— S'il était déjà au courant, pourquoi n'en a-t-il pas parlé plus tôt ?

— Je l'ignore. Excusez-moi, mais je dois faire mes adieux à ma bien-aimée.

Il prit la main de Rosemonde, qui puisa dans sa volonté pour ne pas la retirer.

— Adieu, Messire Bloet, fit-elle sèchement.

— Est-ce ainsi que vous prenez congé de votre futur époux ? Ne lui accorderez-vous pas un baiser ?

Elle s'avança, effleura du bout des lèvres la joue de l'homme et recula aussitôt hors de portée.

— Encore merci, pour votre broche, dit-elle.

Il regarda le col de son manteau puis toucha le bijou.

— « Je représente l'être aimé », commenta-t-il.

— Messire Bloet ! Messire Bloet !

C'était Agnès, qui arrivait en courant.

Il la prit dans ses bras.

— Je suis venue vous dire au revoir, fit-elle. Mon chien est mort.

— Je t'en apporterai un autre à l'occasion de mes noces, si tu es gentille avec moi.

Elle le prit par le cou et déposa un baiser sonore sur chacune de ses joues.

— Tu n'en es pas aussi avare que ta sœur, ajouta-t-il en fixant Rosemonde.

Il posa Agnès sur le sol et s'avança pour caresser à nouveau la broche.

— *Io suiicien lui dami amo,* lut-il avant de poser ses mains sur les épaules de Rosemonde. Vous devrez penser à moi chaque fois que vous mettrez ce bijou.

Il se pencha pour l'embrasser dans le cou.

Elle ne recula pas mais blêmit. Il la lâcha.

— Je reviendrai pour Pâques, promit-il.

Des propos qui évoquaient une menace.

— M'apporterez-vous un chien noir ? s'enquit Agnès.

Dame Yvolde approcha pour demander :

— Qu'ont fait vos serviteurs de mon manteau ?

— Je vais vous le chercher, proposa Rosemonde qui fila vers le manoir avec Kivrin sur ses talons.

Sitôt à bonne distance, Kivrin lui déclara :

— Je dois trouver Dame Imeyne. Regardez, ils sont prêts à partir.

C'était exact. Serviteurs, coffres et chevaux formaient une colonne et Cob ouvrait le portail. Les destriers qu'avaient montés les « rois mages » à leur arrivée étaient chargés de malles et de sacs. La belle-sœur de Messire Bloet et ses filles étaient déjà en selle et l'envoyé de l'évêque tendait la sous-ventrière de la jument d'Eliwys.

Plus que quelques minutes, pensa Kivrin. Mon Dieu, faites qu'Imeyne reste encore un moment dans l'église !

— Dame Eliwys m'a chargée de chercher votre grand-mère.

— Vous devez d'abord me raccompagner jusqu'au manoir.

— Rosemonde, je n'ai pas le temps…

— S'il vous plaît. Il pourrait décider de me rejoindre.

Kivrin le revit embrasser cette enfant dans le cou.

— C'est entendu, mais nous devrons nous hâter.

Elles traversèrent la cour d'un pas rapide et manquèrent bousculer le gros moine en entrant. Il descendait de la chambre et paraissait irrité, ou souffrir de ses excès. Il les croisa sans leur adresser un regard.

La salle était déserte, la table encombrée de gobelets et de plats de viande. Le feu fumait, sans surveillance.

— Le manteau de Dame Yvolde est dans la soupente, dit Rosemonde. Attendez-moi.

Elle gravit l'échelle aussi rapidement que si Messire Bloet avait été derrière elle.

Kivrin retourna vers les paravents pour regarder à l'extérieur. D'ici, elle ne pouvait voir le passage. Le prélat avait la main posée sur le pommeau de sa selle et écoutait ce que lui disait le gros moine. Elle jeta un coup d'œil vers le haut de l'escalier en entendant la porte de la chambre se refermer et se demanda si le clerc était malade ou tombé en disgrâce. L'attitude du moine avait traduit de la colère.

— Le voici, dit Rosemonde en apportant le manteau. Pourriez-vous le porter à Dame Yvolde ?

C'était l'occasion qu'elle attendait.

— Bien volontiers, fit-elle.

Elle prit le lourd vêtement et ressortit. Sitôt dehors, elle chargerait un serviteur de le remettre à sa propriétaire et s'éclipserait. Mon Dieu, faites qu'Imeyne reste encore un moment dans l'église! pria-t-elle. Mais elle se retrouva nez à nez avec elle sitôt qu'elle eut franchi le seuil.

— Vous n'êtes donc pas prête à partir? fit la vieille femme en regardant le manteau. Où est le *vôtre*?

L'envoyé de l'évêque avait posé la main sur le pommeau et calait son pied entre les mains entrecroisées de Cob. Le moine était déjà en selle.

— Dans l'église, répondit-elle. Je vais le prendre.

— Vous n'en aurez pas le temps. Ils s'en vont.

Kivrin regarda autour d'elle. Eliwys se tenait avec Gawyn près des écuries, Agnès était plongée dans une conversation animée avec une des nièces de Messire Bloet et Rosemonde se dissimulait à l'intérieur du manoir.

— Dame Yvolde m'a demandé de lui apporter son manteau.

— Maisry s'en chargera. Maisry!

Mon Dieu, faites qu'elle se cache! pria Kivrin.

— *Maisry!*

Mais la servante sortit de derrière la brasserie, la paume collée à son oreille. Dame Imeyne arracha le vêtement des mains de Kivrin et le lui lança.

— Porte ceci à Dame Yvolde, au lieu de pleurnicher, fit-elle avant de saisir le poignet de Kivrin pour la tirer vers le prélat. Saint Père, auriez-vous oublié que vous devez conduire Dame Katherine à Godstow?

— C'est à Bernecestre que nous allons, répondit-il en se tournant sur la selle.

Gawyn avait enfourché Gringolet et avançait au pas vers le portail. S'il nous accompagne, je pourrai peut-être le persuader de faire un détour par cette clairière ou de m'expliquer où elle se situe, pensa Kivrin.

— De Bernecestre un moine pourra l'escorter à Godstow. Elle doit regagner son couvent.

— Nous n'avons pas le temps de l'attendre.

Il prit les rênes et traça de l'autre main un signe de croix.

— *Domine vobiscum, et cum spiritu tuo.*

— Et le nouvel aumônier ? insista Imeyne.

— Je vous laisse mon clerc.

Kivrin le vit échanger un regard de connivence avec le moine. Elle se demanda s'ils n'avaient pas inventé un prétexte pour échapper aux harcèlements de la mère du maître de céans.

— Votre clerc ? répéta Imeyne, ravie.

Le prélat éperonna sa monture et traversa la cour au galop, manquant renverser Agnès qui courut se réfugier dans les jupes de Kivrin. Le moine se hissa sur une jument et le suivit.

— Que Dieu vous protège, Saint Père ! cria Dame Imeyne.

Mais il avait déjà franchi le portail.

Tous étaient partis, avec Gawyn en arrière-garde, et ils n'avaient pas emmené Kivrin avec eux. Son soulagement était tel que le départ de Gawyn ne l'ennuya pas outre mesure. Courcy était à moins d'une demi-journée de cheval. Il serait de retour à la tombée de la nuit.

Elle n'était pas la seule à respirer plus librement, mais peut-être était-ce dû au fait que tous veillaient depuis l'aube précédente. Nul n'envisageait de débarrasser les tables et Eliwys se laissa choir dans le grand fauteuil, les bras ballants, pour regarder le désordre avec indifférence. Après quelques minutes elle appela Maisry. Sans résultat, mais elle n'insista pas. Elle fit reposer sa nuque contre le dossier du siège et ferma les yeux.

Rosemonde grimpa s'allonger dans la soupente

et Agnès s'assit à côté de Kivrin, près du feu. Elle posa la tête sur ses genoux et joua avec la clochette, l'esprit ailleurs.

Seule Dame Imeyne refusait de s'abandonner à la langueur générale.

— C'est à notre nouvel aumônier de dire les prières, fit-elle remarquer.

Et elle monta à l'étage.

Les yeux clos, Eliwys lui rappela que le représentant de l'évêque avait dit de ne pas le déranger, mais Imeyne frappa malgré tout. Elle attendit, recommença puis redescendit et s'agenouilla au pied de l'escalier pour lire son livre d'heures en surveillant le haut des marches.

Agnès tapotait sa clochette du bout du doigt, en bâillant.

— Pourquoi ne vas-tu pas t'allonger près de ta sœur? lui suggéra Kivrin.

— Je ne suis pas lasse, rétorqua l'enfant. Dites-moi ce qui est arrivé à la jeune fille qui n'a pas écouté son père et s'est aventurée dans la forêt.

— Seulement si tu te couches.

Elle se lança dans une improvisation dont l'enfant n'entendit que les deux premières phrases.

L'après-midi tirait à sa fin lorsqu'elle pensa à Blackie. Tous dormaient, même Dame Imeyne qui avait renoncé à attendre le clerc et était montée se coucher dans la soupente. Maisry était revenue et ronflait sous une table.

Kivrin souleva doucement Agnès et dégagea ses jambes. Elle sortit. La cour était déserte, de même que le terrain communal où les braises du feu de joie finissaient de se consumer. Les villageois devaient eux aussi rattraper leur retard de sommeil.

Kivrin alla chercher le cadavre du chien dans la

grange puis fit un détour par les écuries pour se munir d'une bêche en bois. Elle ne vit dans les stalles que le poney d'Agnès et se demanda par quel moyen de locomotion le clerc était censé rejoindre ses compagnons à Courcy. Peut-être deviendrait-il effectivement l'aumônier de Dame Imeyne, que cela lui plût ou non.

Elle alla vers l'église. Au nord du bâtiment, elle posa le corps et dégagea la neige tassée.

La terre était aussi dure que de la pierre et la bêche refusait de s'y enfoncer. Elle gravit la colline. A l'orée du bois le sol était plus meuble et elle creusa un trou dans lequel elle déposa le chiot.

— *Requiescat in pace*, dit-elle pour pouvoir déclarer à Agnès que Blackie avait eu droit à de vraies funérailles.

Elle redescendit, en espérant que Gawyn reviendrait sous peu et qu'il accepterait de la conduire jusqu'à la clairière pendant que tous dormaient. Elle traversa lentement le terrain communal, attentive à un éventuel bruit de galopade. Elle posa la bêche contre la clôture de l'enclos de la porcherie et contourna le mur du manoir en direction du portail, mais elle n'entendait aucun son.

Ce serait bientôt le crépuscule. Si Gawyn tardait, ils ne verraient plus leur chemin. En outre, le père Roche sonnerait les vêpres dans une demi-heure et tous s'éveilleraient. Mais Gawyn devrait panser sa monture, quel que fût le moment de son retour, et elle n'aurait qu'à aller dans les écuries pour lui demander de la conduire là-bas dans la matinée.

Peut-être lui fournirait-il simplement des explications, ou lui dessinerait-il une carte. Et si Dame Imeyne le chargeait de porter un autre message, le jour du rendez-vous, elle emprunterait un cheval et irait seule au point de transfert.

Elle attendit à côté du portail puis, transie de froid, elle regagna la cour toujours déserte. Elle fut surprise de voir Rosemonde dans le vestibule, en manteau.

— Où étiez-vous ? Je vous ai cherchée partout. Le clerc…

Le cœur de Kivrin rata un battement.

— Que se passe-t-il ? Il s'en va ?

Il avait dû se remettre de ses libations et décider de partir. Avec elle, si Dame Imeyne l'avait convaincu de l'emmener à Godstow.

— Ce n'est pas cela.

Elles entrèrent et Rosemonde retira la broche de Messire Bloet pour se dépouiller de son vêtement.

— Il est malade. Le père Roche m'a envoyée vous chercher.

Elle gravit les marches.

— Malade ?

— Oui. Maisry l'a constaté quand grand-mère l'a chargée de lui porter un en-cas.

Et lui ordonner de descendre dire les prières, pensa Kivrin.

— C'est une fièvre.

Disons plutôt une bonne gueule de bois, estima Kivrin. Cependant, le père Roche aurait dû s'en rendre compte même si Dame Imeyne en était incapable… ou s'y refusait.

Une idée angoissante traversa son esprit : Il a dormi dans mon lit, il a pris mon virus.

— Quels sont les symptômes ?

Rosemonde ouvrit la porte.

La place était comptée, dans la chambre. Le père Roche était à côté du lit, devant Eliwys et sa fille cadette. Maisry se blottissait près de la fenêtre et Dame Imeyne, agenouillée à côté de son panier d'herbes médicinales, préparait un de ses cataplasmes malodorants.

Tous étaient inquiets, à l'exception d'Agnès qui semblait fascinée. Comme lorsque Blackie est mort, songea Kivrin. Cet homme est décédé, il a pris mon virus qui lui a été fatal. Non, c'est ridicule. Je suis arrivée à la mi-décembre. L'incubation ne dure pas deux semaines et moi seule ai été malade alors que le père Roche et Eliwys se sont relayés à mon chevet.

Le clerc gisait sur le lit. Ses beaux vêtements étaient suspendus au pied du lit et son manteau pourpre traînait sur le sol. Il ne portait qu'une chemise de soie jaune dont on avait dénoué les cordons pour dénuder sa poitrine.

Kivrin avança et heurta du pied une bouteille en terre cuite qui roula sous le lit. Le clerc tressaillit. Une seconde bouteille, bouchée, était posée contre le mur.

— Il a mangé une nourriture trop riche, déclara Dame Imeyne qui pilait des herbes dans un mortier en pierre.

Ce n'est ni une intoxication alimentaire ni un excès d'alcool, se dit Kivrin. C'est bien plus grave.

Il respirait rapidement, la bouche ouverte, et haletait comme ce pauvre Blackie. Son visage, cramoisi et boursouflé, grimaçait.

Elle pensa à un empoisonnement. Le représentant de l'évêque était si impatient de partir qu'il avait failli renverser Agnès. En ce siècle, l'Eglise se livrait à de tels agissements. Il y avait eu bien des morts mystérieuses dans les monastères et les cathédrales.

Mais pourquoi le prélat et le moine se seraient-ils enfuis et auraient-ils dit à Eliwys de ne pas déranger leur victime, dès l'instant où le fait d'employer un poison permettrait de faire attribuer le décès au botulisme, à une péritonite ou à une des douzaines d'autres maladies fatales à cette époque ? Et pour quelle raison auraient-ils commis un crime alors qu'il leur suffisait de muter cet homme pour s'en débarrasser ?

— C'est peut-être le choléra, suggéra Eliwys.

Non, pensa Kivrin. Les symptômes sont différents : diarrhée et vomissements, cyanose et déshydratation.

— Avez-vous soif ? demanda-t-elle au clerc.

Il ne réagit pas. Ses paupières mi-closes étaient également enflées. Elle lui toucha le front. Il tressaillit et ouvrit les yeux, pour les refermer sitôt après. Elle eut malgré tout le temps de constater qu'ils étaient injectés de sang.

— Il est brûlant de fièvre, dit-elle en pensant que le choléra ne donnait pas tant de température. Apportez-moi un linge humide.

— Maisry ! appela sèchement Eliwys.

Mais Rosemonde approchait déjà avec un chiffon.

Il était malpropre mais frais, et Kivrin le plia et le posa sur le front de l'homme. Il haleta et grimaça, sa main se crispa sur son bas-ventre. Appendicite ! se dit-elle. Non, la fièvre n'aurait pas été aussi élevée. La typhoïde s'accompagnait de fortes températures, mais pas à son stade initial. Cependant, elle provoquait une dilatation du foie et des douleurs abdominales.

— Souffrez-vous ? Où avez-vous mal ?

Il cilla et agita les mains. Un symptôme de la fièvre typhoïde dans sa phase finale, huit ou neuf jours après la déclaration de la maladie.

Il titubait, à son arrivée, et le moine avait dû le soutenir. Mais ensuite son ardeur à boire et à lutiner Maisry indiquait une bonne santé relative. La typhoïde se manifestait progressivement, avec au début de simples migraines et une légère température. Le malade n'avait pas 39° avant la troisième semaine.

Kivrin se pencha et ouvrit la chemise, pour chercher des éruptions. Elle ne vit rien. Le cou était enflé, mais toutes les infections dilataient les glandes lymphatiques. Elle remonta la manche. Il n'y avait pas non plus de taches roses. Ses ongles étaient brun-bleu, une cyanose symptomatique du choléra.

— A-t-il vomi ou vidé ses boyaux ?

— Non, dit Dame Imeyne qui étalait sa pâte verdâtre sur un linge. L'abus de sucre et d'épices a échauffé son sang.

Sans vomissements, ce ne pouvait être le choléra. En outre, la température était trop importante. Restait son virus, mais elle n'avait pas eu mal au ventre et sa langue n'avait pas enflé à ce point.

Il leva la main pour retirer le chiffon humide puis laissa son bras redescendre contre son flanc. Kivrin ramassa le bout de tissu. L'eau s'était évaporée. Un virus excepté, qu'est-ce qui provoquait une telle température ? La typhoïde.

Elle se tourna vers le père Roche pour demander :

— A-t-il saigné du nez ?

Ce fut Rosemonde qui répondit :

— Non, je n'ai rien vu.

Elle s'avançait pour récupérer le chiffon.

— Mouillez-le à nouveau et ne l'essorez pas. Père Roche, aidez-moi à le redresser.

Ils tirèrent le malade par les épaules. Il n'y avait pas de sang sur l'oreiller.

— Vous pensez à la fièvre typhoïde ? demanda le prêtre d'une voix étrange, comme s'il l'espérait.

— Je ne sais pas.

Rosemonde lui tendit le linge. Elle avait respecté ses instructions et il ruisselait.

Kivrin l'étala sur le front du clerc.

Il leva brusquement les bras et les agita en tous sens. Il leur donna des coups de pied et abattit son poing derrière les genoux de Kivrin, qui perdit l'équilibre et faillit basculer sur le lit.

— Désolée, désolée, dit-elle en essayant d'immobiliser ses mains. Désolée.

Les yeux de l'homme étaient à présent grands ouverts.

— *Gloriam tuam* ! hurla-t-il.

— Désolée, répéta Kivrin.

Elle saisit un poignet, et l'autre bras cingla sa poitrine.

— *Requiem aeternum dona eis*, rugit-il alors qu'il s'agenouillait puis se levait au milieu du lit. *Et lux perpetua lucat eis.*

Kivrin reconnut un passage de la messe des morts.

Le père Roche agrippa la chemise du clerc, qui se dégagea en donnant un coup de pied puis se mit à tourner sur lui-même. Il levait les jambes, comme s'il dansait.

— *Miserere nobis.*

Il restait trop près du mur pour qu'ils puissent l'atteindre. Ses pieds touchaient à présent les poutres et il balançait les bras à chaque rotation.

— Dès qu'il sera à notre portée, nous saisirons ses chevilles pour le faire tomber, suggéra Kivrin.

Le père Roche hocha la tête, le souffle court. Les autres restaient en retrait et Imeyne était toujours agenouillée. Maisry se réfugia dans le renfoncement de la fenêtre, les mains sur les oreilles et les yeux clos. Rosemonde avait récupéré le chiffon trempé et le tendait à Kivrin, semblant croire qu'elle envisageait de le remettre sur le front du malade. Quant à Agnès, elle fixait en ouvrant de grands yeux l'homme à moitié nu.

Qui se tourna vers eux en tirant sur les lacets de sa chemise, pour les arracher.

— Maintenant, dit Kivrin.

Elle plongea vers ses chevilles, imitée par le père Roche. Le clerc tomba sur un genou, battit des bras, se libéra et sauta du lit en direction de Rosemonde. Elle leva les mains, et il la percuta en pleine poitrine.

— *Miserere nobis*, fit-il alors qu'ils s'effondraient.

— Immobilisez-le avant qu'il ne la blesse ! cria Kivrin.

Mais le malade ne se débattait plus. Il gisait sur l'enfant, inerte. Leurs bouches se frôlaient presque.

Le père Roche le saisit par le bras et tira. L'homme bascula sur le côté. Il respirait à peine.

— Est-il mort ? s'enquit Agnès.

Tous firent un pas en avant, comme si le son de sa voix les avait libérés d'un sortilège. Dame Imeyne agrippa le montant du lit et se releva.

— Blackie est mort, dit Agnès en se blottissant dans les jupes de sa mère.

— Mais pas mon aumônier, rétorqua Imeyne en s'agenouillant près de lui. La fièvre de son sang est montée dans son cerveau. Ça arrive souvent.

Jamais, pensa Kivrin. Ce ne sont pas les symptômes d'une maladie que je connais. Qu'est-ce que ça peut être ? Méningite ? Epilepsie ?

Elle se pencha vers Rosemonde qui gisait sur le sol, les paupières closes, les poings serrés.

— Vous a-t-il blessée ?

L'enfant rouvrit les yeux.

— Il m'a entraînée avec lui, chevrota-t-elle.

— Pouvez-vous vous lever ?

Rosemonde hocha la tête. Sa mère approcha, avec Agnès toujours agrippée à sa jupe. Elles l'aidèrent à se mettre debout.

— J'ai mal au pied, dit-elle. Il...

Elles la firent asseoir sur le coffre sculpté. Agnès grimpa s'installer près d'elle.

— Il t'a sauté dessus, commenta-t-elle.

Le clerc murmura quelque chose et Rosemonde regarda avec crainte dans sa direction.

— Va-t-il se relever ? demanda-t-elle à sa mère.

— Non. Accompagne ta sœur près du feu et tiens-lui compagnie, dit Eliwys à Agnès.

Les deux filles sortirent.

— Quand le clerc sera mort, nous l'enterrerons dans le cimetière, déclara Agnès. Avec Blackie.

L'homme paraissait déjà être passé de vie à trépas. Bien qu'il eût les yeux mi-clos, il ne vit pas le père Roche s'agenouiller près de lui pour le hisser sur son épaule et aller l'allonger sur le lit.

Imeyne retourna préparer son cataplasme et marmonna :

— Ce sont les épices qui ont enfiévré son cerveau.

— Non, murmura Kivrin.

Elle regardait le clerc qui gisait sur le lit, les bras écartés, les paumes tournées vers le haut. Sa fine chemise désormais déchirée avait glissé de son épaule gauche. Un renflement rougeâtre était visible sous son bras.

— Non, répéta-t-elle.

Une boursouflure rouge presque aussi grosse qu'un œuf. Forte fièvre, langue enflée, intoxication du système nerveux, bubons sous les aisselles ou à l'aine.

Elle recula d'un pas.

— C'est impossible. C'est autre chose.

Un furoncle. Ou un ulcère. Elle se pencha et les mains du malade se crispèrent. Le père Roche les immobilisa. Elle tâta le renflement. Il était dur et son pourtour avait une coloration violacée.

— C'est impossible, pas en 1320.

— Voilà qui chassera sa fièvre, déclara Imeyne en se redressant avec raideur. Retirez-lui sa chemise, que je puisse étaler le cataplasme.

Kivrin leva la main.

— Non! N'approchez pas de lui. Ne le touchez pas!

— Vous êtes folle, ce n'est qu'une indigestion.

— Certainement pas! Père Roche, lâchez-le et écartez-vous. Cet homme a la peste.

Le prêtre, Imeyne et Eliwys la regardèrent. Tous étaient aussi déconcertés que Maisry.

Ils n'en ont jamais entendu parler, comprit-elle. C'est normal, l'épidémie ne débutera en Chine qu'en 1333 et n'atteindra l'Angleterre que quinze ans plus tard.

— Il en a tous les symptômes. Le bubon, la langue enflée et les hémorragies sous-cutanées.

— Ce n'est qu'une indigestion, insista Imeyne.

Elle s'avança mais s'immobilisa quand Kivrin lui cria:

— Non!

— Seigneur, ayez pitié de nous, murmura-t-elle.

Elle recula, tenant toujours le bol de cataplasme.

— Serait-ce la maladie bleue? demanda Eliwys, terrifiée.

Et Kivrin comprit. Elles n'étaient pas venues ici à cause du procès. Messire Guillaume avait envoyé les siens à la campagne parce que la peste ravageait Bath.

« Notre gouvernante est décédée », avait déclaré Agnès. Frère Hubard, l'aumônier de Dame Imeyne, avait connu le même sort. « Rosemonde a dit qu'il était mort de la maladie bleue. » Et Gawyn avait précisé que le procès avait dû être reporté parce que le juge était malade. C'était pour cela qu'Eliwys n'avait pas voulu envoyer Gawyn à Courcy. Parce qu'ils étaient cernés par l'épidémie. Pourtant, la peste noire n'était arrivée en Angleterre qu'en automne 1348.

— En quelle année sommes-nous ? demanda-t-elle.

Les femmes la regardèrent, bouche bée. Kivrin se tourna vers le père Roche.

— Quelle est l'année ?

— Etes-vous souffrante, Dame Katherine ?

— Répondez-moi !

— C'est la vingt et unième année du règne d'Edouard III, dit Eliwys.

Edouard III et non II. Dans sa panique elle ne pouvait se rappeler quand ce roi était monté sur le trône d'Angleterre.

— L'*année* ! insista-t-elle.

— *Anno domine*... commença le clerc avant de passer sa langue enflée sur ses lèvres, pour les humidifier. 1348.

LIVRE TROISIÈME

Ai enterré de mes mains cinq de mes enfants dans la même fosse... Sans cloches. Sans larmes. C'est la fin du monde.

Agniola Di TURA
Sienne, 1347

24

Dunworthy consacra les deux journées suivantes à tenter de joindre les techs de la liste de Finch et les offices du tourisme écossais, lorsqu'il n'aidait pas à installer une annexe de l'hôpital dans Bulkeley-Johnson. Quinze autres pensionnaires involontaires avaient attrapé la grippe, dont Mlle Taylor qui s'était effondrée à onze mesures de l'accord final du Chicago Surprise Minor.

— Elle a tout lâché et est tombée raide, expliqua Finch. La cloche s'est balancée avec un fracas de tous les diables et la corde s'est enroulée autour de mon cou et a failli m'étrangler. Mlle Taylor a voulu retourner à son poste dès qu'elle a repris connaissance, mais le concert était terminé. Pourriez-vous aller lui remonter le moral ? Elle dit qu'elle ne se pardonnera jamais d'avoir laissé tomber ses camarades. Je lui ai rappelé que ce n'était pas sa faute, qu'on ne peut pas toujours rester maître de la situation... n'est-ce pas exact ?

— Si, répondit Dunworthy.

Il n'avait pu contacter un tech, ni Basingame. Ils avaient téléphoné à tous les hôtels, auberges et gîtes ruraux d'Ecosse. William s'était procuré un relevé de la carte bancaire du recteur, mais cet homme avait dû emporter une provision d'esches importante car il n'avait fait aucun achat depuis le quinze.

Les télécommunications se dégradaient encore. Il ne restait que la liaison audio et la voix chargée d'annoncer que les lignes étaient saturées en raison de l'épidémie intervenait dès qu'il enfonçait la deuxième touche.

Il composait des numéros, attendait les ambulances, écoutait les doléances de Mme Meager. Andrews n'avait pas rappelé et Badri se lançait dans des improvisations sur le thème de la mort, des divagations que les infirmières couchaient avec soin par écrit. Pendant qu'il écoutait le téléphone sonner chez des techs et des spécialistes de la pêche à la truite ou au saumon, il prenait connaissance des propos de Badri et y cherchait des indices. « Noire », avait-il dit. Ainsi que « laboratoire » et « Europe ».

La situation empirait, pour le téléphone. Il entendait désormais la voix de synthèse dès qu'il pressait la première touche, lorsqu'il réussissait à obtenir la tonalité. Il renonça et s'intéressa aux tableaux des contacts. William avait obtenu les dossiers médicaux confidentiels des malades et il y cherchait radiothérapies et soins dentaires. L'un d'eux s'était fait faire une radiographie du maxillaire inférieur. Mais le vingt-quatre, après le début de l'épidémie.

Il alla à l'hôpital pour demander aux patients toujours conscients s'ils possédaient des animaux de compagnie ou s'ils avaient été récemment à la chasse au canard. Les couloirs étaient encombrés de civières qui formaient un embouteillage devant les portes des Urgences et de l'ascenseur. Il comprit aussitôt qu'il ne pourrait franchir cet obstacle et emprunta l'escalier.

L'infirmière blonde de William l'intercepta à l'entrée du secteur d'isolement.

— Vous ne pouvez pas entrer, fit-elle en levant sa main gantée.

Badri est mort, pensa-t-il.

— L'état de M. Chaudhuri a empiré ?

— Non. Je dirais même que son sommeil est plus paisible. Mais nous n'avons plus de T.P. et si Londres a promis de nous en envoyer un stock, nous devons en attendant les réserver aux membres du personnel hospitalier. J'ai noté ses propos, ajouta-t-elle. Ce qui était compréhensible. Il a prononcé votre nom... et Kivrin, c'est ça ?

Elle prit une feuille dans sa poche et la lui remit. Il hocha la tête.

— Quelques mots isolés. Le reste n'a aucun sens.

Elle avait transcrit phonétiquement ses paroles, et souligné ce qu'elle comprenait : « Impossible », ainsi que « rats » et « tellement inquiet ».

Le dimanche matin, plus de la moitié des pensionnaires involontaires de Balliol étaient malades et confiées aux bons soins des valides. Les lits commençaient à manquer.

Les carillonneuses tombaient comme des mouches et Dunworthy participa à leur installation dans la vieille bibliothèque. Mlle Taylor, qui avait recouvré l'usage de ses jambes, allait leur rendre de fréquentes visites.

— C'est le moins que je puisse faire, dit-elle, essoufflée par la traversée du corridor. Quand je pense que je les ai abandonnées en plein concert !

Dunworthy l'aida à s'allonger sur un matelas

gonflable que William avait apporté et recouvert d'un drap.

— L'esprit est fort, mais la chair est faible, dit-il.

Il se sentait lui aussi épuisé, par le manque de sommeil et ses défaites. Il préparait du thé et lavait des draps, et lors d'une brève pause il téléphona à un tech de Magdalen. Il fut surpris d'entendre décrocher.

— Elle est à l'hôpital, déclara sa mère.

— Quand est-elle tombée malade ?

— Le jour de Noël.

L'espoir grandit en lui. Peut-être avait-il trouvé la source.

— Quels ont été les symptômes ? Maux de tête ? Température ? Désorientation ?

— Douleurs abdominales. C'était une appendicite.

Lundi matin, les trois quarts des pensionnaires de Balliol étaient alitées. Ils n'avaient plus de draps, de masques réglementaires et — plus ennuyeux — de thermosondes, d'antimicrobiens et d'aspirine.

— J'ai voulu téléphoner à l'hôpital pour en réclamer, déclara Finch. Mais toutes les lignes sont mortes.

Il remit une liste à Dunworthy, qui alla chercher à pied le ravitaillement. Devant les Urgences, la rue était embouteillée par des ambulances, des taxis et des manifestants qui brandissaient une grande pancarte proclamant : « Le Premier ministre nous parque avec la Mort. » Il se glissa en leur sein et vit Colin sortir en courant. Comme toujours, ses joues et son nez étaient rougis par le froid, sa veste ouverte.

— Il n'y a plus de téléphone, annonça-t-il. Une surcharge. On m'a chargé de porter les messages.

Il prit une poignée de bouts de papier dans sa poche.

— Vous n'en avez pas à me confier ?

Si, pensa Dunworthy. Pour Andrews, Basingame et Kivrin.

— Non, dit-il.

Colin remit le tout dans sa veste trempée.

— J'y vais. Si vous cherchez ma grand-tante, elle est aux Urgences. Cinq nouvelles admissions. Une famille complète. Le bébé était mort à l'arrivée.

Il disparut au sein de l'embouteillage.

Dunworthy entra et montra sa liste à l'employé du bureau des entrées qui lui conseilla de s'adresser au service d'approvisionnement. Les couloirs étaient toujours encombrés de civières mais on avait donné l'ordre de les garer le long des parois pour dégager un étroit passage central. Une infirmière masquée se penchait vers un malade et lui lisait quelque chose.

— « Le Seigneur fera en sorte que la peste s'abatte sur toi... »

Il prit conscience à retardement qu'il s'agissait de Mme Meager, mais elle était trop absorbée par ses activités pour lever les yeux sur lui.

— ... « jusqu'à ce que tu aies disparu de cette terre. »

La peste s'est abattue sur toi et sur Badri, pensa Dunworthy. « C'est les rats, avait-il déclaré. Elle les a tous tués. La moitié des Européens. »

Kivrin ne pouvait être arrivée à l'époque de la peste noire, se dit-il en empruntant le couloir qui conduisait au service d'approvisionnement. Selon Andrews, le décalage maximal n'avait jamais été supérieur à cinq ans. Même si elle se retrouvait en 1325, l'épidémie n'avait pas encore débuté en Chine. Et tout incident dû à d'autres causes qu'un décalage ou des coordonnées erronées eût automatiquement interrompu le transfert. Or, Badri avait refait tous les calculs de Puhalski.

Il pénétra dans le magasin. Les lieux étaient déserts et il pressa le bouton d'une sonnette.

Le tech affirmait que le débutant n'avait pas commis d'erreurs, mais ses doigts pianotaient sur le drap pour saisir des instructions sur une console imaginaire. *C'est impossible. Il y a quelque chose qui cloche.*

Il sonna à nouveau et une infirmière émergea entre deux rangées d'étagères, certainement une retraitée qui avait repris ses activités pour cause d'épidémie. Elle était au moins nonagénaire et son uniforme empesé portait la trace jaunâtre des ans. Elle prit sa liste et demanda :

— Avez-vous un bon ?

— Non.

Elle lui rendit sa feuille, avec un formulaire de trois pages.

— Vous devez le faire signer par l'infirmière en chef de votre service.

— Nous n'avons ni infirmière en chef ni service, fit-il avec colère. Nous avons seulement cinquante malades et rien pour les soigner.

— En ce cas, faites viser ce document par le médecin traitant.

— Le docteur Ahrens doit s'occuper d'un hôpital bondé de patients et vous voudriez qu'elle perde son temps en formalités administratives ? Nous sommes en pleine épidémie, bon sang !

— Je sais, fit sèchement l'infirmière. Mais le règlement, c'est le règlement.

Elle retourna se cacher entre les étagères.

Il regagna les Urgences. Mary n'y était pas et le réceptionniste lui conseilla d'aller voir dans le secteur d'isolement. Elle n'y était pas non plus et Dunworthy envisagea d'imiter sa signature. Mais il souhaitait la voir pour lui parler de son échec à joindre les techs, trouver un moyen de contourner Gilchrist et accéder au transmetteur. Il ne pouvait même pas obtenir un cachet d'aspirine, alors qu'ils étaient déjà le trois janvier.

Il la trouva finalement dans le laboratoire. Elle était au téléphone, qui devait fonctionner à nouveau bien que l'écran fût couvert de points blancs. Elle ne le vit pas. Elle surveillait un moniteur où apparaissait un tableau des contacts.

— Quel est le problème, plus exactement? demandait-elle. Nous aurions dû le recevoir il y a deux jours.

Elle attendit que son interlocuteur perdu dans la tempête de neige eût trouvé une excuse plausible.

— Comment ça, « retourné à l'envoyeur » ? Nous avons un millier de malades, ici !

Une nouvelle pause. Mary saisit quelque chose sur le clavier et un autre tableau apparut.

— Alors, réexpédiez-le ! s'emporta-t-elle. J'en ai besoin immédiatement. Des gens meurent ! Il me le faut avant... Allô ? Vous m'entendez ?

L'écran s'éteignit. Elle se tourna pour raccrocher, vit Dunworthy et lui fit signe d'approcher.

— Vous m'entendez ? répéta-t-elle. Allô ?

Elle abattit le combiné sur son berceau.

— Le téléphone ne marche plus, la moitié de mon équipe a chopé ce virus et nous n'avons pas reçu l'analogique parce qu'un taré a décidé de ne rien laisser entrer dans le secteur en quarantaine !

Elle s'assit devant la console et se massa sous les yeux.

— Désolée, mais c'est vraiment une sale journée. Trois morts à l'arrivée, cet après-midi. Dont un bébé de six mois.

Elle avait toujours du houx à la boutonnière. Cet ornement et sa blouse étaient en piteux état et elle paraissait épuisée. Elle avait des cernes sous les yeux, des rides aux commissures des lèvres. Il se demanda depuis combien de temps elle n'avait pas dormi, et si elle aurait su répondre à cette question.

— Nous ne pouvons accepter notre impuissance, dit-elle.

— Non.

Elle le dévisagea, comme si elle venait seulement de remarquer sa présence.

— Vous vouliez quelque chose, James ?

Il décida de ne pas lui parler de Kivrin. Elle n'avait déjà que trop de soucis. Il lui tendit les formulaires.

— Seulement votre signature.

Elle l'apposa sur le document, sans le regarder, puis le lui rendit et déclara :

— Je suis allée voir Gilchrist, ce matin.

Il la regarda, trop ému pour dire quoi que ce soit.

— Je voulais le convaincre de rouvrir le labo plus tôt que prévu. Je lui ai expliqué qu'il était inutile d'attendre, que l'immunisation d'un pourcentage significatif de la population éliminerait les risques de contagion.

— Mais aucun de vos arguments n'a porté.

— Non. Il est convaincu que ce virus vient du passé. Il a établi un graphique des mutations cycliques des myxovirus de type A qui démontre, selon lui, qu'un des plus répandus en 1318 et 1319 était justement un H9N2. Il ne vous laissera utiliser le transmetteur que lorsque la campagne de vaccination sera terminée et la quarantaine levée.

— Autrement dit ?

— Une quarantaine reste effective sept jours après l'immunisation de toute la population, ou deux semaines après que le dernier cas a été signalé.

— Protéger un tel nombre d'individus prendra combien de temps ?

— Ce sera rapide, lorsque nous disposerons des vaccins. Dix-huit jours ont suffi, pour la Pandémie.

Près de trois semaines. Une fois les produits fabriqués. Fin janvier.

— Ce sera trop tard.

— Je sais. Nous devons absolument trouver d'où vient cette saloperie.

Elle se tourna vers la console.

— La réponse est là. Le tout, c'est de la découvrir.

Elle fit apparaître un tableau différent.

— J'effectue des corrélations. Je cherche les élèves vétérinaires, les gens qui vivent à proximité d'un zoo ou à la campagne, les chasseurs de coqs de bruyère, etc. Mais la dernière fois que tous ces gens ont vu un volatile, c'était leur dinde de Noël.

La liste des contacts réapparut, avec le nom de Badri sur la première ligne. Elle la contempla longuement, aussi pensive que Montoya l'avait été en étudiant les ossements.

— Ce qu'un médecin doit apprendre en premier lieu, c'est à ne pas s'adresser trop de reproches lorsqu'il perd un patient, fit-elle.

Et il se demanda si elle se référait à Kivrin ou à Badri.

— Je vais contraindre Gilchrist à rouvrir le labo, déclara-t-il.

— Je souhaite que vous réussissiez.

La réponse ne figurait pas dans ces tableaux mais dans l'esprit de Badri qui restait — malgré l'interrogatoire des patients et une multitude de pistes — le principal suspect. De quatre à six jours avant le transfert, il avait dû toucher un animal porteur de ce virus.

Il monta le voir. Un infirmier était de faction devant la chambre, un grand jeune homme nerveux qui ne devait pas avoir plus de dix-sept ans.

— Où est... commença Dunworthy avant de prendre conscience qu'il ne connaissait pas le nom de sa collègue blonde.

— Elle a chopé ce virus. Hier. La vingtième victime dans ce service. Ils n'ont plus de remplaçants et réquisitionnent les étudiants en troisième année. Je viens seulement de débuter mes études, mais ils m'ont pris quand même parce que j'ai mon brevet de secouriste.

Hier. Une journée s'était donc écoulée sans que les propos de Badri aient été enregistrés.

— Vous rappelez-vous ce qu'a dit le malade quand vous étiez dans sa chambre ? Des mots ou des phrases que vous avez pu comprendre ?

Mais il n'entretenait aucun espoir.

— Vous êtes monsieur Dunworthy, c'est ça ?

Ils avaient dû être réapprovisionnés en T.P. car il lui en tendit une.

— Eloïse a précisé que vous vouliez savoir tout ce qu'il racontait.

Dunworthy enfila sa tenue : un nouveau modèle, blanc, avec de petites croix noires dans le dos. Il se demanda où ils s'étaient fournis.

— Elle m'a répété je ne sais combien de fois que c'était important.

Il l'accompagna dans la chambre, regarda les moniteurs puis Badri. Dunworthy fut heureux de constater qu'il prêtait attention à son patient.

Ce dernier reposait avec les bras sur le drap,

qu'il épluchait avec des doigts aussi décharnés que ceux du chevalier défunt représenté dans le livre offert à Colin. Ses yeux enfoncés étaient ouverts, mais il ne semblait pas les voir, pas plus que la literie qu'il n'arrivait pas à attraper malgré tous ses efforts.

— J'ai lu des trucs là-dessus dans mes bouquins, dit le jeune infirmier. Mais c'est la première fois que j'en suis témoin. C'est un symptôme du stade final dans de nombreuses affections respiratoires.

Il alla saisir quelque chose sur le clavier puis désigna le moniteur.

— J'ai tout entré dans ce fichier.

Tout, même le charabia qu'il avait transcrit phonétiquement avec des points de suspension pour représenter les pauses et des *(sic)* après les mots au sens douteux. « Moitié », pouvait-on lire, « Scélérat *(sic)* » et « Pourquoi ne vient-il pas ? »

— Presque tout date d'hier, précisa-t-il.

Il déplaça le curseur dans le tiers inférieur droit de l'écran.

— Il a marmonné quelques mots ce matin. Depuis, il est muet.

Dunworthy s'assit à côté du tech et prit sa main dans la sienne. Elle était glacée et il regarda le moniteur. Badri n'avait plus de fièvre, ni le teint sombre qui l'accompagnait. Privée de couleurs, sa peau évoquait des cendres humides.

— C'est moi, Badri. J'ai des questions à vous poser.

Aucune réaction. Cette main était flasque, alors que l'autre tentait toujours d'éplucher la couverture.

— Le docteur Ahrens pense que vous avez pu être contaminé par un animal, un canard sauvage ou une oie.

L'infirmier les regarda tour à tour. Il semblait espérer assister à un autre phénomène médical qu'il n'avait encore jamais eu l'occasion d'observer.

— Essayez de vous en souvenir. Avez-vous côtoyé des volatiles, une semaine avant le transfert ?

La main qu'il tenait dans la sienne tressauta. Dunworthy l'observa en fronçant les sourcils. Le tech essayait-il de communiquer avec lui ? Il la lâcha, mais les doigts décharnés tentèrent alors d'épiler son poignet.

Il eut honte de tourmenter cet homme avec ses questions, bien qu'il ne parût pas l'entendre, ou seulement percevoir sa présence.

— Reposez-vous, dit-il.

— Inutile de lui parler, déclara l'infirmier. Arrivés à ce stade, ils sont coupés du monde extérieur.

— Je sais.

Mais il resta assis.

Le jeune homme modifia le débit du goutte-à-goutte, recommença. Il regarda son patient et changea le réglage une troisième fois. Finalement, il sortit. Dunworthy s'abandonna à la contemplation des doigts qui tentaient de pincer la literie. Comme pour se raccrocher à quelque chose. Il lui arrivait de murmurer un mot, trop faiblement pour qu'il fût audible. Dunworthy lui massa le bras. L'activité des doigts se ralentit et il se demanda si c'était ou non bon signe.

— Cimetière, chuchota Badri.

— Non, fit Dunworthy. Non.

Il estima que ses massages accroissaient l'agitation du tech et se leva.

— Reposez-vous, lui dit-il.

Il sortit. Assis derrière son bureau, l'infirmier

lisait une brochure intitulée *Comment s'occuper d'un malade*.

— Avertissez-moi, quand...

Dunworthy ne put terminer sa phrase.

— Je n'y manquerai pas, monsieur. Où habitez-vous ?

Il chercha dans sa poche un bout de papier sur lequel il pourrait noter son adresse et trouva sa liste. Il l'avait oubliée.

— A Balliol. Envoyez un messager.

Il retourna au service d'approvisionnement.

— Ce formulaire n'est pas rempli correctement, lança sèchement l'infirmière sortie de la naphtaline.

— Il est signé par le docteur Ahrens. Vous n'aurez qu'à le compléter.

Elle regarda le bout de papier et exprima sa désapprobation par une grimace.

— Nous n'avons plus de masques ni de thermosondes.

Elle alla chercher un petit tube d'aspirine.

— Nous manquons également de synthamycine et d'A.Z.L.

Le tube ne contenait qu'une vingtaine de cachets. Il le glissa dans sa poche et partit pour la pharmacie de High Street. Des manifestants s'étaient réunis sous la pluie avec des pancartes proclamant « NON AUX PROFITEURS ». Il entra. Il n'y avait plus de masques et les prix des thermosondes et de l'aspirine avaient triplé. Il prit malgré tout la totalité du stock.

Il consacra la nuit à le distribuer et à étudier le tableau de Badri, à la recherche de l'origine du virus. Le dix décembre, le tech avait effectué un transfert *in situ* en Hongrie pour le compte du Dix-Neuvième. Le lieu exact n'était pas précisé et

William — qu'il trouva en train de flirter avec les pensionnaires toujours debout — lui déclara qu'il ne détenait pas cette information.

Le lendemain matin, quand Dunworthy téléphona à l'hôpital pour prendre des nouvelles de Badri, il n'obtint même pas la tonalité. Mais la sonnerie retentit dès qu'il raccrocha.

Il reconnut la voix d'Andrews, brouillée par des craquements et des grésillements.

— Désolé d'avoir mis si longtemps...

La suite fut inaudible.

— Je ne vous entends pas, précisa Dunworthy.

— Je disais que j'avais eu des difficultés à vous joindre. Le télé... (d'autres parasites)... terminé le contrôle des paramètres. J'ai utilisé trois coordonnées différentes et par triangulation j'ai...

Le reste fut perdu.

— Quel est le décalage maximal ?

— Six jours. Avec des coord... (parasites). J'ai fait des calculs de probabilités et le maximum, pour n'importe quel point dans un rayon de dix kilomètres, n'excède pas cinq ans.

Les bruits de fond revinrent à l'assaut, puis la ligne fut coupée.

Dunworthy raccrocha. Il aurait dû se sentir rassuré mais ne l'était pas. Gilchrist ne rouvrirait pas le labo le six janvier, que Kivrin fût ou non sur place à attendre. Il tendait la main vers le combiné pour appeler l'Office du Tourisme écossais quand la sonnerie le fit à nouveau sursauter.

— Dunworthy, dit-il.

Il regarda l'écran enneigé.

— Qui ? fit une voix féminine enrouée. Désolée. J'ai dû me tromper de...

Le moniteur s'éteignit. Il attendit, mais ce fut tout. Il retourna à Salvin. La cloche de Magdalen sonnait l'heure et évoquait un glas sous la pluie battante. Mme Piantini avait dû l'entendre, elle aussi, car elle était sortie dans la cour, en chemise de nuit, et elle levait les bras pour exécuter une étrange pantomime.

— Milieu, erreur, et on recommence, marmonna-t-elle lorsqu'il tenta de la reconduire à l'intérieur.

Finch apparut, dans tous ses états.

— Ce sont les cloches, monsieur, dit-il en saisissant l'autre bras de la femme. Elles la bouleversent...

Mme Piantini se libéra de la prise de Dunworthy.

— Un sonneur ne doit sous aucun prétexte lâcher sa corde ! leur rappela-t-elle avec fureur.

— Tout à fait d'accord avec vous, approuva Finch en agrippant le bras toujours captif comme s'il s'agissait de la corde en question.

Il la guida vers son lit de camp.

Colin arriva, naturellement trempé et bleu de froid. Sa veste était ouverte et son cache-nez pendait autour de son cou. Il tendit un message à Dunworthy.

— C'est l'infirmier de Badri qui m'envoie, dit-il.

Il ouvrit un sachet de savonnettes et en glissa une bleu ciel dans sa bouche.

Le bout de papier ruisselait, lui aussi. Il y était écrit : « Badri vous réclame », bien que le nom du tech fût si détrempé qu'il le devina plus qu'il ne le lut.

— A-t-il précisé si son état s'est aggravé ?

— Non, il m'a seulement dit de vous remettre ceci. Et grand-tante Mary a déclaré que la prochaine fois vous auriez droit à un renforcement de votre système immunitaire, que ça vous plaise ou non. Elle ne sait toujours pas quand l'analogique arrivera.

Dunworthy aida Finch à coucher Mme Piantini puis alla à l'hôpital. Une nouvelle infirmière était de faction dans le secteur d'isolement : une femme entre deux âges assise devant le moniteur sur lequel elle faisait reposer ses pieds enflés. Sitôt qu'elle le vit, elle glissa dans sa poche le miniscope qu'elle regardait et se leva d'un bond pour lui barrer le passage.

— Monsieur Dunworthy ? Le docteur Ahrens vous demande de descendre la voir immédiatement.

Elle avait dit cela avec douceur et il pensa : Elle veut me ménager. Elle désire que Mary m'annonce la mauvaise nouvelle avant que je ne le voie.

— Badri est mort, n'est-ce pas ?

Sa surprise parut authentique.

— Oh, non ! Il va bien mieux que ce matin. N'avez-vous pas reçu le message de mon collègue ? Il s'assoit.

— Il s'assoit ?

Il la dévisagea et se demanda si la fièvre ne la faisait pas délirer.

— Il est toujours très faible, bien sûr, mais sa température est tombée et il a repris ses esprits. Le docteur Ahrens vous attend en bas. Elle a dit que c'était urgent.

Il lança un coup d'œil vers la porte de la chambre de Badri.

— Dites-lui que je reviens tout de suite.

Il sortit rapidement et faillit entrer en collision avec Colin.

— Que fais-tu ici ? Un tech a téléphoné ?

— Je suis désormais votre gardien attitré. Grand-tante Mary n'a pas confiance en vous, et je dois veiller à ce que vous receviez ce renforcement des cellules T.

— Impossible. Il y a une urgence aux Urgences.

Il s'éloigna dans le corridor. Colin courut pour le rattraper.

— Tout de suite après, alors. Elle m'a chargé de vous empêcher de quitter l'hôpital sans votre piqûre.

Mary les attendait devant l'ascenseur.

— Nous avons un nouveau cas, fit-elle sombrement. Montoya. Ils la ramènent de Witney.

Elle repartit vers les Urgences.

— Montoya ? répéta Dunworthy. C'est impossible. Elle était seule, sur le chantier.

— C'est nécessairement faux, dit-elle en poussant les doubles portes.

— Elle a pourtant... Etes-vous certaine que c'est le virus ? Elle travaillait sous la pluie. Elle a pu prendre froid.

— Les parameds ont fait un prélim. Tout colle.

Elle s'arrêta au bureau des admissions pour demander :

— Sont-ils arrivés ?

L'homme secoua la tête.

— Ils viennent seulement de franchir le barrage.

Mary alla regarder à l'extérieur, comme si elle refusait de le croire.

— Elle nous a téléphoné ce matin, et ses propos étaient assez embrouillés, dit-elle. J'ai joint mes collègues de l'hôpital de Chipping Norton afin qu'ils envoient une ambulance. Mais ils m'ont répondu que le secteur des fouilles était également en quarantaine et interdit à leurs véhicules. J'ai dû réclamer une autorisation spéciale au ministère. Quand est-elle allée là-bas ?

— Je...

Il essaya de s'en souvenir. Elle avait téléphoné pour lui parler des saumons et des truites le jour de Noël, puis elle avait rappelé dans l'après-midi pour déclarer : « Sans importance », parce qu'elle avait décidé d'imiter la signature de Basingame.

— Le jour de Noël, si le bureau du M.S. était ouvert. Sinon, le vingt-six. Non, c'était également un jour férié. Le vingt-sept. Et elle n'a vu personne depuis.

— Comment pouvez-vous le savoir ?

— Quand je lui ai parlé, elle se plaignait de devoir endiguer l'inondation à elle seule.

— Il y a combien de temps ?

— Deux... non, trois jours.

Il se renfrogna. Les journées finissaient par se fondre, sans périodes de sommeil pour les séparer.

— Elle a pu trouver de l'aide à la ferme.

— En hiver, il n'y a pas un chat dans le secteur.

— Pour autant que je le sache, elle n'hésite pas à recruter quiconque passe à sa portée. Elle a pu enrôler un promeneur.

— Quel promeneur ? Le chantier est coupé de tout.

— Elle a pourtant dû côtoyer quelqu'un. Elle est là-bas depuis une semaine et la période d'incubation ne varie que de douze à vingt-huit heures.

— L'ambulance arrive, annonça Colin.

Mary sortit, avec son petit-neveu et Dunworthy sur les talons. Deux parameds masqués soulevèrent une civière et la posèrent sur un chariot. Dunworthy reconnût l'homme qui avait participé au transport de Badri.

Colin se penchait vers Montoya, pour la dévisager. Elle gardait les yeux clos. On avait redressé sa tête avec des oreillers et elle avait un teint aussi rubicond que la défunte Mme Breen. Colin se baissa plus encore et elle lui toussa au visage.

Dunworthy le saisit par le col de sa veste et le tira en arrière.

— Ne t'approche pas ! Tu veux attraper ce virus ? Pourquoi n'as-tu pas de masque ?

— Il n'en reste plus.

— Tu ne devrais pas être ici. Retourne à Balliol et...

— Impossible. Je dois m'assurer que vous ferez renforcer votre système immunitaire.

— Alors, va t'asseoir là-bas et tiens-toi loin des malades, ordonna Dunworthy.

Il l'emmena dans une salle d'attente.

— N'essayez pas de m'échapper, l'avertit Colin.

Il obtempéra malgré tout et sortit de sa poche un bonbon qu'il essuya sur sa manche.

Dunworthy retourna vers la civière.

— Lupe, disait Mary, nous avons quelques questions à vous poser. Quand avez-vous ressenti les premiers symptômes ?

— Ce matin, répondit Montoya d'une voix rauque.

Et Dunworthy comprit que c'était elle qui avait tenté de le joindre.

— La nuit dernière, j'ai eu d'épouvantables migraines... mais j'ai pensé à une simple fatigue oculaire.

— Qui était avec vous, dans le chantier ?

— Personne, affirma Montoya, surprise.

— On ne vous a rien livré ? Ni provisions ni matériel ?

Elle alla pour secouer la tête mais se ravisa. Sans doute était-ce douloureux.

— Non. J'avais tout emporté avec moi.

— Et vous n'avez pas trouvé de l'aide pour protéger l'excavation ?

— Non. J'ai demandé à M. Dunworthy de s'en charger mais il n'a pas levé le petit doigt.

Les deux femmes le regardèrent.

— Va-t-on envoyer des gens là-bas ? s'enquit Montoya. On ne le découvrira jamais, si on attend.

— Découvrir quoi ? voulut-il savoir.

Mais il était conscient que la réponse serait peut-être due aux délires de la fièvre.

— Le chantier est déjà à moitié submergé.

— Découvrir quoi ?

— L'enregistreur de Kivrin.

Il la revit à côté du tombeau, occupée à trier des osselets. Des os du poignet, dont elle étudiait les arêtes irrégulières, en quête d'un kyste osseux qui dissimulait un appareil électronique.

— Je n'ai pas encore déterré tous les cadavres et il pleut toujours. Il faut envoyer immédiatement une équipe.

— Les cadavres ? répéta Mary en regardant Dunworthy. Mais de quoi parle-t-elle donc ?

— Elle doit chercher le corps de Kivrin dans son cimetière médiéval. Elle compte l'identifier grâce à l'enregistreur que vous avez implanté dans son poignet.

Mary ne l'écoutait plus.

— Il me faut les tableaux de contacts, dit-elle au responsable du bureau des entrées.

Elle se tourna vers Dunworthy.

— Badri est également allé là-bas, je crois ?

— C'est exact.

— Quand ?

— Le dix-huit et le dix-neuf.

— Dans le même cimetière ?

— Oui. Il l'a aidée à ouvrir la tombe d'un chevalier.

— Une tombe, répéta Mary comme si c'était la clé de l'énigme. De quand date-t-elle ?

Elle venait de s'adresser à Montoya.

— 1318.

— Avez-vous travaillé sur cette sépulture, au cours de la semaine qui vient de s'écouler ?

Montoya voulut hocher la tête mais s'en abstint.

— J'ai des étourdissements dès que je la bouge, fit-elle sur un ton d'excuse. Je devais déplacer le squelette. L'eau emplissait le tombeau.

— Quand ?

— Je ne sais plus. La veille du jour où les cloches ont sonné, je crois.

— Le trente et un, intervint Dunworthy. Et depuis ?

— J'ai les fichiers que vous désirez consulter, annonça le responsable des admissions.

Mary se dirigea vers son bureau et prit le clavier qu'il lui tendait. Elle enfonça des touches, regarda le moniteur, recommença.

— Que se passe-t-il ? demanda Dunworthy.

— Quelles sont les conditions météo, là-bas ? voulut savoir Mary.

— Dans le cimetière ? Il y a de la boue partout. Il a été inondé, malgré les bâches tendues par Montoya.

— La température ?

— Je l'ai entendue parler d'un système de chauffage. Tempérée, sans doute. Pourquoi ?

Elle fit descendre son index vers le bas de l'écran.

— Les virus sont des organismes très résistants. Ils peuvent rester en léthargie pendant des siècles puis revenir à la vie. On en a trouvé qui étaient toujours vivants sur des momies égyptiennes.

Son doigt s'immobilisa sur une date.

— C'est bien ce que je pensais. Badri est allé là-bas quatre jours avant l'apparition des premiers symptômes.

Elle se tourna vers l'autre homme.

— Envoyez immédiatement une équipe au chantier archéologique. Demandez une autorisation au ministère. Précisez que nous avons peut-être trouvé l'origine de l'épidémie.

Elle fit afficher un nouveau tableau, le suivit du doigt, saisit une instruction et recula pour regarder l'écran.

— Sur les quatre primaires qui n'ont eu aucun contact avec Badri, trois ont travaillé pour Montoya quelques jours avant de tomber malades.

— Le virus serait tapi dans ces excavations ?

— Je crains que Gilchrist n'ait eu raison de dire qu'il vient du passé. Il est sorti du tombeau de ce chevalier.

— Kivrin est allée là-bas, elle aussi.

— Quand ? fit Mary en ouvrant de grands yeux.

— L'après-midi du dimanche. Le dix-neuf.

— En êtes-vous certain ?

— Elle me l'a précisé peu avant son départ. Elle voulait donner à ses mains un cachet d'authenticité.

— Ô mon Dieu ! Son système immunitaire n'avait pas encore été renforcé. Le virus a pu se multiplier dans son organisme.

Dunworthy lui saisit le bras.

— C'est impossible ! La porte temporelle ne se serait pas ouverte, si elle risquait de contaminer des contemporains.

— Ils ne couraient aucun danger. Ce chevalier est mort en 1318 et les gens de l'époque avaient déjà été confrontés à cette maladie. Ils étaient immunisés.

Elle alla vers Montoya pour lui demander :

— Kivrin a-t-elle travaillé sur ce tombeau ?
— Je ne sais pas. Je n'étais pas présente. J'avais un rendez-vous avec Gilchrist.
— Qui pourrait nous renseigner ? Qui y avait-il sur le chantier, ce jour-là ?
— Personne. Tous étaient rentrés chez eux pour les fêtes.
— Comment a-t-elle su ce qu'elle devait faire ?
— Les volontaires laissent des instructions écrites à l'intention des gens qui les remplaceront.
— Qui était là-bas, dans la matinée ?
— Badri, intervint Dunworthy.
Il repartit vers le secteur d'isolement.
Il avait déjà ouvert la porte de la chambre du tech lorsque l'infirmière retira ses pieds du moniteur et lui cria :
— Eh ! Vous ne pouvez pas entrer sans T.P.
Adossé à un oreiller, Badri était très pâle. La maladie avait emporté ses couleurs et ses forces, mais il leva les yeux vers Dunworthy quand ce dernier lui demanda :
— Kivrin a-t-elle participé au dégagement de la tombe du chevalier ?
— Kivrin ?
L'infirmière fit claquer le battant derrière elle.
— Monsieur Dunworthy, vous ne devez pas rester ici...
— Avant de partir, le dimanche, vous lui avez laissé des instructions. Lesquelles ?
— Vous risquez de...
Mary entra, en enfilant des gants de chirurgien.
— Il ne faut pas venir ici sans T.P., James, lui reprocha-t-elle.
— C'est ce que je ne cesse de lui répéter, docteur Ahrens, fit l'infirmière. Mais il...

— Lui avez-vous demandé de travailler sur la tombe du chevalier ?

Badri hocha la tête, un mouvement imperceptible.

— Alors, elle a été exposée au virus, conclut Dunworthy. Le dimanche, quatre jours avant son départ.

— Oh, non ! murmura Mary.

— Qu'y a-t-il ? Que s'est-il passé ? voulut savoir le tech en essayant de se lever. Où est Kivrin ?

Il les regarda tour à tour.

— Vous l'avez ramenée, n'est-ce pas ? Dès que vous avez su ce qui venait de se produire, j'espère ?

— Ce qui venait de se produire ? répéta Mary.

— Vous ne l'avez pas laissée là-bas, au moins ? Elle n'est pas en 1320 mais en 1348.

25

— C'est impossible, murmura Dunworthy.

— 1348 ? répéta Mary, incrédule. Mais... c'est l'année de la peste noire !

Non, elle ne peut pas être en 1348, pensa-t-il. Selon Andrews, le décalage maximum est de cinq ans et Badri a déclaré que les calculs de Puhalski étaient exacts.

— 1348, fit encore Mary.

Il la vit lorgner les moniteurs, peut-être dans l'espoir d'y trouver la confirmation que Badri avait sombré dans la folie.

— En êtes-vous certain ?

Il hocha la tête.

— J'ai su que quelque chose clochait dès que j'ai constaté le décalage…

— Il n'a pas pu être important à ce point, intervint Dunworthy. Andrews a contrôlé les paramètres et affirmé qu'il ne pouvait dépasser cinq ans.

— Il était au contraire insignifiant. Seulement quatre heures, alors que le minimum est de deux jours lorsqu'on remonte aussi loin dans le passé.

Dunworthy n'avait pas songé à interroger l'autre tech à ce sujet.

— J'ignore ce qui s'est produit, ajoutait Badri. J'avais d'épouvantables migraines, pendant que je réglais le transmetteur.

— Le virus, commenta Mary. Avec la désorientation, ce sont les premiers symptômes.

Elle s'affala sur la chaise et répéta :

— 1348.

Il ne pouvait le croire. Il avait envisagé les pires possibilités, mais pas que Kivrin fût en 1348. L'année où la peste avait décimé Oxford. Pour Noël.

— C'est le peu d'importance du décalage qui m'a mis la puce à l'oreille. J'ai demandé les coordonnées…

— Vous m'avez dit que vous aviez vérifié les calculs de Puhalski, l'accusa Dunworthy.

— Parce que cet homme n'avait encore procédé à aucun transfert et que Gilchrist est une nullité. Elle n'était plus au point de rendez-vous ? Pourquoi ne l'avez-vous pas ramenée ?

— Parce que nous ignorions ce qui s'était passé, dit Mary. Vous ne nous avez fourni aucune explication. Vous déliriez.

— La peste a tué cinquante millions de gens, fit Dunworthy. La moitié des Européens.

— James ! gronda Mary.

— J'ai essayé de vous en informer, affirma

Badri. Je suis allé vous retrouver pour vous dire de la récupérer avant qu'elle ne s'éloigne.

Il s'était précipité vers le pub sans seulement s'accorder le temps de prendre sa veste, malgré une pluie diluvienne. Il s'était frayé un chemin au sein de la foule des gens sortis acheter des cadeaux, bousculant sacs et parapluies, comme s'ils n'existaient pas. A son arrivée, trempé et transi, il grelottait de fièvre. *Ce n'est pas normal.*

J'ai essayé de vous en informer. C'était exact. « Elle a tué la moitié des Européens », avait-il dit. « C'est les rats », et « Quelle est l'année ? » Oui, il avait tenté de le leur dire.

— Alors, il y a nécessairement eu une erreur de coordonnées, dit Dunworthy en se penchant vers le malade.

Badri se tassa contre son oreiller, tel un animal aux abois.

— Or, vous avez dit qu'elles étaient correctes.

— James ! le mit en garde Mary.

— Tout problème d'une autre nature aurait automatiquement entraîné l'annulation du transfert. N'avez-vous pas refait les calculs sans trouver la moindre erreur ?

— Si, mais j'étais malgré tout inquiet. Je craignais qu'un détail m'ait échappé. C'est pourquoi j'ai saisi à nouveau toutes les données le matin du transfert.

Le matin du transfert. Alors qu'il souffrait d'épouvantables migraines, qu'il était fiévreux et désorienté. Dunworthy le revit entrer des instructions sur la console, regarder les moniteurs en fronçant les sourcils. Je l'ai vu, pensa-t-il. Je l'ai vu envoyer Kivrin affronter la peste noire.

— Je ne sais pas ce qui s'est passé. J'ai dû...

— L'épidémie a exterminé des villages entiers,

rappela Dunworthy. Les morts étaient si nombreux qu'il ne restait personne pour les enterrer.

— Fichez-lui la paix, intervint Mary. Ce n'est pas sa faute. Il était malade.

— Kivrin a été exposée à ce virus, elle aussi. Et elle se retrouve en 1348.

— James !

Mais il ne l'entendit pas. Il avait ouvert la porte et était déjà sorti dans le couloir.

Colin se balançait sur une chaise, qu'il essayait de faire tenir en équilibre sur ses deux pieds postérieurs.

— Vous voilà, dit-il.

Dunworthy passa devant lui, sans ralentir le pas.

— Où allez-vous ? Grand-tante Mary m'a dit de ne pas vous lâcher tant que vous n'auriez pas reçu votre renforcement de cellules T. Et pourquoi n'avez-vous pas de T.P. ?

Il alla pour se lever et la chaise bascula. Pendant qu'elle tombait avec fracas, il plongea latéralement, amortit la chute avec ses paumes et se redressa d'un bond.

Dunworthy poussait déjà les portes du service.

Colin les franchit en dérapant.

— Elle m'a interdit de vous laisser partir.

— Je n'ai pas le temps. Elle est en 1348.

— Grand-tante Mary ?

Dunworthy repartit.

— Kivrin ? comprit Colin en piquant un sprint pour le rattraper. C'est impossible. C'est bien l'année de la peste noire, non ?

Dunworthy s'engouffra dans l'escalier et dévala les marches.

— Quelque chose m'échappe. Comment peut-elle se retrouver en 1348 ?

Dunworthy poussa les portes du rez-de-chaussée

et se dirigea vers la cabine téléphonique du couloir. Il fouillait ses poches, pour trouver l'agenda que Colin lui avait offert.

— De quelle manière allez-vous la tirer de là ? demandait ce dernier. Le laboratoire est fermé.

Dunworthy sortit le calepin et le feuilleta.

— M. Gilchrist ne vous laissera pas entrer. Comment comptez-vous accéder au transmetteur ?

Le numéro d'Andrews était inscrit à la dernière page. Il décrocha le combiné.

— Et qui va utiliser cet appareil ? M. Chaudhuri ?

— Andrews.

— Je croyais qu'il avait les foies ?

— Je ne vais pas abandonner Kivrin, grommela Dunworthy qui avait terminé de composer l'indicatif.

Une femme répondit :

— 24837, j'écoute. H.F. Shepherds' S.A.

Il baissa les yeux sur son calepin.

— J'essaie de joindre Ronald Andrews. Quel est votre numéro ?

— Le 24837, répéta-t-elle avec irritation. Il n'y a aucun Andrews, ici.

Il raccrocha.

— Saloperie de téléphone, grommela-t-il.

Il recommença.

— En admettant qu'il accepte de venir, comment la retrouverez-vous ? demanda Colin en se haussant sur la pointe des pieds pour regarder par-dessus son épaule. Elle ne sera pas là. Le rendez-vous est prévu dans trois jours.

Dunworthy écoutait les sonneries. Comment avait dû réagir Kivrin, lorsqu'elle avait découvert en quelle année ils l'avaient envoyée ? Elle était certainement revenue au point de transfert, pour attendre qu'ils la récupèrent. Si elle en avait eu la possibilité. Si elle n'était pas malade. Si on ne l'avait pas accusée d'avoir apporté la peste à Skendgate.

— 24837, j'écoute. H.F. Shepherds' S.A., fit la même voix féminine.

— Quel est votre numéro ?

— Le 24837, gronda-t-elle, exaspérée.

— 24837, c'est pourtant bien ça.

— Non, intervint Colin qui se penchait pour désigner la page. Vous intervertissez deux chiffres.

Il lui prit le combiné des mains.

— Laissez-moi essayer.

Il composa l'indicatif puis rendit l'appareil.

La sonnerie était différente, plus lointaine. Dunworthy pensait à Kivrin. La peste n'avait pas décimé simultanément tout le pays. Elle avait ravagé Oxford pour Noël, mais nul n'aurait pu dire quand elle était arrivée à Skendgate.

Il attendit dix sonneries, onze. Il ne se rappelait plus quel chemin avait suivi l'épidémie. Elle venait de France, donc de l'est. Comme Skendgate se situait à l'ouest d'Oxford, ce village n'avait pu être touché avant Noël.

— Où est le livre ? demanda-t-il à Colin.

— Quel livre ? Si vous voulez un annuaire...

— Le livre que je t'ai donné. Pourquoi ne l'as-tu pas ?

— Sur moi ? Il doit peser dans les quinze kilos.

Toujours rien. Il raccrocha, récupéra le calepin et alla vers la porte.

— Tu dois le garder sur toi en permanence. Ne sais-tu pas qu'il y a une épidémie ?

— Est-ce que ça va, monsieur Dunworthy ?

— File le chercher.

— Quoi ? Tout de suite ?

— Je veux savoir quand la peste a atteint cette

région. Pas Oxford. Les villages. Et de quelle direction elle venait.

— Où allez-vous ? demanda Colin en courant à son côté.

— Contraindre Gilchrist à rouvrir le labo.

— S'il a refusé à cause d'une grippe, ce n'est pas la peste qui le fera changer d'avis.

Dunworthy ouvrit la porte et sortit. Il pleuvait à seaux et les Eurosceptiques étaient regroupés sous l'avant-toit de l'hôpital. L'un d'eux vint leur remettre un tract. Colin avait raison. Gilchrist resterait inflexible. Persuadé que le virus était arrivé par le transmetteur, il aurait bien trop peur que le bacille de la peste en fasse autant.

— Donne-moi un bout de papier, dit-il en cherchant son stylo.

— Un bout de papier ? Pour quoi faire ?

Dunworthy prit le tract du manifestant et gribouilla quelque chose au verso.

— M. Basingame m'autorise à utiliser le transmetteur, expliqua-t-il.

— Au dos d'un prospectus ? Ce Gilchrist ne gobera jamais un truc pareil.

— Alors, trouve-moi un bout de papier plus présentable, s'emporta Dunworthy.

Colin le dévisagea, sidéré.

— Entendu. Attendez-moi là, d'accord ? Ne partez pas.

Il retourna à l'intérieur puis revint avec plusieurs feuilles vierges. Dunworthy s'en saisit et écrivit quelques lignes qu'il fit suivre d'une signature.

— Va chercher ce livre et rejoins-moi à Brasenose.

— Et votre manteau ?

— Pas le temps.

Il plia le papier en quatre et le fourra dans sa veste.

— Il pleut. Vous devriez prendre un taxi ! lui cria Colin.

— Il n'y en a plus.

— Grand-tante Mary me fera la peau. Je suis responsable de votre santé !

Il regretta rapidement l'absence de taxis. Ce fut sous un véritable déluge qu'il arriva à Brasenose, une forte pluie oblique qui se changerait en neige fondue dans moins d'une heure. Il était glacé jusqu'aux os.

Au moins le mauvais temps avait-il chassé les manifestants. Il ne restait que quelques tracts devant les grilles de la faculté. Le concierge avait dû se réfugier dans sa loge, dont tous les stores étaient baissés.

Dunworthy en martela un avec ses poings.

— Ouvrez ! Ouvrez immédiatement !

L'homme remonta la protection métallique et regarda au-dehors. Sitôt qu'il le vit, son expression se fit inquiète puis agressive.

— Brasenose est en quarantaine. Son entrée est interdite.

— Ouvrez le portail, lui intima Dunworthy.

— Je ne peux pas, monsieur. M. Gilchrist a donné l'ordre de ne laisser pénétrer personne tant que l'origine de l'épidémie n'aura pas été découverte.

— C'est chose faite. Ouvrez !

Le concierge laissa redescendre le volet. Une minute plus tard il sortait de sa loge.

— Les boules de Noël, pas vrai ? On a dit qu'elles grouillaient de virus.

— Non. Déverrouillez cette grille.

— Je ne sais si je dois. M. Gilchrist...

— Cette affaire ne le concerne plus.

Il sortit le bout de papier de sa poche et le fit glisser entre deux barreaux.

Son interlocuteur le déplia et le lut.

— M. Gilchrist a été démis de ses fonctions, surenchérit Dunworthy. M. Basingame m'autorise à prendre en charge le transfert. Faites-moi entrer.

— M. Basingame ? répéta le concierge.

Il examina la signature que la pluie transformait en tache illisible.

— Je vais chercher les clés.

Il rentra dans sa loge, avec le document. Dunworthy se colla au portail pour s'abriter sous la voûte. Il frissonnait.

Il avait craint que Kivrin n'eût à dormir à même le sol, mais elle était en plein holocauste, au milieu de gens qui mouraient de froid parce qu'il ne restait personne pour aller fendre du bois. Quatre-vingt mille morts à Sienne, trois cent mille à Rome, plus de cent mille à Florence. La moitié des Européens.

Le concierge revint enfin, avec un gros trousseau.

— J'en aurai pour un instant, dit-il en triant les clés.

Kivrin avait dû regagner le point de transfert sitôt après avoir appris en quelle année ils l'avaient envoyée. Elle attendait depuis la réouverture de la porte temporelle, rongée par l'impatience.

Si elle avait découvert l'horrible vérité. Comment aurait-elle pu apprendre qu'elle était en 1348 ? Elle avait dû se renseigner sur la date, mais pas sur l'année. Elle devait se croire en 1320, alors que la peste se propageait autour d'elle.

Le verrou cliqueta et il poussa la grille.

— Gardez vos clés, nous en aurons besoin pour ouvrir le labo.

— Je ne peux pas y accéder avec ce trousseau, déclara le concierge.

Il disparut dans la loge. Dunworthy attendit à côté de la porte pour bénéficier du peu de chaleur qui en sortait. Il fourra ses poings dans ses poches.

Il avait craint que Kivrin n'eût à affronter des brigands, alors qu'on entassait les cadavres dans les rues et que la panique incitait la population à immoler par le feu les Juifs et les étrangers.

Il s'était inquiété parce que Gilchrist n'avait pas fait contrôler les paramètres. Ses peurs avaient contaminé le tech qui avait décidé de tout reprendre à zéro, alors qu'il était en proie à une forte fièvre.

Il prit conscience que le concierge tardait trop. Il devait avertir Gilchrist.

Il s'avança, à l'instant où l'homme ressortait avec un parapluie qu'il lui offrit de partager.

— Inutile, je suis déjà trempé.

Il le précéda dans la cour.

On avait tendu un ruban de plastique jaune sur la porte du laboratoire. Il l'arracha pendant que l'homme fouillait dans ses poches.

Dunworthy lança subrepticement un coup d'œil à l'appartement de Gilchrist dont les fenêtres surplombaient ce local. Il vit de la lumière dans le salon mais aucun mouvement.

Le concierge trouva la carte magnétique du système d'alarme. Il l'utilisa tout en continuant de chercher la clé du verrou.

— Je devrais informer M. Gilchrist de ce qui se passe, fit-il.

— Monsieur Dunworthy !

Ils levèrent les yeux. Colin approchait, trempé

jusqu'aux os, avec sous un bras le livre enveloppé dans son cache-nez.

— Elle... elle n'a... atteint... certaines parties de l'Ox... fordshire... qu'en... mars, dit-il, à bout de souffle. Désolé, mais j'ai... couru... sur tout le trajet.

— Quelles parties ?

Colin lui tendit *Le Temps des Chevaliers* puis se plia en deux, les mains sur les genoux, pour inspirer à fond.

— Ce... n'est pas... précisé.

Dunworthy sortit le livre de l'écharpe de laine grise et l'ouvrit à la page que Colin avait marquée d'une pliure. Trop de gouttes pointillaient ses lunettes pour qu'il pût lire un seul mot et la pluie détrempait le papier.

— Il est précisé qu'elle a débuté par Melcombe et s'est répandue vers le nord-est et Bath, expliqua Colin. Elle a atteint Oxford à Noël et Londres en octobre de l'année suivante, mais des secteurs de l'Oxfordshire ont été épargnés jusqu'à la fin du printemps.

Dunworthy lorgnait le texte illisible.

— Ce qui ne nous est d'aucune utilité, fit-il.

— Je sais. Mais au moins pouvons-nous espérer que Kivrin est dans un des hameaux qui ont bénéficié d'un sursis.

Dunworthy essuya les pages avec le cache-nez et referma le livre.

— La peste a dû poursuivre sa progression vers l'est, or Skendgate est au sud de la route Oxford-Bath.

Le concierge opta enfin pour une clé. Il l'inséra dans la serrure.

— J'ai rappelé Andrews, mais il ne répond pas.

— Comment allez-vous utiliser le transmetteur, sans tech ? demanda Colin.

— Utiliser le transmetteur ? s'exclama le concierge qui venait finalement d'ouvrir la porte. Je croyais que vous vouliez simplement consulter des fichiers. M. Gilchrist s'opposera à ce que vous vous serviez de cet appareil.

Il sortit le bout de papier de sa poche et regarda la signature.

— Je m'en donne l'autorisation, rétorqua Dunworthy.

Il entra. L'homme voulut le suivre. Une baleine de son parapluie toujours ouvert s'accrocha au chambranle et Colin plongea sous le dôme de toile.

Gilchrist avait dû couper le chauffage. La température était aussi fraîche qu'à l'extérieur, même si de la buée recouvrit instantanément les lunettes de Dunworthy. Il les retira pour les essuyer sur sa veste trempée.

— Tenez, dit Colin en lui tendant un bout de papier hygiénique roulé en boule. Je récupère tout ce que je trouve pour M. Finch. Il ne sera pas facile de mettre la main sur elle, même si nous arrivons au bon endroit, et vous avez dit qu'il est impossible de savoir à l'avance où et quand la machine nous enverra.

— Nous disposons de ces informations, répondit Dunworthy en essuyant ses lunettes.

Il les remit. L'image était toujours aussi floue.

— Je dois vous demander de sortir, déclara le concierge. Je ne peux vous autoriser à rester ici sans...

Il s'interrompit.

— Oh, merde ! marmonna Colin. Voilà Gilchrist.

— A quoi rime tout ceci ? Qu'êtes-vous venu faire dans ce labo ?

— Récupérer Kivrin, lui lança Dunworthy.

— De quel droit ? Ce transmetteur appartient à Brasenose et vous transgressez mes instructions !

Il se tourna vers le concierge.

— Je vous avais ordonné de ne pas laisser entrer cet individu.

— Il a une autorisation de M. Basingame, balbutia l'homme.

Il présenta le bout de papier détrempé, que Gilchrist lui arracha des mains.

— Basingame ? Ce n'est pas sa signature ! Violation de propriété et faux en écritures ! Vous aurez des ennuis, monsieur Dunworthy. J'ai l'intention d'en informer le recteur dès son…

Dunworthy s'avança vers lui.

— Et moi, j'ai l'intention de l'informer que vous avez refusé d'interrompre un transfert, mis délibérément en danger la vie d'une historienne et interdit l'accès du laboratoire, nous privant ainsi d'informations telles que ses coordonnées temporelles.

Il désigna la console.

— Savez-vous seulement ce que nous auraient appris ces données que vous n'avez pas permis à mon tech d'interpréter à cause d'un groupe d'imbéciles qui ne comprennent rien aux voyages temporels, vous inclus ? Elles indiquent que Kivrin n'est pas en 1320 mais en 1348, cernée par la peste noire.

Il se tourna et tendit la main vers les moniteurs.

— Et elle est dans cet enfer depuis deux semaines. En raison de votre stupidité, de…

— Vous n'avez aucun droit de me parler sur ce ton ! Et aucun droit d'entrer dans ce laboratoire. Je vous ordonne de sortir immédiatement !

Sans juger utile de répondre, Dunworthy se dirigea vers la console.

Gilchrist s'adressa au concierge.
— Appelez les appariteurs.
L'écran était éteint, de même que les voyants de la console.
— Vous l'avez débranché, murmura Dunworthy, atterré. Vous avez débranché le transmetteur.
— Oui, et je m'en félicite. Etant donné que vous vous êtes permis d'entrer sans mon autorisation.
— Vous avez coupé l'alimentation...
— Est-ce que ça va? demanda Colin en avançant d'un pas.
— Je me doutais que vous enfreindriez mes ordres, poursuivait Gilchrist. Votre mépris du Médiéval est évident. Tout démontre que j'ai eu raison d'agir ainsi.
Dunworthy avait entendu dire qu'on pouvait être terrassé par une mauvaise nouvelle. Lorsque Badri lui avait dit que Kivrin était en 1348, il n'avait pas assimilé tout ce qui en découlait. Mais ce qu'il venait d'apprendre avait eu sur lui un effet physique. Il suffoquait.
— En coupant l'interrupteur principal, vous avez effacé le relèvement.
— Effacé le relèvement? C'est ridicule! Il doit exister des sauvegardes. Quand nous le rebrancherons...
— Ça veut dire que nous ne savons pas où est Kivrin? demanda Colin.
— Oui, confirma Dunworthy.
Je vais m'effondrer sur la console comme l'a fait Badri, pensa-t-il en tombant. Mais ce fut avec douceur qu'il chut dans les bras de Gilchrist.
— Je le savais! entendit-il Colin déclarer. Vous n'avez pas reçu votre injection. Grand-tante Mary va me faire la peau.

26

— C'est impossible, murmura Kivrin. Je ne peux pas être en 1348.

Mais tout devenait logique. La mort de l'aumônier d'Imeyne, l'absence de serviteurs, le refus d'Eliwys d'envoyer Gawyn à Oxford pour se renseigner sur son identité. « Les malades y sont nombreux », avait déclaré Dame Yvolde. Et la peste noire s'était abattue sur Oxford le jour de Noël 1348.

— Que s'est-il passé ? demanda-t-elle d'une voix suraiguë. Je devais aller en 1320, en 1320 ! M. Dunworthy m'avait dit de ne pas partir parce que les responsables du Médiéval étaient des incapables, mais ils n'ont tout de même pas pu se tromper de près de trente ans !

Elle s'interrompit.

— Ne restez pas ici ! C'est la peste noire !

Tous la fixaient, sans comprendre, et elle crut que l'interprète avait de nouveaux ratés.

— C'est la peste noire ! La maladie bleue !

— Non, dit posément Eliwys.

— Descendez dans la grande salle, avec Dame Imeyne et le père Roche.

— C'est impossible, ajouta Eliwys.

Mais elle prit le bras de sa belle-mère qui tenait son cataplasme comme s'il s'agissait du reliquaire. Maisry ne se fit pas prier pour les suivre, les mains collées à ses oreilles.

— Partez, vous aussi, dit-elle au prêtre. Je resterai avec le clerc.

— Paaaa... gémit ce dernier.

Il voulait se lever et Roche alla vers lui. Kivrin le retint par la manche et cria :

— Non ! Vous ne devez pas approcher ! Sa maladie est contagieuse. Elle est propagée par les puces et...

Elle hésita. Comment pourrait-elle lui décrire le phénomène de diffusion par les postillons ?

— Les humeurs et les exhalaisons. Nous sommes confrontés à une épidémie qui fait d'innombrables victimes.

Elle l'observa, inquiète. Avait-il compris le sens de ses propos, *pouvait-il* les comprendre ? Au XIVe siècle, nul n'avait entendu parler des microbes. Les gens ignoraient le mode de propagation des maladies et pensaient que la peste noire était une punition divine, répandue par des brumes empoisonnées qui flottaient sur la campagne, par le regard d'un mort, par magie.

— Mon père, murmura le clerc.

Roche tenta de la contourner. Elle lui barra le passage.

— Nous ne pouvons le laisser mourir, protesta-t-il.

C'est pourtant ce que tous ont fait, pensa-t-elle. Les parents abandonnaient leurs enfants, les médecins refusaient de sortir de chez eux et les prêtres n'allaient plus donner les derniers sacrements aux agonisants.

Elle se pencha et ramassa une des bandes d'étoffe préparées par Imeyne.

— Couvrez-vous le nez et la bouche avec ceci, dit-elle.

Il regarda le linge et fronça les sourcils. Elle le plia et le présenta devant son visage.

— Attachez-le.

Elle prit un autre bout de tissu qu'elle rabattit en

diagonale et noua sur sa nuque, tel un bandit masqué.

Roche en fit autant. Dès qu'elle s'écarta, il se pencha pour poser la main sur la poitrine du clerc.

— Non ! s'exclama-t-elle. Limitez les contacts !

Elle retint son souffle. Elle craignait que le malade n'eût un nouvel accès de folie et se redressât pour agripper le prêtre. Ses inquiétudes étaient vaines, du sang et du pus verdâtre suintaient du bubon.

Kivrin repoussa le bras de Roche.

— Ne le touchez pas ! fit-elle. Il a dû éclater pendant qu'il se débattait.

Elle essuya les humeurs avec une étoffe puis prit une autre bande et couvrit la plaie. Le clerc ne cilla pas. Il gardait les yeux rivés sur un point situé droit devant lui, sans bouger.

— Est-il mort ? demanda-t-elle.

Roche appliqua sa paume à l'emplacement du cœur du pestiféré.

— Non, répondit-il d'une voix étouffée par le masque. Je dois aller chercher les derniers sacrements.

Ne me laissez pas seule avec lui, pensa Kivrin, prise de panique. Il risque de rendre l'âme, ou de se relever.

— N'ayez crainte, je reviens tout de suite, déclara Roche.

Il se redressa et sortit rapidement, sans refermer la porte. Kivrin alla la clore et entendit des voix... le prêtre parlait à Eliwys. Elle aurait dû lui dire de se tenir à l'écart de tous leurs semblables.

— Je veux rester avec Kivrin, geignit Agnès.

Elle se mit à pleurer. Sa sœur aînée lui dit quelque chose et elle rétorqua avec colère :

— Je le lui répéterai !

Kivrin referma la porte et mit la barre en place. La fillette ne devait pas entrer, pas plus que les autres. Il ne fallait pas les exposer à cette maladie contre laquelle n'existait aucun remède. Elle chercha frénétiquement à se rappeler ce qu'elle avait appris sur la peste. Le docteur Ahrens lui en avait touché deux mots lorsqu'elle était allée se faire vacciner.

Il existait deux formes distinctes... Non, trois : la septicémique se diffusait directement dans le système sanguin et le décès survenait après quelques heures. La bubonique, propagée par les puces des rats, se caractérisait par l'apparition de bubons. La pulmonaire s'accompagnait de quintes de toux et d'expectorations sanguinolentes. La dernière variété était la plus contagieuse, car transmise par les postillons, mais le clerc avait la peste bubonique et sa maladie ne pouvait se propager que si ses puces sautaient sur un autre individu.

Il avait entraîné Rosemonde dans sa chute. Des parasites en avaient-ils profité pour changer d'hôte ? Non, pensa-t-elle. Nous ne disposons d'aucun remède.

Elle l'entendit bouger et alla vers lui.

— Soif, murmura-t-il.

Il humectait ses lèvres avec sa langue enflée.

Elle lui apporta une tasse d'eau. Il but quelques gorgées, s'étrangla, recracha le liquide.

Elle recula et arracha son masque mouillé. C'est la forme bubonique, se répéta-t-elle en essuyant rapidement sa poitrine. Elle n'est pas propagée par la salive. Et j'ai été vaccinée. Mais elle avait également reçu des antiviraux et bénéficié d'un renforcement de son système immunitaire, ce qui aurait dû la protéger contre tout virus. En outre, nul n'avait eu l'intention de l'envoyer en 1348.

— Que s'est-il passé ? murmura-t-elle.

Il ne pouvait s'agir d'un simple décalage. L'absence de tout test préalable avait inquiété M. Dunworthy, mais dans le pire des cas l'écart aurait été de quelques années, pas de vingt-huit ! Le transmetteur n'avait pas fonctionné correctement.

Gilchrist était peut-être un incapable, mais pourquoi Badri n'avait-il pas interrompu le transfert sitôt après avoir découvert l'anomalie ? Si le responsable du Médiéval manquait de bon sens, M. Dunworthy en avait à revendre. Pourquoi n'avait-il pas dit au tech de rouvrir le passage ?

Il l'a fait, comprit-elle. Et je n'étais plus là. Obtenir un relèvement prenait environ deux heures. Elle s'était entre-temps éloignée dans les bois. Mais il avait dû laisser la porte ouverte. Il n'avait pu la refermer et attendre le jour du rendez-vous.

Elle courut vers le seuil, dans l'intention de rechercher Gawyn et de le contraindre à lui révéler l'emplacement de la clairière.

Le clerc s'assit et posa un pied sur le sol.

— Aidez-moi, gémit-il.

— Je ne peux rien pour vous. D'ailleurs, ma place n'est pas ici, dit-elle avec colère tout en tirant la barre. Je dois trouver Gawyn.

Puis elle se rappela qu'il était parti pour Courcy avec Messire Bloet et les ecclésiastiques, dont le prélat qui avait manqué renverser Agnès tant sa hâte de fuir était grande.

— Vos compagnons avaient-ils la peste, eux aussi ?

L'envoyé de l'évêque, un homme au teint maladif, avait frissonné et fermé frileusement son manteau. Il les contaminerait tous. Bloet, sa sœur hautaine et ses filles bavardes. Gawyn.

— Vous saviez que vous étiez contaminé avant même de venir ici, n'est-ce pas ?

Il lui tendait ses mains, tel un enfant.

— Aidez-moi, répéta-t-il.

Il bascula en arrière. Il se retrouva avec la tête et une épaule hors du lit.

— Vous ne méritez aucune compassion. Vous avez propagé l'épidémie jusqu'ici.

On frappa à la porte.

— Qui est là ? fit-elle sèchement.

— Roche.

Le savoir de retour la soulagea, mais elle ne bougea pas. Elle regarda le pestiféré qui gisait sur le matelas, la bouche ouverte sur son énorme langue.

— Laissez-moi entrer, dit le prêtre. Je dois l'entendre en confession.

Cet homme avait effectivement de lourdes fautes à se faire pardonner, mais elle répondit :

— Non.

Il martela le battant avec plus de vigueur.

— Je regrette, mais c'est contagieux, ajouta-t-elle.

— Il va mourir, et il ne pourra pas entrer dans le royaume des Cieux sans confession.

Il n'ira pas au Paradis, se dit-elle. Il a condamné à mort tous ces gens.

Les yeux du clerc s'entrouvrirent. Ils étaient injectés de sang et sa respiration bourdonnait. Il se meurt, pensa-t-elle.

— Katherine.

Il agonise, dans une demeure étrangère. Elle avait elle aussi été très malade et devait la vie au soutien d'Eliwys, d'Imeyne et de Roche. Elle aurait pu tous les contaminer. Le prêtre lui avait administré l'extrême-onction, tenu la main.

Elle redressa la tête du mourant pour qu'il fût un

peu plus à son aise, puis elle alla entrebâiller la porte.

— C'est d'accord, fit-elle. Mais je dois d'abord vous dire certaines choses.

Roche avait mis ses vêtements sacerdotaux et retiré son masque. Il apportait dans un panier l'huile des malades et le viatique, qu'il posa sur le coffre sans quitter des yeux le clerc dont la respiration était de plus en plus laborieuse.

— Je dois l'entendre en confession.

— Pas avant d'avoir écouté ce que j'ai à vous dire.

Elle inspira à pleins poumons.

— Il a la peste bubonique. Une affection toujours fatale, ou presque. Elle est diffusée par les puces des rats et par l'haleine de ceux qui en sont atteints, leurs effets et leurs biens.

Elle le regarda, inquiète. Elle espérait qu'il comprenait. Il paraissait angoissé, lui aussi, et dépassé par les événements.

— Ce n'est pas comme la typhoïde ou le choléra. Cette maladie a tué des centaines de milliers de gens en Italie et en France. En certains endroits, elle a fait tant de victimes qu'il ne restait aucun survivant pour enterrer les morts.

Elle ne réussissait pas à interpréter son expression.

— Vous vous souvenez qui vous êtes et d'où vous venez, déclara-t-il finalement.

Il croit que je fuyais la peste quand Gawyn m'a trouvée, conclut-elle. Si je le confirme, il s'imaginera que c'est moi qui leur ai apporté ce fléau. Mais son regard n'était pas accusateur, et il fallait absolument qu'il prît conscience des dangers.

— Oui, répondit-elle.

Elle attendit.

— Que faut-il faire ? s'enquit-il.

— Empêcher Dame Imeyne et les autres de pénétrer dans cette chambre, leur dire de ne pas sortir de la maison et de ne laisser entrer personne, informer les villageois qu'ils doivent rester chez eux et se tenir éloignés des rats. Il n'y aura plus ni festins ni danses, tous devront rester cloîtrés.

— Je dirai à Dame Eliwys de ne pas laisser Agnès et Rosemonde quitter le manoir, et aux villageois de demeurer dans leurs huttes.

Un gargouillis sortit de la gorge du clerc. Ils se tournèrent vers lui.

— N'y a-t-il rien que nous puissions tenter ? demanda-t-il.

Pendant son absence, Kivrin avait passé en revue tout ce que les contemporains avaient expérimenté. Ils s'étaient entourés de fleurs et avaient bu des émeraudes pilées, placé des sangsues sur les bubons. Les remèdes avaient été pires que le mal mais c'était sans importance, à en croire le docteur Ahrens. Seuls les antimicrobiens tels que la tétracycline et la streptomycine auraient été efficaces, des produits qui ne seraient découverts que bien des siècles plus tard.

— Il faut lui donner à boire et le tenir au chaud, dit-elle.

— Dieu lui viendra en aide.

Non, pensa-t-elle. Il n'a rien fait. Il a laissé périr la moitié des Européens.

— Dieu ne peut rien pour nous, fit-elle.

Roche hocha la tête et prit l'huile des malades.

Kivrin s'agenouilla pour ramasser la dernière bande d'étoffe qu'elle plaça devant la bouche et le nez du prêtre.

— Attachez votre masque. Ne l'oubliez jamais, quand vous approchez de cet homme.

Elle ne portait pas le sien, et elle espéra qu'il ne le remarquerait pas.

— Est-ce Dieu qui nous a envoyé ce fléau ?

— Non, non.

— Le Diable, alors ?

Répondre oui était tentant. La plupart des gens avaient tenu Satan pour responsable de la peste noire. Dans toute l'Europe, ils avaient recherché ses suppôts, torturé les Juifs et les lépreux, lapidé les femmes âgées, érigé des bûchers pour les jeunes filles.

— C'est une maladie. Dieu nous aiderait, s'Il le pouvait. Mais Il...

Quoi ? Dieu est sourd à nos prières ? Dieu est mort ? Dieu n'existe pas ?

— Il ne peut intervenir.

— Devons-nous agir en Son nom ?

— Oui.

Il s'agenouilla à côté du lit et elle l'imita.

— Je savais que c'était Lui qui vous avait envoyée parmi nous, ajouta-t-il.

« *Mittere digneris sanctum Angelum*. Envoie-nous Ton saint ange des cieux pour garder et protéger tous ceux qui sont réunis dans cette maison.

— Protégez Roche, murmura Kivrin dans son enregistreur. Sauvez Rosemonde. Faites que le clerc meure avant que ses poumons ne soient atteints.

Le prêtre récitait ces prières avec la même intonation que lorsqu'elle avait été malade, et elle espérait que sa voix réconfortait le clerc comme elle l'avait apaisée. Il ne put se confesser et tressaillit quand le père Roche appliqua l'huile sur ses paumes. Sa respiration devint plus bruyante et le prêtre lui redressa la tête. Les petites ecchymoses violacées visibles sur les bras indiquaient que les vaisseaux sanguins éclataient les uns après les autres.

Roche se tourna vers elle.

— Est-ce la fin des temps ? L'Apocalypse annoncée par les apôtres ?

Oui, pensa Kivrin.

— Non, dit-elle. C'est une période d'épreuves, mais tous ne mourront pas. Et il y aura ensuite des époques merveilleuses pour le genre humain. La Renaissance, la découverte de remèdes qui rendront les hommes invulnérables à ceci, à la variole et à la pneumonie. Tous auront de quoi manger et ne souffriront plus du froid, même au cœur de l'hiver.

Elle pensa à Oxford, aux rues et aux boutiques décorées pour Noël.

— Il y aura partout des lumières et les cloches sonneront toutes seules.

Sa voix dut apaiser le clerc. Sa respiration se régularisa et il s'endormit.

— Il faut vous écarter, à présent, dit-elle en guidant Roche vers la fenêtre. Et vous devez vous laver les mains sitôt après l'avoir touché.

Elle alla chercher le bol, qui ne contenait presque plus d'eau.

— Il est également indispensable de laver les récipients et les cuillers que nous utilisons pour le nourrir, de brûler les pansements. La peste est dans tout cela.

Il s'essuya les mains sur le bas de sa soutane puis descendit fournir des instructions à Eliwys. Il rapporta un linge propre et de l'eau. Kivrin déchira le tissu en larges bandes et en noua une sur sa bouche et son nez.

Le bol fut bientôt vide. Le clerc réclamait

constamment à boire. Elle se chargeait de le désaltérer, pour éviter à Roche d'approcher.

Le prêtre alla sonner et dire les vêpres. Kivrin referma la porte derrière lui et tendit l'oreille, mais nul son ne s'élevait du rez-de-chaussée. Peut-être dormaient-elles, ou étaient-elles malades. Elle revit Imeyne qui se penchait pour appliquer son cataplasme, Agnès debout au pied du lit, Rosemonde clouée au sol par le corps du pestiféré.

Il est trop tard, pensa-t-elle. Ils ont tous été exposés à la maladie. Quelle était la durée de l'incubation ? Deux semaines ? Non, c'était le temps nécessaire pour que le vaccin fût pleinement efficace. Trois jours ? Deux ? Elle ne savait plus. Pendant combien de temps avait-il été contagieux ? Près de qui était-il resté assis, le soir de Noël ? A qui avait-il parlé ? Elle n'y avait pas prêté attention, elle ne s'était intéressée qu'à Gawyn. Elle n'en gardait qu'un souvenir, lorsqu'il avait agrippé la jupe de la servante.

Elle alla ouvrir la porte.

— Maisry !

Pas de réponse, ce qui ne signifiait rien. Elle devait dormir, ou se dissimuler. En outre, la peste bubonique était propagée par les puces. Le clerc n'avait peut-être contaminé aucun membre de la maisonnée, mais, dès le retour du prêtre, elle descendit le brasero afin de l'emplir de braises chaudes et s'assurer que tous étaient bien portants.

Elle vit Rosemonde et Eliwys près du feu. Dame Imeyne lisait son livre d'heures et Agnès jouait avec sa carriole. Maisry dormait sur un banc, près de la grande table, l'air maussade même en plein sommeil.

Agnès fit rouler son chariot sur le pied de sa grand-mère, qui lui dit sèchement :

— Je vais te le confisquer, si tu n'arrives pas à te tenir tranquille !

Rosemonde dissimula un sourire et leur teint rehaussé par la clarté des flammes la rassura. C'était une nuit comme les autres.

Eliwys découpait de longues bandes de toile et jetait constamment des regards vers la porte. Imeyne lisait son livre d'heures d'une voix qui contenait des traces d'inquiétude et Rosemonde observait craintivement sa mère tout en déchirant également des étoffes. Eliwys se leva et disparut derrière les paravents. Kivrin se demanda si elle n'avait pas entendu un cheval, mais un instant plus tard elle revenait s'asseoir et reprenait son ouvrage.

Kivrin descendit les dernières marches sans faire de bruit, mais Agnès la vit et se leva aussitôt.

— Kivrin !

L'enfant courut vers elle.

— N'approche pas ! Ces braises sont encore chaudes.

Si elle avait dit la vérité, il eût été sans objet de descendre les remplacer, mais Agnès recula de quelques pas.

— Pourquoi avez-vous un bout de tissu sur la figure ? s'enquit la fillette. Ça ne va pas vous gêner pour me raconter des histoires ?

Eliwys s'était également levée et Imeyne se tourna afin de la dévisager.

— Comment se porte le clerc ? demanda Eliwys.

Il connaît les affres de l'agonie, eût-elle dû répondre.

— Sa fièvre est moins forte, mais vous ne devez en aucun cas approcher de nous. La maladie peut se tapir dans nos vêtements.

Toutes se levèrent et reculèrent, même Imeyne qui referma le livre d'heures sur son reliquaire.

La souche de la bûche de Noël se consumait toujours dans l'âtre. Kivrin utilisa le bas de sa jupe pour soulever le couvercle du brasero et fit tomber les braises éteintes. Les cendres s'envolèrent, un bout de bois calciné rebondit et roula sur le sol.

Agnès rit, et tous le suivirent des yeux. A l'exception d'Eliwys qui s'intéressait à nouveau aux paravents.

— Gawyn serait-il revenu ? s'enquit Kivrin.

Pour le regretter aussitôt. Il était évident qu'Imeyne eût souhaité l'étrangler et l'expression d'Eliwys lui fournissait la réponse.

— Non. Pensez-vous que les autres ecclésiastiques étaient également malades ?

Elle pensa au teint grisâtre du prélat, à l'air hagard du gros moine.

— Je ne sais pas, fit-elle.

— Le temps se refroidit, déclara Rosemonde. Gawyn a pu décider de passer la nuit là-bas.

Sa mère ne fit aucun commentaire et Kivrin s'agenouilla près du feu. Elle utilisa le tisonnier pour faire remonter les braises chaudes à la surface puis tenter de les tirer vers le brasero. Elle renonça et les ramassa avec le couvercle.

— C'est à vous que nous devons tout cela, accusa Imeyne.

Kivrin redressa la tête. Son cœur s'emballait, mais la vieille femme fixait sa bru.

— Ce sont vos péchés qui ont attiré sur nous les foudres du Seigneur.

Eliwys se tourna vers sa belle-mère. Kivrin fut étonnée de ne voir ni surprise ni colère sur son visage, seulement une profonde indifférence.

— Le Seigneur punit les adultères et toute leur maisonnée, insista Imeyne en brandissant son livre d'heures. Ce sont vos abominations qui ont attiré la maladie bleue jusqu'à nous.

— Qui a chargé Gawyn de porter un message à l'évêque ? rétorqua Eliwys. Vous ne pouviez vous contenter du père Roche. Vous avez fait venir ces gens d'église, et la peste avec eux.

Elle disparut derrière les paravents.

Imeyne restait figée sur place, comme si sa belle-fille l'avait giflée. Finalement, elle retourna vers son banc, s'agenouilla et prit son reliquaire qu'elle fit glisser entre ses doigts, l'esprit ailleurs.

— Allez-vous me raconter une histoire ? demanda Agnès à Kivrin.

Imeyne fit reposer ses coudes sur le banc et pressa ses mains contre son front.

— Racontez-moi ce qui est arrivé à la jeune fille entêtée, insista la fillette.

— Demain, je te le dirai demain, lui répondit Kivrin.

Elle remonta le brasero.

Le clerc avait à nouveau de la fièvre. Il délirait et hurlait des passages de la messe des morts tels des propos obscènes. Il réclamait sans cesse à boire et ils se relayèrent pour aller chercher de l'eau.

Elle redescendit sur la pointe des pieds, avec le seau et une bougie. Elle espérait qu'Agnès ne la verrait pas. Toutes dormaient, à l'exception d'Imeyne qui était toujours agenouillée pour prier, le dos raide. La responsable de leurs maux.

Kivrin sortit dans la cour obscure. Elle entendait deux cloches aux tintements décalés et se demanda si c'étaient les vêpres ou le glas. Elle trouva à côté du puits un seau à moitié plein qu'elle vida sur les pavés. Elle puisa de l'eau fraîche puis alla chercher de la nourriture dans les cuisines. Les serviettes utilisées pour recouvrir les plats apportés au manoir s'entassaient à l'extrémité de la table. Elle en prit une, y empila du pain et de la viande froide, et la noua. Puis elle emporta ces victuailles, des torchons et le seau au premier étage. Ils mangèrent assis à même le sol, devant le brasero, et elle se sentit mieux dès la première bouchée.

Le clerc paraissait lui aussi en meilleure forme. Il sommeilla puis s'éveilla en sueur. Elle l'essuya avec un des linges. Il soupira de soulagement et se rendormit. Lorsqu'il rouvrit les yeux, la fièvre avait baissé. Ils tirèrent le coffre près du lit et y posèrent une lampe à suif. Kivrin et le père Roche se remplaçaient au chevet du malade, pendant que l'autre se reposait sur le siège de la fenêtre. Il faisait trop froid pour dormir mais elle se recroquevillait contre l'appui de pierre et somnolait. A chacun de leurs réveils, le clerc semblait avoir recouvré des forces.

Elle avait lu dans l'*Histoire de la médecine* que percer les bubons avait sauvé quelques pestiférés. Celui-ci avait éclaté sans intervention extérieure mais la respiration de l'homme n'était plus grondante. Peut-être survivrait-il ?

Des historiens pensaient que la peste noire n'avait pu faire autant de victimes que l'indiquaient les chroniques. Pour M. Gilchrist, les statistiques avaient été faussées par la peur et le manque d'éducation. Et même si les pourcentages avancés étaient exacts, la maladie n'avait pas décimé la moitié des habitants de chaque village.

Elle avait isolé le clerc sitôt après avoir compris la nature de son mal. Roche ne l'avait pas approché plus que nécessaire. Ils avaient pris un maximum de précautions et la peste n'était pas devenue pulmonaire. Peut-être serait-ce suffisant. Elle dirait au prêtre qu'il fallait boucler le hameau, empêcher quiconque d'y pénétrer. Des bourgs et d'importantes régions d'Ecosse n'avaient pas été touchés par l'épidémie.

Elle devait avoir sommeillé car lorsqu'elle rouvrit les yeux le jour se levait et le prêtre n'était plus dans la chambre. Elle regarda le lit. Le clerc y gisait, les yeux grands ouverts. Il est mort et Roche est allé creuser sa tombe, se dit-elle. Mais cette pensée n'avait pas terminé de prendre forme dans son esprit qu'elle vit la couverture se soulever sur la poitrine du pestiféré. Elle prit son pouls, très rapide et si léger qu'elle le sentait à peine.

Elle entendit la cloche et comprit que le prêtre était allé sonner les matines. Elle remonta le linge devant son visage et se pencha vers le lit.

— Mon père, dit-elle doucement.

Il ne réagit pas. Elle toucha son front. Il était moins chaud mais la peau paraissait desséchée et sur ses membres les hématomes étaient plus sombres et étendus. Sa langue engorgée dépassait entre ses dents, violacée.

Mais son odeur était pire que son aspect, une puanteur insoutenable que le masque ne pouvait filtrer. Elle grimpa sur le siège de la fenêtre pour détacher la toile cirée. A l'extérieur l'air était vif et pur, et elle se pencha pour prendre une inspiration profonde.

Le cour était déserte, mais elle vit Roche sortir des cuisines avec un bol fumant. Il revint vers le manoir et Dame Eliwys apparut sur le seuil. Elle lui adressa la parole et il s'arrêta pour remonter son foulard devant son nez avant de lui répondre. Il suit mes instructions, pensa Kivrin avec soulagement. Il entra dans la demeure et Eliwys s'éloigna vers le puits.

Kivrin suspendit la toile cirée d'un côté de

l'ouverture puis chercha des yeux quelque chose qui lui permettrait de brasser l'atmosphère. Elle sauta sur le sol, prit un des torchons apportés des cuisines et remonta sur le siège.

Eliwys puisait de l'eau. Elle tournait le dos au portail quand Gawyn le franchit en tenant son cheval par la bride.

Il s'immobilisa sitôt qu'il la vit et Gringolet le heurta et redressa la tête. L'expression de cet homme traduisait toujours de l'espoir et du désir. Kivrin sentit la colère croître en elle, avant de conclure qu'il devait tout ignorer. Son irritation se changea alors en pitié, car il apprendrait sous peu la mauvaise nouvelle.

Gawyn fit un pas vers Eliwys puis s'arrêta.

Non, il sait ! se dit Kivrin. L'envoyé de l'évêque est lui aussi malade et Gawyn est revenu nous avertir. Elle remarqua qu'il n'avait pas ramené les chevaux. Le moine a contracté la peste, et tous les autres ont fui.

Eliwys posa le seau sur la margelle. Gawyn n'eût pas hésité à affronter une centaine de brigands pour la sauver, mais il ne pourrait rien contre cet adversaire.

Impatient de rentrer à l'écurie, Gringolet secoua la tête et son maître lui caressa le museau pour l'apaiser. Mais il était trop tard, Eliwys l'avait entendu.

Elle lâcha le seau, qui tomba au fond du puits avec un éclaboussement sonore, puis elle se précipita dans les bras du *privé* de son époux et Kivrin leva la main à sa bouche.

On frappa à la porte. Elle sauta du siège pour aller ouvrir. C'était Agnès.

— Vous ne voulez pas me raconter une histoire ?

Elle était échevelée. Nul n'avait tressé ses cheveux qui dépassaient sur le pourtour de son bonnet de toile. Elle avait dû dormir près de l'âtre car des cendres couvraient une de ses manches.

Kivrin résista au désir de l'épousseter.

— N'entre pas, dit-elle en tenant la porte à peine entrebâillée. Tu tomberais malade, toi aussi.

— Je ne peux pas jouer. Mère est sortie et Rosemonde dort encore.

— Ta mère est allée chercher de l'eau. Que fait ta grand-mère ?

— Elle prie.

Elle tendit la main vers Kivrin, qui recula.

— Tu ne dois pas me toucher !

Agnès fit la moue.

— Pourquoi êtes-vous en colère contre moi ?

— Je ne le suis pas, répondit Kivrin avec plus de douceur. Mais tu ne dois pas venir ici. Le clerc est très malade et ceux qui l'approchent risquent...

Elle ne pourrait jamais lui faire comprendre le phénomène de la contagion.

— Ils peuvent prendre son mal.

Agnès se leva sur la pointe des pieds pour regarder derrière elle.

— Va-t-il mourir ?

— Je le crains.

— Et vous ?

— Non, dit-elle en prenant conscience que sa peur avait disparu. Rosemonde se réveillera sous peu. Demande-lui de te raconter une histoire.

— Et le père Roche, va-t-il mourir ?

— Non. Va jouer avec ta charrette en attendant le réveil de ta sœur.

— Me direz-vous ce qui est arrivé à la jeune fille entêtée, quand le clerc aura cessé de vivre ?

— Oui. Retourne en bas, à présent.

Agnès redescendit trois marches, en s'appuyant au mur.

— Allons-nous tous mourir ?

— Non, affirma Kivrin.

Pas si je puis l'empêcher. Elle referma le battant et s'y adossa.

Le clerc était coupé du monde extérieur. Il devait combattre un ennemi que son système immunitaire affrontait pour la première fois, un adversaire contre lequel il n'avait aucune défense.

On frappa à nouveau.

— Descends, Agnès ! ordonna-t-elle.

Mais c'était Roche qui apportait du bouillon et un seau de braises incandescentes. Il les fit tomber dans le brasero puis s'agenouilla pour les attiser avec son souffle.

Il avait remis le bol à Kivrin. Le breuvage était tiède et avait une odeur épouvantable. Elle se demanda quel fébrifuge il contenait.

Le prêtre se releva et ils essayèrent d'alimenter le clerc à la cuiller, mais le liquide ruisselait sur son énorme langue et son menton.

De nouveaux coups à la porte.

— Agnès, je t'ai interdit de venir ici, lança Kivrin avec irritation.

— Grand-mère m'a envoyée vous dire de descendre.

— Dame Imeyne serait-elle malade ? s'enquit Roche.

— Non, c'est Rosemonde.

Kivrin sentit son cœur s'emballer.

Le prêtre alla ouvrir la porte mais la fillette n'entra pas. Elle resta sur le palier, les yeux levés sur son masque.

— Que lui est-il arrivé ?

— Elle est tombée.

Kivrin passa entre eux et dévala les marches.

Rosemonde était assise sur un banc à côté du feu. Sa grand-mère priait à son côté.

— Que s'est-il passé ?

— Je me suis effondrée. J'ai mal au bras.

Elle montra son coude.

Dame Imeyne marmonna des propos incompréhensibles.

— Quoi ? fit Kivrin.

Puis elle comprit que la vieille femme priait. Elle chercha Eliwys du regard mais ne vit que Maisry, tapie craintivement à côté de la table. Rosemonde a dû trébucher sur sa servante, se dit-elle.

— Avez-vous rencontré un obstacle ?

— Non. J'ai mal à la tête.

— Suite à ce choc ?

— Non. C'est mon bras qui a tapé sur les pierres.

Elle remonta sa manche. Il n'y avait aucune plaie. Kivrin se demanda si l'articulation n'était pas cassée, ou luxée. L'angle paraissait étrange. Elle déplaça délicatement le membre.

— Est-ce douloureux ?

— Non.

Elle imprima un léger mouvement de torsion à l'avant-bras.

— Et comme ceci ?

— Non.

— Pouvez-vous bouger les doigts ?

Rosemonde les remua l'un après l'autre. Kivrin fronça les sourcils, perplexe. En cas d'entorse, elle ne les eût pas déplacés aussi aisément.

— Dame Imeyne, voudriez-vous aller chercher le père Roche ?

— Il ne peut rien pour nous, renifla la vieille femme.

Mais elle se dirigea malgré tout vers l'escalier.

— Ce n'est apparemment pas une fracture, déclara Kivrin.

Rosemonde baissa le bras, grimaça, le releva. Elle avait blêmi et des gouttes de sueur pointillaient sa lèvre supérieure.

Kivrin tendit la main, à l'instant où Rosemonde s'affaissait.

Cette fois, son crâne heurta les dalles du sol. Kivrin entendit un bruit sourd. Elle enjamba le banc et s'agenouilla.

— Rosemonde, Rosemonde... M'entendez-vous ?

Elle ne bougeait pas. Et, lorsque Kivrin toucha le bras douloureux, Rosemonde tressaillit sans rouvrir les yeux. Kivrin voulut appeler Imeyne, mais la vieille femme n'était pas revenue. Elle se redressa.

— Ne m'abandonnez pas, gémit Rosemonde.

— Je dois aller chercher de l'aide.

L'enfant secoua la tête.

— Père Roche ! appela Kivrin.

La lourde porte de la chambre devait l'empêcher d'entendre. Dame Eliwys apparut derrière les paravents et se précipita vers elles.

— Est-ce la maladie bleue ?

Non, pensa Kivrin, qui se contenta de répondre :

— Elle est tombée.

Elle toucha le bras dénudé. Il était très chaud. L'enfant referma les paupières. Elle respirait lentement, semblant dormir.

Kivrin remonta la manche jusqu'à l'épaule, afin d'examiner l'aisselle.

Moins gros que celui du clerc, le bubon était déjà rouge et dur. Non, non ! se dit Kivrin. Rosemonde gémissait. Kivrin laissa redescendre le membre.

— Que s'est-il passé ? demanda Agnès qui était restée dans l'escalier. Rosemonde est-elle malade ?

Je dois faire quelque chose, pensa Kivrin. Ils ont tous été exposés à la contagion, même Agnès, et je ne peux rien pour eux. Les antimicrobiens ne seront découverts que dans six siècles.

— Nous expions vos péchés, gronda Imeyne.

Kivrin leva la tête. Eliwys soutenait le regard de sa belle-mère mais ne semblait pas avoir entendu ses paroles.

— Vos péchés et les péchés de Gawyn, ajouta Imeyne.

— Gawyn, répéta Kivrin.

Il pourrait la conduire au point de transfert, et ensuite le docteur Ahrens lui donnerait de la streptomycine et des vaccins qu'elle rapporterait à cette époque.

— Où est-il ?

L'expression d'Eliwys traduisait à son tour du désir et de l'espoir. Elle avait finalement retenu son attention.

— Gawyn. Où est-il ?

— Parti.

— Où ? Je dois lui parler. Il faut aller chercher de l'aide.

— Rien ne peut nous sauver, déclara Dame Imeyne qui alla s'agenouiller à côté de Rosemonde et joignit les mains. C'est une punition divine.

Kivrin se leva.

— Où est-il allé ?

— A Bath, répondit Eliwys. Je l'ai chargé de demander à mon époux de venir nous rejoindre.

EXTRAIT DU GRAND LIVRE

(070114-070526)

Je vais essayer de résumer tout ce que j'ai pu apprendre. M. Gilchrist espérait que l'ouverture du Moyen Age au voyage temporel permettrait d'obtenir un témoignage sur les ravages de la peste noire. Il le trouvera ci-après.

La première victime a été le clerc qui accompagnait l'envoyé de l'évêque. J'ignore s'il était malade à son arrivée. Mais c'est probable, et c'est sans doute pour cette raison que les ecclésiastiques sont venus ici. Ils voulaient se débarrasser de lui avant qu'il ne les contamine. Il était déjà mal en point le matin de Noël, quand ils ont pris la fuite. Il en découle qu'il était contagieux la veille, lorsqu'il a eu des contacts avec la moitié des villageois.

Il a transmis la peste à la fille de Messire Guillaume, Rosemonde. Les premiers symptômes sont apparus le... vingt-six? Je ne sais même plus quel jour nous sommes. Le bubon du clerc a éclaté et suppure. Celui de Rosemonde est très ferme et grossit. Il a presque la taille d'une noix. Autour, les chairs sont enflammées. Ils ont tous deux une forte fièvre qui les fait délirer.

Nous les avons isolés dans l'appartement de Rosemonde. Tous ont reçu pour consigne de ne pas sortir de chez eux et d'éviter leurs voisins. Mais je crains qu'il ne soit déjà trop tard. La plupart des habitants de ce hameau ont participé au festin et la famille de Messire Guillaume était ici avec le clerc.

J'aimerais savoir si cette maladie est contagieuse avant l'apparition des premiers symptômes et quelle est la durée de son incubation. Je sais que la peste a trois formes, bubonique, septicémique et pulmonaire, et que c'est cette dernière variété qui est la plus contagieuse car propagée par la toux et la sueur. Le clerc et Rosemonde ont la peste bubonique.

La peur embrouille mes pensées. Des ondes de panique m'assaillent et je dois alors agripper le montant du lit pour ne pas fuir loin de cette chambre, de cette maison, de ce village, loin de la peste !

J'ai été vaccinée, mais en dépit des antiviraux et du renforcement de mon système immunitaire, j'ai attrapé un virus, et je ne puis m'empêcher d'avoir un mouvement de recul chaque fois que le clerc me touche. Le père Roche oublie constamment son masque. Je crains qu'il ne tombe malade. J'ai également peur pour Agnès. Je suis angoissée à la pensée que le clerc va mourir. Et Rosemonde également. Je redoute qu'un villageois contracte la peste pulmonaire, que Gawyn ne revienne jamais et qu'il me soit impossible de retrouver la clairière avant la date du rendez-vous.

(Pause)

Je me sens plus détendue. Exposer mes problèmes me soulage, où que vous soyez et qu'il vous soit ou non possible d'entendre un jour ceci.

Rosemonde est jeune et résistante. La peste n'a pas tué la totalité de la population. Dans certains villages, elle n'a fait aucune victime.

27

Ils transportèrent Rosemonde dans sa chambre et lui préparèrent une paillasse. Roche y étendit un drap et alla chercher des couvertures dans la grange.

Kivrin craignait que Rosemonde fût effrayée par la langue obscène et la peau noire du clerc, mais elle lui accorda à peine un regard. Elle retira son surcot et ses chaussures puis s'allongea. Kivrin plaça sur elle le couvre-lit en peau de lapin.

— Vais-je hurler et vous agresser comme il l'a fait ? lui demanda Rosemonde.

— Non. Reposez-vous. Avez-vous mal quelque part ?

— Au ventre. Et à la tête. Selon Messire Bloet, la fièvre fait danser les hommes. Je croyais qu'il disait cela pour m'effrayer. Il m'a déclaré qu'ils se démenaient ainsi jusqu'à ce que le sang sorte de leur bouche et qu'ils rendent l'âme. Où est Agnès ?

— Dans la soupente, avec votre mère et votre grand-mère.

Lorsqu'elle leur avait dit d'aller s'y enfermer, Eliwys avait obtempéré sans seulement accorder un regard à sa fille aînée.

— Père reviendra bientôt, murmura Rosemonde.

— Ne dites rien, et reposez-vous.

— Grand-mère affirme que craindre son époux est un péché mortel, mais je ne puis m'en empêcher. Il me fait des caresses impures et me raconte des choses qui ne peuvent être vraies.

J'espère qu'il est lui aussi malade et qu'il périra dans d'atroces tourments, pensa Kivrin.

— Mon père est en chemin...
— Essayez de dormir.
— Si Messire Bloet était ici, il n'oserait pas me toucher. Ce serait à lui d'avoir peur.

Elle ferma les yeux et Roche apporta de la literie puis ressortit. Kivrin couvrit et borda Rosemonde puis alla remettre la fourrure sur le clerc.

L'homme était calme, mais sa respiration bourdonnait à nouveau et il toussait. Sa bouche était béante et un fin duvet blanc apparaissait sur sa langue.

Il ne faut pas que cela arrive à Rosemonde, se dit Kivrin. Elle n'a que douze ans. Elle devait faire quelque chose. La peste était due à une bactérie, vulnérable à la streptomycine et aux sulfamides. Il lui était cependant impossible d'en fabriquer et elle ne pourrait aller s'en procurer à son époque tant qu'elle ignorerait où se situait le point de transfert.

Gawyn était parti pour Bath. A présent qu'Eliwys s'était finalement jetée dans ses bras, il eût fait n'importe quoi pour elle, même aller chercher son époux.

Elle essaya de calculer combien de temps durerait son absence. Ils étaient à une soixantaine de kilomètres de Bath. Sans ménager sa monture, Gawyn pourrait parcourir cette distance en un jour et demi. Il serait de retour dans trois jours, s'il n'avait aucun empêchement, s'il trouvait immédiatement Messire Guillaume, s'il ne tombait pas malade en chemin. Selon le docteur Ahrens, l'agonie des pestiférés durait de quatre à cinq jours. Kivrin doutait que le clerc pût se raccrocher si longtemps à la vie. Sa température remontait.

Elle avait poussé le panier de Dame Imeyne sous le lit, lorsqu'ils avaient amené Rosemonde. Elle le récupéra et répertoria les herbes sèches et les poudres. Les contemporains utilisaient des remèdes comme le millepertuis et la vigne de Judée, qui n'avaient pas plus d'effets sur la peste que les émeraudes pilées.

Le plantin pulicaire eût peut-être été plus efficace, mais elle ne voyait pas ses fleurs roses ou pourpres dans les petits sachets de toile.

Roche revint et elle l'envoya chercher des branches de saule avec lesquelles elle prépara une décoction amère. Le prêtre y goûta.

— Quel est ce breuvage ? demanda-t-il en grimaçant.

— De l'aspirine... j'espère.

Il fit boire le clerc, qui ne prêtait plus attention au goût de ce qu'il ingérait. La potion fit baisser légèrement sa température, mais la fièvre de Rosemonde continua de grimper durant tout l'après-midi. Elle frissonnait, et quand Roche alla dire les vêpres, son front était brûlant.

Kivrin la découvrit et rafraîchit ses membres avec de l'eau froide. La malade eut un mouvement de recul et dit avec colère :

— De tels attouchements sont inconvenants, Messire. J'en informerai mon père dès son retour.

Roche ne revenait pas. Kivrin alluma les lampes à suif et borda Rosemonde, inquiète de ce retard.

L'enfant avait plus mauvaise mine encore sous cette clarté fuligineuse. Son visage était blême et pincé. Elle murmurait constamment le prénom de sa sœur. Puis elle demanda, avec agitation :

— Que fait-il ? Il devrait être revenu, à présent.

C'est exact, se dit Kivrin. La cloche avait sonné les vêpres une demi-heure plus tôt. Il a dû aller dans les cuisines, nous préparer une soupe. A moins qu'il ne soit allé donner des nouvelles de Rosemonde à Eliwys. Non, il n'est pas malade.

Mais elle se leva et grimpa sur le siège de la fenêtre pour regarder dans la cour. L'air était plus froid et le ciel couvert. Les lieux étaient déserts.

Roche poussa la porte et elle sauta sur le sol, en souriant.

— Où étiez-vous ? Je...

Elle s'interrompit. Il avait mis ses vêtements sacerdotaux et s'était muni de l'huile et du viatique. Non, pensa-t-elle en regardant Rosemonde. Non !

— Je suis allé entendre Ulf le Bailli en confession.

Dieu soit loué, ce n'est pas pour Rosemonde, comprit-elle. Puis elle assimila le sens de cette déclaration. La peste se répandait dans le village.

— En êtes-vous certain ? A-t-il des furoncles comme le clerc ?

— Oui.

— Qui vit avec lui ?

— Sa femme et ses deux fils. Je leur ai dit de porter un masque et d'aller couper des branches de saule.

— C'est parfait, dit-elle.

Contrairement à la situation. Non, elle dramatisait. Ce n'était pas la peste pulmonaire et les proches de cet homme seraient peut-être épargnés. Mais qui avait transmis cette maladie à Ulf, et combien d'individus avait-il contaminés à son tour ? Il ne s'était pas approché du clerc. Un des serviteurs avait dû être le vecteur.

— D'autres cas se sont-ils déclarés ?

— Non.

Ce qui n'avait en soi aucune signification. On envoyait chercher le prêtre à la dernière extrémité, quand la peur prenait le dessus. Il pouvait y avoir trois ou quatre autres malades. Ou une douzaine.

Elle s'assit sous la fenêtre, pour réfléchir. Je ne peux rien faire, conclut-elle. La peste s'est propagée de village en village. Elle a décimé des familles et des villes entières. Entre un tiers et la moitié de la population de l'Europe.

— Non ! hurla Rosemonde.

Elle essayait de se lever et ils se précipitèrent. Mais elle s'était déjà rallongée et ils se contentèrent de la couvrir. Elle donna des coups de pied à la couverture.

— Je le dirai à Mère, Agnès ! Tu es une vilaine fille ! marmonna-t-elle. Laisse-moi sortir !

Le froid devint plus mordant au cours de la nuit. Roche apporta des braises et Kivrin remit la toile cirée devant la fenêtre. Il gelait dans la chambre et Kivrin et Roche se blottissaient tour à tour à côté du brasero. Ils sommeillaient et s'éveillaient en frissonnant, comme Rosemonde.

Le clerc ne tremblait plus mais se plaignait de la fraîcheur ambiante, d'une voix pâteuse d'ivrogne. Il ne sentait plus ses extrémités glacées.

— Elles ont dû alimenter le feu, déclara Roche. Nous devrions descendre les malades dans la grande salle.

Vous ne comprenez pas, pensa-t-elle. Il fallait isoler les pestiférés pour empêcher l'épidémie de s'étendre. Mais il était déjà trop tard pour cela. Ulf devait avoir encore plus froid aux pieds et aux mains. Elle avait séjourné dans une de ces huttes et savait que même les chats y auraient grelotté.

Des chats qui mourraient eux aussi. Elle regarda Rosemonde. Elle tremblait et semblait avoir déjà perdu du poids.

— La vie la quitte, déclara le prêtre.

— Je sais. Allez dire à Maisry d'étaler de la paille sur le sol.

Elle récupéra la literie. Ils soutinrent le clerc qui put ainsi descendre les marches, mais Roche dut porter Rosemonde dans ses bras. Eliwys et Maisry préparaient des paillasses de l'autre côté de la grande salle. Agnès dormait et Imeyne était toujours agenouillée au même endroit, les mains jointes devant son visage.

Roche posa Rosemonde et Eliwys la couvrit.

— Où est mon père ? gémit la malade d'une voix rauque. Pourquoi n'est-il pas avec nous ?

Agnès bougea. Dans une minute elle s'éveillerait et grimperait sur la paillasse de sa sœur pour mieux voir le clerc. Il fallait trouver un moyen de la tenir à distance. Les poutres étaient trop élevées pour qu'il fût possible d'y suspendre des tentures et ils avaient d'ailleurs utilisé tous les couvre-lits. Elle tira les bancs et les fit basculer, puis Roche et Eliwys l'aidèrent à soulever le plateau de la table et à l'appuyer contre cette barricade.

Ensuite, Eliwys alla s'asseoir à côté de Rosemonde qui dormait, le visage rougi par la clarté du feu.

— Vous devez mettre un masque, lui rappela Kivrin.

La femme hocha la tête mais ne suivit pas son conseil. Elle écarta une mèche de cheveux du front de sa fille.

— C'était la préférée de Guillaume, murmura-t-elle.

Rosemonde dormit jusqu'en milieu de matinée. Kivrin tira la bûche de Noël sur le côté du foyer et la remplaça par des rondins. Elle alla ensuite découvrir les pieds du clerc, afin qu'ils reçoivent un peu de chaleur.

Elle savait que sur les conseils de son médecin le pape s'était enfermé dans une pièce où deux grands feux brûlaient en permanence. Le Souverain Pontife n'était pas tombé malade et des historiens pensaient que la température élevée avait tué les bacilles. Kivrin estimait quant à elle qu'il avait dû son salut à son isolement mais elle était bien décidée à ne rien négliger et elle alimenta consciencieusement les flammes.

Le père Roche alla dire les matines, bien qu'il fût près de midi. La cloche éveilla Agnès.

— Qui a renversé les bancs ? demanda-t-elle en courant vers la barricade.

— Tu ne dois pas franchir cette barrière, lui dit Kivrin. Reste auprès de ta grand-mère.

La fillette grimpa malgré tout sur un banc pour regarder ce qu'il y avait au-delà du plateau de la table.

— Vous avez descendu Rosemonde. Est-elle morte ?

— Elle est très malade. N'approche pas. Va jouer avec ta charrette.

— Je veux voir ma sœur, rétorqua l'enfant en enjambant l'obstacle.

— Non ! lui cria Kivrin. Va t'asseoir à côté de Dame Imeyne !

Agnès en resta bouche bée puis éclata en sanglots.

— Je veux voir Rosemonde ! gémit-elle.

Mais elle obtempéra.

Roche revint.

— Le fils aîné d'Ulf est malade. Il a lui aussi un furoncle.

Deux nouveaux cas se déclarèrent dans la matinée, et un autre dans l'après-midi. Seule l'épouse de l'intendant n'avait pas de bubons ou de petites excroissances sur les glandes lymphatiques.

Kivrin alla la voir en compagnie du père Roche. La femme allaitait son bébé. Son visage était encore plus émacié, mais elle ne toussait pas ni ne vomissait. Kivrin espéra qu'il s'agissait malgré tout de la forme bubonique de cette maladie.

— Couvrez votre bouche et votre nez avec un linge, dit-elle au mari. Donnez au nourrisson du lait de vache. Eloignez-le de sa mère.

Mais elle n'entretenait aucun espoir. Six enfants vivaient dans ces deux pièces. Mon Dieu, faites que ce ne soit pas la peste pulmonaire ! pria-t-elle. Faites qu'ils n'en meurent pas tous !

Au moins Agnès n'était-elle pas en danger. Depuis que Kivrin s'était emportée contre elle, la fillette restait à bonne distance de la barricade. Elle avait alors fixé Kivrin avec une hargne qui eût été comique en d'autres circonstances, puis elle était montée chercher sa charrette dans la soupente et l'avait fait rouler sur la grande table utilisée pour le festin.

A son réveil, Rosemonde réclama à boire d'une voix rauque. Dès que Kivrin lui eut donné de l'eau, elle se rendormit paisiblement. Même le clerc sommeilla et Kivrin s'assit au chevet de Rosemonde.

Elle aurait dû rejoindre Roche pour l'aider à s'occuper des enfants de l'intendant, ou tout au moins s'assurer qu'il portait son masque et se lavait les mains, mais elle se sentait trop lasse. Je suis certaine que si je pouvais m'allonger une minute je trouverais une solution, pensa-t-elle.

— Je vais aller voir la tombe de Blackie, déclara Agnès.

Kivrin émergea de sa torpeur et regarda l'enfant. Elle avait mis sa cape rouge et s'était rapprochée de la barricade.

— Vous aviez promis de m'y conduire.

— Parle moins fort, tu vas réveiller ta sœur.

Agnès se mit à pleurer. Ce n'était pas la plainte assourdissante qui lui servait à imposer ses volontés mais des sanglots silencieux. Elle était à bout de nerfs, elle aussi. Laissée seule tout le jour, oubliée par les adultes affairés et effrayés. Pauvre enfant.

— Vous aviez promis, répéta Agnès.

— Je dois rester ici, expliqua Kivrin d'une voix douce. Mais je vais te raconter une histoire. Si tu ne fais plus un bruit. Nous ne devons pas réveiller ta sœur ou le clerc.

Agnès s'essuya le nez du dos de la main.

— Les mésaventures de la jeune fille entêtée ? s'enquit-elle en un murmure théâtral.

— Oui, chuchota Kivrin.

Agnès alla prendre sa charrette, revint et grimpa sur le banc afin d'escalader la barricade.

— Assieds-toi derrière le plateau de la table. Je serai ici, de l'autre côté.

La fillette se renfrogna et protesta :

— Je n'entendrai rien.

— Bien sûr que si, si tu ne dis pas un mot.

Agnès obtempéra. Elle posa Charrette sur le sol et lui intima :

— Reste tranquille.

Kivrin jeta un coup d'œil aux malades puis alla s'installer contre le grand panneau de bois, à bout de forces.

— Il était une fois, dans une contrée lointaine... lui souffla Agnès.

— Il était une fois, dans une contrée lointaine, une belle demoiselle qui vivait à l'orée d'une immense forêt...

— Son père lui disait souvent : « Ne va pas dans les bois », mais elle était entêtée et ne l'écoutait pas.

— Elle était entêtée et ne l'écoutait pas. Elle mit son manteau...

— Son manteau rouge avec un capuchon. Et elle s'éloigna sans prêter attention aux avertissements de son père.

Sans faire cas des avertissements de M. Dunworthy. « Il ne m'arrivera rien, lui avait-elle affirmé. Je sais me débrouiller toute seule. »

— Elle aurait dû l'écouter, n'est-ce pas ? demanda Agnès.

— Elle était curieuse et n'avait pas l'intention de s'attarder dans la forêt.

— Elle a eu tort, jugea Agnès. Moi, je ne l'aurais pas fait. Les bois sont obscurs.

— Très obscurs, et on y entend des bruits terrifiants.

— Les loups, décida Agnès.

Des bruissements indiquèrent à Kivrin qu'elle se collait au plateau, pour se rapprocher d'elle. Elle l'imagina, recroquevillée, les jambes pliées, sa charrette serrée contre sa poitrine.

— La belle demoiselle prit peur et voulut rentrer chez elle, mais la pénombre dissimulait le sentier qu'elle avait suivi. Brusquement, elle vit une ombre bondir vers elle !

— Un loup.

— Non. C'était un ours, qui lui demanda d'une grosse voix : « Que fais-tu dans mon domaine ? »

— Elle a dû être terrifiée, commenta Agnès.

— On le serait à moins. « Oh, monsieur l'Ours, par pitié, ne me dévorez pas ! fit-elle. Je me suis égarée et je ne retrouve pas mon chemin. » Par chance, ce gros ours était un gentil ours et il lui répondit : « Je t'aiderai à sortir de cette forêt. — Comment ? Tout est si sombre, ici ! — « Nous allons le demander au hibou. Il voit clair dans la nuit. »

Inventer cette histoire la distrayait, lui changeait les idées. Agnès cessa bientôt d'intervenir et Kivrin se leva pour regarder par-dessus la barricade, sans interrompre pour autant son récit.

— « Sais-tu comment sortir de ces bois ? » demanda l'ours au corbeau. « Certes », lui affirma l'oiseau.

Agnès dormait, appuyée contre le plateau de bois, le jouet serré contre sa poitrine.

Kivrin eût voulu la couvrir, mais elle ne l'osait pas. Toutes les couvertures devaient grouiller de bacilles. Elle regarda Dame Imeyne qui priait dans un angle de la salle, le visage tourné vers le mur.

— Dame Imeyne, appela-t-elle doucement.

Mais la vieille femme ne parut pas l'entendre.

Kivrin alimenta le feu puis se rassit contre la table et inclina la tête en arrière.

— « Je connais le chemin qui mène à la clairière, dit le corbeau. Je vais vous servir de guide. » Mais il s'envola au-dessus de la ramure des arbres et s'éloigna à tire-d'aile, si vite qu'ils ne purent le suivre.

Elle dut s'assoupir car, lorsqu'elle rouvrit les yeux, le feu mourait et son cou était ankylosé. Rosemonde et Agnès dormaient toujours, mais le clerc était éveillé. Il l'appela, sans que ses propos soient compréhensibles. Le duvet blanc recouvrait toute sa langue et son haleine était si pestilentielle qu'elle dut détourner la tête pour prendre une inspiration. Le bubon suintait à nouveau, un fluide sombre et épais à la puanteur de viande avariée. Kivrin changea son pansement, en serrant les dents pour ne pas rendre, puis elle alla poser le bandage souillé dans un coin et sortit se laver les mains.

Elle était à côté du puits et inhalait l'air pur à pleins poumons quand Roche revint du village.

— Ulric, le fils d'Hal, et Walthef, l'aîné des

enfants de l'intendant, dit-il en entrant avec elle dans le manoir.

Il trébucha contre le banc le plus proche de la porte.

— Vous êtes épuisé, lui dit-elle. Allongez-vous et prenez du repos.

De l'autre côté de la salle, Imeyne se leva en titubant, comme si elle avait des fourmis dans les jambes. Elle vint vers eux.

— Je ne puis m'attarder, déclara Roche. Je suis simplement venu prendre un couteau pour trancher les branches de saules.

Il s'assit malgré tout devant le feu, les yeux rivés sur des flammes qu'il ne semblait pas voir.

— Reposez-vous un instant. Je vais aller vous chercher de la bière.

Elle repoussa le banc et s'éloigna.

— Vous nous avez apporté cette maladie, accusa Dame Imeyne.

Kivrin se tourna. La vieille femme se dressait au milieu de la salle et foudroyait le prêtre du regard. Elle serrait son livre d'heures contre sa poitrine et le reliquaire se balançait sous ses mains.

— Ce sont vos péchés qui ont attiré sur nous la colère divine.

Elle s'adressa à Kivrin.

— Il a dit la litanie de la Saint-Martin pour la Saint-Eusèbe. Son aube est crasseuse.

L'intonation était la même que lorsqu'elle avait exposé ses griefs à la sœur de Messire Bloet, et ses doigts faisaient à présent défiler la chaînette pour tenir le décompte des fautes du prêtre sur ses maillons.

— Il éteint les cierges en les pinçant et brise ainsi leur mèche.

Kivrin comprit qu'elle essayait de transférer sur

lui son propre sentiment de culpabilité. C'était elle qui avait écrit à l'évêque, réclamé un nouvel aumônier, révélé où ils se dissimulaient. Elle avait attiré la peste et ne pouvait supporter le poids de ses responsabilités. Mais cette femme ne lui inspirait aucune pitié. Vous n'avez pas le droit d'adresser le moindre reproche au père Roche, pensa-t-elle. Il fait tout son possible pour aider les malades, alors que vous restez agenouillée à prier.

— Dieu n'a pas envoyé cette épidémie pour punir les hommes, intervint-elle sèchement. C'est une maladie.

— Il a oublié le Confiteor, continuait Imeyne.

Mais elle retourna dans son coin.

— Il a placé les cierges de l'autel sur le jubé.

Kivrin alla vers Roche.

— Nul n'est responsable de ce qui se passe, lui dit-elle.

— Pour que Dieu nous châtie ainsi, nous avons dû commettre un péché abominable.

— Non, ce n'est pas une punition divine.

— *Dominus!* s'exclama le clerc en essayant de s'asseoir.

Il toussa. L'expectoration parut déchirer sa poitrine mais rien ne sortit de sa bouche. Le bruit éveilla Rosemonde, qui se mit à geindre. Si ce n'est pas un châtiment, tout le laisse cependant supposer.

Ce somme n'avait pas rendu des forces à Rosemonde. Sa fièvre remontait et elle se crispait, comme si le moindre mouvement était pour elle une torture.

Elle se meurt, comprit Kivrin. Je dois faire quelque chose.

Quand Roche revint, elle monta dans la chambre chercher le panier d'herbes médicinales. Imeyne l'observait en articulant silencieusement des prières, mais quand Kivrin alla lui demander ce que contenaient les sachets de toile, elle joignit les mains devant sa bouche et ferma les yeux.

Le docteur Ahrens lui avait fait apprendre les bases de l'herboristerie et elle reconnut la consoude, la pulmonaire et les feuilles écrasées de la tanaisie. Elle trouva dans une petite bourse du sulfure de mercure en poudre que nul être sain d'esprit n'eût envisagé d'administrer à qui que ce soit et dans un sachet de la digitale presque aussi dangereuse.

Elle fit bouillir de l'eau et mit à infuser diverses herbes dont elle connaissait les propriétés. La tisane avait une fragrance agréable, estivale, et un goût pas plus infect que la décoction d'écorce de saule. L'effet thérapeutique ne devait pas non plus être plus grand car à la tombée de la nuit le clerc toussait sans discontinuer et des taches rougeâtres apparaissaient sur le ventre et les bras de Rosemonde. Son bubon était désormais aussi gros et dur qu'un œuf. Quand Kivrin le toucha, la souffrance la fit hurler.

Pendant la peste noire, les médecins avaient appliqué des cataplasmes, incisé des bubons, procédé à des saignées et administré de l'arsenic. L'état du clerc semblait s'améliorer depuis que son bubon avait éclaté, mais percer celui de Rosemonde pourrait propager les bacilles et les répandre dans son système sanguin.

Elle fit chauffer de l'eau et humidifia des chiffons qu'elle plaça sur la protubérance. Ils étaient simplement tièdes mais l'enfant hurla et Kivrin dut se contenter d'eau froide, qui serait sans effet. Rien n'est efficace, pensa-t-elle. Aucun des moyens dont je dispose.

Je dois retrouver le point de transfert, se dit-elle.

Mais les bois s'étendaient sur des milles, avec des centaines de chênes, des douzaines de clairières. Elle ne découvrirait jamais l'emplacement. Elle ne pouvait en outre abandonner Rosemonde.

Que Gawyn revînt rapidement n'était pas à exclure. Des villes s'étaient fermées au monde extérieur. Peut-être ferait-il demi-tour devant les portes de Bath ou s'entretiendrait-il avec des voyageurs et comprendrait-il que Messire Guillaume devait être décédé. Revenez, l'implora-t-elle en pensée. Revenez vite !

Elle fit un nouvel inventaire du panier d'Imeyne et goûta au contenu des sachets. La poudre jaune était du soufre. Des médecins en avaient brûlé pour purifier l'atmosphère et elle savait que ce métalloïde tuait certaines bactéries. Elle ignorait s'il serait efficace contre le bacille de la peste mais ce serait moins risqué que d'inciser le bubon.

Elle en jeta un peu sur le feu, à titre d'essai. Le nuage doré qui envahit la salle irrita sa gorge. Le clerc hoqueta et Imeyne fut ébranlée par des quintes de toux.

Kivrin avait cru que la puanteur d'œuf pourri se dissiperait en quelques minutes, mais le brouillard coloré restait en suspension dans les airs tel un linceul et brûlait leurs yeux. Maisry sortit au pas de course, en expectorant dans son tablier. Eliwys fit monter Agnès et Imeyne dans la soupente.

Kivrin ouvrit les portes et agita des torchons pour chasser la fumée. L'air devint plus respirable mais sa gorge était toujours à vif. Rosemonde cessa de tousser et son pouls ralentit, devint imperceptible.

Kivrin tenait ses poignets. Ils étaient très chauds.

— Je ne sais plus quoi faire, murmura-t-elle.

Roche entra et fut lui aussi secoué par la toux.

— C'est le soufre, lui expliqua-t-elle. Rosemonde va plus mal.

Il la regarda, prit son pouls et ressortit. Kivrin estima que c'était bon signe. Il ne l'eût pas laissée seule s'il l'avait crue dans un état critique.

Mais lorsqu'il revint, il portait ses vêtements sacerdotaux et s'était muni de l'huile et du viatique.

— L'épouse de l'intendant serait-elle morte ?

Le prêtre baissa les yeux sur Rosemonde.

— Non.

Kivrin se leva, pour s'interposer.

— Je ne peux la laisser mourir sans confession, dit-il.

— Elle ne mourra pas, rétorqua-t-elle.

Mais l'enfant semblait avoir déjà quitté ce monde. Ses lèvres délicates étaient entrouvertes, ses yeux aveugles, sa peau jaunâtre et tendue sur son étroit visage. Non, pensa Kivrin, en proie au désespoir. Je dois la sauver. Elle n'a que douze ans.

Roche prit le calice et Rosemonde leva les bras, en geste de supplique.

— Nous devons inciser le bubon, décida Kivrin. Afin que le poison quitte son organisme.

Elle crut qu'il refuserait, qu'il voudrait au préalable lui administrer les derniers sacrements, mais il posa ses accessoires et alla chercher un couteau.

— Bien pointu, lui cria Kivrin. Et apportez du vin.

Elle mit de l'eau à bouillir et lava le couteau qu'il lui apporta. Elle gratta avec ses ongles la crasse incrustée au ras du manche, qu'elle enveloppa ensuite dans son surcot pour tenir la lame au-dessus des flammes. Elle la trempa dans l'eau bouillante puis la désinfecta avec du vin et la rinça.

Ils rapprochèrent Rosemonde du feu pour bénéficier du maximum de clarté. Kivrin s'agenouilla et dégagea doucement le bras de la chemise. Elle glissait un torchon sous la nuque de la malade quand Roche fit pivoter le poignet afin d'examiner le bubon.

Il était aussi gros qu'une pomme et l'inflammation avait gagné toute l'épaule. Le pourtour du renflement était presque gélatineux, son centre très dur.

Kivrin imbiba un linge de vin et tapota l'excroissance. Une pierre semblait enchâssée sous la peau et elle se demanda si la lame serait assez tranchante.

Elle la positionna au-dessus de la boule. Elle craignait de sectionner une artère, de diffuser l'infection.

— Elle ne sent plus rien, déclara Roche.

Rosemonde n'avait pas réagi quand Kivrin avait palpé le bubon. Elle ne les voyait pas, le regard attiré par une vision épouvantable. Elle n'a plus rien à perdre, pensa Kivrin.

— Tenez son bras, dit-elle à Roche.

Il immobilisa sur le sol le poignet de Rosemonde, qui n'eut aucune réaction.

Deux entailles, décida Kivrin. Elle inspira et plaça la pointe de la lame sur le renflement.

Le bras se contracta, l'épaule s'écarta par réflexe, la petite main se courba telle la serre d'un rapace.

— Que faites-vous ? Je le dirai à Père !

Kivrin écarta le couteau et le prêtre repoussa le membre pendant que la malade utilisait sa main libre pour lui donner des coups privés de vigueur.

— Je suis la fille de Messire Guillaume d'Iverie. Vous êtes tenus de me manifester plus d'égards !

Kivrin recula et se releva, en veillant à ne rien toucher avec la lame. Roche se pencha et referma une main sur les deux poignets de Rosemonde qui tentait de donner des coups de pied à Kivrin. Le calice se renversa et le vin se répandit en une flaque sombre.

— Il faut l'attacher, déclara Kivrin.

Elle prit conscience qu'elle tenait le couteau levé, comme pour perpétrer un assassinat. Elle le posa et entreprit de déchirer un linge.

Roche utilisa ces bandes pour lier les poignets de la malade au-dessus de sa tête, pendant que Kivrin assujettissait ses chevilles au pied d'un des bancs. Rosemonde avait cessé de se débattre mais quand le prêtre souleva sa chemise et dénuda sa poitrine, elle lui cria :

— Je vous connais. Vous êtes le brigand qui a attaqué Dame Katherine.

Roche pesa de tout son poids sur l'avant-bras et Kivrin perça le bubon.

Du sang suinta puis coula à flots, et elle crut qu'elle venait de sectionner une artère. Elle saisit des chiffons qu'elle utilisa pour comprimer la blessure. Ils furent immédiatement imbibés et elle les retira pour prendre un linge propre. Le sang jaillit. Elle ralentit l'hémorragie avec un pan de son surcot et Rosemonde poussa un gémissement pathétique, semblable aux glapissements du chiot d'Agnès. Elle parut s'affaisser, bien qu'il lui fût impossible de tomber plus bas.

Je l'ai tuée, pensa Kivrin.

— Je ne peux arrêter le sang, dit-elle.

Elle tint malgré tout le pan du vêtement sur l'entaille et compta jusqu'à deux cents avant de le soulever précautionneusement.

Du pus épais et verdâtre coulait de la blessure. Roche se pencha pour l'essuyer mais Kivrin l'en empêcha.

— Non, ces humeurs grouillent de germes de la peste. N'y touchez pas.

Elle se chargea de nettoyer la blessure. Un fluide aqueux remplaça la substance répugnante.

— C'est terminé, dit-elle à Roche. Passez-moi le vin.

Elle ne disposait plus d'un seul linge propre qu'elle aurait pu imbiber d'alcool. Ils les avaient tous utilisés pour stopper l'hémorragie. Elle inclina la bouteille et laissa le breuvage sombre goutter dans l'entaille. Rosemonde ne bougeait plus et son teint était livide comme si elle venait de se vider de tout son sang. Je ne peux pas lui faire une transfusion, je n'ai même plus de chiffons.

Roche délia les poignets de la malade et prit son pouls.

— Son cœur bat plus fort, déclara-t-il.

— Il nous faut d'autres morceaux de tissu, dit Kivrin avant de se mettre à sangloter.

— Mon père vous fera pendre, les menaça Rosemonde.

EXTRAIT DU GRAND LIVRE

(071145-071862)

Rosemonde est inconsciente. La nuit dernière, j'ai incisé le bubon afin de drainer l'infection mais je crains d'avoir commis une erreur. Elle a perdu beaucoup de sang. Elle est blême et son pouls est imperceptible.

Le clerc est également au plus mal. Sa peau se couvre d'hématomes et tout indique que la fin est proche. Le docteur Ahrens m'a appris que la peste bubonique tue ses victimes en quatre ou cinq jours, mais je doute qu'il survive aussi longtemps.

Eliwys, Imeyne et Agnès sont toujours bien portantes, même si Dame Imeyne paraît avoir sombré dans la démence. Ce matin, elle a frappé Maisry en lui disant que Dieu nous punissait tous pour sa paresse et sa bêtise.

Que Maisry soit indolente et stupide est indéniable. On ne peut compter sur elle pour surveiller Agnès plus de cinq minutes et quand je l'ai envoyée chercher de l'eau pour laver la plaie de Rosemonde elle est revenue une demi-heure plus tard, les mains vides.

Je n'ai fait aucun commentaire. Je ne souhaite pas qu'Imeyne la corrige à nouveau et j'ai conscience que cette harpie ne tardera guère à s'en prendre à moi. Elle me lorgne par-dessus son livre d'heures et il est facile de deviner ses pensées : elle se dit que je sais trop de choses sur cette épidémie, que j'ai fui la peste et qu'à mon arrivée je n'étais pas blessée mais gravement malade.

Lorsqu'elle portera ces accusations contre moi, elle convaincra sans doute Eliwys que je suis la responsable de tous leurs maux, qu'il ne faut plus suivre mes conseils, qu'il convient d'abattre ma barricade et de prier Dieu de les délivrer du mal.

Que pourrai-je répondre ? Que je viens du futur, d'une époque où on sait tout sur la peste noire hormis comment la soigner sans streptomycine ?

Gawyn n'est toujours pas revenu et Eliwys s'inquiète. Quand Roche est allé dire les vêpres, il l'a vue à côté du portail, sans manteau ni coiffe. Elle scrutait la route. Je me demande s'il lui est venu à l'esprit que Gawyn était peut-être déjà contaminé à son départ pour Bath. Il a accompagné l'envoyé de l'évêque à Courcy, et à son retour il n'a pas été surpris d'apprendre que l'épidémie se répandait dans le village.

(Pause)

Ulf le Bailli agonise et son épouse et un de ses fils sont malades. Ils n'ont pas de bubons mais j'ai vu de petites excroissances grosses comme des graines à l'intérieur des cuisses de la femme. Je dois constamment rappeler au père Roche de porter son masque et de limiter les contacts avec les pestiférés.

Les vids historiques montrent les contemporains pris de panique et fuyant lâchement, sans soigner leurs semblables. La réalité est bien différente.

Tous sont terrifiés, mais ils font de leur mieux. Roche est admirable. Il a tenu la main de l'épouse du bailli pendant tout le temps qu'il m'a fallu pour l'examiner. Il ne renâcle jamais devant les tâches les plus rebutantes : nettoyer la plaie de Rosemonde, vider les vases de nuit, laver le clerc. Rien de tout cela ne semble l'effrayer. Je me demande où il puise tant de courage.

Il dit toujours les matines et les vêpres, et il prie souvent. Il parle à Dieu de Rosemonde, il Lui dit qui est malade, il Lui décrit les symptômes et ce que nous faisons... comme je m'adresse actuellement à vous, monsieur Dunworthy.

J'ai l'impression que Dieu existe mais est coupé de nous par une barrière plus infranchissable que le Temps, dans l'incapacité de nous joindre, dans l'incapacité de nous trouver.

(Pause)

Nous entendons la peste progresser. Les villages sonnent le glas après chaque enterrement, neuf coups pour un homme, trois pour une femme, un pour un enfant. Puis les tintements sont ininterrompus pendant une heure. Il y a eu deux décès à Esthcote, ce matin, et la cloche d'Osney se fait entendre sans répit depuis hier. La cloche du Sud-Est qui a attiré mon attention à mon arrivée en ce siècle s'est tue. Je ne saurais dire si la peste a terminé de faire des ravages dans ce hameau ou s'il ne reste plus là-bas âme qui vive.

(Pause)

Par pitié, ne laissez pas Rosemonde mourir ! Par pitié, empêchez qu'Agnès soit contaminée à son tour ! Faites que Gawyn revienne !

28

Le garçon scorbutique qui s'était enfui en la voyant, le jour où elle avait tenté de regagner seule le point de transfert, tomba malade au cours de la nuit. Sa mère attendait le père Roche, lorsqu'il alla sonner les matines. L'enfant avait dans le dos un bubon que Kivrin incisa après maintes hésitations.

Le scorbut l'avait affaibli et elle se demandait si des artères ne passaient pas sous les omoplates. L'état de Rosemonde était stationnaire, même si Roche affirmait que son pouls semblait plus vigoureux. Elle était livide et inerte. Quant à ce garçon, il ne supporterait pas la moindre hémorragie.

Mais il perdit très peu de sang et reprit des couleurs avant même que Kivrin n'eût terminé de laver le couteau.

— Donnez-lui des infusions d'écorce de saule et de boutons de roses, dit-elle.

Au moins serait-ce efficace contre le scorbut, estimait-elle.

Elle tint la lame au-dessus d'un feu aussi anémié que le jour où elle avait pris du repos dans cette hutte. La chaleur était insuffisante, mais si elle demandait à la mère d'aller chercher du bois, cette femme contaminerait peut-être des voisins.

— Nous vous apporterons des bûches, déclara-t-elle avant de se demander si elle pourrait tenir cette promesse.

Ils disposaient des reliefs du festin mais commençaient à manquer de tout le reste. Ils avaient utilisé la quasi-totalité du bois de feu et il n'y avait plus d'hommes valides pour fendre les bûches empilées près des cuisines. Le bailli était malade et l'intendant devait s'occuper de son épouse et de son fils.

Kivrin ramassa une brassée de bois déjà fendu et de morceaux d'écorce qu'elle porta dans la hutte. Elle eût aimé transporter le garçon au manoir, mais Eliwys était déjà surchargée de travail et semblait elle aussi sur le point de s'effondrer.

Elle avait veillé sa fille toute la nuit, pour lui donner à boire des décoctions de saule et refaire son pansement. Ils manquaient de linges et elle avait déchiré sa coiffe en bandes. Elle s'installait en face des paravents et, à quelques minutes d'intervalle, elle se levait et allait vers la porte, comme si elle avait entendu quelqu'un approcher. Avec ses cheveux bruns qui tombaient librement sur ses épaules, elle ne paraissait guère plus âgée que Rosemonde.

Kivrin déposa la brassée de bois sur le sol, à côté de la cage. Elle était vide. Sans doute avait-on exécuté un innocent.

— Le Seigneur nous bénit, lui dit la mère.

Elle s'agenouilla près du feu et entreprit de l'alimenter.

Kivrin alla examiner son fils. Un fluide clair suintait du bubon, ce qui était bon signe. Rosemonde avait perdu beaucoup de sang pendant la nuit, puis le renflement était réapparu. Je ne peux l'inciser une deuxième fois, pensa Kivrin. Elle ne supporterait pas une autre hémorragie.

Elle repartit vers le manoir. Elle hésitait entre remplacer Eliwys et essayer de fendre des bûches quand Roche sortit de la maison de l'intendant pour lui annoncer que deux autres de ses fils étaient malades.

Les plus jeunes. Ils avaient quant à eux la forme pulmonaire de la peste. Ils toussaient, et les expectorations de la mère étaient aqueuses. Le Seigneur nous bénisse !

Le soufre embrumait toujours la grande salle et dans la clarté jaunâtre les bras du clerc paraissaient noirs. Le feu n'était pas plus vif que dans la hutte et Kivrin alla chercher les dernières bûches fendues puis suggéra à Eliwys de s'allonger.

— Non, rétorqua la femme sans cesser de regarder la porte.

Puis elle ajouta, comme si elle s'adressait à elle-même :

— Voilà trois jours qu'il est sur la route.

Bath se situait à soixante-dix kilomètres, un jour et demi de voyage et autant pour revenir, à condition de trouver une nouvelle monture. Gawyn reviendrait dans la journée, s'il avait joint immédiatement Messire Guillaume. Et s'il n'a pas été lui aussi victime de la peste, se dit Kivrin.

Eliwys se tourna à nouveau vers le seuil de la salle. Il n'y avait pas un seul bruit, à l'exception des murmures d'Agnès qui berçait sa charrette telle une poupée. Elle l'avait couverte d'un mouchoir et lui donnait des cuillerées de bouillie imaginaire.

— Elle a la maladie bleue, expliqua-t-elle.

Kivrin consacra le reste de la journée à des tâches ménagères. Elle alla chercher de l'eau, prépara un bouillon avec les reliefs du rôti, vida les pots de chambre. La vache de l'intendant, dont les pis étaient désormais énormes, vint meugler dans la cour. Et lorsque Kivrin sortit, l'animal la poussa avec ses cornes tant qu'elle ne se fut pas résignée à le traire. Roche fendait du bois entre deux visites aux malades, puis Kivrin le remplaçait en regrettant de ne pas manier la hache avec plus de dextérité.

L'intendant revint les chercher au crépuscule, pour sa fille cadette. Le huitième cas, sur quarante habitants. Entre un tiers et la moitié des Européens étaient morts de la peste, et M. Gilchrist pensait que ce chiffre était exagéré. Un tiers eût donné treize malades, soit cinq de plus. A 50 %, il y aurait douze nouvelles victimes et tous les enfants de l'intendant avaient déjà été exposés à la maladie.

Elle les regarda. La fille aînée, brune et courtaude, ressemblait à son père. Le fils cadet avait hérité du visage en lame de couteau de sa mère. Tout comme le nourrisson décharné. Aucun de vous n'en réchappera, pensa-t-elle. Qui seront les huit autres ?

Elle avait épuisé ses réserves de compassion et

elle ne sentit pas sa gorge se serrer quand le bébé se mit à pleurer et que la fille le prit sur ses genoux pour lui faire téter un doigt crasseux. Treize, pria-t-elle. Vingt au maximum.

Le sort du clerc la laissait également indifférente, bien qu'il fût évident qu'il ne passerait pas la nuit. Ses lèvres et sa langue se couvraient de bave brunâtre, et il expectorait des postillons sanguinolents. Elle le soignait machinalement, sans rien éprouver.

C'est le manque de sommeil qui émousse ma sensibilité, se dit-elle. Elle s'allongea près du feu et tenta de dormir. En vain. Elle avait dépassé le stade de la simple fatigue. Huit autres victimes, pensa-t-elle. La mère, la femme et les enfants du bailli. Restaient quatre. Faites que ce ne soit ni Agnès, ni Eliwys, ni le père Roche.

Au matin, le prêtre trouva la cuisinière qui gisait dans la neige, devant sa hutte, transie de froid et crachant du sang. Neuf, se dit Kivrin.

Cette femme était veuve et n'avait personne pour s'occuper d'elle. Ils l'amenèrent dans la grande salle et la couchèrent à côté du clerc qui se raccrochait toujours à la vie. L'hémorragie sous-cutanée avait gagné la totalité de son corps. Des marques violacées striaient sa poitrine et ses membres. Ses joues étaient sombres, sous sa barbe naissante.

Rosemonde, livide et muette, oscillait entre la vie et la mort. Eliwys la soignait avec maintes précautions, semblant croire qu'un mouvement un peu brusque romprait cet équilibre précaire et la ferait basculer dans l'au-delà. Kivrin se déplaçait sur la pointe des pieds entre les paillasses alors qu'Agnès, consciente de la tension ambiante, se tenait à l'écart.

Mais cela ne l'empêchait pas de geindre, de grimper sur la barricade pour demander à Kivrin de l'emmener voir son poney et la tombe de son chien, ou de lui raconter la fin de l'histoire de la belle demoiselle entêtée qui s'était aventurée dans les bois.

— Ça se termine comment? pleurnicha-t-elle d'une voix qui fit crisser les dents de Kivrin. Le loup la mange?

La quatrième fois qu'elle posa cette question, Kivrin lui répondit sèchement:

— Je ne le sais pas encore. Va t'asseoir à côté de ta grand-mère.

Agnès regarda Imeyne avec mépris. La vieille femme était toujours agenouillée dans un angle de la salle, leur tournant le dos. Elle avait prié toute la nuit.

— Elle refuse de jouer avec moi.

— Alors, va demander à Maisry.

La fillette harcela la servante pendant cinq minutes puis revint en hurlant que Maisry l'avait pincée.

— Je ne peux le lui reprocher, déclara Kivrin avant de les exiler dans la soupente.

Elle alla voir le garçon scorbutique. Son état s'était amélioré au point qu'il réussissait à s'asseoir. Lorsqu'elle revint de la hutte, Maisry dormait dans le grand siège.

— Où est Agnès? voulut savoir Kivrin.

Eliwys se tourna vers elle.

— Je l'ignore. Je les croyais toutes les deux dans la soupente.

— Maisry! Réveillez-vous. Où est Agnès?

La servante ouvrit les yeux et cilla.

— Vous n'auriez pas dû la laisser seule!

Elle gravit l'échelle, mais la pièce était déserte. Elle alla voir dans la chambre. Agnès n'y était pas.

Lorsqu'elle redescendit, Maisry était allée s'accroupir contre le mur, terrifiée.

— Où est-elle ?

Maisry protégea ses oreilles et resta bouche bée.

— Tu as raison de trembler. Je vais te gifler tant que tu ne m'auras pas dit où elle est !

La fille enfouit son visage dans sa jupe.

Kivrin la saisit par le bras et l'obligea à se lever.

— Où ? Tu devais la surveiller. Elle était placée sous ta responsabilité !

Maisry se mit à hurler, tel un animal aux abois.

— Arrête ! Montre-moi où elle est allée !

Elle la poussa vers les paravents.

Le père Roche entra.

— Que se passe-t-il ?

— Agnès a disparu. Nous devons la retrouver. Peut-être est-elle dans le village ?

Il secoua la tête.

— J'en viens, et je ne l'ai pas vue. Elle doit être dans une des dépendances.

— Les écuries, fit Kivrin, soulagée. Elle voulait voir son poney.

Mais l'enfant n'était pas dans ce bâtiment.

— Agnès ! Agnès !

Le cheval hennit et voulut sortir de sa stalle. Kivrin se demanda quand on l'avait nourri pour la dernière fois et où étaient passés les chiens.

— Agnès !

Elle regarda dans chaque box et dans le râtelier, partout où une petite fille de cinq ans aurait pu se cacher. Ou s'endormir.

Dans la grange, peut-être ? Elle regagna la cour et protégea ses yeux de la luminosité soudaine. Roche émergeait des cuisines.

— Alors ?

Au lieu de répondre, il se tourna vers le portail et inclina la tête pour tendre l'oreille.

Kivrin n'entendait rien.

— Qu'y a-t-il ?

— C'est le Seigneur, répondit-il.

Il partit en courant vers la porte massive. Oh, non, pas lui ! se dit-elle en le suivant.

— Père Roche !

Puis elle remarqua un bruit de galopade et poussa un soupir de soulagement. Le prêtre ne s'était pas référé à Dieu mais au maître des lieux. Il croit que l'époux d'Eliwys est enfin de retour, se dit-elle. A moins que ce soit M. Dunworthy !

Le prêtre souleva la lourde barre et la fit glisser. Il ira nous chercher de la streptomycine et des antiseptiques. Il emmènera Rosemonde avec lui. Elle a besoin d'une transfusion.

Roche poussa les battants.

Il nous faut également des vaccins, pensait Kivrin. Administrables par voie orale. Où est Agnès ? Il doit l'emmener loin d'ici au plus tôt.

Le cavalier atteignait le portail, lorsqu'elle reprit ses esprits.

— Non ! fit-elle.

Mais il était trop tard.

— Il faut l'arrêter, cria-t-elle à Roche. Il va contracter la peste !

Elle chercha du regard quelque chose qui lui permettrait de l'intimider, de lui faire rebrousser chemin. Elle vit la bêche qu'elle avait posée contre l'enclos des porcs après avoir enterré Blackie. Elle courut s'en emparer.

— Ne le laissez pas entrer !

Le prêtre leva les bras. Le visiteur était déjà dans la cour.

Roche baissa les mains.

— Gawyn ! dit-il.

Mais si l'étalon noir ressemblait à Gringolet, il était monté par un garçon guère plus âgé que Rosemonde. Son visage et ses habits étaient couverts de boue, tout comme l'animal qui soufflait et écumait. L'inconnu était également à bout de souffle et le froid avait rougi son nez et ses oreilles. Il alla pour mettre pied à terre, sans cesser de les observer avec méfiance.

— Restez en selle, lui ordonna Kivrin. La peste a atteint ce village.

Elle avait pris soin de parler très lentement, pour ne pas courir le risque de s'exprimer en anglais moderne.

Elle leva la bêche et la braqua sur lui, tel un fusil.

Il interrompit son mouvement et se rassit.

— La maladie bleue, précisa-t-elle au cas où il n'aurait pas compris.

Mais il hochait déjà la tête.

— Elle est partout, fit-il.

Il se tourna et chercha quelque chose dans sa sacoche.

— Je vous apporte un message.

Il tendit une pochette en cuir au père Roche. Le prêtre s'avança pour la prendre.

Kivrin s'interposa aussitôt.

— Non ! Jetez-la sur le sol ! Vous ne devez pas nous toucher.

Le garçon en sortit un rouleau de parchemin. Il le lança aux pieds du prêtre qui le ramassa et le déroula.

— Que dit cette missive ?

Et Kivrin se rappela qu'il ne savait pas lire.

— Je peux seulement vous dire qu'elle a été écrite par l'évêque de Bath et que je dois la communiquer à toutes les paroisses, répondit le messager.

— Voudriez-vous me la donner? demanda-t-elle.

— Cela concerne peut-être Messire Guillaume, suggéra Roche. Il nous informe qu'il a été retardé.

Le texte était rédigé en latin et les lettres étaient si tarabiscotées qu'elle avait des difficultés à les reconnaître. Mais c'était sans importance. Elle l'avait déjà lu, à la bibliothèque Bodléienne.

Elle posa la bêche sur son épaule et traduisit:

— «La fièvre contagieuse qui se répand dans toute la contrée a laissé de nombreuses paroisses de notre diocèse sans prêtres à même d'assurer le salut de l'âme de leurs ouailles.»

Pas ici, pensa-t-elle en regardant Roche. Et je ne permettrai pas que cela se produise.

Les ecclésiastiques étaient morts ou avaient fui. Il était impossible de leur trouver des remplaçants et les fidèles mouraient sans avoir reçu le «sacrement de pénitence».

Elle ne voyait pas ces lettres bien noires mais les caractères estompés qu'elle avait péniblement déchiffrés à la bibliothèque Bodléienne. Elle avait alors jugé cette lettre pompeuse et ridicule. «Les gens tombaient comme des mouches et l'évêque ne se préoccupait que du protocole!» avait-elle dit à M. Dunworthy. Mais elle lui trouvait à présent des accents pathétiques.

— «Ceux qui sont sur le point de passer de vie à trépas et ne peuvent bénéficier de l'assistance d'un prêtre doivent se confesser l'un l'autre. Nous vous en exhortons, au nom de Notre Seigneur Jésus Christ.»

Nul ne fit le moindre commentaire lorsqu'elle eut terminé sa lecture et elle se demanda si le cavalier avait connu la teneur du message. Elle enroula le parchemin et le lui rendit.

— Je suis en selle depuis trois jours, déclara-t-il. N'allez-vous pas m'accorder votre hospitalité ?

— Les risques seraient trop grands, répondit-elle, sincèrement désolée. Nous vous donnerons des victuailles.

Roche s'éloignait vers les cuisines quand Kivrin se rappela qu'Agnès avait disparu.

— N'auriez-vous pas vu une petite fille âgée de cinq ans ? Elle porte un manteau rouge.

— Non, mais les gens sont nombreux sur les routes. Ils fuient la maladie bleue.

Roche rapportait un sac de nourriture. Kivrin se tournait pour aller chercher de l'avoine lorsque Eliwys arriva en courant, cheveux au vent.

— Non ! cria Kivrin.

Mais Eliwys avait déjà saisi la bride de l'étalon.

— D'où venez-vous ? N'avez-vous pas vu le *privé* de mon époux ?

Le messager parut effrayé.

— Je viens de Bath, avec une missive de l'évêque, expliqua-t-il.

Il tira sur les rênes. Son cheval hennit et secoua la tête.

— Une missive ? répéta Eliwys, hystérique. Est-elle de Gawyn ?

— Je ne connais pas cet homme.

Kivrin décida d'intervenir et s'avança.

— Dame Eliwys...

— Il monte un destrier noir à la selle incrustée d'argent. Il est allé à Bath, chercher mon époux qui devait témoigner aux Assises.

— Nul ne va plus à Bath. Tous ceux qui sont encore valides fuient cette cité.

Eliwys tituba et s'affaissa contre le flanc du cheval.

— Il n'y a plus de tribunaux, ni de lois. Les cadavres s'entassent dans les rues et il suffit d'en toucher un pour mourir à son tour. Certains disent que c'est la fin du monde.

Eliwys lâcha la bride et recula d'un pas.

— Ils vont rentrer sous peu. Etes-vous certain de ne pas les avoir rencontrés ? Gawyn monte un destrier noir.

— Les cavaliers sont nombreux.

Il fit avancer son cheval, mais elle resta sur son passage.

Le prêtre tendit le sac de nourriture. Le garçon se pencha pour le prendre puis fit tourner bride à sa monture. L'animal manqua bousculer Eliwys, qui ne s'écarta pas pour autant.

Kivrin saisit les rênes.

— Ne retournez pas auprès de l'évêque, dit-elle.

Il tira sur les lanières de cuir, encore plus effrayé par elle que par l'autre femme.

— Allez vers le nord, la peste n'y est pas.

Il piqua des deux et partit au galop.

— Evitez les grandes routes ! lui cria-t-elle. N'adressez la parole à personne.

Eliwys restait sur place, immobile.

— Venez, lui dit Kivrin. Nous devons trouver Agnès.

— Mon époux et Gawyn ont dû faire un détour par Courcy pour avertir Messire Bloet, déclara-t-elle alors qu'ils la guidaient vers la demeure.

Kivrin la laissa près du feu et alla dans la grange. Elle n'y trouva que son manteau, resté là depuis le soir de Noël. Elle le jeta sur ses épaules et gravit l'échelle du fenil. Puis elle visita la brasserie alors que Roche fouillait les autres dépendances. Agnès ne se cachait nulle part. Un vent froid à l'odeur de neige s'était levé.

— Peut-être est-elle dans le manoir, suggéra Roche. Avez-vous regardé derrière le grand siège ?

Ils explorèrent la maison. Maisry pleurnichait dans son coin. Kivrin résista à la tentation de lui donner des coups de pied et alla interroger Dame Imeyne, toujours agenouillée contre le mur.

La vieille femme l'ignora. Elle continua de faire glisser les maillons de la chaînette entre ses doigts en articulant silencieusement ses prières.

Kivrin la prit par l'épaule et la secoua.

— L'avez-vous vue sortir ?

Imeyne la fixa, les yeux brillants de colère, et grommela :

— C'est elle, la fautive.

— Agnès ?

Elle regarda Maisry.

— Dieu nous punit pour les péchés de notre servante.

— Agnès a disparu et la nuit tombe. Ne l'avez-vous pas vue ?

— C'est sa faute, marmonna Imeyne avant de se tourner vers le mur.

L'après-midi tirait à sa fin et le vent devenait plus violent. Kivrin courut jusqu'au terrain communal.

Elle se rappela le jour où elle avait décidé de retrouver le point de transfert par ses propres moyens. L'étendue enneigée était déserte et les rafales la cinglaient. Une cloche sonnait, quelque part au nord-est, lentement, pour des funérailles.

Le clocher fascinait Agnès. Kivrin y entra et

l'appela. Elle ressortit et regarda les huttes. Où une enfant de son âge avait-elle pu aller ?

Pas dans ces cabanes, hormis pour s'abriter du froid. Elle souhaitait aller sur la tombe de son chiot. Kivrin ne lui avait pas précisé qu'elle l'avait enterré à l'orée des bois, car la fillette voulait qu'il fût mis en terre dans le cimetière. Kivrin pouvait constater qu'elle n'était pas au milieu des sépultures mais elle franchit malgré tout le portillon.

Agnès était passée par là. Les empreintes de ses petites bottes allaient de stèle en stèle puis obliquaient vers le côté nord de l'église. Elle regarda la colline et se demanda : Que ferons-nous, si elle s'est aventurée dans les bois ? Nous ne la retrouverons jamais.

Elle contourna le bâtiment. Les traces de pas s'en éloignaient puis revenaient vers la porte. Kivrin l'ouvrit. Dans la nef obscure, la température était encore plus basse que dans le cimetière battu par le vent.

— Agnès ? appela-t-elle.

Pas de réponse, mais un bruissement à proximité de l'autel, comme si un rat avait détalé à son approche.

— Agnès ? Es-tu ici ?

Elle scruta la pénombre des ailes latérales, regarda derrière le tombeau du chevalier.

— Kivrin ? fit une petite voix chevrotante.

Elle courut vers son point d'origine.

— Agnès ? Où es-tu ?

Elle la vit, recroquevillée au pied de l'effigie de sainte Catherine, emmitouflée dans son manteau au milieu des bougies. Elle s'appuyait à la jupe de pierre de la statue, les yeux écarquillés, les joues rouges et striées de larmes.

— Kivrin ? sanglota l'enfant avant de se précipiter dans ses bras.

— Que fais-tu là, Agnès ? lui demanda Kivrin avec colère. Nous t'avons cherchée partout.

— Je me cachais. J'emmenais Charrette voir mon chien quand je suis tombée. Je vous ai appelée, mais vous n'êtes pas venue.

Elle essuya son nez du dos de la main.

— Je ne savais pas où tu étais, ma chérie. Pourquoi es-tu entrée dans l'église ?

— Pour échapper au méchant homme.

— Quel méchant homme ?

La lourde porte s'ouvrit et la fillette referma ses petits bras autour du cou de Kivrin.

— Le voilà ! murmura-t-elle, hystérique.

— Père Roche ? Je l'ai retrouvée. Elle est ici.

Le battant se referma. Elle entendit des pas approcher.

— C'est le père Roche, expliqua-t-elle. Il te cherchait, lui aussi. Nous ne savions pas que tu étais partie.

— Maisry disait que le méchant homme viendrait m'enlever.

Roche arriva, le souffle court, et Agnès enfouit à nouveau sa tête contre l'épaule de Kivrin.

— Est-elle malade ? demanda le prêtre, inquiet.

— Je ne crois pas. Mais elle est transie. Mettez-lui mon manteau.

Il dégrafa le vêtement et en couvrit la fillette, qui lui expliqua :

— Je me cachais du méchant homme. Maisry dit que c'est lui qui vient nous donner la maladie bleue.

— Il n'y a pas de méchant homme, répéta Kivrin.

Je vais secouer cette idiote tant que toutes ses dents cariées ne seront pas tombées, décida-t-elle. Elle se leva. Agnès s'agrippa à son cou.

Roche chercha à tâtons la porte latérale et l'ouvrit sur la clarté bleuâtre de l'extérieur.

— Maisry dit que c'est lui qui a tué Blackie, précisa Agnès en frissonnant. Mais j'ai pu lui échapper.

Kivrin pensa au chiot noir. Elle l'avait emporté comme elle emportait à présent Agnès. Non ! se dit-elle. Si la fillette tremblait, c'était à cause du froid glacial qui régnait dans l'église. Si son visage était chaud, c'était parce qu'elle avait pleuré. Kivrin tenta de s'en convaincre puis lui demanda si elle avait des migraines.

L'enfant lui répondit par un mouvement de tête qu'elle ne sut interpréter. Elle pressa le pas pour passer devant la maison de l'intendant et traverser la cour.

— Je ne suis pas allée dans les bois, déclara Agnès lorsqu'ils entrèrent dans le manoir. La belle demoiselle entêtée s'y est perdue, n'est-ce pas ?

— Oui, mais tout a fini par s'arranger. Son père l'a retrouvée et ramenée chez eux.

Elle fit asseoir la fillette sur un banc, à côté du feu, et dénoua sa cape.

— Et elle n'est pas retournée dans les bois ?

— Non, jamais, confirma Kivrin en lui retirant ses bottes et ses hauts-de-chausses trempés. Allonge-toi, à présent.

Elle étala son manteau à côté du feu.

— Je vais t'apporter une soupe bien chaude.

Agnès obéit, docile, et Kivrin la couvrit avec les pans du vêtement.

Lorsqu'elle lui apporta du bouillon, l'enfant refusa de le boire et s'endormit sitôt après.

— Elle a dû prendre froid, dit-elle à Eliwys et à Roche. Elle a passé presque tout l'après-midi à l'extérieur.

Mais dès que le prêtre alla sonner les vêpres, elle

la découvrit et palpa ses aisselles et son aine. Elle la tourna sur le ventre, pour voir s'il n'y avait pas de bubon entre ses omoplates.

Roche revint avec une couverture effilochée qu'il étala sur le sol, pour Agnès.

Ils entendirent les cloches d'Oxford et de Godstow. Aucun tintement ne provenait de Courcy et Kivrin se tourna vers Eliwys, qui n'y prêtait pas attention. Elle regardait les paravents, au-delà de Rosemonde.

Les cloches de Courcy sonnèrent après les autres, des sons étranges, lents et étouffés. Kivrin s'adressa au père Roche.

— Est-ce le glas ?

— Non, c'est un jour saint.

Elle avait perdu le fil du temps. L'envoyé de l'évêque était parti le matin de Noël et elle avait découvert l'épouvantable vérité dans l'après-midi. Ensuite, les événements s'étaient fondus en une seule journée interminable. Quatre jours, calcula-t-elle. Quatre jours se sont écoulés.

Elle avait choisi la période de Noël pour aller dans le passé à cause des nombreuses fêtes religieuses qui lui permettraient de ne pas rater le rendez-vous. Pardonnez-moi, monsieur Dunworthy, pensa-t-elle. Gawyn est allé à Bath chercher de l'aide, l'envoyé de l'évêque a pris tous les chevaux et je ne savais pas où vous m'attendiez.

— Est-ce que ce sont les cloches de Courcy ? demanda-t-elle à Roche.

— Oui. N'ayez crainte. Elles commémorent le massacre des Innocents.

Le massacre des Innocents ! Kivrin baissa les yeux sur Agnès. Elle dormait et ne tremblait plus, mais son front était brûlant.

La cuisinière cria. Kivrin contourna la barricade. La femme s'était accroupie sur sa paillasse et essayait de se lever.

— Je dois rentrer chez moi, déclara-t-elle.

Kivrin réussit à la convaincre de se rallonger et alla lui chercher de l'eau. Le seau était presque vide et elle le prit pour aller au puits.

— Dites à Kivrin de venir me voir, demanda Agnès.

Elle s'était assise. Kivrin posa le seau et alla s'agenouiller près d'elle.

— Je suis ici, à côté de toi.

Agnès la fixa, les traits déformés par la colère.

— Le méchant homme m'enlèvera, si elle n'est pas là pour me défendre. Allez lui dire de venir *tout de suite.*

EXTRAIT DU GRAND LIVRE

(073453-074912)

J'ai raté le rendez-vous. Je n'ai pas tenu le décompte des jours et je ne connaissais pas l'emplacement du point de transfert.

Vous devez être mort d'inquiétude, monsieur Dunworthy. Sans doute pensez-vous que je suis cernée par des meurtriers. C'est exact. Et Agnès est leur nouvelle victime.

Elle a de la fièvre, mais aucun bubon. Elle ne tousse ni ne vomit. Il n'y a que cette température très élevée... Elle ne me reconnaît plus et m'appelle sans cesse. Nous avons essayé de faire tomber la fièvre avec des compresses d'eau fraîche, en vain.

(Pause)

Dame Imeyne est malade. Le père Roche l'a trouvée qui gisait sur le sol, ce matin. Elle a dû rester là toute la nuit. Elle refusait d'aller se coucher, sans doute voulait-elle implorer Dieu d'épargner les justes.

Il n'a pas exaucé sa prière. Elle a la peste pulmonaire. Elle tousse et crache de la bave sanguinolente.

Elle refuse de se laisser soigner, que ce soit par Roche ou par moi.

— C'est elle qu'il faut blâmer pour tout ceci, a-t-elle dit au prêtre en me désignant. Voyez ses cheveux, alors qu'elle n'est plus vierge. Regardez son accoutrement.

Je porte un justaucorps d'homme et des hauts-de-chausses en cuir trouvés dans un des coffres de la soupente. J'ai dû jeter ma cotte après qu'elle eut vomi sur moi, et il y a longtemps que j'ai déchiré ma chemise pour en faire des bandages.

Roche a essayé de lui faire boire une infusion d'écorce de saule, mais elle l'a recrachée en disant :

— Elle a menti en prétendant qu'elle avait été attaquée dans les bois. Elle est venue ici pour nous tuer.

De la salive striée de filets vermeils coulait sur son menton. Roche l'a essuyée en rétorquant :

— C'est la fièvre qui vous fait croire de telles choses.

— Elle a été envoyée ici pour nous éliminer. Elle a empoisonné mes petits-enfants, et à présent c'est mon tour. Mais je n'accepterai de cette femme ni boisson ni nourriture.

— Taisez-vous, lui a ordonné le père Roche.

Dire du mal de quelqu'un qui ne veut que votre bien est un péché.

Elle a secoué la tête et regardé de toutes parts, prise de panique.

— Elle veut tous nous tuer. Il faut la brûler vive. C'est un suppôt de Satan !

Je n'avais encore jamais vu le père Roche en colère, et il m'a à nouveau fait penser à un bandit de grand chemin.

— Vous ne savez pas de qui vous parlez ! C'est Dieu qui nous l'a envoyée, afin qu'elle nous soutienne dans nos épreuves.

J'aimerais tant que ce soit vrai. Je voudrais leur être utile, mais je suis impuissante. Agnès me réclame à cor et à cri, Rosemonde semble être victime d'un sortilège, le clerc va de plus en plus mal et je ne puis rien faire. Rien.

(Pause)

Toute la famille de l'intendant a la peste. Nous avons transporté ici Leric, le fils cadet, et j'ai incisé son bubon. Je ne peux pas soulager les autres, car ils ont la forme pulmonaire de cette maladie.

(Pause)

Le nourrisson de l'intendant est mort.

(Pause)

Les cloches de Courcy sonnent le glas. Neuf coups. Qui est décédé ? L'envoyé de l'évêque ? Le gros moine ? Messire Bloet ? Je l'espère, en tout cas.

(Pause)

Je viens de vivre une journée épouvantable. La femme de l'intendant et le garçon scorbutique ont cessé de vivre dans l'après-midi. L'intendant creuse leurs tombes, bien que le sol soit si gelé que je me demande comment sa bêche peut s'y enfoncer. L'état de Rosemonde et de Leric empire. Rosemonde a des difficultés à déglutir et son pouls est filant et irrégulier. Agnès n'est pas aussi mal en point mais je n'arrive pas à faire baisser sa fièvre. Ce soir, c'est ici que Roche a dit les vêpres.

Après les prières, il a ajouté :

— Jésus, je sais que vous nous avez envoyé toute l'aide disponible, mais je crains que ce ne soit insuffisant contre un pareil fléau. Votre sainte servante Katherine dit que cette abomination est une maladie. J'ai cependant des difficultés à la croire car la mort ne va pas d'un homme à l'autre mais est partout à la fois.

C'est exact.

(Pause)

Ulf le Bailli est mort.

De même que Sibbe, fille de l'intendant.

Joan, fille de l'intendant.

La cuisinière (dont j'ignore le nom).

Walthef, le fils aîné de l'intendant.

(Pause)

Plus de la moitié des villageois ont la peste. Mon Dieu, faites qu'Eliwys soit épargnée ! Ainsi que Roche.

29

Il réclama de l'aide mais personne ne vint, et il se crut l'unique survivant, comme ce moine, John Clyn, au monastère des frères mineurs. « Moi qui étais parmi les morts et attendais le trépas... »

Il chercha le bouton d'appel et ne put le trouver. Il vit une clochette sur la table de chevet. Il tendit la main. Ses doigts n'avaient plus de force et l'objet tomba sur le sol. Le tintement fut assourdissant mais l'infirmière ne vint pas.

A son réveil suivant, la clochette était à sa place habituelle. L'infirmière avait dû entrer pendant qu'il dormait. Il s'interrogea sur la durée de son somme. Il avait dû être très long.

Rien dans cette chambre n'indiquait le passage des heures. La clarté était diffuse, sans ombres. Ce pouvait être un après-midi, ou un milieu de matinée. Il n'y avait aucune horloge sur la table de chevet ou le mur, et il était trop faible pour se tourner et voir les moniteurs installés derrière lui, sur la paroi. Il lui était également impossible de se redresser pour regarder par la fenêtre, mais il constatait qu'il pleuvait. La pluie tombait déjà lorsqu'il était allé à Brasenose... plus tôt ce même après-midi ? Peut-être s'était-il simplement évanoui et l'avait-on placé en observation.

— « Je vous réserve bien d'autres maux », fit une voix grondante.

Dunworthy chercha ses lunettes. Elles avaient disparu.

— « Je vous enverrai la terreur, la destruction et la fièvre brûlante. »

Il reconnut Mme Meager, assise sur une chaise à son chevet. Elle n'avait plus ni masque ni blouse, mais sa bible était toujours protégée par du polyéthylène.

— « Et quand vous serez regroupés à l'intérieur de vos cités, je vous enverrai la peste. »

— Quel jour sommes-nous ? demanda-t-il.

Elle s'interrompit, le dévisagea avec curiosité puis reprit sa lecture :

— « Et vous serez livrés à vos ennemis. »

Il ne pouvait être dans cette chambre depuis longtemps. Mme Meager lisait la bonne parole aux patients, à son arrivée. Ce devait être le même après-midi, ce qui expliquait pourquoi Mary n'était pas encore venue expulser cette harpie.

— Pouvez-vous déglutir ? voulut savoir l'infirmière.

La vieille religieuse du service d'approvisionnement.

— Avalez cette thermosonde, croassa-t-elle.

Il ouvrit la bouche. Elle posa la capsule sur sa langue puis inclina sa tête en arrière pour lui permettre de boire, un mouvement accompagné par les bruissements de son tablier.

— C'est fait ?

La thermosonde s'était coincée en travers de sa gorge mais il hocha la tête, ce qui fut à l'origine d'élancements douloureux.

— Parfait. Alors, vous n'avez plus besoin de ceci.

Elle décolla quelque chose de son bras.

— Quelle heure est-il ? demanda-t-il en veillant à ne pas recracher la capsule.

— L'heure de dormir.

Elle lança un coup d'œil de myope aux moniteurs.

— Quel jour ?

Mais elle s'éloignait déjà d'une démarche clopinante.

— Quel jour ? répéta-t-il à l'intention de Mme Meager.

Qui s'était volatilisée.

Il ne pouvait être alité depuis longtemps. Il avait des maux de tête et de la fièvre, les premiers symptômes de la grippe. Quelques heures, sans doute.

— Le moment est venu de prendre votre température, dit l'infirmière.

Une autre, la jolie blonde qui s'intéressait à William.

— Votre collègue s'en est chargée.

— Hier. Tenez, avalez ça.

Son remplaçant ne lui avait-il pas dit qu'elle était grippée, elle aussi ?

— Je vous croyais malade.

— Je suis guérie, comme vous le serez bientôt.

Elle glissa une main derrière sa nuque pour redresser sa tête et lui faire boire une gorgée d'eau.

— Quel jour sommes-nous ?

— Le... onze. J'ai dû m'accorder un instant de réflexion car c'était le chaos, ces derniers temps. La plupart des membres du personnel ont attrapé ce virus et il fallait assurer deux permanences à la suite. J'ai perdu le fil des jours.

Elle regarda les écrans et fronça les sourcils.

La fièvre avait donc amalgamé en un après-midi pluvieux interminable les nuits de délire et les matinées d'abrutissement dues aux produits pharmaceutiques, mais son corps était conscient du temps écoulé et du fait qu'il avait raté le rendez-vous.

Quel rendez-vous ? se demanda-t-il, amer. Gilchrist a fermé le laboratoire. Même s'il avait pu aller là-bas, s'il n'était pas tombé malade, il n'aurait pu utiliser le transmetteur.

Le onze janvier. Kivrin avait-elle attendu longtemps au point de récupération avant de se dire qu'elle avait dû se tromper de date ou de lieu ? Un, deux ou trois jours ? Avait-elle passé une nuit complète au bord de la route Oxford-Bath, recroquevillée dans son manteau blanc, n'osant pas allumer un feu de crainte que la clarté des flammes n'attire des loups, des voleurs ou des paysans qui fuyaient la peste ? Et quand avait-elle finalement compris qu'ils l'avaient abandonnée à cette époque ?

— Voulez-vous quelque chose ? demanda l'infirmière.

Elle emboîta une seringue dans le cathéter.

— Avez-vous des somnifères ?

— Oui.

— Ce sera parfait, dit-il en fermant les yeux.

Il dormit une minute, un jour, ou un mois. La clarté, la pluie, l'absence d'ombres... rien n'avait changé à son réveil. Assis à côté du lit, Colin lisait le livre qu'il lui avait offert pour Noël et suçait une sphère qui distendait sa joue. Il n'a pas dû s'écouler beaucoup de temps, pensa Dunworthy. Le gros bonbon est toujours parmi nous.

— Oh, super ! s'exclama Colin en refermant *Le Temps des Chevaliers*. La vieille chouette m'a autorisé à rester mais j'ai dû lui promettre de ne pas vous déranger. Vous lui direz que vous vous êtes réveillé tout seul, hein ?

Il cracha la confiserie, l'inspecta et la fit disparaître dans sa poche.

— Vous l'avez vue ? Elle a dû naître au Moyen Age. Elle est presque aussi nécrotique que la Mégère.

Dunworthy le lorgna. Il portait une veste verte, et le cache-nez gris enroulé autour de son cou avait un aspect encore plus sinistre sur ce fond de verdure.

— Ohé, c'est moi. Colin. Vous me remettez ?

— Oui, bien sûr. Qu'as-tu fait de ton masque ?

Il sourit.

— Ces machins ne servent à rien. Et vous n'êtes plus contagieux, quoi qu'il en soit. Vous voulez vos lunettes ?

Dunworthy hocha la tête, lentement, pour ne pas relancer les maux de tête.

— Les fois précédentes, vous ne m'avez pas reconnu.

Il fouilla dans le tiroir de la table de chevet et lui tendit la paire de lunettes.

— Vous étiez vraiment en sale état. J'ai bien cru que vous aviez disjoncté. Vous m'appeliez Kivrin.

— Quel jour sommes-nous ?

— Le douze. Vous m'avez déjà posé cette question dans la matinée. Vous ne vous en souvenez pas ?

— Non, avoua Dunworthy en mettant ses lunettes.

— Vous avez tout oublié ?

Je me rappelle que j'ai manqué à tous mes devoirs envers Kivrin, pensa Dunworthy. Que je l'ai abandonnée en 1348.

Colin rapprocha la chaise et posa le livre sur le lit.

— La vieille chouette m'a dit que la fièvre avait cet effet sur les gens, précisa Colin avec irritation. Elle refusait de me laisser entrer et de me donner de vos nouvelles. Je trouvais ça injuste. Elle me faisait poireauter dans une salle d'attente et venait régulièrement me dire de retourner chez moi. Quand je lui posais des questions, elle répondait : « Le docteur passera vous voir dans un moment », et c'est tout. Elle me traitait comme un gosse. Où je veux en venir, c'est qu'il faut bien qu'on apprenne un jour la vérité, pas vrai ? Mais ils ne veulent rien dire. Vous connaissez sa dernière trouvaille ? Ce matin, elle m'a mis dehors en disant : « M. Dunworthy est très malade. Je ne voudrais pas que tu l'empêches de se rétablir. » Tu parles !

Il était indigné, mais également las et inquiet. Dunworthy se le représenta hantant les corridors ou les salles d'attente, dans l'espoir d'obtenir son bulletin de santé. Qu'il eût mûri n'avait rien d'étonnant.

— Finalement, même la Mégère s'en est mêlée. Elle m'a ordonné de ne vous communiquer que les informations réjouissantes, parce que les autres vous feraient rechuter et mourir, et que ce serait ma faute.

— Je constate que Mme Meager ne ménage toujours pas ses efforts pour remonter le moral des troupes. Je présume que le virus prendra bien soin de l'éviter.

Colin parut sidéré.

— Vous ne savez pas que l'épidémie est enrayée ? Ils ont levé la quarantaine la semaine dernière.

L'analogique était donc arrivé. Il se demanda s'ils l'avaient reçu à temps pour sauver Badri, puis quels étaient les faits qu'on voulait lui cacher. Je les connais déjà, se dit-il. Le relèvement a été effacé et Kivrin est en 1348.

— Alors, raconte-moi les bonnes nouvelles, dit-il.

— Eh bien, plus personne n'est tombé malade et nous avons été réapprovisionnés. Nous avons finalement pu manger autre chose que des choux de Bruxelles.

— Tu as également pu renouveler ta garde-robe, à ce que je vois.

Colin baissa les yeux sur sa veste.

— C'est un des cadeaux de ma mère. Je l'ai reçue après...

Il s'interrompit et fronça les sourcils.

— Avec des vids, et une pochette de tatouages.

Dunworthy se demanda si elle n'avait pas attendu la fin de l'épidémie pour être certaine que ce ne serait pas une dépense inutile. Il se demanda également quels trésors d'imagination Mary avait dû déployer pour le faire patienter.

— Regardez la fermeture automatique ! Il suffit d'effleurer le bouton, comme ça. Vous n'aurez plus à me rappeler à l'ordre.

L'entrée de la religieuse leur fut signalée par les bruissements de sa blouse empesée.

— Vous a-t-il réveillé ?

— Qu'est-ce que je disais ? grommela Colin. Non, ma sœur. M. Dunworthy ne m'a même pas entendu tourner les pages.

— Il m'a laissé dormir et n'a tenu que des propos réconfortants.

— M. Dunworthy a besoin de repos, décida-t-elle en suspendant une poche de sérum à la potence. Il est encore trop faible pour recevoir des visites.

Elle poussa Colin hors de la chambre.

— Vous feriez mieux d'empêcher Mme Meager de lui lire les Saintes Ecritures, protesta-t-il. Ça, c'est un truc à rendre tout le monde malade.

Il s'arrêta net sur le seuil et adressa à la vieille femme un regard menaçant.

— Je reviendrai demain. Vous voulez quelque chose ?

— Savoir comment va Badri.

Dunworthy s'attendait au pire et il fut surpris de l'entendre répondre :

— Bien mieux. Il était presque sur pied quand il a fait une rechute. Il se remet, et veut vous voir.

L'infirmière le poussa dans le couloir et referma la porte.

« Ce n'est pas la faute de Badri », avait dit Mary. La désorientation était un des premiers symptômes de la grippe. Il se rappela qu'il n'avait pu composer le numéro d'Andrews, que Mme Piantini avait fait erreur sur erreur en balbutiant : « Désolée. »

— Désolé, murmura-t-il à son tour.

Le responsable de tout ceci n'était pas le tech mais lui-même. Il lui avait fait partager ses doutes sur les capacités du débutant engagé par Gilchrist, au point de l'inciter à tout reprendre à zéro.

Colin avait oublié son livre. Dunworthy le tira vers lui. Il était si lourd que son bras se mit à trembler lorsqu'il le tint ouvert. Il dut le caler contre le rail latéral de son lit pour tourner les pages. Vu sous cet angle le texte était pratiquement illisible mais il trouva malgré tout ce qu'il cherchait.

La peste noire avait atteint Oxford le jour de Noël. Les universités avaient fermé leurs portes et les habitants encore valides s'étaient enfuis vers les villages voisins en emportant les bacilles avec eux. Les autres étaient morts par milliers, en si grand nombre qu'il n'y avait « plus personne pour garder les biens ou enterrer les cadavres ». Les rares individus toujours présents se barricadaient dans les facultés et cherchaient des boucs émissaires à immoler.

Il s'endormit et s'éveilla en sentant qu'on lui retirait ses lunettes. Il ouvrit les yeux sur l'infirmière de William. Elle lui fit un large sourire.

— Désolée. Je ne pensais pas que votre sommeil était si léger.

Dunworthy ferma à demi les paupières pour mieux la voir.

— Colin dit que l'épidémie est terminée.

— Oui. Ils ont trouvé l'origine du virus et obtenu l'analogique juste à temps. Les Probabilités annonçaient déjà des taux de 85 % de contamination et de 32 % de mortalité, même avec les antimicrobiens et le renforcement du système immunitaire. Et je ne vous parlerai pas de nos problèmes d'approvisionnement et d'effectifs. Nous comptons près de 19 % de décès et bon nombre de malades sont encore dans un état critique.

Elle prit son poignet et regarda un moniteur.

— Votre fièvre baisse. Vous avez eu de la chance, vous savez. L'analogique n'a pas toujours été efficace. Le docteur Ahrens...

Elle s'interrompit, sans lui révéler le commentaire de Mary sur la situation.

— Beaucoup de chance, surenchérit-elle. Maintenant, essayez de dormir.

A son réveil suivant, Mme Meager se dressait audessus de lui, Bible au poing.

— « Il vous enverra maux et affliction, entonna-t-elle dès qu'elle le vit ouvrir les yeux. Et toutes les maladies et toutes les fièvres, jusqu'à votre destruction. »

— « Et vous serez livré à vos ennemis », marmonna Dunworthy.

— Quoi ? demanda-t-elle.

— Rien.

Elle avait perdu sa page. Elle feuilleta la Bible, à la recherche d'autres fléaux, et lut :

— ... « Parce que Dieu a envoyé son fils unique bien aimé en ce monde. »

Il n'aurait jamais fait une chose pareille s'Il avait

su ce qui l'attendait, se dit Dunworthy. Hérode, le massacre des Innocents et Gethsémani.

— Lisez-moi Matthieu, chapitre 26, verset 39.

Elle parut irritée mais obtempéra.

— « Et s'étant un peu avancé, il se prosterna la face contre terre, priant et disant : "Mon Père, s'il est possible, que ce calice passe loin de moi." »

Dieu devait alors ignorer où était Son Fils. Il l'avait envoyé en ce monde et le relèvement avait été effacé, un Gilchrist avait débranché le transmetteur. Et Jésus avait été arrêté, coiffé d'une couronne d'épines et crucifié.

— Chapitre 27, verset 46, dit-il.

Elle grimaça mais tourna la page.

— Je ne pense pas que ce soient les passages qui conviennent le mieux à...

— Lisez, ordonna-t-il.

— « Vers la neuvième heure, Jésus cria d'une voix forte : "*Eloi, Eloi, lama sabacthani ?*" c'est-à-dire, mon Dieu, mon Dieu, pourquoi m'as-tu abandonné ? »

Kivrin ignorait ce qui s'était passé. Elle avait dû se croire au mauvais endroit, au mauvais moment, et en conclure qu'elle s'était trompée en comptant les jours, que quelque chose était allé de travers, qu'il s'était désintéressé de son sort.

— Alors ? demanda Mme Meager. Avez-vous d'autres souhaits à exprimer ?

— Non.

Elle revint vers l'Ancien Testament.

— « Car ils périront par l'épée, par la famine et par la maladie, lut-elle. Celui qui est au loin mourra de la peste... »

Il put malgré tout s'endormir et lorsqu'il rouvrit les yeux ce ne fut pas sur cet après-midi interminable. Il pleuvait toujours mais il voyait à présent des ombres dans la pièce. Il entendit sonner quatre heures. L'amie de William l'aida à aller aux toilettes. Le livre avait disparu — et il pensa que Colin avait dû passer le récupérer — mais quand l'infirmière ouvrit la porte de la table de chevet pour ranger ses pantoufles il le vit à l'intérieur. Il demanda à la fille de redresser le lit puis il mit ses lunettes et reprit la lecture du *Temps des Chevaliers*.

L'épidémie s'était répandue de façon si imprévisible, si soudaine, que les contemporains n'avaient pu croire à une maladie d'origine naturelle. Comme toujours en pareil cas, ils avaient accusé les lépreux, les vieilles femmes et les simples d'esprit d'empoisonner les puits et de leur jeter des sorts. Tout inconnu, tout étranger, était suspect. Dans le Sussex, ils avaient lapidé deux voyageurs. Dans le Yorkshire, ils avaient immolé une vierge sur le bûcher.

— Il était donc là, dit Colin en entrant. Je croyais l'avoir perdu.

Il portait sa nouvelle veste. Elle avait un point commun avec la précédente, elle était trempée.

— J'ai dû apporter les étuis à clochettes des Américaines à la Sainte Eglise Re-Formée et c'est un vrai déluge.

Dunworthy se sentit soulagé, et il prit conscience de ne pas avoir demandé des nouvelles de ses pensionnaires involontaires par crainte d'entendre le pire.

— Mlle Taylor est donc rétablie ?

Colin effleura le bas de sa veste. Elle s'ouvrit et projeta des gouttes de tous côtés.

— Oui. Elles vont donner un autre concert.

Il se pencha pour voir ce que lisait Dunworthy. Qui referma le livre et le lui tendit.

— Et Mme Piantini ?

— Elle est toujours à l'hôpital. Si maigre que

vous ne la reconnaîtriez pas. Vous lisiez le passage sur la peste noire, c'est ça ?

Il rouvrit l'ouvrage.

— Oui. M. Finch n'a pas attrapé le virus, j'espère ?

— Non. Il remplace Mme Piantini et ne sait plus où donner de la tête. Il n'y avait pas le moindre rouleau de papier hygiénique, dans les colis envoyés de Londres, et nous allons en manquer. Il a eu un accrochage avec la Mégère, à ce sujet.

Il reposa le livre sur le lit.

— Que va devenir cette fille ? ajouta-t-il.

— Je l'ignore.

— Vous ne pouvez rien faire pour la tirer de là ?

— Non.

— C'était affreux, pendant la peste noire. Les cadavres étaient si nombreux qu'ils ne les enterraient même pas. Ils les laissaient en tas.

— Elle nous est inaccessible. Nous avons perdu le relèvement quand Gilchrist a coupé le transmetteur.

— Je sais. Il n'y a pas d'autres moyens ?

— Non.

— Mais...

La sœur fit irruption dans la chambre.

— J'ai l'intention de demander à votre médecin traitant de limiter vos visites, déclara-t-elle en tirant Colin vers la porte par le col de sa veste.

— Alors, commencez par interdire à Mme Meager de venir me voir, rétorqua Dunworthy. Et dites à Mary que je souhaiterais lui parler.

Ce ne fut pas Mary qui passa mais Montoya. Sans doute revenait-elle des fouilles car elle avait de la boue jusqu'aux genoux et ses cheveux bruns bouclés étaient gris de poussière. Colin l'accompagnait, et sa veste neuve était prise dans une gangue de glaise séchée.

— Nous avons dû attendre que la vieille chouette regarde ailleurs, précisa Colin.

Montoya avait perdu du poids. Ses mains étaient squelettiques et sa montre flottait autour de son poignet.

— Comment vous sentez-vous ? demanda-t-elle.

— Mieux, mentit-il en s'intéressant aux ongles crasseux de l'Américaine. Et vous ?

— On fait aller.

Elle avait dû regagner le chantier archéologique pour chercher l'enregistreur sitôt qu'on l'avait autorisée à quitter l'hôpital. Qu'elle eût abandonné ses fouilles pour passer le voir était de mauvais augure.

— Elle est morte, n'est-ce pas ? fit-il.

Elle serra le rail latéral du lit, le lâcha.

— Oui.

Au moins ne s'étaient-ils pas trompés quant aux coordonnées spatiales. Kivrin avait pris la route Oxford-Bath, pour aller à Skendgate où elle était décédée... victime du virus, d'inanition ou de désespoir. Elle était morte, depuis sept siècles.

— Vous l'avez donc trouvé, dit-il.

— Trouvé quoi ? voulut savoir Colin.

— L'enregistreur.

— Non, répondit Montoya.

Il n'éprouva aucun soulagement.

— Mais vous le ferez, dit-il.

Il voyait les mains de la femme trembler légèrement, sur la barre métallique.

— Kivrin me l'a demandé, dit-elle. Le jour du transfert. C'est elle qui a suggéré de camoufler l'appareil en excroissance osseuse, pour que son compte rendu puisse arriver jusqu'à nous même si elle restait coincée dans le passé. Elle estimait que vous vous inquiétiez pour rien, mais qu'en cas de malheur elle ferait son possible pour être enterrée dans ce cimetière afin que vous... que vous n'alliez pas exhumer tous les cadavres d'Angleterre.

Il ferma les yeux.

— Si vous n'avez rien découvert, comment pouvez-vous affirmer qu'elle est morte? s'emporta Colin.

— Nous avons amené des souris de laboratoire sur le chantier. Un quart d'heure plus tard, toutes avaient chopé le virus. Kivrin a travaillé sur ce tombeau pendant plus de trois heures. Il est probable à 75 % qu'elle est tombée malade, et compte tenu des possibilités de la médecine médiévale il y a certainement eu des complications.

A l'époque, les disciples d'Esculape soignaient les gens avec des sangsues et de la strychnine, et ils n'avaient jamais entendu parler de stérilisation, de microbes ou de cellules T. Ils avaient dû la badigeonner de cataplasmes malodorants, marmonner des prières et lui ouvrir les veines. «Les médecins pratiquaient des saignées, mais la plupart des malades mouraient malgré tout», avait-il lu dans ce livre.

— Sans antimicrobiens ni renforcement du système immunitaire, le taux de mortalité est de 49 %, ajoutait Montoya. Les Probabilités...

— Les Probabilités, grommela Dunworthy. Citez-vous les chiffres de Gilchrist?

Elle lança un coup d'œil à Colin et se renfrogna.

— Elles sont de 75 % pour que Kivrin ait attrapé ce virus et de 68 % pour qu'elle ait été exposée au bacille de la peste. 91 % des gens y sont vulnérables et l'issue est fatale dans...

— Elle n'a pas pu contracter la peste, s'emporta Dunworthy. Elle a été vaccinée. Le docteur Ahrens et Gilchrist ne vous l'ont donc pas dit?

Elle lança un autre regard oblique à Colin, qui déclara sur un ton plein de défi :

— On m'a interdit de lui en parler.

— Que me cache-t-on ? Gilchrist serait-il malade ? Il s'était effondré dans les bras de cet homme. Peut-être lui avait-il transmis le virus.

— Cette grippe lui a été fatale, dit Montoya.

Dunworthy se tourna vers Colin.

— Que t'a-t-on encore interdit de m'apprendre ? Qui d'autre est décédé pendant que j'étais inconscient ?

Montoya releva le menton pour intimer à Colin de se taire, mais il était trop tard.

— Grand-tante Mary, dit-il.

EXTRAIT DU GRAND LIVRE

(077076-078924)

Maisry a pris la fuite. Nous l'avons cherchée partout, Roche et moi. Nous craignions qu'elle fût malade et tapie dans un coin, mais l'intendant l'a vue partir dans les bois pendant qu'il creusait la tombe de Walthef. Elle montait le poney d'Agnès.

Elle va répandre la maladie, ou atteindre un village déjà contaminé. La peste nous cerne. Les cloches tintent comme pour les vêpres, mais le rythme est rompu. Les sonneurs semblent avoir sombré dans la folie. Il est impossible de déterminer si ce sont neuf coups ou trois. Les cloches de Courcy n'ont sonné qu'une seule fois, ce matin, peut-être pour une des filles rieuses et bavardes.

Rosemonde est toujours inconsciente et son

pouls est très faible. Agnès hurle et se débat dans son délire. Elle m'appelle sans cesse, mais sitôt que je lui parle, elle donne des coups de pied et s'emporte comme si elle faisait un caprice.

Eliwys s'épuise à soigner sa fille cadette et sa belle-mère, qui me traite désormais de « Démon ». Ce matin, elle a failli me pocher un œil. Seul le clerc me laisse approcher, et il est perdu. Il ne pourra tenir un jour de plus. Il pue tant que nous avons dû l'installer à l'autre extrémité de la salle. Son bubon suppure à nouveau.

(Pause)

Gunni, le deuxième fils de l'intendant.
La femme marquée par les écrouelles.
Le père de Maisry.
L'enfant de chœur de Roche, Cob.

(Pause)

Dame Imeyne est au plus mal. Roche a voulu lui donner l'extrême-onction.

— Vous devez vous mettre en règle avec Dieu avant de mourir, lui a-t-il dit.

Mais elle a tourné le visage vers le mur et marmonné :

— C'est Lui, le responsable de ce qui nous arrive.

(Pause)

Trente et un cas. Plus de 75 %. Ce matin, Roche a consacré une partie du terrain communal car le cimetière sera plein sous peu.

Maisry n'est pas revenue. Sans doute dort-elle dans un manoir dont les occupants ont fui et se découvrira-t-elle du sang bleu dans les veines si elle survit à tout ceci.

Peut-être est-ce la cause de tout ce qui cloche à notre époque, monsieur Dunworthy. Nous sommes les descendants de Maisry, de l'envoyé de l'évêque et de Messire Bloet. La peste a décimé tous les gens courageux qui ont décidé de rester pour aider leurs semblables.

(Pause)

Dame Imeyne est inconsciente et Roche lui a administré les derniers sacrements. C'est moi qui le lui ai demandé.

— C'est la fièvre qui a parlé par sa bouche. Son âme ne s'est pas dressée contre Dieu, ai-je affirmé.

C'est faux, et peut-être n'est-elle pas digne d'obtenir le pardon, mais elle n'a pas mérité de subir de pareils tourments. Son corps empoisonné se putréfie, et comment pourrais-je lui reprocher de tenir Dieu pour responsable de ses maux dès l'instant où je vois en elle la femme qui a attiré ce malheur sur notre entourage ? Alors que je sais qu'on ne peut imputer cela à personne. C'est une maladie.

Nous n'avons plus de vin de messe, ni d'huile d'olive. Roche utilise de l'huile rance trouvée dans les cuisines et lorsqu'il l'applique sur les tempes et les paumes des agonisants leur peau noircit aussitôt.

C'est une maladie.

(Pause)

Agnès va de plus en plus mal. Je ne puis supporter de la voir haleter comme son chiot et de l'entendre hurler :

— Dites à Kivrin de venir me chercher. Je ne veux pas rester ici !

Même les nerfs de Roche commencent à flancher.

— Pourquoi Dieu nous punit-Il ainsi ? m'a-t-il demandé.

— Il ne nous punit pas. Il s'agit d'une maladie, lui ai-je répété.

Mais ce n'est pas une réponse, et il en a conscience.

Toute l'Europe le sait, et l'Eglise également. Elle réussira à conserver sa position pendant encore quelques siècles mais ne pourra jamais justifier le fait que Dieu ait laissé une pareille abomination se produire. Qu'Il ne soit pas venu au secours des hommes.

(Pause)

Les cloches se sont tues. Roche m'a demandé si je pensais que cela indiquait la fin de l'épidémie.

— Dieu a dû nous venir en aide, a-t-il dit.

J'en doute. A Tournai, les prélats ont donné l'ordre de ne plus sonner les cloches parce que le glas effrayait la population. L'évêque de Bath a dû prendre la même décision.

Leurs tintements étaient certes angoissants, mais le silence est plus oppressant encore. C'est la fin du monde.

30

Mary était tombée malade peu après lui, le jour de l'arrivée de l'analogique. On avait presque aussitôt constaté des complications pulmonaires et son cœur avait cessé de battre le lendemain. Le six janvier. Pour l'Epiphanie.

— Il fallait m'en informer, reprocha Dunworthy.

— Je vous ai dit que grand-tante Mary était morte, protesta Colin. Vous ne vous le rappelez pas ?

Il n'en gardait aucun souvenir. Il aurait pourtant dû s'en douter en constatant que Mme Meager avait libre accès à sa chambre. Et quand Colin lui avait déclaré : « Ils ne veulent rien dire », il n'avait même pas trouvé étrange qu'elle ne fût pas passée le voir.

— Je vous en ai parlé. Mais vous étiez trop mal en point pour y prêter attention.

Il s'imagina cet enfant qui attendait devant la chambre de sa grand-tante puis venait lui annoncer la mauvaise nouvelle.

— Je suis désolé.

— Vous étiez malade. Ce n'est pas votre faute.

Dunworthy avait tenu les mêmes propos à Mlle Taylor, et elle avait refusé d'admettre leur bien-fondé. Même Colin ne devait pas être convaincu.

— Ils ont tous été très gentils, la vieille chouette exceptée, ajouta Colin. Et la Mégère. Elle me lisait des passages de la Bible, pour me faire comprendre que Dieu punissait ainsi les impies. M. Finch a téléphoné à ma mère, mais elle n'a pas pu se libérer et il a pris toutes les dispositions pour l'enterrement. Il m'a beaucoup aidé. Les Américaines aussi. Elles m'ont donné des tas de bonbons.

— Je suis désolé, répéta Dunworthy.

Pour dire encore, après que la vieille religieuse eut expulsé Colin :

— Je suis désolé.

Le petit-neveu de Mary ne revint pas. Dunworthy ignorait si l'infirmière lui avait interdit l'accès de l'hôpital ou s'il lui tenait rigueur de ce qui s'était passé.

Il l'avait laissé seul face à Mme Meager, à la sœur revêche et aux médecins qui lui taisaient la vérité. Il s'était rendu inaccessible, impossible à joindre, comme M. Basingame qui pêchait le saumon ou la truite dans une rivière d'Ecosse.

— Pensez-vous que Kivrin est morte ? avait demandé Colin après le départ de Montoya.

— Je le crains.

— Mais vous avez dit qu'elle était vaccinée contre la peste. Supposez qu'elle soit vivante, qu'elle vous attende au point de rendez-vous...

— Elle a certainement attrapé ce virus.

— Vous aussi, et vous n'avez pas clamsé pour autant. Vous devriez voir Badri. Il aura peut-être une idée. Qui sait s'il ne peut pas remettre la machine en marche ?

— Ce n'est pas une lampe de poche qu'on éteint et qu'on rallume. Le relèvement a été perdu.

— Il pourrait le refaire, non ?

Plusieurs jours étaient nécessaires pour préparer un transfert, même lorsqu'on disposait de toutes les informations. Ce qui n'était pas le cas. Badri connaissait seulement la date. Ce serait insuffisant. Il aurait pu tout reprendre à zéro s'il avait connu les coordonnées spatiales, si la fièvre n'avait pas tout embrouillé dans son esprit et si les paradoxes avaient autorisé un second voyage temporel vers la même période de l'Histoire.

Il ne pouvait expliquer tout cela à Colin, ni lui faire comprendre que Kivrin n'avait pu survivre à cette grippe en un siècle où les médecins ne connaissaient pas d'autre remède que les saignées.

— C'est irréalisable. Je regrette.

— Vous allez l'abandonner à son sort ? Qu'elle soit morte ou vivante ? Vous n'en parlerez même pas à Badri ?

— Colin...

— Grand-tante Mary n'aurait pas renoncé. Elle a tout tenté pour vous sauver.

La sœur avait fait irruption dans la chambre, en beuglant :

— Que se passe-t-il, ici ? Je dois vous ordonner de sortir, si vous troublez le repos du patient.

— J'allais partir, de toute façon, avait déclaré Colin en se levant.

Il n'était pas revenu au cours de l'après-midi, de la soirée et du matin suivant.

— Suis-je autorisé à recevoir des visiteurs ? demanda Dunworthy à l'infirmière de William, lorsqu'elle prit son service.

— Oui. D'ailleurs, quelqu'un attend dans le couloir.

Mme Meager, qui avait déjà ouvert sa bible.

— Luc, chapitre 23, verset 33, gronda-t-elle en le foudroyant du regard. Etant donné que la crucifixion exerce sur vous une fascination morbide. « Lorsqu'ils furent arrivés au lieu appelé Calvaire, ils l'y crucifièrent... »

Si Dieu avait su où était Son Fils, Il serait intervenu, se dit Dunworthy. Il l'aurait tiré de ce mauvais pas.

Pendant la peste noire, les gens pensaient que Dieu les avait abandonnés. « Pourquoi Vous détournez-Vous de nous ? avaient-ils écrit. Pourquoi restez-Vous sourd à nos suppliques ? » Mais peut-être ne pouvait-Il pas les entendre. Peut-être était-Il inconscient, malade, dans l'incapacité d'intervenir.

— « … des ténèbres couvrirent toute la terre jusqu'à la neuvième heure, ânonnait Mme Meager. Le soleil s'obscurcit… »

Les contemporains avaient cru que c'était la fin du monde, la bataille d'Armageddon, la victoire de Satan. Et le Malin a effectivement triomphé, conclut Dunworthy. Il a débranché le transmetteur, effacé le relèvement.

Il pensa à Gilchrist et se demanda si cet homme avait pris conscience de la gravité de son acte ou s'il était mort en ignorant qu'il venait de condamner Kivrin.

— « Puis il les conduisit hors de la ville, jusque vers Béthanie, et, ayant levé les mains, il les bénit. Pendant qu'il les bénissait, il se sépara d'eux et il fut enlevé au ciel. »

Il avait été arraché à ses proches, emporté aux Cieux. Son Père était venu le chercher, pensa Dunworthy. Mais trop tard, bien trop tard.

Mme Meager poursuivit sa lecture jusqu'au retour de l'infirmière de William, qui l'expulsa en disant :

— C'est l'heure de la sieste.

Puis elle vint subtiliser son oreiller pour lui donner des tapes vigoureuses.

— Colin est-il revenu ? demanda-t-il.

— Je ne l'ai pas vu depuis hier, déclara-t-elle en glissant l'oreiller sous sa tête. Essayez de dormir.

— Et Mlle Montoya ?

— Non plus.

Elle lui présenta une gélule et un gobelet en carton.

— Il n'y a pas de messages pour moi ?

— Aucun. Dormez.

Elle récupéra le gobelet.

Kivrin avait pris l'engagement de se faire enterrer à Skendgate, mais en raison de la peste tous les cimetières étaient pleins. Les victimes de l'épidémie étaient jetées dans des fosses communes ou des cours d'eau. Les derniers temps, on s'était contenté de les entasser et de les brûler.

Montoya ne retrouverait sans doute pas l'enregistreur mais, dans le cas contraire, quelle serait la teneur du message ? « Je suis allée au point de transfert et la porte était close. Que s'est-il passé ? » La voix de Kivrin grimperait alors dans les aigus, de panique, de reproche. « *Eloi, Eloi*, pourquoi m'avez-vous abandonnée ? »

L'infirmière le fit asseoir dans un fauteuil pour prendre son déjeuner. Il terminait un bol de pruneaux cuits lorsque Finch arriva.

— Nous n'avons plus de fruits au sirop, déclara-t-il en désignant le plateau d'un doigt accusateur. Ni de papier hygiénique. Comment veulent-ils que nous débutions le trimestre ?

Il s'assit à l'extrémité du lit.

— La rentrée a été reportée au vingt-cinq, mais nous ne serons jamais prêts. Il nous reste quinze patientes, à Salvin. L'opération d'immunisation collective débute à peine et je crains qu'il y ait d'autres cas.

— Et Colin ? Comment a-t-il réagi ?

— Il a été profondément abattu après le décès de Mary, mais il va beaucoup mieux depuis que vous êtes sur la voie de la guérison.

— Je voulais vous remercier du soutien que vous lui avez apporté. Il m'a dit que vous vous étiez chargé de tout, pour les funérailles.

— C'était la moindre des choses. Il n'a plus aucun parent, ici. Je pensais que sa mère viendrait pour l'enterrement, d'autant plus que tout danger avait alors disparu, mais elle m'a rétorqué que je la prenais de court. Elle a fait livrer des fleurs. La messe a été dite à la chapelle de Balliol… Oh, à propos de notre chapelle, j'ai autorisé les responsables de la Sainte Eglise Re-Formée à y organiser un concert, le quinze. Le M.S. a reconverti leurs locaux en centre de vaccination. Les Américaines vont interpréter « Quand arriva enfin mon Sauveur » de Rimbaud. J'espère que ça ne vous ennuie pas ?

— Pas le moins du monde, affirma Dunworthy.

Il se demanda si elles avaient sonné les cloches, pour l'enterrement de Mary.

— Je constate que vous avez réalisé du bon travail, pendant mon absence.

— Je fais de mon mieux, monsieur. Ce n'est pas chose aisée, avec Mme Meager. Mais je ne voudrais pas troubler votre repos. Puis-je quelque chose pour vous ?

Il se leva.

— Non, il n'existe rien que vous pourriez tenter.

Finch se dirigea vers la porte, s'arrêta.

— Je vous présente mes condoléances, monsieur Dunworthy, dit-il avec gêne. Je sais que vous étiez très proche du docteur Ahrens.

Proche ! pensa-t-il après le départ de son secrétaire. Il s'imagina Mary qui se penchait vers lui pour lui faire avaler une thermosonde tout en surveillant les moniteurs avec inquiétude. Il essaya de se représenter Colin debout à côté de son lit pour lui annoncer : « Grand-tante Mary est morte. Morte. Vous m'entendez ? » Mais il n'en gardait aucun souvenir.

La sœur entra et suspendit à la potence une autre perfusion soporifique. A son réveil, il se sentait en bien meilleure forme.

— Le renforcement de vos cellules T commence à faire effet, lui déclara l'infirmière de William.

Nous l'avons constaté sur bon nombre de patients. Dans certains cas, le rétablissement est miraculeux.

Elle le fit marcher jusqu'aux toilettes et, après le déjeuner, dans le couloir.

— Vous devez aller le plus loin possible, dit-elle en s'agenouillant pour lui mettre ses pantoufles.

Je n'irai nulle part, pensa-t-il. Gilchrist a coupé le transmetteur.

Elle suspendit la poche du goutte-à-goutte à son épaule, inséra dans le circuit une pompe miniature et l'aida à enfiler sa robe de chambre.

— Ne vous inquiétez pas si vous vous sentez déprimé, ajouta-t-elle. C'est tout à fait normal, après une grippe. Le moral reviendra dès que votre métabolisme se sera rééquilibré.

Elle le fit sortir dans le couloir.

— Si vous souhaitez rendre visite à vos connaissances, il y a deux patients de Balliol dans la salle du fond. Mme Piantini occupe le quatrième lit. Elle aurait grand besoin qu'on lui change les idées.

— Est-ce que M. Latimer... Est-il toujours parmi nous ?

— Oui, fit-elle. Deux portes plus loin.

Mais le ton de sa voix indiquait qu'il ne s'était pas remis de son attaque.

Dunworthy se dirigea en traînant les pieds jusqu'à sa chambre. Il n'avait pu passer le voir avant de tomber à son tour malade pour la simple raison qu'il attendait l'appel d'Andrews, puis parce que les T.P. manquaient. En outre, Mary disait que Latimer avait perdu l'usage de son esprit autant que de ses membres.

Il poussa la porte. L'homme était allongé sur le dos, avec le bras gauche plié pour faciliter les opérations de branchement. Des tubes sortaient de ses narines et de sa bouche, et des fibres optiques reliaient son crâne et sa poitrine à des moniteurs installés au-dessus du lit. Ces appareils plongeaient son visage dans leur ombre, ce qui ne semblait pas l'incommoder.

— Latimer ? fit-il en approchant.

Le malade n'eut aucune réaction. Il ne cilla pas, son expression resta inchangée, lointaine.

— Monsieur Latimer, fit-il d'une voix plus forte en regardant les écrans.

Pas la moindre modification.

Il est coupé du monde extérieur, pensa Dunworthy qui dut prendre appui sur le dossier d'une chaise.

— Vous ignorez ce qui s'est passé, pas vrai ? Mary est décédée. Kivrin est en 1348 et vous ne savez même pas que Gilchrist a arrêté le transmetteur.

Sur les moniteurs les lignes étaient régulières, indifférentes.

— Vous l'avez envoyée affronter la peste noire, cria-t-il. Et ça ne vous fait ni chaud ni froid...

Il s'interrompit et s'affala sur le siège.

« Je vous ai dit que grand-tante Mary était morte », avait déclaré Colin. Mais il n'avait pas réagi, lui non plus.

Colin ne me le pardonnera jamais, pensa-t-il. Pas plus qu'il ne pardonnera à sa mère de ne pas être venue à l'enterrement. Qu'a-t-elle dit à Finch, déjà ? Qu'il la prenait au dépourvu ? Il pensa à Colin, seul aux funérailles, à la merci de Mme Meager et des carillonneuses.

« Ma mère n'a pas pu se libérer », avait-il déclaré, sans le croire pour autant. Il était conscient qu'elle aurait pu venir, si elle l'avait vraiment désiré.

Non, il ne m'accordera jamais son pardon. Et Kivrin non plus. Elle est plus âgée que lui et me trouvera des circonstances atténuantes, mais au fond de son cœur, face à Dieu sait quels brigands et quelles maladies épouvantables, elle se dira que j'aurais pu la secourir. Si je l'avais vraiment désiré.

Il se leva avec difficulté et retourna dans le couloir. Une civière inoccupée avait été remisée contre la paroi. Il s'y soutint un moment.

Mme Meager sortit de la salle du fond.

— Monsieur Dunworthy ! J'allais justement vous voir, fit-elle en ouvrant sa bible. Vous a-t-on permis de vous lever ?

— Oui.

— Eh bien, je suis heureuse de constater que vous pourrez sous peu reprendre vos fonctions. L'anarchie règne à Balliol, depuis votre départ.

— Tiens donc ?

— Vous devez intervenir auprès de M. Finch. Il autorise les Américaines à répéter à n'importe quelle heure du jour ou de la nuit, et quand je m'en suis plainte il a été d'une grossièreté sans bornes. En outre, il charge mon Willy de seconder des infirmières. Imaginez un peu ! Alors que mon fils a une constitution si fragile. Qu'il n'ait pas été contaminé est un véritable miracle.

C'était absolument exact, compte tenu du grand nombre de jeunes femmes certainement contagieuses qu'il avait embrassées. Dunworthy se demanda ce qu'en auraient pensé les spécialistes des Probabilités.

— Je m'y suis opposée, naturellement. « Je vous interdis de mettre la santé de mon Willy en péril de façon aussi irresponsable, ai-je dit à M. Finch. Je ne resterai pas les bras croisés pendant que mon enfant est en danger mortel ! »

Danger mortel !

— Je dois aller voir Mme Piantini, déclara-t-il.

— Vous feriez mieux de retourner vous coucher. Vous avez une mine de déterré.

Elle agita la Bible sous son nez.

— Ce qui se passe dans cet hôpital est scandaleux ! Il est inconcevable qu'on permette aux patients de baguenauder ainsi. Vous allez faire une rechute et mourir, et vous ne pourrez ensuite adresser de reproches qu'à vous-même.

Il poussa la porte et entra dans la salle.

Il s'attendait à la voir presque déserte, mais tous les lits étaient encore occupés. La plupart des malades étaient assis pour lire ou regarder des miniscopes. Un homme en fauteuil roulant était tourné vers la fenêtre et observait la pluie.

Dunworthy ne le reconnut pas immédiatement. Colin lui avait dit que Badri avait fait une rechute, mais le tech ressemblait à un vieillard. Il avait des poches sous les yeux et des rides creusaient les commissures de ses lèvres. Quant à ses cheveux, ils étaient tout blancs.

— Badri, fit-il.

L'homme se tourna.

— Monsieur Dunworthy.

— J'ignorais que vous étiez dans cette salle.

— On m'a transféré… J'ai entendu dire que vous étiez sur la voie de la guérison.

— En effet.

C'est insupportable, pensa Dunworthy. Comment allez-vous ? Mieux, merci, et vous ? Moi également. Bien sûr, le moral n'est pas au beau fixe mais c'est tout à fait normal, après une grippe.

Badri fit pivoter le siège vers la fenêtre et Dunworthy se demanda si ces banalités ne l'irritaient pas autant que lui.

— J'ai fait une erreur, lorsque j'ai saisi à nouveau les coordonnées.

Il aurait dû répondre : « Vous étiez malade, vous aviez de la fièvre », rappeler que la confusion mentale était un des premiers symptômes de cette grippe. Lui dire : « Ce n'est pas votre faute. »

— Je n'avais pas conscience de ce qui se passait, précisa Badri en épluchant sa robe de chambre comme il l'avait fait avec la couverture sous l'emprise de la fièvre. J'ai eu des migraines toute la matinée, mais j'ai poursuivi mon travail. J'aurais dû comprendre que quelque chose clochait et annuler le transfert.

Et moi, j'aurais dû refuser de la guider dans ses recherches, insister pour qu'il y ait des contrôles préalables, imposer à Gilchrist de rouvrir le passage.

— Je me reproche de ne pas avoir utilisé le transmetteur le jour où vous êtes tombé malade, ajouta Badri. Sans attendre la date du rendez-vous.

Dunworthy regarda le mur. Il n'y avait aucun moniteur, on ne surveillait même plus la température du tech. Pouvait-il ignorer que Gilchrist avait coupé l'alimentation de l'appareil ? L'avait-on caché à cet homme comme on lui avait tu la mort de Mary ?

— Ils ont refusé de signer mon bon de sortie. J'aurais dû les obliger à accepter.

Je dois l'en informer, se dit Dunworthy. Mais il n'en trouva pas le courage et il resta à observer le tech qui triturait la ceinture de sa robe de chambre.

— Mlle Montoya m'a fait part des probabilités, ajouta Badri. Croyez-vous que Kivrin est morte ?

Je l'espère, pensa-t-il. J'espère que le virus l'a tuée avant qu'elle n'ait pris conscience que nous l'avions abandonnée.

— Ce n'est pas votre faute, dit-il enfin.

— J'ai ouvert la porte temporelle deux jours plus tard. Elle avait dû entre-temps se lasser d'attendre.

— Quoi ?

— J'ai demandé à sortir le six et dû attendre deux jours leur feu vert. Ensuite, j'ai immédiatement utilisé le transmetteur. Mais elle n'était plus au point de rendez-vous.

— De quoi parlez-vous ? Gilchrist a arrêté l'appareil.

Le tech leva les yeux sur lui.

— J'ai utilisé la sauvegarde.

— Quelle sauvegarde ?

— Les coordonnées que j'ai fournies au transmetteur de Balliol, voyons, répondit Badri, l'air surpris. Vous étiez si inquiet que j'ai décidé de prendre des précautions supplémentaires, au cas où il se produirait un pépin. Je suis passé vous en parler le mardi après-midi, mais vous étiez absent. Je vous ai laissé un mot pour vous informer que j'avais des choses à vous dire.

— Un mot...

— Le labo était ouvert. J'en ai profité pour saisir toutes les informations dont je disposais.

Dunworthy sentait ses jambes flageoler. Il s'assit sur le lit.

— J'ai voulu vous le dire de vive voix, mais j'étais alors trop mal en point pour que mes propos soient compréhensibles.

Dunworthy avait perdu plusieurs jours pour essayer de convaincre Gilchrist de rouvrir le laboratoire, chercher Basingame, attendre que Polly Wilson eût découvert un moyen d'accéder à l'ordinateur de l'Université, alors que toutes les données nécessaires étaient stockées dans un fichier du transmetteur de Balliol. « Le labo est-il ouvert ? »

avait demandé Badri dans son délire. « Sauvegarde », il avait prononcé le mot.

— Pourriez-vous remettre ça ?

— Naturellement, mais même si elle n'a pas contracté la peste...

— Elle a été vaccinée, l'interrompit Dunworthy.

— ... elle ne sera plus là. Une semaine s'est écoulée, depuis la date du rendez-vous. Elle ne nous attend plus.

— Un autre historien pourrait-il emprunter la même porte temporelle ?

— Dans quel but ?

— Partir à sa recherche. Est-il possible d'aller la rejoindre dans le passé ?

— Je l'ignore.

— Combien de temps vous faudrait-il pour tout préparer ?

— Deux heures au maximum, vu que les coordonnées temporelles et spatiales ont déjà été saisies. Cependant, je ne pourrais pas vous dire quelle sera l'importance du décalage.

La porte de la salle s'ouvrit sur Colin.

— Vous voilà enfin ! L'infirmière m'a appris que vous étiez allé vous promener, mais je n'arrivais pas à vous trouver. J'ai pensé que vous vous étiez perdu.

Il vint prendre le bras de Dunworthy, pour l'aider à se lever.

— Elle veut que je vous reconduise dans votre chambre. Elle dit que vous ne devez pas vous fatiguer.

Il le guida vers la porte. Dunworthy s'arrêta sur le seuil pour demander à Badri :

— Quel appareil avez-vous utilisé, le huit ?

— Le nôtre. Je craignais que le transmetteur de Brasenose n'ait été endommagé lorsque Gilchrist a coupé l'alimentation et je n'avais pas le temps de lancer une vérification des systèmes.

Colin poussa le battant.

— La vieille chouette va prendre son service dans une demi-heure. Je suppose que vous ne tenez pas à ce qu'elle vous voie debout. Je suis désolé de ne pas être passé plus tôt. J'ai dû aller chercher les programmes de vaccination à Godstow.

Dunworthy s'appuya au chambranle. Le décalage risquait d'être très important, le tech était cloué dans une chaise roulante et il n'était quant à lui même pas certain de pouvoir marcher jusqu'au bout du couloir. Lorsque Badri lui avait dit : « Vous étiez si inquiet », il s'était imaginé qu'il se référait à la seconde saisie des données alors qu'il voulait en fait préciser : « J'ai fait une sauvegarde. » Une sauvegarde !

— Ça va ? s'enquit Colin. Vous ne faites pas une réchute, au moins ?

— Non.

— Avez-vous demandé à M. Chaudhuri s'il pouvait procéder à un nouveau relèvement ?

— Ce serait inutile. Il dispose d'une sauvegarde.

— Une sauvegarde ? Un double de toutes les données ?

— Oui.

— Vous pourrez donc la secourir ?

Il s'arrêta pour prendre appui sur une civière.

— Je ne sais pas.

— Je vais vous aider. Que voulez-vous que je fasse ? Je peux aller vous chercher des trucs. Vous n'aurez pas à vous fatiguer.

— Nous risquons d'échouer, à cause du décalage...

— Mais vous essaierez, hein ?

Sa poitrine se comprimait à chaque pas et Badri

avait déjà fait une rechute. Et même s'ils tentaient l'expérience, le transmetteur refuserait peut-être de l'envoyer lui aussi dans le passé.

— Oui, je vais essayer.

— Apocalyptique ! commenta Colin.

EXTRAIT DU GRAND LIVRE

(078926-079064)

Dame Imeyne, mère de Guillaume d'Iverie.

(Pause)

Rosemonde se meurt. Je ne sens plus son pouls et sa peau est jaunâtre et cireuse, ce qui est mauvais signe. Agnès mène un âpre combat contre la maladie. Elle n'a toujours ni bubons ni vomissements, ce qui est encourageant. Eliwys a dû couper ses cheveux. Elle les tirait constamment, en me criant de venir les lui tresser.

(Pause)

Roche a donné l'extrême-onction à Rosemonde. Elle n'a naturellement pas pu se confesser. Agnès semble aller un peu mieux, bien qu'elle ait eu des saignements de nez il y a peu. Elle a réclamé sa clochette.

(Pause)

Salope ! Je ne te laisserai pas l'emporter. Elle n'est qu'une enfant. Mais c'est ta spécialité, pas vrai ? Le massacre des Innocents. Tu as déjà tué le bébé de l'intendant, le chiot d'Agnès et le garçon qui est allé chercher de l'aide quand j'étais dans sa hutte. Ça suffit comme ça ! Non, je ne te laisserai pas l'emporter elle aussi, espèce de salope ! Je t'en empêcherai !

31

Agnès mourut le lendemain du jour de l'an. Elle réclamait toujours Kivrin.

— Elle est là, déclara Eliwys en serrant sa petite main dans la sienne. Dame Katherine est près de toi.

— Non, gémit l'enfant d'une voix rauque mais toujours puissante. Dites-lui de venir !

— Tout de suite, promit sa mère.

Elle leva les yeux sur Kivrin, pour lui demander :

— Allez chercher le père Roche.

— Que se passe-t-il ?

Le prêtre lui avait administré les derniers sacrements la veille au soir. Agnès lui avait donné des coups de pied et de poing, et depuis elle refusait de le laisser approcher.

— Etes-vous souffrante, ma Dame ?

Eliwys secoua la tête, sans la quitter des yeux.

— Que dirai-je à mon époux, lorsqu'il rentrera ?

Elle fit reposer la main d'Agnès contre son flanc et Kivrin comprit que la fillette avait rendu son dernier soupir.

Elle fit la toilette du petit corps couvert d'hématomes bleuâtres. On aurait pu croire qu'elle avait été rouée de coups et torturée, pensa Kivrin. Puis achevée. Le massacre des Innocents.

Le surcot et la chemise d'Agnès étaient raidis par le sang et la vomissure, et ses autres vêtements avaient été déchirés en bandages longtemps auparavant. Kivrin l'emmaillota dans son manteau et alla l'enterrer en compagnie de Roche et de l'intendant.

Eliwys ne les accompagna pas.

— Je dois veiller sur Rosemonde, dit-elle quand Kivrin vint l'avertir que tout était prêt.

Cette femme ne pouvait rien faire pour sa fille aînée. Elle était inerte, comme sous l'effet d'un sortilège, le cerveau sans doute endommagé par la fièvre.

— Par ailleurs, Gawyn reviendra peut-être entretemps, ajouta-t-elle.

La température était glaciale et des panaches de condensation s'échappèrent de la bouche du prêtre et de l'intendant lorsqu'ils descendirent Agnès dans la fosse. Ils semblaient peiner, ce qui emplit Kivrin de fureur. Elle ne pèse rien, vous pourriez la soulever d'une seule main ! pensa-t-elle.

La vision de tant de tombes l'exaspérait également. Le cimetière était plein, de même que le bout de terrain consacré par Roche. Ils avaient enterré Dame Imeyne au bord du chemin et le nourrisson de l'intendant aux pieds de sa mère, bien qu'il n'eût pas encore été baptisé, mais la place allait manquer malgré tout.

Où mettrons-nous le fils cadet de l'intendant ? se demanda-t-elle avec colère. Et le clerc ? La peste noire n'a tué qu'entre un tiers et la moitié des Européens, pas leur totalité.

— *Requiescat in pace. Amen*, dit Roche.

L'intendant pelleta la terre pour recouvrir l'enfant.

Vous aviez raison, monsieur Dunworthy. Le blanc est trop salissant. Vous aviez d'ailleurs raison pour tout. Vous m'avez déconseillé de venir, annoncé que je serais témoin d'impensables horreurs. Eh bien, c'est fait. Mais vous n'aurez pas la satisfaction de me le rappeler car j'ignore où se situe le point de transfert et le seul individu qui détenait cette information doit également avoir cessé de vivre.

Elle n'attendit pas que l'intendant eût comblé la fosse et que le père Roche eût terminé sa petite causette amicale avec Dieu. Elle repartit en bouillant de rage contre l'humanité tout entière : l'intendant qui paraissait impatient de creuser d'autres tombes, Eliwys qui n'avait pas daigné assister à la mise en terre de sa fille, Gawyn qui n'arrivait pas. Personne ne viendra, se dit-elle. Personne.

— Katherine, appela Roche.

Elle se tourna et le vit arriver en courant, dans le halo de son haleine gelée.

— Oui ?

— Il ne faut pas renoncer à l'espoir, dit-il avec gravité.

— Pourquoi ? s'emporta-t-elle. Nous en sommes à 85 % de pertes, et ce n'est pas terminé. Le clerc se meurt, Rosemonde se meurt, et vous avez tous été exposés à la contamination. Pour quelle raison devrais-je encore entretenir un espoir ?

— Dieu ne nous a pas abandonnés. Agnès est en sécurité entre Ses bras.

En sécurité ! se dit-elle. Dans la terre, le froid, et les ténèbres. Elle leva les mains vers son visage.

— Elle est aux Cieux, là où la peste ne peut plus l'atteindre. Et l'amour de Dieu nous accompagne. Rien ne nous en privera, ni la mort, ni la vie, ni les choses présentes…

— Et à venir, compléta Kivrin.

Il toucha son épaule, avec douceur, comme pour l'oindre d'huile sainte.

— C'est Son amour qui vous a envoyée parmi nous, pour nous assister dans nos épreuves.

Il prit sa main dans la sienne et exerça une pression.

— Nous devons nous entraider, répondit-elle.

Ils restèrent ainsi une longue minute, puis Roche déclara :

— Je dois sonner la cloche, pour éloigner les Démons de l'âme d'Agnès.

Elle hocha la tête et retira sa main.

— Je vais aller voir Rosemonde, fit-elle.

Elle regagna la cour.

Eliwys lui avait annoncé qu'elle souhaitait rester au chevet de sa fille aînée, mais quand Kivrin entra dans le manoir elle ne la vit pas. Elle la trouva recroquevillée sur la paillasse d'Agnès, emmitouflée dans son manteau, les yeux rivés sur la porte.

— Ceux qui fuient l'épidémie ont dû voler son cheval, murmura-t-elle. Voilà pourquoi il tarde tant.

— Nous avons donné une sépulture à Agnès, lui dit sèchement Kivrin.

Puis elle alla voir Rosemonde.

Elle s'agenouilla à côté de la malade, qui la regarda avec gravité et lui tendit la main.

— Ma pauvre enfant, dit Kivrin, les yeux larmoyants. Comment vous sentez-vous ?

— J'ai faim. Mon père est-il rentré ?

— Pas encore. Je vais aller vous chercher du bouillon. Reposez-vous, en attendant mon retour. Vous avez été au plus mal.

Rosemonde ferma les yeux. Ils étaient moins enflés mais toujours soulignés d'hématomes.

— Où est Agnès ?

Kivrin caressa ses cheveux bruns en bataille et écarta une mèche de devant son visage.

— Elle dort.

— Tant mieux. Ainsi, je n'aurai pas à subir ses cris. Elle fait bien trop de bruit, lorsqu'elle joue.

— Je vais vous chercher de quoi vous sustenter.

Elle se dirigea vers Eliwys.

— Ma Dame, j'ai une excellente nouvelle à vous annoncer. Rosemonde s'est réveillée.

La femme se redressa sur un coude. Elle regarda sa fille, l'air absent, puis se rallongea.

Inquiète, Kivrin lui toucha le front. Elle ne put dire s'il était chaud, tant ses mains étaient glacées.

— Etes-vous malade ?

— Non... Mais que vais-je lui dire ?

— Que Rosemonde va mieux.

Eliwys dut finalement assimiler le sens de ses propos car elle se leva et alla s'asseoir à côté de son enfant. Mais quand Kivrin revint des cuisines, elle était à nouveau recroquevillée en position fœtale sur la paillasse d'Agnès, sous son manteau doublé de fourrure.

Le sommeil de Rosemonde n'évoquait plus la mort. Elle reprenait des couleurs, bien que sa peau fût toujours tendue sur ses joues.

Eliwys dormait elle aussi. Ou feignait de dormir. Pendant l'absence de Kivrin, le clerc avait rampé hors de son lit et tenté d'escalader la barricade. Lorsqu'elle voulut le tirer vers sa paillasse, il la frappa avec violence et elle dut aller réclamer l'aide du père Roche.

L'œil droit du clerc était ulcéré. La peste le rongeait de l'intérieur et il le grattait constamment, avec ses ongles.

— *Domine Jesu Christe, fidelium defunctorium de poenis infernis*, déclama-t-il.

Sauvez les âmes des fidèles défunts des tourments de l'enfer.

Oui, pria Kivrin en tentant d'immobiliser ses mains. Délivrez-le immédiatement de cette torture.

Elle fouilla le panier d'herbes médicinales d'Imeyne, à la recherche d'un produit qui atténuerait la souffrance. Il n'y avait pas de poudre d'opium et elle se demanda si le pavot avait déjà été acclimaté en Angleterre au milieu du XIVe siècle. Elle trouva des pelures d'oranges desséchées qui ressemblaient un peu à des pétales de cette fleur et les mit à tremper dans de l'eau chaude, mais le clerc ne put boire cette tisane. Sa bouche n'était qu'une plaie, ses dents et sa langue disparaissaient sous une gangue de sang coagulé.

Il n'a pas mérité une chose pareille, pensa-t-elle. Il nous a apporté la peste, mais son châtiment est disproportionné. Elle pria pour cet homme, sans trop savoir ce qu'elle demandait à Dieu.

Quel que fût son vœu, il ne fut pas exaucé. Le clerc se mit à vomir une bile sombre mêlée de sang et il neigea pendant deux jours d'affilée. L'état d'Eliwys empirait, sans qu'elle eût pour autant les symptômes de la peste. Elle n'avait ni bubons, ni toux, ni vomissements, et Kivrin se demanda si elle était rongée par une maladie, le chagrin ou un épouvantable sentiment de culpabilité.

— Que lui dirai-je ? répétait-elle sans cesse. Il nous a envoyées ici pour nous mettre en sécurité.

Kivrin toucha son front. Il était brûlant. Ils vont tous y passer, pensa-t-elle. Messire Guillaume a voulu les protéger, mais ils mourront l'un après l'autre. Je dois faire quelque chose. Cependant, rien ne lui venait à l'esprit. Le seul moyen d'échapper à l'épidémie consistait à prendre la fuite. Ces femmes s'étaient réfugiées dans ce village isolé et cela n'avait rien changé à leur destin. Aller plus loin était désormais impossible, car toutes étaient malades.

Mais Rosemonde recouvrait des forces et Eliwys ne paraissait pas avoir attrapé la peste. Peut-être ont-elles une autre propriété où nous pourrions nous réfugier, se dit Kivrin. Plus au nord.

L'épidémie n'atteindrait que plus tard le Yorkshire. Elle devrait simplement veiller à rester à bonne distance des autres fuyards, pour éviter la contamination.

Elle demanda à Rosemonde si elles possédaient un manoir dans cette région.

— Non, dans le Dorset.

La peste y était déjà et Rosemonde n'aurait pu rester debout plus de quelques minutes, et encore moins monter à cheval. Même si nous avions des montures, pensa Kivrin.

— Mon père a également un pied-à-terre dans le Surrey. Nous y résidions, quand Agnès est née, précisa Rosemonde avant de la dévisager. Est-elle morte ?

— Oui.

L'enfant n'en parut pas surprise.

— Je l'entendais hurler.

Kivrin ne trouva rien à dire.

— Je présume que mon père n'est plus de ce monde, lui non plus ?

Il n'existait aucune réponse à cette question. Sans doute, pensa Kivrin. Tout comme Gawyn, qui était parti pour Bath huit jours plus tôt. Toujours fiévreuse, Eliwys avait dit dans la matinée : « Il va arriver, à présent que le temps s'améliore. » Sans grande conviction.

— La neige a pu le retarder, déclara Kivrin.

L'intendant entra et s'avança jusqu'à la barricade. Il venait chaque jour voir son fils, mais après lui avoir adressé un simple coup d'œil, il se tourna vers elles et s'appuya au manche de sa bêche pour les observer.

Son bonnet et ses épaules étaient couverts de neige, le plat de son outil mouillé. Kivrin comprit qu'il venait de creuser une nouvelle fosse. Pour qui ?

— Un autre villageois est mort ? demanda-t-elle.

— Non, fit-il.

Il fixait Rosemonde, pensif. Kivrin se leva.

— Voulez-vous quelque chose ?

Il ne parut pas assimiler le sens de sa question et reporta son attention sur l'enfant.

— Non, répondit-il avant de placer son outil sur son épaule et de sortir.

— Va-t-il préparer la tombe d'Agnès ?

— Non. Elle est déjà en terre.

— La mienne, alors ?

— Non, non ! Vous ne mourrez pas. Vous avez été très malade, mais le pire est passé. A présent, vous devez vous reposer et dormir, pour reconstituer vos forces.

Rosemonde se rallongea et ferma les yeux. Une minute plus tard, elle les rouvrait et déclarait :

— Si mon père est mort, la Couronne disposera de ma dot. Croyez-vous que Messire Bloet est toujours en vie ?

J'espère que non, se dit Kivrin. Pauvre enfant... La perspective d'une telle union contre nature l'obsède-t-elle toujours ? Le décès de cet homme serait le seul aspect positif de l'épidémie. S'il est décédé.

— N'y pensez pas. Vous devez vous reposer.

— Il arrive que le roi honore une promesse de mariage, si les deux parties concernées donnent leur accord, ajouta Rosemonde dont les mains frêles pelaient la couverture.

Les fiançailles sont rompues, pensa Kivrin. Bloet est décédé. L'envoyé de l'évêque les a tous tués.

— En cas de désaccord, le roi m'ordonnera d'épouser qui il lui plaira. Au moins Messire Bloet n'est-il pas un inconnu.

Non, se dit Kivrin avant de conclure que ce mariage eût peut-être été un moindre mal. Rosemonde pourrait devenir l'épouse d'un individu bien plus redoutable, un monstre ou un bandit. Ils étaient nombreux, à cette époque.

Le roi la donnerait à un noble auquel il devait une faveur ou dont il voulait acheter l'allégeance, par exemple un des partisans du Prince Noir qui l'emmènerait vers Dieu sait quelle destination et quel destin.

Il y avait bien pire qu'un vieillard lubrique et une belle-sœur acariâtre. Le baron Garnier n'avait-il pas mis son épouse aux fers pour vingt ans ? Le comte d'Anjou n'avait-il pas fait brûler vive la sienne ? Et Rosemonde n'avait plus ni famille ni amis pour veiller sur elle.

Je dois la conduire là où ni Bloet ni la peste ne pourront la trouver, décida-t-elle.

Mais un tel refuge n'existait pas. L'épidémie décimait Bath et Oxford. Elle descendrait au sud et à l'est en direction de Londres puis du Kent, remonterait au nord vers le Yorkshire puis traverserait à nouveau la Manche pour gagner l'Allemagne et les Pays-Bas. Elle atteindrait même la Norvège, à bord d'un bateau dont tout l'équipage serait mort à l'arrivée.

— Gawyn est-il ici ? s'enquit Rosemonde. Il faut

qu'il aille à Courcy, pour annoncer à Messire Bloet que je le rejoindrai sous peu.

Eliwys se redressa sur sa paillasse.

— Gawyn ? Serait-il revenu ?

Non, se dit Kivrin. Nous ne verrons plus personne. Pas même M. Dunworthy.

Qu'elle n'ait pu aller au point de transfert était sans importance. La porte temporelle avait dû rester close, pour la simple raison qu'ils ignoraient en quelle année elle se trouvait. S'ils l'avaient su, ils seraient venus la chercher.

Le transmetteur n'avait pas fonctionné correctement. M. Dunworthy redoutait de l'envoyer si loin dans le passé sans un contrôle préalable des paramètres. « Il peut y avoir des complications imprévisibles », avait-il dit. Un de ces imprévus avait faussé ou effacé le relèvement et ils la recherchaient en 1320. J'ai raté le rendez-vous de près de trente ans, se dit-elle.

— Gawyn ? répéta Eliwys en essayant de se lever.

Elle en fut incapable. Son état empirait, bien qu'elle n'eût aucun des symptômes de la peste. Quand la neige s'était mise à tomber, elle avait dit avec soulagement : « Il ne viendra pas avant la fin de cette tempête. » Puis elle s'était assise à côté de Rosemonde. Mais dans l'après-midi une forte fièvre l'avait contrainte à se rallonger.

Roche l'entendit en confession. Il était rompu de fatigue. Comme eux tous. Ils s'endormaient sitôt qu'ils s'asseyaient. Quand l'intendant était revenu voir son fils, il avait ronflé, debout contre la barricade. Kivrin avait sommeillé tout en alimentant le feu et s'était brûlé la main.

Nous ne pouvons pas continuer ainsi, pensa-t-elle en regardant le prêtre. Il mourra d'épuisement. Il contractera la peste.

Je dois les emmener loin d'ici. L'épidémie n'a pas frappé tout le pays. Des villages y ont échappé. Le fléau a sauté la Pologne et la Bohème, et il a épargné quelques régions d'Ecosse.

— *Agnus dei, qui tollis peccata mundi, miserere nobis*, dit le père Roche d'une voix douce.

Et elle renonça à l'espoir.

Cet homme n'abandonnerait jamais ses ouailles. Les chroniqueurs de l'époque parleraient des prêtres qui refusaient de donner les derniers sacrements aux mourants pour se cloîtrer dans leur église, lorsqu'ils n'avaient pas pris la fuite. Elle se demanda dans quelle mesure ces récits ne donnaient pas de la situation une vision aussi erronée que les statistiques.

Mais même si elle trouvait un moyen de les éloigner du danger, Eliwys voudrait rester ici pour attendre Gawyn et son époux, convaincue qu'ils ne tarderaient guère à présent que la neige avait cessé de tomber.

Quand le prêtre remporta l'huile et le viatique, Eliwys se redressa pour interroger Kivrin.

— Le père Roche est-il allé à leur rencontre ? Ils arriveront sous peu. Ils ont dû faire un détour par Courcy, afin de mettre Messire Bloet en garde. Il n'habite qu'à une demi-journée de voyage d'ici.

Puis elle lui demanda de déplacer sa paillasse en face de la porte.

Kivrin modifiait la barricade afin de protéger Eliwys des courants d'air quand le clerc poussa un cri et fut pris de convulsions. Il avait des spasmes et un horrible rictus déformait son visage.

— Non ! s'emporta Kivrin qui essayait de glisser

une cuiller entre ses dents. N'a-t-il pas déjà souffert mille morts ?

Le corps de l'homme avait de violents soubresauts.

— Arrêtez ! sanglota-t-elle. Arrêtez !

Il s'affaissa. Elle lui ouvrit la bouche en utilisant la cuiller comme levier et un ruisselet de bave noirâtre coula de ses lèvres.

Il nous a quittés, comprit-elle. Elle regarda ses yeux mi-clos, sa face boursouflée et sombre sous une barbe naissante, ses mains serrées en poings contre ses flancs. Il n'avait plus rien d'humain et elle remonta la couverture sur sa tête, pour la dissimuler à Rosemonde que la curiosité avait incitée à s'asseoir.

— Est-il décédé ? demanda-t-elle.

— Oui. Dieu soit loué ! Je dois en informer le père Roche.

— Ne me laissez pas seule.

— Il y a votre mère, et le fils de l'intendant. Je n'en aurai que pour quelques minutes.

— J'ai peur.

Moi aussi, pensa Kivrin. Bien que mort, le clerc semblait toujours connaître les affres de son agonie, les tourments de l'enfer.

— Ne m'abandonnez pas !

— Je dois avertir le père Roche, déclara Kivrin.

Mais elle s'assit entre le cadavre et Rosemonde et attendit que cette dernière se fût endormie pour aller chercher le prêtre.

Il n'était ni dans la cour ni dans les cuisines. La vache, qui mangeait du foin dépassant de la porcherie, la suivit sur le terrain communal.

L'intendant était encore dans le cimetière. Il creusait une nouvelle fosse, la poitrine au niveau du sol enneigé. Il sait déjà, se dit-elle. Puis elle prit conscience que c'était impossible et son cœur s'emballa.

— Où est le père Roche ? cria-t-elle.

Mais l'homme ne répondit pas. Il ne la regarda même pas. La vache approcha en meuglant.

— Va-t'en, lui intima Kivrin avant de courir vers l'intendant.

Il était dans le terrain communal, non loin du portillon du cimetière. Elle vit juste à côté les tas de terre enneigés de deux autres excavations.

— Que faites-vous ? demanda-t-elle. A qui sont-elles destinées ?

Il lança une pelletée sur le plus proche des monticules. Les mottes gelées y tombèrent avec un bruit sourd, telles des pierres.

— Pourquoi préparez-vous ces sépultures ? Qui est mort ?

La vache donna un léger coup de corne à son épaule.

— Qui d'autre est mort ?

L'homme planta sa bêche dans le sol gelé.

— C'est la fin du monde, mon garçon, dit-il en appuyant avec le pied sur le plat de l'outil.

Et Kivrin céda à la frayeur avant de comprendre qu'il n'avait pas dû la reconnaître dans sa tenue masculine.

— C'est moi, Katherine, précisa-t-elle.

Il leva les yeux et hocha la tête.

— C'est la fin des temps. Les derniers survivants ne tarderont guère à mourir.

Il se pencha, pour peser de tout son poids sur la bêche.

La vache voulut glisser sa tête sous le bras de Kivrin.

— Va t'en ! fit-elle.

Elle donna une tape sur le museau de l'animal,

qui repartit en contournant les fosses. Kivrin remarqua qu'elles n'avaient pas les mêmes dimensions.

La première était normale mais la suivante faisait penser à la tombe d'Agnès, tout comme celle qu'il creusait. J'ai menti en disant à Rosemonde qu'il ne préparait pas sa sépulture, pensa-t-elle.

— Vous allez trop vite en besogne ! Votre fils et Rosemonde sont sur la voie de la guérison. Quant à Dame Eliwys, elle est simplement épuisée et minée par le chagrin. Ils ne mourront pas.

L'homme la regarda, sans manifester plus d'émotion que lorsqu'il était venu se placer derrière la barricade pour évaluer la taille de Rosemonde.

— Le père Roche dit que vous êtes venue nous aider, mais que pourriez-vous changer au Jugement dernier ? Ces tombes serviront. Tous, nous mourrons tous.

Il pesa à nouveau de tout son poids sur la bêche. La vache revint, de l'autre côté de l'excavation, la tête à la hauteur du visage de l'homme. Elle meugla devant son nez, mais il ne parut rien remarquer.

— N'en creusez plus ! Je vous l'interdis ! s'emporta-t-elle.

Il n'en fit aucun cas.

— Il n'y aura plus de morts. Selon les estimations les plus pessimistes, la peste noire n'a été fatale qu'à la moitié des contemporains. Nous avons dépassé notre quota.

Il continua son ouvrage.

Eliwys rendit l'âme pendant la nuit et l'intendant agrandit la fosse qu'il avait destinée à Rosemonde. Après ce nouvel enterrement, Kivrin constata qu'il avait commencé une autre excavation.

Je dois les emmener loin d'ici, se dit-elle. Je dois les conduire en sécurité.

Car les bacilles grouillaient dans leurs vêtements, les draps et les couvertures, l'air qu'ils respiraient. Et même s'ils étaient par miracle épargnés, la peste balaierait tout l'Oxfordshire au printemps et emporterait messagers, villageois et émissaires de l'évêque. Elle ne pouvait les laisser là.

L'Ecosse, pensa-t-elle en regagnant le manoir. Le nord du pays. L'épidémie n'ira pas aussi loin. Le fils de l'intendant monterait l'âne et ils improviseraient une civière pour Rosemonde.

Rosemonde qui avait trouvé la force de s'asseoir.

— Le fils de l'intendant vous a appelée, dit-elle dès qu'elle la vit entrer.

Il avait vomi de la bave sanguinolente. Sa paillasse en était couverte, et quand Kivrin fit sa toilette, il n'eut pas la force de redresser la tête. Même si Rosemonde avait pu monter à cheval, il en eût été incapable. Son état interdisait tout déplacement.

Au cours de la nuit, elle pensa au chariot transféré avec elle dans la clairière. Si l'intendant l'aidait à le remettre en état, Rosemonde disposerait d'un moyen de transport. Elle alluma une chandelle à mèche de jonc aux braises du feu et alla dans les écuries. Balaam se mit à braire dès qu'elle ouvrit la porte, et elle entendit les bruissements d'une fuite précipitée lorsqu'elle leva la bougie.

Les malles défoncées s'empilaient contre le chariot et elle comprit que son projet serait irréalisable sitôt qu'elle les déplaça. Le véhicule était trop gros. L'âne ne pourrait le tirer. En outre, l'essieu avait disparu, chapardé par quelqu'un qui voulait réparer une haie, se chauffer, ou l'utiliser comme gourdin pour assommer la peste, se dit-elle.

La nuit était noire, lorsqu'elle ressortit. Les étoiles scintillaient dans le ciel comme le soir de Noël et elle se rappela Agnès, endormie contre son épaule, la clochette glissée dans le ruban noué autour de son poignet, les cloches qui sonnaient le glas du Démon. Prématurément, pensa-t-elle. Le Démon n'est pas mort. Il se déchaîne sur le monde.

Elle resta longtemps éveillée, afin de chercher une autre solution. Il devait être possible de construire une sorte de travois que la bête de somme tirerait sans peine si la neige n'était pas trop profonde. Ils pourraient aussi placer les deux enfants sur l'âne et emporter leurs bagages sur leur dos.

Elle s'endormit finalement, pour s'éveiller presque aussitôt. Tout au moins le supposa-t-elle. Le jour ne s'était pas levé et Roche se penchait vers elle. Eclairé en contre-plongée par le feu mourant, son visage était aussi patibulaire que dans la clairière, lorsqu'elle l'avait pris pour un bandit de grand chemin. Dormant toujours à moitié, elle leva la main pour caresser avec douceur la joue du prêtre.

— Dame Katherine, fit-il, ce qui acheva de l'éveiller.

Rosemonde est morte, pensa-t-elle. Elle se tourna, mais l'enfant avait un sommeil paisible.

— Que se passe-t-il ? Etes-vous malade ?

Il secoua la tête, ouvrit la bouche, la referma.

— Aurions-nous de la visite ?

Une autre dénégation muette, pendant qu'elle se levait.

Il ne peut y avoir un nouveau cas de peste, étant donné que nous sommes les seuls survivants. Elle regarda le lit improvisé de l'intendant. L'homme avait disparu.

— L'intendant ?

— Son fils est mort, dit Roche d'une voix étrange.

Leric n'était plus sur sa paillasse, lui non plus.

— J'allais à l'église dire les matines quand... Non, il faut le voir pour le croire.

Il repartit vers la porte. Kivrin ramassa sa couverture en lambeaux et le suivit d'un pas rapide.

Il ne devait pas être plus de six heures. Le soleil pointait à l'horizon et teintait en rose le ciel nuageux et la neige. Roche disparaissait déjà dans l'allée qui menait au terrain communal. Kivrin jeta la couverture sur ses épaules et courut derrière lui.

La vache était retournée devant l'enclos des porcs et tendait le cou dans une brèche de la clôture pour happer et mâchonner des brins de paille. Kivrin battit des mains et lui ordonna :

— File !

Le ruminant vint vers elle en meuglant.

— Désolée, mais je n'ai vraiment pas le temps de te traire.

Elle poussa son arrière-train, pour dégager le passage.

Roche avait atteint le centre du terrain, lorsqu'elle le rattrapa.

— Qu'y a-t-il ? Dites-le-moi, bon sang !

Il ne s'arrêta pas, il ne lui accorda pas un regard. Il obliquait vers l'alignement de tombes et elle pensa avec soulagement que l'intendant avait dû enterrer son fils sans l'attendre.

Il avait comblé la petite fosse et terminé de creuser la sépulture destinée à Rosemonde, ainsi qu'une troisième excavation aux dimensions plus importantes d'où dépassait le manche d'une pelle.

Mais Roche ne se dirigea pas vers la tombe de Leric. Il s'arrêta au bord du dernier trou et répéta :

— J'allais à l'église dire les matines…

Kivrin baissa les yeux.

Tout laissait supposer que l'intendant avait voulu s'enterrer vivant. Cependant, la place manquait et il avait dû poser son outil pour faire tomber la terre avec les mains. Il en tenait encore une grosse motte dans ses doigts gelés.

Ses jambes ensevelies avaient quelque chose d'obscène, comme s'il prenait un bain.

— Nous devons lui donner une sépulture décente, déclara-t-elle.

Elle tendit le bras vers la pelle.

Roche secoua la tête.

— C'est un terrain consacré.

Il pensait donc que l'intendant s'était suicidé.

C'est sans importance, estima-t-elle. Mais la foi de Roche n'avait pas été ébranlée par les abominations dont ils étaient témoins. Le prêtre allait à l'église pour dire les matines, lorsqu'il avait découvert le cadavre. Et il continuerait de prier jusqu'à sa propre mort sans rien trouver d'incongru à ses prières.

— C'est la maladie, déclara Kivrin sans être certaine de dire la vérité. La peste septicémique. Elle infecte le sang.

Roche la regardait, sans comprendre.

— Il a dû tomber malade pendant qu'il creusait, ajouta-t-elle. Le sang empoisonné est monté dans son cerveau. Il n'avait plus tous ses esprits.

— Comme Dame Imeyne, fit-il, paraissant soulagé.

Et elle comprit qu'en dépit des lois de l'Eglise il

avait souhaité donner une sépulture chrétienne à cet homme.

Elle l'aida à allonger le corps. Il était déjà raide et ils n'essayèrent pas de modifier sa position ou de l'envelopper d'un linceul. Roche déposa un linge noir sur son visage et ils se relayèrent pour pelleter les blocs de terre gelée qui tombaient avec des bruits sourds.

Sans aller chercher ses vêtements sacerdotaux et son missel, Roche récita les prières des morts devant les tombes de Leric et de son père. Debout à son côté, les mains jointes, Kivrin pensa : L'intendant n'avait plus tous ses esprits. Cet homme a mis en terre sa femme et ses six enfants, tous ses amis, et même s'il n'a pas agi sous l'emprise de la fièvre, s'il est descendu dans la fosse et s'est laissé mourir de froid, il a été lui aussi victime de la peste.

Il eût été injuste de l'enterrer dans un sol non consacré. Le simple fait de l'enterrer était d'ailleurs injuste. Mais il représentait un obstacle pour notre départ vers l'Ecosse, conclut-elle. Et son soulagement l'emplit de honte.

Plus rien ne nous retient ici, désormais. Elle regarda la tombe que l'intendant avait creusée pour Rosemonde. Elle montera sur l'âne et nous porterons les provisions et les couvertures, le père Roche et moi. Elle leva les yeux vers le ciel. A présent que le soleil brillait dans le ciel, les nuages étaient moins sombres et moins menaçants. Ils se dissiperaient sans doute dans la matinée. S'ils partaient de bonne heure, ils seraient sortis de la forêt à midi et atteindraient la route d'York dans la soirée.

— *Agnus dei, qui tollis peccata mundi, dona eis requiem.*

Nous devrons prendre de l'avoine pour l'âne, une hache pour couper du bois... des couvertures.

Roche termina ses prières.

— *Dominus vobiscum et cum spiritu tuo. Requiescat in pace. Amen.*

Il partit vers le clocher.

Ce n'est pas le moment, pensa Kivrin. Mais elle regagna le manoir pour préparer leurs bagages pendant qu'il sonnerait le glas. A son retour, elle lui exposerait ses projets puis ils chargeraient l'âne et partiraient. Elle traversa la cour d'un pas rapide et entra dans la demeure. Ils devraient également emporter des braises pour allumer un feu, ainsi que les herbes médicinales d'Imeyne.

Rosemonde dormait toujours. C'était bon signe. L'éveiller avant qu'ils ne soient prêts au départ eût été sans objet. Kivrin alla sur la pointe des pieds prendre le panier. Elle vida son contenu puis le posa près du feu et retourna vers la porte.

Rosemonde s'assit sur sa paillasse.

— Vous n'étiez pas là, à mon réveil, fit-elle sur un ton de reproche. J'ai craint que vous n'ayez décidé de partir.

— Nous allons tous partir, répondit Kivrin en se penchant vers elle. Pour l'Ecosse. Reposez-vous en prévision du voyage. Je n'en aurai pas pour longtemps.

— Où allez-vous ?

— Chercher des provisions dans les cuisines. Avez-vous faim ? Je peux vous rapporter du gruau. En attendant, reposez-vous.

— La solitude me terrifie. Ne pourriez-vous pas rester un moment près de moi ?

Je n'en ai pas le temps, se dit-elle.

— Je reviens tout de suite. Le père Roche n'est pas loin, lui non plus. Il est dans le clocher, ne l'entendez-vous pas ? Je n'en aurai pas pour longtemps. D'accord ?

Elle accompagna ses propos d'un large sourire et Rosemonde acquiesça à contrecœur.

Elle sortit en courant. Roche sonnait toujours le glas. Vite ! se dit-elle. Le temps presse. Elle explora les placards des cuisines et entassa les victuailles sur la table. Elle trouva un fromage et de nombreux pains plats qu'elle empila comme des assiettes au fond d'un sac.

Elle rapportait le tout vers le puits lorsqu'elle vit Rosemonde sur le seuil du manoir, appuyée au chambranle de la porte.

— Je voudrais aller m'asseoir dans les cuisines, afin d'être près de vous, dit-elle.

Elle avait enfilé sa cotte et ses chaussures, mais elle frissonnait déjà.

— Il fait trop froid, là-bas, rétorqua Kivrin en allant la rejoindre. Et vous devez vous reposer.

— Quand vous n'êtes pas près de moi, j'ai trop peur de ne jamais vous revoir.

— Je ne suis pourtant pas loin.

Elle entra prendre le manteau de Rosemonde et des fourrures.

— Asseyez-vous ici, sur les marches.

Elle la couvrit du vêtement puis empila les couvre-lits autour d'elle.

— Ça ira ?

Le bijou offert par Messire Bloet était agrafé au manteau. Rosemonde le manipula avec maladresse, tant ses mains tremblaient.

— Irons-nous à Courcy ?

Kivrin épingla la broche. *Io suiicien lui dami amo.* « Je représente l'être aimé. »

— Nous partons pour l'Ecosse. La peste n'ira pas aussi loin.

— Croyez-vous que mon père est mort ? Ma mère disait qu'il avait été retardé, que mes frères devaient être malades, et qu'il nous rejoindrait dès qu'ils se seraient rétablis.

— Ce n'est pas à exclure. Nous lui laisserons une lettre, pour qu'il sache où nous sommes.

Rosemonde secoua la tête.

— S'il était en vie, il serait venu me chercher.

Kivrin plaça une fourrure sur ses frêles épaules.

— Je dois aller prendre des provisions pour la route.

Rosemonde hocha la tête et Kivrin retourna dans les cuisines. Il y avait un sac d'oignons, et un de pommes. Les fruits étaient ratatinés et pour la plupart talés, mais elle les porta à l'extérieur. Non seulement ils ne nécessitaient pas de cuisson mais ils auraient besoin de vitamines pour tenir jusqu'au printemps.

— En voulez-vous une ? demanda-t-elle à Rosemonde.

— Oui.

Elle chercha une pomme bien saine, la frotta sur son haut-de-chausses en cuir et la lui apporta. Elle sourit en se rappelant combien elle avait trouvé leur goût agréable, lorsqu'elle était malade.

Mais Rosemonde s'en désintéressa après la première bouchée. Elle s'adossa au chambranle et regarda le ciel, en écoutant le glas.

Kivrin entra pour trier les pommes sur la grande table. Elle ne prenait que les plus belles et se demandait quelle charge l'âne pourrait transporter. Ils devraient emporter de l'avoine, car l'herbe serait rare. Une fois en Ecosse, il y aurait des bruyères. Se munir d'outres d'eau serait inutile. Les ruisseaux étaient nombreux. Mais ils auraient besoin d'un récipient pour la faire bouillir.

— Les vôtres ne sont pas venus vous chercher, dit Rosemonde.

Kivrin leva la tête. Ils l'ont fait, mais je n'étais pas au rendez-vous, se dit-elle.

— Non.

— Pensez-vous qu'ils ont été victimes de la peste ?

— Non.

Au moins n'ont-ils pas eu à affronter une épidémie.

— Quand j'irai chez Messire Bloet, je ne manquerai pas de l'informer de tout ce que vous avez fait pour nous. Je lui demanderai qu'il vous autorise à rester à mes côtés. Le père Roche également. J'ai le droit d'avoir des serviteurs et un aumônier personnels.

— Merci, dit solennellement Kivrin.

Elle posa le sac de belles pommes à côté de celui qui contenait le fromage et le pain. La cloche se tut, et l'écho du dernier coup résonna dans l'air glacé. Elle prit le seau et alla tirer de l'eau dans le puits. Elle préparerait un gruau auquel elle ajouterait les morceaux sains des fruits blets. Ils auraient besoin d'une nourriture consistante, pour le voyage.

La pomme de Rosemonde roula devant ses pieds et s'arrêta à la base du puits. Elle se baissa pour la ramasser. La peau rouge ratatinée portait la marque d'une seule morsure. Elle l'essuya sur son justaucorps puis se tourna pour la rendre à l'enfant. Dont la main s'était figée alors qu'elle la tendait pour rattraper le fruit.

— Oh, non ! s'exclama Kivrin.

EXTRAIT DU GRAND LIVRE

(079110-079239)

Nous partons pour l'Ecosse, le père Roche et moi. Je présume qu'il est sans objet de vous faire un rapport dont vous ne prendrez probablement jamais connaissance. Mais il n'est pas à exclure qu'un chercheur trouve un jour l'enregistreur dans une lande écossaise et si cela se produit je tiens à ce que vous puissiez apprendre ce qui nous est arrivé.

J'ai conscience que fuir n'est pas une solution, mais je dois sauver le père Roche. Le manoir est contaminé — la literie, les vêtements, l'air ambiant — et les rats grouillent de toutes parts. J'en ai vu un dans l'église, lorsque je suis allée chercher l'aube et l'étole du prêtre pour l'enterrement de Rosemonde. Et même s'il échappe à tous ces dangers, la peste nous cerne et je ne pourrai jamais le convaincre de rester en ce lieu. Il brûle du désir d'aller aider son prochain.

Nous éviterons les routes et les villages. Notre réserve de nourriture est suffisante pour une semaine, et nous serons alors assez loin pour pouvoir acheter des provisions dans une ville. Le clerc avait sur lui une bourse pleine de pièces d'argent. Et ne vous inquiétez pas. Tout se passera bien. Comme le disait M. Gilchrist: «Nous avons tout prévu.»

32

« Apocalyptique » devait être le qualificatif qui convenait le mieux à son projet de sauvetage temporel. Quand Colin le reconduisit dans sa chambre, Dunworthy était épuisé et à nouveau fiévreux.

— Reposez-vous, dit l'enfant en l'aidant à s'allonger. Vous risquez une rechute, si vous allez là-bas.

— Je dois m'entretenir avec Badri. Et Finch.

— Je me charge de tout, promit Colin.

Il s'éclipsa sans perdre de temps. Il lui faudrait obtenir un bon de sortie tant pour Dunworthy que pour Badri, et trouver quelqu'un capable d'assurer un soutien médical si Kivrin était malade. Dunworthy devrait en outre se faire vacciner contre la peste. Il se demanda au bout de combien de jours la protection était totale. Mary avait fait les piqûres à Kivrin lors de l'implantation de l'enregistreur, deux semaines avant le transfert. Mais peut-être n'était-il pas nécessaire d'attendre aussi longtemps pour être immunisé.

L'infirmière vint relever sa température.

— Je termine mon tour de garde, annonça-t-elle en jetant un coup d'œil à son moniteur corporel.

— Et moi, est-ce que je sortirai bientôt ?

— Sortir ? fit-elle, surprise. Seigneur, vous devez vous sentir bien mieux.

— C'est exact. Alors ?

— Il existe une sacrée différence entre faire quelques pas dans un couloir et pouvoir rentrer chez soi, dit-elle en réglant le débit de la perfusion. Evitez de faire du zèle.

Elle le laissa et Colin revint, avec Finch et *Le Temps des Chevaliers*.

— J'ai pensé que ça pourrait vous être utile, pour les costumes et le reste. Bon, je vais chercher Badri.

Il posa le livre sur les jambes de Dunworthy et ressortit en trombe.

— Je vous trouve bien meilleure mine, monsieur, déclara Finch. J'en suis positivement ravi. Nous avons grand besoin de vous, à Balliol. A cause de Mme Meager. Elle nous accuse d'avoir miné la santé de son William. Elle dit que la tension nerveuse et la lecture de Pétrarque l'ont anémié. Elle menace de déposer une plainte auprès du recteur.

— Qu'elle le fasse, si elle réussit à trouver Basingame. Je veux savoir au bout de combien de temps le vaccin contre la peste est efficace. Par ailleurs, il faut préparer notre labo pour un transfert.

— Nous l'utilisons comme entrepôt. Nous y stockons le ravitaillement que nous venons de recevoir de Londres. Naturellement, ils ont oublié le papier hygiénique alors que j'avais bien précisé...

— Déménagez tout dans le réfectoire. Je veux que le transmetteur soit opérationnel le plus tôt possible.

Colin ouvrit la porte d'un coup de coude et poussa la chaise roulante de Badri dans la chambre, en utilisant un bras et un genou pour retenir le battant.

— J'ai dû le passer en douce devant la sœur de garde, dit-il, essoufflé.

Il dirigea le fauteuil vers le lit.

— Je veux...

Dunworthy s'était interrompu en dévisageant le tech. Non, son projet était irréalisable. Cet homme n'était pas en état de se charger d'un transfert. Le simple fait d'avoir été poussé jusque-là l'avait épuisé, et c'était à présent la poche de sa robe de chambre qu'il triturait.

— J'ai préparé la liste du matériel nécessaire, déclara Badri d'une voix qui traduisait de la lassitude mais avait perdu ses accents de désespoir. Il nous faudra également des autorisations pour procéder à votre transfert et à la récupération de Kivrin.

— Et les tarés qui manifestaient aux portes de Brasenose ? Ne vont-ils pas intervenir ?

— Non, ils sont allés s'installer devant le siège du National Trust pour réclamer la fermeture du chantier archéologique.

Parfait, se dit Dunworthy. Occupée à défendre son cimetière, Montoya ne pensera pas à se mêler de nos affaires.

— De quoi d'autre aurez-vous besoin ? demanda-t-il à Badri.

— Tout est là, répondit le tech.

Il remit une liste à Dunworthy, qui la tendit à son secrétaire en précisant :

— Il nous faudra également une assistance médicale pour Kivrin. Et je veux disposer d'un téléphone dans cette chambre.

Finch lut la feuille et se renfrogna.

— Ne me dites pas que nous sommes à court d'un de ces articles, lui lança Dunworthy. Empruntez ou volez ce que nous n'avons pas.

Il se tourna vers Badri.

— Que faudra-t-il encore ?

— Sortir de cet hôpital. Et je crains que ce soit le plus difficile.

— Il a raison, intervint Colin. La vieille chouette ne vous lâchera jamais.

— Qui est votre médecin ? demanda Dunworthy.

— Le docteur Gates, mais...
— Nous devons lui faire comprendre que c'est une urgence.
Badri secoua la tête.
— Il ne faut surtout pas lui révéler nos projets. J'ai réussi à le convaincre de me laisser sortir pour utiliser le transmetteur, pendant que vous étiez malade. Il a accepté malgré ses réticences, et c'est alors que j'ai fait cette rechute...
— Etes-vous certain de pouvoir vous charger du transfert ? Andrews viendra peut-être, à présent que l'épidémie est sous contrôle.
— Le temps presse, et tout est ma faute. M. Finch pourrait contacter un autre médecin.
— Et aller dire au mien que je dois lui parler, approuva Dunworthy.
Il tendit la main vers le livre de Colin.
— Il me faudra également un costume d'époque.
Il feuilleta l'ouvrage, à la recherche d'une illustration de tenue médiévale.
— Pas de fermeture à glissière, pas de boutons.
Il trouva une image de Boccace et la montra à son secrétaire.
— Il est peu probable que le Vingtième puisse nous fournir quoi que ce soit. Téléphonez à la Société d'Art Dramatique et demandez aux costumiers s'ils n'auraient pas quelque chose qui conviendrait.
— Je ferai de mon mieux, monsieur, dit Finch en lorgnant le dessin avec doute.
La porte s'ouvrit brusquement sur la religieuse qui les chargea en bouillant de rage.
— Vous êtes un irresponsable, monsieur Dunworthy, gronda-t-elle d'une voix qui avait dû être à l'origine de nombreux arrêts cardiaques. Si vous

vous fichez de votre santé, ne compromettez pas le rétablissement de nos autres patients.

Elle riva sur Finch un regard lourd de menaces.

— M. Dunworthy ne recevra plus de visites.

Puis elle se tourna vers Colin et lui fit lâcher les poignées du fauteuil roulant de Badri.

— A quoi jouez-vous, monsieur Chaudhuri ?

Elle fit pivoter si brusquement le siège que la force centripète projeta la tête du tech en arrière.

— Vous avez déjà fait une rechute. Je ne vous laisserai pas commettre d'autres imprudences.

Elle le poussa dans le couloir.

— Je vous avais bien dit qu'il était impossible de lui échapper, commenta Colin.

Elle rouvrit la porte et lui lança :

— Pas de visiteurs !

— Je reviendrai, promit-il avant de sortir à son tour.

Sous l'œil vigilant de la religieuse d'âge canonique qui gronda :

— Pas tant que je vivrai !

Mais il fut de retour sitôt qu'elle eut terminé sa permanence. Il venait apporter à Badri un modem qui lui permettrait de se connecter au transmetteur depuis l'hôpital et de communiquer à Dunworthy des renseignements sur le vaccin. Finch avait téléphoné au ministère de la Santé et appris qu'il fallait attendre quinze jours pour bénéficier d'une immunité totale, sept pour une protection partielle.

— Il voudrait savoir s'il doit aussi prévoir des vaccinations contre le choléra et la typhoïde.

— Nous n'en aurons pas le temps.

Une urgence qui l'obligerait également à se passer du vaccin contre la peste. Kivrin était coincée dans le passé depuis plus de trois semaines et chaque journée écoulée réduisait ses chances de survie.

Colin repartit et Dunworthy sonna l'infirmière de William. Il lui déclara qu'il voulait voir son médecin.

— Je désire rentrer chez moi, fit-il.

Elle rit.

— J'ai retrouvé ma forme. Ce matin, j'ai bouclé dix circuits complets du couloir.

Elle secoua la tête.

— Avec ce virus, les risques de rechute sont très élevés. Nous devons être très prudents. Pourquoi tenez-vous à ce point à nous quitter ? Vous n'en êtes tout de même pas à une semaine près ?

— C'est le début du trimestre, déclara-t-il avant de prendre conscience qu'il disait la stricte vérité. Informez mon médecin que je souhaite le voir.

— La réponse du docteur Warden sera la même que la mienne, l'avertit-elle.

Mais elle dut lui faire la commission car il arriva sitôt après l'heure du thé.

Ils avaient dû le trouver dans une maison de retraite, lorsqu'ils recrutaient du personnel pour tenter d'endiguer l'épidémie. Ce vieillard chancelant narra des anecdotes aussi longues qu'inintéressantes sur les conditions de travail du corps médical pendant la Pandémie et finit par conclure d'une voix chevrotante :

— De mon temps, on gardait les patients sous surveillance jusqu'à leur complet rétablissement.

Dunworthy s'abstint d'en discuter. Il attendit que ce vénérable centenaire et l'infirmière nonagénaire repartent clopin-clopant en se racontant leurs souvenirs de la guerre de Cent Ans, puis il se dota de sa perfusion portable et alla jusqu'au poste téléphonique le plus proche pour demander à Finch de lui faire un rapport.

— La sœur refuse que vous ayez un téléphone dans votre chambre, lui déclara son secrétaire. Mais j'ai aussi de bonnes nouvelles à vous annoncer. La streptomycine, la gammaglobuline et un renforcement des cellules T confèrent une immunité temporaire contre la peste douze heures après les injections.

— Voilà qui est parfait ! Trouvez un toubib qui accepte de s'en charger et d'autoriser ma sortie. Jeune, de préférence. Et envoyez-moi Colin. Le transmetteur est-il prêt ?

— Presque, monsieur. J'ai obtenu les autorisations nécessaires et je sais où me procurer un dispositif de contrôle à distance. J'étais sur le point d'aller le chercher.

Ils raccrochèrent. Dunworthy n'avait pas menti en affirmant à l'infirmière de William qu'il avait recouvré ses forces, mais il sentit rapidement une gêne au bas des côtes. Mme Meager l'attendait dans sa chambre. Elle cherchait fébrilement dans sa bible tout ce qui se rapportait aux épidémies et autres calamités.

— Luc, chapitre 11, verset 9, demanda-t-il.

Elle se plia à ses volontés.

— « Et moi je vous dis : Demandez, et l'on vous donnera, lut-elle en le lorgnant suspicieusement. Cherchez, et vous trouverez ; frappez, et l'on vous ouvrira. »

Mlle Taylor passa en fin d'après-midi, munie d'un mètre de couturière.

— Colin m'a chargée de prendre vos mesures, dit-elle. La vieille harpie de faction là dehors ne le laisse pas mettre les pieds dans ce service.

Elle enroula le ruban autour de son poignet.

— Je lui ai dit que j'allais voir Mme Piantini.

Tendez le bras, merci. Elle va beaucoup mieux. Peut-être même pourra-t-elle interpréter avec nous « Quand arriva enfin mon Sauveur » de Rimbaud, le quinze. Ce concert est organisé par la Sainte Eglise Re-Formée, mais le M.S. a réquisitionné ses locaux et M. Finch nous a aimablement permis d'utiliser la chapelle de Balliol. Quelle est votre pointure ?

Elle nota ses mesures puis lui déclara que Colin passerait le voir le lendemain et qu'il ne devait pas s'inquiéter. Les préparatifs étaient presque achevés. Elle ressortit, sans doute pour rendre une visite à Mme Piantini, et revint peu après avec un message de Badri.

« Monsieur Dunworthy, j'ai effectué vingt-quatre contrôles de paramètres, lut-il. Tous donnent un décalage minime, dont onze de moins d'une heure et six inférieurs à cinq minutes. Je vérifie à présent les divergences pour tenter d'en déterminer la raison. »

Je la connais, pensa Dunworthy. C'est la peste noire. Le Temps impose des décalages plus ou moins importants afin que nos actions ne puissent altérer le cours de l'Histoire. S'ils sont insignifiants, cela indique qu'il ne se produira aucun anachronisme, aucune rencontre que le continuum doive interdire. Il en découle qu'il n'y a pas âme qui vive dans les parages du point de transfert. Ça signifie que la peste est passée par là et que tous les habitants de la région sont décédés.

Il ne vit pas Colin de toute la matinée et alla téléphoner à Finch après le déjeuner.

— Je n'ai trouvé aucun médecin désireux d'élargir sa clientèle, annonça son secrétaire. J'ai joint tous les praticiens d'Oxford. Bon nombre sont grippés et alités, et plusieurs...

Il n'acheva pas sa phrase, mais Dunworthy devina la suite. Plusieurs étaient morts, y compris une femme qui eût certainement accepté de le vacciner et d'autoriser leur sortie de l'hôpital.

« Grand-tante Mary n'aurait pas renoncé », avait déclaré Colin. Elle ne se serait pas laissé intimider par une vieille chouette, une Mégère et une douleur intercostale, pensa-t-il. Si elle était encore parmi nous, elle ferait tout son possible pour m'aider.

Il regagna sa chambre. La sœur avait scotché sur la porte un carton annonçant : « Visites strictement prohibées », mais elle n'était ni à son bureau ni dans la chambre. Il vit Colin apporter un gros paquet mouillé.

— La frangine est dans la salle commune, dit-il en souriant. Mme Piantini est tombée dans les pommes. Vous auriez dû voir ça. Elle a été super ! Elle aurait dû devenir comédienne, plutôt que carillonneuse.

Il tira sur les ficelles.

— L'autre infirmière vient de prendre son service, mais ne vous en faites pas. Elle est dans la lingerie avec William.

Il ouvrit le paquet. Il contenait divers vêtements, dont un long pourpoint noir, un caleçon de la même couleur qui n'avait rien de médiéval et une paire de cuissardes de femme.

— A qui avez-vous emprunté tout ça ? Une troupe théâtrale qui joue *Hamlet* ?

— Une adaptation de *Notre-Dame de Paris*. J'ai pensé à tout, même à enlever la bosse.

— Y a-t-il un manteau ? s'enquit Dunworthy en triant les effets. Dis à Finch de m'en dénicher un. Le plus ample possible, pour dissimuler tout ça.

— Entendu, répondit Colin, l'esprit ailleurs.

Il tira sur la languette de sa veste verte. Elle s'ouvrit et il la fit glisser de ses épaules.

— Alors ? Qu'en pensez-vous ?

Il s'en était mieux tiré que Finch, à l'exception des bottes en caoutchouc, anachroniques, sans doute empruntées à un amateur de jardinage. Le sarrau de toile marron et le pantalon informe gris-brun étaient identiques aux vêtements d'un serf dont il avait vu l'illustration dans *Le Temps des Chevaliers*.

— La braguette est automatique, précisa Colin. Mais ça ne se voit pas, sous la chemise. Je me suis inspiré du bouquin, on me prendra pour votre écuyer.

Il aurait dû le prévoir.

— Colin, tu ne peux pas m'accompagner.

— Pourquoi ? Je vous serai utile pour rechercher Kivrin. Quand ma mère égare quelque chose, elle fait toujours appel à moi pour le retrouver.

— C'est impossible. Le...

— Oh, je présume que vous allez me dresser la liste des dangers qui nous guettent au Moyen Age, pas vrai ? Ils sont nombreux même à notre époque. Prenons grand-tante Mary. Elle n'aurait pas pu faire une plus triste fin au XIVe siècle, non ? J'ai déjà effectué un tas de missions sacrément risquées. J'ai apporté des médicaments aux malades, placardé des affiches dans tous les services. Quand vous étiez dans le cirage, j'ai réalisé des exploits qui défient l'imagination...

— Colin...

— En outre, vous êtes bien trop vieux pour partir tout seul. Et grand-tante Mary m'a chargé de veiller sur vous. Elle se retournerait dans sa tombe, si vous faisiez une rechute.

— Colin...

— Quant à ma mère, elle se fiche de ce qui peut m'arriver.

— Pas moi. Je ne peux t'emmener.

— Alors, je vais rester une fois de plus ici à me ronger les sangs, grommela-t-il, amer. On ne me tiendra au courant de rien. Je ne saurai même pas si vous êtes toujours en vie. C'est trop injuste.

Il récupéra sa veste.

— Je sais.

— Est-ce que je pourrai au moins assister à votre départ ?

— Bien sûr que oui.

— Je pense toujours que vous devriez m'autoriser à vous accompagner. Je vous laisse votre costume ?

— Non, la sœur me le confisquerait.

— Qu'est-ce que vous traficotez, vous deux ? demanda Mme Meager.

Ils sursautèrent. Elle entra, Bible au poing.

— Colin procède à une collecte de vieux vêtements pour les gens qui sont bloqués à Oxford, improvisa Dunworthy en aidant Colin à remballer les effets.

— Porter les affaires des autres est un excellent moyen de propager une épidémie, fit-elle remarquer.

Colin récupéra le tout et s'éclipsa.

— Tout comme le fait de permettre à un enfant d'entrer dans la chambre d'un malade ! Savez-vous ce que je lui ai répondu, hier soir, lorsqu'il m'a proposé de me raccompagner à Balliol ? Je lui ai dit : « Je ne te laisserai pas mettre ta santé en péril pour moi ! »

Elle s'assit et ouvrit la Bible.

— L'autoriser à venir vous voir est du laxisme. Ça ne m'étonne pas, notez bien. J'ai vu comment vous dirigez Balliol. Ce Finch est devenu un vrai tyran, pendant votre absence. Hier, il a bondi sur moi tel un fauve alors que je m'étais contentée de lui demander un rouleau de papier hygiénique supplémentaire…

— Je voudrais voir William, dit Dunworthy.

— Ici ? bredouilla-t-elle. Dans un hôpital ?

Un claquement ponctua la fermeture de sa bible.

— Je vous l'interdis. Il y a encore de nombreux malades contagieux et ce pauvre Willy…

Se livre actuellement à des ébats dans la lingerie avec l'infirmière qui s'occupe d'eux, pensa-t-il.

— Dites-lui malgré tout que je souhaite le voir.

Elle brandit la Bible comme Moïse avait dû agiter les Tables de la Loi sous le nez de Pharaon lorsqu'il avait attiré sept plaies sur l'Egypte.

— Je parlerai de votre indifférence scandaleuse pour la santé de vos étudiants au recteur de la Faculté d'Histoire, gronda-t-elle avant de sortir en trombe.

Il l'entendit se plaindre dans le couloir, sans doute à la jeune infirmière car William apparut sitôt après en réordonnant sa chevelure.

— Il me faut des injections de streptomycine et de gammaglobuline, dit Dunworthy. J'aurai également besoin d'un bon de sortie de l'hôpital, tout comme Badri Chaudhuri.

Il hocha la tête.

— Je sais. Colin m'a dit que vous alliez tenter de récupérer votre historienne. Je connais une infirmière…

— Une infirmière ne peut prendre sous son bonnet de prescrire un traitement à un patient ou d'autoriser sa sortie d'un centre de soins.

— J'ai une amie aux services administratifs. Pour quand vous faut-il tout cela ?

— Le plus tôt possible.

— Je m'en charge, mais ça risque de prendre deux ou trois jours, dit-il en se dirigeant vers la porte. Au fait, j'ai rencontré cette Kivrin, un jour où elle est passée vous voir à Balliol. Elle est vraiment très jolie.

Je dois la mettre en garde contre ce don Juan, pensa Dunworthy. Ce qui lui permit de découvrir qu'il considérait désormais son sauvetage comme un fait acquis.

Il consacra l'après-midi à faire des aller et retour dans le corridor, afin de reconstituer sa musculature. On avait placé sur les portes de la salle de Badri une plaque où était écrit : « Visites strictement interdites » et la sœur le lorgnait suspicieusement sitôt qu'il passait à proximité.

Colin, trempé et essoufflé, lui apporta une paire de bottes.

— La vieille chouette a posté des gardes dans tous les coins, dit-il. M. Finch m'a chargé de vous informer que le transmetteur est prêt mais qu'il ne trouve aucun médecin pour assurer l'assistance médicale.

— Charge William de régler ce problème. Il s'occupe déjà des bons de sortie et de l'injection de streptomycine.

— Je sais. Il m'a demandé de porter un message à votre tech. Je reviens tout de suite.

Il ne réapparut pas, et William non plus. Quand Dunworthy alla téléphoner à Balliol, la religieuse l'intercepta et le raccompagna à sa chambre. Que Mme Meager fût inscrite sur la liste rouge ou en colère contre lui, toujours est-il qu'il ne la vit pas de tout l'après-midi.

Il terminait son thé quand une jolie infirmière

qu'il n'avait encore jamais eu l'occasion de rencontrer entra, munie d'une seringue.

— Ma collègue a été appelée pour une urgence, dit-elle.

— Qu'est-ce que c'est ?

Elle utilisa sa main libre pour saisir quelques mots sur le clavier de la console puis se tourna vers lui.

— Streptomycine.

Elle était détendue, ce qui signifiait que William avait obtenu une autorisation. Elle poussa le piston, sourit et ressortit, sans éteindre le moniteur. Il se leva et alla lire ce qui était affiché sur l'écran. Sa fiche médicale, identique à celle de Badri et tout aussi incompréhensible. Il lut sur la dernière ligne : « ICU 15802691 14-1-55 1805 150/RPT 1800CRS IMSTMC 4ML/q6h MS40-211-7 M. AHRENS. »

Il s'assit sur son lit. Oh, Mary !

William avait obtenu son code confidentiel, peut-être par son amie des services administratifs. Sans doute submergés de travail à cause de l'épidémie, les employés n'avaient pas encore enregistré le décès du docteur Ahrens.

Il fit défiler son dossier. Mary s'était occupée de lui jusqu'au 8-1-55, le jour de sa mort. Elle l'avait soigné jusqu'à la fin. Que son cœur eût cessé de battre n'avait rien d'étonnant.

Il coupa la console pour que la sœur ne pût voir la dernière entrée puis se recoucha. Il se demanda si William comptait également utiliser le matricule de Mary pour les décharges. Il l'espérait. Elle eût aimé pouvoir l'aider.

Il ne reçut aucune visite jusqu'en début de soirée. A vingt heures, la vieille religieuse entra en clopinant pour prendre son pouls et lui faire avaler une thermosonde. Elle ne parut rien remarquer, lorsqu'elle saisit les données. A vingt-deux heures, une nouvelle infirmière vint lui faire des injections de streptomycine et de gammaglobuline.

Elle laissa le moniteur en activité et il n'eut qu'à se pencher pour voir l'écran. Il lut à nouveau le nom de Mary. Il ne pensait pas qu'il pourrait s'endormir, mais il le fit. Il rêva de l'Egypte et de la Vallée des Rois.

— Réveillez-vous, monsieur Dunworthy.

C'était Colin, qui lui braquait une lampe torche dans les yeux.

— Que se passe-t-il ? Qu'est-il arrivé ?

Il cilla, aveuglé par la lumière. Il chercha ses lunettes, à tâtons.

— C'est moi, Colin.

Il orienta le faisceau vers son visage, qui avait un air sinistre ainsi illuminé en contre-plongée. Pour une raison restant à déterminer il portait une ample blouse blanche.

— Qu'est-ce qui ne va pas ?

— Rien. Vous sortez de l'hôpital.

Dunworthy mit ses lunettes.

— Quelle heure est-il ?

— Quatre heures du matin.

Il lui tendit ses pantoufles et éclaira le placard.

— Dépêchez-vous.

Il décrocha la robe de chambre et la lui lança.

— Elle risque de rappliquer d'un instant à l'autre.

Dunworthy s'habilla avec peine. Il se demandait pourquoi on l'avait autorisé à partir en pleine nuit et où pouvait bien être la religieuse.

Colin alla jeter un coup d'œil dans le couloir. Il éteignit la torche, la glissa dans la poche de sa blouse trop ample et repoussa le battant. Après un long moment, il l'entrebâilla et regarda à nouveau.

— La voie est libre, dit-il en faisant signe à Dunworthy de le rejoindre. William s'est enfermé dans la lingerie avec elle.

— Qui, l'infirmière ? demanda Dunworthy qui dormait toujours à moitié.

— Non, la vieille chouette. Il la retiendra là-bas jusqu'à notre départ.

— Et Mme Meager ?

Colin prit un air penaud.

— Elle fait la lecture à M. Latimer. Il fallait bien que je trouve une solution, et, de toute façon, ce type est trop mal en point pour l'entendre.

Il ouvrit la porte et agrippa les poignées d'un fauteuil roulant laissé dans le couloir.

— Je peux encore marcher, protesta Dunworthy.

— Ce sera plus rapide. Et si on nous surprend, je n'aurai qu'à déclarer que je vous emmène au scanner.

Dunworthy s'assit et Colin le poussa. Ils passèrent devant la lingerie et la chambre de Latimer. Ils entendirent la voix de Mme Meager qui lui lisait l'Exode.

Colin continua sur la pointe des pieds jusqu'à l'extrémité du corridor puis il imprima au fauteuil une accélération si foudroyante que nul n'aurait pu croire qu'il emmenait un patient passer un examen. Ils s'engouffrèrent dans un autre passage, virèrent à angle droit et franchirent la porte de service où un homme-sandwich leur avait annoncé la Fin du Monde.

La nuit était noire et la pluie diluvienne. Il discerna à peine l'ambulance garée un peu plus loin. Colin tapa sur une des portes arrière et quelqu'un les ouvrit et sauta du véhicule. Dunworthy reconnut la paramed qui avait conduit Badri à l'hôpital et manifesté devant Brasenose.

— Pouvez-vous monter? lui demanda-t-elle en rougissant.

Il hocha la tête et se leva.

— N'oubliez pas de refermer les portes, dit-elle à Colin.

Elle se dirigea vers la cabine.

— Ne me dis pas que c'est une petite amie de William, murmura Dunworthy en la suivant des yeux.

— Bien sûr que si, lui répondit Colin. Elle m'a interrogé sur la Mégère. Elle voudrait savoir dans quelle catégorie de belles-mères il convient de la classer.

Ils montèrent à bord et Dunworthy essuya ses lunettes.

— Où est Badri?

Colin referma les portes.

— A Balliol. Nous l'avons fait évader le premier, pour qu'il ait le temps de tout préparer. J'espère que la vieille chouette ne donnera pas l'alarme avant notre départ.

— Je ne m'inquiéterais pas pour ça, dit Dunworthy.

Il avait sous-estimé le courage de William. La religieuse devait être sur ses genoux, occupée à broder leurs initiales entrelacées sur les serviettes de l'hôpital.

Colin alluma sa lampe pour éclairer la civière.

— J'ai apporté votre costume, dit-il en lui tendant un pourpoint noir.

Dunworthy retira sa robe de chambre pour se changer. L'ambulance démarra. Il partit en arrière et se retrouva assis sur la banquette latérale.

La paramed n'avait pas déclenché la sirène,

mais à l'allure où ils roulaient cette mesure n'eût pas été superflue. Dunworthy s'agrippait d'une main à une poignée et enfilait le collant de l'autre. Colin voulut prendre les bottes et manqua rouler cul par-dessus tête.

— M. Finch vous a trouvé un manteau, dit-il. Il l'a emprunté à la Société du Théâtre Classique.

Il déplia une grande cape victorienne noire doublée de soie rouge qu'il drapa sur les épaules de Dunworthy.

— Quelle pièce a été mise en scène ? *Dracula* ?

Les pneus crissèrent et la camionnette s'immobilisa au terme d'un long dérapage. La paramed vint ouvrir les portes. Colin aida Dunworthy à descendre puis souleva l'ourlet de sa cape tel un garçon d'honneur pour franchir le portail de Balliol. Dunworthy entendait des tintements sous les crépitements de la pluie.

— Qu'est-ce que c'est ? s'enquit-il en scrutant la cour obscure.

— « Quand arriva enfin mon Sauveur. » Nécrotique, non ?

— Mme Meager m'a dit que les Américaines s'entraînaient à n'importe quel moment, mais je ne m'imaginais pas qu'elle parlait de cinq heures du matin.

— C'est ce soir qu'elles donneront leur concert.

— Ce soir ? fit Dunworthy avant de prendre conscience qu'ils étaient le quinze.

Le six janvier du calendrier julien. L'Epiphanie. L'arrivée des rois mages.

Finch vint vers eux en courant.

— Excusez mon retard, mais je n'arrivais pas à trouver un parapluie...

— Tout est prêt ?

— Sauf l'assistance médicale, fit-il en tendant le

bras pour abriter Dunworthy. Mais William a téléphoné pour annoncer que tout était arrangé et qu'une infirmière nous rejoindrait sous peu.

Dunworthy n'eût pas été outre mesure surpris d'apprendre que la vieille chouette s'était portée volontaire.

— J'espère qu'il ne lui viendra jamais à l'esprit de s'engager sur la pente glissante du crime, dit-il.

— Aucun risque, monsieur. Il est certainement conscient qu'il aurait alors affaire à sa mère. M. Chaudhuri calcule les coordonnées préliminaires. Quant à Mlle Montoya...

Dunworthy s'arrêta net.

— Montoya ? Qu'est-elle venue faire ici ?

— Je l'ignore, monsieur. Elle m'a déclaré qu'elle avait des informations à vous communiquer.

Ce n'est vraiment pas le moment, pensa-t-il. Pas quand nous touchons au but.

Il entra dans le laboratoire. Badri était assis à la console et Montoya, en veste de treillis et jean boueux, se penchait par-dessus son épaule pour regarder l'écran. Le tech lui dit quelque chose ; elle secoua la tête et lorgna sa montre. Elle releva les yeux et vit Dunworthy. Son expression se fit compatissante. Elle se redressa et glissa la main dans la poche de sa chemise.

Non ! pensa Dunworthy.

Elle vint vers lui.

— J'ignorais quelles étaient vos intentions, dit-elle en prenant une feuille pliée en quatre. Je veux vous aider.

Elle lui remit le bout de papier.

— Voici les informations dont disposait Kivrin lors de son transfert.

Il baissa les yeux sur une carte géographique.

Elle lui désigna une croix.

— Le point de transfert est là. Et voici Skendgate. Vous reconnaîtrez le village à son église normande. Il y a des fresques au-dessus du jubé et une statue de saint Antoine, le saint qu'on prie lorsqu'on veut retrouver ce qu'on a perdu. Je ne l'ai découverte qu'hier.

Elle désigna d'autres croix.

— Si elle n'est pas à Skendgate, essayez Esthcote, Henefelde et Shrivendun. J'ai dressé la liste de leurs signes distinctifs au verso.

Badri se leva et approcha. Il semblait encore plus fragile qu'à l'hôpital et se déplaçait très lentement, tel le vieillard qu'il était devenu.

— J'obtiens toujours un décalage minimum, quelles que soient les variables. J'ai opté pour un fonctionnement intermittent, cinq minutes d'ouverture à deux heures d'intervalle, ce qui devrait permettre de maintenir la liaison pendant vingt-quatre heures, trente-six si la chance nous sourit.

Dunworthy doutait que le tech pût tenir aussi longtemps. Il paraissait déjà à bout de forces.

— Quand vous verrez l'air miroiter ou l'humidité se condenser, pénétrez dans la zone de transfert sans attendre, ajouta le tech.

— Et si c'est la nuit? s'enquit Colin qui avait retiré sa blouse.

Sous laquelle il portait toujours sa tenue d'écuyer.

— Le phénomène sera malgré tout visible et nous lancerons des appels, répondit Badri.

Il grogna et se toucha le flanc.

— Avez-vous été vacciné?

— Oui.

— Parfait. Nous n'attendons plus que l'assistance médicale.

Il dévisagea Dunworthy, l'expression dubitative.

— Etes-vous certain de tenir le coup?

— Et vous ?

La porte s'ouvrit, sur la jolie infirmière blonde qui sourit sitôt qu'elle vit Dunworthy.

— William m'a dit que vous aviez besoin d'un coup de main. Où puis-je m'installer ?

Il faut *absolument* que je mette Kivrin en garde contre ce bourreau des cœurs, pensa-t-il. Badri désigna un emplacement et Colin alla chercher son matériel.

Montoya guida Dunworthy vers un cercle tracé à la craie sous le filet.

— Allez-vous garder vos lunettes ?

— Oui. Vous pourrez les récupérer dans votre cimetière.

— Elles n'y sont pas, affirma-t-elle. Préférez-vous vous asseoir ou vous allonger ?

Il revit Kivrin, couchée avec le bras sur le visage, vulnérable et aveugle.

— Je resterai debout, décida-t-il.

Colin revint avec une malle qu'il posa à côté de la console avant de se diriger vers Dunworthy.

— Partir seul est de la folie, dit-il.

— Je le dois.

— Pourquoi ?

— C'est trop dangereux. Tu ne peux imaginer ce que c'était, pendant la peste noire.

— Oh, si ! J'ai lu deux fois ce bouquin et j'ai reçu…

Il s'interrompit.

— Je sais tout sur le sujet. Et si c'est si moche que ça, vous aurez besoin d'un coup de main. Je ne vous gênerai pas, promis.

— Colin, tu es placé sous ma responsabilité. Je ne peux pas te faire courir de tels risques.

Badri approcha. Il tenait un posemètre.

— L'infirmière a besoin qu'on l'aide à apporter le reste de son matériel, annonça-t-il.

— Si vous ne revenez pas, je ne saurai jamais ce qui vous est arrivé, insista Colin.

Il s'éloigna au pas de course.

Badri tourna autour de Dunworthy, pour prendre des mesures. Il se renfrogna, déplaça son coude et reprit tout à zéro. L'amie de William approcha avec une seringue. Dunworthy remonta la manche de son pourpoint.

— Je tiens à préciser que je ne vous approuve pas, dit-elle en désinfectant son bras. Vous devriez être tous les deux dans un lit d'hôpital.

Elle fit la piqûre puis retourna se placer à côté de sa malle.

Badri attendit que Dunworthy eût redescendu sa manche puis déplaça son bras et prit de nouvelles mesures. Colin apporta un scanner et repartit sans avoir accordé un regard à Dunworthy.

Ce qui apparaissait sur les écrans se modifiait sans cesse. On entendait les carillonneuses, un son presque musical ainsi filtré par la porte close. Colin l'ouvrit et les tintements résonnèrent pendant qu'il tirait une autre malle à l'intérieur.

Il la traîna à côté de la première puis alla rejoindre Montoya pour regarder les nombres défiler. Dunworthy regrettait de ne pas avoir décidé de s'asseoir. Les bottes comprimaient ses orteils et rester debout sans bouger était pénible.

Badri s'adressa à la console. Les filets s'abaissèrent, touchèrent le sol, se plissèrent. Colin dit quelque chose à Montoya qui leva les yeux, se renfrogna puis hocha la tête avant de reporter son attention sur le moniteur. Colin s'avança.

— Que fais-tu ? voulut savoir Dunworthy.

— Un de ces machins fait des plis.

Il alla de l'autre côté et tendit les mailles.

— Prêt ? demanda Badri.

— Oui, dit Colin en reculant. Non, un instant.

Il revint vers Dunworthy.

— Vous devriez retirer vos lunettes, au cas où quelqu'un vous verrait arriver.

Dunworthy obtempéra et les glissa dans son pourpoint.

— Si vous ne revenez pas, j'irai vous chercher, l'avertit Colin. Prêt.

Dunworthy regarda les écrans. Ils étaient indistincts, de même que Montoya qui se penchait sur l'épaule de Badri. Elle lorgna sa montre. Le tech s'adressa à la console.

Dunworthy ferma les yeux. Il entendait les Américaines carillonner « Quand arriva enfin mon Sauveur ». Il les rouvrit.

— Maintenant, annonça Badri.

Il enfonça un bouton, à l'instant où Colin se précipitait vers le filet et plongeait au-dessous pour se jeter dans les bras de Dunworthy.

33

Ils ensevelirent Rosemonde dans la fosse préparée par l'intendant. « Ces tombes serviront », avait-il dit. C'était exact. Ils n'auraient pu la creuser. Transporter le corps les avait épuisés.

Ils l'allongèrent à côté de l'excavation. Elle était si fluette, ainsi enveloppée d'un manteau, consumée par la maladie. Les doigts de sa main droite évoquaient des serres. La chair avait fondu sur les os incurvés autour d'une pomme qu'ils n'avaient pu saisir.

— S'est-elle confessée à vous ? demanda Roche.

— Oui, répondit Kivrin, sans avoir l'impression de mentir.

Elle lui avait avoué sa peur des ténèbres et de la peste, sa solitude, son amour pour son père et sa certitude angoissante qu'elle ne le reverrait jamais. Autant de choses que Kivrin n'avait pu pour sa part se résoudre à reconnaître.

Elle retira la broche de Messire Bloet et enveloppa Rosemonde de son manteau. Roche la prit dans ses bras et la descendit dans la fosse.

Il eut des difficultés à ressortir et Kivrin saisit ses grosses mains pour le hisser. Et lorsqu'il commença les prières des morts et dit : *Domine, ad adjuvandum me festina,* elle le dévisagea, inquiète. Nous devons partir d'ici avant qu'il ne tombe malade à son tour, pensa-t-elle. Nous n'avons plus un moment à perdre.

— *Dormiunt in somno pacis,* ajouta Roche qui ramassa la pelle et entreprit de recouvrir le corps.

Ce qui parut durer une éternité. Pour l'aider, Kivrin brisait les mottes gelées, tout en essayant de déterminer jusqu'où ils pourraient aller avant le crépuscule. Il n'était pas encore midi. S'ils partaient sitôt après l'enterrement, ils traverseraient Wychwood, prendraient la route Oxford-Bath et atteindraient la plaine des Midlands. Ils seraient en Ecosse dans moins d'une semaine, à proximité d'Invercassley ou de Dornoch, des lieux que la peste n'atteindrait jamais.

— Père Roche, dit-elle lorsqu'il entreprit de tasser la terre avec le plat de la pelle, nous devons aller en Ecosse.

— En Ecosse ? répéta-t-il.

A son intonation, on aurait pu croire que c'était la première fois qu'il entendait prononcer ce nom.

— Oui. Il faut partir, prendre l'âne et nous diriger vers le nord.

Il hocha la tête.

— Je dois me munir des saints sacrements, et sonner la cloche pour que l'âme de Rosemonde monte aux Cieux.

Elle voulait l'en empêcher, lui dire qu'ils n'en avaient pas le temps, qu'il fallait plier bagage sans perdre une minute, mais elle lui déclara :

— Je vais aller chercher Balaam.

Roche se dirigea vers le clocher et Kivrin partit en courant vers les écuries. Elle désirait s'éloigner le plus vite possible, avant un nouveau drame, certaine que la peste se tapissait dans les parages pour s'abattre sur eux.

Elle traversa la cour, entra dans le bâtiment et attacha les paniers sur le dos de l'âne.

Il n'y eut qu'un tintement et elle s'immobilisa pour tendre l'oreille. Le silence. Trois coups pour une femme, se dit-elle. Puis elle comprit. Un coup pour un enfant. Oh, Rosemonde !

Elle tendit la sangle et chargea les paniers. Ils étaient trop petits pour tout contenir et elle devrait également emporter des sacs. Elle en emplit un avec de l'avoine qu'elle ramassa dans ses mains réunies en coupe, puis elle alla chercher de quoi l'attacher. Elle avait vu une cordelette, dans la stalle du poney d'Agnès. Cette ficelle était attachée à un piquet et le nœud refusait de céder. Elle dut se résoudre à retourner dans les cuisines, pour prendre un couteau. Elle en profita pour rapporter les provisions qu'elle avait préparées avant la mort de Rosemonde.

Elle sectionna la petite corde puis jeta le couteau

et alla vers l'âne qui rongeait la toile du sac afin de goûter aux grains. Elle termina de le charger puis le fit sortir dans la cour et le guida vers l'église.

Roche n'était visible nulle part. Kivrin devait encore aller chercher des couvertures et des bougies, mais elle souhaitait placer les saints sacrements au fond d'un des paniers. Nourriture, couvertures, bougies... n'avait-elle rien oublié ?

Roche apparut sur le seuil de l'église. Les mains vides.

— Et les saints sacrements ? demanda-t-elle.

Il s'appuya au chambranle, sans répondre. Il avait la même expression hagarde que lorsqu'il était venu lui annoncer la mort de l'intendant. Mais la peste les a tous emportés, se dit-elle. Elle ne peut plus faire de victimes.

— Je dois aller sonner la cloche, dit-il en s'éloignant vers la tour.

— Vous l'avez déjà fait, lui rappela-t-elle. Nous devons partir pour l'Ecosse.

Elle perdit du temps pour attacher l'âne au portillon du cimetière, tant ses doigts étaient engourdis par le froid, puis elle courut derrière lui et agrippa sa manche.

— Qu'avez-vous ?

Il dégagea brusquement son bras.

— Je dois sonner les vêpres.

L'expression du prêtre l'effraya. Il ressemblait à nouveau à un brigand, un assassin.

Oh, non ! se dit-elle.

— Il n'est que midi. Il est trop tôt pour les vêpres.

Elle tenta de se convaincre qu'il était simplement épuisé. Nous sommes si las que nos pensées s'embrouillent, pensa-t-elle. Elle saisit à nouveau sa manche.

— Venez, mon père. Nous devons partir, si nous voulons être sortis des bois à la tombée de la nuit.

— Oui, il est tard, et Dame Imeyne sera mécontente.

Oh, non ! Oh, non !

Elle se plaça devant lui et déclara :

— Je m'en charge. Allez vous reposer.

— La nuit tombe, fit-il avec colère.

Il ouvrit la bouche. Du sang et de la vomissure en jaillirent et éclaboussèrent le justaucorps de Kivrin.

Oh, non ! Oh, non !

Il regarda le vêtement souillé et sur ses traits la surprise remplaça la violence.

— Venez, vous devez vous allonger.

Il ne pourra jamais aller jusqu'au manoir, comprit-elle.

— Suis-je à mon tour malade ? demanda le prêtre sans quitter des yeux le vêtement ensanglanté.

— Non, mais vous êtes très las et avez besoin de repos.

Elle le soutint et ils se dirigèrent vers l'église. Il titubait. S'il tombe, je ne pourrai jamais le relever, se dit-elle. Elle poussa la lourde porte avec son dos pour l'aider à entrer, puis elle le fit asseoir contre le mur.

— Je crains d'avoir trop présumé de mes forces, fit-il.

Il inclina la tête contre les pierres.

— J'ai besoin de dormir un instant.

— Oui, c'est cela. Dormez.

Dès qu'il eut fermé les yeux, elle alla chercher des couvertures et un traversin. A son retour, le prêtre avait disparu.

— Roche ! cria-t-elle en scrutant la nef obscure. Où êtes-vous ?

Pas de réponse. Elle repartit, la literie dans les bras. Il n'était ni dans le clocher ni dans le cimetière, et il n'avait pu aller jusqu'au manoir. Elle retourna dans l'église et se dirigea vers le chœur. Elle le vit, agenouillé devant la statue de sainte Catherine.

— Vous devez vous allonger, lui dit-elle.

Elle étala les couvertures sur le sol.

Il obéit, et elle glissa le traversin sous sa nuque.

— J'ai la peste, n'est-ce pas ?

— Non, vous êtes las, tout simplement. Reposez-vous.

Il se tourna sur le flanc mais se redressa peu après, l'expression à nouveau menaçante. Il repoussa les couvertures et lança sur un ton accusateur :

— Je dois sonner les vêpres !

Elle fit tout son possible pour l'empêcher de se lever.

Lorsqu'il se rendormit, elle déchira en bandes le bas du justaucorps pour attacher ses mains au jubé.

— Ne lui faites pas cela, murmurait-elle, sans en être seulement consciente. Par pitié, par pitié, épargnez-le !

Il ouvrit les yeux.

— Dieu exaucera une prière aussi fervente, commenta-t-il avant de sombrer dans un sommeil plus profond, plus paisible.

Elle sortit décharger l'âne. Elle le détacha puis réunit les sacs de nourriture et la lanterne qu'elle porta dans l'église. Roche dormait toujours. Elle alla tirer de l'eau.

A son retour, lorsqu'elle posa un linge humide

sur le front du prêtre, il lui déclara sans ouvrir les yeux :

— J'ai eu si peur que vous soyez partie.

Elle lava le sang coagulé autour de sa bouche.

— Je n'irai pas en Ecosse sans vous.

— Pas en Ecosse, fit-il. Aux Cieux.

Elle grignota du pain rassis et du fromage puis tenta de dormir, mais la froidure l'en empêcha. Quand Roche se tourna et soupira dans son sommeil, elle vit la condensation de son haleine.

Elle alla arracher des piquets de clôture qu'elle vint entasser devant le jubé, pour faire un feu. Mais la fumée envahit la nef bien qu'elle eût laissé les portes ouvertes. Roche toussa et vomit. Cette fois, il ne rendit que du sang. Elle éteignit le feu et alla chercher toutes les fourrures et couvertures qu'elle put trouver. Elle les utilisa pour leur confectionner une sorte de nid.

La fièvre de Roche grimpa pendant la nuit. Il donnait des coups de pied et s'emportait contre Kivrin, dans un langage qu'elle ne pouvait comprendre. Mais elle reconnut :

— Partez, sacrebleu !

Et continuellement, avec fureur :

— La nuit tombe !

Elle prit les cierges de l'autel et du jubé qu'elle plaça devant la statue de sainte Catherine. Lorsque les divagations du prêtre sur l'approche des ténèbres empirèrent, elle alluma les bougies et le couvrit, ce qui eut sur lui un effet apaisant.

Il avait de plus en plus de fièvre et claquait des dents malgré les fourrures. Sa peau s'assombrissait déjà, les vaisseaux sanguins devaient éclater sous l'épiderme. Pas ceci, par pitié !

A l'aube, il allait un peu mieux. Elle constata que son teint ne s'était pas assombri, qu'il s'agissait d'une illusion due à la clarté incertaine des chandelles. Sa fièvre avait chuté et il dormit paisiblement jusqu'en milieu d'après-midi. Il ne vomissait plus, et elle sortit chercher de l'eau avant le crépuscule.

Certains malades avaient bénéficié d'une rémission spontanée, d'autres étaient censés avoir été sauvés par la prière. Tous ne mouraient pas. Dans le cas de la peste pulmonaire, le taux de mortalité ne dépassait pas 90 %.

A son retour, Roche était éveillé, allongé dans des rais de lumière fuligineuse. Elle s'agenouilla et lui présenta une tasse d'eau. Elle soutint sa tête pour qu'il pût boire.

— C'est la maladie bleue, dit-il.

— Vous n'en mourrez pas, lui affirma-t-elle.

Quatre-vingt-dix pour cent. Quatre-vingt-dix pour cent.

— Vous devez m'entendre en confession.

Non. Il ne devait pas mourir. Elle ne voulait pas rester seule. Elle secoua la tête, incapable de parler.

— Bénissez-moi parce que j'ai péché, commença-t-il en latin.

C'était faux. Il avait soigné les malades, confessé les agonisants, enterré les morts. C'était Dieu qui aurait dû implorer son pardon.

— ... en pensée, en parole, par action et par omission. J'ai nourri du ressentiment envers Dame Imeyne. Je me suis emporté contre Maisry.

Il ravala sa salive.

— J'ai eu des pensées impures pour une sainte envoyée par le Seigneur.

Des pensées impures !

— J'en demande humblement pardon à Dieu et

vous implore de m'accorder votre absolution, si vous m'en jugez digne.

Il n'y a rien à pardonner, eût-elle aimé lui dire. Vos péchés n'en sont pas. Vous vous reprochez des désirs bien naturels alors que nous avons dû immobiliser Rosemonde en employant la force, refuser notre hospitalité à un garçon inoffensif, enterrer un bébé de six mois. C'est la fin du monde. Ce ne sont pas quelques péchés véniels qui ont changé quoi que ce soit à cette situation.

Elle leva la main, trop émue pour pouvoir prononcer l'absolution. Mais il ne sembla rien remarquer.

— Ô mon Dieu ! fit-il. Je regrette tant de Vous avoir offensé.

Vous êtes un saint, voulait-elle lui dire. Et où est-Il ? Pourquoi ne vient-Il pas vous sauver ?

Ils n'avaient plus d'huile. Elle trempa les doigts dans le seau et traça le signe de la croix sur ses yeux, ses oreilles, son nez, sa bouche et ses mains qui avaient tenu les siennes pendant sa propre agonie.

— *Quid quid deliquiste*, dit-il.

Elle humidifia à nouveau son majeur et son index pour reproduire le symbole sur la plante de ses pieds.

— *Libera nos, quaesumus, Domine*, lui souffla-t-il.

— *Ab omnibus malis, praeteritis, praesentibus et futuris.*

Délivrez-nous du mal, passé, présent et à venir.

— *Perducat te ad vitam aeternam*, murmura-t-il.

Qu'Il te conduise à la vie éternelle...

— Amen, dit-elle.

Elle se pencha pour essuyer le sang qui coulait de sa bouche.

Il vomit toute la nuit et la majeure partie du lendemain. Il sombra dans l'inconscience en fin d'après-midi. Sa respiration était superficielle et hachée. Elle demeura à son côté, pour humidifier son front brûlant.

— Ne mourez pas ! l'implora-t-elle lorsque les sifflements s'interrompirent un court instant. Ne mourez pas ! Que ferai-je, sans vous ? Je ne veux pas rester seule.

— Vous devez repartir, lui dit-il.

Ses paupières enflées s'entrouvrirent, sur des yeux injectés de sang.

— Je croyais que vous dormiez, s'excusa-t-elle. Je ne voulais pas vous réveiller.

— Retournez aux Cieux et priez pour mon âme, afin que mon séjour au Purgatoire soit abrégé.

Son séjour au Purgatoire ! Comme si Dieu avait pu ajouter à ses souffrances.

— Vous n'aurez pas besoin de mes prières pour aller directement au Paradis.

— Retournez d'où vous venez.

Il leva la main devant son visage. Il semblait vouloir parer un coup de poing.

Kivrin saisit son poignet et l'immobilisa, avec douceur pour ne pas le meurtrir.

Retournez d'où vous venez ! Je ne le peux pas, se dit-elle. Elle se demanda pendant combien de jours ils avaient laissé le passage ouvert avant de renoncer. Quatre ? Le transmetteur fonctionnait peut-être encore. M. Dunworthy devait s'être opposé à ce qu'ils ferment la porte temporelle tant que subsistait un espoir. Mais cet espoir était vain. Je ne suis pas en 1320, j'assiste à la fin du monde.

— Je ne connais pas le chemin.

Roche libéra son poignet et agita sa main.

— Essayez de vous en souvenir. Au-delà de cette fourche…

Il délirait. Elle s'agenouilla, au cas où il eût à nouveau désiré se lever...

— Là où vous êtes tombée, au-delà de la fourche.

Il utilisait son autre main pour soutenir le coude du bras qu'il tendait. Elle comprit qu'il lui désignait quelque chose.

Au-delà de la fourche.

— Qu'y a-t-il, là-bas ?

— La clairière où je vous ai trouvée, à votre descente des Cieux.

— N'est-ce pas Gawyn qui m'a découverte ?

— Si, répondit-il, comme si ses propos n'étaient pas contradictoires. Je l'ai rencontré sur la route du manoir. Le lieu dont je vous parle se situe là où Agnès a fait cette mauvaise chute. Le jour où nous sommes allés chercher le houx.

Pourquoi ne pas me l'avoir dit quand nous étions sur place ? s'interrogea Kivrin. Mais elle connaissait la réponse. Comme elle le lui avait demandé, il l'avait tout d'abord conduite là où Gawyn l'avait trouvée, et non sur les lieux de son apparition en ce siècle. Et ensuite l'âne récalcitrant avait accaparé son attention.

Il m'a vue arriver, pensa-t-elle. Et elle sut qui était venu se tenir au-dessus d'elle alors qu'elle gisait dans la clairière avec un bras sur le visage. Je l'ai entendu, j'ai vu l'empreinte de sa chaussure.

— Vous devez retourner là-bas et remonter aux Cieux, dit-il en fermant les yeux.

Il avait assisté à sa matérialisation et s'était approché pendant qu'elle gardait les yeux clos. Il l'avait ensuite hissée sur son âne. Elle ne s'était doutée de rien, pas même lorsqu'elle l'avait vu dans l'église ou quand Agnès lui avait déclaré qu'il la prenait pour une sainte.

Parce que Gawyn affirmait qu'il l'avait découverte. Un vantard qui s'était fixé pour but d'attirer l'attention de Dame Eliwys par des exploits imaginaires. Ne lui avait-il pas déclaré qu'il l'avait trouvée et amenée au manoir? Mais peut-être ne considérait-il pas cela comme un mensonge. Un curé de campagne était en fin de compte quantité négligeable. Et pendant que Rosemonde agonisait, que Gawyn partait pour Bath et que la porte temporelle s'ouvrait et se fermait pour finir par se clore définitivement, Roche aurait pu lui révéler où se situait la clairière.

— Rester à mon côté est sans objet, on doit attendre votre retour, là-haut.

— Chut, fit-elle doucement. Essayez de dormir.

Il sombra dans un sommeil agité. Il déplaçait sans cesse les mains, pour tirer et repousser les couvertures, ou tenter de gratter son aine. Pauvre homme, pensa-t-elle. Aucune indignité ne lui sera épargnée.

Elle croisa ses mains sur sa poitrine et les couvrit, mais il se débattit et souleva sa tunique, pour toucher son bas-ventre. Il frissonna et écarta la main. Ses mouvements frénétiques rappelèrent à Kivrin l'agitation de Rosemonde.

Elle fronça les sourcils. Qu'il eût vomi du sang l'incitait à croire qu'il avait pris la peste pulmonaire, cela et le fait qu'elle n'avait vu aucun bubon sous son bras lorsqu'elle lui avait retiré son manteau. Elle repoussa sa soutane pour regarder son haut-de-chausses en laine au tissage grossier. Elle comprit qu'elle ne pourrait jamais le lui ôter et le bas de l'aube glissée à l'intérieur formait des protubérances qui l'empêchaient de voir quoi que ce soit.

Elle toucha sa cuisse, avec douceur car elle se souvenait que le bras de Rosemonde avait été très sensible. Il tressaillit mais ne s'éveilla pas. Elle passa la main sous le haut-de-chausses en veillant à n'être en contact qu'avec le tissu. Il était très chaud.

— Pardonnez-moi, mon père, lui murmura-t-elle.

Elle dirigea sa main vers son entrejambe.

Il hurla et plia convulsivement les genoux. Kivrin avait déjà retiré son bras. Le bubon était énorme, et brûlant. Il aurait fallu le percer des heures plus tôt.

Roche avait crié mais ne s'était pas éveillé. Son visage était tacheté et sa respiration bruyante. Ses brusques mouvements l'avaient découvert. Elle remonta les couvertures. Il se recroquevilla en position fœtale, mais moins violemment que la fois précédente, et elle le borda. Elle prit la dernière bougie du jubé qu'elle plaça dans la lanterne et alluma à un des cierges de sainte Catherine.

— Je reviens dans un instant, dit-elle.

Elle se dirigea vers la porte de l'église.

La clarté la fit ciller, bien que la journée tirât à sa fin. Le ciel était couvert mais le vent ne soufflait plus et il faisait plus chaud à l'extérieur que dans la nef. Elle partit en courant sur le terrain communal, une main sur l'ouverture de la lanterne afin de protéger la flamme.

Elle avait laissé un couteau, dans les écuries. Elle devrait le stériliser, pour inciser le bubon. Il fallait l'ouvrir avant qu'il n'éclate, car en raison de la proximité de l'artère fémorale le poison se répandrait dans le système circulatoire si l'hémorragie ne lui était pas fatale. Il eût fallu intervenir bien plus tôt.

Elle courut dans le passage qui séparait la grange de la porcherie. Une fois dans la cour, elle vit que les portes de l'écurie étaient ouvertes et entendit bouger à l'intérieur. Son cœur s'emballa.

— Qui est là? demanda-t-elle en levant sa lanterne.

La vache avait pénétré dans une des stalles pour manger l'avoine répandue sur le sol. L'animal leva la tête, meugla et approcha.

— Je n'ai pas le temps de m'occuper de toi, expliqua-t-elle.

Elle ramassa le couteau et ressortit aussitôt. Le ruminant la suivit avec difficulté, handicapé par ses pis distendus. Il poussait des gémissements pathétiques.

— Va-t'en, lui cria Kivrin, au bord des larmes. Je dois m'occuper de lui, ou il mourra.

Elle regarda le couteau. Il était encore plus sale que lorsqu'elle l'avait pris dans les cuisines. Elle l'avait ensuite jeté sur le sol couvert de crottin et de poussière.

Elle alla prendre le seau posé près du puits. Il ne contenait que quelques centimètres d'eau que recouvrait une pellicule de glace. Elle ne pourrait y tremper totalement l'instrument et allumer un feu pour faire bouillir cette eau lui ferait perdre trop de temps. Le bubon risquait d'éclater d'un instant à l'autre. De l'alcool eût permis d'arriver au même résultat, mais ils avaient utilisé tout le vin pour désinfecter les plaies et donner les derniers sacrements aux mourants. Elle pensa à la bouteille du clerc, dans la chambre de Rosemonde.

La vache vint se frotter contre elle.

— Non, fit Kivrin sur un ton catégorique.

Elle ouvrit la porte du manoir, en tenant la lanterne de l'autre main.

Le vestibule était obscur mais les longs rais dorés et fumeux de la clarté du jour pénétraient par les étroites fenêtres et révélaient l'âtre éteint, la grande table et les pommes qu'elle avait renversées sur son plateau pour les trier.

Les rats ne prirent pas la fuite. Ils la regardèrent avec curiosité, en agitant leurs petites oreilles noires, puis reportèrent leur attention sur les fruits. Ils étaient près d'une douzaine, sur la table. Un autre rongeur, assis sur le tabouret d'Agnès, levait ses pattes antérieures devant sa face et semblait prier.

Elle posa la lanterne sur le sol.

— Sortez d'ici ! leur intima-t-elle.

Les rats regroupés sur la table ne firent aucun cas de cette injonction. Leur congénère isolé la lorgna par-dessus ses pattes jointes.

— Dehors ! cria-t-elle en les chargeant.

Ils ne s'enfuirent pas. Deux allèrent simplement s'abriter derrière la salière et un troisième lâcha la pomme qu'il grignotait. Elle roula et tomba sur le sol couvert de joncs.

Kivrin brandit son couteau.

— Du balai, sale vermine !

Elle l'abattit sur la table et les rats s'égaillèrent enfin.

— Dehors !

Elle balaya les pommes d'un ample mouvement du bras. Les fruits rebondirent et se dispersèrent sur le dallage. De surprise, ou de peur, le rat du tabouret courut vers elle.

— Prends ça !

Elle lança son arme et l'animal fit volte-face pour disparaître au sein des joncs.

— Sortez d'ici !

Elle enfouit son visage entre ses paumes, puis sursauta en entendant meugler la vache qui tendait le cou à l'intérieur de la salle.

— C'est une maladie, murmura Kivrin en tremblant, les mains sur la bouche. Ce n'est la faute de personne.

Elle alla ramasser le couteau et la lanterne. Le ruminant avait voulu franchir la porte et se retrouvait coincé entre ses montants. Il lui adressait des beuglements déchirants.

Kivrin monta dans la chambre malgré les bruissements qu'elle entendait dans les hauteurs. La pièce était glaciale. Le linge tendu par Eliwys devant la fenêtre pendait sur le côté. Le baldaquin effondré formait un monticule, arraché par le clerc lorsqu'il s'y était agrippé pour se lever, et le matelas pendait en partie hors du lit. Des sons s'élevaient de sous le sommier, mais elle ne se pencha pas pour satisfaire sa curiosité. Le lourd manteau du malade était toujours posé sur le couvercle sculpté du coffre.

La bouteille de vin devait être sous le lit. Kivrin se mit à plat ventre et tendit le bras. Elle toucha quelque chose qui roula au contact de ses doigts. Elle dut ramper et s'étirer pour saisir l'objet.

Le bouchon avait sauté. Lorsqu'elle lui avait donné un coup de pied, sans doute.

— Non, fit-elle, désespérée.

Elle resta un long moment à contempler la bouteille vide.

Ils n'avaient plus de vin de messe. Roche avait puisé dans ses réserves pour administrer les derniers sacrements.

Elle se souvint alors de la bouteille qu'il lui avait donnée pour le genou d'Agnès. Elle se glissa à nouveau sous le lit et la chercha à tâtons, avec prudence pour ne pas risquer de la renverser. Elle ne se rappelait pas combien il restait de ce breuvage mais ne pensait pas avoir tout utilisé.

Malgré ses précautions, la bouteille bascula. Elle rattrapa son goulot pendant la chute puis recula et la secoua. Elle était presque pleine. Elle glissa le couteau dans la bande ventrale de son justaucorps et cala le vin sous son bras, puis elle saisit le manteau du clerc au passage et redescendit. Les rats étaient revenus grignoter les pommes, mais ils détalèrent dès qu'elle posa le pied sur la première marche et elle ne leur accorda pas la moindre attention.

La vache bloquait la porte. Kivrin s'arrêta dans le vestibule délimité par les paravents et repoussa les joncs pour poser la bouteille et le reste sur le sol. Puis elle entreprit de pousser l'animal qui protesta par un mugissement contre ces mauvais traitements.

Sitôt dehors, la vache revint vers elle.

— Non, je n'ai pas de temps à te consacrer.

Mais elle alla dans la grange et gravit l'échelle du fenil, pour faire tomber du foin à l'aide d'une fourche. Ensuite, elle retourna prendre ce qu'elle avait laissé dans le vestibule et courut vers l'église.

Roche avait perdu connaissance. Il gisait sur le dos, les jambes et les bras écartés, comme assommé d'un coup de gourdin.

Elle le couvrit avec le lourd manteau pourpre.

— Je suis revenue, dit-elle.

Elle lui caressa le bras. Rien n'indiquait qu'il avait conscience de sa présence.

Elle retira la grille de protection de la lanterne et alluma toutes les bougies à sa flamme. Il ne restait que trois des chandelles de Dame Imeyne, consumées à moitié. Elle utilisa également les bougies à mèche de jonc et le gros cierge installé dans la niche de la statue de sainte Catherine, qu'elle rapprocha des jambes du père Roche pour mieux voir.

— Je dois retirer votre haut-de-chausses, lui dit-elle en écartant le couvre-lit. Il est indispensable d'inciser le bubon.

Elle dénoua le lacet. Le prêtre ne bougea pas mais gémit.

Elle tira sur le vêtement, qui refusa de glisser sur ses cuisses. Elle dut se résoudre à le fendre.

— Je prendrai bien garde de ne pas vous blesser, promit-elle.

Elle alla récupérer le couteau et la bouteille, huma le vin et en but une gorgée. Elle toussa. Parfait. Il était vieux et alcoolisé. Elle en aspergea la lame, l'essuya, versa encore du vin en veillant à conserver de quoi stériliser l'incision.

— *Beata*, murmura Roche.

Il baissa la main vers son aine.

— Tout se passera bien, dit-elle.

Elle tira le haut-de-chausses, fendit la laine.

— J'ai conscience que ce sera douloureux, mais je n'ai pas le choix.

Elle déchira le tissu, des deux mains. Les genoux de Roche se contractèrent.

— Non, non, restez détendu, fit-elle en exerçant une pression sur les articulations. Il faut absolument que je le fasse.

Elle ne pouvait redresser ses jambes. Elle finit par renoncer et ouvrit plus encore le vêtement. Ce bubon était deux fois plus gros que celui de Rosemonde, et entièrement noir. Il eût fallu l'inciser des heures plus tôt, des jours plus tôt.

— Rallongez-vous, le supplia-t-elle en appuyant de toutes ses forces sur ses genoux. Je dois le percer.

Aucune réaction. Elle ne savait pas s'il imposait encore ses volontés à ses membres ou s'ils se contractaient d'eux-mêmes, comme dans le cas du clerc, mais elle ne pouvait attendre. Le bubon risquait d'éclater d'une seconde à l'autre.

Elle alla s'agenouiller aux pieds du prêtre et tendit le bras sous ses jambes pliées en serrant fermement le manche du couteau. Roche gémit et elle fit avancer précautionneusement la lame.

Il détendit sa jambe et son pied atteignit le flanc de Kivrin qui fut projetée en arrière. Elle lâcha le couteau qui glissa avec bruit sur le sol de pierre. L'impact lui avait coupé le souffle et elle resta immobile, pantelante. Lorsqu'elle voulut se rasseoir, un élancement empala son côté droit et la fit retomber.

Roche poussait un cri épouvantable, comparable au râle d'un cerf lors de la curée. Kivrin roula sur la gauche, une main collée à ses côtes, pour voir le prêtre. Il se balançait tel un enfant, les jambes ramenées contre sa poitrine. Il hurlait toujours et elle ne voyait plus le bubon.

Elle tenta de se relever en prenant appui sur sa paume. Dès qu'elle fut en partie redressée, elle rapprocha son bras pour poser les deux mains sur le dallage et s'agenouiller. Ses gémissements étaient couverts par les hurlements de Roche.

Lorsqu'elle fut finalement à genoux, elle s'accroupit sur ses talons.

— Je suis désolée, murmura-t-elle. Je ne voulais pas vous faire souffrir.

Elle rampa vers l'homme en utilisant son bras droit comme une béquille. Elle respirait plus profondément en raison de l'effort et chaque inspiration s'accompagnait d'une douleur au flanc. Elle devait avoir des côtes brisées.

— Ça va passer. J'arrive. J'arrive.

Roche remontait spasmodiquement ses jambes chaque fois qu'il entendait sa voix et elle le contourna, pour se placer hors de portée. Lorsqu'il lui avait donné ce coup de pied, il avait renversé une des bougies dont la petite flamme dansait au milieu d'une flaque de cire fondue. Kivrin la redressa et posa la main sur l'épaule du prêtre.

— Détendez-vous. Tout ira bien. Je suis là.

Il interrompit finalement ses cris.

— Je regrette, murmura-t-elle en se penchant vers lui. Je ne voulais pas vous faire mal, seulement percer le bubon.

Il remonta ses genoux, encore plus haut que les fois précédentes. Elle prit une chandelle et la tint au-dessus des fesses nues de l'homme. La clarté de la flamme lui révéla une protubérance noirâtre et distendue. La pointe de la lame ne l'avait pas entamée. Elle leva la bougie pour chercher du regard son couteau qui avait glissé vers le tombeau du chevalier. Elle tendit le bras dans l'espoir d'apercevoir un reflet métallique. Elle ne vit rien.

Elle alla pour se lever, très lentement, et un élancement la fit crier et se plier en deux.

— Que se passe-t-il ? demanda Roche.

Il avait ouvert les yeux et un filet de sang coulait de sa bouche. Peut-être s'était-il mordu la langue.

— Vous aurais-je fait mal ?

— Non, non, répondit-elle.

Elle s'agenouilla près de lui et essuya ses lèvres avec la manche de son justaucorps.

— Vous devez... commença-t-il.

Du sang emplit sa bouche et il le déglutit.

— Vous devez dire pour moi les prières des morts.

— Vous ne mourrez pas, si j'incise le bubon avant qu'il n'éclate.

— Non, fit-il.

Elle ne pouvait savoir s'il lui demandait de ne

pas intervenir ou de ne pas s'éloigner. Il serrait les dents, ce qui n'empêchait pas le sang de gicler entre elles. Elle s'assit en veillant à ne pas gémir et fit reposer la tête du prêtre sur ses genoux.

— *Requiem aeternam dona eis,* dit-il. *Et lux perpetua.*

Un ruisselet vermeil coulait sur son menton. Elle le redressa, glissa sous sa nuque le manteau pourpre et essuya son visage avec un pan de son justaucorps. Le tissu était maculé de sang. Elle se pencha pour utiliser le bas de l'aube.

— Non, répéta-t-il.

— Je ne vous abandonnerai pas.

— Priez pour le salut de mon âme.

Il essaya de joindre ses paumes sur sa poitrine.

— Epa...

Le mot s'acheva sur un gargouillis.

— *Requiem aeternam,* dit-elle en réunissant ses propres mains. *Requiem aeternam dona eis, Domine.*

— *Et lux...*

La flamme du cierge vacilla et s'éteignit. L'église fut envahie par une odeur âcre. Elle regarda autour d'elle. Il ne restait plus qu'une seule bougie, la dernière des chandelles d'Imeyne, et la petite langue de feu dansait au ras du bougeoir.

— *Et lux perpetua,* dit-elle.

— *Luceat eis,* fit Roche qui dut s'interrompre pour humecter ses lèvres ensanglantées avec sa langue raide et enflée. *Dies irae, dies illa.*

Il déglutit et eut des difficultés à fermer ses paupières boursouflées.

— Mon Dieu, abrégez ses souffrances, murmura-t-elle en anglais moderne. C'est trop injuste.

Beata, crut-elle entendre. Elle essaya de se souvenir de la suite mais ce mot ne figurait pas dans cette prière.

— Quoi ? fit-elle en se penchant vers lui.

— Au cours des derniers jours, dit-il d'une voix que sa langue enflée rendait indistincte, je craignais que Dieu ne nous abandonne…

Il l'a fait, pensa-t-elle. Elle essuya sa bouche et son menton avec le bas de son justaucorps. Il l'a fait.

— Mais, dans Sa grande bonté, Il nous a envoyé une de Ses saintes.

Il releva la tête et toussa. Il cracha du sang, qui coula sur sa poitrine et sur les genoux de Kivrin. Elle l'essuya avec frénésie puis essaya d'arrêter l'hémorragie en redressant la tête du prêtre. Les larmes brouillaient tant sa vision qu'elle ne voyait plus rien.

— Je suis inutile, dit-elle.

— Pourquoi pleurez-vous ?

— Je vous dois la vie, et je ne peux rien faire pour vous.

— Tous les hommes doivent mourir un jour. Nul, pas même le Christ, ne peut le leur épargner.

— Je sais, dit-elle en sanglotant.

— Vous m'avez sauvé, fit-il d'une voix plus intelligible. De la peur et du doute.

Elle essuya ses larmes et prit la main du prêtre dans la sienne. Les doigts étaient glacés et semblaient déjà durcis par la rigidité cadavérique.

— Je suis le plus heureux des hommes car je vous ai près de moi, dit-il.

Il ferma les yeux.

Elle changea de position, pour s'adosser au mur. Tout était sombre, à l'extérieur, et aucune clarté n'entrait par les étroites fenêtres. La chandelle de Dame Imeyne grésilla puis sa flamme se redressa. Kivrin déplaça la tête de Roche afin que son poids ne repose plus sur ses côtes. Il gémit et sa main fut secouée par un spasme, comme s'il tentait de la dégager. Mais elle ne lâcha pas prise. La petite flamme acquit une luminosité soudaine puis les abandonna aux ténèbres.

EXTRAIT DU GRAND LIVRE

(082808-083108)

Je ne crois pas que je pourrai rentrer, monsieur Dunworthy. Roche m'a indiqué où se situe le point de transfert, mais j'ai des côtes brisées et il n'y a plus ici un seul cheval. Je doute de pouvoir monter à cru l'âne du père Roche.

Je ferai le nécessaire pour que Mlle Montoya retrouve cet enregistrement. Informez M. Latimer qu'en 1348 les inflexions adjectivales n'étaient pas tombées en désuétude et M. Gilchrist qu'il a tort de penser que les statistiques étaient exagérées.

(Pause)

Je ne veux pas que vous vous adressiez le moindre reproche. Je sais que vous seriez venu me chercher, si vous en aviez eu la possibilité. Mais je n'aurais quoi qu'il en soit pas pu repartir avec vous, pas quand Agnès était malade.

J'ai souhaité venir à cette époque, et si je m'en étais abstenue tous ces malheureux seraient restés seuls face à la mort et nul n'aurait jamais su à quel point ils ont été à la fois terrifiés et courageux.

(Pause)

Il existe un fait étrange. Quand je ne pouvais trouver le point de transfert et que l'épidémie approchait, j'avais l'impression que vous étiez très loin de moi. Mais je sais à présent que vous avez toujours été à mes côtés et que rien — ni la peste noire, ni sept siècles, ni la mort — ne pourra jamais me priver du soutien que m'apporte votre affection.

34

— Colin ! cria Dunworthy.

Il saisit le bras de l'enfant qui plongeait vers lui tête baissée.

— Nom de Dieu, qu'est-ce que tu fiches ?

— Vous ne devez pas partir seul, rétorqua Colin en se libérant.

— On ne franchit pas un filet comme un barrage de police, bon sang ! La porte temporelle aurait pu s'ouvrir, et tu te serais fait tuer !

Il rattrapa son bras pour l'escorter vers la console.

— Badri ! On arrête tout !

Mais il ne voyait plus le tech. Il ferma les yeux à demi et constata qu'ils étaient cernés par des arbres. Le sol était blanc de neige et l'air miroitait de cristaux.

— Si vous allez là-bas tout seul, qui veillera sur vous ? demanda Colin. Vous pourriez faire une rechute.

Il regarda derrière Dunworthy et resta bouche bée.

— Sommes-nous dans le passé ?

Dunworthy le lâcha pour chercher ses lunettes dans son pourpoint.

— Badri ! cria-t-il. Il faut rouvrir la porte ! Badri !

Les verres étaient couverts d'une pellicule de glace qu'il gratta avec ses ongles.

— Où sommes-nous ? voulut savoir Colin.

Dunworthy mit ses lunettes. Les arbres étaient centenaires et le givre argentait le lierre entrelacé entre leurs troncs. Kivrin n'était pas dans les parages.

Il avait espéré la trouver au point de transfert, ce qui était ridicule. Badri avait testé le transmetteur et elle n'avait pas regagné leur époque, mais il s'était imaginé qu'elle devait attendre à proximité. Cependant, elle n'était visible nulle part et rien n'indiquait qu'elle était revenue dans cette clairière à un moment ou un autre.

Il n'y avait aucune empreinte de pas, dans la neige. La couche était suffisamment épaisse pour couvrir toute trace antérieure, mais pas au point d'avoir enseveli le chariot et les malles. Et il ne voyait aucune route.

— Je ne sais pas, avoua-t-il.

— Pas à Oxford, en tout cas, déclara Colin en battant des semelles. Il ne pleut pas.

Dunworthy leva les yeux sur un ciel pâle et dégagé. Si le décalage n'était pas plus important que pour le transfert de Kivrin, ce devait être le début de la matinée.

Colin courut vers un groupe de saules rougeâtres.

— Où vas-tu ?

— Chercher le chemin qui est censé passer près d'ici.

Il plongea dans le bosquet et disparut.

— Colin ! Reviens tout de suite !
— Il est là ! Je l'ai trouvé !
— Reviens !
Il réapparut, au sein des branchages.
— Viens ici, ajouta Dunworthy, plus posément.
— Il y a une colline. De son sommet, nous pourrons nous orienter.

Son manteau brun était déjà couvert de neige tombée des branches des saules et son air méfiant indiquait qu'il s'attendait à entendre une mauvaise nouvelle.

— Vous allez me renvoyer à notre époque, c'est ça ?
— Je le dois, expliqua Dunworthy.

Mais cela ne l'enthousiasmait guère. Badri ne rouvrirait la porte temporelle que deux heures plus tard, et nul n'aurait pu dire dans combien de temps le passage se refermerait définitivement. Il ne pouvait se permettre d'attendre dans cette clairière que Colin retourne au XXIe siècle, ou de le laisser seul en cet endroit.

— Tu es placé sous ma responsabilité.
— Et vous sous la mienne. Grand-tante Mary m'a chargé de veiller sur vous. Vous pourriez faire une rechute.
— Tu ne comprends pas. La peste noire…
— Aucun risque. J'ai eu droit à la streptomycine et au reste. William a convaincu son infirmière de me faire ces piqûres en même temps que les vôtres. Vous n'avez pas le choix. La porte est fermée et il gèle bien trop pour qu'on reste ici sans bouger. Si nous partons tout de suite à la recherche de Kivrin, nous l'aurons trouvée entre-temps.

Il était exact qu'ils ne pouvaient demeurer en cet endroit. Le froid traversait la cape victorienne extravagante et la houppelande de Colin était déjà trempée.

— Nous allons gravir la colline, décida Dunworthy. Mais il faut tout d'abord procéder à une reconnaissance des lieux, pour pouvoir retrouver aisément cette clairière. Et cesse de courir comme ça. Tu ne dois pas sortir de mon champ de vision, compris ? Je ne tiens pas à devoir te chercher, toi aussi.

— Je ne risque pas de me perdre, affirma Colin.

Il fouilla dans son sac et en sortit un objet rectangulaire peu épais.

— C'est un localisateur. Il a été préréglé pour désigner cet endroit.

Il écarta les branches des saules afin d'ouvrir un passage à Dunworthy et ils se dirigèrent vers la route. C'était en fait un simple chemin couvert d'une couche de neige, immaculée à l'exception des traces laissées par des écureuils et un chien, ou un loup. Colin resta docilement à la hauteur de Dunworthy jusqu'à mi-pente puis, n'y tenant plus, il fila en courant.

Dunworthy le suivit d'un pas pesant. Une douleur sourde se manifestait déjà dans sa poitrine. La forêt s'interrompait à mi-hauteur de la colline et dès qu'ils quittèrent l'abri des arbres, un vent glacial les cingla.

— J'aperçois le village, cria Colin.

Dunworthy le rejoignit. Ici, le vent était encore plus violent. Il traversait sa cape et chassait devant lui de longs nuages effilochés. Loin au sud, un ruban de fumée grimpait droit dans le ciel puis, saisi par les courants aériens, s'inclinait brusquement vers l'est.

— Vous voyez ? dit Colin en tendant le doigt.

Ils avaient en contrebas une étendue vallonnée

d'un blanc éblouissant. Entre les arbres dénudés les voies de circulation étaient très nettes, comme sur une carte géographique. La ligne noire de la route Oxford-Bath divisait la plaine en deux parties égales et Oxford faisait penser à un dessin au fusain. Ils voyaient ses toits enneigés et la tour carrée de St. Michael dépasser des murailles.

— Rien ne laisse supposer que la peste est làbas, fit remarquer Colin.

Il avait raison. Ce qu'ils avaient sous les yeux était si serein que Dunworthy ne pouvait imaginer cette cité ravagée par l'épidémie, avec dans ses ruelles des charrettes pleines de cadavres, les collèges déserts, et partout des agonisants et des morts. Pas plus qu'il ne pouvait imaginer Kivrin dans le village invisible mentionné par Colin.

— Vous ne le voyez pas ? demanda l'enfant en désignant le sud. Derrière ces arbres.

Dunworthy fronça les sourcils et discerna une masse plus sombre derrière un rideau de branches grises. Le clocher d'une église ou la tour d'un manoir.

— Une route y conduit, dit Colin.

Il montra une ligne grisâtre qui devait prendre naissance quelque part en contrebas.

Dunworthy consulta la carte de Montoya. Ils ne sauraient quel était ce bourg qu'après avoir découvert où se situait très exactement le point de transfert. S'ils étaient au sud du site initialement prévu, il ne pouvait s'agir de Skendgate. Cependant, il ne voyait qu'une étendue de neige à l'emplacement qu'aurait dû en ce cas occuper le hameau.

— Alors ? demanda Colin. On y va ?

C'était le seul village visible, si c'était bien un village, et moins d'un kilomètre devait les en séparer. Et même si ce n'était pas Skendgate, il se situait dans la bonne direction et il leur suffirait d'y découvrir un des « signes distinctifs » dont Montoya avait établi la liste pour pouvoir ensuite s'orienter.

— Tu resteras constamment près de moi et tu n'adresseras la parole à personne, compris ?

Colin hocha la tête, sans avoir écouté ce que Dunworthy venait de lui dire.

— La route est de ce côté, déclara-t-il.

Il dévala l'autre versant de la colline.

Suivi par Dunworthy qui tentait de bannir de son esprit toute pensée se rapportant au nombre de villages du voisinage, au temps qu'ils avaient devant eux et à la lassitude qui pesait sur ses membres après n'avoir gravi que cette petite éminence.

— Comment t'y es-tu pris, pour que William demande à son infirmière de te faire ces injections de streptomycine ? s'enquit-il lorsqu'il rattrapa Colin.

— Il avait besoin du code confidentiel de grand-tante Mary pour vos autorisations de sortie. J'avais trouvé sa carte, dans son cabas.

— Et tu n'as accepté de lui communiquer que s'il cédait à tes exigences ?

— Tout juste. Pour finir de le convaincre, je l'ai menacé de raconter tout ce que je savais sur lui à sa mère, ajouta Colin avant de repartir en courant.

Ce qu'il avait pris pour une voie de communication était en fait une longue haie. Dunworthy refusa de couper à travers champs.

— Nous devons rester sur les chemins, dit-il.

— Ce serait plus rapide. Nous ne risquons pas de nous perdre, avec le localisateur.

Dunworthy ne voulut pas en discuter et longea d'étroits terrains labourés qui cédèrent bientôt la place aux bois. La route repartait vers le nord.

— Et s'il n'y a aucun sentier qui conduit à ce village ? demanda Colin, cinq cents mètres plus loin.

Ils en trouvèrent un, plus étroit encore que le précédent. Nul voyageur n'y avait circulé depuis qu'il avait neigé. Leurs pieds brisaient la croûte gelée et Dunworthy cherchait des toits du regard, mais les troncs étaient trop rapprochés pour qu'il pût voir ce qu'il y avait au-delà.

La couche de neige ralentissait leur progression et il s'essoufflait. Il lui semblait en outre qu'un fer rouge cautérisait ses poumons.

— Que ferons-nous, une fois arrivés à destination ? demanda Colin.

— *Tu* iras te dissimuler pour attendre mon retour, compris ?

— Ouais. Etes-vous certain que nous allons dans la bonne direction ?

Dunworthy n'avait aucune certitude. Le chemin s'était incurvé vers l'ouest, les éloignant du hameau, et devant eux il obliquait vers le nord. Il scruta le paysage entre les arbres, dans l'espoir d'y discerner un mur de pierre ou un toit de chaume.

— Le village n'était pas aussi loin, affirma Colin. Nous marchons depuis des heures.

Une heure, tout au moins, et ils n'avaient pas vu ne fût-ce qu'une hutte. Il devait y avoir ici des vingtaines de bourgs, mais où ?

Colin prit le localisateur et désigna le cadran.

— Voyez. Nous sommes trop au sud. Nous devrions retourner prendre l'autre route.

Dunworthy regarda l'appareil puis leur carte. Ils étaient à plus de trois kilomètres au sud du point de transfert. Ils devraient revenir sur leurs pas, sans pouvoir espérer entre-temps trouver Kivrin. Il était déjà épuisé, un feu interne consumait ses poumons et il avait un point de côté. Il se tourna pour regarder la courbe du chemin. Un merle s'envola. Dunworthy leva les yeux et se renfrogna. Le ciel se couvrait.

— Nous aurions dû longer la haie, marmonna Colin.

— Chut !

— Que se passe-t-il ? Quelqu'un approche ?

— Chut.

Il poussa l'enfant vers le bas-côté et tendit l'oreille. Il avait cru entendre un cheval, mais il n'y avait plus un bruit. Peut-être n'était-ce qu'un oiseau.

Il fit signe à Colin de se dissimuler derrière un arbre.

— Reste là, murmura-t-il.

Il s'avança pour scruter la route.

Un cheval noir était attaché à un arbuste. Dunworthy recula et s'immobilisa sous le couvert d'une épinette. Il chercha des yeux le cavalier. Il ne vit personne. Il attendit, en vain.

L'étalon avait une bride incrustée d'argent et une selle de guingois. La sous-ventrière flottait, tant il était maigre. Il eût été possible de compter ses côtes. L'animal secoua la tête et tira sur ses rênes. Il essayait de se libérer. Dunworthy approcha et put constater que les lanières de cuir n'étaient pas attachées mais prises dans les épines.

Il revint sur la route. Le cheval tourna la tête vers lui et hennit.

— Là, là, tout va s'arranger.

Dunworthy le contourna par la gauche et tapota son encolure. L'étalon se calma et le renifla, pour découvrir s'il avait sur lui un peu de nourriture.

L'homme regarda de toutes parts. Il ne vit pas un seul brin d'herbe dépasser de la neige, autour de cet arbuste.

— Depuis combien de temps es-tu ici ?

Son cavalier avait-il été terrassé par la peste alors qu'il le chevauchait ? L'animal avait-il fui jusqu'au moment où ses rênes s'étaient prises dans ce buisson ?

Il se dirigea vers l'orée du bois et ne vit aucune empreinte de pas. L'étalon hennit et il retourna le libérer, en arrachant au passage des touffes d'herbe.

Colin arriva en courant.

— Un cheval ! Apocalyptique ! Où l'avez-vous trouvé ?

— Je t'avais dit de ne pas bouger.

— Je sais, mais j'ai entendu hennir et j'ai pensé que vous étiez peut-être en danger.

— Une raison de plus pour suivre mes instructions à la lettre. Donne-lui à manger.

Il confia l'herbe à Colin et se pencha pour dégager les rênes. En essayant de se libérer, l'étalon n'avait fait que les emmêler plus encore. Dunworthy dut repousser les branches d'une main et dérouler les lanières de cuir de l'autre. Il fut couvert d'égratignures en quelques secondes.

— A qui peut bien appartenir cet animal ? demanda Colin.

Il lui tendait une touffe d'herbe, à distance respectueuse.

Le cheval affamé avança la tête et l'enfant bondit en arrière.

— Etes-vous sûr qu'il est apprivoisé ?

Dunworthy avait subi une blessure presque fatale quand l'étalon avait baissé la tête, mais une rêne était libérée. Il l'enroula autour de sa main ensanglantée puis se pencha à nouveau pour dégager la seconde.

— Oui.

— A qui appartient-il ? insista Colin.

Il tapota timidement son encolure.

— A nous.

Dunworthy tendit la sous-ventrière, aida Colin à monter sur la croupe de l'animal et se mit en selle.

L'étalon n'avait pas dû comprendre qu'ils lui avaient rendu sa liberté car il tourna la tête avec un air accusateur lorsque Dunworthy donna des coups de talon dans ses flancs, mais sitôt après il partit au petit galop sur le chemin enneigé, visiblement heureux de pouvoir se déplacer à nouveau.

Colin agrippait la taille de Dunworthy, au point le plus douloureux, mais dès qu'ils eurent parcouru une centaine de mètres il se redressa et demanda :

— Comment le dirigez-vous ? Ne pourrait-on pas aller un peu plus vite ?

Ils eurent tôt fait de rejoindre la route principale. Colin suggéra de regagner la haie pour couper à travers champs, mais Dunworthy prit la direction opposée. Un demi-mille plus loin ils atteignirent une bifurcation et prirent à gauche.

Bien que la forêt fût ici plus dense, ce chemin avait été bien plus fréquenté que le précédent. Le ciel s'était couvert et le vent se levait.

— Je le vois ! s'écria Colin.

Il tendait la main pour désigner au-delà d'un bosquet de frênes un mur de pierres grises, de la même couleur que le ciel. Une église, peut-être, ou une étable. Loin à l'est. Un sentier bifurquait dans cette direction. Il franchissait un petit cours d'eau sur un pont de bois branlant puis traversait une prairie.

Leur monture ne dressa pas les oreilles et ne changea pas d'allure. Dunworthy en conclut qu'elle ne venait pas de ce village. Il s'en félicita, car il ne tenait pas à être pris pour un voleur de chevaux et pendu avant même d'avoir pu demander aux villageois fous de rage s'ils n'avaient pas vu Kivrin. Ce fut alors qu'il aperçut les moutons.

Ils gisaient sur le flanc, des monticules de laine sale. Certains s'étaient réfugiés sous les arbres pour s'abriter du vent et de la neige.

Colin n'avait rien remarqué.

— Que ferons-nous, une fois là-bas ? voulut-il savoir. Comptez-vous pénétrer dans ce hameau en catimini ou aborder le premier paysan venu pour lui demander s'il n'a pas repéré Kivrin dans les parages ?

Nous ne trouverons personne à qui poser cette question, pensa Dunworthy. Il lança leur monture au petit galop pour traverser la frênaie et entrer dans le village.

Il était bien différent des illustrations du livre de Colin où les constructions formaient un cercle régulier autour d'une clairière. Ici, les huttes étaient disséminées entre les arbres, presque invisibles les unes des autres. Il entrevoyait des toits de chaume et plus loin, dans un bosquet, l'église. Mais ici, dans cet espace guère plus vaste que le point de transfert, il n'y avait qu'une cabane en rondins et un petit appentis.

Les dimensions étaient trop modestes pour que ce fût un manoir. Sans doute s'agissait-il de la maison de l'intendant, ou du bailli. La porte de la remise était ouverte, et la neige avait pénétré à l'intérieur. Il ne s'en élevait ni bruits ni fumée.

— Ils ont dû fuir, dit Colin. Des tas de gens ont décampé, lorsqu'ils ont été informés de l'arrivée de la peste. C'est d'ailleurs ce qui a permis aux bacilles de se répandre si rapidement.

C'était possible. La neige tassée indiquait que de

nombreux individus et chevaux s'étaient regroupés en cet endroit.

— Garde notre monture, dit Dunworthy.

Il alla vers la cabane, ouvrit la porte et se baissa pour passer sous le linteau.

L'intérieur était glacial et si obscur qu'il n'y discernait rien. Il poussa plus loin le battant, mais l'éclairage laissait toujours à désirer et tout avait une dominante rougeâtre.

La maison de l'intendant, décida-t-il. Il découvrait deux pièces séparées par une cloison de planches et des nattes sur le sol. On avait débarrassé la table et l'âtre devait être éteint depuis des jours. Il régnait ici une forte odeur de cendres froides. Les membres de cette famille avaient fui, comme peut-être le reste de la population, en emmenant avec eux les bacilles de la peste. Et sans doute Kivrin.

Il s'appuya au chambranle, car sa poitrine le faisait à nouveau souffrir. Il avait envisagé de nombreuses possibilités, mais pas que Kivrin eût été contrainte de partir au loin.

Il alla jeter un coup d'œil dans l'autre pièce, à l'instant où Colin entrait à son tour.

— Le cheval a vu un seau et veut boire. Je le laisse faire ?

— Oui, répondit Dunworthy.

Il se déplaça, pour dissimuler à l'enfant ce qu'il y avait derrière la séparation.

— Mais empêche-le d'ingurgiter une quantité d'eau importante. Il y a longtemps qu'il n'a pas eu l'occasion de se désaltérer.

— Le seau ne contient pas grand-chose.

Il regarda autour de lui avec intérêt.

— C'est la hutte d'un serf, pas vrai ? Ils étaient vraiment très pauvres. Vous avez trouvé des indices ?

— Non. Va surveiller le cheval. Empêche-le de s'éloigner.

Colin ressortit. Sa tête frôla le linteau de la porte.

Le nourrisson gisait sur un sac, dans un angle. Il avait dû mourir après sa mère qui reposait sur le sol de terre battue, les bras tendus vers lui. Tous deux avaient un teint sombre, presque noir, et les langes du bébé étaient raides de sang séché.

— Monsieur Dunworthy ! appela Colin.

Le cri contenait de la panique et Dunworthy se tourna brusquement. Il craignait que Colin fût revenu dans la masure, mais il était à l'extérieur, à côté de l'étalon qui plongeait son museau dans le seau.

— Que se passe-t-il ?

— Il y a quelque chose, là-bas, dit Colin en tendant l'index vers les huttes. Je crois bien que c'est un cadavre.

Il tira sur les rênes, si fort que le seau se renversa et que son contenu se répandit sur la neige.

— Attends, lui ordonna Dunworthy.

Mais Colin courait déjà vers les cabanes, suivi par le cheval.

— C'est un...

Colin n'acheva pas sa phrase. Dunworthy vint le rejoindre.

Ils avaient sous les yeux le corps d'un jeune homme. Il gisait sur le dos, dans une flaque de liquide sombre. Son visage était pointillé de flocons. Ses bubons ont dû éclater, pensa Dunworthy. Il regarda Colin, qui ne s'intéressait plus au cadavre mais à ce qu'il y avait au-delà.

Cette clairière était plus vaste que la précédente et bordée par une demi-douzaine de masures, avec à l'extrémité opposée une église normande. Les morts avaient été entassés au centre de cet espace.

Ils voyaient près de l'église une tranchée peu profonde et un monticule de terre. Des sillons dans la neige indiquaient qu'on avait traîné des corps vers le cimetière, et un agonisant avait rampé jusqu'à sa hutte. Il s'était effondré sur le seuil.

— « Craignez Dieu et donnez-Lui gloire, car l'heure de Son jugement est venue », cita Dunworthy.

— On se croirait sur un champ de bataille, dit Colin.

— C'en est un.

L'enfant s'avança pour mieux voir les cadavres.

— Vous croyez qu'ils sont tous morts ?

— Ne les touche pas. N'approche pas d'eux.

— J'ai eu droit à la gammaglobuline, rétorqua Colin.

Mais il ravala sa salive et recula.

— Inspire profondément et pense à autre chose, lui conseilla Dunworthy en le prenant par l'épaule.

— C'est ce qu'ils disaient dans le livre. En fait, je m'attendais à pire. A cause des odeurs et du reste.

— Oui.

Il déglutit à nouveau et regarda autour de lui.

— Ça va aller. Où peut bien être Kivrin ?

Pas ici, pria Dunworthy.

— Allons voir dans l'église, dit-il en repartant, suivi par l'étalon. Il faut vérifier si elle contient le tombeau de ce chevalier. Ce n'est peut-être pas Skendgate.

Le cheval fit deux autres pas puis dressa la tête et rabattit ses oreilles. Son hennissement fut terrifiant.

Dunworthy saisit immédiatement ses rênes.

— Conduis-le dans la remise, dit-il à Colin. C'est l'odeur du sang qui le terrifie. Attache-le.

Il tendit les lanières de cuir à l'enfant qui les prit, l'air peiné.

— Entendu, dit-il en s'éloignant vers la maison de l'intendant. Je sais ce que vous éprouvez.

Dunworthy repartit vers le cimetière. Il y avait quatre corps dans la fosse commune, et deux tombes à côté. Sans doute s'agissait-il des premières victimes de la peste, des individus morts quand il restait encore suffisamment de gens pour procéder à leurs funérailles. Il obliqua vers l'église.

Deux autres cadavres gisaient devant la porte, face contre terre, l'un sur l'autre. Un vieillard, affalé sur une jeune femme dont on ne voyait que le manteau au tissage grossier ainsi qu'une des mains. Les bras de l'homme couvraient la tête et les épaules de la malheureuse.

Dunworthy les déplaça avec précaution. Le corps du vieillard bascula et emporta avec lui le manteau. La cotte de la femme, sale et maculée de sang, était d'un bleu soutenu. Il souleva le capuchon. Elle avait autour du cou une corde aux fibres emmêlées dans ses longs cheveux.

Ils l'ont pendue, pensa-t-il, sans éprouver de surprise.

Colin arriva en courant.

— J'ai trouvé ce que signifient toutes ces marques sur le sol, dit-il. Ils ont traîné les cadavres. Derrière la grange, il y a un petit enfant avec une ficelle passée à son cou.

Dunworthy regarda la jeune femme, sa chevelure trop sale pour être encore blonde.

— Ils les ont attachés pour les tirer vers le cimetière parce qu'ils étaient trop faibles pour les porter, conclut Colin.

— As-tu mis notre étalon dans la remise ?

— Oui, et j'ai attaché ses rênes à une poutre. Il voulait me suivre.

— Il doit avoir faim. Va lui donner du foin.

— Que s'est-il passé? Vous ne faites pas une rechute?

Ce n'était pas cela. Colin pouvait voir la robe, lui aussi.

— Non, va lui chercher du foin ou de l'avoine.

— Entendu, accepta l'enfant, sur la défensive.

Il repartit en courant, et s'arrêta net après quelques pas.

— Il n'est pas nécessaire que je lui donne à manger, hein? Je n'aurai qu'à faire un tas de nourriture devant lui.

— Oui.

Dunworthy regardait la jeune femme. Elle avait du sang sur la main et le poignet. Son bras était plié, comme si elle avait voulu amortir sa chute. La faire basculer sur le dos serait facile. Il lui suffirait pour cela de la prendre par le coude.

Il toucha sa main, raide et glacée. Sous la pellicule de crasse la peau était rougeâtre et gercée. S'il s'agissait de Kivrin, qu'avait-elle vécu au cours de ces deux dernières semaines pour être dans un état pareil?

L'enregistreur devait contenir des explications. Il retourna doucement le poignet et chercha la cicatrice de l'intervention, mais il était impossible de voir quoi que ce soit, tant il était sale.

Et que ferait-il, si c'était effectivement Kivrin? Demanderait-il à Colin d'aller chercher une hache dans la maison de l'intendant, afin de trancher cette main et de la rapporter à leur époque pour pouvoir l'entendre narrer les horreurs qu'elle avait vécues? Il n'en aurait pas le courage, pas plus qu'il ne pourrait retourner ce corps pour s'assurer de son identité.

Il laissa redescendre la main, prit fermement son coude et la fit basculer.

Elle était morte de la peste bubonique. Il voyait une tache jaunâtre répugnante sur le côté de sa cotte bleue, là où le bubon avait éclaté. Sa langue, noire et enflée, emplissait sa bouche tel un objet obscène glissé entre ses dents pour l'étouffer, et son visage livide était boursouflé et déformé.

Ce n'était pas Kivrin. Il se releva avec peine, en titubant. Il ne lui vint à l'esprit que trop tard qu'il aurait dû couvrir le visage de cette malheureuse.

— Monsieur Dunworthy ! cria Colin en revenant à toutes jambes. Que s'est-il passé ? L'avez-vous retrouvée ?

L'enfant regarda la femme. Sa face livide, sa cotte bleu vif.

— C'est elle ?

— Non, répondit Dunworthy.

Mais son cadavre est peut-être parmi les autres, pensa-t-il. Et je ne me sens pas le courage de m'en assurer. Ses genoux flageolaient et refusaient de le soutenir plus longtemps.

— Aide-moi à regagner la remise.

Colin ne broncha pas.

— Si c'est elle, il faut me le dire. Je supporterai le choc.

Pas moi, songea Dunworthy. Je n'y résisterai pas, si elle est morte.

Il retourna vers la cabane de l'intendant en prenant appui sur le mur de pierre glacé de l'église. Il se demandait ce qu'il ferait lorsqu'il ne bénéficierait plus de ce soutien.

Colin dut se poser la même question car il vint le prendre par le bras.

— Qu'avez-vous ? C'est une rechute ?

— J'ai seulement besoin d'un peu de repos, répondit-il avant d'ajouter, presque à son corps défendant : Kivrin portait une cotte bleue, quand elle est partie.

Quand elle est partie, quand elle s'est allongée sur le sol et a fermé les yeux pour attendre que nous la projetions dans ce musée des horreurs.

Colin poussa la porte de la remise et l'aida à entrer. L'étalon releva la tête d'un sac d'avoine.

— Je n'ai pas trouvé de foin, expliqua Colin. Alors, je lui ai donné du grain. Ça ne risque pas de le rendre malade, au moins ?

— Non, mais ne le laisse pas se gaver. Il mangerait à s'en faire éclater le ventre.

L'enfant alla éloigner le sac.

— Pourquoi avez-vous cru que c'était elle ?

— A cause de la cotte bleue. Elle portait la même.

Le sac était très lourd. Colin le prit à deux mains. La toile se déchira et l'avoine se répandit sur la paille. L'étalon tendit le cou pour grignoter les grains avec voracité.

— Mais tous ces gens sont morts de la peste, alors qu'elle a été vaccinée. Ils n'ont pas pu la contaminer. De quoi d'autre aurait-elle pu mourir ?

Les causes ne manquent pas, pensa Dunworthy. Voir des enfants et des nourrissons crever comme des bêtes, les empiler dans des fosses et les recouvrir de terre, les tirer en passant une corde autour de leur cou, tout cela était insoutenable. Comment aurait-elle pu survivre à de pareilles abominations ?

Colin avait tiré le sac à côté d'un petit coffre. Il revint, le souffle court.

— Etes-vous certain de ne pas faire une rechute ?

— Absolument, affirma Dunworthy.

Mais il avait des frissons.

— Ce n'est peut-être que la fatigue. Reposez-vous, j'en aurai pour une seconde, déclara Colin.

Il sortit et tira la porte derrière lui. L'étalon mangeait avec bruit. Dunworthy se tint à une poutre pour se relever et aller voir de plus près la cassette. Le cuivre qui la cerclait était terni et le cuir qui tapissait le couvercle était craquelé, mais il était par ailleurs flambant neuf.

Dunworthy s'assit et l'ouvrit. L'intendant l'avait utilisée comme boîte à outils. Elle contenait un rouleau de corde en cuir tressé et un fer de pioche rouillé qui avait déchiré le capitonnage bleu dont Gilchrist leur avait parlé dans le pub.

Colin revint avec un seau.

— Je vous apporte de l'eau. Je suis allé la prendre dans la rivière.

Il la posa et fouilla dans ses poches.

— J'ai chipé un tube d'aspirine à M. Finch.

Il en fit tomber dans sa paume.

— Je voulais également lui subtiliser un peu de synthamycine, mais j'ai pensé que ce serait un anachronisme. L'aspirine est vieille comme le monde, pas vrai ?

Il lui tendit deux cachets et approcha le seau.

— Vous devrez boire dans vos mains. Les bols et les gobelets doivent grouiller de bacilles.

Dunworthy avala l'aspirine, qu'il fit glisser avec une gorgée d'eau.

— Colin...

L'enfant porta le seau à l'étalon et déclara :

— Je ne crois pas que c'est le village que nous cherchons. Je suis entré dans l'église et le seul tombeau contient une Dame.

Il sortit la carte et le localisateur de l'autre poche.

— Nous sommes trop à l'est. Ici, je pense…

Il désigna du doigt une des descriptions de Montoya.

— Si nous prenons cette route puis coupons droit par là…

— Nous allons retourner au point de transfert, décida Dunworthy.

Il se leva avec prudence, sans s'appuyer au mur ou à la cassette.

— Pourquoi ? Badri a dit que nous avions au moins un jour devant nous et nous n'avons visité qu'un seul village. Il y en a d'autres. Kivrin peut être dans n'importe lequel…

Dunworthy détacha leur monture.

— Je pourrais prendre le cheval et aller voir, proposa Colin. Tout seul, j'irais plus vite. Si je la trouve, je reviendrai immédiatement vous chercher. Il serait également possible de se séparer. Celui qui la découvrirait enverrait un signal. En allumant un feu, par exemple. L'autre irait alors le rejoindre.

— Elle est morte. Nous ne la retrouverons pas.

— Vous n'avez pas le droit de dire une chose pareille ! s'exclama Colin d'une voix aiguë. Elle n'est pas morte ! Ma grand-tante l'a vaccinée !

Dunworthy désigna la cassette recouverte de cuir.

— C'est un des coffres qu'elle a emportés.

— Et après ? Il doit en exister des centaines d'exemplaires. Et même si c'est le sien, elle a dû décamper quand la peste a atteint le village. Nous n'allons pas l'abandonner ! Je n'apprécierais pas de me retrouver bloqué à cette époque et d'attendre jusqu'à la fin de mes jours qu'on vienne me chercher !

Son nez commençait à couler.

— Colin, il nous arrive parfois d'échouer même après avoir fait tout ce qu'il était humainement possible de tenter.

— Comme pour grand-tante Mary, dit Colin en essuyant des larmes du revers de la main. Mais pas toujours.

Si, pensa Dunworthy qui lui répondit :

— Non, pas toujours.

— On ne doit pas renoncer.

— D'accord, tu as gagné.

Il rattacha le cheval.

— Nous allons repartir à sa recherche. Donne-moi deux cachets d'aspirine et laisse-moi me reposer le temps qu'ils fassent effet. Ensuite, nous irons visiter les autres villages.

— Apocalyptique ! Je retourne chercher de l'eau.

Il subtilisa le seau sous le museau de l'étalon et ressortit en courant. Dunworthy s'assit contre le mur.

— Par pitié ! cria-t-il. Faites que nous la retrouvions.

La porte se rouvrit lentement. Sur Colin que la lumière extérieure nimbait d'un halo.

— Avez-vous entendu ? demanda-t-il. Ecoutez.

Le son était à peine audible, assourdi par les murs de la remise. De longues pauses séparaient les tintements. Il se leva et sortit.

— Ça vient de cette direction, fit Colin en tendant le doigt vers le sud-ouest.

— Va chercher le cheval.

— Etes-vous certain que c'est Kivrin ? Skendgate n'est pas de ce côté.

— C'est elle, affirma Dunworthy.

35

Les tintements s'interrompirent avant qu'ils n'aient sellé leur monture.

— Vite ! s'impatienta Dunworthy en tendant la sous-ventrière.

Colin regarda la carte.

— Tout va bien. Elle a sonné trois fois et j'ai repéré son point d'origine. Au sud-ouest. Nous sommes bien à Henefelde, pas vrai ?

Il tendit la feuille et désigna divers hameaux.

— Alors, il s'agit de ce village.

Dunworthy jeta un coup d'œil au bout de papier puis se tourna dans la direction indiquée pour comparer avec ses souvenirs. Il n'aurait pu se prononcer, bien qu'il pût encore sentir les vibrations du glas à l'intérieur de son crâne. Il espéra que l'aspirine ferait rapidement effet.

— Venez, dit Colin en menant l'étalon vers la porte de la remise. En route.

Dunworthy mit le pied à l'étrier et enfourcha leur monture. Il eut des étourdissements. Colin le dévisagea, inquiet.

— Je ferais mieux de prendre les rênes, déclara-t-il.

Il grimpa devant Dunworthy.

Ses coups de talon manquaient de vigueur et il tira sur le mors, mais le cheval comprit et avança jusqu'à la route.

— Nous savons où est ce bourg, déclara Colin avec assurance. Il ne nous reste plus qu'à trouver un chemin qui y mène.

Ils le découvrirent presque aussitôt. Il était relativement large et descendait dans un bois de pins. Mais quelques mètres plus loin ils atteignirent une bifurcation et l'enfant se tourna pour interroger Dunworthy du regard.

Sans la moindre hésitation, l'étalon prit sur la droite.

— Regardez, il sait où nous allons! s'exclama Colin, ravi.

Il est bien le seul, pensa Dunworthy. Il ferma les yeux pour ne plus voir le paysage tressauter. Leur monture voulait sans doute regagner son écurie. Il aurait dû le dire à son jeune compagnon afin de lui éviter une cruelle désillusion, mais il se sentait à nouveau malade et n'osait pas lâcher sa taille, ne fût-ce qu'un court instant. Il était transi. Ces élancements et ces vertiges étaient dus à la fièvre. C'était bon signe. Cela lui indiquait que son corps utilisait tous les moyens à sa disposition pour combattre le virus, qu'il lançait toutes ses troupes dans la bataille. La sensation de froid résultait de cet affrontement.

— Enfer, il commence à faire frisquet! commenta Colin en refermant d'une main sa houppelande. J'espère qu'il ne va pas neiger.

Il réunit les rênes et remonta son cache-nez sur sa bouche et son nez. Leur monture ne semblait pas incommodée par le rafraîchissement de la température. Elle progressait d'un pas régulier dans des bois de plus en plus profonds. Ils atteignirent un nouvel embranchement, puis un autre, et chaque fois Colin consulta la carte et le localisateur. Mais Dunworthy n'aurait pu dire si c'était lui ou leur cheval qui optait pour tel ou tel chemin.

Il se mit brusquement à neiger, de petits flocons qui voilaient le paysage et fondaient sur ses lunettes.

L'aspirine commençait à faire effet. Il se redressa, referma son manteau et essuya les verres avec un pan de sa cape. Ses doigts étaient gourds et rouges. Il se frotta les mains, les réchauffa en soufflant dessus. Ils étaient toujours dans les bois et le chemin se rétrécissait.

Colin fit tomber la neige qui couvrait le cadran du localisateur et déclara :

— D'après la carte, Skendgate est à cinq kilomètres d'Henefelde. Nous en avons parcouru au moins quatre. Nous approchons du but.

Ils n'approchaient de nulle part. Ils étaient au cœur de la forêt de Wychwood et suivaient un sentier muletier ou les traces laissées par un cerf. Ils atteindraient la hutte d'un garçon de ferme, une saunière, ou encore un buisson dont l'étalon appréciait les baies.

— Qu'est-ce que je vous disais ? fit Colin.

Il désigna le faîte d'un clocher au-dessus des arbres. L'étalon partit au petit galop.

— Ho ! fit Colin en lui serrant la bride. Une minute.

Dunworthy prit les rênes et ralentit leur monture pour sortir des bois, traverser une prairie enneigée et gravir une colline.

Ils arrivèrent au sommet et virent le hameau en contrebas, au-delà d'un bosquet de frênes. La neige ne révélait que les contours d'un manoir, d'un groupe de huttes, d'une église et d'un clocher... ce qui leur indiquait que ce n'était pas Skendgate car Montoya n'avait pas découvert une telle construction dans ce village. Si Colin en prit conscience, il le garda pour lui. Il donna à leur monture des coups de talon qui restèrent sans effet, et ce fut à une allure modérée qu'ils descendirent l'autre versant. Dunworthy tenait toujours les rênes.

A mi-pente, Colin déclara :

— J'ai vu quelque chose.

Dunworthy avait lui aussi remarqué un semblant de mouvement. Peut-être l'envol d'un oiseau ou l'affaissement d'une branche sous le poids de la neige.

— Là-bas, dit Colin qui désignait la deuxième hutte.

Une vache apparut entre les constructions, les mamelles gonflées. Dunworthy obtenait la confirmation de ses craintes. La peste avait également décimé ce bourg.

— C'est une vache, commenta Colin, déçu.

Le ruminant leva la tête en entendant sa voix et vint vers eux en meuglant.

— Où sont passés les habitants ? demanda Colin. La cloche n'a pourtant pas sonné toute seule.

Ils sont tous morts, pensa Dunworthy. Il regarda le cimetière et y vit des tombes récentes. La neige n'avait pas entièrement recouvert les monticules de terre. Ils ont eu le temps de leur donner des sépultures décentes, se dit-il avant de voir le premier cadavre. Un jeune garçon qui gisait adossé à une stèle, comme s'il faisait une sieste.

— Regardez, il y a quelqu'un ! s'exclama Colin.

Il serra la bride au cheval et tendit le bras pour montrer le corps.

— Ohé ! cria-t-il avant de se tourner vers Dunworthy pour lui demander : Vous croyez qu'il pourra nous comprendre ?

— Il est...

Le villageois se leva avec difficulté. Il prit appui sur la pierre tombale puis regarda autour de lui. Peut-être cherchait-il une arme.

— Nous ne vous voulons aucun mal, lui cria

Dunworthy en mettant à contribution ses maigres connaissances du moyen anglais.

Il se laissa glisser au bas de la selle et dut se retenir au troussequin, pris d'étourdissements. Il se redressa et tendit la main pour présenter sa paume au jeune garçon.

Son visage était maculé de terre et de sang, de même que le devant de son sarrau et de son pantalon aux jambes retroussées. Il se pencha pour ramasser un bâton dans la neige et se tint les côtes, ce qui indiquait que ce mouvement avait été douloureux. Il s'avança vers eux, pour leur barrer le passage.

— *Car ne me tochiez. Si avons nos pestilance.*

— Kivrin ! s'exclama Dunworthy.

Il alla vers elle.

— Restez où vous êtes, dit-elle en anglais moderne.

Elle brandissait le bout de bois devant elle, tel un fusil. Son extrémité était brisée.

— C'est moi, Kivrin. M. Dunworthy.

Il fit un autre pas. Elle recula et leva son gourdin improvisé.

— Non ! Vous ne comprenez pas. La peste a atteint ce village.

— Nous ne risquons rien, Kivrin. Nous avons été vaccinés.

— Vaccinés ? répéta-t-elle, comme si elle ignorait le sens de ce mot. C'est le clerc de l'évêque qui nous l'a apportée.

Colin approcha et elle leva son bâton.

— Tout va bien, dit Dunworthy. Je vous présente Colin. Il a été lui aussi immunisé. Nous sommes venus vous chercher, pour vous ramener chez vous.

Elle le dévisagea longuement.

— Chez moi, dit-elle d'une voix plate.

Elle baissa les yeux sur le monticule de terre qu'elle avait à ses pieds, une sépulture plus petite et étroite que les autres. La tombe d'un enfant.

Finalement, elle regarda Dunworthy sans manifester la moindre émotion. J'arrive trop tard, pensa-t-il en la voyant avec son sarrau ensanglanté, seule au milieu de ce cimetière. Elle a déjà été crucifiée.

— Kivrin...

Elle laissa tomber la bêche.

— Aidez-moi, dit-elle.

Elle se détourna et s'éloigna vers l'église.

— Etes-vous certain que c'est elle ? murmura Colin.

— Oui.

— Alors, qu'est-ce qui lui prend ?

J'arrive trop tard, se répéta-t-il. Il posa la main sur l'épaule de l'enfant, afin de bénéficier de son soutien. Elle ne me le pardonnera jamais.

— Qu'est-ce qui ne va pas ? Vous vous sentez patraque ?

— Non, dit-il.

Mais il attendit un moment avant de le lâcher.

Kivrin s'était arrêtée sur le seuil de l'église. Elle se tenait à nouveau le flanc. Dunworthy frissonna. Elle a été contaminée, se dit-il. Elle a attrapé la peste.

— Etes-vous malade ?

— Non. Il m'a donné un coup de pied.

Elle regarda sa main, semblant s'attendre à y voir du sang, puis elle tenta de pousser la porte, tressaillit et laissa Colin s'en charger.

— Il a dû me briser des côtes.

Colin fit pivoter le lourd battant et ils entrèrent. Dunworthy cilla. Nulle clarté ne traversait les étroits vitraux. Il discerna une forme basse sur la gauche — un corps ? — et les premiers piliers, mais au-delà tout était englouti par une obscurité profonde. Près de lui, Colin fouillait ses grandes poches.

Loin devant eux, une flamme vacillait sans rien éclairer. Elle s'éteignit et Dunworthy s'avança.

— Pas si vite, fit Colin.

Il alluma une lampe. Son éclat aveugla Dunworthy et tout ce qui se situait hors de son faisceau disparut dans les ténèbres. Colin éclaira les fresques, les lourds piliers, le sol irrégulier. La lumière révéla la véritable nature de ce que Dunworthy avait pris pour un cadavre, un tombeau.

— Elle est là-bas, dit-il en désignant l'autel.

Colin braqua sa torche électrique dans la direction indiquée.

Kivrin s'était agenouillée devant le jubé, à côté d'un homme qui gisait sur le sol. Ses jambes et le bas de son torse étaient recouverts d'une couverture pourpre, ses grosses mains croisées sur sa poitrine. Kivrin soufflait sur une braise pour tenter d'allumer la mèche d'une bougie réduite à un chicot de cire informe. Elle parut soulagée de voir Colin approcher avec la lampe.

— Vous devez m'aider, dit-elle en cillant, éblouie par tant de clarté.

Elle se pencha vers le cadavre et prit sa main dans la sienne.

Elle le croit toujours en vie, s'imagina Dunworthy. Mais elle précisa de sa voix plate et indifférente :

— Roche est mort ce matin.

Colin éclaira le corps. Ses mains croisées étaient d'un pourpre presque aussi soutenu que la couverture, mais il avait un visage livide à l'expression sereine.

— Qui est-ce? voulut savoir Colin. Un chevalier?

— Non, un saint, lui répondit Kivrin.

Elle posa sur l'avant-bras du mort une main calleuse et maculée de sang, aux ongles noirs de crasse.

— Aidez-moi.

— A quoi faire? demanda Colin.

A enterrer le corps, pensa Dunworthy. Mais c'eût été irréalisable. L'homme qu'elle appelait Roche était un géant, pour cette époque. Même s'ils réussissaient à creuser une fosse, ils ne pourraient à eux trois transporter le cadavre. Et Kivrin s'opposerait sans doute à ce qu'ils passent une corde autour de son cou pour le tirer jusqu'au cimetière.

— Nous n'avons guère de temps devant nous, précisa Colin.

Ils n'en avaient plus. L'après-midi tirait à sa fin et ils ne pouvaient espérer retrouver leur chemin dans la forêt une fois la nuit tombée. Ils ignoraient en outre jusqu'à quand Badri pourrait assurer l'ouverture intermittente de la porte temporelle. Le tech avait parlé d'une journée au minimum, mais lors de leur départ il semblait sur le point de s'effondrer et huit bonnes heures s'étaient écoulées depuis. Par ailleurs, le sol gelé devait être dur comme de la pierre, Kivrin avait des côtes brisées et les effets de l'aspirine s'estompaient déjà. Dunworthy frissonnait à nouveau, dans cette nef glaciale.

Nous ne pouvons pas l'enterrer, se dit-il en la voyant agenouillée près de cet homme. Et comment puis-je le lui annoncer, moi qui suis arrivé trop tard pour tout le reste?

— Kivrin...

Elle caressa la main rigide du cadavre.

— Il sera impossible de lui donner une sépulture

décente, fit-elle de sa voix plate. Nous avons mis en terre Rosemonde après que l'intendant...

Elle leva les yeux sur Dunworthy.

— J'ai voulu creuser une autre excavation, ce matin, mais le sol est trop dur. J'ai brisé la bêche. J'ai dit la messe des morts et tenté de sonner le glas.

— Nous l'avons entendu, intervint Colin. C'est ce qui nous a permis de vous trouver.

— Ce sont neuf coups, pour un homme, mais je n'en ai pas eu la force.

Elle toucha son flanc. Ce souvenir avait dû réveiller la souffrance.

— Vous devez le faire à ma place.

— Pourquoi ? s'enquit Colin. Il n'y a plus personne ici pour écouter.

— C'est secondaire, déclara-t-elle.

— Le temps presse, protesta Colin. La nuit va tomber et le point de transfert est...

— Je m'en charge, dit Dunworthy en se levant. Restez ici.

Il repartit vers le fond de la nef.

— La nuit va tomber, répéta Colin.

Il se mit à courir, pour le rattraper.

Le faisceau de sa torche dansait sur les piliers et les dalles irrégulières du sol.

— Vous disiez qu'il était impossible de savoir pendant combien de temps Badri pourrait assurer l'ouverture du passage. Attendez une minute.

Dunworthy poussa la porte et ferma les yeux à demi pour affronter l'éclat aveuglant de la neige. Mais le ciel s'était entre-temps assombri. Il traversa le cimetière d'un pas rapide, en direction du clocher. La vache franchit le portillon et les suivit entre les tombes.

— A quoi sert de sonner le glas, quand nul ne peut l'entendre ? demanda Colin.

Il s'arrêta pour éteindre sa torche puis le rejoignit au pas de course.

Dunworthy entra dans le clocher, aussi sombre et froid que l'église. Il régnait ici une forte odeur de rats. La vache tendit la tête à l'intérieur et Colin se glissa entre elle et le chambranle, pour aller se placer contre le mur incurvé.

— C'est vous qui vouliez regagner le point de transfert. Vous affirmiez que nous risquions de nous retrouver coincés à cette époque, rappela Colin. Vous répétiez que nous devions renoncer à trouver Kivrin.

Dunworthy attendit que sa vision se fût accoutumée à la pénombre et sa respiration ralentie. Il avait présumé de ses forces et ses poumons le torturaient à nouveau. Il leva les yeux. La corde pendait au-dessus de leurs têtes et allait se perdre dans les ténèbres. Un nœud taché de sueur formait une protubérance à son extrémité effilochée.

— Je peux le faire ? demanda Colin.

— Tu es trop petit.

— Certainement pas.

Il sauta, saisit la corde juste au-dessous du nœud et resta suspendu quelques secondes avant de lâcher prise. La cloche s'était à peine balancée, et elle eût tinté de la même manière s'il lui avait lancé un caillou.

— Elle est lourde, commenta-t-il.

Dunworthy leva les bras et agrippa la corde, froide et hérissée de fibres. Il tira brusquement, sans savoir s'il pourrait faire mieux que Colin. *Bong.*

— C'est assourdissant ! commenta l'enfant qui

colla ses mains sur ses oreilles et leva les yeux, visiblement ravi.

— Un, dit Dunworthy.

Baisser, remonter, pensa-t-il. Il se rappelait les mouvements des Américaines et il ploya les jambes. Deux et remonter. Et trois.

Il se demanda comment Kivrin s'y était prise, avec ses côtes brisées. Cette cloche était bien plus lourde et sonore qu'il ne l'eût imaginé. Les tintements résonnaient à l'intérieur de son crâne et de sa poitrine. *Bong.*

Il revoyait Mme Piantini plier ses genoux potelés et compter à voix basse. Cinq. Il n'avait pas eu conscience que c'était exténuant à ce point. A chaque traction, tout l'air était expulsé hors de ses poumons. Six.

Il eût souhaité faire une pause mais il ne voulait pas que Kivrin — qui l'écoutait depuis l'église — pût s'imaginer qu'il avait renoncé, qu'il se contentait de compléter ce qu'elle avait commencé. Il raffermit sa prise sur la corde et s'appuya au mur un court instant pour reprendre son souffle.

— Est-ce que ça va ? s'enquit Colin.

— Oui.

Il tira, si fort qu'il crut que ses poumons se déchiraient. Sept.

Prendre appui contre la paroi avait été une erreur. Les pierres étaient aussi froides que des pains de glace. Il grelottait. Il pensa à Mlle Taylor qui avait tenté de terminer le Chicago Surprise Minor, en comptant les mesures qui la séparaient de l'accord final et en essayant de ne pas se laisser terrasser par les martèlements qui ébranlaient son crâne.

— Je peux vous remplacer, suggéra Colin.

Mais Dunworthy l'entendit à peine.

— Voulez-vous que j'aille chercher Kivrin, pour les deux derniers coups ? En réunissant nos forces, nous devrions y arriver.

Dunworthy secoua la tête.

— Un sonneur ne doit sous aucun prétexte lâcher sa corde, dit-il, le souffle court.

Il tira. Huit. Il lui fallait maintenir fermement sa prise. Quand Mlle Taylor avait perdu connaissance et tout lâché, la cloche avait fait un tour complet et la corde s'était lovée tel un boa autour du cou de Finch, manquant l'étrangler. Il devait tenir bon, sans penser au reste.

Il s'agrippa à la corde, tira et attendit d'être certain de pouvoir se redresser avant de la laisser remonter.

— Et de neuf, dit-il.

Colin le dévisageait en fronçant les sourcils.

— Vous faites une rechute, pas vrai ?

— Non, mentit Dunworthy.

Il put enfin lâcher la corde. La vache tendait la tête à l'intérieur du clocher, et il la repoussa avant de repartir vers l'église.

Kivrin tenait toujours la main de Roche, agenouillée à côté du corps. Dunworthy alla vers elle, pour lui annoncer :

— J'ai sonné le glas.

Elle leva les yeux, sans faire de commentaires.

— Ne pensez-vous pas qu'il serait temps de rentrer ? demanda Colin. La nuit tombe.

— Oui, approuva Dunworthy. Nous...

Les étourdissements furent si soudains qu'il tituba et faillit s'effondrer sur le cadavre.

Kivrin leva la main. Colin plongea vers lui. Le faisceau de la torche illumina le plafond quand l'enfant saisit son bras. Dunworthy amortit sa chute sur un genou et une paume. Il tendit son autre main vers Kivrin, mais elle s'était levée et reculait.

— Vous êtes malade !

C'était une accusation, une condamnation.

— Vous avez attrapé la peste, c'est ça ? fit-elle d'une voix qui contenait pour la première fois de l'émotion. C'est ça ?

— Non, c'est...

— Il fait une rechute, expliqua Colin.

Il cala la torche dans le creux du bras de sainte Catherine puis aida Dunworthy à s'asseoir.

— Il n'a pas dû se donner la peine de lire mes affiches.

— C'est un virus, expliqua Dunworthy en s'adossant à sainte Catherine. Pas la peste. Nous avons été traités à la streptomycine et à la gammaglobuline. Le bacille n'a pas pu nous contaminer.

Il laissa sa tête reposer contre la robe de pierre de la statue.

— Ça va aller. J'ai seulement besoin d'un peu de repos.

— Je lui ai pourtant déconseillé de sonner cette cloche, grommela Colin.

Il vida le sac de toile sur le sol puis le jeta sur les épaules de Dunworthy.

— Reste-t-il de l'aspirine ? demanda ce dernier.

— On ne peut en prendre qu'à trois heures d'intervalle, et avec de l'eau pour faire glisser les cachets.

— Alors, va m'en chercher.

Colin se tourna vers Kivrin, dans l'espoir de bénéficier de son soutien. Mais elle demeurait de l'autre côté du corps de Roche et lorgnait Dunworthy avec méfiance.

— Tout de suite !

Colin fila en courant. Ses pas résonnaient encore

dans la nef quand Dunworthy regarda Kivrin. Elle recula d'un pas.

— Ce n'est pas la peste mais un virus. Nous redoutions que vous l'ayez contracté avant le transfert. N'avez-vous pas été malade ?

— Si, fit-elle en s'agenouillant près de Roche. C'est grâce à ce prêtre que je me suis raccrochée à la vie.

Elle lissa la couverture pourpre et Dunworthy put constater qu'il s'agissait en fait d'un manteau de velours sur lequel avait été cousue une grande croix en soie blanche.

— Il m'a dit de ne pas avoir peur.

Elle remonta le vêtement sur la poitrine de l'homme, ce qui découvrit ses pieds, nus dans de grosses sandales. Dunworthy prit le sac de toile que Colin avait placé sur ses épaules et l'étala sur le bas des jambes du prêtre avant de se relever lentement, en prenant appui sur la statue.

Kivrin caressait les mains du cadavre.

— S'il m'a blessée, c'est involontaire, dit-elle.

Colin revint, avec un seau d'eau sans doute prélevée dans une flaque. Il était à bout de souffle.

— La vache m'a attaqué ! dit-il.

Il avait trouvé une louche malpropre qu'il plongea dans le seau. Il fit tomber les cinq derniers cachets d'aspirine dans la paume de Dunworthy qui en prit deux et les avala en ne buvant qu'une petite gorgée d'eau. Il tendit les autres à Kivrin. Elle les prit avec gravité, toujours accroupie sur le sol. Colin lui tendit la louche et déclara :

— Je n'ai pas trouvé de chevaux, seulement un mulet.

— Un âne, précisa-t-elle. Maisry a volé le poney.

Elle rendit la louche et reprit la main de Roche dans la sienne.

— Il a sonné le glas pour tous les défunts, afin que leur âme puisse monter aux Cieux.

— Vous ne pensez pas qu'il faudrait y aller? murmura Colin. Il fait presque nuit.

— Même pour Rosemonde, ajoutait Kivrin qui n'avait apparemment pas entendu son commentaire. Il était déjà malade. Je lui ai dit que le temps pressait, que nous devions partir sans attendre pour l'Ecosse.

— Il faut regagner le point de transfert, intervint Dunworthy. Avant la nuit.

Elle ne bougea pas.

— Il a tenu ma main, quand j'étais au plus mal.

— Kivrin...

Elle caressa la joue du prêtre et le regarda longuement. Finalement, elle s'agenouilla. Dunworthy lui présenta sa main mais elle se leva sans aide, tenant toujours son flanc.

Elle le suivit dans la nef. Sur le seuil, elle se tourna pour scruter les ténèbres.

— Juste avant de mourir, il m'a indiqué où se situait cette clairière. Il voulait me permettre de remonter au Paradis. Il me disait de le laisser, de partir sans attendre, afin que je puisse l'accueillir à son arrivée.

Sur ces mots, elle s'éloigna dans la neige.

36

La neige tombait paresseusement sur l'étalon et l'âne qui attendaient à l'entrée du cimetière. Dunworthy aida Kivrin à se mettre en selle, et elle n'eut pas le mouvement de recul qu'il avait redouté. Mais dès qu'il la lâcha elle se tassa sur elle-même et colla la main à son flanc.

Dunworthy frissonnait et serrait les dents afin de le dissimuler à Colin. Il dut s'y reprendre à trois fois pour enfourcher l'âne et il comprit qu'il risquait de faire une mauvaise chute sitôt qu'ils se mettraient en route.

Colin lui adressa un regard lourd de reproches.

— Je devrais guider votre mule, dit-il.

— Nous n'avons pas de temps à perdre. La nuit va tomber. Tu monteras derrière Kivrin.

L'enfant guida le cheval jusqu'au portillon puis utilisa le pilier en guise d'escabeau pour s'installer sur sa croupe.

— As-tu le localisateur ? lui demanda Dunworthy.

Il essayait de donner des coups de talon à son âne sans perdre l'équilibre pour autant.

— Je connais le chemin, déclara Kivrin.

— J'ai l'appareil, confirma Colin. Et la torche.

Il l'alluma et promena son faisceau sur le cimetière, comme pour s'assurer qu'ils n'avaient rien oublié.

Il parut remarquer les tombes pour la première fois.

— C'est ici que vous avez enterré tout le monde ? demanda-t-il.

Il illuminait les petits monticules blancs.

— Oui, confirma Kivrin.

— Ces gens sont morts il y a longtemps ?

Elle fit tourner bride à l'étalon et ils partirent vers le haut de la colline.

— Non, répondit-elle.

La vache les suivit jusqu'à mi-pente, gênée par les balancements de ses énormes mamelles, puis elle s'arrêta et poussa un beuglement pathétique.

Dunworthy l'observa. Elle meugla et repartit vers le village. Ils atteignirent le sommet de l'éminence. Ici, la neige tombait moins dru qu'en contrebas où elle effaçait les tombes et estompait l'église et le clocher.

Kivrin ne regarda pas derrière elle. Elle avançait régulièrement, bien droite sur sa selle, et Colin prenait soin de ne pas se retenir à sa taille mais au troussequin. Bientôt, il n'y eut plus que des flocons épars et il cessa de neiger avant qu'ils n'aient atteint le cœur de la forêt.

Dunworthy suivait le cheval et essayait de ne pas se laisser distancer, de ne pas s'abandonner à la fièvre. L'aspirine ne faisait sur lui aucun effet — sans doute n'avait-il pas bu assez d'eau — et il sentait sa température remonter et l'isoler des arbres, du dos osseux de l'âne et de la voix de Colin.

L'enfant s'adressait à Kivrin. Il lui parlait de l'épidémie, et à l'entendre on aurait pu croire qu'il avait vécu une grande aventure.

— Ils ont annoncé qu'Oxford était en quarantaine et que nous devions retourner à Londres, mais je tenais absolument à voir ma grand-tante et j'ai forcé le barrage. Le flic m'a crié : « Eh, toi ! Arrête ! » Il s'est lancé à ma poursuite et je me suis enfui dans une rue, puis une ruelle.

Ils s'arrêtèrent. Colin et Kivrin mirent pied à terre. Colin retira son cache-nez et elle remonta le bas de son sarrau raide de sang séché pour le nouer autour de ses côtes. Dunworthy savait qu'elle souffrait, qu'il aurait dû aller l'aider, mais il craignait de ne pas pouvoir remonter sur son âne s'il en descendait.

Ils enfourchèrent à nouveau leur monture et repartirent. A chaque bifurcation, ils ralentissaient afin de vérifier leur cap. Colin se penchait vers le localisateur puis tendait le bras. Kivrin hochait la tête, pour confirmer son choix.

— C'est ici que je suis tombée, dit-elle à un embranchement. La première nuit. J'étais si malade que je prenais le père Roche pour un bandit de grand chemin.

Ils atteignirent une autre fourche. Il ne neigeait plus mais les nuages visibles entre les branches des arbres étaient sombres et menaçants. Colin dut éclairer l'écran du localisateur avec sa torche pour lire les indications. Il désigna le sentier de droite puis reprit son récit.

— Alors, M. Dunworthy s'est exclamé : « Vous avez effacé le relèvement ! » Il s'est avancé vers M. Gilchrist. Les deux hommes sont tombés et Gilchrist a dû croire qu'il l'avait fait exprès, car il a refusé de m'aider à lui porter assistance. M. Dunworthy tremblait. Il avait une forte fièvre et je lui criais : « Monsieur Dunworthy ! Monsieur Dunworthy ! » Mais il ne m'entendait pas. Et Gilchrist répétait : « Je vous en tiendrai personnellement pour responsable. »

Des flocons tombaient à nouveau et le vent se levait. Dunworthy agrippait la crinière raide de l'âne, en frissonnant de plus belle.

— On ne me disait rien, se plaignait Colin. Et quand j'ai demandé à voir grand-tante Mary, on m'a rétorqué : « Les enfants ne sont pas admis dans ce service. »

La neige cinglait Dunworthy, poussée par les rafales de vent. Il se pencha en avant et se coucha presque sur l'encolure de l'âne.

— Quand le médecin est sorti de la chambre et a murmuré quelque chose à l'infirmière, j'ai immédiatement compris que ma grand-tante était morte.

Dunworthy sentit sa gorge se serrer. Oh, Mary !

— J'étais désemparé. C'est alors que Mme Meager — la harpie nécrotique dont je vous ai déjà parlé — est venue me lire des passages de la Bible pour me démontrer que c'était la volonté de Dieu. Je hais cette Mégère ! S'il y avait une justice, c'est elle qui serait tombée malade !

Leurs voix se réverbéraient dans les bois et il n'aurait pas dû assimiler le sens de ces échos indistincts. Mais, chose étrange, l'air glacé leur apportait une netteté surnaturelle et il pensa qu'il aurait pu les entendre même s'il avait été à Oxford, à sept siècles de là.

Puis il lui vint à l'esprit qu'en cette année de terreur, en cette période de l'Histoire qui eût justifié une classification bien supérieure à dix, Mary n'était pas encore morte. Cette prise de conscience le soulagea bien plus qu'il n'aurait pu s'y attendre.

— Quand nous avons entendu la cloche, M. Dunworthy a immédiatement compris que c'était vous qui réclamiez de l'aide.

— C'est cela, dit-elle, avant de s'exclamer : Attention, il va tomber !

— Vous avez raison, approuva Colin.

Dunworthy remarqua qu'ils avaient mis pied à terre et étaient venus le rejoindre. Kivrin tenait la longe de son âne.

— Nous devons vous transférer sur le cheval, dit-elle en le prenant par la taille. Vous finirez par faire une mauvaise chute. Descendez. Je vais vous aider.

Ils durent conjuguer leurs efforts et sans doute se fit-elle mal aux côtes pour le retenir pendant que Colin le soulevait.

— J'aurais besoin de me reposer un instant, bredouilla Dunworthy.

Il claquait des dents.

— Le temps presse, protesta Colin.

Mais ils l'aidèrent malgré tout à s'asseoir contre un rocher, au bord du chemin.

Kivrin plongea la main dans son sarrau et en sortit les trois cachets d'aspirine.

Elle les lui présenta dans sa paume.

— Prenez.

— Gardez-les pour vous. Vos côtes...

Elle le fixa, sans sourire.

— Ça ira, affirma-t-elle.

Elle retourna vers le cheval et l'attacha à un arbuste.

— Voulez-vous un peu d'eau ? s'enquit Colin. Je peux allumer un feu et faire fondre de la neige.

— Inutile.

Il mit les cachets dans sa bouche et les déglutit, avec difficulté.

Kivrin réglait les étrivières. Elle défit les sangles de cuir, les noua et revint aider Dunworthy à se relever.

— Prêt ? demanda-t-elle en le prenant par le bras.

— Oui.

Il essaya de se redresser, mais échoua.

— Nous avons commis une erreur, nous ne pourrons jamais le mettre en selle.

Ils glissèrent son pied dans l'étrier, refermèrent ses doigts sur le pommeau et le hissèrent. Ensuite, il tendit la main à Colin afin de l'aider à grimper devant lui.

Il ne tremblait plus et se demandait si c'était ou non un bon signe. Et lorsqu'ils repartirent, précédés par Kivrin qui montait l'âne, il ferma les yeux et se pencha contre le dos de Colin, qui disait :

— J'ai décidé de devenir historien comme vous. J'irai à Oxford, dès que j'aurai terminé mes études secondaires. Notez bien que ce n'est pas la peste noire qui m'intéresse, mais les croisades.

Il les écoutait. La nuit tombait et ils étaient au cœur d'un bois, au Moyen Age, deux invalides et un enfant, alors que Badri — également fort mal en point et sujet à une rechute — devait faire des efforts surhumains pour tenter d'empêcher la fermeture définitive de la porte temporelle. Mais il ne s'inquiétait pas outre mesure, il ne paniquait pas. Colin s'était muni d'un localisateur et Kivrin connaissait l'emplacement du point de transfert. Ils ne pourraient échouer.

Et même s'ils ne retrouvaient pas la clairière et restaient bloqués à cette époque, même si Kivrin ne lui pardonnait jamais d'avoir manqué à tous ses devoirs, elle serait saine et sauve. Elle les conduirait en Ecosse, un pays que la peste épargnerait. Une fois là-bas, Colin sortirait de son sac à malices un hameçon et une poêle à frire et ils mangeraient des truites et des saumons. Peut-être même retrouveraient-ils Basingame.

— J'ai vu un tas de vids de cape et d'épée et je sais monter à cheval, dit l'enfant. *Ho!*

Il serra la bride à l'étalon qui s'arrêta au ras de la croupe de l'âne. Il venait de stopper net, au sommet d'une petite colline. Au bas du versant opposé ils voyaient une grande flaque gelée et un alignement de saules.

— Faites-le avancer, dit Colin.

Mais Kivrin mettait déjà pied à terre.

— Il n'ira pas plus loin, déclara-t-elle. Ce n'est pas la première fois. Il a été effrayé par ma matérialisation. J'ai cru que c'était Gawyn qui y avait assisté, mais il s'agissait en fait du père Roche.

Elle passa la longe sur l'encolure de l'animal qui repartit aussitôt vers le village.

— Vous voulez prendre ma place ? lui proposa Colin en descendant à son tour.

Elle secoua la tête.

— Monter puis redescendre serait plus fatigant que parcourir à pied ces quelques mètres.

Elle regardait la colline suivante. Les arbres s'interrompaient à mi-pente et au-dessus le sol était blanc. Dunworthy ne prit conscience qu'à cet instant qu'il avait cessé de neiger. Les nuages se dispersaient pour dévoiler entre eux un ciel lavande.

— Il m'a prise pour sainte Catherine, dit-elle. Vous aviez raison de craindre qu'il y ait quelqu'un à proximité du point de transfert. Mais le prêtre a cru que Dieu m'envoyait les assister dans leurs épreuves.

— N'est-ce pas ce que vous avez fait ? demanda Colin.

Il tira sur les rênes et l'étalon repartit vers le bas de la colline. Kivrin marchait à son côté.

— C'était un sacré merdier, dans le village où nous sommes passés. Il y avait des cadavres partout. Ça se voit qu'ils n'ont eu personne pour leur donner un coup de main.

Il remit les lanières de cuir à Kivrin.

— Je vais partir en éclaireur, voir si la porte est ouverte, déclara-t-il en s'éloignant au pas de course. Badri nous a dit qu'il utiliserait le transmetteur toutes les deux heures.

Il s'engouffra dans le bosquet et disparut.

Elle arrêta le cheval au bas de la pente et aida Dunworthy à mettre pied à terre.

— Nous devrions lui retirer sa selle et le reste, suggéra Dunworthy. Quand nous l'avons trouvé, ses rênes étaient emmêlées dans un buisson.

Ils débouclèrent la sous-ventrière et retirèrent la

selle. Kivrin défit la bride et caressa la tête de l'animal.

— Il survivra, dit Dunworthy.

— C'est possible, fit-elle.

Colin revint en louvoyant entre les saules, sous une pluie de neige.

— Elle est fermée.

— Elle s'ouvrira sous peu, affirma Dunworthy.

— Ne pourrait-on pas emmener cet étalon avec nous ? demanda Colin. Je sais que les historiens ne doivent rien emporter dans le futur, mais ce serait formidable si je pouvais le monter pour aller aux croisades.

Il retourna dans le bosquet, au sein d'une explosion de neige.

— Grouillez-vous, elle peut se rouvrir d'une seconde à l'autre.

Kivrin hocha la tête. Elle tapa sur le flanc du cheval, qui s'éloigna de quelques pas puis s'arrêta pour les regarder.

— Venez ! cria Colin qui avait déjà disparu derrière les arbres.

Kivrin resta sur place, une main sur ses côtes.

Dunworthy alla vers elle.

— Kivrin...

— Ça va aller, dit-elle.

Elle se détourna et écarta des branches entremêlées.

Le sous-bois était obscur. Au-delà de la ramure dénudée du chêne ils voyaient le ciel, d'une teinte lavande plus soutenue. Colin tirait une grosse bûche au centre de la clairière.

— Au cas où nous aurions raté de peu une ouverture et qu'il faudrait attendre deux heures, expliqua-t-il.

Dunworthy s'assit, avec soulagement.

— Comment saurons-nous où nous devons nous placer? demanda Colin à Kivrin.

— La condensation sera visible.

Elle alla vers le gros arbre et se pencha pour faire tomber la neige de ses racines.

— Même dans la nuit?

Elle s'assit et mordit sa lèvre inférieure.

Colin vint s'accroupir entre eux.

— Je n'ai pas d'allumettes pour faire un feu, dit-il.

— Nous pouvons nous en passer, déclara Dunworthy.

Colin alluma sa torche et l'éteignit sitôt après.

— Mieux vaut économiser les piles, au cas où il se produirait un imprévu.

Il y eut un mouvement, au sein des saules. Colin se leva d'un bond.

— Je crois que ça commence!

— Ce n'est que notre cheval, dit Dunworthy. Il a trouvé de quoi manger.

Colin se rassit.

— Oh! Vous ne pensez pas que le transmetteur fonctionne et que nous ne voyons rien à cause de l'obscurité?

— Non.

— Badri a pu faire une rechute et arrêter l'appareil.

Il semblait trouver cette possibilité plus fascinante qu'angoissante.

Ils attendaient. Le ciel s'assombrit et vira au bleu purpurin. Des étoiles apparurent entre les branches du chêne. Colin s'était assis sur la bûche à côté de Dunworthy et leur parlait des croisades.

— Vous savez tout sur le Moyen Age, dit-il à Kivrin. J'ai pensé que vous pourriez m'aider à me préparer, m'apprendre des trucs.

— Tu es encore trop jeune. C'est très dangereux.

— Je sais, mais je tiens absolument à y aller. Vous devez me donner un coup de main. S'il vous plaît ?

— Ce sera bien différent de ce que tu penses.

— La nourriture serait nécrotique ? J'ai lu dans le bouquin que M. Dunworthy m'a offert qu'ils mangeaient de la viande avariée, des cygnes et d'autres machins du même genre.

Kivrin contempla ses mains pendant une longue minute.

— J'ai vu des choses épouvantables, dit-elle finalement. Mais aussi des choses merveilleuses.

Des choses merveilleuses ! Il pensa à Mary, aux portes de Balliol, lorsqu'elle lui avait parlé de la Vallée des Rois en disant : « C'est un souvenir inoubliable. » Des choses merveilleuses.

— Et les choux de Bruxelles ? Est-ce qu'ils en mangeaient déjà, au Moyen Age ?

Kivrin faillit sourire.

— Je ne crois pas.

— Chouette !

Il se leva d'un bond.

— Eh, vous avez entendu ? Je crois que ça commence. On aurait dit une cloche.

Kivrin leva la tête et tendit l'oreille.

— Une cloche sonnait, à mon arrivée, dit-elle.

Colin prit la main de Dunworthy, pour le contraindre à se lever.

— Venez. Vous n'entendez pas ?

Il s'agissait effectivement d'un tintement, faible et lointain.

— Il vient de cette direction, dit Colin qui courut vers l'orée de la forêt. Suivez-moi !

Kivrin posa une paume sur le sol pour se soutenir et se mettre à genoux. Elle tressaillit et toucha ses côtes.

Dunworthy lui tendit la main, mais elle ne la prit pas.

— Ça va aller, dit-elle doucement.

— Je sais, répondit-il.

Elle se leva avec précautions en se retenant au tronc du chêne, puis elle se redressa et s'écarta.

— J'ai tout enregistré, dit-elle. Tout ce qui s'est passé.

Comme John Clyn, pensa Dunworthy en regardant ses cheveux défaits, son visage sale. Elle était une vraie historienne, elle avait écrit les chroniques de ce temps dans une église déserte, seule au milieu des tombes. *Moi qui ai vu tant de souffrances et le monde entier sous l'emprise du Malin, j'ai voulu porter témoignage, de crainte que les mots ne disparaissent avec moi.*

Elle tourna ses paumes vers le ciel et examina ses poignets sous la clarté crépusculaire.

— Le père Roche, Agnès, Rosemonde, tous les villageois. Leur souvenir est conservé là-dedans.

Elle suivit de l'index une fine cicatrice.

— *Io suiicien lui damo amo,* fit-elle à mi-voix. « Je représente les êtres aimés. »

— Kivrin, l'appela Dunworthy.

— Venez ! cria Colin. Ça commence. Vous n'entendez pas cette cloche ?

— Si, répondit Dunworthy.

C'était Mme Piantini, qui jouait l'introduction de « Quand arriva enfin mon Sauveur ».

Kivrin vint se placer à côté de lui. Elle joignit ses paumes, comme pour prier.

— J'aperçois Badri ! s'exclama Colin.

Il plaça ses mains en cornet devant sa bouche et cria :

— Elle est saine et sauve ! Nous l'avons récupérée !

La cloche de Mme Piantini, la plus aiguë, tintait. Les autres se joignirent au joyeux carillon. L'air se mit à miroiter de paillettes de glace semblables à des flocons de neige.

— Apocalyptique ! commenta Colin qui rayonnait de joie.

Kivrin prit la main de Dunworthy et la serra dans la sienne.

— Je savais que vous viendriez, lui dit-elle à l'instant où s'ouvrait la porte du Temps.

3761

Composition Interligne B-Liège
Achevé d'imprimer en Europe (France)
par Brodard et Taupin à La Flèche (Sarthe)
le 30 novembre 1995. 6693M-5
Dépôt légal nov. 1995. ISBN 2-277-23761-2
1er dépôt légal dans la collection : août 1994
Éditions J'ai lu
27, rue Cassette, 75006 Paris
Diffusion France et étranger : Flammarion